W0297096

LA PERTE EN HÉRITAGE

DU MÊME AUTEUR

Le Gourou sur la branche
Calmann-Lévy, 1999
Le Livre de Poche, 2002

Kiran
DESAI

LA PERTE EN HÉRITAGE

ROMAN

Traduit de l'anglais (Inde)
par Claude et Jean Demanuelli

Traduit avec le concours
du Centre national du livre

ÉDITIONS DES 2 TERRES

Titre original :
The Inheritance of Loss

Éditeur original :
Atlantic Monthly Press,
an imprint of Grove/Atlantic, Inc., New York

© Kiran Desai, 2006

ISBN original : 0-87113-929-4

Pour la traduction française :
© Éditions des Deux Terres, août 2007

ISBN : 978-2-84893-043-5

Le Code de la propriété intellectuelle interdit les copies ou reproductions destinées à une utilisation collective. Toute représentation ou reproduction intégrale ou partielle faite par quelque procédé que ce soit, sans le consentement de l'auteur ou de ses ayants cause, est illicite et constitue une contrefaçon sanctionnée par les articles L. 335-2 et suivants du Code de la propriété intellectuelle.

www.les-deux-terres.com

À ma mère,
avec tant d'amour

Jactance de quiétude

Des écritures lumineuses assaillent l'ombre,
plus prodigieuses que des météores.
La haute ville inconnaissable s'abat de plus en plus dru
sur la campagne.
Sûr de ma vie et de ma mort, je regarde les ambitieux
et je voudrais les comprendre.
Leur journée est avide comme le vol d'un lasso.
Leur nuit n'est que la trêve de la colère dans le fer
prompt à l'attaque.
Ils parlent d'humanité.
Mon humanité, c'est de sentir que nous sommes
les voix d'une même misère.
Ils parlent de patrie.
Ma patrie est un battement de guitare,
quelques portraits et une vieille épée,
l'évidente oraison de la saulaie dans les soirs.
Le temps est la matière de ma vie.
Plus silencieux que mon ombre, je croise le troupeau
de leur haute convoitise.
Ils sont obligatoires, uniques, ils méritent l'avenir.
Mon nom est quelqu'un et n'importe qui.
Je passe lentement, comme celui qui vient de si loin
qu'il n'espère plus arriver.

Jorge Luis BORGES, *Œuvre poétique, 1925-1965*,
trad. Ibarra, Gallimard, coll. « Poésie », 1970, p. 42.

UN

Les couleurs du jour avaient été celles du crépuscule, la brume glissant comme une grande créature marine aux flancs des montagnes habitées d'ombres et de profondeurs océaniques. Visible par intermittence au-dessus de la vapeur, pic lointain taillé au burin dans la glace, le Kanchenjunga accrochait les dernières lueurs du couchant, couronné d'un panache de neige soulevé par les vents violents qui soufflaient au sommet.

Assise sur la véranda, Sai lisait un article sur le calmar géant dans un vieux numéro du *National Geographic*. De temps à autre, elle levait les yeux sur le Kanchenjunga, et, parcourue d'un frisson, contemplait sa phosphorescence magique. Le juge assis à l'autre bout, face à son échiquier, jouait contre lui-même. Recroquevillée sous sa chaise, où elle se sentait en sécurité, Mutt, la chienne, ronflait doucement dans son sommeil. Une ampoule nue pendait à un fil au-dessus de la scène. Il faisait froid, mais plus froid encore à l'intérieur, où l'obscurité et l'air glacial étaient emprisonnés entre des murs de plus d'un mètre d'épaisseur.

Ici, à l'arrière de la maison, dans la caverne de la cuisine, le cuisinier essayait d'enflammer le bois humide. Il manipulait les brindilles avec d'infinies précautions, de crainte de déranger la communauté de scorpions qui vivaient, aimaient, croissaient et se multipliaient dans le tas de bois. Un jour, il était tombé sur une mère, gonflée de poison, ses quatorze bébés sur le dos.

Le feu finit par prendre, et le cuisinier y posa sa bouilloire, dont les bosses et les incrustations étaient dignes d'un objet excavé par une équipe d'archéologues, et attendit que l'eau bouille. Les murs étaient roussis et détrempés, des aulx pendaient aux poutres noircies par leurs tiges terreuses, la suie s'accrochait ici et là au plafond en petits agrégats qui évoquaient des chauves-souris. Les flammes dessinaient une mosaïque orangée et luisante sur le visage de l'homme, la partie supérieure de son corps se réchauffait, mais un méchant courant d'air lui torturait les genoux.

Au sortir du conduit de la cheminée, la fumée se mêlait à la brume qui prenait de la vitesse, avançant en volutes de plus en plus épaisses, engloutissant en partie le paysage – une moitié de colline d'abord, puis l'autre. Les silhouettes des arbres prenaient soudain du relief, avant d'être à nouveau submergées. Peu à peu, la vapeur remplaçait toute chose par elle-même, substituait leur ombre à tous les éléments solides, et il ne restait plus rien qui ne semblât façonné ou animé par elle. Le souffle de Sai s'échappait en traînées de ses narines, et le schéma d'un calmar géant, construit à partir de bribes de renseignements et de rêves de scientifiques, sombra corps et biens dans la pénombre ambiante.

Elle referma le magazine et descendit dans le jardin. La forêt était vieille et épaisse en bordure de pelouse ; les tiges des bambous montaient dans l'ombre jusqu'à une dizaine de mètres ; les arbres, géants ceints de mousse, difformes et couverts de grosseurs, étaient hérissés des racines tentaculaires des orchidées. La caresse de la brume dans les cheveux de Sai avait quelque chose d'humain, et, quand elle tendit les doigts, la vapeur les avala mollement. Elle pensa à Gyan, son répétiteur de mathématiques, qui aurait dû être là avec son livre d'algèbre depuis une bonne heure.

Mais il était déjà 16 h 30, et elle l'excusa à cause de la brume qui ne cessait de s'épaissir.

Quand elle se retourna, la maison avait disparu ; et quand elle remonta les marches de la véranda, le jardin s'évanouit à son tour. Le juge s'était endormi, et la pesanteur, à l'œuvre sur les muscles relâchés, tirant sur la ligne de la bouche et les joues, permit à Sai de voir à quoi il ressemblerait une fois mort.

« Et le thé ? » Le juge était à peine réveillé que la question avait fusé. « Il est en retard, ajouta-t-il, voulant parler du cuisinier et du thé, et non de Gyan.

– Je m'en occupe », proposa-t-elle.

La grisaille avait aussi envahi l'intérieur, se déposant sur l'argenterie, allant fouiner dans les coins, ennuageant la glace du couloir. Sur le chemin de la cuisine, Sai entrevit son reflet en passe d'être étouffé et tendit le cou pour laisser l'empreinte de ses lèvres sur le verre, un baiser de star de cinéma parfaitement dessiné. « Bonjour », dit-elle, en partie à elle-même et en partie à quelqu'un d'autre.

Personne au monde n'avait encore vu un calmar géant adulte vivant, et ces créatures avaient beau avoir des yeux gros comme des pommes pour parcourir les profondeurs obscures de l'océan, leur solitude était telle qu'ils pouvaient ne jamais rencontrer un autre de leurs semblables. Sai en conçut une tristesse infinie.

La plénitude se faisait-elle jamais sentir aussi profondément que le manque ? En jeune fille romantique, elle décida que l'amour devait se situer dans l'intervalle entre le désir et son accomplissement, dans le manque, et non dans la satisfaction. L'amour, c'était la souffrance, l'attente, le repli, tout ce qui l'entourait hormis l'émotion elle-même.

*

L'eau bouillait, et le cuisinier souleva la bouilloire dont il versa le contenu dans la théière.

« L'abomination ! dit-il. J'ai mal partout, aux os, aux articulations. Vaudrait mieux être mort. Si y avait pas Biju... » Biju était son fils, parti en Amérique. Il travaillait au Don Pollo, ou à la Tomate chaude ? À moins que ce ne fût le Poulet rôti d'Ali Baba ? Son père n'arrivait jamais à se rappeler, ni à comprendre, ni même à prononcer tous ces noms, et Biju n'arrêtait pas de changer de boulot, comme un fugitif en cavale, et sans papiers.

« Oui, le brouillard est tellement épais, dit Sai. Je ne crois pas que le précepteur viendra. » Elle emboîta tasses, sous-tasses, théière, lait, sucre, passette, biscuits Marie et Delite de façon que tout tienne sur le plateau.

« Je l'emporte, proposa-t-elle.

– Attention, attention », dit-il sur un ton de reproche, tandis qu'il la suivait avec un bol en émail plein de lait pour Mutt. Quand elle vit Sai apparaître, accompagnée du cliquetis des petites cuillères sur le fer-blanc bosselé du plateau, Mutt redressa la tête. « L'heure du thé ? » questionnaient ses yeux, tandis qu'elle remuait la queue.

« Pourquoi n'y a-t-il rien à manger ? » demanda le juge, irrité, après avoir levé le nez de son échiquier, encombré en son centre d'un fouillis de pions.

Il regarda ensuite le sucre dans le pot : granules gris luisant comme du mica. Les biscuits, eux, ressemblaient à du carton, et il y avait des marques de doigts sales sur la porcelaine blanche des sous-tasses. Le thé n'était jamais, mais jamais, servi comme il aurait dû l'être ; était-ce trop demander que d'avoir un gâteau ou des scones, des macarons ou des allumettes au fromage ? Un peu de sucré et un peu de salé. Pauvre simulacre que ces offrandes-là, qui bafouaient la notion même de thé.

« Que des biscuits, dit Sai en réponse à l'expression qui s'était peinte sur son visage. Le boulanger est parti au mariage de sa fille.

– Je n'ai pas envie de biscuits. »

Sai soupira.

« Comment ose-t-il aller à un mariage ? En voilà une façon de mener une affaire. L'imbécile. Et le cuisinier, il ne pouvait pas préparer quelque chose ?

– Il n'y a plus de gaz, et plus de pétrole.

– Mais, bon Dieu, il ne peut pas faire du feu avec du bois ? Tous ces vieux cuisiniers sont parfaitement capables de faire cuire des gâteaux sur des morceaux de charbon entassés autour d'une boîte en fer-blanc. Tu crois peut-être qu'ils avaient des cuisinières ou des poêles à pétrole dans le temps ? Tous des feignants aujourd'hui ! »

Le cuisinier arriva précipitamment avec le reste de gâteau au chocolat qu'il avait fait réchauffer sur le feu dans une poêle ; le juge mangea l'appétissante flaque brune, et arbora bientôt à contrecœur l'expression béate du dégustateur de pudding.

Ils burent et mangèrent, la non-existence prenant peu à peu le pas sur l'existence, leur porte ouvrant sur le néant, et regardèrent le thé dérouler ses minces rubans de vapeur, leur respiration se mêler à la brume qui s'enroulait en volutes paresseuses, à l'infini.

*

Personne ne remarqua les garçons qui se faufilaient dans l'herbe, pas même Mutt, jusqu'à ce qu'ils soient pratiquement sur les marches. Non que cela eût changé grand-chose, puisqu'il n'y avait pas de loquets pour les arrêter ni personne à portée de voix, de l'autre côté du *jhora*, en dehors de l'oncle Potty qui, à l'heure qu'il était, devait déjà être ivre, allongé par terre sans bouger, avec l'impression pourtant de tanguer – « Ne fais pas attention, mon petit, disait-il toujours à Sai après une beuverie, ouvrant un seul œil à la manière d'une chouette, je vais juste m'étendre là un moment et me reposer un peu... ».

Ils étaient venus à pied à travers la forêt, vêtus de blousons en cuir achetés au marché noir de Katmandou, de treillis et de foulards, l'uniforme standard du guérillero. L'un d'eux avait un fusil.

Plus tard, on accusa la Chine, le Népal et le Pakistan, mais dans cette partie du monde, comme dans beaucoup d'autres, il y avait assez d'armes en circulation pour fournir un mouvement révolutionnaire de fortune et sans le sou. Ils prenaient ce qui leur tombait sous la main : poignards népalais, haches, couteaux de cuisine, bêches, armes à feu en tout genre.

Ils étaient venus chercher les fusils de chasse du juge.

En dépit de leur mission et de leur tenue, ils n'étaient guère crédibles. Le plus âgé n'avait sans doute pas vingt ans, et au premier aboiement de Mutt ils poussèrent des cris de gamines effarouchées et redescendirent précipitamment les marches pour aller se mettre à couvert derrière les buissons noyés dans la brume. « Elle mord vraiment, mon oncle ? Bon Dieu ! » s'écrièrent-ils, frissonnant sous leur camouflage.

Mutt entreprit de faire ce qu'elle faisait toujours en présence d'étrangers : elle présenta aux intrus un arrière-train frétillant et retourna la tête pour leur adresser un sourire tout à la fois timide et plein d'espoir.

Ne supportant pas de la voir s'humilier de la sorte, le juge s'en saisit ; sur quoi, elle enfouit son museau dans ses bras.

Les garçons remontèrent les marches, gênés, et le juge estima que pareil embarras n'était pas sans danger : leur assurance eût-elle été inébranlable qu'ils auraient été moins enclins à rouler les mécaniques.

Celui qui tenait le fusil dit quelque chose que le juge ne comprit pas.

« Tu causes pas le népalais ? » cracha-t-il, avec un ricanement méprisant qui disait assez ce qu'il pensait d'une telle lacune. Il n'en poursuivit pas moins en hindi : « T'as des fusils ?

– Nous n'avons pas de fusils ici.

– Va les chercher.

– Vous avez été mal renseignés.

– Foutaises ! Va les chercher.

– Je vous somme, dit le juge, de quitter ces lieux sur-le-champ.

– Apporte les armes.

– Je vais appeler la police. »

Menace ridicule, puisqu'il n'y avait pas de téléphone.

Ils partirent d'un rire de cinéma, et, comme dans un film, le garçon pointa son fusil sur Mutt. « Allez, file les chercher, sinon on tue le chien d'abord, toi ensuite, le cuisinier en troisième, les dames en dernier, dit-il, avec un sourire à l'adresse de Sai.

– J'y vais », dit celle-ci, qui, terrorisée, renversa le plateau en se levant.

Le juge resta assis avec Mutt sur les genoux. Les fusils dataient du temps où il appartenait à l'Indian Civil Service. Un fusil à pompe à cinq coups BSA, une carabine Springfield calibre 30 et une carabine express Holland & Holland. Ils n'étaient même pas sous clé, mais accrochés au mur, au bout du couloir, au-dessus d'une rangée poussiéreuse de canards appelants.

« Tss, tss, tss, tout rouillés. Tu pourrais en prendre soin ! » Mais ils étaient satisfaits et s'enhardirent au point de donner dans la bravade. « On va prendre le thé avec vous.

– Le thé ? dit Sai, pétrifiée.

– Oui, le thé, et quelque chose à manger. C'est pas une façon de traiter ses invités, ça. Les renvoyer dans le froid sans rien pour les réchauffer. » Ils se regardèrent, puis la regardèrent, elle, la détaillant de haut en bas, avant d'échanger des clins d'œil.

Elle se sentit intensément, terriblement femme.

Tous les garçons connaissaient par cœur ces scènes de film où le héros et l'héroïne, au chaud dans leurs plumes d'hiver, boivent leur thé dans des services en argent apportés par des domestiques bien astiqués. Puis le brouillard tombe, comme il le faisait maintenant autour d'eux, et ils chantent, dansent et jouent à cache-cache dans un bel hôtel. Scène de cinéma classique tournée à Kulu-Manali ou, à l'époque pré-terroriste, au Cachemire, avant que les bandits armés bondissent de la brume et donnent naissance à des films d'un genre nouveau.

Ils sortirent sans ménagements le cuisinier qui s'était caché sous la table de la salle à manger.

« *Ai aaa, ai aaa*, supplia-t-il, les mains jointes, pitié, je suis pauvre, pitié. » Il leva les bras au-dessus de la tête et se courba, attendant les coups.

« Il n'a rien fait, laissez-le tranquille », intervint Sai, qui ne supportait pas de le voir humilié, et s'irritait de constater qu'il n'avait pas d'autre possibilité que de s'humilier davantage.

« S'il vous plaît vivre pour revoir mon fils moi c'est

tout par pitié me tuez pas je suis qu'un pauvre homme épargnez-moi s'il vous plaît. »

Ses répliques avaient été affinées par des siècles de pratique, transmises de génération en génération, car les pauvres gens ont besoin de répliques adéquates ; le texte est toujours le même, ils n'ont pas d'autre choix que de demander grâce. Le cuisinier savait d'instinct comment pleurer.

Ce refrain familier permit aux garçons de se couler mieux encore dans leur rôle, qu'il leur apportait pour ainsi dire sur un plateau.

« Mais personne ne veut te tuer, dirent-ils au cuisinier. On a faim, c'est tout. Allez, ton *sahib* va te donner un coup de main. Dépêche-toi, dirent-ils au juge. Tu sais faire les choses dans les règles, toi. »

Le juge ne bougeant pas, le garçon au fusil pointa à nouveau son arme sur Mutt.

Le juge attrapa la chienne et la cacha derrière lui.

« T'as le cœur trop tendre, *sahib*. Cette gentillesse, tes invités y ont droit aussi. Allez, prépare-nous donc la table. »

Le juge se retrouva dans la cuisine, où il n'avait jamais mis les pieds à ce jour, Mutt lui tournant autour sur des pattes chancelantes, Sai et le cuisinier détournant les yeux, trop effrayés pour le regarder.

Il leur vint soudain à l'esprit qu'ils pourraient bien tous mourir là, dans la cuisine, avec le juge ; le monde était sens dessus dessous, et tout, absolument tout, pouvait arriver.

« Rien à manger ?

– Que des biscuits, dit Sai pour la seconde fois de la journée.

– Eh ben ! Tu me fais un drôle de *sahib* ! dit le chef en s'adressant au juge. Pas le moindre casse-croûte ! Prépare quelque chose, alors. Tu crois peut-être qu'on va repartir le ventre vide ? »

Gémissant et suppliant qu'on lui laisse la vie sauve, le cuisinier fit frire des *pakora* ; le bruit de la pâte crépitant dans l'huile bouillante évoquait une violence en harmonie avec la situation.

Le juge, à la recherche d'une nappe, fouilla dans un tiroir rempli de rideaux, de draps et de chiffons jaunis. Sai, les mains tremblantes, fit infuser du thé dans une casserole avant de le passer, bien qu'elle ne sût pas le préparer à la mode indienne. Elle ne connaissait que la manière anglaise.

Les garçons inspectèrent la maison avec un certain intérêt. Ils ne furent pas sans remarquer l'atmosphère d'intense solitude qui l'habitait. Quelques meubles branlants recouverts d'un cunéiforme tracé par les termites se dressaient dans l'ombre ici et là, accompagnés de méchantes chaises pliantes en tubes métalliques. Ils plissèrent le nez en reniflant l'odeur sure et faisandée que laissent les souris dans les espaces exigus, même si le plafond ici était aussi haut que dans un bâtiment public et les pièces aussi vastes qu'autrefois dans les maisons des riches, leurs fenêtres ouvertes sur les sommets enneigés. Ils essayèrent de déchiffrer un diplôme délivré par l'université de Cambridge, qui disparaissait presque sous une couche de taches brunâtres fleurissant sur les murs gonflés d'humidité et ondulant comme des voiles dans le vent. La porte d'un débarras où le sol s'était effondré avait été définitivement condamnée. Les provisions qui s'y trouvaient, ainsi qu'une quantité à première vue déraisonnable de boîtes de thon vides, avaient été empilées sur une table de ping-pong cassée dans la cuisine, pièce dont seul un coin était utilisé, dans la mesure où, à l'origine, elle était destinée à une armée de subalternes, et non à l'unique domestique survivant.

« Ta baraque, elle aurait besoin de réparations » fut le conseil des garçons.

« Le thé est pas assez fort, dirent-ils, adoptant un ton de belle-mère. Et y a pas assez de sel », cela pour les *pakora*. Ils trempèrent les biscuits Marie et Delite dans leur thé, qu'ils aspirèrent bruyamment. Ils trouvèrent deux malles dans les chambres qu'ils remplirent de riz, de lentilles, de sucre, de thé, d'huile, d'allumettes, de savonnettes Lux et de crème de beauté Pond. L'un d'eux assura Sai qu'ils ne prenaient que les articles « nécessaires au mouvement ». Un cri poussé par un de leurs camarades attira l'attention des autres sur un placard fermé à clé. « File-nous la clé. »

Le juge alla la prendre derrière les numéros du *National Geographic* que, jeune homme rêvant d'un autre genre de vie, il avait fait relier en cuir, avec les années gravées en chiffres dorés.

Ils ouvrirent le placard et découvrirent des bouteilles de Grand Marnier, d'*amontillado* et de Talisker. Le contenu de certaines des bouteilles s'était complètement évaporé, tandis que dans d'autres il avait tourné au vinaigre, ce qui n'empêcha pas les garçons de les déposer dans une des malles.

« Cigarettes ? »

Non, il n'y en avait pas. Ce qui les mit en colère, et bien qu'il n'y eût pas d'eau dans les réservoirs, ils déféquèrent dans les toilettes, qui empestèrent aussitôt. Puis ils furent prêts à partir.

« Dis : *"Jai Gorkha"*, intimèrent-ils au juge. Le Gorkhaland aux Gorkhas !

– *Jai Gorkha*.

– Dis : "Je suis un crétin."

– Je suis un crétin.

– Plus fort. Je t'entends pas, *huzoor*. Plus fort. »

Il répéta de la même voix atone.

« *Jai Gorkha* », dit le cuisinier, « Le Gorkhaland aux Gorkhas », dit Sai, bien qu'on ne leur eût rien demandé.

« Je suis un crétin », ajouta le cuisinier pour faire bonne mesure.

Les garçons s'esclaffèrent, descendirent les marches de la véranda et s'enfoncèrent dans le brouillard, transportant les deux malles. La première portait, peinte en lettres blanches sur le métal noir, l'inscription : « Mr J. P. Patel, SS *Strathnaver*. » Sur la seconde, on lisait : « Miss S. Mistry, couvent Saint-Augustin. »

L'instant d'après, ils avaient disparu, aussi brusquement qu'ils étaient apparus.

*

« Ils sont partis, ils sont partis », dit Sai. Mutt essaya de réagir de son mieux, malgré la peur qui brillait encore dans ses yeux, et s'efforça d'agiter une queue réticente qui s'obstinait à se replier entre ses pattes. Le cuisinier se lança dans une lamentation sonore : « *Humara kya hoga, hai hai, humara kya hoga*, entonna-t-il sans retenue. *Hai, hai*, qu'est-ce qu'on va devenir ?

– Ferme-la », dit le juge, tout en pensant : « Ces foutus domestiques, rien que des pleurnichards. »

Lui-même, assis raide comme un piquet, le visage crispé pour éviter qu'il se décompose, les mains fermement agrippées aux bras du fauteuil afin de réprimer un violent tremblement, avait beau savoir qu'il ne faisait rien d'autre que tenter d'enrayer un processus intérieur, il avait l'impression que c'était le monde extérieur qui était secoué avec une véhémence incroyable à laquelle il faisait de son mieux pour résister. Sur la table de la salle à manger se trouvait encore la nappe qu'il avait dépliée, blanche avec un motif de feuilles de vigne interrompu par une tache grenat à l'endroit où, bien des années plus tôt, il avait renversé un verre de porto en cherchant à le lancer à la tête de sa femme, parce que sa manière de mastiquer lui déplaisait.

« T'es bien lent, s'étaient moqués les garçons. Vous autres alors, incapables de rien faire tout seuls... Et pas gênés avec ça. »

Autant Sai que le cuisinier avaient détourné les yeux pour ne pas voir l'humiliation du juge. Encore maintenant, leur regard évitait de se poser sur la nappe et traversait la pièce en empruntant le chemin le plus long, car s'il tombait sur la table, qui sait quelle punition leur réservait le juge. C'était effrayant, cette humiliation d'un homme fier. Il était bien capable de supprimer les témoins de sa capitulation.

Le cuisinier tira les rideaux ; la vulnérabilité des occupants était jusqu'alors rehaussée par la vitre, et ils donnaient l'impression d'être livrés au regard dans la forêt et la nuit, celles-ci tendant sur eux leur manteau sombre et hirsute. Mutt vit son reflet avant que les rideaux se referment et, le prenant pour un chacal, bondit. Puis elle se retourna, vit son ombre sur le mur et bondit à nouveau.

*

C'était en février 1986. Sai avait dix-sept ans, et son histoire d'amour avec Gyan, son précepteur de mathématiques, datait de moins d'un an.

Quand les journaux réussirent à nouveau à franchir les barrages routiers, ils purent lire que :

À Bombay, un groupe nommé Hell No allait se produire à l'hôtel Hyatt International.

À Delhi, un salon consacré aux fourneaux fonctionnant à la bouse de vache avait attiré des participants du monde entier.

À Kalimpong, très haut dans la partie nord-est du massif de l'Himalaya, là où ils vivaient – le juge à la retraite, son cuisinier, Sai et Mutt –, on faisait état de nouveaux troubles dans les montagnes, d'une insurrection qui couvait, de la présence de bandes armées. C'étaient les Indo-Népalais cette fois-ci, qui en avaient assez d'être traités en minorité là où ils constituaient la majorité de la population. Ils voulaient un pays à eux, ou du moins *leur* État, où s'occuper de *leurs* affaires. Dans cette région où l'Inde se fondait dans le Bhoutan et le Sikkim, et où l'armée faisait des tractions et des pompes, passant son temps à repeindre ses tanks en kaki au cas où les Chinois ne limiteraient pas leur appétit au Tibet, la carte avait toujours été cafouilleuse. Les journaux semblaient résignés. On avait guerroyé, trahi, marchandé son compte ; entre le Népal, l'Angleterre, le Tibet, l'Inde, le Sikkim, le Bhoutan ; Darjeeling volée par-ci, Kalimpong arrachée par-là – en dépit, eh oui, en dépit du brouillard qui dévalait des montagnes comme un dragon, noyant, défaisant, rendant absurde tout tracé de frontière.

Deux

Le lendemain, le juge envoya le cuisinier au commissariat, et ce en dépit des protestations de ce dernier, qui, fort de cette même sagesse séculaire dont il s'était inspiré pour demander grâce aux intrus, était certain que l'idée n'était pas bonne.

Toujours mauvais de s'adresser à la police : si elle était payée par les voleurs, elle ne bougerait pas, et, dans le cas contraire, ce serait pire, car leurs visiteurs chercheraient alors à se venger. Ils avaient maintenant des fusils, qu'ils pourraient remettre en état, charger… et avec lesquels ils pourraient tirer ! D'une manière ou d'une autre, la police essaierait de leur extorquer un pot-de-vin. Il pensa aux 250 roupies qu'il avait retirées de la vente à l'oncle Potty de son *chhang* méticuleusement distillé, qui réussissait si bien à allonger raide au sol le célibataire vieillissant. La veille au soir, il avait d'abord caché l'argent dans une poche de sa chemise de rechange, mais l'endroit ne lui avait pas semblé sûr. Il l'avait ensuite attaché à une solive de sa cabane en terre et en bambou située au fond de la propriété du juge, mais en voyant les souris courir le long des chevrons, il avait eu peur qu'elles le grignotent. Il avait fini par le mettre dans une boîte en fer-blanc qu'il avait cachée dans le garage, sous la voiture qui n'allait plus jamais nulle part. Il pensa à son fils, Biju.

À Cho Oyu, ils avaient besoin d'un homme jeune à leurs côtés.

*

Dans son message mal assuré, transmis pour l'essentiel par la torsion des mains, il tenta de faire comprendre qu'il n'était dans l'affaire qu'un messager. Il n'avait rien à voir avec cette histoire et, personnellement, pensait qu'il était inutile de déranger la police ; il aurait préféré faire comme s'il ne s'était rien passé, comme si les troubles n'existaient pas, ni rien qui puisse offenser qui que ce soit. Il n'était qu'un pauvre homme, quasiment analphabète, qui avait travaillé comme une bête de somme toute sa vie, ne cherchait qu'à éviter les ennuis et ne continuait à vivre que pour revoir son fils un jour.

Malheureusement, les policiers, visiblement nerveux, le soumirent à un interrogatoire serré, non sans cacher le mépris dans lequel ils le tenaient. Sa condition de domestique en faisait un inférieur, mais qu'on ait volé ses fusils à un juge à la retraite était un acte qu'on ne pouvait se permettre d'ignorer, et ils furent obligés d'en référer au commissaire.

L'après-midi même, la police débarquait à Cho Oyu, convoyée dans plusieurs Jeep vert crapaud qui apparurent au travers du rideau continu et changeant d'un faible grésil inquiet. Les hommes laissèrent leurs parapluies ouverts alignés sur la véranda, mais le vent les chahuta, et ils commencèrent à rouler sur eux-mêmes ; au milieu des grands parapluies noirs d'où suintait une teinture noire se trouvait un curieux spécimen rose, synthétique, fabriqué à Taïwan, et couvert de fleurs.

*

Ils interrogèrent le juge et rédigèrent un rapport confirmant une plainte pour vol et violation de domicile.

« Des menaces, monsieur ?

– Ils lui ont demandé de mettre la table et d'apporter le thé », intervint le cuisinier, avec le plus grand sérieux.

Les policiers s'esclaffèrent.

La bouche du juge était figée en un rictus. « Va t'asseoir dans ta cuisine. *Bar bar karta rehta hai.* »

La police saupoudra les surfaces planes pour relever les empreintes et mit un bocal de biscuits en mélamine couvert de traces graisseuses de *pakora* dans un sac en plastique transparent.

Elle mesura les empreintes de pas sur les marches

de la véranda et établit la preuve incontestable qu'il y avait plusieurs pointures qui allaient par paires. « Dont une très grande, monsieur, une chaussure de sport Bata. »

Ce que firent surtout les policiers, dans la mesure où la résidence du juge était depuis longtemps un sujet de curiosité dans le bazar, ce fut, à l'exemple des voleurs, de profiter de l'occasion pour fourrer leur nez un peu partout dans la maison.

Et, tout comme les visiteurs de la veille, ils ne furent guère impressionnés par ce qu'ils virent. Ils notèrent avec satisfaction les signes d'une richesse sur le déclin, et l'un d'eux donna un coup de pied dans un assemblage branlant de canalisations venant de la *jhora*, rafistolées ici et là à l'aide de chiffons trempés. Il dirigea sa torche dans le réservoir de la chasse d'eau pour constater que le mécanisme avait été réparé au moyen d'élastiques et d'éclisses de bambou.

« Mais quel genre de preuves pensez-vous trouver dans les WC ? » lui demanda Sai, honteuse, qui le suivait pas à pas.

*

La maison avait été construite, bien des années plus tôt, par un Écossais, lecteur passionné des récits de cette époque : *Les Alpes indiennes et comment nous les avons franchies*, signé « Une exploratrice ». *Au pays des lamas*. *Le Rickshaw fantôme*. *Ma maison de Mercara*. *La*

Panthère noire de Singrauli. Sa véritable nature s'était alors éveillée, lui avait fait savoir qu'elle aussi était sauvage et brave, et refusait de se voir nier le droit à l'aventure. Comme toujours, le prix d'un tel exotisme avait été fort élevé, et payé par d'autres. Les porteurs avaient transporté des blocs de rocher depuis le lit de la rivière, les jambes se faisant plus arquées, les côtes s'enfonçant, les dos s'incurvant, les têtes de plus en plus courbées obligeant les yeux à ne plus quitter le sol, jusqu'à ce site, choisi pour une vue susceptible de permettre à l'homme d'atteindre à la spiritualité. Puis vinrent la plomberie, le carrelage, les tuyaux, les grilles en fer forgé sophistiquées qui allaient tendre leur dentelle entre les berges, le mannequin de couturière, que les policiers, arrivés à grands bruits de bottes dans le grenier, étaient maintenant en train de découvrir, boum, boum, boum, la vigueur de leurs déplacements faisait grincer sur sa soucoupe, à la manière d'une dent, la dernière tasse en porcelaine de Meissen encore entière. Des milliers d'araignées défuntes jonchaient le plancher du grenier comme autant de fleurs fanées, et au-dessus d'elles, accrochés sous le toit en tôle ondulée aux endroits laissés secs par les fuites, leurs rejetons promenaient sur les policiers le même regard que celui qu'ils accordaient à leurs ancêtres : leurs yeux ronds comme des soucoupes trahissaient un manque monumental de compassion.

*

Les policiers récupérèrent leurs parapluies et sortirent pour se rendre jusqu'à la cabane du cuisinier, leur attention et leurs soupçons en éveil : chacun savait qu'en cas de vol les domestiques étaient toujours plus ou moins mêlés à l'affaire.

Ils passèrent devant le garage, où la voiture, tassée sur elle-même, le nez au ras du sol, l'herbe poussant à travers le plancher, avait depuis longtemps oublié son dernier voyage, extrêmement poussif, jusqu'à Darjeeling pour emmener le juge voir Bose, son seul et unique ami. Derrière la citerne, ils longèrent un petit carré curieusement fort bien entretenu, où une soucoupe remplie de lait et une petite pile de confiseries avaient été renversées et criblées par le grésil. Ce coin bien désherbé remontait à l'époque où le cuisinier, vaincu par un œuf pourri et n'y tenant plus, avait déféqué derrière la maison, au lieu de recourir à son endroit habituel à l'autre bout du jardin, ce qui avait fort indisposé un couple de serpents, *mia-bibi*, mari et femme, qui vivait dans un trou non loin de là.

Le cuisinier raconta l'affaire aux policiers : « J'ai pas été mordu, mais, mystérieusement, j'ai enflé jusqu'à dix fois ma taille normale. Je suis allé au temple, et on m'a dit qu'il fallait que je demande pardon aux serpents. Alors j'ai fabriqué un cobra en argile, je l'ai posé derrière la citerne, et puis j'ai nettoyé l'espace tout autour en épandant de la bouse de vache, avant de faire mes prières. Dans la minute, j'ai dégonflé. »

Les policiers approuvèrent : « Si tu leur offres des

prières, ils te protégeront toujours, ne te mordront jamais.

– C'est vrai, acquiesça le cuisinier, ils ne mordent pas, ni l'un ni l'autre, et ils ne volent ni les poulets ni les œufs. En hiver on ne les voit pas trop, mais sinon ils sont tout le temps dehors à vérifier que tout est en ordre. À faire le tour de la propriété. On voulait transformer ce coin en jardin, mais on le leur a abandonné. Ils suivent la clôture tout autour de Cho Oyu et ils rentrent chez eux.

– C'est quoi, comme serpents ?

– Des cobras noirs, épais comme ça, dit-il en montrant du doigt le bocal en mélamine que transportait le policier dans son sac en plastique. Mari et femme. »

Pour autant, les serpents ne les avaient pas protégés du vol... Cette pensée impie vint à un policier, qui s'empressa de la bannir de son esprit, et ils contournèrent tous l'endroit avec les marques du plus grand respect, au cas où les serpents ou leurs parents offensés auraient voulu les pourchasser.

*

Le respect inspiré par les serpents s'effaça du visage des policiers dès qu'ils arrivèrent à la cahute du cuisinier, enfouie sous un féroce fouillis de douce-amère. Là, ils purent tout à loisir donner libre cours à leur mépris, retournèrent son lit étroit et laissèrent ses maigres possessions en tas au milieu de la pièce.

Le cœur de Sai se serra quand elle vit cette misère : quelques vêtements pendus à une corde, une seule lame de rasoir, un minuscule morceau de savon noir bon marché, une couverture de Kulu qui autrefois était à elle, une valise en carton pourvue de fermetures en métal qui avait appartenu au juge et renfermait maintenant les papiers du cuisinier, les lettres de référence qui l'avaient aidé à se procurer son emploi actuel, les lettres de Biju, et les documents relatifs à un procès qu'il avait fait à son frère à propos de cinq manguiers et qu'il avait perdu, tout là-bas dans son village de l'Uttar Pradesh. Et dans la poche élastique en satin, à l'intérieur de la valise, se trouvait une montre cassée qui reviendrait trop cher à réparer, mais était trop précieuse pour être jetée – il arriverait peut-être à mettre les pièces en gage. Celles-ci étaient rassemblées dans une enveloppe, et, quand les policiers la déchirèrent, la petite molette du remontoir alla se perdre dans l'herbe.

Deux photographies étaient accrochées au mur : lui et sa femme le jour de leur mariage, et Biju le jour où il avait quitté la maison. C'étaient des photos de pauvres, de gens qui ne peuvent pas se permettre de gâcher un cliché. Tandis qu'un peu partout dans le monde les gens posaient maintenant avec un abandon inconnu jusqu'ici de la race humaine, eux se tenaient encore devant l'appareil aussi raides que pour une radiographie.

Un jour, Sai, se servant de l'appareil de l'oncle Potty, avait pris une photo du cuisinier à son insu, alors qu'il était en train d'émincer un oignon, et elle avait été surprise de voir qu'il s'était senti profondément trahi. Il avait couru enfiler sa plus belle tenue, une chemise propre et un pantalon, avant d'aller prendre la pose devant les volumes reliés du *National Geographic*, seul arrière-plan qu'il jugeât convenable.

Sai se demandait s'il avait aimé sa femme.

Elle était morte dix-sept ans plus tôt, quand Biju avait cinq ans, en tombant d'un arbre alors qu'elle cueillait des feuilles pour nourrir la chèvre. Un accident, avait-on dit, et ce n'était la faute de personne – le destin simplement, avec cette façon qu'a le destin de réserver aux plus démunis un nombre plus élevé d'accidents dont personne n'est responsable. Biju était leur seul enfant.

« Quel garnement ! s'exclamait le cuisinier, tout content. Mais il a toujours eu bon fond. Dans notre village, la plupart des chiens mordent, et certains ont des dents comme des bâtons, mais quand Biju passait à côté d'eux, aucun ne l'attaquait. Pas plus qu'il ne se faisait piquer par les serpents quand il allait couper de l'herbe pour la vache. Il est comme ça, Biju, disait le cuisinier, tout gonflé d'orgueil. Il a peur de rien. Tout petit déjà, il prenait les souris par la queue, soulevait les grenouilles par le cou... » Biju, sur la photo, n'avait pourtant pas l'air intrépide, il semblait figé, comme ses parents. Il se tenait debout, flanqué, en guise d'accessoires, d'un magnétophone et d'une bouteille de Campa Cola, avec un décor de lac en arrière-plan, et, sur les côtés, dépassant de la toile peinte, des champs jaunis et des fragments de voisins, un bras et un orteil, des cheveux et un sourire, les plumes d'un cul de poule, en dépit des efforts du photographe pour chasser les figurants hors du cadre.

Les policiers vidèrent par terre toutes les lettres de la valise et se mirent à en lire une qui datait de trois ans. Biju venait tout juste d'arriver à New York. « Respecté *Pitaji*, inutile de te faire du souci. Tout va pour le mieux. Le patron m'a proposé un emploi de serveur à plein temps. L'uniforme et le couvert sont fournis. *Angrezi khana* uniquement, pas de cuisine indienne, et le patron n'est pas non plus indien. Mais cent pour cent américain. »

« Il travaille pour les Américains », était allé claironner le cuisinier dans tout le marché.

Trois

Très loin là-bas, en Amérique, Biju avait passé ses premiers jours au milieu d'autres hommes alignés derrière un comptoir.

« Vous en voulez une grosse ? » demanda Romy, le serveur qui travaillait avec Biju, en soulevant une saucisse avec ses pinces et en l'agitant de haut en bas, bien pleine, bien charnue, pour l'égoutter avant de la faire claquer, bing, bong, bien souple, contre les parois du cylindre en métal, devant une fille au gentil minois, habituée à traiter les basanés comme n'importe qui d'autre.

L'établissement se nommait le Gray's Papaya. Hot dogs, hot dogs, deux plus une boisson pour 1,95 dollar.

L'entrain des hommes avec lesquels il travaillait stupéfiait Biju, le terrifiait et le remplissait d'aise tour à tour.

« Oignons, moutarde, cornichons, ketchup ? »

Clac, clac.

« Une au piment ? »

Bing, bong. Et que ça s'agite, et que ça se trémousse. Comme un pervers qui bondirait de derrière un arbre... frétillant de la partie appropriée de son anatomie.

« Une grosse ? Une petite ?

– Une grosse, dit la fille au gentil minois.

– Et comme boisson, jus d'orange ? Ananas ? »

Le magasin avait un air guilleret, avec ses guirlandes en papier, ses oranges et ses bananes en plastique, mais il faisait plus de quarante degrés là-dedans, et la sueur leur dégoulinait du nez pour aller s'écraser sur leurs doigts de pied.

« Un hot dog indien ? Un américain ? Ou mon spécial à moi ?

– Monsieur, dit une dame du Bangladesh venue rendre visite à son fils qui fréquentait une université new-yorkaise, vous avez là un superbe établissement. C'est la meilleure saucisse de Francfort que j'aie jamais mangée. Mais vous devriez changer le nom. C'est bizarre... Quel rapport avec la papaye ? »

Biju agitait son hot dog comme les autres, mais ne les suivait pas quand, après le travail, ils s'en allaient voir les Dominicaines à Washington Heights – pas cher, seulement 35 dollars, mon pote !

Il déguisait sa timidité sous les dehors d'un dégoût de commande : « Mais comment pouvez-vous faire ça ? Ces... ces femmes ne sont pas propres, dit-il, la première fois, d'un ton guindé. Des pouffiasses qui puent, ajouta-t-il, mal à l'aise. Des putes, des salopes à 2 balles qui vont vous coller des maladies… qui puent… *hubshi*… moches et toutes noires… Moi, elles me font gerber…

– Ben, moi, dit Romy, à l'heure qu'il est, j'pourrais faire ça avec une CHIENNE ! Grrrrrr ! gronda-t-il, relevant la tête de manière théâtrale. Grrrrr… »

Les autres s'esclaffèrent.

C'étaient des hommes ; lui n'était qu'un morveux. Malgré ses dix-neuf ans, il avait l'allure et la mentalité d'un gamin.

« Trop chaud », dit-il la fois suivante.

Puis : « Trop fatigué. »

Puis, plus tard dans l'année : « Trop froid. »

À bout de reparties, il fut presque soulagé quand le directeur de leur succursale reçut une note lui enjoignant d'effectuer un contrôle des cartes vertes de ses employés.

« Je n'y peux rien », dit-il, gêné à l'idée de dispenser l'humiliation à ces hommes. Un brave homme. Qui s'appelait Frank, plutôt drôle pour quelqu'un qui s'occupait de saucisses de Francfort toute la journée. « Le meilleur conseil que je puisse vous donner, c'est de disparaître discrètement… »

Ce qu'ils firent.

QUATRE

Angrezi khana. Le cuisinier avait songé à du jambon en boîte, frit en grosses tranches épaisses et bien rouges, à du soufflé au thon, à un gâteau biscuité genre *khari*, et s'était convaincu que son fils avait forcément un meilleur poste en préparant des mets anglais plutôt qu'indiens.

Les policiers parurent intrigués par la première lettre et se mirent en devoir de lire les suivantes. Pour trouver quoi ? Des indices d'entourloupes ? De l'argent provenant d'une vente d'armes ? À moins qu'ils n'aient voulu savoir comment partir eux-mêmes en Amérique ?

Or, si les lettres de Biju faisaient état d'une kyrielle de petits boulots, elles racontaient toutes plus ou moins la même chose, seul changeait de l'une à l'autre le nom de l'établissement où il travaillait. De telles répétitions avaient un côté confortable, encore accentué par l'habitude qu'avait le cuisinier de reprendre à son compte les répétitions de son fils. « Un emploi excellent, disait-il à ses connaissances, bien meilleur que celui d'avant. » Il imaginait banquette de salon, télévision, compte en banque. Biju finirait par se faire une pelote suffisante pour permettre au cuisinier de prendre sa retraite. Celui-ci se verrait nanti d'une belle-fille qui lui préparerait ses repas et lui masserait les doigts de pied, et d'un essaim de petits-enfants qu'il chasserait comme des mouches.

Le temps aurait pu se figer dans la maison accrochée au rebord de la montagne, avec ses contours dissimulés sous la mousse et son toit chargé de fougères, mais chaque lettre poussait le cuisinier à petits pas sur le chemin de l'avenir.

Il répondait en s'appliquant, de façon que son fils n'ait pas honte de son père moins bien éduqué. « Assure-toi simplement de bien mettre de l'argent de côté. Ne prête à personne et fais attention à qui tu parles. Il ne manque pas de gens dans ton coin pour dire une chose et en faire une autre. Des menteurs et des voleurs. N'oublie pas non plus de te reposer. Ni de te nourrir correctement. La santé, c'est la richesse. Avant de prendre une décision, parles-en avec Nandu. »

Nandu, originaire du même village, résidait lui aussi à New York.

*

Un jour, Sai et le cuisinier avaient trouvé dans le courrier un bon pour un globe gonflable gratuit, offert par le *National Geographic*. Sai avait rempli le coupon-réponse et l'avait adressé à une boîte postale d'Omaha, et, longtemps après, quand ils avaient fini par oublier toute l'histoire, le globe était arrivé, accompagné d'une lettre les félicitant de faire partie de ces hardis explorateurs qui repoussaient les frontières de la connaissance et de l'audace humaines pour au moins un siècle. Tous deux avaient gonflé le ballon, avant de le fixer sur son axe à l'aide des vis fournies. Le courrier recelait rarement des surprises, et jamais il n'avait apporté quelque chose d'aussi beau. Ils regardèrent les déserts, les montagnes, la fraîcheur printanière des verts et des jaunes, la neige sur les pôles ; quelque part sur cette superbe sphère se trouvait Biju. Ils cherchèrent New York, et Sai tenta d'expliquer au cuisinier la raison pour laquelle, quand il faisait jour ici, là-bas il faisait nuit, comme sœur Alice l'avait démontré chez les augustines en s'aidant d'une orange et d'une lampe électrique. Le cuisinier trouva bizarre que ce soit l'Inde qui commence avec le jour, le monde à l'envers si l'on songeait au statut relatif des deux pays de tous points de vue.

*

Des lettres jonchaient le sol, en compagnie de quelques vêtements ; le matelas usé avait été retourné, et les couches de journaux placés en dessous pour empêcher les ressorts du sommier de transpercer la maigre épaisseur avaient été dispersées un peu partout.

Les policiers avaient mis à nu la pauvreté du cuisinier, sa condition d'homme solitaire, sans personne pour s'occuper de lui, avaient prouvé l'inanité de ses prétentions à la dignité ; ils avaient détruit la façade pour la lui jeter à la face.

Puis policiers et parapluies – tous noirs, sauf un rose à fleurs – disparurent dans l'enchevêtrement des tiges de douce-amère.

À quatre pattes, le cuisinier fouilla dans l'herbe à la recherche du petit remontoir en argent, qui resta introuvable.

« Bah, il faut bien qu'ils fouillent partout, dit-il. C'est normal. Autrement, comment ils pourraient savoir que je suis innocent ? Le plus souvent, le voleur, c'est le domestique. »

*

Sai était gênée. Elle mettait rarement les pieds dans la cahute du cuisinier, et quand elle venait à sa recherche et entrait, ils étaient aussi mal à l'aise l'un que l'autre : leur intimité était en grande partie artificielle, leur amitié faite de propos creux tenus dans une langue rudimentaire, puisqu'elle parlait anglais et lui hindi. Ces échanges primaires facilitaient les choses, les empêchant d'aller bien loin, d'aborder tout sujet exigeant un vocabulaire compliqué ; pourtant elle n'était pas sans éprouver une certaine tendresse à voir son visage grognon, à l'entendre marchander au bazar, une certaine fierté à cohabiter avec un homme aussi difficile, qui lui parlait néanmoins avec affection, et l'appelait Babyji ou Saibaby.

Elle l'avait rencontré pour la première fois au sortir du couvent de Dehra Dun. Neuf ans plus tôt. Le taxi l'avait déposée, et la clarté fluorescente de la lune lui avait permis de déchiffrer le nom de la maison, Cho Oyu, pendant qu'elle attendait, silhouette maigre plantée devant la grille, sa petitesse soulignant l'immensité du paysage. Une malle en fer-blanc était posée à côté d'elle. « Miss S. Mistry, couvent Saint-Augustin. » Mais le portail était fermé à clé. Le chauffeur de taxi avait secoué la grille, appelé.

« Oi, koi hai ? Khansama ? Uth. Koi hai ? Uth. Khansama[1] *? »*

Le Kanchenjunga avait un éclat macabre ; l'espace était encombré d'arbres, troncs pâles, feuilles noires, et au-delà, entre les piliers des fûts, une allée menait à la maison.

Un long moment avait semblé s'écouler avant qu'ils entendent des coups de sifflet et voient une lanterne approcher. C'est alors qu'était apparu le cuisinier, descendant le sentier sur ses jambes arquées, avec, déjà, le visage tanné et buriné, les vêtements sales qu'il avait

1. « Il y a quelqu'un ? Hé, gardien ! » *(NdT.)*

aujourd'hui, et qu'il aurait encore dans dix ans. Un homme frappé par la pauvreté qui se transformait en vieillard à la vitesse grand V. Une enfance réduite à presque rien, et une vieillesse qui n'en finissait plus. À les voir, le juge et lui, on eût été bien en peine de dire qu'une génération les séparait. Chez lui, l'âge se lisait partout : dans son caractère, sa bouilloire, ses vêtements, sa cuisine, sa voix, son visage, dans la crasse persistante, l'odeur tenace d'une vie entière passée à cuisiner au sein de la fumée et des relents de pétrole.

*

« Comment osent-ils se conduire comme ça avec toi ? dit Sai, s'efforçant de combler le fossé qui les séparait, tandis qu'ils contemplaient la pagaille que les policiers avaient laissée derrière eux.

– Mais sinon, ça serait pas une enquête sérieuse », argumenta le cuisinier.

En essayant, chacun à sa manière, de lui rendre sa dignité, ils ne faisaient que souligner sa perte.

Ils se baissèrent pour ramasser les affaires éparses, le cuisinier veillant à replacer les feuillets des lettres dans les bonnes enveloppes. Un jour, il les donnerait à son fils : il garderait ainsi un souvenir de son voyage et serait fier de ce qu'il avait réalisé.

Cinq

Biju au Baby Bistro.

Au niveau de la rue, un restaurant français, mais en dessous, dans les cuisines, mexicain et indien. Et quand un Paki fut embauché, il devint mexicain, indien et pakistanais.

*

Biju au Colonial, pour goûter l'atmosphère authentique des colonies.

Au-dessus les riches colons, en dessous les pauvres indigènes. Colombiens, Tunisiens, Équatoriens, Gambiens.

*

Puis la cafétéria À la bannière étoilée. Drapeau américain en haut, drapeau guatémaltèque en bas.

Plus un drapeau indien à l'arrivée de Biju.

*

« C'est où, le Guatemala ? » fut-il contraint de demander.

« C'est où, Guam ? »

« Madagascar, c'est où ? »

« La Guyane, ça se trouve où ?

– T'es pas au courant ? dit le Guyanais. Y a des Indiens partout en Guyane, mon vieux.

– Des Indiens à Guam. Où qu'tu regardes, t'as pratiquement que des Indiens.

– Et Trinidad ?

– C'est plein d'Indiens, Trinidad ! Tu me croiras pas, mais tu les entends dire : “Ouv'-moi oun bouâte de sôômon, mec.” »

Madagascar... encore des Indiens.

Au Chili, dans la zone *duty-free* de la Terre de Feu, la *Zona Rosa*, du whisky, de l'électronique... et des Indiens. Amertume à l'idée de ces Pakistanais qui dominent le marché de la voiture d'occasion. « Oh... laisse tomber... laisse ces *bhenchoots* prendre leurs vingt-cinq pour cent... »

Le Kenya. L'Afrique du Sud. L'Arabie saoudite. Les îles Fidji. La Nouvelle-Zélande, le Surinam.

Un groupe de sikhs était arrivé bien des années plus tôt au Canada ; ils s'étaient installés dans des régions perdues, les femmes avaient ôté leur *salwar* et portaient leur *kurta* comme une robe.

Des Indiens, mais oui, en Alaska ; c'était un *desi*[1] qui tenait la dernière épicerie dans la dernière ville avant le pôle Nord ; surtout des conserves, du matériel de pêche, des sacs de sel et des pelles ; sa femme était restée avec les enfants à Karnal, dans l'Haryana, où, grâce aux sacrifices du mari, ils pouvaient s'offrir l'école maternelle des Petits Anges.

Sur la mer Noire aussi, des Indiens, dans le commerce des épices.

Hong Kong. Singapour.

Comment avait-il fait son compte pour ne rien apprendre en grandissant ? L'Angleterre, il connaissait, l'Amérique aussi, Dubaï, le Koweït, mais, en dehors de ça, pas grand-chose.

*

Il y avait tout un monde dans les cuisines en sous-sol de New York pour lequel Biju était mal préparé, si bien qu'il fut presque soulagé de voir débarquer un Pakistanais. Là, au moins, il savait quoi faire. Il écrivit à son père pour l'informer de la nouvelle.

Le cuisinier prit peur. Mais dans quel genre d'endroit se trouvait-il donc ? Certes, il savait que c'était un pays où les gens venaient du monde entier pour trouver du

1. Individu de pure souche indienne *(NdT)*.

travail, mais enfin, les Pakistanais, tout de même ! Qui aurait jamais accepté de les employer, ceux-là ? À coup sûr, on préférait les Indiens...

« Fais attention, écrivit le cuisinier à son fils. Fais attention. Reste sur tes gardes. Reste à l'écart. Méfie-toi. »

Il avait été pour son père une source de fierté. Mais il ne se sentait plus à même de lui parler franchement ; tout en lui n'était qu'imposture, chaque poil de son corps était prêt à se hérisser.

Desi contre Pakis.

La bonne vieille guerre, la meilleure...

Dans quel autre domaine les mots pouvaient-ils couler avec cette facilité que permettaient des siècles de pratique ? Comment, sinon dans cette confrontation, pouvait-on ressusciter l'esprit de son père, de son grand-père ?

Ici, en Amérique, où chaque nationalité confirmait son image et ses stéréotypes...

Biju avait eu l'impression avec l'arrivée du Paki de pénétrer dans la tiédeur d'un bain amniotique.

Qui ne tarda pas à refroidir. Cette guerre, après tout, n'était pas satisfaisante ; elle ne pourrait jamais aller assez loin, le nerf n'était jamais décrispé, la démangeaison jamais soulagée ; l'exaspération allait grandissant, et les combattants n'en devenaient que plus impatients.

« Porcs, espèces de porcs, fils de porcs, *sooar ka baccha* ! hurlait Biju.

– *Uloo ka patha*, fils de chouette, salopard d'Indien dégénéré. »

Ils ne franchissaient jamais le point de non-retour. Et se canonnaient à coups de choux.

*

« *** !!! » dit le Français.

Ils eurent l'impression d'un petit courant d'air furieux ; en réalité, il leur disait qu'ils formaient un duo fort pénible. Le bruit de leur dispute était monté jusqu'en haut de l'escalier et avait jeté un froid : ils risquaient à eux deux de rompre ce bel équilibre entre le monde industrialisé du haut et le tiers-monde vingt-deux marches plus bas. Qu'on mélange les deux univers, et qui fréquenterait encore son restaurant, hein ? Avec ses *coquilles Saint-Jacques à la vapeur** [1] à 27,50 dollars, sa *blanquette de veau** à 23 dollars, et un canard qui faisait un clin d'œil aux colonies, trônant comme un pacha sur son coussin de graisse, et sentait fort le safran.

Mais à quoi pensaient-ils ? Est-ce que les restaurants parisiens ont des caves pleines de Mexicains, de *desi* et de Pakis ?

Non, bien sûr que non. Qu'est-ce que vous croyez ?

1. En français dans le texte, comme désormais tous les mots en italique suivis d'un astérisque *(NdT)*.

Leurs caves à eux sont remplies d'Algériens, de Sénégalais, de Marocains...

Au revoir, Baby Bistro. « Et profite de ton temps libre pour prendre un bain », dit le patron. Il avait été assez bon pour engager Biju, même s'il trouvait qu'il sentait.

Le Paki d'un côté, Biju de l'autre. On tourne le coin de la rue, on se rencontre à nouveau, et à nouveau on se sépare.

Six

Ainsi donc, tandis que Sai attendait devant le portail, le cuisinier avait descendu le sentier, jambes arquées, lanterne à la main, donnant des coups de sifflet pour éloigner les chacals, les deux cobras et le cambrioleur du coin, Gobbo, qui volait tous les résidents de Kalimpong à tour de rôle et avait un frère dans la police pour le protéger.

« Tu viens d'Angleterre ? » avait demandé le cuisinier à Sai en déverrouillant le portail muni d'un cadenas et d'une chaîne, tous deux énormes, en dépit du fait que n'importe qui pouvait facilement escalader le talus ou passer par le ravin.

Elle avait fait un signe de dénégation.

« D'Amérique alors ? Ils ont pas de problèmes là-bas avec l'eau ou l'électricité », avait-il dit. Paroles gonflées d'une révérence qui leur donnait l'épaisseur et l'air suffisant des devises du monde industrialisé.

« Non, avait-elle dit.

– Ah bon ? Vraiment ? (Déçu.) De l'étranger, quand même. » Sans point d'interrogation. Simple assertion d'un fait incontestable. Accompagnée d'un hochement de tête, comme s'il approuvait quelque chose qui serait venu d'elle, et non de lui.

« Non. De Dehra Dun.

– Dehra Dun ! (Accablé.) *Kamaal hai*[1] *!* Et nous qui en avons fait toute une histoire, croyant que tu venais de très loin, et voilà que, tout ce temps, t'étais à Dehra Dun. Et pourquoi t'es pas venue avant ? »

« Bon, avait dit le cuisinier, voyant qu'elle ne répondait pas. Où sont tes parents ?

– Ils sont morts.

– Morts... » Il en avait lâché sa lanterne, qui s'était éteinte. « Bon sang ! Pourquoi est-ce qu'on me dit jamais rien ? Qu'est-ce que tu vas devenir, ma pauvre petiote ? (Compatissant. Désemparé.) Et où c'est qu'ils sont morts ? » Sans la flamme de la lanterne, la scène baignait dans un clair de lune mystérieux.

« En Russie.

– En Russie ! Mais y a pas de travail là-bas. » Les mots avaient retrouvé la maigreur d'une monnaie dévaluée, argent du tiers-monde, argent de la guigne. « Et qu'est-ce qu'ils y faisaient ?

– Mon père était cosmonaute.

– Cosmonaute ? Jamais entendu parler de ça... » Il l'avait regardée d'un air soupçonneux. Cette gamine

1. « C'est pas croyable ! » *(NdT.)*

avait quelque chose de bizarre, il le voyait bien, mais puisqu'elle était là... « T'as plus qu'à rester maintenant, avait-il grommelé. Y a rien d'autre à faire... C'est triste... C'est pas de chance... » Les enfants inventaient souvent des histoires, ou alors on leur en racontait pour masquer une terrible vérité.

Le cuisinier et le chauffeur s'étaient échinés à transporter la malle jusqu'à la maison, l'allée était trop envahie de mauvaises herbes pour être carrossable, et il n'y avait qu'un maigre sentier, tracé par les passages répétés.

Le cuisinier s'était retourné : « Comment est-ce qu'ils sont morts ? »

Quelque part au-dessus de leurs têtes, on entendait le bruit d'un oiseau effrayé, d'ailes immenses se mettant en mouvement comme une hélice.

*

À Moscou, par un après-midi tranquille, Mr et Mrs Mistry traversaient la place pour rejoindre les locaux de l'Agence de voyages interplanétaires. Le père de Sai résidait à Moscou depuis qu'il avait été sélectionné, au sein de l'armée de l'air indienne, comme candidat au programme « Intercosmos ». On vivait alors les derniers jours de l'idylle entre l'Inde et l'URSS, et il régnait déjà une odeur de bouquet fané dans l'air, ainsi que dans les échanges entre scientifiques qui finissaient en larmes nostalgiques versées sur les belles années rose-rouge pendant lesquelles les deux pays s'étaient courtisés.

Mr et Mrs Mistry avaient grandi à l'époque grisante où l'amitié entre les deux peuples avait été cimentée par les ventes d'armes, les compétitions sportives, les corps de ballets en tournée et les livres illustrés qui avaient introduit une génération d'écoliers indiens aux histoires de Baba Yaga, cette créature vivant dans sa maison sur des pattes de poulet dans les ténèbres préhistoriques d'une forêt russe, ainsi que du prince Ivan et de la princesse Ivanka, qui avaient connu bien des malheurs avant de pouvoir vivre heureux dans un palais aux dômes renflés.

Le couple s'était rencontré dans un parc de Delhi. Mrs Mistry s'y rendait souvent en sortant du dortoir des filles pour étudier et se faire sécher les cheveux à l'ombre d'un *neem*, un endroit paisible que la surveillante avait autorisé ses ouailles à fréquenter. Passant par là lors d'une séance de jogging, Mr Mistry, déjà membre de l'armée de l'air, grand et fort, moustache bien taillée, avait trouvé cette étudiante si incroyablement jolie, avec son expression mi-acide, mi-sucrée, qu'il s'était arrêté pour la dévisager. Ils firent connaissance dans cet espace verdoyant, où des vaches étaient attachées à d'énormes tondeuses à gazon rouillées qui allaient et venaient laborieusement devant un mausolée moghol en ruine. Une année ne s'était pas écoulée quand, dans les profondeurs fraîches du mausolée, une lumière indirecte dorée visitant les unes après les autres les alcôves silencieuses, au fur et à mesure plus sombres et plus confinées derrière les panneaux sculptés qui projetaient chacun sur le sol un motif de dentelle différent – fleurs ou étoiles –, Mr Mistry fit sa demande. L'étudiante réfléchit rapidement. Cette idylle lui avait permis d'échapper à la tristesse de son passé et à l'ennui de sa vie de jeune fille. Il vient toujours un moment où l'on aspire à devenir adulte : elle accepta. Le pilote et l'étudiante, le zoroastrien et l'hindoue, émergèrent de la tombe du prince moghol, sachant très bien que personne en dehors d'eux ne serait impressionné par leur histoire d'amour toute laïque. Il n'empêche qu'ils s'estimaient heureux de s'être rencontrés, chacun habité du vide de la même solitude, chacun aussi fascinant pour l'autre qu'une personne venue de l'étranger, mais tous deux éduqués avec un œil tourné vers l'Occident, si bien qu'ils pouvaient chanter à l'unisson tout en grattant une guitare. Ils se sentaient libres et hardis, membres d'une nation moderne dans un monde moderne.

*

Dès 1955, Khrouchtchev s'était rendu au Cachemire et avait proclamé la région territoire indien pour toujours ; plus récemment, le Bolchoï avait dansé *Le Lac des cygnes* à Delhi, devant une assistance parée pour l'occasion de ses plus beaux saris de soie et de ses plus gros bijoux.

Et, bien entendu, c'étaient alors les premiers temps de l'exploration de l'espace. Une chienne du nom de Laïka avait été propulsée dans les airs à bord de *Spoutnik II*. En 1961, un chimpanzé nommé Ham avait lui aussi fait le voyage. Après lui, la même année, était parti Youri Gagarine. Les années passant, succédèrent aux Américains et aux Soviétiques, aux chiens et aux chimpanzés, un Vietnamien, un Mongol, un Cubain, une femme et un Noir. Satellites et navettes tournaient autour de la Terre et de la Lune, atterrissaient sur Mars, étaient lancés vers Vénus, et faisaient un aller et retour du côté de Saturne. C'est à cette époque qu'était arrivée en Inde une équipe d'experts soviétiques de l'aviation et de l'aéronautique, chargés par leur gouvernement de trouver des candidats potentiels pour de futurs vols spatiaux.

Alors qu'ils visitaient des installations de l'armée de l'air dans la capitale, ils avaient remarqué Mr Mistry, en raison non seulement de ses compétences, mais aussi de la détermination farouche qui se lisait dans ses yeux.

Il avait rejoint quelques autres candidats à Moscou, et Sai, alors âgée de six ans, avait été hâtivement confiée aux soins du couvent autrefois fréquenté par sa mère.

La concurrence était rude. Au moment où Mr Mistry confiait à sa femme qu'il était certain d'être choisi, de préférence à ses collègues, pour devenir le tout premier Indien à être libéré de la pesanteur, le destin en décida autrement, et au lieu de fendre la stratosphère, dans cette vie, dans ce corps, pour aller voir le monde avec l'œil des dieux, il fut gratifié d'une vision toute différente de l'au-delà, quand lui et son épouse passèrent sous les roues d'un car, alourdi du poids de trente provinciales indomptables qui avaient roulé deux jours entiers pour venir faire du troc au marché de la grande ville.

Ils périrent donc sous des roues étrangères, au milieu de cageots remplis de matriochkas. Que leur dernière pensée ait été pour leur fille au couvent des augustines, celle-ci ne le saurait jamais.

*

Moscou ne faisait pas partie du programme des études au couvent. Sai imaginait des bâtiments massifs et ternes, à l'ossature lourde, aux muscles puissants et aux bajoues de bouledogue, dans des teintes gris soviétique, sous la grisaille d'un ciel soviétique, au milieu de Soviétiques tout de gris vêtus mangeant une nourriture soviétique grisâtre. Une ville masculine, sans faiblesse ni fantaisie, sans créneaux, tout en angles droits. Et maintenant, au milieu de ce paysage, une effusion écarlate qui s'étendait, s'épanchait, sans qu'on puisse l'étancher.

« Vraiment désolée, dit sœur Caroline, désolée vraiment pour cette nouvelle, Sai. Tu vas devoir être courageuse. »

« Je suis une orpheline, se murmura Sai pour elle-même, dans son lit à l'infirmerie. Mes parents sont morts. Je suis orpheline. »

Elle haïssait le couvent, mais ne se souvenait de rien d'autre.

« Chère Sai, lui écrivait sa mère, voici un autre hiver qui arrive, et nous avons sorti les gros pulls. Avons retrouvé Mr et Mrs Sharma pour un bridge, et ton papa a triché, comme d'habitude. Nous mangeons souvent du hareng, un poisson à l'odeur forte que tu devrais goûter un jour. »

Elle répondait pendant les séances surveillées de correspondance avec la famille.

« Chers papa et maman, comment allez-vous ? Moi, je vais bien. Ici, il fait très chaud. Hier, nous avons eu notre composition d'histoire, et Arlene Macedo a triché, comme d'habitude. »

Mais les lettres ressemblaient à des exercices scolaires. Sai n'avait pas vu ses parents depuis deux ans, et l'impact affectif de leur existence avait depuis longtemps cessé de se faire sentir. Elle essaya de pleurer, mais en vain.

*

Dans le parloir, en dessous d'un Jésus vêtu d'un *dhoti* punaisé sur deux bouts de bois verni, les sœurs eurent une consultation angoissée. Ce mois-ci, pas de mandat Mistry dans les coffres du couvent, pas de dons obligatoires pour le fonds des transports ou de la rénovation des toilettes, pour les fêtes et les jours de fête.

« Pauvre petite, mais que faire ? » Les sœurs secouèrent la tête d'un air entendu : Sai était un cas à part.

Les plus anciennes se souvenaient de sa mère et du fait que le juge payait la pension, mais sans jamais venir la voir. Il y avait d'autres fragments de l'histoire qu'aucune d'entre elles n'aurait su reconstituer, bien évidemment, car une partie du récit avait été perdue, une autre délibérément oubliée. Tout ce qu'elles savaient du père de Sai, c'était qu'il avait grandi dans un orphelinat zoroastrien, et que, s'il était allé à l'école, puis à l'université, pour finalement entrer dans l'aviation, c'était grâce à l'aide d'un généreux donateur. Quand les parents de Sai s'étaient enfuis pour se marier, la famille, originaire du Gujarat, s'était sentie déshonorée et avait renié sa mère.

Dans un pays où pullulaient les parents de toutes sortes, Sai souffrait d'une réelle disette.

Dans son dossier, il n'y avait qu'un seul nom à la rubrique « Prière de contacter en cas d'urgence » : celui du grand-père, l'homme qui avait jusqu'ici réglé les frais de scolarité.

Nom : Jemubhai Patel.
Degré de parenté : grand-père maternel.
Profession : juge, premier président à la cour (retraité).
Religion : hindou.
Caste : Patidar.

Sai n'avait jamais rencontré ce grand-père qui, en 1957, avait été présenté à l'Écossais qui avait fait construire Cho Oyu et repartait alors vivre à Aberdeen.

« C'est très isolé, mais le sol a de l'avenir, avait dit l'Écossais, quinine, sériciculture, cardamome, orchidées. » Le juge ne s'intéressait aucunement aux potentialités agricoles de l'endroit, mais alla tout de même voir, se fiant à la parole de l'autre – la fameuse parole d'un gentleman –, en dépit de tout ce qui s'était passé. Il arriva à cheval, ouvrit la porte sur cet espace nu éclairé par une lumière monastique, dont la qualité variait avec celle du soleil. Eut l'impression de pénétrer dans une sensibilité plutôt que dans une maison. Le sol était sombre, presque noir, fait de planches très larges ; le plafond ressemblait à la cage thoracique d'une baleine, coups de hache encore visibles dans le bois de charpente. Une cheminée en galets de rivière argentés scintillait comme du sable. Des fougères luxuriantes envahissaient les fenêtres, plissé de feuillage raide sous le feutre des spores, protubérances enroulées, ouatées d'un duvet couleur bronze. Le juge sentit qu'en ces lieux il pourrait prendre conscience de la profondeur, de la hauteur, de la largeur, et d'une autre dimension plus évanescente. À l'extérieur, des oiseaux aux couleurs de la passion fendaient l'air et sifflaient, et le massif de l'Himalaya s'élevait par paliers successifs jusqu'à une altitude où ces pics étincelants faisaient paraître l'homme si petit qu'on pouvait comprendre qu'il soit prêt à tout abandonner, à se vider de tout. Le juge vivrait très bien ici, dans cette coquille, ce crâne, avec la consolation d'être un étranger dans son propre pays, car cette fois-ci il n'apprendrait pas la langue.

De ce jour, il ne remit plus jamais les pieds dans un tribunal.

*

Sai dit adieu aux perversités du couvent, anges douceâtres aux couleurs tendres et Christ sanglant présentés côte à côte dans un troublant contraste. Adieu aux uniformes si lourds à porter pour une petite fille, à la cravate, au blazer à épaulettes masculines et aux chaussures noires qui avaient tout de sabots de vache. Adieu à son amie, Arlene Macedo, la seule autre pensionnaire dotée d'une famille hors normes. Le père d'Arlene, à entendre celle-ci, était un marin portugais reparti sitôt arrivé. Non pas en mer, murmuraient les autres filles, mais pour retrouver une coiffeuse chinoise de l'hôtel Claridge à Delhi. Adieu à quatre années passées à apprendre à supporter le poids de l'humiliation et de la peur, l'art du subterfuge, à se faire surprendre par des détectives vêtus de noir et à trembler devant la rigueur d'un règlement qui confondait légèreté d'erreurs et d'égarements quotidiens et gravité de crimes avec préméditation. Adieu donc :

a) à la poubelle où l'on reste debout, un bonnet d'âne sur la tête ;

b) aux coups de chaleur attrapés pendant que l'on se tient en plein soleil sur une jambe, les mains en l'air ;

c) aux assemblées du matin où l'on annonce publiquement ses péchés ;

d) aux fessées qui vous font la peau rouge-noir-bleu et curcuma.

« Tu devrais avoir honte », avait dit un jour sœur Caroline à Sai, qu'elle avait trouvée oisive après la classe, et elle lui avait fait un derrière aussi luisant que celui d'un babouin, si bien que la honte que la petite ignorait jusque-là lui était vite venue.

Le système était peut-être obsédé par la pureté, mais il excellait à définir le parfum du péché. Il y avait une certaine excitation à mettre au jour les forces du désir et de la culpabilité, à en remuer et renifler les résultats. Leçon fondamentale, que Sai n'avait pas manqué d'apprendre et qu'accompagnaient quelques autres principes bien établis : les gâteaux sont meilleurs que les *laddoo*, on mange avec sa fourchette, sa cuillère et son couteau, et pas avec ses doigts, boire le sang du Christ et avaler une hostie est plus civilisé qu'enrouler des guirlandes de soucis autour d'un symbole phallique. L'anglais vaut mieux que l'hindi.

*

Tout ce que Sai avait retiré de cet enseignement s'était niché entre les contradictions, et les contradictions elles-mêmes avaient été ingérées. Le *Lochinvar* de Walter Scott et Tagore, l'économie et la morale, la danse écossaise en kilt et celle de la moisson du Pendjab en *dhoti*, l'hymne national en bengali et une devise latine incompréhensible fièrement arborée sur une banderole en travers de leur poche de blazer, ainsi que sur l'arche qui surmontait l'entrée du couvent : « *Pisci tisci episculum basculum.* » Ou quelque chose du même genre.

*

Quand elle passa sous cette devise pour la dernière fois, elle était accompagnée d'une sœur en visite qui étudiait les systèmes de financement des couvents, et se rendait à Darjeeling. Par la vitre, de Dehra Dun à Delhi, puis de Delhi jusqu'à Siliguri, elles virent des scènes de vie à la campagne, qui faisaient paraître l'Inde plus vieille que jamais. Des femmes vaquaient, leurs fagots de bois sur la tête, trop pauvres pour porter un corsage sous leur sari. « Honte, honte, je sais où te trouver », dit la sœur d'un ton enjoué. Son enjouement fit long feu. C'était le matin de bonne heure, et des rangées de derrières dénudés bordaient les voies. Elles voyaient en gros plan des dizaines de gens en train de déféquer sur les voies et de se rincer le derrière à l'aide d'un bidon d'eau. « Seigneur, qu'ils sont sales ! s'exclama-t-elle. La pauvreté n'est pas une excuse, certainement pas, personne ne me fera croire ça. Pourquoi faut-il qu'ils fassent une chose pareille ici ?

– À cause de la dénivellation, dit avec le plus grand sérieux un intellectuel à lunettes assis à côté d'elle. La voie ferrée est en contrebas, l'endroit est donc bien choisi. »

La sœur s'abstint de répondre. Et ceux qui déféquaient, le derrière tendu sous l'effort, trouvaient les voyageurs du train si peu en rapport avec eux, créatures venues d'une autre planète, qu'ils ne se souciaient pas plus d'eux que s'ils avaient eu des moineaux pour spectateurs.

Et c'est ainsi qu'elles poursuivirent leur long et laborieux voyage.

*

Sai silencieuse… consciente que son destin l'attendait. Elle pressentait Cho Oyu.

« Ne t'inquiète pas, petite », dit la sœur.

Sai ne répondit pas, et la sœur en fut agacée.

Elles prirent ensuite un taxi, et, dans un climat plus humide, traversèrent un paysage vert rouille, qui craquait et s'agitait dans le vent. Passèrent devant des kiosques à thé sur pilotis, des paysans vendant des poulets dans des paniers ronds en rotin, et des cabanes où l'on fabriquait des statues de la déesse Durga pour les autels de prières. Longèrent des champs de riz, et des entrepôts qui, malgré leur décrépitude, portaient les noms de compagnies de thé célèbres : Rungli Rungliot, Ghoom, Goenkas.

« Arrête donc de pleurer sur ton sort. Tu ne crois tout de même pas que Dieu faisait la tête ? Avec tout ce qu'il avait à faire ? »

Soudain, sur la droite, la Teesta dévala vers elles en bondissant entre ses rives de sable blanc. L'espace et le soleil entrèrent à flots par la vitre. Les reflets amplifiaient et réverbéraient la lumière, la rivière, qui s'enrichissaient mutuellement d'arêtes et de couleurs, et Sai prit conscience de l'immensité de l'espace dans lequel elle pénétrait.

Elles se séparèrent au bord de la rivière au cours torrentueux, sous le soleil couchant qui dessinait de petites taches rondes à travers le feuillage. À l'est se trouvait Kalimpong, en équilibre précaire entre le Deolo et les collines du Ringkingpong. À l'ouest, Darjeeling, dégringolant le long des monts Singalila. La sœur tenta un dernier conseil, mais sa voix fut engloutie dans le grondement de la Teesta, et elle se contenta de pincer la joue de Sai en guise d'adieu. Elle partit dans une Jeep des sœurs de Cluny, pour grimper au milieu des plantations de thé jusqu'à une altitude de dix-huit cents mètres, vers une ville noire et fangeuse, où les couvents poussaient comme des champignons dans un air mouillé de brouillard.

*

La nuit tomba vite, une fois le soleil couché. La voiture, le nez pointé vers le ciel, suivait la spirale de la route – la moindre erreur de manœuvre, et ils versaient dans le ravin. La mort chuchotait à l'oreille de Sai, son pouls s'accélérait, son cœur défaillait, et ils montaient toujours. À Kalimpong, pas un lampadaire pour éclairer les rues, et, dans les maisons, des lampes si faibles qu'on ne les voyait qu'en arrivant sur elles ; elles surgissaient brusquement pour disparaître aussitôt. Les gens qui marchaient dans le noir n'avaient ni torche ni lanterne, et les phares les surprenaient en train de s'écarter de la chaussée. Le chauffeur quitta la route goudronnée pour emprunter un chemin de terre, et, pour finir, la voiture s'arrêta dans un endroit sauvage, devant une grille suspendue entre deux piliers en pierre. Le bruit du moteur s'évanouit ; les phares s'éteignirent. Seule la forêt continuait à bruire et susurrer.

Sept

Ah, ce grand-père qui tenait plus du lézard que de l'homme.

Ce chien, plus homme que chien.

Le visage de Sai à l'envers dans sa cuillère à soupe.

En signe de bienvenue, le cuisinier avait modelé la purée en forme d'automobile, ressuscitant un talent depuis longtemps oublié, grâce auquel, à partir du même charmant matériau, il confectionnait les jours de fête des châteaux décorés de drapeaux en papier, des poissons les ouïes percées d'anneaux, des porcs-épics dotés de piquants en céleri, des poulets avec de vrais œufs placés derrière, histoire de faire rire.

Cette voiture avait des tranches de tomate en guise de roues et des accessoires confectionnés avec de vieux morceaux de papier aluminium que le cuisinier traitait comme un métal précieux, les lavant, les séchant, les utilisant et les réutilisant jusqu'à ce qu'ils s'effritent en fragments pailletés ; même alors, il ne pouvait se résoudre à les jeter.

La voiture trônait au centre de la table, accompagnée de côtelettes de mouton en forme de battoir à linge, de haricots verts regorgeant d'eau, et d'une tête de chou-fleur couverte de sauce au fromage, qui avait tout d'une cervelle enveloppée d'un linge. De tous les plats montaient des volutes rageuses, et des nuages tièdes aux odeurs de cuisine se condensaient sur le visage de Sai. Quand la vapeur se fut un peu dissipée, la jeune fille put observer à nouveau son grand-père à l'autre bout de la table, et le chien assis sur une chaise à son côté. Mutt souriait – la tête penchée, sa queue frappant la chaise à coups répétés –, mais le juge, silhouette desséchée, vêtue d'une chemise blanche et d'un pantalon noir avec une boucle sur le côté, ne semblait pas avoir remarqué l'arrivée de Sai. Les vêtements étaient éraillés mais propres, repassés par le cuisinier, qui continuait à tout repasser : pyjamas, serviettes de toilette, chaussettes, sous-vêtements et mouchoirs. Le visage semblait lointain, comme mis à distance par une poudre blanche qui paraissait recouvrir une peau foncée, à moins que ce ne fût là un effet de la vapeur ? Et il émanait de lui de légers effluves d'antibiotiques : sans doute une eau de Cologne, qui évoquait davantage le formol qu'un parfum. Le reptile en lui affleurait partout : dans l'inclinaison du visage, le large front dégarni, le nez et le menton repoussés en dedans, l'absence de mouvement, les lèvres inexistantes, le regard fixe. Comme d'autres gens âgés, il donnait l'impression de ne pas avoir avancé avec le temps, mais d'être au contraire remonté loin dans le passé. Suggérant la préhistoire, en résonance avec l'infini, il ressemblait à une créature des Galapagos, l'œil rivé sur l'horizon au-delà de l'océan.

*

Pour finir, il leva les yeux sur Sai.

« Eh bien, comment t'appelles-tu ?

– Sai.

– Sai ? » dit-il de méchante humeur, comme mis en colère par quelque impudence.

La chienne éternua. Elle avait un museau élégant, une bosse au sommet de la tête attestant sa noble descendance, un pantalon à volants, une queue délicatement frangée...

Sai n'avait jamais vu de chien aussi beau.

« Votre chienne a l'air d'une star de cinéma, dit-elle.

– Une Audrey Hepburn peut-être, dit le juge, essayant de masquer le plaisir que lui causait cette remarque, mais certainement pas une de ces créatures vulgaires que l'on voit sur les affiches du bazar. »

Il prit sa cuillère. « Où est le potage ? »

Le cuisinier l'avait oublié, tout entier absorbé par sa voiture en purée.

Le juge abattit son poing sur la table. Le potage après le plat principal ? Quel accroc au protocole !

Il y eut une brusque baisse de courant, comme pour accompagner la désapprobation du juge, et l'ampoule se mit à grésiller à l'instar du coléoptère qui, sur le dos, dérapait sur la table, désorienté par une tension trop faible pour déclencher une réaction suicidaire. Le cuisinier avait déjà éteint toutes les autres lampes de la maison de façon à concentrer dans cette unique ampoule la maigre puissance disponible, et cet éclairage inégal dessinait sur le plâtre bosselé du mur les ombres vacillantes de quatre marionnettes de conte de fées – un homme-lézard, un cuisinier bossu, une jeune fille aux cils luxuriants, un chien-loup à longue queue...

« Il faut que j'écrive à ce crétin de responsable de secteur, dit le juge, mais à quoi bon ! » De son couteau il remit le coléoptère sur ses pattes ; la bestiole cessa de grésiller, et Mutt, qui l'avait jusqu'ici contemplée avec effarement, gratifia son maître d'un regard de conjoint énamouré.

*

Le cuisinier apporta deux bols de potage à la tomate, acide et poivré, tout en marmonnant : « J'ai jamais droit à un merci, moi... Quand on voit comment je trime, moi qui suis plus tout jeune ni en bonne santé… C'est une abomination d'être pauvre, une abomination… »

Le juge trempa dans un bol de crème une cuillère dont le contenu blanc s'écrasa dans le rond rouge.

« Bon, dit-il à sa petite-fille, il va falloir qu'on fasse attention à ne pas se déranger l'un l'autre. On a dû engager une préceptrice, une dame qui habite en bas de la colline, on ne peut pas se permettre une école religieuse… Pourquoi faudrait-il qu'on contribue à engraisser l'Église ? Trop loin de toute façon, et on ne peut plus s'offrir le luxe d'une automobile, n'est-ce pas ? Et puis, hors de question, j'imagine, de t'envoyer dans une école publique… Tu en ressortirais avec le mauvais accent et l'habitude de te fourrer les doigts dans le nez… »

*

La lumière faiblit encore jusqu'à n'être plus qu'un filament, aussi fragile que le premier miracle d'Edison retenu dans les pinces de ses délicats fils métalliques à l'intérieur du globe en verre de l'ampoule. Elle émit un dernier croissant bleu, puis mourut.

« Nom de Dieu ! » dit le juge.

*

Dans son lit, ce soir-là, Sai se retrouva sous une nappe : on avait épuisé les draps depuis longtemps.

Elle sentait la présence envahissante de la forêt, entendait le son creux des bambous s'entrechoquant, celui, plus sourd, du torrent s'enfonçant dans le décolleté de la montagne. Noyé dans les bruits domestiques pendant le jour, ce chant montait au crépuscule et venait faire entendre sa voix pure aux fenêtres. La structure de la maison semblait fragile dans l'équilibre de la nuit – aussi friable qu'une cosse de petits pois. Le toit en tôle cliquetait dans le vent. Quand Sai remuait le pied, ses orteils trouaient sans bruit le tissu décomposé. Elle avait l'impression effrayante d'avoir pénétré dans un espace si grand qu'il s'étendait dans tous les sens à l'infini.

Soudain, comme si une porte secrète s'était ouverte dans son oreille, elle perçut le bruit de mandibules microscopiques réduisant lentement l'édifice à l'état de sciure, un bruit difficile à déceler tant il était étroitement tissé dans l'air ambiant, mais qui, une fois identifié, prenait des proportions monstrueuses. Dans ce climat, elle l'apprendrait bientôt, il suffisait d'une saison pour réduire en poudre le bois non traité.

HUIT

De l'autre côté du hall, en face de la chambre de Sai, le juge, perturbé par l'arrivée de sa petite-fille, avala un somnifère et resta allongé, sans dormir, Mutt à son côté. « Ma petite reine, gloussa-t-il. Qu'on a donc de longues oreilles bouclées ! Regardez-moi un peu toutes ces boucles. » Tous les soirs, Mutt dormait la tête sur l'oreiller de son maître, et, quand la nuit était froide, elle était enveloppée dans un châle en laine de lapin angora. Elle dormait en ce moment, mais même ainsi, elle dressa une oreille pour écouter le juge, tout en continuant à ronfler.

Le juge prit un livre et essaya de lire, sans succès. À sa grande surprise, il se rendit compte qu'il pensait à ses voyages à lui, aux arrivées et aux départs d'un passé lointain. Il était parti de chez lui pour la première fois à vingt ans, avec une malle métallique noire pareille à celle de Sai, portant en lettres blanches l'inscription : « Mr J. P. Patel, SS *Strathnaver*. » On était en 1939. La ville qu'il quittait était le berceau de ses ancêtres, Piphit. De là, il avait voyagé jusqu'aux docks de Bombay, où il s'était embarqué pour Liverpool, avant de se rendre à Cambridge, sa destination finale.

De nombreuses années avaient passé depuis, et pourtant il gardait de ce jour un souvenir aussi net que cruel.

*

Le futur juge, qui ne s'appelait alors que Jemubhai – ou Jemu –, avait eu droit, lors de son départ, à une sérénade donnée par deux membres à la retraite d'une fanfare militaire, engagés par son beau-père. Ils étaient restés debout sur le quai entre des bancs étiquetés respectivement « Réservé aux Indiens » et « Réservé aux Européens », vêtus de vestes rouges tachées, leurs ganses en zigzag au métal terni pendant aux manches et au col. Au moment où le train quitta la gare, ils attaquèrent *Take Me Back to Dear Old Blighty*[1], un air dont ils se souvenaient qu'il s'imposait pour un départ.

Le juge était accompagné par son père. À la maison, sa mère pleurait, faute d'avoir correctement évalué le déséquilibre entre le côté définitif des adieux et la brièveté des derniers moments.

1. « Ramenez-moi dans ma chère Angleterre », chant du retour au foyer pour les soldats britanniques en service aux colonies *(NdT)*.

« Ne le laisse pas partir. Ne le laisse pas partir. »

Son petit garçon, avec son duvet fragile ourlant sa lèvre supérieure, son goût pour le *choorva* qu'elle lui préparait avec amour et qu'il ne trouverait jamais en Angleterre, son horreur du froid, qu'il trouverait au contraire à l'excès ; avec ce pull tricoté main, dont le motif était suffisamment fantasque pour exprimer l'extravagance de son affection ; avec son *Oxford English Dictionary* tout neuf et sa noix de coco décorée qu'il devait jeter en offrande dans les vagues, pour s'assurer la protection des dieux pendant la traversée.

Le père et le fils avaient roulé tout le matin et tout l'après-midi, et Jemu avait pris conscience pour la première fois de l'immensité du paysage dans lequel il avait vécu jusqu'ici. Le train, la vitesse du déplacement rendaient son monde banal, donnaient, par chacune des fenêtres, des preuves de l'existence d'un vide qui ne demandait qu'à engloutir les cœurs sans défense. La peur l'envahit, non pas pour son avenir, mais pour son passé, pour la croyance ridicule dans laquelle il avait vécu à Piphit.

L'odeur pestilentielle des canards de Bombay mis à sécher sur des échafaudages en bambou le long de la voie étouffa un moment ses pensées ; les relents une fois dissipés, ses craintes à nouveau l'assaillirent.

Il pensa à sa femme. Il était marié depuis un mois seulement. Il reviendrait... dans bien des années... et alors, que se passerait-il ? Tout était si bizarre. Elle avait quatorze ans, et c'est à peine s'il connaissait son visage.

Ils traversèrent le bras de mer pour entrer dans Bombay, arrivèrent au Victoria Terminus, où ils déclinèrent les offres des rabatteurs pour aller passer la nuit chez une connaissance de son beau-père, et se lever de bonne heure le lendemain pour se rendre au quai Ballard.

*

Quand Jemubhai avait appris que l'océan faisait le tour d'un globe, il en avait retiré un certain sentiment de puissance, mais quand il se retrouva sur le pont du bateau jonché de confettis, à regarder la mer faire jouer ses muscles à l'infini, il sentit que ce savoir au contraire l'affaiblissait. Le pétillement parcimonieux des petites vagues qui se brisaient contre le flanc du navire fut bientôt couvert par le bruit des moteurs. Au moment où trois coups de sirène déchiraient l'air, le père de Jemu, qui scrutait le pont, repéra son fils.

« Ne t'inquiète pas ! cria-t-il. Tu seras vite le meilleur. » Mais son ton terrorisé démentait l'optimisme de ses paroles.

« Jette la noix de coco ! » hurla-t-il.

Jemubhai regarda son père, cet homme pratiquement sans instruction qui s'aventurait sur un terrain où il n'avait rien à faire, et l'amour dans son cœur se teinta de pitié, et la pitié de honte. Son père porta sa main à sa bouche pour la couvrir : il avait failli à ses devoirs envers son fils.

Le paquebot s'ébranla, fendit l'eau qui bouillonna sous une explosion argentée de poissons volants, les Tom Collins circulèrent, et l'atmosphère de fête fut à son comble. La foule, à terre, réduite à des détritus ballottés par la marée : festons et étoiles, volants et dentelles de jupons, emballages vides et postillons, queues de poisson et larmes… Tout s'évanouit sans tarder dans la brume.

Jemubhai regarda son père disparaître. Il ne jeta pas la noix de coco ni ne pleura. Jamais plus il ne ressentirait pour un être humain un amour qui ne fût altéré par une autre émotion contradictoire.

Ils dépassèrent le phare de Colaba et plongèrent dans l'océan Indien ; bientôt, il n'y eut plus que l'eau à perte de vue.

*

C'était stupide de sa part de se laisser ainsi perturber par l'arrivée de Sai, de lui permettre de déclencher ce retour sur son passé. C'étaient sans doute les malles qui avaient ravivé le souvenir.

Miss S. Mistry, couvent Saint-Augustin.

Mr J. P. Patel, SS *Strathnaver*.

*

Il n'en continua pas moins à revivre cet épisode : quand il eut trouvé sa cabine, il découvrit que celui avec lequel il la partageait avait grandi à Calcutta en composant des sonnets latins en hendécasyllabes à la manière de Catulle, qu'il avait recopiés dans un volume à tranche dorée et emportés avec lui. Le nez du compagnon de cabine se fronça quand il sentit les pickles de Jumu enveloppés dans des galettes de pain frites dans du *ghee*, mais aussi les oignons, les piments verts et le sel, le tout emballé dans du papier journal ; sans compter une banane qui n'avait pas résisté à la chaleur du long voyage. Aucun fruit en mourant ne saurait rivaliser en puanteur avec la banane, celle-ci avait été mise dans ses affaires à tout hasard. « Mais *lequel*, bon Dieu ? » lança silencieusement Jemu à sa mère.

Au cas où il aurait faim en route, où il lui faudrait attendre un peu pour se faire servir un repas correct, où il n'aurait pas le courage d'aller à la salle à manger du bateau, étant donné qu'il ignorait l'usage du couteau et de la fourchette…

Il était furieux que, à force d'envisager sa possible mortification, sa mère l'ait du même coup concrétisée. En tentant de parer à une humiliation, elle n'avait réussi qu'à en créer une autre.

Jemu ramassa le paquet, se précipita sur le pont et le jeta par-dessus bord. Sa mère n'avait-elle donc pas songé à l'incongruité de son geste ? C'était là le résultat d'un amour sans dignité, un amour indien, nauséabond, inesthétique – les monstres marins pouvaient bien dévorer ce qu'elle avait si courageusement préparé en se levant avant l'aube.

Les relents de banane pourrie se dissipèrent, mais uniquement pour libérer la terrible odeur de la peur et de la solitude.

La nuit, allongé sur sa couchette, il entendait les bruits de succion indécents de l'eau contre le flanc du navire. Il repensait à la manière dont il avait à demi déshabillé sa femme pour la rhabiller en toute hâte, à l'aperçu rapide, fragmentaire, qu'il avait eu de son expression quand il avait fait glisser son *pallu* par-dessus sa tête. Au souvenir pourtant de la proximité de cette chair de femme, son sexe se dressa dans l'obscurité et se mit à s'agiter, créature marine primaire et aveugle, mais bien décidée à avoir gain de cause. Il trouvait son propre organe étrange : insistant mais poltron ; suppliant mais pompeux.

Ils mouillèrent à Liverpool, et l'orchestre du bord joua *Land of Hope and Glory*. Son compagnon de cabine, en costume de tweed, héla un porteur pour l'aider – un Blanc pour ramasser les valises d'un basané ! Jemubhai transporta ses bagages lui-même, monta non sans peine dans un train et, au cours du trajet jusqu'à Cambridge, remarqua avec stupeur, quand ils traversaient des champs, à quel point la vache anglaise (toute carrée) pouvait être différente de la vache indienne (toute en cerceaux).

*

Il n'était pas au bout de ses surprises. L'Angleterre dans laquelle il chercha une chambre à louer était faite de minuscules maisons grises alignées dans des rues grises, et maintenues les unes contre les autres ainsi qu'au sol comme si elles avaient été prises dans un piège badigeonné de colle. Il n'en revenait pas, car il s'était attendu à ne trouver que grandeur en ces lieux, ne s'était pas rendu compte qu'ici aussi on pouvait être pauvre et vivre des vies sans beauté. S'il n'était pas favorablement impressionné, les gens qui lui répondaient quand il frappait à leur porte ne l'étaient pas davantage lorsqu'ils découvraient son visage : « Je viens juste de louer », « Complet », ou même un rideau qui se soulevait pour retomber aussitôt, accompagné d'un silence de mort, comme si, dans l'instant, tous les occupants étaient passés de vie à trépas. Il fit vingt-deux adresses avant d'arriver sur le seuil de Mrs Rice dans Thornton Road. Elle non plus ne voulait pas de lui, mais elle avait besoin d'argent, et sa maison était située de telle sorte – de l'autre côté de la gare par rapport à l'université – qu'elle craignait de ne pas trouver preneur.

Deux fois par jour, elle déposait un plateau au pied de l'escalier : œuf à la coque, pain, beurre, confiture, lait. Après un nombre considérable de nuits passées à écouter les borborygmes de son estomac à moitié vide, et à repenser, la larme à l'œil, à sa famille qui le jugeait aussi digne d'un bon dîner chaud que la reine d'Angleterre, Jemubhai rassembla son courage et réclama un repas du soir digne de ce nom. « Personnellement, nous mangeons très peu le soir, James, dit-elle, un vrai repas serait trop lourd pour papa. » Elle appelait toujours son mari « papa », et pour elle « Jemubhai » était devenu « James ». Mais ce soir-là il trouva dans son assiette des haricots blancs à la sauce tomate fumant sur un toast.

« Merci. Absolument délicieux », dit-il, tandis que Mr Rice restait assis à regarder par la fenêtre.

*

Plus tard, il s'émerveilla de cet acte de courage, dans la mesure où son courage, il ne devait pas tarder à le perdre tout entier.

Il avait été admis à Fitzwilliam, grâce à un essai qu'il avait composé pour l'examen d'entrée, *Ressemblances et différences entre les révolutions française et russe.* Fitzwilliam, à cette époque, ne faisait pas très sérieux et tenait davantage d'un établissement où l'on dispensait des cours particuliers que d'un véritable *college*, mais Jemubhai se mit aussitôt au travail, parce que c'était le seul talent qu'il pouvait transférer d'un pays à un autre. Il étudiait douze heures d'affilée, et jusque tard dans la nuit ; en se repliant ainsi sur lui-même, il laissa passer l'occasion de s'ouvrir courageusement au monde à un moment de sa vie pourtant crucial, et découvrit que sa pusillanimité et son goût de la solitude avaient trouvé là un terrain fertile. Il se réfugia dans une solitude de jour en jour plus pesante. Solitude qui devint bientôt une habitude, habitude qui finit par définir l'homme et le réduire à l'état d'ombre.

Mais les ombres, après tout, ont leur façon bien à elles de provoquer le malaise, et en dépit de ses efforts pour le cacher, il ne faisait que souligner quelque chose qui gênait les autres. Pendant des jours entiers personne ne lui adressait la parole, sa gorge s'encombra de tous ces mots retenus, son cœur et son esprit devinrent des attributs douloureux et émoussés, et les vieilles dames, même les plus infortunées – cheveux bleutés, taches de vieillesse, visages de citrouilles desséchées –, changeaient de place quand il venait s'asseoir à côté d'elles dans le bus, si bien qu'il savait que, quels que soient leurs problèmes, elles étaient fermement convaincues qu'ils n'étaient pas moitié aussi graves que les siens. Quant à ceux qui étaient encore jeunes et beaux, ils n'étaient pas plus charitables ; les filles se pinçaient le nez et pouffaient de rire. « Pouah, il pue le curry ! »

*

C'est ainsi que l'esprit de Jemubhai commença à se gauchir ; devenu plus étranger à lui-même qu'à ceux qui l'entouraient, le juge trouvait sa propre couleur de peau bizarre, son propre accent incongru. Il oublia comment on riait, arrivait à peine à soulever les lèvres pour esquisser un sourire et, quand il y parvenait, mettait sa main devant sa bouche, incapable de supporter que quiconque voie ses gencives ou ses dents. Elles lui semblaient être des parties trop intimes de lui-même. En fait, il ne supportait pas de mettre à nu la moindre parcelle de son corps, de peur de choquer les autres. La toilette devint chez lui une obsession, tant il craignait d'être accusé de sentir, et tous les matins il se récurait pour se débarrasser de l'odeur lourde et laiteuse du sommeil, cette odeur de basse-cour dans laquelle il baignait au réveil et qui imprégnait son pyjama. On ne le verrait plus jamais, jusqu'à la fin de sa vie, sans chaussettes ni chaussures, et il préférerait l'ombre à la lumière, les jours éteints aux jours lumineux, car il avait peur que la lumière du soleil ne l'expose que trop clairement dans toute sa laideur.

Il ne vit rien de la campagne anglaise, ne remarqua pas la beauté des *colleges* sculptés dans la pierre ni des églises décorées de feuilles d'or et d'anges, n'entendit pas les chœurs de garçons aux voix de filles, ne vit pas la rivière reproduire dans ses eaux tremblantes les jardins verts imbriqués les uns dans les autres, ni les cygnes voguer sur sa surface, épinglés à leur reflet comme des papillons à leur planche.

*

Pour finir, il eut du mal à se sentir encore humain ; il sursautait quand on lui touchait le bras, geste d'intimité insoutenable, souffrait mille morts à l'idée d'un simple « Comment-allez-vous-belle-journée-n'est-ce-pas ? » échangé avec la grosse dame vêtue de rose et fort aimable qui tenait l'épicerie au coin de la rue. « Qu'est-ce que je peux faire pour vous ? Répétez-moi ça, p'tit père... », disait-elle en réponse à ses grommellements, penchée en avant pour recueillir ses paroles, mais il ne trouvait plus sa voix et ses yeux s'embuaient de larmes apitoyées devant cette banale marque d'affection. Il se mit à fréquenter des magasins anonymes situés plus loin de chez lui, et le jour où il acheta un blaireau et s'entendit dire par la vendeuse que son mari avait exactement le même, la seule idée de besoins humains identiques et partagés, l'intimité que supposait un tel rapprochement, *rasage*, *mari*, investirent la remarque à ses yeux d'une incroyable audace.

*

Le juge alluma et vérifia la date d'expiration sur sa boîte de somnifères. Le médicament n'était pas périmé : le comprimé aurait dû faire effet. Et pourtant, loin de l'endormir, il avait provoqué un rêve qui tenait du cauchemar éveillé.

Il resta là à rêvasser jusqu'à ce que les vaches commencent à meugler comme des cornes de brume, et que le coq de l'oncle Potty, Kookar Raja, lance l'oriflamme de son cocorico aussi stupide que sonore, comme pour rameuter ses troupes à l'arrivée d'un cirque. L'animal était de nouveau en pleine forme depuis que l'oncle Potty l'avait coincé tête en bas dans un bidon en métal, et l'avait débarrassé des mouches bleues qui lui colonisaient le derrière grâce à un bon coup de bombe Flit.

*

À nouveau confronté à sa petite-fille, à la table du petit déjeuner, le juge ordonna au cuisinier d'emmener celle-ci voir la préceptrice qu'il avait engagée, une dame du nom de Noni qui habitait à une heure à pied de la maison.

*

Sai et le cuisinier s'engagèrent sur le sentier pénible qui, mince et noir comme un serpent-ratier, sillonnait les collines, et le cuisinier lui montra au passage les hauts lieux de son nouveau séjour, lui désignant les maisons du doigt et nommant leurs habitants. Il y avait, bien sûr, l'oncle Potty, leur plus proche voisin, qui avait acheté sa terre au juge des années plus tôt, tout à la fois *gentleman-farmer* et ivrogne ; et son ami, le père Booty, de la laiterie suisse, qui passait toutes ses soirées à boire en compagnie de l'oncle Potty. Les deux hommes avaient des yeux rouges de lapins, des dents jaunies par le tabac, des intérieurs qui auraient eu besoin d'un bon drainage, mais ils étaient encore pleins d'entrain. « Salut, poupée ! » lança l'oncle Potty en agitant la main en direction de Sai depuis sa véranda, qui avançait en saillie comme un pont de navire au-dessus de la pente abrupte. C'est sur cette même véranda que Sai entendrait pour la première fois les Beatles. Ainsi que : « Toute cette VIANDE et pas de *PARTATAS* ? Pas mangeable, ça, c'est comme des *TORMATAS VIERDAS* ! »

*

Le cuisinier lui montra les bassins de pisciculture désaffectés, le camp militaire, le monastère au sommet de Durpin Hill et, tout en bas, un orphelinat et un élevage de poules. En face de celui-ci, et de façon à se procurer leurs œufs facilement, habitaient deux princesses afghanes, dont le père, parti en vacances à Brighton, était rentré pour découvrir que les Anglais avaient profité de son absence pour installer quelqu'un d'autre sur son trône. C'était finalement Nehru (un vrai gentleman, celui-là !) qui leur avait accordé l'asile. Dans une maisonnette grisâtre vivait Mrs Sen, dont la fille, Mun Mun, était partie en Amérique.

*

Enfin, il y avait Noni (Nonita), qui vivait avec sa sœur Lola (Lalita) dans un cottage envahi de rosiers grimpants et baptisé *Mon Ami**. Quand le mari de Lola était mort d'une crise cardiaque, Noni, la célibataire, était venue habiter avec la veuve. Elles vivaient de la pension du mari décédé, mais, entre les réparations incessantes de la maison, les prix qui ne cessaient de grimper au bazar et les gages de la bonne, du balayeur, du gardien et du jardinier, elles avaient besoin d'argent.

Afin d'apporter sa contribution, Noni avait accepté, à la demande du juge, de prendre Sai en leçons particulières. Toutes disciplines confondues, des sciences à Shakespeare. Ce n'est que lorsque les compétences de Noni en mathématiques et en sciences s'avéreraient, par la suite, défaillantes – Sai aurait alors seize ans – que le juge se verrait contraint d'engager Gyan pour prendre ces matières en charge.

« Je vous présente Saibaby », dit le cuisinier aux deux sœurs. Elles la regardèrent avec tristesse, cette orpheline née de l'idylle avortée entre l'Inde et les Soviétiques.

« C'est bien la chose la plus stupide que l'Inde ait jamais faite, dit Lola à Noni, aller se nicher comme ça dans les mauvais bras. Tu te souviens quand Chotu et Motu sont allés en Russie ? À les entendre, ils n'avaient jamais rien vu de pareil, même en Inde. Une inefficacité inimaginable.

– Et tu te rappelles, retourna Noni à Lola, ces Russes

qui habitaient à côté de chez nous quand on vivait à Calcutta ? Ils sortaient précipitamment tous les matins pour aller chercher des montagnes de nourriture, tu te souviens ? Après, ils passaient des heures à découper, faire bouillir ou frire des *montagnes* de pommes de terre et d'oignons. Et, le soir venu, ils repartaient en courant au bazar, cheveux au vent, et revenaient au comble de l'excitation, avec un nouveau chargement d'oignons et de pommes de terre pour le dîner. Pour eux, l'Inde était le pays de l'abondance. Ils n'avaient jamais rien vu de comparable aux marchés que nous avons chez nous. »

En dépit de ce qu'elles pensaient de la Russie et des parents de Sai, elles finirent, avec le temps, par se prendre d'une réelle affection pour la jeune fille.

NEUF

« Mon Dieu, non ! » s'exclama Lola quand elle apprit que le juge s'était fait voler ses fusils. Elle avait beaucoup grisonné ces derniers temps, mais son tempérament n'avait rien perdu de sa vigueur. « Et si ces vandales viennent à Mon Ami ? Ils viendront forcément. Sauf que nous, on n'a rien. Remarque... ce n'est pas ça qui les retiendra. Ils tueraient pour 50 roupies.

– Mais vous, vous avez un gardien », dit Sai d'un air absent, toujours préoccupée que Gyan ne se soit pas présenté à Cho Oyu le jour du vol. Son affection serait-elle en train de tiédir ?...

« Budhoo ? Mais il est népalais. Comment lui faire confiance maintenant ? Quand il y a un vol, c'est toujours l'œuvre du gardien. Ces gens-là servent de rabatteurs et reçoivent en échange une part des profits... Tu te souviens de Mrs Thondup et de ce Népalais qu'elle avait à son service ? Elle est rentrée de Calcutta une année pour trouver la maison complètement vidée. *Vidée*, plus rien. Tasses, assiettes, lits, chaises, fils électriques, éclairages, tout, ils avaient tout embarqué… même la chaîne de la chasse d'eau et le flotteur du réservoir. Un des types avait essayé de voler les câbles le long de la route, on l'a retrouvé électrocuté. Ils avaient coupé et revendu jusqu'au dernier bambou, jusqu'au dernier citron des citronniers. On avait percé des trous dans leurs canalisations si bien que toutes les cahutes de la colline pompaient sur leurs réserves – et pas trace du gardien, bien entendu. Il avait repassé la frontière en vitesse et disparu au Népal. Bon sang, Noni, conclut-elle, on ferait mieux de se débarrasser de ce Budhoo.

– Calme-toi, dit Noni. Qu'est-ce que tu veux faire ? On n'a rien à lui reprocher. »

De fait, Budhoo avait été une présence rassurante pour les deux sœurs vieillissant ensemble à Mon Ami, avec son jardin potager qui, à leur connaissance, contenait les seuls brocolis du pays obtenus grâce à des semences achetées en Angleterre, et son verger qui fournissait des poires en suffisance pour la compote toute la saison, sans parler du surplus avec lequel on s'essayait à faire du vin dans la baignoire. Leur corde à linge pliait sous le poids des culottes Marks and Spencer, et, à travers les hublots fournis par les larges découpes des jambes, elles avaient tout le loisir d'admirer le sommet ennuagé du Kanchenjunga. À l'entrée de la maison était accroché un *thangka* représentant un démon – crocs menaçants, crâne couronné de colliers, phallus furieusement dressé –, histoire de dissuader les missionnaires. Le salon regorgeait de bibelots. Sur des tables *choksee* tibétaines, peintes dans des couleurs jade et feu, des piles de livres, dont un volume de peintures par Nicolas Roerich, un aristocrate russe qui avait brossé les montagnes de l'Himalaya en leur conférant une austérité à vous faire frissonner rien qu'à l'idée de tout ce froid distillé dans le grain de la peinture, du voyageur solitaire à dos de yak, qui se rendait… où, au juste ? Les immenses étendues suggéraient une destination tout abstraite. On trouvait également là le guide des oiseaux de Salim Ali et les œuvres complètes de Jane Austen. Il y avait de la faïence anglaise dans la vitrine de la salle à manger et un bocal de confiture sur la desserte, qu'on avait gardé parce qu'il était joli. « Fournisseurs attitrés de Sa Majesté en confiture et marmelade », pouvait-on lire en lettres dorées sous un écusson soutenu par un lion couronné et une licorne.

*

Et puis il y avait le chat, Mustafa, une créature hirsute et fuligineuse dont le comportement était empreint d'une telle réserve que ni l'amour ni la science n'auraient pu la faire céder. À cet instant, il était sur les genoux de Sai et faisait entendre un bruit de moteur de camion, mais ses yeux impassibles étaient plantés dans ceux de la jeune fille : mise en garde éloquente au cas où elle s'aviserait de prendre son ronronnement pour une marque d'intimité.

Pour veiller sur cet univers ainsi que sur leur dignité, les sœurs avaient engagé Budhoo, un soldat à la retraite qui avait combattu les factions armées de la guérilla dans l'Assam et possédait une moustache aussi redoutable que son gros fusil. Il arrivait tous les soirs à 9 heures, actionnant la sonnette de son vélo et soulevant le derrière de sa selle pour franchir la bosse à l'entrée du jardin.

« Budhoo ? » appelaient les sœurs depuis l'intérieur, assises dans leur lit, enveloppées dans des châles de Kulu et occupées à siroter du cognac du Sikkim, tandis que la radio crachotait les nouvelles de la BBC, qui retombaient sur elles en explosions grésillantes.

« Budhoo ?

– *Huzoor !* »

Elles revenaient alors à la BBC, et plus tard, parfois, à leur petite télévision en noir et blanc, quand la chaîne nationale Doordarshan leur réservait le plaisir des feuilletons *To the Manor Born* ou *Yes, Minister*, avec ces gens de la haute dont le visage faisait penser à des jambons luisants et satisfaits. Budhoo était sur le toit à tripoter l'antenne, et les sœurs lui criaient par la fenêtre : « À droite, à gauche, non, non, reviens en arrière », et le pauvre diable chancelait au milieu des branches d'arbre et des papillons de nuit, retombées du climat brouillon de Kalimpong.

De temps à autre, au cours de la nuit, Budhoo arpentait la maison, frappant le sol de son bâton et donnant des coups de sifflet, de manière que Lola et Noni l'entendent et se sentent en sécurité jusqu'à l'heure où les montagnes scintillaient à nouveau d'un éclat vingt-quatre carats et où les deux femmes s'éveillaient pour voir la vapeur poudreuse monter dans le soleil.

*

Mais elles avaient fait confiance à Budhoo sans raison particulière. Il pouvait tout aussi bien les trucider dans leur chemise de nuit…

« Si nous le renvoyons, dit Noni, ce sera pire, il sera furieux et encore plus porté à nous nuire.

– Ces Néps, crois-moi, on ne peut pas avoir confiance. Et ils ne se contentent pas de voler. Pour eux, un meurtre, c'est une broutille. »

*

« Qu'est-ce que tu veux, ça devait arriver, dit Lola. Ça couve depuis trop longtemps. Cette région n'a jamais connu la paix. Quand nous nous sommes installées ici, Kalimpong était sens dessus dessous, tu te souviens ? Il y avait des espions partout. Beijing venait tout juste de traiter Kalimpong de foyer de menées antichinoises… »

Une foule de moines avait envahi les forêts, flot de feu grenat dévalant les montagnes, fuyant le Tibet le long des routes de la laine et du sel. Des aristocrates étaient arrivés aussi, et des beautés venues de Lhassa qui dansaient la valse au bal du Gymkhana, sidérant les autochtones par leur allure cosmopolite.

Pendant longtemps, il y avait eu de sévères disettes, comme il arrivait toujours quand les troubles gagnaient les collines.

*

« On devrait vite aller au marché, Noni. Il n'y aura bientôt plus rien. Et nos livres de bibliothèque ! Il faut qu'on aille les changer. Je ne tiendrai pas jusqu'à la fin du mois. Je l'ai presque fini, dit-elle en faisant claquer *À la courbe du fleuve* sur la table, pas facile dans son genre…

– Un grand écrivain, ce Naipaul, dit Noni. De tout premier ordre. Un des meilleurs livres que j'aie jamais lus.

– Ah, je ne suis pas sûre, dit Lola. Je le trouve bizarre. Enfermé dans le passé… Rétrograde. La névrose coloniale, il ne s'en est jamais débarrassé. Les choses sont radicalement différentes aujourd'hui. En fait, dit-elle, le poulet *tikka masala* a détrôné le *fish and chips* en Angleterre au palmarès des plats à emporter. Je viens de le lire dans l'*Indian Express*.

« *Tikka masala*, reprit-elle. Tu te rends compte ? » Elle imaginait la campagne anglaise, les châteaux, les haies, les haies-rissons, etc., et le *tikka masala* filant comme le vent sur les bus, les vélos, dans les Rolls-Royce. Puis elle imagina une scène du feuilleton *To the Manor Born* : « Ah, Audrey. Vous êtes adorable ! Poulet *tikka masala* au menu ! Mais oui, et j'ai pris aussi du basmati. Je trouve que c'est vraiment le meilleur riz au monde, pas vous ? »

« Dieu sait que je ne suis pas toujours d'accord avec toi, mais là tu as peut-être bien raison, concéda Noni. Après tout, pourquoi ne parle-t-il pas dans ses livres de l'endroit où il vit maintenant ? Il pourrait s'intéresser… je ne sais pas, moi… aux émeutes raciales de Manchester.

– Et aussi à l'Angleterre nouvelle, Noni. Une société totalement cosmopolite. Tiens, prends Pixie, elle, au moins, elle n'a de comptes à régler avec personne. »

*

Pixie, la fille de Lola, était reporter à la BBC, et de temps à autre Lola lui rendait visite ; à son retour, elle bassinait tout le monde, et il n'y avait pas moyen de la faire taire. « Une pièce admirable, et les fraises à la crème… ah, les fraises à la crème… »

*

« Ah, mon Dieu ! Ces fraises et cette crème, ma chère, c'était divin, et servies dans un jardin dé-é-li-i-cieux », dit Noni, singeant sa sœur. Puis d'ajouter :

« Comme si on ne pouvait pas trouver la même chose à Kalimpong ! Qui plus est, ici, on peut manger sans avoir à minauder et à prendre des airs comme un cochon juché sur des talons aiguilles.

– Elles ont toutes des jambes horribles, ces Anglaises, dit l'oncle Potty, qui assistait à l'altercation. Des vrais poteaux couleur papier mâché. C'est une bonne chose qu'elles se soient mises au pantalon. »

Mais Lola était trop excitée pour prêter attention à ce qui se disait. Ses valises étaient bourrées de Marmite, de cubes de bouillon Oxo, de sachets de soupe Knorr, d'After Eight, de bulbes de jonquilles, de nouvelles provisions de lotion Boots au concombre et de sous-vêtements de chez Marks and Spencer, ce dernier article constituant à ses yeux l'essence, pour ne pas dire la quintessence, de la civilisation anglaise telle qu'elle la comprenait. La reine ne pouvait que porter, elle aussi, cette lingerie de qualité supérieure :

Elle était solide. La lingerie aussi.
Elle était simple. La lingerie aussi.
Elle était résistante. La lingerie aussi.
Elle était stricte. La lingerie aussi.
Elles triomphaient.

C'était Pixie qui avait inspiré le rituel nocturne de la radio.

« Budhoo ?

– *Huzoor.* »

« Bonsoir... ici Piyali Bannerji qui vous présente le journal de la BBC. »

Aux quatre coins de l'Inde, ceux qui entendaient le nom indien prononcé avec un parfait accent britannique étaient pris d'un fou rire qui leur amenait les larmes aux yeux.

Maladies. Guerres. Famines. Noni s'exclamait, s'alarmait, mais Lola ronronnait de fierté, et n'était sensible qu'à l'élégance aseptisée de la voix de sa fille, qui triomphait de toutes les horreurs que le monde avait à infliger. « Plus tu partiras tôt et mieux ce sera, avait-elle conseillé à Pixie des années auparavant. L'Inde est un navire en perdition. Je ne veux pas jouer les arrivistes, ma chérie, mon petit cœur, je ne pense qu'à ton bonheur, mais *les portes ne resteront pas éternellement ouvertes...* »

DIX

Biju avait entamé sa deuxième année en Amérique au restaurant italien Pinocchio, où il remuait de la sauce bolonaise bouillonnante dans de grands bacs, tandis qu'un haut-parleur diffusait des airs d'opéra où l'on ne parlait qu'amour et meurtre, vengeance et cœurs brisés.

« Il sent, dit la femme du patron. Je crois que je suis allergique à l'huile qu'il se met dans les cheveux. » Elle avait espéré employer des hommes venus des régions pauvres de l'Europe – des Bulgares peut-être, ou des Tchécoslovaques. Ils auraient eu au moins certaines choses en commun : la religion, la couleur de peau, des grands-pères mangeurs de saucisson qui leur ressemblaient, mais ils n'arrivaient pas en assez grand nombre, ou alors pas suffisamment désespérés, elle n'aurait su dire…

Le patron acheta du savon et du dentifrice, une brosse à dents, du shampoing et de l'après-shampoing, des

Cotons-Tige, un coupe-ongles et, surtout, surtout, du déodorant, et dit à Biju qu'il s'était procuré quelques bricoles qui pourraient lui être utiles.

Ils restèrent plantés là, gênés par l'intimité que supposaient les produits étalés devant eux.

Le patron tenta une autre tactique : « Qu'est-ce que les gens pensent du pape en Inde ? »

En témoignant du respect pour les opinions de Biju, il arriverait peut-être à lui inculquer un peu de respect de soi-même, domaine dans lequel le garçon était singulièrement déficient.

« Tu auras toujours essayé », lui dit sa femme quelques jours plus tard pour le réconforter, quand ils n'eurent décelé aucune amélioration tangible chez Biju. « C'est même toi qui as acheté le savon », ajouta-t-elle.

*

Biju alla voir chez Tom & Tomoko : « Pas d'emplois. »

Au McSweeney's Pub : « On n'embauche pas. »

Au Freddy's Wok : « Tu sais monter à vélo ? »

Oui, il savait.

*

Ailes de poulet sauce Séchouan et frites, 3 dollars. Riz frit, 1,35 dollar ; et 1 dollar pour des raviolis frits dodus et râblés comme des nouveau-nés : on les ouvre et on inonde son assiette d'une bonne rasade d'huile pulpeuse. Dans ce pays, les pauvres mangent comme des princes ! Poulet du général Tso, porc de l'empereur, et Biju qui pédale sur son vélo, son sac de commandes accroché au guidon, silhouette craintive au milieu de bus qui éructent, de taxis qui régurgitent et multiplient grondements et bruits de flatulences. Biju pousse sur les pédales, houspillé par des chauffeurs de taxi venus tout droit du Pendjab : un homme n'est pas un animal en cage, c'est une créature sauvage, et il lui faut conduire comme un sauvage, dans un taxi qui rue et carillonne sur un mode alterné. Harcèlement, coups de klaxon à vous fendre le monde en deux : liquides d'un côté, solides de l'autre – PAAAANNN !

Un soir, on envoya Biju livrer des soupes aigres-douces et des omelettes aux légumes chez trois jeunes étudiantes indiennes. Nouvelles venues dans le quartier, elles occupaient un appartement qui venait de faire l'objet d'une révision des loyers à la hausse à la suite d'un récent décret municipal. Des banderoles qui proclamaient « Journée d'action contre l'embourgeoisement » avaient été tendues en travers de la rue par les vieux résidents dans le cadre d'une petite fête organisée plus tôt l'après-midi : on avait joué de la musique, fait griller des saucisses en plein air et vendu des tas de cochonneries descendues des greniers. Les trois Indiennes espéraient bien appartenir un jour à la grande bourgeoisie, mais, pour l'instant, même si elles n'étaient pas les bienvenues dans le quartier, elles en étaient au stade où leur condition d'étudiantes leur faisait prendre parti avec véhémence pour les pauvres gens qui n'aspiraient qu'à les voir partir.

La fille qui répondit au coup de sonnette sourit : dents étincelantes, yeux brillants derrière des lunettes étincelantes. Elle prit le sac que lui tendait Biju et s'en alla chercher l'argent. Tout dans l'appartement respirait la féminité indienne, abondance de cheveux soyeux fraîchement lavés, babouches Kolhapuri brodées au fil d'or éparpillées ici et là. Des manuels de comptabilité énormes trônaient sur la table en compagnie d'un Ganesh trapu transporté jusqu'ici en dépit de son poids, tout à la fois élément décoratif et porte-bonheur censé apporter argent et réussite aux examens.

« D'accord, dit une des filles, poursuivant la conversation qu'elles avaient à l'arrivée de Biju à propos d'une congénère absente, mais alors pourquoi est-ce qu'elle ne se trouve pas un Indien, qui, lui, comprendra ses caprices et ses sautes d'humeur ?

– Mais les Indiens, elle ne les regarde même pas ; elle ne voudrait pour rien au monde d'un gentil petit Indien qui a passé son enfance à bavarder avec ses tantines dans la cuisine.

– Mais qu'est-ce qu'elle veut alors ?

– Le genre cow-boy Marlboro doté d'un doctorat. »

Elles faisaient preuve de cette autosatisfaction typique de nombreuses Indiennes anglophones qui faisaient des études supérieures, sortaient prendre des brunchs arrosés de champagne-jus d'orange, mangeaient les *rôti* de chez Dadi avec des doigts agiles, portaient un sari ou se flanquaient un short à élastique pour faire de l'aérobic, disaient *« Namaste, Kusum Auntie, aayiye, baethiye, khayiye ! »* ou « Merde ! » avec une égale facilité, se mettaient promptement aux cheveux courts, n'aspiraient qu'à une histoire d'amour à l'occidentale tout en étant ravies d'une cérémonie traditionnelle avec des tas de bijoux : parure verte (traduisez émeraudes), parure rouge (rubis), parure blanche (diamants). Elles occupaient une position à leurs yeux idéale pour expliquer toutes sortes de choses à leur entourage : la comptabilité aux professeurs de cette discipline, le feuillage d'automne aux habitants du Vermont, l'Amérique aux Indiens, l'Inde aux Américains, l'Inde aux Indiens, l'Amérique aux Américains. Elles avaient de l'aplomb ; elles étaient impressionnantes ; aux États-Unis, où, par bonheur pour elles, on considérait encore que la femme indienne était opprimée, on les trouvait extraordinaires… ce qui, malheureusement, ne faisait qu'empirer les choses.

Elles vérifièrent que tout était bien là : petits gâteaux secs traditionnels, sauce au piment, sauce au soja, sauce au canard, baguettes, serviettes en papier, cuillères, fourchettes et couteaux en plastique.

« *Dhanyawad, Shukria*. Merci. Un gros pourboire pour toi. Tu devrais t'acheter bonnet-écharpe-gants en prévision de l'hiver. »

La fille aux yeux brillants formula son message de

plusieurs manières, de façon qu'il soit transmis le plus clairement possible, de façon que l'autre comprenne bien qu'elles n'avaient pour lui que sympathie, lors de cette rencontre entre Indiens expatriés de classes et de langues différentes, riches et pauvres, Nord et Sud, castes supérieures et castes inférieures.

Sur le palier, Biju éprouva des émotions diverses : envie, respect, aversion. Il enfourcha son vélo, qu'il avait appuyé contre la grille, et s'apprêtait à partir quand quelque chose le retint et lui fit faire demi-tour. C'était un appartement au rez-de-chaussée, muni de barreaux de sécurité noirs ; il porta deux doigts à ses lèvres et siffla par la fenêtre en direction des filles occupées à plonger leurs cuillères dans les récipients en plastique, où les morceaux d'œuf démêlés qui barbotaient dans le liquide brunâtre avaient vraiment une sale allure, *pftt pfiiit*, et, sans attendre leur réaction, pédala de toutes ses forces pour aller s'immerger dans la circulation hurlante et agressive de Broadway, tout en chantant à tue-tête : *« O, yeh ladki zara si deewani lagti hai… »*

Les vieilles chansons sont encore les meilleures.

*

Huit jours plus tard à peine, cinq personnes appelèrent Freddy's Wok pour se plaindre que les plats arrivaient froids. L'hiver était là.

Les ombres s'épaissirent, la nuit dévora bientôt plus que son compte d'heures. Biju renifla la première neige et trouva qu'elle avait la même odeur piquante et troublante que celle du congélateur ; il sentit son crissement de Velcro sous ses pas. Sur l'Hudson, la glace se brisait à grand bruit, et le spectacle de ce fleuve gris et déchiqueté semblait devoir fournir aux citadins un aperçu de quelque endroit lointain et désolé qui aurait pu leur servir d'étalon pour mesurer leur propre solitude.

Biju mit une épaisseur de papier journal sous sa chemise – des invendus donnés par le bon Mr Iype, le vendeur de journaux –, et il lui arrivait de glisser les crêpes aux oignons sous le papier, imitant en cela un vieil oncle à lui qui, en hiver, partait aux champs avec les *paratha* de son déjeuner sous son pull-over. Cette protection restait insuffisante, et un jour, sur son vélo, il se mit à pleurer à cause du froid et d'un chagrin sans doute plus profond : entre ses gémissements monta alors un sanglot si terrible qu'il fut effaré de l'étendue de sa tristesse.

*

Quand il rentra chez lui, au sous-sol d'un bâtiment au bas de Harlem, il sombra aussitôt dans le sommeil.

L'immeuble appartenait à une société de gestion invisible qui donnait comme adresse One and a Quarter Street et possédait d'autres logements un peu partout dans le quartier. Le concierge arrondissait ses fins de mois en louant illégalement des locaux en sous-sol à la semaine, au mois et même à la journée à des clandestins comme lui. Il parlait à peu près aussi bien l'anglais que Biju, et c'est dans un charabia d'espagnol et d'hindi, accompagné de force gestes et d'éclairs de dent en or – celle de Jacinto – dans le soleil couchant, qu'ils étaient convenus des termes du loyer. C'est ainsi que Biju rejoignit les rangs d'une population fluctuante qui campait à côté de la boîte à fusibles, derrière la chaudière, dans des cagibis et des recoins alambiqués qui, à une époque, avaient été des garde-manger, des chambres de bonnes, des buanderies ou des débarras au sous-sol d'une résidence alors propriété d'une seule famille, dont l'entrée était encore décorée d'un fragment de mosaïque en forme d'étoile. Les hommes partageaient des WC jaunis et un ancien bac à lessive métallique en guise de lavabo. Il n'y avait qu'un coupe-circuit pour tout l'immeuble, et si quelqu'un mettait en marche trop d'appareils en même temps ou allumait trop de lumières, PFUIT, les plombs sautaient, et les résidents se mettaient à tempêter contre… tout le monde et personne, puisque, bien entendu, il n'y avait personne pour les entendre.

Biju s'était senti mal à l'aise dans cet endroit depuis le tout premier jour. « Salut ! lui avait dit un homme sur les marches de sa nouvelle résidence en lui tendant la main et en hochant la tête. Moi, c'est Joey, et j'viens juste de m'envoyer un bon coup de whisky ! » C'était le sans-abri du coin, à la lisière de son territoire de chasse et de cueillette, qu'il marquait parfois d'un jet d'urine qui atteignait l'autre côté de la rue. Il prenait ses quartiers d'hiver sur une grille de métro, dans une sorte d'igloo fait de sacs en plastique, qui se creusait, puis se gonflait d'air fétide au passage de chaque rame. Ayant pris la main collante qu'on lui tendait, Biju avait senti que l'autre ne voulait plus la lâcher, et il s'était dégagé pour partir en courant, poursuivi par les gloussements goguenards de l'autre.

*

« Les plats sont froids, se plaignaient les clients. La soupe est arrivée froide ! Encore ! Le riz est froid, tout le temps. »

« Moi aussi, j'ai froid, explosa Biju, incapable de se contrôler.

– T'as qu'à pédaler plus vite, dit le patron.

– J'peux pas. »

*

Il était un peu plus de 1 heure du matin quand il quitta Freddy's Wok pour la dernière fois. Les halos lumineux des lampadaires retenaient des fragments étoilés de vapeur glacée, et il marchait d'un pas lourd entre des montagnes de neige ornées d'emballages de plats à emporter et de pisse de chien solidifiée d'un jaune surprenant. Il n'y avait personne dans les rues, en dehors du sans-abri qui regardait une montre invisible à son poignet tout en parlant dans un téléphone public hors service. « Cinq ! Quatre ! Trois ! Deux ! Un... DÉCOLLAGE !! » hurla-t-il, avant de raccrocher le combiné et de prendre ses jambes à son cou, arrimé à son chapeau comme si celui-ci risquait d'être soufflé par la fusée qu'il venait de lancer dans l'espace.

Biju entra machinalement dans la sixième maison avec sa sombre façade de tombeau, passa devant les poubelles en métal, reconnaissant le bruit caractéristique des griffes des rats contre les parois, et descendit les marches menant au sous-sol.

« Je suis éreinté », dit-il à haute voix.

Un homme à côté de lui délirait dans son lit et n'arrêtait pas de se retourner. Un autre grinçait des dents.

*

Le temps qu'il retrouve un emploi, cette fois dans une boulangerie au coin de Broadway et La Salle, Biju avait épuisé toutes ses économies cachées dans une enveloppe au fond de sa chaussure.

C'était le printemps, la glace fondait, l'urine libérée coulait à nouveau. Dans les cafés et restaurants de Manhattan, on profitait de ce moment fragile et un peu fou entre l'hiver, et son froid de chien, et l'été, et sa chaleur d'enfer, pour dîner à la fraîche sur les trottoirs étroits et sous les cerisiers en fleur. Des femmes en robe de petite fille, rubans et nœuds qui ne correspondaient guère à leur personnalité, s'offraient les premières pousses de fougère de la saison, et les arômes d'une cuisine de riches se mêlaient aux éructations des taxis et au souffle lascif du métro qui s'engouffrait sous les jupes printanières des filles, et les amenait à se demander si c'était là ce qu'avait ressenti Marilyn Monroe – sans doute pas, sans doute pas...

Le maire découvrit un rat dans sa résidence de Gracie Mansion.

Et Biju, à la Reine des tartes, fit la connaissance de Saeed Saeed, qui allait devenir son idole.

« Je suis de Zanzibar, attention, pas de Tanzanie, dit-il en se présentant.

– Et c'est où, ça ? demanda Biju, qui n'avait jamais entendu parler ni de l'un ni de l'autre.

– Tu connais pas ?? Mais Zanzibar, c'est bourré d'Indiens, mon pote ! Prends ma grand-mère... elle est indienne. »

À Stone Town, ils mangeaient des *samosa* et des *chapati*, des *jalebi* et du riz pilaf... Saeed Saeed pouvait chanter aussi bien que les stars de cinéma Amitabh Bachhan ou Hema Malini. Il chantait « *Mera joota hai japani...* » et « *Bombay se aaya mera dost – Oi !* ». Il était capable de danser bras étendus, en tortillant des hanches, comme Kavafya, qui venait du Kazakhstan, et Omar, originaire de Malaisie, et tous trois abreuvaient un Biju au bord de l'évanouissement, tant il était fier du cinéma de son pays, de numéros extraordinaires.

Onze

Lundi, mercredi, vendredi, tels étaient les jours où Noni donnait ses leçons à Sai.

Le cuisinier l'abandonnait devant Mon Ami, avant de poursuivre jusqu'au marché et à la poste, de vendre son *chhang*, et il la reprenait sur le chemin du retour.

Il avait démarré un commerce d'alcool pour se faire une petite gratte au profit de Biju, car son salaire n'avait pratiquement pas bougé depuis de longues années, depuis sa dernière augmentation de 25 roupies.

« Mais, *sahib*, avait-il plaidé, comment veux-tu que je vive avec ça ?

– Toutes tes dépenses sont couvertes : gîte, habillement, nourriture, médicaments. Ton salaire, ça vient en plus, avait grommelé le juge.

– Et Biju ?

– Eh bien, quoi, Biju ? Biju doit apprendre à se débrouiller tout seul. Il y a quelque chose qui ne va pas chez lui ? »

Le cuisinier, connu pour la qualité de son produit, achetait du millet, qu'il lavait et faisait cuire comme du riz, avant d'y ajouter de la levure et de laisser fermenter, une nuit par temps chaud, l'hiver plus longtemps. Un jour ou deux dans un sac de jute, puis, quand sa mixture avait le bouquet acide et sec recherché, il la vendait à un boui-boui, du nom de Gompu's. La vue des hommes assis dans la vapeur et la fumée, leurs tasses en bambou remplies de sa préparation diluée dans un peu d'eau chaude, le remplissait d'orgueil. Ils aspiraient le liquide, laissant de côté les grains de millet, avec une tige de bambou en guise de paille – un vrai délice. Le cuisinier conseillait vivement à ses clients d'avoir toujours un peu de *chhang* à portée de main la nuit au cas où ils auraient soif, et prétendait que son breuvage était un excellent fortifiant après une maladie. Cette opération déboucha sur une autre, plus lucrative encore, quand le cuisinier prit des contacts sur le marché noir des marques d'alcool et devint un chaînon crucial, quoique de dimensions réduites, dans le ravitaillement clandestin de l'armée en alcool et en carburant. Sa cahute, camouflée dans la jungle, offrait un détour commode pour les camions militaires qui se rendaient au mess des officiers. Il faisait le guet dans les broussailles. Les véhicules s'arrêtaient, et les caisses étaient rapidement déchargées : Teacher's, Old Monk, Gilby's, Gymkhana. Il les transportait ensuite dans sa cabane, avant d'en redistribuer le contenu chez certains détaillants de la ville. Chacun recevait un pourcentage :

le cuisinier, 50 ou 100 roupies, une broutille vu l'envergure de l'opération ; les chauffeurs des camions, un peu plus ; les hommes du mess, encore davantage ; le plus gros du butin revenant à l'adjudant-chef Aloo, un ami de Lola et Noni, qui leur procurait, par des moyens similaires, leur rhum préféré, le Black Cat, et leur eau-de-vie de cerise du Sikkim.

*

Tout cela, le cuisinier l'avait fait pour Biju, mais aussi pour lui-même : c'était un inconditionnel de la modernité : fours à pyrolyse, rasoirs électriques, montres, appareils photo, couleurs fluo. Ses rêves nocturnes n'avaient rien à voir avec les symboles freudiens dans lesquels s'empêtraient encore ses semblables, ils étaient sous l'emprise de codes modernes : touches de téléphone qui s'envolaient avant qu'il ait le temps de composer un numéro ou télévisions à l'écran neigeux.

Il avait constaté qu'il n'y avait rien de pire que d'être au service d'une famille dont on ne pouvait être fier, qui vous laissait tomber, vous faisait honte et, finalement, vous ridiculisait. Les cuisiniers, bonnes, gardiens et jardiniers des autres habitations de la colline ne ménageaient pas leurs railleries et se vantaient de la manière dont eux-mêmes étaient traités par leurs employeurs : argent, confort, et même pension de retraite versée sur un compte bancaire spécial. Pour tout dire, certains de ces domestiques étaient si appréciés qu'on les suppliait de ne pas travailler ; leurs patrons les encourageaient à manger de la crème et du beurre clarifié, à soigner leurs engelures et à lézarder au soleil les après-midi d'hiver. Le gardien du MetalBox lui assurait qu'il mangeait un œuf au plat tous les matins, avec du pain de mie blanc, quand celui-ci était à la mode, et maintenant avec du bis, depuis que le premier s'était vu détrôné.

Cette rivalité avait pris un tel tour que le cuisinier se voyait contraint de raconter des mensonges. Essentiellement à propos du passé, dans la mesure où le présent était trop facile à disséquer. Il avait lancé le bruit de la gloire défunte du juge, et du même coup de la sienne, et l'avait si bien entretenu qu'il s'était enraciné aux quatre coins du marché : un grand homme d'État, un riche propriétaire terrien qui avait distribué les biens de sa famille, un combattant de la liberté qui avait abandonné un poste prestigieux, parce qu'il refusait de juger ses semblables – il était incapable, animé du zèle patriotique qui était le sien, d'envoyer des députés en prison ou de sanctionner des manifestants. Un homme tellement stimulant, mais condamné à une vie d'ascétisme et de réflexion, terrassé par le chagrin éprouvé à la mort de sa femme, elle-même une de ces mères croyantes et martyres à faire défaillir un hindou. « Voilà pourquoi il reste seul toute la journée, jour après jour. »

Le cuisinier n'avait jamais connu la femme du juge, mais il affirmait tenir ce qu'il en savait d'anciens domestiques de la maison, et avait fini par croire à sa merveilleuse histoire. C'est d'elle qu'il tirait sa fierté, même quand il choisissait les légumes les meilleur marché et tâtait des melons en disgrâce aux pôles affaissés.

« Dans le temps, il était complètement différent, confia-t-il aussi à Sai quand elle arriva à Kalimpong. T'as pas idée. Il vient d'une famille riche.

– Où est-ce qu'il est né ?

– Dans une des plus grandes familles du Gujarat. À Ahmedabad. Ou peut-être bien Baroda. Une immense *haveli*, un vrai palais. »

Sai aimait lui tenir compagnie dans la cuisine et l'écouter raconter ses histoires. Il lui donnait des morceaux de pâte à rouler en *chapati* et lui montrait comment les faire bien ronds, mais les siens avaient les formes les plus bizarres. « On dirait une carte de l'Inde », disait-il, écartant une première tentative. « Ha, ha, la carte du Pakistan, maintenant », et il jetait la seconde. Pour finir, il lui laissait mettre un petit tas sur le feu pour qu'il gonfle, et, s'il ne se passait rien, disait : « Bon, encore un *rôti* maison pour chien. »

« Allez, raconte encore, plaidait-elle tandis qu'il lui laissait étaler de la confiture sur une tarte ou râper du fromage dans une sauce.

– On l'a envoyé en Angleterre, et dix mille personnes sont venues l'accompagner à la gare. Il était parti de chez lui à dos d'éléphant ! Tu comprends, il avait obtenu une bourse du maharaja… »

*

Penché sur son échiquier dans le salon, le juge entendait discourir le cuisinier. Quand il repensait à son passé, il éprouvait de mystérieuses démangeaisons. Des sensations de brûlure par tout le corps. Un bouillonnement intérieur presque insupportable.

*

Jemubhai Popatlal Patel était né, en réalité, dans une famille de paysans, qui habitait une construction branlante au toit de palmes grouillant de rats, située dans la périphérie de Piphit, là où la ville reprenait des airs de village. On était en 1919, et les Patel se souvenaient encore de l'époque où Piphit semblait immuable. Elle avait appartenu aux rois Gaekwad de Baroda, avant de passer aux mains des Anglais, mais même si les recettes étaient allées, au fil du temps, à un propriétaire puis à un autre, le paysage, lui, était resté inchangé : au cœur de la ville, un temple, avec, sur le côté, un banian à plusieurs troncs ; à l'ombre de ses piliers, des hommes à barbe blanche régurgitaient leurs souvenirs, des vaches meuglaient, des femmes traversaient les champs de coton pour aller chercher l'eau à la rivière boueuse, au cours paresseux, presque endormie.

Mais voilà qu'on avait posé des voies à travers les marais salants pour amener les trains à vapeur depuis les docks de Surat et de Bombay afin de transporter le coton des régions de l'intérieur. De grandes demeures avaient poussé dans les quartiers réservés aux hauts fonctionnaires blancs, un tribunal avait été construit, surmonté d'une horloge destinée à contrôler le rythme accéléré des temps nouveaux, et dans les rues se pressaient toutes sortes de gens : hindous, chrétiens, jaïns, musulmans, employés de bureau, soldats, femmes des tribus. Au bazar, depuis les cagibis surélevés qui leur servaient de magasins, les boutiquiers faisaient un commerce qui englobait aussi bien Kobe que Panama, Port-au-Prince que Shanghai ou Manille, ainsi que des échoppes au toit de tôle trop petites pour qu'on y pénètre, et situées à des jours de voyage en char à bœufs. C'est ici, dans le marché, que, sur une estrade étroite en saillie par rapport à la boutique de confiseries, le père de Jemubhai gagnait sa vie en trouvant des gens disposés à faire des faux témoignages devant les tribunaux. (Qui aurait cru que son fils, bien des années plus tard, deviendrait juge ?)

C'étaient toujours les mêmes histoires : mari jaloux qui coupe le nez de sa femme, ou document falsifié attestant le décès d'une veuve toujours vivante, afin que des descendants cupides puissent se partager ses biens.

Il entraînait les pauvres, les désespérés, les scélérats, leur faisait répéter leur rôle à fond :

« Que sais-tu du buffle de Manubhai ?

– Manubhai, à la vérité, n'a jamais eu de buffle. »

Il était fier de sa capacité à influencer et corrompre le cours de la justice, à substituer le vrai au faux, et inversement ; il n'en éprouvait aucun sentiment de culpabilité. Quand une affaire de vache volée arrivait devant les tribunaux, il s'était déjà écoulé des siècles de disputes entre des familles en guerre, il y avait eu tant de complications et de coups fourrés de part et d'autre qu'il n'était plus possible de démêler le vrai du faux, d'attendre des réponses claires et nettes. Jusqu'où pouvait-on remonter dans cette recherche de la vérité ?

Son affaire prospérait. Il acheta, d'occasion et pour 35 roupies, un vélo de marque Hercules, et on le vit bientôt, juché sur son engin, dans toutes les rues de la ville. Quand son premier-né vint au monde, son unique fils, il fonda sur lui de grands espoirs. Le petit Jemubhai enroula cinq doigts minuscules autour d'un seul de ceux de son père ; la pression était ferme et quelque peu désespérée, mais le père voulut y voir une preuve de bonne santé, et ne put dissimuler son sourire sous sa moustache. Quand son fils eut atteint l'âge, il l'envoya à l'école de la mission.

*

Chaque jour de semaine, la mère de Jemubhai le réveillait avant l'aube en le secouant, pour qu'il révise ses leçons.

« Non, s'il te plaît, juste un moment, un petit moment. » Il se contorsionnait pour lui échapper, les yeux encore fermés, prêt à se rendormir, car il ne s'était jamais fait à ce réveil clandestin, à ce moment qui appartenait aux brigands et aux chacals, peuplé de bruits et de formes étranges dont il était sûr qu'il n'était pas censé les entendre ni les voir, lui simple collégien à la Bishop Cotton School. Il n'y avait que le noir devant ses yeux, mais il savait que la scène était en fait encombrée : rangées de parents aux opinions bien arrêtées qui dormaient dehors, *kaka-kaki-masa-masi-phoi-phua*, ballots de diverses couleurs qui pendaient du toit de chaume de la véranda, buffles attachés aux arbres par un anneau passé dans le mufle.

Sa mère n'était qu'un fantôme dans l'obscurité de la cour, inondant son corps invisible de l'eau froide du puits, le frottant rudement de ses épais poignets de paysanne, lui frictionnant les cheveux à l'huile, et même s'il savait que c'était là un moyen de stimuler son cerveau, il avait l'impression qu'à force de frictions elle allait finir par le lui faire sortir du crâne.

Nourri, il l'était jusqu'à la nausée. Tous les jours, il avait droit à une grosse ration de lait frais pailleté de graisse dorée. Sa mère lui collait le verre aux lèvres, ne l'abaissant que quand il était vide, si bien qu'il refaisait surface à la manière d'une baleine hors d'haleine qui surgit de la mer. Estomac plein de crème, esprit farci de connaissances, petit sachet de camphre accroché à son cou pour éloigner les maladies, il ne lui restait plus qu'à recevoir prières et *tika* rouges et jaunes tracés au pouce sur le front, avant d'être convoyé à l'école sur le porte-bagages de son père.

Dans l'entrée trônait un portrait de la reine Victoria : robe aux allures de rideau à volants, cape bordée d'une frange, chapeau saugrenu transpercé de flèches emplumées. Tous les matins, en passant sous le portrait, Jemubhai était frappé par l'air de grenouille de cette femme, et fortement impressionné par le fait qu'en étant aussi laide elle ait pu être aussi puissante. Plus il réfléchissait à cette bizarrerie, plus grandissait son respect pour elle et les Anglais.

C'était là que, sous le regard de ce visage verruqueux, il s'était montré digne des promesses qu'il avait laissé entrevoir. De la lignée poussive des Patel sortait enfin une intelligence qui semblait toute moderne dans sa vivacité. Jemu était capable de lire une page, de refermer le livre et de la réciter à toute vitesse, d'emmagasiner une dizaine de nombres dans sa tête et de progresser, à la manière d'un mécanisme bien huilé, à travers un dédale de calculs, avant de livrer la réponse comme un produit fini tombant d'une chaîne d'assemblage. Il y avait des moments où son père, en le voyant, oubliait que c'était son fils, tant lui apparaissait clairement, dans les éclairs radiographiques de son imagination, la féconde efflorescence de ce chou-fleur enfermé dans le crâne de son rejeton.

Ses sœurs furent rapidement réduites à une portion plus que congrue de façon qu'il ait le meilleur de tout, depuis l'affection jusqu'à la nourriture, et les années filèrent dans une sorte de brouillard.

Mais les projets de Jemubhai restaient vagues, et ce fut son père qui évoqua le premier une carrière dans l'administration.

*

Quand Jemu, alors âgé de quatorze ans, réussit premier de sa classe à son examen de fin d'études secondaires, le principal, Mr McCooe, fit venir son père et suggéra que l'enfant présente l'examen régional habilitant à plaider devant les tribunaux subalternes. « C'est un garçon brillant… il pourrait même finir magistrat ! »

Le père sortit de l'entrevue en se disant que si Jemu était capable d'aller jusque-là, il pouvait aller plus loin encore. Pourquoi ne deviendrait-il pas juge ?

Son fils pourrait peut-être – pourquoi « peut-être » ? –, pourrait sans doute occuper le siège auquel faisait face le père, cet homme au bas de la hiérarchie judiciaire, si habile à manipuler le système. Il pourrait devenir commissaire de district, voire magistrat. Porter une de ces perruques blanches ridicules au-dessus d'un visage basané dans la fournaise de l'été et abaisser son marteau pour clore ces procès bidon, montés de toutes pièces. Le père en bas, le fils en haut, ils auraient à eux deux toute la justice entre les mains.

*

Il partagea son rêve avec Jemubhai. Rêve extravagant qui prit des allures de conte de fées, et c'est peut-être parce que leurs divagations voguaient trop haut dans le ciel pour donner prise à la logique qu'elles finirent par prendre forme et exercer une pression palpable. Moins naïfs, le père et le fils auraient été vaincus ; eussent-ils visé plus bas que, selon la loi des probabilités, ils auraient échoué.

Le nombre d'Indiens admis à faire partie de l'Indian Civil Service (ICS) était fixé à cinquante pour cent, mais les quotas étaient loin d'être remplis. De la place, beaucoup de place tout en haut. Mais aucune tout en bas.

*

Jemubhai fit des études au Bishop's College grâce à une bourse, après quoi il partit pour Cambridge sur le SS *Strathnaver*. Quand il revint, membre à part entière de l'ICS, on lui trouva du travail dans un district de l'Uttar Pradesh, loin de chez lui.

*

« Il y avait toute une troupe de domestiques à l'époque, dit le cuisinier à Sai. Aujourd'hui, bien sûr, je suis tout seul. » Il avait commencé à travailler à dix ans, pour un salaire égal à la moitié de son âge, 5 roupies, en qualité de dernier des aides à tout faire dans la cuisine d'un club où son père était pâtissier.

À quatorze ans, il avait été engagé par le juge, à 12 roupies par mois. C'était l'époque où il importait encore de savoir que si l'on attachait un pot de crème sous une vache avant de partir pour le campement suivant, la crème avait toute chance de finir en beurre dans la journée. Ou que l'on pouvait fabriquer un garde-manger portable dans un parapluie ouvert tête en bas et tendu d'un morceau de moustiquaire.

*

« Nous étions sans arrêt en tournée, dit le cuisinier, trois semaines sur quatre. On ne s'arrêtait que les jours où il pleuvait trop, pendant la mousson. Ton grand-père prenait la voiture quand c'était possible, mais le district n'avait pratiquement pas de routes, et pas beaucoup de ponts non plus pour passer les cours d'eau, si bien que, le plus souvent, il devait partir à cheval. De temps en temps, c'est à dos d'éléphant qu'il traversait les jungles et les rivières au courant rapide. On le précédait sur la route dans plusieurs chars à bœufs où s'entassaient la vaisselle, les tentes, les meubles, les tapis, tout ce qu'il fallait. Il y avait là des porteurs, des plantons, un sténographe. Il y avait une tinette et même une *murga-murgi* de race étrangère dans une cage accrochée sous un des chars. Je n'ai jamais vu une *murgi* pondre autant d'œufs que cette poule-là. »

*

« Et vous dormiez où ? demanda Sai.

– On montait les tentes dans les villages un peu partout dans le district : une grande tente-chambre pour ton grand-père, avec des tentes annexes pour la salle de bains, la salle à manger et le salon. Elles étaient impressionnantes, tapis du Cachemire, plats en argent, et ton grand-père s'habillait toujours pour le dîner, même en pleine jungle, smoking et nœud papillon.

« Comme je te l'ai dit, on partait en avant, si bien que quand il arrivait, chaque chose avait retrouvé la place qu'elle occupait dans le campement précédent, les mêmes dossiers inclinés au même angle et ouverts à la même page. La moindre différence le mettait dans une rage folle.

« La ponctualité était de rigueur – on ne pouvait pas se permettre ne serait-ce que cinq minutes de retard, alors il a fallu qu'on apprenne tous à lire l'heure.

« À 6 heures moins le quart, j'allais jusqu'à la tente de ton grand-père avec le thé du matin sur un plateau. “Thé du matin !”, annonçais-je au moment de soulever le rabat de la tente.

“Taie du mâtin”, voilà à quoi ça ressemblait. *“Tai-aie du mâ-â-tin. Tai-aie du mâ-â-tin.”* » Sai éclata de rire.

*

Le juge fixait son échiquier, mais après les souvenirs brûlants de ses débuts, il éprouvait un grand soulagement à se remémorer sa vie de représentant de l'administration en tournée.

*

Il avait trouvé un certain apaisement dans le respect d'un calendrier très strict, ainsi que dans l'exercice constant de l'autorité. Il se délectait de son pouvoir sur ces classes qui avaient maintenu sa famille sous leurs bottes pendant des siècles, comme, par exemple, avec le sténographe, un brahmane. L'homme était obligé d'entrer à quatre pattes dans une tente minuscule installée à la périphérie du campement, pendant que lui, Jemubhai, se prélassait comme un prince dans un lit en tek, à l'abri d'une moustiquaire.

« Thé du matin ! annonçait le cuisinier. Tai-aie du mâ-â-tin. »

Il se redressait dans son lit pour le boire.

6 h 30 : il se lavait dans une eau chauffée sur un foyer en plein air, si bien qu'elle sentait le feu de bois et était parsemée de cendres. Ensuite, un voile de poudre sur son visage fraîchement lavé, et une noisette de pom-

made dans les cheveux. Des toasts craquants et légèrement calcinés parce que rôtis à la flamme, avec un peu de marmelade sur le brûlé.

8 h 30 : il parcourait les champs à cheval, accompagné des dignitaires locaux, ainsi que des habitants du village venus là en quête de distraction. Suivi d'un planton qui l'abritait de l'éclat du soleil avec son parapluie, il mesurait les champs et vérifiait si son estimation du rendement concordait avec celle du chef de village. Les fermes n'obtenaient même pas huit cents kilos de riz ou de blé à l'hectare, et, à 2 roupies les quarante kilos, tout le monde ou presque au village devait de l'argent aux négociants en grains. (Personne, bien sûr, ne savait que Jemubhai lui-même avait la corde au cou, que bien des années plus tôt, dans la petite ville de Piphit au Gujarat, des usuriers avaient reniflé chez lui une profitable association d'ambition et de pauvreté… qu'ils attendaient toujours, assis jambes croisées au bazar sur un tapis taché, faisant craquer leurs orteils et leurs jointures à la perspective du remboursement…)

14 h 00 : après le déjeuner, le juge s'asseyait à son bureau sous un arbre pour rendre la justice ; il était d'ordinaire de mauvaise humeur, car il détestait cette absence de cérémonial, supportait mal les taches d'ombre que répandaient les feuilles sur sa personne, lui conférant un air bâtard. Ce n'était pas là la seule forme que prenaient la contamination et la corruption : les affaires se traitaient en hindi, mais les

minutes étaient prises en ourdou par le sténographe, pour être ensuite retraduites en anglais par le juge, dont la maîtrise de l'hindi et de l'ourdou laissait au demeurant beaucoup à désirer ; les témoins qui ne savaient pas lire apposaient l'empreinte de leur pouce au bas de la mention « Lu et approuvé », comme on le leur demandait. Personne ne savait au juste quelle part de vérité se perdait dans l'intervalle entre les langues, mais aussi entre les langues et l'illettrisme ; la clarté qu'exigeait la justice était inexistante. Il reste qu'en dépit des ombres du feuillage et de la confusion linguistique le juge avait acquis une réputation redoutable, en vertu de son discours qui semblait n'appartenir à aucune langue reconnaissable et de son visage impassible qui suggérait un être au-delà de la faillibilité humaine. L'expression et le comportement, affinés lors de ces tournées, allaient finalement le porter jusqu'au tribunal de grande instance de Lucknow, où, irrité par des pigeons hors la loi rôdant dans les hauteurs de ces vastes salles, il officierait, perruque poudrée de blanc sur un visage poudré de blanc, marteau en main.

La photographie qui le représentait ainsi pomponné, ainsi irrité, était toujours accrochée au mur, humble contribution à l'histoire glorieuse de la magistrature indienne.

16 h 30 : il fallait que le thé soit parfait – scones maison faits à la poêle. Il commençait par les manger le front plissé, l'air agressif, comme s'il était préoc-

cupé par quelque affaire importante ; puis, ainsi qu'il le ferait plus tard, une fois à la retraite, il sentait la douceur se répandre en lui, et le visage sévère qu'il avait au travail respirait bientôt la sérénité.

17 h 30 : il s'en allait dans la campagne, fusil ou canne à pêche à la main. Le gibier ne manquait pas : de grands lassos d'oiseaux migrateurs ceinturaient le ciel en octobre ; cailles et perdrix, de longues files de petits dans leur sillage, passaient dans un bruissement d'ailes qui évoquait certains jouets d'enfant quand on les met en mouvement ; les fourrés abondaient en faisans, ces créatures grasses et stupides, faites pour l'abattage. Venaient ensuite les roulements de tonnerre des coups de feu, les feuilles frissonnaient, et le juge goûtait ce profond silence qui ne vient qu'après la violence. Il manquait cependant toujours une chose, l'œuvre à laquelle on reconnaît l'artisan, le prix qui récompense l'action, la preuve de la virilité, la poule pour le pot, car il revenait toujours…

Bredouille !

Il n'y avait pas pire fusil que lui.

20 heures : le cuisinier lui sauvait la mise, faisait cuire une volaille, la présentait en la baptisant « bâtarde rôtie », le genre de choses qu'on trouvait dans le répertoire des blagues favorites des Anglais à propos des déformations de leur langue dans la bouche des indigènes. Mais parfois, tout en mangeant son outarde rôtie, le juge avait le sentiment que la plaisanterie pouvait aussi bien fonctionner à ses dépens. Il

réclamait alors un autre rhum, en buvait une grande rasade et continuait à manger tout en ayant l'impression de se dévorer lui-même, car n'était-il pas là, lui aussi (à moins qu'il ne se trompe), pour amuser la galerie ?…

21 heures : en buvant son Ovaltine, il remplissait les registres avec ce qu'il avait glané dans la journée. La lanterne à pétrole faisait un bruit du diable, et les insectes trouaient l'obscurité pour venir le bombarder de fleurs (papillons) et d'irisations (scarabées). Lignes, colonnes, carrés. Il constatait qu'il était préférable d'approcher la vérité par petits ensembles, car de minuscules fragments de vérité pris un à un pouvaient déboucher sur un gros mensonge peu ragoûtant. Pour finir, il consignait dans son journal, lui aussi soumis à ses supérieurs, les diverses remarques d'un homme cultivé, observateur et versé dans la littérature autant que l'économie, et il inventait de toutes pièces un tableau de chasse : deux perdrix… un cerf avec des bois de près d'un mètre d'envergure…

23 heures : l'heure où il s'endormait, en hiver avec une bouillotte, et en toute saison au bruit du vent qui chahutait les arbres et des ronflements du cuisinier.

*

Ce dernier avait été déçu de devoir travailler pour Jemubhai. Sévère déconfiture par rapport à son père, qui, lui, n'avait jamais servi que des Blancs.

L'Indian Civil Service s'indianisait, et certains de ces vieux domestiques n'aimaient pas ça, mais qu'y faire ? Il avait même eu un concurrent pour ce poste, un homme arrivé avec des certificats en lambeaux hérités de son père et de son grand-père, destinés à prouver une longue ascendance d'honnêteté et de bons et loyaux services.

Le père du cuisinier, qui avait fait carrière sans l'aide de semblables éloges, avait acheté des lettres de références pour son fils à la bourse des certificats de domestiques, certaines si anciennes qu'elles faisaient état de talents dans la confection du pâté *dhobi* et du poulet campagnard à la capitaine.

Le juge les avait parcourues : « Mais il ne s'appelle pas Solomon Pappiah. Ni Sampson. Son prénom n'est pas Thomas.

– Il était tellement apprécié, vous comprenez, avait dit le père du cuisinier, qu'on lui donnait des noms anglais. C'est par affection qu'ils l'appelaient Thomas. »

Le juge n'était pas convaincu.

« Il a besoin d'être formé, finit par admettre le père, qui en rabattit des 20 roupies d'abord réclamées pour le travail de son fils. C'est pour ça qu'il ne vous reviendra pas cher. Et pour les desserts, il est imbattable. Il est capable de vous en confectionner un différent pour chaque jour de l'année.

– Qu'est-ce qu'il sait faire ?

– Beignetdebananebeignetd'ananasbeignetauxpom-

messurpriseauxpommescharlotteauxpommestartetàla-
confiturecrèmecaramelbabaauxamandesbabaaurhum-
rouléàlaconfiturepuddingauxdattescrêpesaucitroncrè-
meauxœufscrèmeàl'orangecrèmeaucafécrèmeàlafram-
boisecharlotterussebiscuitdeSavoiesouffléauxmangues-
souffléaucitronsouffléaucafésouffléauchocolatsouf-
fléauxgroseillesfondantauchocolatchaudgâteauaucafé-
puddingàlanoixdecocopuddingaulaitbiscotteaugin-
gembrecompotedepoiresdegoyavesdeprunesdepom-
mesdepêchesd'abricotstarteauxmanguestarteauchoco-
lattarteauxpommesauxgroseillesaucitronàlaconfitureà-
lamarmeladed'orangeîlesflottantestatinàl'ananastatin-
àlapommetatinàlagroseilletatinàlapruneàlapêchauxrai-
sins secs…

– Bon, bon. Ça va. »

Douze

La vie de Sai s'était donc poursuivie à Kalimpong entre Lola et Noni, l'oncle Potty et le père Booty, le juge et le cuisinier... jusqu'à ce qu'elle rencontre Gyan.

Si elle le rencontra, c'est parce qu'un jour, elle avait alors seize ans, Noni constata qu'elle n'était plus capable de la suivre en physique.

L'après-midi avait été suffocant, et elles étaient assises sur la véranda de Mon Ami. Partout dans les collines, la chaleur avait plongé les gens dans la torpeur. Les toits de tôle grésillaient, des dizaines de serpents rôtissaient sur les pierres, et les fleurs s'épanouissaient, aussi somptueuses dans leur perfection que sur une tenue d'été. L'oncle Potty regardait miroiter la chaleur, et tout transpirait, son nez, le salami, le fromage. Une bouchée de fromage, une bouchée de salami, une gorgée de Kingfisher glacée. Il était renversé en arrière, le visage dans l'ombre, les doigts de pied au soleil, et soupirait : tout était pour le mieux dans le meilleur des mondes. Les composants premiers s'équilibraient : chaud et froid, liquide et solide, ombre et lumière.

Dans la laiterie, le chuintement continu de la rumination de ses vaches avait plongé le père Booty dans une profonde méditation. Quel goût pourrait bien avoir le fromage de yak ?...

Non loin de là, les princesses afghanes soupiraient, elles aussi, et décidaient de manger leur poulet froid.

Nullement découragée par la chaleur, Mrs Sen se mit en route pour Mon Ami, poussée par les dernières nouvelles de sa fille, Mun Mun, qui était en Amérique : elle allait être engagée par CNN. Nouvelle qui ne manquerait pas, elle s'en félicitait d'avance, de contrarier Lola. Ha, ha, mais pour qui se prenait-elle donc, cette Lola Banerjee ? Avec ses grands airs, et ses discours à n'en plus finir sur sa fille et la BBC...

Ignorante de cette annonce imminente, Lola était dans le jardin, occupée à débarrasser les brocolis d'Angleterre de leurs chenilles. Marbrées de vert et de blanc, avec de faux yeux bleus, des pattes ridiculement gonflées, une queue et un nez d'éléphant. Magnifiques créatures, songea-t-elle, tout en en observant une de près, avant de la jeter à un oiseau en attente qui s'empressa d'y donner un coup de bec : un tortillon de matière verdâtre gicla de la bestiole comme du dentifrice d'un tube percé.

Sur la véranda de Mon Ami, Noni et Sai étaient

assises devant un manuel ouvert : neutrons... protons... électrons... Si on a... alors... alors quoi ?

Elles étaient incapables de comprendre la question, mais narguées par la vue, au-delà de la véranda, d'une parfaite illustration de la réponse : des insectes minuscules suspendus dans une gousse à l'intérieur de laquelle ils s'agitaient sans désemparer, victimes d'un sort impossible à rompre.

Noni se sentit soudain envahie d'une intense lassitude : la réponse ne semblait atteignable qu'à la faveur d'un miracle et non au moyen d'un raisonnement scientifique. Elles mirent le livre de côté quand arriva le boulanger, comme chaque après-midi, soulevant le coffre posé sur sa tête et débloquant les fermetures. À l'extérieur la malle était tout éraflée, mais à l'intérieur elle luisait comme un coffre à trésor : duchesses, cakes aux raisins en forme de cœur et, grâce à une recette que lui avaient apprise les missionnaires, *cookies* au beurre de cacahuète, délice qui évoquait irrésistiblement à leurs yeux l'Amérique des bandes dessinées : mince, super, extra, génial, au p'tit poil.

Elles choisirent des cakes aux raisins roses et jaunes et se mirent à bavarder.

« Alors, Sai, quel âge as-tu maintenant ? Quinze ans ?

– Seize. »

C'était difficile à dire, songea Noni, Sai faisait par certains côtés bien plus que son âge, et par d'autres bien moins.

Bien moins probablement parce qu'elle avait mené une vie très protégée, et bien plus sans doute parce qu'elle passait tout son temps avec des gens à la retraite. Elle aurait peut-être cet air-là toute sa vie, gamine même quand elle serait vieille, et vieille alors même qu'elle était jeune. Noni l'examina d'un œil critique. Sai portait un pantalon kaki et un tee-shirt barré de l'inscription « Pour un Tibet libre ». Elle était pieds nus, et ses cheveux courts tressés en deux nattes peu soignées lui arrivaient juste aux épaules. Noni et Lola étaient récemment tombées d'accord pour penser qu'il n'était pas bon que Sai continue à grandir ainsi : « Jamais elle n'apprendra à vivre en société... personne de son âge... une maison pleine d'hommes... »

*

« Tu ne trouves pas difficile de vivre avec ton grand-père ?

– Le cuisinier parle tellement, dit Sai, que ça ne me gêne pas. »

Quand même, la manière dont cette enfant était abandonnée aux soins du cuisinier depuis des années... Si elles n'avaient pas été là, Lola et elle, songea Noni, il y a beau temps que Sai serait tombée au niveau de la classe ancillaire.

« Et de quoi parle-t-il ?

– Oh, des gens de son village, de la mort de sa femme, de son procès avec son frère... J'espère que

Biju gagne beaucoup d'argent, dit Sai, c'est la famille la plus pauvre du village. Ils ont toujours une maison en torchis avec un toit de chaume. »

Noni estimait qu'il s'agissait là d'informations que le cuisinier aurait dû garder pour lui. Il était important de maintenir les classes nettement séparées, sinon c'était mauvais pour tout le monde. Les domestiques se faisaient toutes sortes d'idées, et puis, quand ils comprenaient que la vie ne leur donnerait pas, ni à eux ni à leurs enfants, ce qu'elle accordait aux autres, ils éprouvaient colère et ressentiment. Lola et Noni devaient sans arrêt veiller à ce que leur bonne, Kesang, ne se lance pas dans des confidences sur elle-même, et Dieu sait que la tâche, reconnaissait Noni, n'était pas facile. Avant même qu'on s'en aperçoive, on pouvait se laisser embarquer sur un terrain où l'on ne devrait se trouver qu'en compagnie de membres d'une même classe sociale. Elle repensa à cet incident relativement récent qui les avait vues toutes les deux trop fascinées pour empêcher leur bonne de leur raconter son histoire d'amour avec le laitier :

« Je l'aimais tellement, avait dit Kesang. Je suis une Sherpa, et lui, c'est un Rai, mais j'ai menti à mes parents en disant que c'était un Bhutia, et ils ont été d'accord pour qu'on se marie. C'était un joli mariage. Chez ces gens-là, il faut tellement donner, du bétail, de l'argent, et ceci et cela, tout ce qu'ils demandent en dot, il faut le donner, mais nous, on n'a pas eu un mariage comme ça. Mon mari s'occupait de mes parents quand ils étaient malades, et dès le début on s'est juré de ne jamais se quitter. Tous les deux, on a juré. Aucun des deux quittera jamais l'autre. Il mourra jamais, me quittera jamais, et moi pareil. Voilà ce qu'on s'est promis. Avant même le mariage. »

Et elle avait fondu en larmes. Kesang, avec ses dents marron et toutes de travers, ses vêtements miteux et tachés et son drôle de petit chignon en équilibre précaire au sommet du crâne. Kesang, qu'elles avaient prise à leur service par charité tant elle manquait d'expérience, et à qui elles avaient appris à faire un *saté* indonésien au beurre de cacahuète et à la sauce piquante, une sauce aigre-douce au ketchup et au vinaigre, et un goulasch aux tomates et au lait caillé. Cet amour chez elle avait choqué les sœurs. Lola avait toujours été d'avis que les domestiques ne ressentaient pas l'amour de la même manière : « C'est toute la structure de leurs relations qui est différente ; elle se fonde sur des critères économiques, pratiques... et ce serait bien préférable, à mon avis, si on arrivait à en faire autant. » Même Lola ne pouvait s'empêcher de se demander si elle-même avait jamais fait l'expérience du véritable amour ; elle et Joydeep n'avaient jamais évoqué cette histoire de fidélité que même la mort ne pouvait entamer : bien trop utopique pour qu'on puisse seulement y songer. Certes, mais c'était peut-être là la preuve qu'ils étaient passés à côté de l'amour. Elle chassa vivement cette pensée.

*

Noni, elle, n'avait jamais connu l'amour, ni de près ni de loin.

Elle ne s'était jamais trouvée dans une pièce silencieuse à parler de choses capables de vous faire vaciller l'âme comme la flamme d'une chandelle. N'avait jamais cherché à briller dans les fêtes de Calcutta, les hanches moulées dans un sari provocant, son glaçon tintant follement dans sa citronnade. N'avait jamais hissé le glorieux mais éphémère drapeau rouge vif de la passion au-dessus de son existence, pas même en simulacre, ou pour tenter de transcender la banalité de sa vie. Qu'avait-elle en fait d'émotions ? Ni haines farouches, ni même chagrin ou amertume. Simplement des irritations passagères à propos de babioles, comparables à l'énervement qu'on peut ressentir à être assis à la bibliothèque à côté de quelqu'un qui refuse de se moucher et renifle sans arrêt pour refouler sa morve.

Elle avait constaté, stupéfaite, qu'elle était jalouse de Kesang. La frontière s'était estompée, les rôles avaient été mal distribués.

Et Sai, qui pourrait bien l'aimer ?

Quand elle était arrivée, Noni s'était retrouvée en elle, dans sa timidité. Voilà ce qu'il advient, avait-elle pensé, quand on soumet une âme sensible à un système éducatif abject. Noni avait été envoyée dans le même genre d'établissement, où la seule solution pour ne pas se faire piéger était de rentrer sous terre, de garder son calme quand on vous posait une question, de ne pas exprimer d'opinions, de se rendre invisible... simplement pour sauver sa peau.

Noni avait retrouvé son assurance quand il était déjà trop tard. La vie était passée à côté d'elle, et, à cette époque, il fallait que les choses aillent vite pour une fille, sinon il ne se passait rien.

*

« Tu n'as pas envie de rencontrer des gens de ton âge ? » demanda-t-elle à Sai.

Mais Sai restait réservée avec les gens de son âge. Il y avait une chose, en revanche, sur laquelle elle était catégorique : « Je veux voyager », avoua-t-elle.

Les livres la rendaient fébrile. Elle s'était mise à lire, plus vite, et toujours plus, jusqu'à pénétrer au cœur du récit, à sentir le récit vivre en elle, les pages filant sous ses yeux, son pouls s'accélérant tant et si bien... qu'elle ne pouvait plus s'arrêter. C'est ainsi qu'elle avait lu *Ne tirez pas sur l'oiseau moqueur*, *Cider with Rosie* et *Notre père et nous*, empruntés à la bibliothèque du Gymkhana Club. Et puis il y avait ces photos dans le *National Geographic* : l'Amazone chocolatée, l'âpre Terre de Feu, escargot aux transparences de papillon plongé dans la mer, et même une vieille maison japonaise assoupie sous la neige... Elle découvrit que ces images l'affectaient souvent au point de la rendre incapable de lire les légendes, si fort était le sentiment qu'elles généraient, si douloureux le désir. Elle se rappelait ses parents, l'espoir qu'avait nourri son père de voyager un jour dans l'espace. Elle examinait les photographies prises par satellite d'un nuage rouge soulevé par un orage à la surface du Soleil, éprouvait une terrible nostalgie pour ce père qu'elle n'avait pas connu, et s'imaginait qu'elle aussi devait sûrement avoir en elle cette même soif de quelque chose au-delà de l'ordinaire.

Elle avait alors l'impression que la vie à Cho Oyu et les habitudes du juge lui rognaient les ailes.

« De temps en temps, je me dis que j'aimerais vivre au bord de la mer, soupira Noni. Là-bas, au moins, il y a toujours le mouvement des vagues. »

Il y avait très longtemps de cela, quand elle était encore une toute jeune femme, à Digha, elle avait découvert ce que c'était que d'être soulevée par le mystérieux océan. Elle regarda les montagnes, leur immobilité parfaite.

« Le massif de l'Himalaya était sous les eaux autrefois, dit Sai, qui le savait pour l'avoir lu. On a trouvé des ammonites sur l'Everest. »

*

Noni et Sai reprirent le manuel de physique.

Puis le reposèrent.

*

« Écoute-moi bien, dit Noni à Sai, si une chance s'offre à toi dans la vie, ne la laisse pas passer. Regarde-moi, j'aurais dû penser à l'avenir quand j'étais jeune. Au lieu de quoi, je n'ai compris que trop tard ce que j'aurais dû faire. Je rêvais de devenir archéologue. J'allais au British Council et je feuilletais les livres sur Toutankhamon... Mais mes parents n'étaient pas du genre à comprendre ça, vois-tu, mon père était vieux jeu, son éducation ne lui avait appris qu'une chose : donner des ordres... Tu vas devoir te débrouiller toute seule, Sai. »

*

Elles firent une nouvelle tentative du côté de la physique, sans pouvoir trouver la solution du problème.

« Je crains bien d'avoir épuisé mes ressources en sciences et en mathématiques. Sai va avoir besoin d'un professeur plus qualifié dans ces matières », disait le mot qu'elle confia à son élève à l'intention du juge.

« Foutue bonne femme, complètement irresponsable », dit le juge, qui était de mauvaise humeur parce que la chaleur lui rappelait sa nationalité.

Plus tard ce soir-là, il dicta à Sai une lettre adressée au directeur de la faculté du coin : « Si vous avez connaissance d'un enseignant ou d'un étudiant avancé qui donnerait des leçons particulières, pourriez-vous leur faire savoir que nous recherchons un précepteur pour des cours de physique et de mathématiques ? »

Treize

Il s'était à peine écoulé quelques semaines ensoleillées que le directeur répondait : il était en mesure de recommander un étudiant prometteur qui avait obtenu sa licence, mais n'avait pas encore trouvé de travail.

Il s'agissait de Gyan, un étudiant en comptabilité plutôt discret, qui avait pensé que le fait d'ordonner des nombres l'apaiserait ; les choses, pourtant, avaient pris une tout autre tournure, et, en réalité, plus il faisait d'additions, plus il transcrivait de colonnes de statistiques, et plus il lui semblait que se multipliaient les endroits où les connaissances les plus solides s'évaporaient pour disparaître dans le néant. Il apprécia le trajet jusqu'à Cho Oyu, qui lui procurait un moment de bonheur simple et rafraîchissant, même s'il lui fallait marcher deux heures à flanc de colline depuis Bong Busti, où il habitait, la lumière qui se glissait dans les interstices étoilés et mouvants des épais bambous s'écoulant dans un chatoiement liquide.

*

Sai, au début, ne se montra guère encline à renoncer à son immersion dans le *National Geographic* pour être enfermée dans la salle à manger avec Gyan. Devant eux étaient disposés en demi-cercle leurs instruments de travail, préparés par le cuisinier : règle, stylos, globe, papier quadrillé, nécessaire de géométrie, taille-crayon. Le cuisinier trouva qu'ils donnaient à la pièce une atmosphère clinique, comparable à celle qui l'intimidait tant chez le pharmacien, au dispensaire ou au laboratoire d'analyses, où il aimait le silence sur lequel veillaient les rayons de médicaments, les balances et les thermomètres, les coupelles et les fioles, les pipettes, le ténia transformé en spécimen dans le formol, les mesures déjà inscrites sur le bocal.

Le cuisinier aimait parler au pharmacien, avec circonspection, soucieux de ne pas bouleverser l'équilibre précaire des forces en présence, car il avait foi dans la superstition autant que dans la science. « Je vois, oui, je comprends », disait-il, même s'il n'en était rien, et de décrire ses symptômes d'une voix mesurée, sans dramatiser, à la doctoresse qu'il révérait et qui l'étudiait derrière ses lunettes. « Pas de selles depuis cinq jours, un mauvais goût dans la bouche, un toun toun dans les jambes et les bras, et de temps en temps un ping ping.

– Qu'est-ce que c'est qu'un ping ping et un toun toun ?

– Ping ping, c'est un picotement. Toun toun, c'est quand il y a une douleur qui va et qui vient sans arrêt.

– Et en ce moment tu as quoi ? Un ping ping ?

– Non, un TOUN TOUN. »

Et lors de la visite suivante :

« Ça va mieux ?

– Oui, mais enfin il y a...

– Toujours le toun toun ?

– Non, docteur, disait-il d'un ton grave, le ping ping. »

Il ressortait avec ses médicaments, convaincu qu'il faisait preuve de vertu. Oui, il était partisan de la modernité : à condition de s'y adonner, elle vous récompensait en vous conférant quelque valeur en ce monde.

Mais devant le dispensaire, il tombait sur Kesang ou sur le balayeur de l'hôpital ou sur le gardien du MetalBox, et l'un ou l'autre commençait à lui dire : « Ah, t'es un cas désespéré, il va falloir que tu fasses les hommages rituels aux dieux, et ça va te coûter bonbon... »

Ou bien : « J'ai connu quelqu'un qui avait exactement ce que tu as, il a jamais remarché... » Le temps qu'il rentre à la maison, il avait perdu toute sa foi en la science et commencé à gémir : *« Hai hai, hamara kya hoga, hai hai, hanara kya hoga ?* » Et il lui fallait retourner au dispensaire le lendemain pour recouvrer un peu de bon sens.

*

Ainsi donc, le cuisinier, qui voulait tant se comporter en être raisonnable, apporta du thé et des toasts au fromage grillé assaisonné de piment en poudre, avant d'aller s'asseoir sur son tabouret à l'entrée de la pièce pour surveiller Sai et le nouveau professeur, hochant la tête d'un air approbateur devant le ton posé de Gyan, les mots prononcés avec une sage lenteur qui menaient, calcul après calcul, à une réponse nette, exacte, que l'on pouvait vérifier dans une liste à la fin du manuel.

Pauvre cuisinier. Il n'avait pas compris que cette lenteur était le résultat non pas d'une foi en la science, mais de l'embarras et du doute ; ni que, si les deux jeunes gens avaient l'air absorbés dans l'étude des atomes, l'œil rivé sur les formules dans cette pièce où les murs se boursouflaient comme des voiles, en réalité ils commençaient à perdre pied ; ni que, comme l'ombre du crépuscule qui s'épaississait au-dehors, ils allaient être engloutis dans quelque chose de bien plus traître que la matière qui faisait l'objet de l'enseignement de Gyan ; ni que, même s'ils faisaient tout pour se construire un mur de protection à partir des éléments dont ils disposaient, on pouvait craindre que celui-ci ne suffise pas à les sauver.

La réponse correcte fut un four complet.

Gyan la formula avec l'air de s'excuser. Elle parut terre à terre. Non, elle ne ferait pas l'affaire. L'écartant au passage, l'énorme attente, qui n'avait plus désormais comme prétexte le résultat des calculs, s'enfla et se donna libre cours, les laissant sans voix quand, au bout des deux heures prévues, Gyan put prendre la fuite sans un regard pour Sai, qui avait produit sur lui un effet extraordinaire.

*

« C'est bizarre qu'il soit népalais », fit remarquer le cuisinier à Sai quand Gyan fut parti. Et au bout d'un moment : « Je pensais qu'il serait bengali.

– Hein ?... » Sai était perdue dans ses réflexions. De quoi avait-elle eu l'air ? Quelle impression avait-elle faite au professeur ? Elle trouva qu'il respirait une grande intelligence. Ses yeux étaient graves, sa voix profonde, mais ses lèvres trop charnues pour aller avec une expression aussi sérieuse, et ses cheveux bouclés se redressaient de façon comique. Ce mélange de sérieux et de loufoque, elle le trouvait fascinant.

« Les Bengalis, dit le cuisinier, sont très intelligents.

– Ne sois pas ridicule, dit Sai. Cela dit, ils seraient certainement d'accord avec toi.

– C'est le poisson, dit le cuisinier. Les gens des

côtes sont plus intelligents que ceux qui vivent à l'intérieur des terres.

– Et qui dit ça ?

– Tout le monde. Les gens qui vivent près de la mer mangent beaucoup de poisson, et regarde comme ils sont plus intelligents, tous ces Bengalis, ces Malayalis, ces Tamouls. À l'intérieur du pays, on mange trop de céréales, ça ralentit la digestion, surtout le millet, ça pèse sur l'estomac. Et c'est là que va le sang, et pas au cerveau. Les Népalais font de bons soldats, de bons coolies, mais ils sont pas bien doués pour les études. C'est pas leur faute, les pauvres.

– Va donc manger un peu de poisson toi-même, dit Sai. Ça t'évitera de sortir toutes ces bêtises.

– C'est comme ça que tu me parles, à moi qui t'élève comme ma propre fille, avec tout cet amour... », commença-t-il.

*

Ce soir-là, Sai s'assit devant sa glace.

En face de Gyan, elle avait eu une conscience très aiguë d'elle-même et s'était dit que c'était à cause de son regard posé sur elle, mais chaque fois qu'elle levait les yeux, c'était pour constater qu'il regardait ailleurs.

Il lui arrivait de se trouver jolie, mais quand elle se lança dans un examen minutieux devant la glace, elle découvrit que la beauté est chose évanescente. Elle l'avait à peine localisée qu'elle lui échappait ; loin de la discipliner, elle ne pouvait s'empêcher de jouer de sa flexibilité. Elle tira la langue, roula les yeux, puis s'adressa un sourire charmeur. Elle s'essaya à toutes sortes d'expressions, du démoniaque à l'impérial. Plus tard, en se brossant les dents, elle remarqua ses seins agités de tremblements, à la manière de deux portions de gelée qu'on porterait à table en toute hâte. Elle courba la tête pour en approcher les lèvres et goûter la chair, qu'elle trouva à la fois ferme et souple. Cette curieuse combinaison de rondeur-douceur-fermeté-trémulation devait pouvoir constituer une bonne monnaie d'échange.

Mais si elle continuait à vivre avec pour seule compagnie ces deux hommes aux jambes arquées, dans cette maison à l'écart de tout, cette beauté, si fugace qu'elle se dérobait à tout instant, se fanerait pour finalement mourir, sans chantre ni sauveur, et à jamais perdue.

Elle se regarda à nouveau : son visage s'était teinté de tristesse, et l'image semblait lointaine.

Elle allait devoir se propulser dans l'avenir par tous les moyens possibles, sinon elle resterait à jamais prise au piège de ces lieux dont l'heure était déjà évanouie.

*

Les jours passant, elle constata qu'elle était obsédée par son visage, tout en étant consciente du fait que, dans le même temps, elle s'aiguisait l'appétit pour tout autre chose.

Mais à quoi ressemblait-elle donc ? Elle chercha la réponse dans les casseroles en inox, les lampions bien astiqués des monastères, dans les plats des marchands au bazar, les images que lui offraient les cuillères et les couteaux sur la table de la salle à manger, dans les eaux vertes du bassin. Ronde et replète dans les cuillères, longue et mince dans les couteaux, piquetée d'insectes et de cordonniers dans le bassin ; dorée sous une lumière, blafarde sous une autre ; puis retour à la glace ; mais la glace, plus inconstante que jamais, lui montrait une chose, puis une autre, et la laissait, comme à son habitude, sans réponse.

QUATORZE

À 4 h 25, Biju se mit en route pour la boulangerie la Reine des tartes, l'œil aux aguets au cas où des flics surgiraient sans crier gare : où tu vas, qu'est-ce que tu fais, avec qui, et quand, et pourquoi ?

Mais les services de l'immigration œuvraient indépendamment de la police, peut-être pour mieux laisser le pain se cuire le matin, et Biju passait sans anicroche entre les mailles du filet.

Au-dessus de la boulangerie, le métro aérien filait sur une structure grossièrement conçue, soutenue par de maigres pilotis métalliques. Au milieu d'un vacarme infernal, les roues des wagons projetaient des pluies d'étincelles qui, dans le noir, illuminaient d'éclats de lumière aveuglants les cités de Harlem, où il apercevait quelques fenêtres déjà éclairées, et des gens comme lui qui commençaient une nouvelle journée dans leur simulacre de vie. À la Reine des tartes, la grille de la devanture se releva d'un coup, la lumière s'alluma en clignotant, un rat gagna l'ombre. Queue en racine pivotante, crâne épais, beau gabarit, il jeta derrière lui un œil sarcastique, quand il passa dans un crissement velouté au-dessus du piège trop petit pour le retenir.

« *Namaste, babaji* », le salua Saeed Saeed.

*

Biju repensa à son dernier affrontement avec un Pakistanais, aux invectives à l'encontre de la religion de l'autre qui l'avaient vu grandir : « Porcs, porcs et fils de porcs. »

Et voilà qu'il avait rencontré Saeed Saeed, et qu'il éprouvait pour lui une admiration proprement déconcertante. Le destin vous réservait de ces surprises ! Biju était dévoré de l'envie de s'en faire un ami : Saeed Saeed ne se noyait pas, lui, il gardait la tête hors de l'eau. De fait, bon nombre de gens cherchaient à s'accrocher à lui comme à une planche au lendemain d'un naufrage – pas seulement des compatriotes de Zanzibar et des clandestins, mais des Américains bon teint ; citoyens en surcharge pondérale à la confiance en soi lessivée, qu'il taquinait pendant qu'ils déjeunaient seuls d'une tranche de pizza ; employés de bureau vieillissants et solitaires en mal d'oreilles après des nuits d'insomnie passées à se demander si, en Amérique – eh oui, en Amérique ! –, ils profitaient de ce que ce pays avait à offrir. Ils faisaient part de secrets qui, peut-être, ne pouvaient être divulgués sans embarras qu'à un clandestin.

Saeed était un brave type et il n'était pas paki. Il était donc OK ?

La vache n'était pas indienne. Elle n'était donc pas sacrée ?

Il aimait donc les musulmans et ne haïssait que les Pakis ?

Il aimait donc Saeed, mais haïssait les musulmans en général ?

Il aimait donc les musulmans et les Pakis, et l'Inde ferait bien de comprendre qu'elle avait tort et de rendre le Cachemire ?

Non, ça, ce n'était pas possible, et…

Ce n'était là qu'une petite partie du dilemme. Il se rappelait ce qu'on disait des Noirs au pays. Un jour, un homme de son village qui travaillait à la ville avait dit : « Faites attention aux *hubshi*. Vous savez, dans leur propre pays, ils vivent comme des singes dans les arbres. Quand ils viennent en Inde, ils deviennent des hommes. »

Loin de prétendre, comme l'avait cru Biju, que les Noirs apprenaient à s'habiller et à manger quand ils arrivaient en Inde, tant le pays était civilisé, l'homme avait entendu qu'ils cherchaient uniquement à féconder toutes les jeunes Indiennes qu'ils croisaient.

Il haïssait donc tous les Noirs mais il aimait Saeed ? Il n'y avait donc rien à reprocher aux Noirs ni à Saeed ? Pas plus qu'aux Mexicains, aux Chinois, aux Japonais, ou à n'importe quel peuple ???...

Biju était depuis toujours habitué à cette haine et découvrait qu'il était terriblement intimidé par les Blancs, lesquels avaient incontestablement fait beaucoup de mal à l'Inde. Mais il faisait preuve d'un manque total de générosité à l'égard de presque tous les autres, qui, eux, n'avaient jamais nui à son pays.

Il y avait tout à parier que Saeed Saeed avait été confronté au même dilemme à propos de Biju.

Des autres cuisines lui parvenait l'écho de ce que l'on disait des Indiens de par le monde :

En Tanzanie, s'ils le pouvaient, ils les jetteraient dehors comme ils l'avaient fait en Ouganda.

À Madagascar, s'ils le pouvaient, ils les jetteraient dehors.

Même chose au Nigeria.

Et aux îles Fidji.

En Chine, on les déteste.

À Hong Kong, pareil.

En Allemagne.

En Italie.

Au Japon.

Dans l'île de Guam.

À Singapour.

En Birmanie.
En Afrique du Sud.
Ils ne les aiment pas.
Et en Guadeloupe – on nous aime là-bas ?
Non.

Saeed Saeed avait sans doute été prévenu contre les Indiens, mais lui ne semblait pas déchiré par les contradictions ; il était porté par une générosité qui le plaçait au-dessus de pareils dilemmes.

*

Il avait toutes les filles qu'il voulait.

« Ah, malheu' de moi, disait-il. C'est te'ible, te'ible. Elle arrête pas de m'appeler. (Il se prenait la tête dans les mains.) Aïe, aïe, aïe… je sais vraiment pas quoi faire !

– Oh si, tu sais quoi faire, disait Omar d'un ton aigre.

– Ah, très drôle… Mais non, tu sais, je deviens dingue. Trop, c'est trop, mon vieux !

– C'est ces *dreadlocks*, t'as qu'à les couper, et tu seras débarrassé de toutes ces filles.

– Mais je veux pas en être débarrassé ! »

Quand des jolies filles venaient chercher leurs brioches à la cannelle veinées de sucre roux caramélisé, Saeed leur décrivait la beauté et la pauvreté de Zanzibar, et la compassion des filles montait comme une pâte au levain – ah, si elles avaient pu le sauver, l'emmener chez elles et le consoler à l'aide d'une bonne plomberie et de la télé ; si elles avaient pu parader dans la rue avec un homme comme lui, grand, beau et couronné de *dreadlocks* ! « Il est mignon ! Si mignon ! Tellement mignon ! » disaient-elles, remontées à fond, avant de dévider leur désir au téléphone avec leurs amies.

*

Saeed avait trouvé son premier emploi en Amérique à la mosquée de la 96ᵉ Rue : l'imam l'avait engagé pour l'appel à la prière de l'aube parce qu'il avait un beau chant du coq ; mais il avait pris l'habitude, avant d'arriver à son travail, de s'arrêter en route devant les boîtes de nuit, étape somme toute assez naturelle, lui semblait-il, en termes de chronologie. Appareil jetable en poche, il attendait à la porte pour se faire prendre en photo avec les riches et les célébrités : Mike Tyson, mais oui ! C'est mon frère. Naomi Campbell, c'est ma petite amie. Hé, Bruce (Springsteen) ! Je me présente : Saeed Saeed l'Africain. Mais rassure-toi, mon vieux, ça fait déjà un moment qu'on mange plus les Blancs.

Puis vint le moment où l'on commença à le laisser entrer.

Les portes n'avaient aucun secret pour lui, même si, deux ans plus tôt, il s'était fait prendre lors d'une rafle des services de l'immigration et expulser, malgré ses contacts rapprochés, Kodak à l'appui, avec le gratin de l'Amérique. Il était rentré à Zanzibar, où on l'avait accueilli en Américain, et où il passait son temps à manger des poissons-lunes au lait de coco à l'ombre ajourée des palmiers, à lézarder sur le sable tamisé aussi fin que de la semoule, et le soir, à l'heure où la lune se teintait d'or et la nuit de luisances mouillées, à conter fleurette aux filles de Stone Town. Les pères encourageaient leurs filles à sortir par la fenêtre de leur chambre la nuit ; elles se laissaient glisser au bas des arbres pour finir sur les genoux de Saeed, pendant qu'ils surveillaient la scène dans l'espoir de surprendre les tourtereaux dans une position compromettante. Ce garçon qui autrefois ne faisait que traîner au coin des rues – un fainéant tout juste bon à créer des ennuis, au point que les voisins s'étaient cotisés pour lui payer son billet d'avion –, voilà que, par miracle, il était devenu l'objet de toutes les convoitises. Ils multipliaient les prières pour qu'il soit contraint d'épouser la grosse Fatma, ou la belle Salma, ou bien Khadija, avec ses yeux gris diaphanes et sa voix de chatte. Les pères ne ménageaient pas leurs efforts, les filles non plus, mais Saeed leur échappa. Elles lui offraient des *kanga* africains, histoire qu'il ne les oublie pas, avec pour slogan « Les souvenirs sont comme des diamants » ou « Ton parfum si plaisant apaise mon cœur », de façon que, dans ses moments de repos à New York, il puisse se déshabiller, se draper dans son *kanga*, s'aérer un peu les burnes et penser aux filles de son pays. Deux mois plus tard, il était de retour – nouveau nom, nouveau passeport, établi grâce à quelques billets glissés en douce à un employé des bureaux de l'administration. Quand il débarqua à JFK sous le nom de Rasheed Zulfickar, il tomba au contrôle des passeports sur celui-là même qui lui avait signifié son expulsion. Le sang lui monta aux oreilles, mais l'autre ne broncha pas. « Dieu merci, à leurs yeux on se ressemble tous ! »

*

Ces petits jeux, ils faisaient les délices de Saeed : il aimait la manière dont ce pays mettait son ingéniosité à l'épreuve et le récompensait de son astuce ; il le charmait, le cajolait, le manipulait, tout en éprouvant pour lui tendresse et loyauté. Quand il le fallait, lui qui, à force d'insistance, s'était fait ouvrir maintes portes de service, qui avait, à l'aide d'une photocopieuse, d'un effaceur et d'un coupe-papier, saboté le système de manière spectaculaire (il suffisait d'une seule personne habile à manier une machine à photocopier, assurait-il à Biju, pour mettre l'Amérique à genoux), il était capable d'honorer le drapeau des États-Unis avec conviction, la main sur le cœur et les larmes dans la voix. Le pays lui reconnaissait des talents, et lui, de son côté, faisait de même : une histoire d'amour partagée, somme toute. Avec des hauts et des bas, certes, et parfois plus d'amertume que de douceur ; néanmoins, bien au-delà de tout ce que le bureau de l'immigration était capable d'imaginer, c'était une idylle à l'ancienne.

*

À 6 heures, les rayons de la boulangerie étaient chargés de pains de seigle, de campagne, aux céréales, de brioches fourrées à l'abricot et à la framboise qui s'ouvraient pour laisser échapper les succulences d'une confiture ambre ou rubis. Un matin, Biju s'assit dans un pâle rayon de soleil devant la boutique, un petit pain à la main. Il fit craquer la carapace de la croûte et se mit à manger, effilant la mie encore tiède de ses longs doigts maigres…

Mais, à New York, un bonheur innocent ne dure jamais longtemps : une ambulance passa, puis une voiture de police et un camion de pompiers ; les saccades du métro aérien firent trembler le sol et transpercèrent ses chaussures sans défense, lui ébranlèrent le cœur et abîmèrent son petit pain. Il cessa de mastiquer, songea à son père…

Malade. Mort. Mutilé.

Il se ressaisit, conscient du fait que son affolement subit n'était que le résultat du passage d'un transport urbain à la virilité surdéveloppée, et chercha le pain dans sa bouche, mais n'en trouva pas trace car il s'était délité autour de sa langue comme un nuage éthéré.

*

À Kalimpong, le cuisinier écrivait : « Cher Biju, pourrais-tu, s'il te plaît, aider… »

La semaine précédente, le gardien du MetalBox lui avait rendu une visite officielle pour lui parler de son fils, un garçon assez grand maintenant pour commencer à travailler ; seulement, du travail, il n'y en avait pas. Biju pourrait-il l'aider à passer en Amérique ? Le garçon était prêt à s'accommoder d'une basse besogne pour démarrer, même si, bien entendu, un emploi dans un bureau serait préférable. L'Italie ne serait pas mal non plus, avait-t-il ajouté pour faire bonne mesure. Un homme de son village était parti en Italie, où il gagnait bien sa vie comme cuisinier dans un restaurant indien.

*

Au début, cette demande mit le cuisinier mal à l'aise, tiraillé qu'il était entre générosité et égoïsme, et puis… « Pourquoi pas ? Je lui demanderai. C'est très difficile, note bien, mais on ne risque rien à essayer. »

Et il se sentit titillé, rien qu'à l'idée que l'autre ait pu lui faire pareille demande. Laquelle suffit à réactiver dans l'esprit du père l'image du fils qui a réussi.

Les deux hommes fumèrent, assis devant sa cahute, et c'était bon d'être comme ça, deux vieux côte à côte en train de parler des jeunes. La belladone était en fleur, ses cloches géantes luisant dans le crépuscule, blanches et amidonnées, sinistres et virginales. Une étoile apparut, et une vache égarée passa lentement dans la pénombre.

*

Ainsi, dans le but aussi bien de donner du poids à son fils que de renforcer sa propre fierté, le cuisinier écrivit sur la feuille bleue de l'aérogramme : « Cher *beta*, je t'en prie, vois si tu peux donner un coup de main au fils du gardien du MetalBox. »

Il alla se coucher heureux et content de lui, pour se réveiller un peu plus tard en sursaut, terrorisé par un grand bruit sourd, mais ce n'était que la vache égarée qui était revenue par le ravin et essayait de pousser la porte pour se mettre à l'abri de la pluie. Il la chassa, rappela le souvenir de son fils et, retrouvant ainsi la paix, replongea dans le sommeil.

Rien de tel qu'une demande d'aide pour améliorer son image de marque.

*

La carte de séjour, la fameuse carte verte…

Saeed se portait tous les ans candidat à la grande loterie de l'immigration, mais les Indiens, eux, n'y étaient pas autorisés. Bulgares, Irlandais, Malgaches… la liste n'en finissait pas, mais non, pas d'Indiens. Il y avait tout bonnement trop de gens qui se bousculaient pour partir de chez eux, essayant de passer devant les autres, les piétinant sans pitié. On ne prendrait plus personne pendant des années, les quotas étaient remplis, à ras bord, mieux, ils débordaient.

À la boulangerie, ils appelaient le numéro vert de l'immigration dès que la pendule sonnait 8 h 30, et, prenant leur tour à l'appareil, pouvaient passer une journée entière à garder la ligne.

« Quel est votre statut, à l'heure actuelle, monsieur ? Je ne peux rien faire pour vous si je ne connais pas votre statut actuel. »

Ils raccrochaient alors à la hâte, inquiets à l'idée que l'immigration puisse disposer d'une machine super-hyper-sophistiquée à bip-bip électronique instantané, gyrophare téléguidé, vitesse supersonique, capable de :

– transférer les appels ;

– les réorienter ;

– recomposer les numéros ;

– décoder ;

– retrouver le numéro et remonter jusqu'à leur... *clandestinité.*

Ah, la carte verte, la carte verte...

Biju était parfois si fébrile qu'il ne tenait plus en place. Après son travail, il allait jusqu'au fleuve, pas à l'endroit où les chiens jouaient comme des fous dans des squares grands comme des mouchoirs de poche, pendant que leurs maîtres ramassaient les crottes dans le fracas ambiant, mais là où, après une soirée pour célibataires à la synagogue, des filles à la jupe et aux manches longues et démodées se promenaient à l'ancienne avec des hommes aux allures tout aussi démodées, portant chapeau et costume noirs comme s'ils devaient garder leur passé à tout moment sur eux de peur de le perdre. Il marchait jusqu'à l'autre bout, là où le sans-abri dormait souvent dans une chambre de verdure touffue qui semblait sortir non pas du sol mais du terreau fertile des immondices urbaines. Un poulet sans abri vivait lui aussi dans le parc. Biju le voyait gratter la terre discrètement, ce qui lui donnait la nostalgie de son village.

« Petit-petit-petit », appelait-il, mais le volatile s'enfuyait sans plus attendre, aussi touchant dans son trouble qu'un laideron effarouché et convaincu des attraits de la vertu.

Il marchait jusqu'à l'endroit où la verdure disparaissait pour faire place à un alignement de piles de pont, et où des hommes comme lui venaient souvent s'asseoir sur les rochers pour contempler la berge désolée du New Jersey. Des bateaux bizarres passaient par là : péniches remplies d'ordures ; remorqueurs au nez retroussé poussant de leur groin des transporteurs de charbon ventrus ; d'autres encore, dont la fonction n'était pas claire – tout en grues et roues d'engrenage rouillées, crachant une fumée noire.

Dans ces moments, Biju n'arrivait pas à réprimer une brusque flambée de colère à l'égard de son père, qui l'avait envoyé seul dans ce pays, mais il savait aussi qu'il ne lui aurait jamais pardonné de ne pas l'avoir fait.

QUINZE

À Kalimpong, le prunier devant le dispensaire, arrosé avec le sang avarié provenant du laboratoire d'analyses, était si fleuri que les jeunes mariés se faisaient prendre en photo sur le banc disposé dessous. Sans se soucier du couple qui le priait de sortir du champ de leur photographie, le cuisinier s'installa au bout du banc et chaussa ses lunettes pour lire la lettre de Biju qu'il venait juste de recevoir :

« J'ai un nouveau boulot dans une boulangerie, où le patron nous laisse l'entière responsabilité du magasin… »

C'était le jour de l'*haat* à Kalimpong, et une foule de gens endimanchés avait envahi les rues qui menaient à la place où se tenait le grand marché.

Le cuisinier replia la lettre et la mit dans la poche de sa chemise. Le cœur en fête, il plongea dans l'*haat*, se frayant un chemin au milieu de Népalaises au dos voûté et au nez percé d'anneaux d'or, de Tibétaines avec leurs tresses et leurs chapelets de prière, et de paysans venus de villages éloignés vendre leurs champignons terreux enveloppés de feuilles et déjà à moitié cuits par le soleil. Des sorciers *lepcha* proposaient poudres, huiles et racines en forme de ganglions, tandis que d'autres étals offraient du poil de yak, aussi emmêlé et rêche qu'un poil de démon, et des sachets de minuscules crevettes séchées pourvues de moustaches gigantesques ; on trouvait aussi des marchandises de contrebande du Népal, parfums, blousons en jean, matériel électronique, ainsi que des poignards népalais, des bâches en plastique et des fausses dents.

Quand le cuisinier et le juge étaient arrivés à Kalimpong, les caravanes de laine traversaient encore la ville, accompagnées par des muletiers tibétains, bottes de fourrure aux pieds et anneaux aux oreilles, et l'odeur de terre de ces hommes et de ces bêtes étouffait les délicates senteurs de pin que des gens comme Lola et Noni étaient venus chercher depuis Calcutta. Le cuisinier se souvenait de yaks portant jusqu'à cent kilos de sel sur le dos, et, en équilibre au sommet, des bébés aux joues roses coincés dans de grandes marmites, qui suçaient des carrés de ce fromage séché et très dur appelé *churbi*.

« Mon fils travaille à New York, se vantait le cuisinier auprès de tous ceux qu'il croisait. Il dirige une chaîne de restaurants. »

« New York. Une très grande ville, expliquait-il. Les voitures et les immeubles là-bas n'ont rien à voir avec ceux d'ici. Un pays où il y a à manger pour tout le monde.

– Et toi, *babaji*, quand pars-tu ?

– Un jour, riait-il. Un jour bientôt, mon fils me prendra avec lui. »

Des bottes d'azalées et de genêts séchés jonchaient le sol, enveloppées de papier journal. Il se rappela le jour où le dalaï-lama et le panchen-lama étaient venus à Kalimpong, et où l'on avait fait brûler de l'encens tout le long du cortège. Le cuisinier était dans la foule. Il n'était pas bouddhiste, bien sûr, et avait participé à la fête dans un esprit laïque. Le grondement étouffé des prières dévalait la montagne, tandis que mules et chevaux émergeaient tout empanachés du brouillard, au milieu du tintement des clochettes et des drapeaux de prière accrochés aux selles. Le cuisinier y était allé d'une prière pour Biju et, en se couchant ce soir-là, s'était senti très pieux, si exalté dans sa piété qu'il se trouvait pur alors même qu'il se savait impur.

Il traversait maintenant la gare routière qui empestait la graisse et les gaz d'échappement, et passait devant le cagibi où, derrière un rideau rouge maculé de taches, on payait pour regarder sur un écran tremblotant des films comme *Viol d'une vierge érotique* et *ELLE ou les dessous de la vie conjugale*.

Personne ici ne s'intéresserait au fils du cuisinier.

À l'agence de voyages Snow Lion, le cuisinier attendit pour avoir toute l'attention du directeur. Tashi était occupé à faire l'article à une touriste – il était passé maître dans l'art d'embobiner les étrangères et de leur fournir l'occasion d'envoyer au pays le récit de rigueur d'une aventure amoureuse avec le sherpa de service. Le magasin était inondé de brochures sur les circuits des monastères qu'il organisait, de photographies d'hôtels construits dans le plus pur style traditionnel et pleins d'objets et de meubles anciens, dont beaucoup sortaient des monastères eux-mêmes. Bien entendu, il passait sous silence le fait que les bâtiments vieux de plusieurs siècles étaient tous restaurés à grand renfort de béton, d'éclairages au néon et de carrelage dans les salles de bains.

« Quand tu iras en Amérique, emmène-moi avec toi, dit Tashi après avoir vendu une excursion au Sikkim à la touriste.

– Bien sûr, bien sûr, vous viendrez tous avec moi. Pourquoi pas ? Il y a plein de place dans ce pays. C'est chez nous qu'il y a trop de monde. »

« Ne t'inquiète pas, avait écrit Biju, je mets de l'argent de côté pour acheter un billet, et toi comment vas-tu, comment va la santé ? » Un jour, son fils accomplirait tout ce que les parents de Sai, tout ce que le juge n'avaient pas réussi à faire.

Le cuisinier passa devant la boutique des Tailleurs sourds. Inutile de leur dire quoi que ce soit, puisqu'ils feraient littéralement la sourde oreille, tout comme ils restaient sourds aux plaintes de leurs clients quand ils avaient massacré le travail : rayures horizontales et non verticales, vêtements du juge coupés à la taille de Sai, et inversement.

Il entra chez Lark pour acheter du thé Tosh, des nouilles aux œufs et du lait concentré Milkmaid. Il dit à la doctoresse qui venait chercher les vaccins qu'elle stockait dans le réfrigérateur de la superette : « Mon fils a un nouveau travail aux États-Unis. » Elle aussi avait un fils là-bas. Tout de même, avoir ça en commun avec un docteur ! Le personnage le plus distingué de la ville.

Au crépuscule, sur le chemin du retour, il répandit la nouvelle auprès de ceux qui, gravissant la colline chargés de lourds ballots, faisaient une pause pour reprendre leur souffle, assis sur la route, afin de ne pas salir leurs habits du dimanche dans l'herbe et la boue. Quand une voiture s'annonçait, ils se levaient, et se réinstallaient dès qu'elle était passée.

Il le dit à Mrs Sen, qui, bien entendu, avait elle aussi un enfant en Amérique. « C'est le meilleur pays au monde. Tous ceux qui sont allés en Angleterre sont bien attrapés maintenant… », dit-elle avec un geste significatif en direction de Mon Ami, la maison de ses voisines. Le cuisinier passa ensuite chez Lola, qui ne supportait pas qu'on critique l'Angleterre, mais se montra gentille avec lui, parce qu'il était pauvre ; seule la fille de Mrs Sen représentait une menace qu'il fallait étouffer dans l'œuf. Il parla aussi aux princesses afghanes, qui le payaient pour leur rapporter un poulet chaque fois qu'il allait au marché.

Elles faisaient bouillir la volaille le jour même, étant donné qu'elles n'avaient pas de réfrigérateur, et tous les jours, jusqu'à ce qu'elles aient fini de le manger, elles en préparaient un morceau en le cuisinant de manières différentes : au curry, au soja, au fromage et, à l'époque bénie de l'année où, du jour au lendemain, tous les jardins de Kalimpong se couvraient de champignons, à la sauce aux champignons, additionnée d'un bouchon de cognac.

Il le rapporta aux moines qui jouaient au football devant le monastère, en tenant leur robe d'une main. Puis il passa voir l'oncle Potty et le père Booty. Ils étaient en train de danser sur la véranda, l'oncle Potty, posté près de l'interrupteur, passait son temps à allumer et éteindre la lumière. « Qu'est-ce que tu dis ? » lui demandèrent-ils en baissant le son pour pouvoir l'entendre. « Formidable ! » Ils levèrent leurs verres dans sa direction et remontèrent le son. « Jambalaya... tarte à la citrouille â... *mio maio*... »

Pour finir, le cuisinier s'arrêta devant la dernière boutique pour prendre des pommes de terre. Il les achetait toujours là, de façon à ne pas avoir à les porter trop longtemps. Il trouva la fille du patron derrière le comptoir, vêtue, comme le voulait la dernière mode, d'une longue chemise de nuit. On voyait partout les femmes en chemise de nuit maintenant : filles, épouses, grand-mères, nièces, en train de faire leurs courses ou d'aller chercher de l'eau, habillées en plein jour comme si elles s'apprêtaient à se mettre au lit, cheveux dénoués, chemises à volants, offrant un spectacle de rêve au beau milieu de la journée.

C'était une jolie fille, petite et dodue, et, dans l'échancrure de la chemise de nuit, l'arrondi de ses deux seins épanouis retenait même le regard des femmes. Qui plus est, elle savait tenir le magasin. Biju la trouverait *sûrement* à son goût. On disait que le père se faisait pas mal d'argent…

« Trois kilos pommes de terre, dit-il d'une voix douce qui ne lui était pas coutumière. Et l'riz, l'est comment ? L'est propre ?

– Non, mon oncle, dit-elle. Celui qu'on a est très sale. Il y a tellement de petits cailloux dedans que tu risquerais de te casser les dents dessus.

– Et l'*atta* ?

– L'*atta* est mieux. »

Bof, se dit-il, l'argent ne faisait pas tout. Il y avait aussi ce bonheur simple qui consistait à s'occuper de quelqu'un et à avoir quelqu'un pour s'occuper de vous.

Seize

Du jour où Sai s'intéressa à l'amour, elle s'intéressa aux amours des autres, et se mit à poursuivre le cuisinier de questions sur le juge et sa femme.

« À mon arrivée dans la maison, dit le cuisinier, tous les vieux domestiques m'ont raconté que la mort de ta grand-mère avait fait du juge un homme cruel. C'était une grande dame, qui parlait aux serviteurs sans jamais élever la voix. Il l'aimait, à un point… En fait, c'était un attachement si profond, et tellement extraordinaire à voir, qu'on en avait l'estomac tout retourné.

– Il l'aimait donc vraiment tant que ça ? dit Sai, stupéfaite.

– Faut croire. Mais on disait qu'il le montrait pas.

– Peut-être qu'il ne l'aimait pas vraiment, alors ? suggéra Sai.

– Mords-toi la langue, vilaine fille, retire tes paroles ! cria le cuisinier. Bien sûr que si qu'il l'aimait.

– Mais comment les domestiques pouvaient-ils le savoir ? »

Le cuisinier réfléchit un moment, songea à sa propre femme. « C'est vrai, finit-il par reconnaître. Personne en était sûr, mais, à cette époque, tu sais, on parlait pas beaucoup, et il y a tant de façons de montrer son amour, pas seulement comme ce qu'on voit au cinéma, toi, tu connais rien d'autre. T'es qu'une petite sotte. Le plus grand amour est celui qu'on montre pas.

– Tu dis n'importe quoi, du moment que ça t'arrange.

– Ben, oui. C'est encore ce qu'il y a de mieux, reconnut le cuisinier après une nouvelle pause.

– Alors ? Il l'aimait, oui ou non ? »

*

Le cuisinier et Sai étaient assis avec Mutt sur les marches qui menaient au jardin, occupés à débarrasser la chienne de ses tiques, besogne qui leur procurait toujours une grande satisfaction. Les grosses tiques, celles qui ressemblaient à des sacs kaki, étaient faciles à occire ; mais les petites marron faisaient montre d'une résistance à toute épreuve ; elles s'aplatissaient dans les creux de la pierre, si bien que quand on leur tapait dessus avec un caillou, elles n'étaient pas écrasées, mais se redressaient d'un coup avant de détaler à toute vitesse.

Sai les poursuivait partout. « Restez ici, que je vous y prenne pas à regrimper sur Mutt. »

Ils essayèrent de les noyer dans un récipient plein d'eau, mais elles étaient tenaces, refusaient de couler, se grimpaient sur le dos et finissaient par s'échapper. Sai repartait aussitôt en chasse, les remettait dans le récipient, courait les jeter dans la cuvette des toilettes avant de tirer la chasse, mais elles s'obstinaient à refaire surface et se débattaient, hystériques, pour ne pas sombrer.

*

Les souvenirs, authentiques cette fois-ci, affleurèrent dans les yeux du cuisinier.

« Oh non, dit-il en réponse à la question de Sai. Il ne l'aimait pas du tout. Elle est devenue folle.

– Folle ? Non...

– Si, on disait qu'elle était complètement folle.

– Elle sortait d'où ?

– J'ai oublié son nom, mais c'était la fille d'un homme riche, et sa famille jouissait d'une position bien plus élevée que celle de ton grand-père et appartenait à une branche particulière d'une caste qui, en soi, restait inférieure, bien sûr, comme tu le sais, mais au sein de laquelle ils étaient arrivés au sommet. On le voyait à ses traits délicats ; ses orteils, son nez, ses oreilles et ses doigts étaient tout petits et très fins, et puis elle avait la peau très claire – comme du lait.

Côté teint, disait-on, on aurait pu la prendre pour une étrangère. Dans sa famille, on se mariait qu'au sein de quinze autres, mais on a fait une exception pour ton grand-père parce qu'il faisait partie de l'ICS. Voilà, j'en sais pas plus. »

*

« C'était qui, ma grand-mère ? demanda Sai, qui était venue trouver le juge, assis en équilibre comme un héron au-dessus de son échiquier. Elle venait d'une famille chic ?

– Tu ne vois pas que je joue ? »

Il regarda à nouveau l'échiquier, puis se leva et sortit dans le jardin. Des écureuils volants se pourchassaient au milieu des spirales dentelées des fougères et de la brume ; les montagnes perçaient au travers comme des cornes de bouquetin. Il revint déplacer sa pièce, avec l'impression d'avoir déjà joué ce coup cent fois.

Il ne voulait pas penser à elle, mais l'image qui lui vint à l'esprit était d'une étonnante douceur.

*

Les Patel rêvaient d'envoyer leur fils en Angleterre, mais le père de Jemu avait beau travailler d'arrache-pied, il n'y avait pas assez d'argent. Ils rendirent donc visite aux usuriers, qui jaugèrent le père et le fils d'un œil endormi de crocodile, avant de fondre sur eux avec une offre de 10 000 roupies. Intérêt : vingt-deux pour cent.

La somme rassemblée n'étant toujours pas suffisante, il ne leur restait plus qu'à chercher une épouse. Jemu serait le premier garçon de leur communauté à partir faire des études dans une université britannique. Les offres de dot affluèrent, et le père commença à se livrer à des estimations et des calculs euphoriques : un visage disgracieux, c'était un peu plus d'or ; un teint clair, un peu moins. Un laideron à la peau foncée, doté d'un père riche, c'était bien là le meilleur parti.

*

À l'autre bout de Piphit, non loin du cantonnement militaire, vivait un homme de petite taille, nanti d'un nez de rhinocéros pointé vers le haut et non vers le bas, qui se promenait avec une canne en rotin verni, portait un long manteau de brocart et habitait une *haveli* aux sculptures si délicates qu'elle semblait aérienne. Il s'appelait Bomanbhai Patel. Son père avait choisi le bon camp en apportant son aide discrète dans une escarmouche opposant les Anglais aux Gaekwad, et s'était vu dûment récompensé par l'intendant militaire qui l'avait nommé fournisseur officiel de fourrage pour les chevaux du campement militaire britannique de Piphit. La famille avait fini par avoir le monopole de tous les vêtements *et* tissus fournis à l'armée, et quand Bomanbhai avait succédé à son père, il vit aussitôt le moyen d'accroître encore ses profits en agrandissant son affaire sans qu'il y paraisse : il offrait aux soldats des femmes interdites dans une partie de la ville qui ne l'était pas moins, pour leur permettre de tester leur virilité grandissante, et les renvoyait à la caserne couverts de cheveux et de poils noirs, empestant comme des lapins échappés du clapier.

Quant à son épouse et ses filles, elles étaient soigneusement enfermées derrière les hauts murs de l'*haveli*, dont la façade s'ornait d'une plaque annonçant : « Résidence de Bomanbhai Patel, fournisseur de l'armée, financier, marchand. » Ces dames menaient une existence oisive dans le quartier des femmes, et l'observation rigoureuse de ce *purdah* ne faisait qu'augmenter le respect dont jouissait Bomanbhai dans la communauté. Il acquit bientôt de petites envies, de petites manies, se mit à cultiver certaines excentricités qui, comme il l'escomptait, finirent d'asseoir sa richesse et la considération des autres. Il étala ses achats, ses habitudes, mais avec discrétion, après les avoir soigneusement planifiés – acquit son manteau de brocart si caractéristique, sa canne vernie, ainsi qu'un pangolin apprivoisé, qui soulignait ses affinités avec toutes les créatures à gros nez. Il commanda un ensemble de vitres à verre coloré qui inondèrent la maison d'une lumière pulpeuse aux couleurs de fruit, dans laquelle jouaient les enfants, tout heureux d'apparaître orange ou violets, ou moitié orange, moitié verts.

Des marchands ambulants chinois attendaient dehors,

pendant que les femmes examinaient leurs soies et leurs dentelles. Des joailliers apportèrent des pièces rares pour la dot des filles, bijoux de famille cédés par un raja ruiné. Les lobes d'oreille de la femme de Bomanbhai s'étirèrent sous le poids des diamants d'Afrique du Sud, si gros, si lourds qu'un jour une boucle déchira le lobe et, plouf, disparut tel un météore sanguinolent dans son bol de yaourt à la cardamome et à la pistache.

Mais son triomphe suprême, il le connut le jour où, lui qui n'était que le fils d'un petit boutiquier de bazar, mais maintenant plus riche que tous les brahmanes de la ville, il engagea un cuisinier brahmane qui faisait respecter si scrupuleusement les règles contre la pollution qu'il suffisait de prononcer le mot *eendoo*, « œuf », dans la cuisine pour qu'aussitôt toutes les casseroles, toutes les cuillères soient récurées, et jetée toute la nourriture en préparation.

*

Un jour, un groupe d'hommes, excités comme une clique de poules caquetantes, se rendit chez Bomanbhai et lui apprit le départ imminent de Jemu pour l'Angleterre. Les sourcils de Bomanbhai se froncèrent tandis qu'il digérait l'information, mais il ne fit aucun commentaire, se contentant de siroter son cognac Exshaw n° 1 allongé d'eau chaude dans un gobelet vénitien.

L'ambition continuait à le dévorer, et il avait beau avoir un cuisinier brahmane, il n'était pas sans savoir que le monde ne s'arrêtait pas aux limites de sa ville, et que l'histoire ne vous offrait pas tous les jours une ouverture autorisant un exploit acrobatique. Huit jours plus tard, il montait dans son landau tiré par deux juments blanches, longeait le British Club de Thornton Road, qui lui resterait à jamais fermé si pleines que fussent ses poches, et gagnait l'autre bout de la ville, où il sidéra les résidents du terrier Patel en leur proposant Bela, la plus belle de ses filles, laquelle passait son temps dans leur grand lit avec ses sœurs, à se plaindre de mourir d'ennui sous un lustre en cristal qui évoquait les opulences rafraîchissantes de la glace dans la chaleur de l'été.

Si Jemu réussissait dans son entreprise, elle deviendrait l'épouse de l'un des hommes les plus puissants de l'Inde.

*

Le mariage fut l'occasion d'une fête qui se prolongea une semaine durant et fut marquée par un faste qui ne permettait plus à personne de douter de la vie bénie de nabab bienheureux que menait la famille, si bien que quand Bomanbhai se courbait en deux pour saluer ses invités d'un *namaste* et les prier de boire et de manger, ceux-ci savaient que sa modestie n'était que feinte… et, partant, du meilleur aloi. La jeune mariée était une petite montagne ruisselant de bijoux resplendissants, et elle avait du mal à marcher sous le poids des pierres précieuses et du métal qu'elle portait. La dot était constituée d'argent liquide, d'or, d'émeraudes du Venezuela, de rubis de Birmanie, de diamants *kundun* bruts, d'une montre sur une chaîne, de mètres de tissu lainé pour son nouvel époux, dans lesquels on taillerait les costumes qu'il porterait en Angleterre, et, dans une enveloppe craquante, d'un billet pour la traversée Bombay-Liverpool à bord du SS *Strathnaver*.

Quand elle se maria, Bela prit le nom qu'avait choisi pour elle sa belle-famille, et en quelques heures devint Nimi Patel.

*

Jemubhai, enhardi par l'alcool et la pensée de son billet pour l'Angleterre, voulut enlever le sari de sa femme, cousu d'autant d'or que de soie, alors qu'elle était assise au bord du lit, comme le lui avaient conseillé ses jeunes oncles, à grand renfort de claques dans le dos.

Il fut presque surpris de découvrir un visage sous l'amas de tissu doré. Le sari était semé de fanfreluches qui ne parvenaient pas à masquer totalement la gamine de quatorze ans qui hoquetait, terrifiée : « Épargne-moi. »

Il fut aussitôt lui-même terrorisé, effrayé par la

frayeur de la jeune fille. Son accès de courage passé, il battit en retraite et retrouva sa timidité naturelle. « Ne pleure pas, dit-il, affolé, essayant de réparer les dégâts. Tiens, je ne regarde pas. Je ne te regarde même pas. » Il lui rendit le lourd vêtement, l'entassant maladroitement sur sa tête, pendant qu'elle sanglotait toujours.

*

Le lendemain matin, les oncles s'esclaffèrent. « Qu'est-ce qui s'est passé ? Rien ? » demandèrent-ils en désignant le lit.

Nouveaux rires le jour suivant.

Remplacés, le troisième, par des mines inquiètes.

« Il faut la forcer, le pressèrent les oncles. Insister. Tu ne peux pas laisser faire.

– Dans d'autres familles, on ne serait pas aussi patient, dirent-ils à Nimi, en guise d'avertissement.

– Attrape-la et cloue-la sur le lit », ordonnèrent-ils à Jemubhai.

Celui-ci avait beau se sentir provoqué, et reconnaître parfois en lui une envie réelle et bien définie, en présence de sa femme, son désir s'évanouissait.

« Enfant gâtée, disait-on à Nimi. On en a assez de tes grands airs. »

Comment pouvait-elle ne pas être heureuse avec Jemubhai, ce petit génie, le premier de leur communauté à partir pour l'Angleterre ?

Mais Jemubhai commença à la plaindre, et à se plaindre lui-même, à mesure que, nuit après nuit, ils partageaient cette inaction éprouvante.

Pendant que la famille était sortie monnayer les bijoux pour récupérer un peu plus d'argent, il lui proposa une promenade sur la bicyclette Hercules de son père. Elle secoua la tête, mais quand il fut en selle, une curiosité d'enfant prit le dessus, et elle grimpa derrière lui en amazone. « Garde les jambes tendues », lui ordonna-t-il, tout en poussant sur les pédales. Ils prirent de la vitesse, filant entre les arbres et les vaches, slalomant entre les bouses.

Jemubhai se retourna, eut une vision rapide de ses yeux – ah, personne n'avait des yeux pareils ni ne regardait le monde de cette façon…

Il força l'allure. Ils arrivèrent à une descente, et, tandis qu'ils dévalaient la pente, ils abandonnèrent un instant leur cœur derrière eux, en lévitation au milieu du vert des feuilles et du bleu du ciel.

*

Le juge leva les yeux de son échiquier. Sai était grimpée dans un arbre en bordure du jardin. Du haut des branches, on apercevait la courbe de la route, elle pouvait ainsi surveiller l'arrivée de Gyan.

Au fil des leçons hebdomadaires de mathématiques, le suspense montait au point que bientôt ils ne supportaient plus d'être assis ensemble dans la même pièce et éprouvaient l'envie de prendre la fuite. Elle avait mal à la tête. Lui devait partir plus tôt. Ils se trouvaient des prétextes, mais à peine s'étaient-ils quittés qu'ils devenaient fébriles et curieusement agressifs, et attendaient le mardi suivant avec une impatience croissante, de plus en plus intolérable.

Le juge alla jusqu'au pied de l'arbre.

« Descends de là.

– Pourquoi ?

– Mutt ne supporte pas de te voir là-haut. »

Mutt leva la tête pour regarder Sai, remua la queue, sans l'ombre d'une inquiétude dans les yeux.

« Vraiment ? demanda Sai.

– J'ose espérer que ton petit prof ne se fait pas des idées, répondit le juge, ignorant la question.

– Quel genre d'idées ?

– Descends de là tout de suite. »

Sai s'exécuta, rentra à la maison et s'enferma dans sa chambre. Un jour, elle partirait d'ici.

« Le temps est fait pour avancer, lui avait dit Noni. Ne t'accommode pas, comme je l'ai fait, d'une vie où il reste figé. C'est le meilleur conseil que je puisse te donner. »

Dix-sept

Saeed Saeed attrapa une souris à la Reine des tartes, la souleva d'un pied expert, dribbla, essaya de faire une passe à Biju, qui partit en courant, l'envoya en l'air et, au moment où elle retombait en couinant, la reprit d'une belle volée, riant aux éclats. « Alors c'est *toi* qui mangeais le pain ? Hein, c'est *toi* qui mangeais le sucre ? » La bestiole monta comme une flèche au plafond, complètement hystérique, avant de retomber, raide morte. Fini de jouer. Tout le monde au boulot.

*

À Kalimpong, le cuisinier écrivait sur un aérogramme. Il écrivait en hindi, avant de rédiger l'adresse en anglais, de grosses lettres maladroites.

Il était assiégé de demandes d'aide. Plus ils demandaient et plus ils venaient, et plus ils venaient et plus ils demandaient – Lamsang, Mr Lobsang Phuntsock, Oni, Mr Shezoon du *Lepcha Quarterly*, Kesang, le balayeur de l'hôpital, le technicien du laboratoire qui avait mis le ténia dans le formol, l'homme qui bouchait les trous dans les casseroles rouillées, tous ceux nantis d'un fils qui faisait la queue pour partir. On lui apportait des poulets en guise de cadeaux, des petits paquets d'amandes ou de raisins, on lui offrait un verre à l'ex-cantine de l'armée, chez Thapa, et il commençait à se voir dans la peau d'un homme politique, accordant des faveurs et recevant des remerciements.

Plus vous êtes gâté plus vous le serez plus vous recevez de cadeaux plus vous en recevrez plus vous recevez de cadeaux plus vous êtes admiré plus vous le serez plus vous êtes admiré plus vous recevrez de cadeaux plus vous serez gâté…

« *Bhai, dekho, aesa hai…*, commençait-il du ton de celui qui doit tout expliquer. Tu sais, c'est une question de chance, il est pratiquement impossible d'obtenir un visa… » La difficulté était surhumaine, mais bon, il écrirait à son fils. « Attends, attends un peu, peut-être que tu auras de la veine… »

« *Biju beta*, écrivait-il, tu as eu la chance, toi, de pouvoir partir. S'il te plaît, fais quelque chose pour les autres… »

Il collait ensuite les rabats des aérogrammes à l'aide d'une décoction maison de farine et d'eau, et envoyait ses missives fendre les flots de l'Atlantique, par bancs entiers…

*

Ils ne sauraient jamais combien de lettres s'étaient égarées au long de leur parcours chaotique, jalonné des caprices d'un postier pris sous le déluge, d'un fourgon confronté aux éboulements sur la route de Siliguri, des éclairs et du tonnerre, d'un aéroport noyé dans le brouillard, pour se terminer par le long voyage depuis Calcutta jusqu'au bureau de poste de la 125e Rue à Harlem, barricadé comme un avant-poste de l'armée israélienne dans la bande de Gaza. Le facteur abandonnait les lettres du cuisinier sur les boîtes des résidents permanents, et parfois elles tombaient, étaient piétinées avant de se retrouver sur le trottoir.

Mais il en arrivait assez pour que Biju ait le sentiment d'être submergé par le flot.

« Un garçon très futé, famille très pauvre, je t'en prie, occupe-toi de lui, il a déjà son visa, il doit arriver… S'il te plaît, trouve du travail pour Poresh. En fait, même son frère est prêt à partir. Aide-les. Sanjeeb Thom Karma Ponchu, et tu te souviens de Budhoo, le gardien de Mon Ami, eh bien, son fils… »

*

« Je sais, mon vieux, je sais ce que c'est », dit Saeed.

La mère de Saeed distribuait avec une grande libéralité les coordonnées de son fils à la moitié de Stone

Town. Et ils débarquaient à l'aéroport avec un dollar en poche et son numéro de téléphone, cherchant à se loger dans un appartement plein à craquer, le moindre recoin déjà loué : Rashid Ahmed Jaffer Abdullah Hassan Musa Lufti Ali et d'autres encore, qui occupaient les lits à tour de rôle.

« Les gens de la tribu, ça n'arrête pas. Je me réveille, je vais à la fenêtre, et là, qu'est-ce que je vois… ENCORE DES GENS DE LA TRIBU. Chaque fois que je jette un œil – un nouveau contingent. Tout le monde dit : "Ah, on ne donne plus de visas, ils sont vraiment stricts maintenant, ça devient impossible", et, pendant ce temps, tous ceux qui font la demande, ils obtiennent TOUS leur visa. Mais pourquoi est-ce qu'y me font ça ? L'ambassade des États-Unis à Dar… à quoi y pensent ? Personne aurait l'idée d'accorder un visa à ce Dooli. Personne, jamais. Rien qu'à l' voir, tu te dis, y a quelque chose qui cloche chez ce mec… Eh ben, non, lui, son visa, on lui donne ! »

Histoire de se remonter le moral, Saeed préparait des doliques et des thazards achetés à Price Chopper, et des plantains au sucre et au lait de coco, une bouillie gluante au parfum d'espoir bien mûr, qu'il tartinait sur une baguette de pain avant de l'offrir à la ronde.

*

Les fruits les plus sucrés de tout Stone Town poussaient dans le cimetière, et les meilleures bananes venaient de la tombe du grand-père de cet entêté de Dooli auquel l'ambassade des États-Unis à Dar es-Salaam avait cru bon d'accorder un visa... Voilà ce qu'était en train de leur raconter Saeed quand il jeta un coup d'œil par la fenêtre.

La seconde d'après, il était sous le comptoir.

« Ah, bon Dieu de bon Dieu ! » À voix basse : « Les gens de la tribu, les mecs, en v'là encore. Par pitié, dites-leur que je travaille pas ici. Comment y font pour avoir cette adresse ? Ma mère, bien sûr ! Et pourtant j' ui ai dit : "Assez, j'en veux plus !" *S'il te plaît*, Omar, vas-y ! *Va leur dire de se tirer.* »

Devant la boulangerie se tenait un petit groupe d'hommes qui avaient l'air aussi épuisés que s'ils avaient passé plusieurs vies à voyager, et se grattaient la tête en regardant la devanture de la Reine des tartes.

« Pourquoi tu les aides ? demanda Omar. Moi, j'ai arrêté, et maintenant tout le monde le sait, et personne vient plus me trouver.

– C'est vraiment pas le moment de me sermonner. »

Omar sortit. « Qui ça ? *Saaaeed ?* Non, connais pas. Quel nom, tu dis ? *Soyad ?* Non, y a personne de ce nom ici. Y a que moi, Kavafya et Biju.

– Mais y travaille ici. C'est sa mère qui nous l'a dit.

– Non. Non. Allez, dégagez. Y a personne pour vous ici. Et si vous faites des histoires, c'est sur nous que ça va retomber. Alors, je vous le demande gentiment, DÉGAGEZ. »

*

« Très bien, dit Saeed, merci. Ils sont partis ?

– Non.

– Qu'est-ce qu'ils font ?

– Ils sont toujours là à regarder », intervint Biju, enhardi et émoustillé par les malheurs d'un autre. Il en sautillait presque d'un pied sur l'autre.

Les hommes dehors secouaient la tête, refusant de croire ce qu'ils venaient d'entendre.

Biju sortit à son tour et rentra. « Ils disent que maintenant ils vont essayer là où t'habites. » Assez fier, Biju, d'annoncer une nouvelle aussi capitale. Et surpris de constater que cela lui manquait de ne pouvoir jouer ce genre de rôle, si commun en Inde. Se mêler de la vie des autres fournissait des tas de petites occasions de se sentir important.

« Ils reviendront. Je les connais, vous savez. Ils ont pas fini d'essayer, ou bien y en a un qui restera, pendant que les autres s'en iront. Fermez la porte, fermez la fenêtre…

– On peut pas fermer la boutique. Et puis, y fait trop chaud pour fermer la fenêtre.

– Fermez-la, j' vous dis !

– Non. Imagine que Mr Bocher passe nous voir ! » C'était le propriétaire des lieux, et il débarquait de temps à autre à l'improviste, espérant les surprendre en pleine infraction.

« Faites pas d' souci, patron, lui serinait Saeed. On fait tout ce que vous dites, juste comme vous le dites… »

Mais là, maintenant…

« C'est d' ma vie qu'y s'agit, mon vieux. Pas qu'un petit peu trop chaud par-ci ou par-là, patron ou pas patron… »

Ils fermèrent fenêtre et porte, et, toujours caché sous le comptoir, il appela son appartement : « Hé, Ahmed, réponds pas au téléphone, vieux, ce Dooli et toute sa bande ont débarqué de l'aéroport ! Enferme-toi, reste pas debout, baisse-toi et t'approche pas de la fenêtre. »

« Bon sang, mais pourquoi ils leur donnent un visa ? Comment y font pour acheter leur billet ? » Ils entendaient la voix à l'autre bout du fil. Puis celle-ci se perdit dans le swahili, sorte de diarrhée à l'arôme puissant, évacuation riche et fumante.

*

Le téléphone sonna dans la boulangerie.

« Réponds pas », dit-il à Biju qui allait décrocher.

Quand le répondeur se mit en marche, la communication fut coupée.

« Encore la tribu ! dit Saeed. Le répondeur, ça leur fout la trouille. »

Le téléphone se remit à sonner. *Dring dring dring dring*. Répondeur. Communication coupée.

Et à nouveau : *dring, dring*.

« Saeed, faut que tu leur parles. » La sonnerie avait fini par faire battre le cœur de Biju à grands coups. Ça pouvait être le patron, ou un appel d'Inde, son père, son père…

Mort ? Mourant ? Malade ?

Kavafya décrocha, et une voix ricocha dans la pièce, écorchée, insistante, affolée. « Urgent ! Urgent ! On arrive de l'aéroport. *À l'aide ! Au secours ! Saaeed ! S-aa-eed !* »

Il raccrocha et débrancha le téléphone.

Saeed : « Ces jeunes gars, vous les laissez entrer, et vous êtes cuit, jamais y repartiront. Y sont désespérés. Vous les laissez entrer, vous écoutez leur histoire, et vous pouvez plus leur dire non, vous connaissez leur tante, leur cousin, c'est toute la famille qu'y faut aider. Et une fois qu'ils ont commencé, y vous prennent tout. Vous pouvez pas leur dire, comme font les Américains : "Ça, c'est ma bouffe, et y a que moi qui la mange." Demandez à Thea… (C'était la dernière fille en date dont on parlait à la boulangerie.) Là où elle habite avec trois amies – des amies, vous entendez ? –, chacune va faire ses courses de *son* côté, et elles se font leur bouffe *chacune dans son coin*, et elles mangent *ensemble* ce qu'elles ont préparé *séparément*. Elles se sont partagé le frigo, une clayette pour chacune, et c'est là qu'elles mettent les restes de leurs repas, chacune dans *sa* boîte. Y en a même une qu'a mis *son nom sur la boîte pour qu'on se trompe pas.* » Il leva un doigt dans un geste d'une sévérité chez lui inhabituelle. « À Zanzibar, ce que t'as, *tu dois le partager avec tout le monde.* Ça, c'est *bien*, c'est comme ça qu'y faut faire...

– *Ouais, mais comme personne a rien... C'est pour ça qu'on se tire de là-bas.* »

Silence.

La compassion de Biju pour Saeed s'étendit à lui-même, puis la honte de Saeed devint la sienne, honte à l'idée qu'il ne porterait jamais secours à tous ces gens qui réclamaient son aide et attendaient jour après jour, heure après heure, sa réponse. Lui aussi était arrivé à l'aéroport avec quelques dollars en poche achetés au marché noir à Katmandou et l'adresse d'un ami de son père, Nandu, qui vivait avec vingt-deux autres chauffeurs de taxi dans le Queens. Nandu, lui non plus, n'avait pas répondu au téléphone et avait essayé de se cacher quand Biju était arrivé devant sa porte ; puis, lorsqu'il avait cru Biju parti, il avait ouvert et, à son grand dam, l'avait trouvé sur le seuil, qui attendait là depuis deux heures.

« Y a plus de travail ici, avait-il dit. Si j'étais jeune, je retournerais en Inde, y a plus de possibilités là-bas ; moi, je peux plus changer, c'est trop tard, mais tu ferais bien d'écouter ce que j'te dis. Tout le monde te racontera qu'il faut rester, que c'est *ici* que t'auras la belle vie, mais t'aurais cent fois intérêt à rentrer au pays. »

Nandu avait entendu parler du sous-sol de Harlem par un de ses collègues de travail, et depuis le jour où il y avait déposé Biju, celui-ci ne l'avait jamais revu.

Il avait été abandonné au milieu d'étrangers : le gardien de l'immeuble Jacinto, le sans-abri, un dealer de coke aux jambes arquées et à la démarche raide, qui marchait comme si ses couilles étaient trop grosses pour lui permettre un déplacement normal, toujours accompagné d'un chien jaune aux pattes tout aussi arquées et à la démarche tout aussi raide, empêché lui aussi, semblait-il, de marcher normalement par des couilles trop grosses. L'été, les familles sortaient de leurs appartements exigus et s'installaient sur le trottoir avec leurs énormes radiocassettes ; des femmes aux chairs abondantes et à la forte carrure apparaissaient en short, exhibant des jambes rasées et striées de lignes de minuscules points noirs, et des groupes d'hommes à l'air résigné s'asseyaient pour jouer aux cartes devant des planches posées en équilibre sur des poubelles et buvaient au goulot des bières enveloppées dans des sacs en papier. Ils saluaient aimablement Biju de la tête, allant même parfois jusqu'à lui offrir une bière, mais lui ne savait pas quoi leur dire ; même son petit « bonjour », très bref, manquait sa cible : ou il était dit à voix trop basse, si bien qu'ils ne l'entendaient pas, ou il arrivait alors qu'ils avaient déjà tourné la tête.

*

Ah, la carte verte, la carte verte...

Sans elle, impossible de partir. S'il voulait rentrer au pays, il avait besoin d'une carte verte. C'était là l'absurdité du système. Ce retour triomphant d'après carte verte, il le désirait, y aspirait de toutes ses forces... Ah, pouvoir acheter un billet avec l'air de quelqu'un qui rentre chez lui parce qu'il le veut, mais qui pourrait ne pas le faire s'il décidait du contraire... Il regardait avec envie les étrangers en règle avec l'immigration quand il les voyait dans les magasins de démarques, à la recherche de la valise miracle, fabriquée dans le tiers-monde, extensible à souhait, avec des soufflets, des poches et des fermetures à glissière s'ouvrant sur des recoins cachés, l'ensemble, une fois déployé, révélant un espace gigantesque capable de recevoir tout le nécessaire pour s'installer une vie entière dans un autre pays.

Bien sûr, par ailleurs, il y avait ceux qui vivaient et mouraient en Amérique dans l'illégalité, sans revoir leur famille de dix, vingt, trente ans, sans jamais la revoir du tout.

Comment s'en sortir ? À la Reine des tartes, le dimanche matin, ils regardaient sur la chaîne indienne ce programme où l'on voyait un avocat, spécialiste de l'immigration, répondre au pied levé aux questions des téléspectateurs.

Un chauffeur de taxi apparaissait à l'écran : à force de regarder des copies piratées de films américains, il avait eu envie de venir en Amérique, mais comment accéder à une vie normale ? Il était clandestin, son taxi également, tout comme sa peinture jaune, toute sa famille était ici, tous les hommes de son village aussi, et tous, parfaitement infiltrés, travaillaient pour le réseau de taxis de la ville. Mais comment obtenir un permis de séjour ? Y aurait-il parmi les téléspectatrices une femme qui accepterait de l'épouser ? Une infirme, une retardée mentale, peu importe, pourvu qu'elle soit détentrice de la carte verte…

*

C'était bien entendu Saeed Saeed qui avait découvert l'existence du fourgon, et il emmena un jour Omar, Kavafya et Biju à Washington Heights, où ils attendirent à un angle de rues. Toutes les boutiques étaient munies de grilles, même les kiosques qui vendaient du chewing-gum et des cigarettes. Les pharmacies et les magasins de vins et spiritueux avaient des interphones ; Biju voyait les gens sonner, être admis dans une sorte de cage d'où l'on avait vue sur l'ensemble des rayons et d'où l'on pouvait désigner ce que l'on voulait, et quand on avait déposé son argent sur le plateau pivotant avec une ouverture pratiquée dans la grille et le verre à l'épreuve des balles, on vous apportait, comme à contrecœur, les marchandises achetées. Même dans l'échoppe qui vendait des hamburgers jamaïcains, la patronne, les rondelles de viande hachée, les feuilles de taro et les galettes de pain, les sodas et le reste – tout était barricadé derrière une grille haute sécurité.

L'atmosphère n'en restait pas moins agréable. Les trottoirs grouillaient de monde. Devant l'église de Zion, un prêtre baptisait toute une file de gens en s'aidant du jet qui giclait d'une bouche d'incendie. Un homme apparut, vêtu d'un ensemble short-chemise à grandes fleurs, genoux maigres et noueux, cheveux crêpelés et gominés, petite moustache carrée à la Chaplin-Hitler et porteur d'une radiocassette, « *Guantanamera... guajira Guantanamera...* » Deux femmes plutôt effrontées le hélèrent depuis une fenêtre : « Hé, *baby* ! Regarde-moi ces jambes, wouah-ho ! Ouh, oui ! T'es libre ce soir ? »

Une autre femme donnait des conseils à sa compagne, plus jeune qu'elle : « La vie est courte, mon chou. Fous-le dehors avec les poubelles ! T'es jeune, à ton âge, on est heureux ! Fous-le-donc-dehors-avec-les-poubelles. »

*

Saeed était chez lui ici. Il habitait deux rues plus haut, et beaucoup de gens le saluaient.

« Saeed ! »

Un gamin arborant une chaîne en or aussi grosse que

celle d'une bonde de baignoire et aussi tape-à-l'œil que sa prospérité donna une claque dans le dos de Saeed...

« Qu'est-ce qu'y fait ? demanda Biju à propos du garçon.

– Le trottoir », répondit Saeed en riant.

Histoire de mettre un peu plus de piment dans cette sortie, Saeed leur raconta comment un jour il avait aidé un type de la tribu à déménager : une voiture s'était arrêtée alors qu'ils se débattaient avec des cartons de vêtements raccommodés, un réveil, des chaussures, une casserole noircie qui avait fait le voyage depuis Zanzibar, placée dans la valise par une mère en larmes, et un revolver était apparu à la portière, puis une voix avait dit : « Mettez tout ça dans le coffre, les gars. » Le coffre s'était ouvert, « C'est tout ? » avait lancé d'un ton dégoûté la voix derrière le revolver. Là-dessus, la voiture était repartie.

*

Ils attendaient au coin de la rue, transpirant à grosses gouttes, mon Dieu, mon Dieu... Pour finir, un fourgon cabossé arriva, et ils payèrent par la portière entrebâillée, tendirent leurs photos d'identité aux normes de l'INS, une oreille dénudée et un visage de trois quarts, et on leur prit leurs empreintes par l'entrebâillement. Quinze jours plus tard, ils attendaient au même endroit...

Ils attendirent...

attendirent...

mais le fourgon ne revint pas. L'aventure coûta à Biju toutes ses économies.

Omar suggéra qu'ils pourraient peut-être chercher une consolation pendant qu'ils étaient dans le coin.

Kavafya était d'accord.

Seulement 35 dollars.

Les tarifs n'avaient pas bougé.

Biju rougit en se rappelant ce qu'il avait dit du temps où il était dans le hot dog : « Elles puent... des femmes toutes noires... *Hubshi hubshi.* »

« Fait trop chaud pour moi », dit-il.

Les autres s'esclaffèrent.

« Saeed, tu viens ? »

Mais Saeed n'avait pas besoin d'aller trouver les putains.

Il devait rencontrer une nouvelle mignonne.

« Qu'est-ce qui est arrivé à Thea ? demanda Biju.

– Elle est allée faire une randonnée en dehors de la ville. Moi, j' ui ai dit : "Les Africains, la verdure, ça les intéresse pas !" De toute façon, vieux, j'ai une ou deux autres nanas en réserve, que Thea, elle est pas au courant.

– Tu devrais quand même faire gaffe, fit Omar. Les Blanches, elles sont bien tant qu'elles sont jeunes, mais tu verras, elles se délabrent vite fait, à quarante ans elles sont toutes moches, plus de cheveux, plein de rides, des taches et des grosses veines partout, tu vois c' que j' veux dire...

– Ah, ah, bien sûr que je le sais », dit Saeed, qui comprenait qu'ils soient jaloux.

*

À la boulangerie, un client trouva une souris entière cuite dans un pain aux graines de tournesol. Probable qu'elle était allée chercher les graines…

Une équipe du service de l'hygiène débarqua au magasin. Les inspecteurs entrèrent à la façon des Marines, du FBI, de la CIA, du NYPD ; ils enfoncèrent pratiquement la porte en criant : « LES MAINS EN L'AIR ! »

Ils trouvèrent une canalisation crevée, un tuyau d'écoulement hoquetant, des couteaux rangés derrière les WC, des crottes de rat dans la farine et, dans un bol d'œufs qu'on avait oublié, des organismes unicellulaires qui se sentaient tellement bien là qu'ils se reproduisaient tout seuls, sans y être poussés par leurs semblables.

On fit venir le patron, Mr Bocher.

« Y a eu une putain de panne de courant, dit Mr Bocher, et il fait une chaleur d'enfer dehors. Qu'est-ce qu'on peut y faire, bon Dieu ? »

Mais le même genre d'épisode avait déjà eu lieu deux fois, avant l'époque de Biju, Saeed, Omar et Kavafya, du temps de Karim, Nedim et Jesus. La Reine des tartes serait fermée et remplacée par un établissement russe.

« Putains de Russes ! Avec leur merde de bortsch ! » s'écria Mr Bocher, écumant, mais sans résultat : tout était à recommencer. « Allez vous faire foutre, tas de connards ! » hurla-t-il aux hommes qui avaient travaillé pour lui.

*

« Toi, le Biju, passe me voir de temps en temps. » Saeed retrouva vite du travail dans un magasin appelé la République bananière, où il vendrait aux élégants de la ville les derniers cols roulés noirs à la mode, dans une boutique dont le seul nom était synonyme d'exploitation coloniale et de destruction vorace du tiers-monde.

Biju savait qu'il ne le reverrait sans doute jamais. L'expérience lui avait appris que c'était ce qui arrivait le plus souvent. On vivait quelque chose d'intense avec deux ou trois personnes, et celles-ci disparaissaient du jour au lendemain, dans la mesure où cette armée de l'ombre était condamnée au mouvement. Les gars trouvaient un autre boulot, partaient ailleurs, se faisaient expulser, rentraient au pays, changeaient de nom. De temps en temps, on en rencontrait un par hasard, au détour d'une rue ou dans le métro, puis il disparaissait à nouveau. Adresses, numéros de téléphone, tout se périmait vite. Le vide que ressentait Biju était chaque fois le même, si bien qu'il finit par se résoudre à ne plus trop laisser les amitiés s'enraciner.

*

Étendu sur la couchette de son sous-sol cette nuit-là, il songea à son village, où il avait vécu avec sa grand-mère sur l'argent que leur envoyait son père tous les mois. Le village était enfoui dans des herbes argentées de la taille d'un homme, qui bruissaient, *chui*, *chui*, *chui*, quand le vent les couchait d'un côté et de l'autre. Au bas d'une ravine à sec, après avoir traversé les herbes, on atteignait un affluent du Jamuna où l'on pouvait voir les hommes descendre le courant sur des peaux de buffles gonflées, les quatre pattes raides de ces créatures dressées vers le haut. À l'endroit où la rivière était peu profonde et où l'eau frisait sur les galets, ils sortaient de leurs embarcations et les tiraient pour passer à gué. C'était là, dans cette eau peu profonde, que Biju et sa grand-mère traversaient quand ils allaient au marché ou en revenaient, elle, son sari relevé, un sac de riz sur la tête à l'occasion. Des aigles pêcheurs planaient au-dessus, capables d'interrompre en un clin d'œil leurs glissades horizontales et de plonger d'un coup, pour remonter parfois avec dans le bec un éclair argenté qui battait l'air. Il y avait aussi un ermite qui vivait sur la berge, dans une posture de héron, et qui attendait, attendait, guettant l'éclat furtif d'un autre poisson, mystique, évanescent ; au moment où celui-ci ferait surface, il faudrait qu'il se précipite dessus, de peur de le voir disparaître pour ne jamais revenir... Le jour de Diwali[1], le saint homme allumait des lampions, les accrochait dans les branches du pipal ou les envoyait voguer sur la rivière à bord de petits radeaux tressés de soucis – que c'était beau à voir, ces lumières qui dansaient dans la jeune obscurité ! Quand il était allé chez son père à Kalimpong, ils s'étaient assis dehors le soir, et son père s'était remémoré ses souvenirs : « Comme notre village est paisible ! Comme les *rôti* sont bons là-bas ! C'est parce que l'*atta* est moulu à la main, et pas à la machine... et parce qu'on les fait cuire sur un *choolah*, c'est bien meilleur que sur le gaz ou un poêle à pétrole... Ah, des *rôti* frais, du beurre frais, du lait encore tiède du pis de la bufflonne... » Ils avaient veillé tard. Sans remarquer Sai, alors âgée de treize ans, qui les épiait depuis la fenêtre de sa chambre, jalouse de l'affection que portait le cuisinier à son fils. Des petites chauves-souris à la bouche rouge qui venaient boire dans le *jhora* balayaient l'air au-dessus de leurs têtes de leurs ailes noires de sorcières.

1. Fête hindoue des lumières en l'honneur de Lakshmi *(NdT)*.

DIX-HUIT

« Ah, ces chauves-souris ! s'exclama Lola, épouvantée, tandis que l'une d'elles frôlait son oreille de son cri aigu.

– Ce n'est rien, voyons, juste un bout de cuir de chaussure qui vole par là », dit Noni. Dans son sari d'été aux tons pâles, elle avait l'air d'une glace à la vanille en train de fondre.

« Ah, tais-toi », dit Lola.

« Il fait trop chaud, on étouffe, reprit-elle un instant plus tard, comme pour s'excuser auprès de sa sœur. La mousson ne devrait plus tarder. »

Deux mois plus tôt à peine, Gyan avait commencé à donner des cours à Sai, et celle-ci avait d'abord confondu la tension palpable dans l'air avec sa présence.

Mais maintenant tout le monde se plaignait. L'oncle Potty était avachi sur son siège. « Ça vient, ça vient.

C'est tôt cette année. J'aurais intérêt à faire rentrer mon rhum, ma p'tite, avant qu'on soit coupés du monde. »

Lola buvait une aspirine qui pétillait et tressautait dans l'eau de son verre.

Quand les journaux, eux aussi, annoncèrent l'approche de nuages noirs et menaçants, elle exulta : « Qu'est-ce que je vous avais dit, hein ? Je ne me trompe ja-mais. J'ai toujours été très sensible à ce genre de choses. Vous savez comment je suis – la princesse au petit pois, comme dans le conte –, ma chère, que dire d'autre... oui, la princesse au petit pois. »

*

À Cho Oyu, le juge et Sai étaient assis dehors sur la pelouse. Mutt, surprenant du coin de l'œil l'ombre de sa queue, bondit, l'attrapa et se mit à tourbillonner sur elle-même, ne sachant plus au juste à qui appartenait cet appendice. Elle refusait de lâcher prise, mais dans son regard se lisaient la panique et les supplications – comment s'arrêter ? que faire ? –, elle avait attrapé une bête étrange sans savoir que c'était elle-même. Elle continua à tourner désespérément en rond dans le jardin.

« Quelle idiote ! dit Sai.

– Petite perle », dit le juge quand Sai fut partie, au cas où Mutt aurait été froissée par un tel jugement.

*

Puis, en un éclair, la tempête fut sur eux. Un vent de panique commença à faire claquer les grandes oreilles des bananiers, qui étaient toujours les premiers à sonner l'alarme. Les mâts des bambous, précipités les uns contre les autres, s'entrechoquaient dans un cliquetis d'art martial très ancien.

Dans la cuisine, le calendrier des dieux du cuisinier se mit à s'agiter contre le mur comme s'il était animé, pléthore de bras, de jambes, de têtes démoniaques, d'yeux flamboyants.

Le cuisinier verrouilla tout autour de lui, mais Sai ouvrit la porte juste au moment où il tamisait la farine pour la débarrasser des charançons, et un nuage monta dans l'air, qui les enveloppa tous les deux.

« Oh là là ! Regarde un peu ce que tu as fait. » Les petits insectes fouisseurs se mirent à courir, ivres de liberté, sur le sol et les murs. Se voyant tous les deux couverts de blanc, le cuisinier et Sai éclatèrent de rire.

« *Angrez ke tarah*. On a l'air d'Anglais.

– *Angrez ke tarah. Angrez jaise.* »

Sai passa la tête par la porte. « Regarde, dit-elle au juge, toute joyeuse, exactement comme les Anglais. »

Le juge se mit à tousser quand l'odeur âcre de la fumée mêlée à celle du piment se répandit dans le salon. « Espèce d'imbécile, dit-il à sa petite-fille. Dépêche-toi de fermer ! »

Mais la porte se referma toute seule, en même temps que toutes les autres dans la maison. Bang bang bang. Le ciel se déchira, embrasé ; des flammes bleues encerclèrent le pin qui grésilla dans l'instant, mort sur le coup, laissant sur la pelouse une souche carbonisée, une odeur de brûlé et un enchevêtrement de branches. Un déluge s'abattit sur eux, et Mutt se transforma en une sorte d'organisme des premiers âges de la vie, une créature amibienne, rampant au ras du sol.

Un paratonnerre dominant Cho Oyu était relié à une fosse en sous-sol remplie de sel, ce qui les mettait à l'abri, mais Mutt ne pouvait pas comprendre. Quand le tonnerre redoubla et qu'une nouvelle rafale secoua le toit de tôle, elle alla se tapir derrière les rideaux, sous les lits. Mais soit son arrière-train, soit son nez restait à découvert, et elle était terrifiée par les bruits de fantôme que faisait le vent dans les bouteilles de soda vides, *hou hou hou-ou-ou*.

« N'aie pas peur, ma jolie, ma petite grenouille, mon petit canard, mon petit caneton canin. Ce n'est que la pluie. »

Elle s'efforça de sourire, mais sa queue restait recourbée sous elle, et elle avait les yeux du soldat qui en a fini de ces mythes idiots de bravoure au combat. Ses oreilles se tendirent vers l'horizon, anticipant ce qui ne manqua pas d'arriver, une autre vague de bombardements, le fracas d'une civilisation qui s'écroule – elle ne s'était jamais doutée qu'elle puisse être aussi étendue –, des villes entières, des monuments s'effondraient… alors, elle prit à nouveau la fuite.

*

Cette saison arrosée durerait trois, quatre, peut-être cinq mois. À Cho Oyu, l'eau dégouttant d'une fuite dans la toiture tombait dans la cuvette des WC et faisait entendre une musique de bastringue, brusquement interrompue chaque fois que Sai pénétrait dans la salle de bains un parapluie au-dessus de la tête. La condensation embuait le verre des pendules, et les vêtements mis à sécher dans le grenier retenaient l'humidité toute une semaine. Une poussière de pellicules blanches descendait des poutres, un champignon recouvrait toute chose d'une peluche vieillissante. Quelques touches de couleur, pourtant, venaient relever cette scène éteinte : des insectes volaient en habits de carnaval ; le pain, dans la journée, prenait le vert de l'herbe ; Sai, quand elle ouvrit le tiroir où se trouvaient ses sous-vêtements, découvrit une sorte de gelée qui festonnait de rose vif les couches de coton terne ; et les volumes reliés du *National Geographic* s'ouvraient sur des pages marbrées de taches malsaines flamboyantes, moisissures d'un jaune violacé qui rivalisaient avec les oiseaux de paradis de Papouasie-Nouvelle-Guinée, les habitants de La Nouvelle-Orléans et les publicités – « C'est tellement mieux aux Bahamas ! » – qui émaillaient la revue.

*

Sai avait toujours été calme et d'humeur joyeuse pendant ces mois-là, qui représentaient le seul moment où sa vie à Kalimpong prenait un sens bien défini et où elle jouissait du confort de savoir que toute communication avec l'extérieur était pratiquement coupée. Elle restait assise sur la véranda, à épouser les fantaisies de la saison et à se dire qu'il était bien plus sage de se soumettre, quand partout dans Kalimpong le monde moderne connaissait des ratés. Les téléphones avaient des râles d'agonisants, les écrans brouillés des télévisions ne donnaient à voir qu'une autre version du déluge qui s'abattait dehors. Et en cette saison au flux diarrhéique, l'atmosphère s'imprégnait du sentiment, léger et indéfini, que la vie était une réalité mouvante, prête à se dissoudre, froide et solitaire, et pas quelque chose qu'on pouvait retenir dans ses mains. Le monde s'évanouissait, la grille ne s'ouvrait sur rien – pas de Gyan dans la courbe de la colline –, et cet obsédant sentiment d'attente relâchait son étreinte. Même les visites chez l'oncle Potty étaient impossibles, car le *jhora* avait submergé ses rives et emporté le pont dans son courant.

À Mon Ami, Lola, après s'être acharnée sur le bouton de la radio, dut renoncer à obtenir la preuve que sa fille Pixie continuait à régner dans un monde sec, au milieu de nouvelles annonçant que des fleuves étaient en crue, des gens mouraient du choléra ou sous les crocs des crocodiles, et que les Bangladais avaient à nouveau grimpé dans leurs arbres. « Bof, soupira Lola, peut-être que ça balaiera en même temps les vandales du bazar. »

*

Récemment, une série de grèves et de manifestations avait témoigné de la montée en puissance d'un mécontentement politique certain. Et voilà qu'une grève de trois jours ainsi qu'une tentative de barrage routier venaient d'être reportées en raison du temps. À quoi bon vouloir empêcher le ravitaillement de passer quand, de toute façon, il ne pouvait pas passer ? Comment obliger les bureaux à fermer quand ils n'ouvraient pas ? Comment bloquer les rues quand elles n'existaient plus ? Même la grande route qui traversait Kalimpong depuis le Teesta Bazar avait glissé et se retrouvait, disloquée, au fond de la gorge.

*

Entre les orages, un soleil d'un blanc de larve apparaissait, et tout se mettait à dégager une vapeur aigre, tandis que les gens se précipitaient au marché.

Gyan, lui, allait dans le sens inverse, en direction de Cho Oyu.

Il s'inquiétait pour ses leçons, craignait qu'on refuse de le payer parce que lui et Sai étaient très en retard sur le programme. C'était ce qu'il se disait, tout en dérapant le long des pentes boueuses et en se retenant aux plantes à portée de main.

En réalité, s'il allait dans cette direction, c'était parce

que l'arrêt momentané de la pluie avait fait renaître en lui, une fois de plus, cet insupportable sentiment d'attente qui l'empêchait de rester en place. Il trouva Sai en train de lire les journaux qui étaient arrivés par le car de Siliguri, les numéros de deux semaines livrés en un seul paquet. Chaque feuille avait été séparément séchée au fer par le cuisinier. Plusieurs espèces de fougères formaient autour de la véranda des buissons frangés de gouttelettes ; les oreilles d'éléphant retenaient prisonniers dans leurs plis des restes de pluie irisés ; et les centaines de toiles d'araignées tendues dans les buissons autour de la maison étaient maintenant visibles, avec leur liséré d'argent qui scintillait au milieu des traînées ouatées de la brume. Sai portait son kimono, cadeau de l'oncle Potty, qui l'avait retrouvé dans une malle de sa mère, souvenir du voyage qu'avait fait cette dernière au Japon pour voir les cerisiers en fleur. La soie écarlate du vêtement, rebrodée de dragons dorés, donnait à Sai l'allure d'une impératrice mystérieuse et rehaussée d'or régnant sur un empire sauvage, personnage flamboyant dans un décor de verdure luxuriante.

*

Le pays, remarqua Sai à la lecture des journaux, était en train de craquer aux coutures : la police débusquait des activistes dans l'Assam, le Nagaland et le Mizoram ; le Pendjab était à feu et à sang depuis la mort d'Indira Gandhi en octobre de l'année précédente ; sans compter ces sikhs avec leurs *kanga*, *kachha*, etc., qui voulaient toujours ajouter un sixième *k* à leur liste, celui du Khalistan, un pays à eux où ils pourraient vivre en paix avec leurs cinq autres *k*[1].

À Delhi, le gouvernement venait d'annoncer ses nouvelles mesures fiscales, après moult débats et atermoiements. Il avait jugé bon de réduire les taxes sur le lait concentré et la lingerie féminine, et de les augmenter sur le blé, le riz et le combustible pour les lampes à pétrole.

« Piu chéri, disait une notice nécrologique encadrée de noir et accompagnée de la photo d'un enfant souriant, sept ans ont passé depuis que tu nous as quittés pour ta demeure céleste, et la douleur est toujours aussi vive. Pourquoi nous as-tu été ravi aussi cruellement avant l'heure ? Maman continue de pleurer en pensant à ton doux sourire. Notre vie n'a plus de sens. Nous attendons impatiemment ta réincarnation. »

*

« Bonjour », dit Gyan.

Elle leva les yeux et il sentit son cœur se serrer.

De retour à la table de la salle à manger, les livres

1. Les *k* symboliques que portent les sikhs : *kesh* (cheveux non coupés), *kanga* (peigne de bois), *kachha* (pantalon court), *karan* (bracelet), *kirpan* (poignard) *(NdT)*.

de mathématiques entre eux, Gyan, mis au supplice par les courbes et décimales du calcul parfait, était conscient du fait qu'une créature aussi splendide n'aurait jamais dû être placée devant un pauvre manuel ; il avait eu tort de lui imposer pareille banalité – la bissection et rebissection de la bissection d'un angle. Puis, comme pour le convaincre encore davantage qu'il aurait mieux fait de rester chez lui, il se remit à pleuvoir à verse, et il fut obligé de hurler pour couvrir le bruit de la pluie sur le toit de tôle, ce qui ne fut pas sans conférer à la géométrie une dimension épique parfaitement ridicule.

Une heure plus tard, la pluie martelait toujours le toit.

« Je ferais bien de partir, dit-il, au désespoir.

– Non, glapit-elle, tu risquerais d'être foudroyé. »

Il commença à grêler.

« Il le faut vraiment, dit-il.

– Surtout pas, avertit le cuisinier. Dans mon village, un jour, un homme a voulu regarder dehors pendant un orage de grêle, et un gros *goli* lui est tombé dessus. Tué net qu'il a été. »

L'orage redoubla de violence, puis faiblit à la tombée de la nuit, mais il faisait alors bien trop sombre pour que Gyan puisse rentrer chez lui à travers une colline couverte d'œufs de glace.

*

Le juge jeta un regard irrité à Gyan par-dessus les côtelettes. La présence du jeune homme était à ses yeux une insolence, une liberté qui, même si elle n'était pas délibérée, révélait une bonne dose de stupidité. « Qu'est-ce qui t'a poussé à sortir par un temps pareil, Charlie ? lui demanda-t-il. Tu t'y connais peut-être en mathématiques, mais le bon sens ne semble pas être ton fort. »

Pas de réponse. Gyan paraissait prisonnier de ses propres pensées.

Le juge l'observa de plus près.

Il nota que l'autre semblait mal à l'aise dans cet environnement, qu'il hésitait devant les couverts et la nourriture, mais il eut tout de même le sentiment que c'était là quelqu'un qui n'était pas sans projets d'avenir. Il dégageait une incontestable aura de voyages, d'ambition, et une émotion très ancienne refit surface chez le juge, un aveu de faiblesse qui n'était pas seulement un affect, mais avait un goût, comme la fièvre. Il voyait bien que Gyan n'avait jamais mangé de tels plats d'une telle manière. L'amertume lui emplit la bouche.

« Alors, dit-il en séparant la viande de l'os d'un couteau expert, quels poètes lis-tu en ce moment, jeune homme ? » Il ressentait un besoin malsain de déstabiliser le garçon.

« Il est étudiant en sciences, intervint Sai.

– Et alors ? Les scientifiques ne sont pas interdits de poésie, que je sache ! »

« Qu'est donc devenu notre idéal d'éducation harmonieuse ? » poursuivit-il dans le silence qui s'attardait.

Gyan se creusait la cervelle. Il ne lisait jamais de poésie. « Tagore ? hasarda-t-il, dans l'idée que c'était tout de même là un nom sûr et respectable.

– Tagore ! » Le juge embrocha un morceau de viande, le trempa dans le jus, empila dessus un peu de purée, sur quoi il écrasa quelques petits pois, et enfourna le tout dans sa bouche, la fourchette tenue de la main gauche.

« Surfait ! » assena-t-il après avoir bien mastiqué et avalé, mais en dépit de ce jugement il ajouta, accompagnant son ordre d'un geste avec son couteau : « Récite-nous quelque chose, veux-tu ?

– "Là où la tête se tient haute, là où la connaissance est libre, là où le monde n'a pas été éparpillé par d'étroites barrières domestiques... dans ce paradis de liberté, Père, laisse-nous, moi et mon pays, nous éveiller." » Tous les écoliers indiens avaient au moins appris ça par cœur.

Le juge se mit à rire. Un rire horrible et sans joie.

Il trouvait cette saison insupportable. Elle le mettait hors de lui pour des raisons qui n'avaient rien à voir avec la détresse de Mutt ; elle le tournait en dérision, bafouait ses idéaux. Quand il regardait autour de lui, il se rendait compte qu'il ne maîtrisait rien : moisissure dans sa brosse à dents, serpents rampant sans crainte à travers le patio, meubles prenant du poids, et Cho Oyu s'imprégnant d'eau, s'émiettant comme une miche de pain farineuse. À chaque nouvel orage l'espace habitable se réduisait.

Le juge se sentait vieux, très vieux, et tandis que la maison s'effritait autour de lui, son esprit, lui aussi, semblait se désagréger, les séparations qu'il avait aménagées entre une pensée et la suivante s'effondrant peu à peu. Cela faisait maintenant quarante ans qu'il ne lisait plus de poésie.

*

La bibliothèque n'était jamais accessible assez longtemps.

Il arrivait à l'ouverture, partait à la fermeture, car c'était là le refuge des étudiants étrangers : intimité garantie et personne pour vous harceler.

Il lut un livre intitulé *Une expédition au Gujarat* : « La côte de Malabar déploie sa courbe en forme de vague le long du flanc occidental de l'Inde, puis, en un mouvement gracieux, tend une main dans la mer d'Arabie. C'est là que se trouve le Gujarat. Sur les deltas des fleuves et le long des côtes impaludées s'étendent des villes faites pour le commerce… »

Ridicule ! Tout ça n'avait rien à voir avec le souvenir qu'il conservait de son pays, des Patel et de leur vie dans leur terrier, et pourtant, quand il déplia la carte, il trouva Piphit. Oui, la ville était bien là, point minuscule en bordure d'un fleuve à l'air boudeur.

Stupéfait, il poursuivit sa lecture et apprit comment

étaient arrivés en ces lieux des marins atteints du scorbut, qui venaient d'Angleterre, de France, de Hollande, du Portugal. C'étaient eux qui avaient introduit la tomate en Inde, ainsi que la noix de cajou. Il lut que la Compagnie des Indes orientales avait loué Bombay pour 10 livres par an à Charles II, qui s'en était retrouvé propriétaire, simple joujou parmi d'autres, pour l'avoir reçue en dot lors de son mariage avec Catherine de Bragance, et il apprit qu'au milieu du dix-neuvième siècle le consommé à la tête de veau était embarqué sur des bateaux passant par le canal de Suez pour aller nourrir ceux qui peut-être en rêvaient au pays du riz et du *dal*. Un Anglais pouvait être tranquillement assis dans un décor tropical, soleil jaune d'œuf, lumière tissée à travers les palmes, en train de déguster un hareng de Yarmouth ou une huître bretonne. Voilà qui était tout nouveau pour lui et lui donnait l'envie d'un pays qui était déjà le sien.

*

En milieu de matinée, il abandonnait ses livres un moment et se rendait aux toilettes pour l'épreuve quotidienne de la selle qui le voyait s'asseoir sur la cuvette et pousser désespérément, douloureusement. Entendant piétiner dehors ceux qui attendaient leur tour, il s'enfonçait un doigt dans l'anus et trifouillait dedans, libérant un contingent arriéré de petites crottes de bique crevassées et dures comme des billes qui tombaient en pétaradant. L'avait-on entendu à l'extérieur ? Il essayait de les rattraper avant qu'elles crépitent dans l'eau de la cuvette. Son doigt en ressortait couvert d'excréments et de sang, et il avait beau se laver les mains de façon répétée, l'odeur persistait, le poursuivant tout au long de ses lectures. Avec le temps, Jemubhai se mit à travailler de plus en plus dur, se constitua un calendrier de lectures, répertoria chaque livre, chaque chapitre dans un tableau compliqué. *Le Droit de la propriété* de Topham, Aristote, la *Procédure criminelle indienne*, le Code pénal et la *Loi sur les témoignages en justice*.

De retour dans sa chambre meublée, il travaillait tard dans la nuit, toujours poursuivi par l'odeur persistante de la merde, tombant directement de sa chaise dans son lit, se réveillant paniqué quelques heures plus tard et remontant sur sa chaise. Il travaillait dix-huit heures par jour, plus de cent heures par semaine, s'interrompant de temps à autre pour nourrir la chienne de sa logeuse, quand celle-ci venait quémander une part de pâté de porc, bavait sur ses genoux où elle laissait des traces humides, ou lui raclait la jambe d'une patte insistante qui mettait à mal le pli de son pantalon de velours. C'était là son premier contact amical avec un animal, car, à Piphit, personne ne s'intéressait à la personnalité des chiens ni à leur épanouissement. Les trois nuits qui précédèrent l'examen final, il ne dormit pas du tout et passa son temps à réviser, en se balançant d'avant en arrière au rythme de ses phrases répétées à l'infini.

Une fois commencé, un voyage n'a pas de fin. Le souvenir de sa traversée de l'océan dansait devant lui entre les mots. En dessous, au-delà, les monstres de son inconscient rôdaient, attendant l'heure où ils pourraient redresser la tête et prouver leur réalité, et il se demandait s'il avait jamais imaginé le pouvoir de noyade de la mer avant de voir celle-ci pour la première fois.

Sa logeuse lui apportait son repas sur un plateau jusqu'à sa porte. Une gâterie : un quatuor de belles saucisses luisantes et grésillantes, pleines d'assurance, pétantes de santé. Prêtes déjà pour l'époque où la nourriture chanterait à la télévision, histoire de vanter ses propres mérites.

« Ne travaillez pas trop.

– On ne peut faire autrement, madame Rice. »

Il avait appris à se réfugier derrière le pronom indéfini et à maintenir tout le monde à distance, lui-même compris, à l'instar de la reine.

Épreuve orale du concours, juin 1942.

Il avait devant lui un jury de douze personnes, et c'est un professeur de l'université de Londres qui lui posa la première question : pouvait-il leur dire comment marchait un train à vapeur ?

Le trou noir.

« Vous ne vous intéressez pas aux trains ? » L'homme avait l'air d'en faire une affaire personnelle.

« Un domaine fascinant, monsieur, mais a consacré tout son temps à l'étude des sujets au programme. »

« Aucune idée, vraiment, de la manière dont fonctionne un train ? »

Jemu se creusa désespérément la cervelle – qu'est-ce qui actionnait quoi ? –, mais il n'avait jamais vu l'intérieur d'une locomotive.

« Non, monsieur. »

Pouvait-il alors leur parler des rites funéraires dans la Chine ancienne ?

Il venait de la même région que Gandhi. Que savait-il du mouvement de boycott ? Que pensait-il du parti du Congrès ?

Le silence régnait dans la salle. « ACHETEZ ANGLAIS » : Jemubhai avait vu les affiches le jour de son arrivée en Angleterre et s'était dit alors que s'il avait crié « ACHETEZ INDIEN ! » dans les rues de son pays, il se serait aussitôt retrouvé derrière les barreaux. Il y avait longtemps, en 1930, alors que Jemubhai était encore enfant, Gandhi avait organisé une marche depuis l'ashram de Sabarmati jusqu'à Dandi, où, à la gueule de l'océan, il s'était livré à l'activité subversive qui consistait à ramasser du sel.

« ... Et où ça va le mener, tout ça, tu veux me dire ? Son cœur est peut-être au bon endroit, mais sa cervelle lui est tombée de la tête », avait dit le père de Jemu en dépit du fait que les prisons étaient remplies de partisans de Gandhi. Sur le SS *Strathnaver*, l'écume avait constellé le visage et les bras de Jemubhai et laissé en séchant des petits points de sel qui picotaient la peau… Il semblait effectivement ridicule de vouloir imposer une taxe sur ce produit…

« Si l'on n'était pas dévoué à l'administration en place, monsieur, il n'y aurait aucune raison pour qu'on se présente ici aujourd'hui. »

Pour finir, quel était son écrivain préféré ?

Un rien nerveux car il n'en avait aucun, il répliqua qu'on aimait bien Walter Scott.

« Qu'avez-vous lu de lui ?

– Toute l'œuvre imprimée, monsieur.

– Pouvez-vous nous réciter un de vos poèmes préférés ? » demanda un professeur d'anthropologie sociale.

Mais voici que vient de l'ouest le jeune Lochinvar,
Dans tout le pays il n'y avait pas meilleur coursier que le sien.

Quand arrivait le moment de se présenter à l'ICS, la plupart des candidats avaient affûté accent et prononciation, mais Jemubhai avait à peine ouvert la bouche pendant des années, et son anglais avait encore les rythmes et les intonations du gujarati.

Mais quand il mit pied à terre à l'entrée de Netherby,
Il était trop tard, la belle avait déjà dit oui :
C'était un amoureux tiède et un piètre guerrier
Qui allait épouser la belle Ellen du vaillant Lochinvar…

Quand il leva la tête, il les vit tous qui pouffaient de rire.

Tandis que sa mère pleurait et que tempêtait son père,
Que le promis attendait, balançant son chapeau dans sa main…

*

Le juge se secoua. « Pauvre crétin », dit-il tout haut, avant de repousser sa chaise, de se lever, d'abattre fourchette et couteau sur la table en un geste d'autoflagellation sans appel et de quitter la pièce. Sa force, cet acier dans lequel son esprit était trempé, l'abandonnait. Le souvenir semblait se déclencher en lui à la moindre occasion – l'air embarrassé de Gyan, sa récitation de ce poème absurde… Bientôt, tous les éléments qu'il avait eu tant de mal à cloisonner allaient se mêler et l'envelopper dans leur cauchemar, et la barrière entre cette vie et l'éternité finirait, sans aucun doute, par n'être qu'une autre de ces constructions branlantes.

Mutt le suivit dans sa chambre. Tandis qu'il restait assis à ruminer, elle s'appuya contre lui avec le naturel d'un enfant qui vient se nicher contre ses parents.

*

« Je suis désolée, dit Sai, la honte au front. Les réactions de mon grand-père sont imprévisibles. »

Gyan ne donna pas l'impression de l'avoir entendue.

« Désolée, vraiment », reprit Sai, mortifiée, mais l'autre semblait toujours ne rien entendre. Pour la première fois, ses yeux étaient posés directement sur elle comme s'il la dévorait toute crue dans une orgie de l'imagination... Ha, ha ! La preuve, enfin !

*

Le cuisinier débarrassa les assiettes sales et mit le reste de petits pois dans une tasse qu'il rangea dans le placard. Celui-ci ressemblait à une cage à poules, avec son grillage cloué sur un cadre en bois et ses quatre pieds qui trempaient dans des casseroles d'eau pour dissuader les fourmis et autres insectes indésirables de grimper. Il remplit les casseroles avec l'eau d'un des seaux disposés sous les fuites, vida les autres par la fenêtre et les remit en place.

Il se rendit dans une pièce rarement utilisée, une sorte de débarras, pour tout dire, dont le milieu était occupé par un lit, fit celui-ci et dressa dans des soucoupes de pâles chandelles virginales que Sai et Gyan emporteraient dans leurs chambres. « C'est prêt, *masterji* », dit-il avant de humer l'air : il flottait quelque chose de bizarre dans l'atmosphère de la pièce.

Mais Sai et Gyan semblaient à nouveau plongés dans les journaux, et il confondit leur attente fébrile et mûrissante avec la sienne, car ce matin-là étaient arrivées deux lettres de Biju. Qui restaient coincées sous une boîte de thon vide à côté de son lit, en réserve pour la fin de sa journée ; il les avait savourées par avance tout au long de la soirée. Il retroussa le bas de son pantalon et partit avec un parapluie alors qu'il pleuvait à nouveau à seaux.

*

Dans la salle à manger, penchés sur leurs journaux, Sai et Gyan se retrouvèrent seuls, complètement seuls, pour la première fois.

Les bonnes recettes de Kiki De Costa : comment faire des miracles avec la pomme de terre ; un savoureux navarin ; des nouilles dans un coulis tiédi et un friselis de fromage.

Les conseils beauté de Fleur Hussein.

Au concours de la plus belle calvitie organisé par le Gymkhana Club de Calcutta, on avait primé Mr Sunshine, Mr Moonshine et Mr Will Shine.

Leurs yeux lisaient avec application, mais impossible d'imposer pareille discipline à leurs pensées, et, pour finir, Gyan, n'y tenant plus, incapable de supporter cette tension de corde raide, posa son journal dans un grand froissement de papier, se tourna abruptement vers elle et sortit tout à trac :

« Tu mets de l'huile dans tes cheveux ?

– Non, dit-elle, interloquée. Jamais. »

Un bref silence. « Pourquoi ? » demanda-t-elle. Qu'est-ce qu'ils avaient donc, ses cheveux ?

« Je ne t'entends pas… la pluie fait trop de bruit, fit-il en se rapprochant d'elle. Qu'est-ce que tu as dit ?

– J'ai dit : “Pourquoi ?”

– Je pensais que c'était peut-être l'huile qui leur donnait ce brillant.

– Eh bien, non.

– Ils ont l'air si soyeux. Tu les laves avec du shampoing ?

– Oui.

– Lequel ?

– Sunsilk. »

Ah, l'intimité à peine supportable des marques, la hardiesse des questions !

« Et quel savon tu utilises ?

– Lux.

– La savonnette des stars ? »

Mais ils étaient trop effrayés pour rire.

Nouveau silence.

« Et toi ? demanda-t-elle ensuite.

– Ce que je trouve dans la maison. Pour les garçons, ça n'a pas d'importance. »

Il ne pouvait guère admettre que sa mère achetait le savon noir artisanal que l'on vendait au bazar en gros cubes mal équarris et bon marché.

Les questions se corsèrent :

« Fais-moi voir tes mains. Elles sont si petites.

– Vraiment ?

– Oui, dit-il en posant la sienne à côté. Tu vois ? »

Des doigts. Des ongles.

« Hem, hem ! Que tu as de longs doigts ! Et de petits ongles ! Tiens, tu les ronges. »

Il soupesa sa main.

« Aussi légère qu'un moineau. Je parie que les os sont creux. »

Ces paroles qui traduisaient une expérience fugitive, une sorte d'instantané, avaient pourtant l'air mûrement réfléchies, elle en prit conscience, le cœur bondissant de joie.

*

Dans l'air passaient les scarabées aux multiples couleurs de la saison des pluies. De chaque trou du plancher émergeait une souris, comme taillée sur mesure, souris minuscules pour petits trous, grosses souris pour gros trous, et les termites sortaient en grouillant du mobilier ; il y en avait tant que, quand on regardait les meubles, le sol, le plafond, tout semblait chanceler.

Mais Gyan ne voyait rien de tout cela. Son regard lui-même était une souris, qui disparut dans la manche violette du kimono de Sai et repéra son coude.

« Pointu, commenta-t-il. Tu pourrais faire mal avec ça. »

Ils comparèrent leurs bras, et leurs jambes. Puis il aperçut son pied nu…

« Voyons un peu. »

Il enleva sa chaussure, puis la chaussette élimée qui lui fit honte aussitôt et qu'il fourra dans sa poche. Ils étudièrent ces petits tubercules nus exposés côte à côte dans la demi-obscurité.

Ses yeux, remarqua-t-il, avaient un charme extraordinaire : immenses, mouillés, un véritable théâtre attirant à lui toute la lumière de la pièce.

Mais il ne pouvait se résoudre à en parler ; il était plus facile de s'en tenir à ce qui l'émouvait moins, à une approche plus scientifique, plus concrète de sa personne.

De la main il lui couvrit le sommet du crâne.

« C'est plat ou bombé ? »

D'un doigt tremblant il suivit l'arc d'un sourcil...

Il n'en revenait pas de sa hardiesse, qui le poussait toujours plus loin, ignorant la peur qui lui commandait de s'arrêter ; il était hardi malgré lui. Son doigt glissa le long de l'arête du nez.

Le bruit d'eau venait sous diverses formes de toutes les directions à la fois : lourd et étouffé sur les carreaux, net et distinct comme des explosions de pistolet à bouchon sur les bananiers et le toit de zinc, plus léger et brouillon sur les pierres du patio, gargouillant d'une voix de gorge dans la rigole qui entourait la maison comme une douve. Il y avait aussi le tumulte du *jhora* et du torrent du ciel se noyant dans ses flots, des chéneaux se déversant dans les tonneaux de récupération qui eux-mêmes débordaient, et les petits bruits de succion de la mousse.

Il trouvait de plus en plus difficile de parler, ce qui rendait plus faciles d'autres contacts intimes.

Au moment où son doigt s'apprêtait à tomber du bout du nez de Sai sur la courbe parfaite de ses lèvres... elle bondit sur ses pieds.

« A-a-hhh ! » cria-t-elle.

Il crut qu'elle avait vu une souris.

Mais non. Les souris, elle en avait l'habitude.

« Aïe, aïe ! » s'exclama-t-elle, incapable de supporter une minute de plus cette sensation poivrée d'être ainsi modelée par le doigt d'un autre et cette idylle aux bourgeons encore verts. Se passant rudement la main sur le visage, elle secoua son kimono comme pour débarrasser la soirée de ces délicates trémulations.

« Bon, eh bien, bonsoir », dit-elle d'un ton distant qui prit Gyan par surprise. Posant un pied devant l'autre avec la raideur délibérée d'une ivrogne, elle alla jusqu'à la porte, atteignit le rectangle de l'embrasure et plongea dans l'obscurité salvatrice, suivie par les yeux orphelins de Gyan.

Elle ne revint pas.

Les souris, si. Leur ténacité était à ne pas croire – on aurait pu s'attendre à ce que leur cœur fragile lâche, mais leur pusillanimité était trompeuse ; elles n'avaient pas la mémoire de leur terreur.

*

Dans son lit suspendu à la manière d'un hamac sur des ressorts cassés, des fuites partout dans la pièce, le juge était prisonnier sous plusieurs couches de couvertures sentant le renfermé. Il avait mis ses sous-vêtements à sécher sur la lampe, et sa montre en dessous pour que s'évapore la buée qui voilait le cadran – pratiques déprimantes pour un homme civilisé. L'air était transpercé de pointes d'humidité qui donnaient l'impression qu'il pleuvait également à l'intérieur, sans que l'atmosphère en soit pour autant rafraîchie. Il pesait, épais, étouffant, imprégné d'une odeur de levure à laquelle se mêlaient des relents de spores et de champignons, de fumée de feu de bois et de crottes de souris, de pétrole et d'atmosphère confinée. Le juge sortit du lit pour chercher une paire de chaussettes et une calotte en laine. Au moment où il les enfilait, il vit la silhouette caractéristique d'un scorpion, hardiment découpée sur le mur décrépi, et se précipita une tapette à la main, mais la bestiole sentit sa présence, se hérissa, dressa la queue et prit la fuite. Elle disparut dans la fente entre le bas du mur et le plancher. « Bon sang de bon soir ! » s'exclama-t-il. Du fond de leur bocal, ses fausses dents lui grimacèrent un sourire de squelette goguenard. Il se mit en quête d'un calmant, qu'il avala avec une gorgée d'eau prélevée dans le bocal, si froide, toujours froide – l'eau à Kalimpong venait directement des neiges de l'Himalaya –, et ses gencives devinrent le siège d'une douleur intense. « Bonne nuit, ma petite côtelette en sucre », dit-il à

Mutt quand il parvint à nouveau à remuer la langue. Elle rêvait déjà, mais si grande est la faiblesse du vieillard que le comprimé ne réussit pas lui non plus à faire rentrer dans leur trou les pensées désagréables lâchées pendant le dîner.

*

Les résultats de l'oral affichés, il découvrit qu'il avait obtenu cent points sur trois cents, la note d'admissibilité la plus basse. L'écrit avait quelque peu remonté son niveau, et il était classé quarante-huitième sur la liste, mais seuls les quarante-deux premiers seraient admis à l'ICS. Frissonnant, au bord de l'évanouissement, il s'éloignait déjà en titubant quand un homme sortit pour faire une annonce : une nouvelle liste avait été établie pour répondre à la nécessité d'indianiser le service. Tout le monde se précipita et, au milieu de la cohue, il aperçut son nom, Jemubhai Popatlal Patel, tout en bas de la page.

Sans regarder ni à gauche ni à droite, le dernier en date et le moins bien accueilli des élus rentra chez lui en courant, les bras croisés devant lui, se jeta sur son lit tout habillé, sans même se déchausser, et pleura sur son oreiller. Les larmes lui inondaient les joues, créaient des remous autour de son nez, cascadaient dans son cou, et il constata qu'il était parfaitement incapable de maîtriser ses nerfs à vif. Il resta là à pleurer trois jours et trois nuits.

« James, appela la logeuse en secouant sa porte. Ça va ?

– Juste de la fatigue. Rien d'inquiétant.

– James ?

– Madame Rice, dit-il, c'est fini. On y est finalement arrivé.

– Bravo, James ! » répondit-elle avec générosité, tout en se félicitant de cette issue. Que le monde était donc progressiste, et qu'il faisait preuve de hardiesse et de courage ! Il la surprendrait toujours.

Il n'était certes pas dans les premiers. Mais enfin, il avait réussi. Il envoya un télégramme au pays.

« Résultat non équivoque. »

« Qu'est-ce que ça veut dire ? » s'interrogea-t-on. On avait l'impression qu'il y avait un problème parce que tous les termes en « non quelque chose » étaient négatifs, comme s'accordèrent à le dire ceux qui disposaient de quelques compétences linguistiques. Mais quand le père de Jemubhai eut consulté le juge d'instance adjoint, ce fut une explosion de joie, et le père se vit soudain transformé en roi entouré de sa cour, tandis que voisins, connaissances et même étrangers affluaient pour manger des douceurs suintant le sirop et présenter des félicitations suintant l'envie.

*

Peu de temps après la proclamation des résultats, Jemubhai loua une voiture et, accompagné de sa malle où on lisait « Mr J. P. Patel, SS *Strathnaver* », quitta la maison de Thornton Road, non sans se retourner pour agiter la main en direction de la chienne aux yeux pleins de pâté au porc. Elle le regardait depuis une fenêtre, et il ressentit un peu de cette nostalgie qu'il avait éprouvée en quittant Piphit.

Jemubhai, qui avait vécu avec 10 livres par mois, pouvait maintenant espérer 300 livres annuelles, payées par le ministre délégué aux affaires indiennes pendant les deux ans de la période probatoire. Il était désormais en mesure de s'offrir un logement plus onéreux, et en avait trouvé un, plus près de l'université.

Il logeait dans une pension de famille qui s'enorgueillissait de plusieurs chambres à louer, et c'est là, parmi les autres locataires, qu'il devait trouver l'unique ami qu'il aurait jamais en Angleterre : Bose.

Ils avaient l'un et l'autre des vêtements inadaptés, des chambres toutes deux d'un vide désolant et des malles d'indigènes semblablement indigents. Dès leur première rencontre, ils avaient échangé un regard de reconnaissance mutuelle, mais aussi l'assurance tacite qu'ils ne révéleraient leurs secrets respectifs à personne, pas même à l'autre.

Un trait pourtant – et il était de taille – distinguait Bose du juge : c'était un optimiste. Ils n'avaient plus guère le choix maintenant, il fallait aller de l'avant. Et il avait dans ce domaine plusieurs longueurs d'avance : « Salut, d'ac', formid', sensass, tchin-tchin, ça non, qu'est-ce que tu dis de ça, cul sec, encore heureux ! » aimait-il à dire. Ensemble, d'une perche maladroite, ils descendirent la rivière au glaçage de fruits confits jusqu'à Grantchester et, comme il est de rigueur, burent leur thé au milieu des guêpes soûlées de confiture, prenant du bon temps (encore que pas vraiment), pendant que les guêpes alourdies leur tombaient sur les genoux dans un bourdonnement de piles en fin de course.

Ils eurent plus de chance à Londres, où ils assistèrent à la relève de la garde à Buckingham Palace, évitèrent les autres étudiants indiens qui se pressaient chez Veeraswamy, préférèrent manger du hachis Parmentier et s'accordèrent à dire dans le train qui les ramenait à Cambridge que Trafalgar Square ne satisfaisait pas du tout aux exigences britanniques en matière d'hygiène – toutes ces fientes de pigeon... dont l'une avait laissé sur Bose un graffiti couleur de masala. C'est Bose qui montra à Jemubhai les disques qu'il fallait acheter pour son nouveau tourne-disque : Caruso et Gigli. Lui encore qui corrigea sa prononciation : *« Djelly »*, pas *« Guigly »*. « York*sheur* », pas « York*shaïr* ». « Edin*burrah* ». « Jane *Ai-air* », un mot lâché et perdu comme le vent sur la lande des Brontë, impossible à retrouver ni à terminer, et non « Jane *Aiyer* », à la manière d'un Indien du Sud. Ensemble, ils lurent un *Précis d'histoire de l'art occidental*, un *Précis d'histoire de la philosophie*, un *Précis d'histoire de France*..., et ainsi de suite, la collection complète. Un essai sur la structure du sonnet et les variations sur la forme. Un livre sur la porcelaine et la verrerie : Waterford, Salviati, Spode, Meissen et Limoges. Ils firent aussi quelques recherches du côté des *crumpets*, des scones, des confitures et des conserves.

C'est ainsi que le juge finit par prendre sa revanche sur le grand désarroi qu'il avait connu au début de son séjour, son embarras maintenant habillé du désir de sauver les apparences, son accent camouflé derrière un masque de sérénité. Il découvrit qu'on commençait à le prendre pour ce qu'il n'était pas : un homme plein de dignité. Cette assurance toute fortuite devint bientôt plus importante que le reste. Il enviait les Anglais. Détestait les Indiens. Travaillait à être anglais avec la passion que confère la haine, et ce qu'il deviendrait lui vaudrait d'être méprisé de tous, Britanniques et Indiens confondus.

À la fin de leur période probatoire, le juge et Bose signèrent l'engagement formel qui les liait à l'administration, jurèrent d'obéir à Sa Majesté et au vice-roi, rassemblèrent des circulaires officielles fournissant des informations à jour sur les tentes et les morsures de serpent, et reçurent la liste des fournitures qu'ils étaient tenus de se procurer : culotte et bottes de cheval, raquette de tennis, fusil de calibre 12. Ils se seraient crus sur le point de s'embarquer dans une gigantesque expédition de boy-scouts.

À bord du *Strathnaver*, sur le chemin du retour, le juge but du bouillon de viande et lut *Comment parler l'hindoustani*, vu qu'il était nommé dans une région de l'Inde dont il ignorait la langue. Il resta dans son coin, car il se sentait encore mal à l'aise en compagnie des Anglais.

*

Sa petite-fille passa devant sa chambre, entra dans la salle de bains, et il entendit le sifflement sinistre produit par le mélange d'eau et d'air dans le robinet.

Sai se lava les pieds sous le filet qui coulait dans le seau, mais oublia la figure, sortit, se rappela la figure non lavée, entra à nouveau et se demanda ce qu'elle faisait là, se rappela ses dents, mit la brosse à dents dans sa poche, ressortit, se rappela sa figure, et ses dents, retourna dans la salle de bains, se relava les pieds, ressortit...

Marcha de long en large, se rongea les ongles...

Elle se flattait d'être capable de faire face à tout...

Sauf à la gentillesse.

S'était-elle bien lavé la figure ? Elle retourna dans la salle de bains et pour la énième fois se lava les pieds.

*

Le cuisinier était assis à sa table, une lettre devant lui ; des vagues d'encre bleue léchaient le papier, et les mots avaient disparu jusqu'au dernier, comme souvent pendant la mousson.

Il ouvrit la seconde lettre pour voir la même vérité confirmée : il y avait, littéralement, un océan entre son fils et lui. Puis, une fois de plus, il reporta le fardeau de l'espoir de ce jour au lendemain, se coucha, s'accrocha à son oreiller – dont il venait de faire remplacer le coton – et prit sa douceur pour de la sérénité.

Dans la chambre d'amis, Gyan se posait des questions : avait-il eu tort ou raison de se comporter comme il l'avait fait ? Quelle sorte de hardiesse lui était soudain entrée dans le cœur pour le pousser à dépasser ainsi les bornes de la décence ? C'était la faute du verre de rhum qu'il avait bu, de cette nourriture bizarre. Impossible que les choses se soient passées comme ça, tout de même… Et pourtant si, aussi incroyable que cela puisse paraître. Il en conçut une certaine peur, non dénuée de fierté pourtant. « Aië aïe aïe aïe », se dit-il.

Les quatre occupants de la maison restaient éveillés dans leurs lits, tandis que dehors la pluie et le vent se déchaînaient, que les arbres se tordaient et haletaient, et que des éclairs éhontés dénudaient le ciel au-dessus de Cho Oyu.

Dix-neuf

« Biju ! Salut, vieux frère. » C'était Saeed Saeed, bizarrement vêtu d'un *kurta*-pyjama, arborant lunettes noires, chaîne en or et chaussures compensées, ses *dreadlocks* noués en queue-de-cheval. Il avait quitté la République bananière.

« Mon patron, j' te jure, il arrêtait pas de m' tripoter les fesses. Bref, poursuivit-il, je m' suis marié.

– T'es marié ?!

– Eh oui, vieux.

– Mais avec qui ?

– Une femme pour rire.

– ???

– Oui, comme j' te l' dis. Voilà que tout d'un coup ils me réclament ma carte verte, disent qu'ils ont oublié de regarder quand j'ai fait ma demande. C'est là que j' lui ai dit : "Est-ce que tu m'épouserais pour les papiers ?" »

« Barjo » avait été le commentaire général dans le restaurant où ils travaillaient, lui à la cuisine, elle comme serveuse. « Elle est barjo. »

Barjo, mais gentille. Un cœur d'or. Elle était allée à la mairie avec Saeed – queue-de-pie de location, robe à fleurs –, avait dit « oui » sous les étoiles de la bannière.

Maintenant, ils s'entraînaient pour l'entretien devant les services de l'immigration.

« Quel genre de sous-vêtements porte votre mari ? »

« Quel dentifrice utilise votre femme ? »

S'ils avaient des doutes, ils vous séparaient, le mari dans une pièce, la femme dans une autre, et, dans l'espoir de vous piéger, posaient les mêmes questions. À en croire certains, ils envoyaient des espions pour vérifier les réponses ; d'après d'autres, l'INS n'avait ni le temps ni l'argent pour ce genre de choses.

« Qui achète le papier hygiénique ?

– C'est moi, mon vieux, c'est moi. Marque Softy, et je voudrais que tu voies c' qu'elle débite. Je suis fourré au Rite Aid tous les deux jours. »

*

« Mais ses parents l'ont laissée faire ? demanda Biju, incrédule.

– Mais ils m'aiment, mec ! Sa mère, elle m'adore, elle m'adore, j' te dis ! »

Il était allé leur rendre visite et avait trouvé une famille de hippies chevelus du Vermont qui se nourrissaient de pitas à l'ail et de *baba ghanoush*[1]. Des gens qui plaignaient ceux qui ne mangeaient pas « bis », bio de coopérative et non traité. Saeed, qui, lui, aimait bien manger « blanc » – riz blanc, pain blanc et sucre raffiné –, s'était vu dans l'obligation de se joindre à leur chienne, qui partageait son dédain pour le burger à la bardane, la soupe d'orties, le lait de soja et le tofu – « C'est une accro du *fast-food* ! » –, sur la banquette arrière de la voiture de grand-mère, peinte aux couleurs de l'arc-en-ciel, qui pétaradait sur le chemin du Burger'n Bun. Et ils étaient là, Saeed et Buckeroo Bonzai, deux Big Burger dégoulinant de deux grands sourires, sur la photo prise pour l'album destiné à l'INS. Il la montra à Biju après l'avoir sortie de son attaché-case flambant neuf, acheté tout spécialement pour transporter ces documents de première importance.

« J'aime beaucoup les photos », lui assura Biju.

On y voyait aussi Saeed au festival de marionnettes Bread & Puppet avec toute la famille, posant en compagnie de la figurine du méchant assureur ; Saeed visitant la fromagerie Grafton ; Saeed à côté du tas de compost, le bras passé autour de grand-mère, tunique hawaïenne, pas de soutien-gorge, aisselles hérissées de poils poivre et sel s'échappant de tous les côtés.

Ah, les États-Unis, quel merveilleux pays ! Vraiment merveilleux. Et ses habitants donc : les plus

1. Genre de caviar d'aubergine *(NdT)*.

délicieux qui soient. Plus il leur parlait de sa famille à Zanzibar, de ses faux papiers, de ses passeports, l'un au nom de Saeed Saeed, l'autre au nom de Zulfikar, plus ils étaient contents. Il était tard dans la nuit loufoque du Vermont qu'illuminait une pluie d'étoiles, et il parlait toujours. Eux étaient prêts à donner leur soutien inconditionnel à toute entreprise de subversion dirigée contre le gouvernement américain.

Grand-mère avait écrit une lettre à l'INS pour assurer que Zulfikar de Zanzibar était un nouveau membre bienvenu – non, c'était trop peu dire –, un membre chéri du clan très ancien des Williams du *Mayflower.*

*

Il donna à Biju une claque dans le dos. « À un de ces jours », dit-il, et il partit s'entraîner aux baisers en vue de l'entretien avec les gens de l'immigration. « Faut qu' ça ait l'air vrai, sinon ils auront des soupçons. »

Biju poursuivit son chemin, essaya de sourire aux citoyennes américaines qu'il croisait. « Salut ! », « Salut ! ». Mais c'est à peine si elles le regardaient.

*

Le cuisinier retourna à la poste.

« Vous laissez les lettres se mouiller. Z'êtes pas bien soigneux.

– *Babaji*, regarde un peu dehors… Comment veux-tu qu'elles restent sèches, les lettres ? C'est pas humainement possible, elles se mouillent rien que le temps de les porter du fourgon au bureau. »

Le lendemain :

« Le courrier est arrivé ?

– Non, non. Les routes sont coupées. Y a rien aujourd'hui. Peut-être que la route sera rouverte dans l'après-midi. Reviens plus tard. »

Lola, hystérique – c'était l'anniversaire de Pixie –, essayait d'appeler de la boutique des téléphones.

« Qu'est-ce que c'est que cette histoire ? Ça ne marche pas. Ça fait une semaine que ça ne marche pas !

– Un mois, la corrigea un jeune homme qui avait également un combiné à la main mais ne semblait pas affecté outre mesure. Le micro-ondes est tombé, dit-il en guise d'explication.

– Pardon ?

– Oui, le micro-ondes. » Il se tourna pour avoir confirmation de ses dires vers ceux qui étaient là. « Oui », dirent-ils en opinant du chef, tous, hommes et femmes du futur. Il revint à elle : « Le satellite là-haut (doigt pointé vers le ciel), il est tombé. » Et il montra du doigt le sol plébéien, un ciment grisâtre balafré de boue locale.

Pas moyen de téléphoner, pas moyen de recevoir du courrier. En se croisant par hasard, Lola et le cuisinier se lamentèrent de concert un moment, puis il continua tristement son chemin jusque chez le boucher, tandis qu'elle s'en allait acheter une bombe Baygon et des tapettes. Chaque journée de cette saison féconde voyait des âmes minuscules passer de vie à trépas sous l'effet des poisons de Lola. Moustiques, fourmis, termites, mille-pattes, cent-pattes, araignées, vers du bois, scarabées. Quelle importance ? Puisque chaque jour des milliers d'autres venaient au monde… Des peuples entiers apparaissaient hardiment du jour au lendemain.

VINGT

Lors des accalmies climatiques suivantes, Gyan et Sai improvisèrent de nouvelles séances d'anatomie comparée : oreilles, épaules, largeur de la cage thoracique.

Clavicules, cils, mentons.

Genoux, talons, voûtes plantaires.

Flexibilité des doigts et des orteils.

Pommettes, cous, muscles de l'avant-bras, petites complexités des articulations.

Le vert et le violet de leurs veines.

L'acrobatie linguale la plus étonnante du monde : Sai, grâce à des cours particuliers donnés par son amie Arlene au couvent, était capable de toucher son nez avec sa langue, et elle en fit la démonstration devant Gyan.

Lui pouvait faire remuer ses sourcils, se démancher le cou de gauche à droite, puis retour à gauche, comme un danseur de *bharat natyam*[1], et faire le poirier.

1. Style de danse classique *(NdT)*.

De temps à autre, elle se rappelait certains détails subtils qu'elle avait remarqués lors de ses propres explorations devant la glace et qui avaient échappé à Gyan, en raison de la nouveauté du paysage qu'ils avaient sous les yeux. C'était, elle le savait, affaire d'éducation que d'apprendre à regarder une femme, et elle craignait que Gyan ne soit pas tout à fait conscient de la chance qu'il avait.

Lobes d'oreille duveteux comme des feuilles de tabac, texture délicate des cheveux, transparence de la peau sur la face interne du poignet...

À leur rencontre suivante, elle tint à rectifier ces omissions, offrit ses cheveux à l'examen avec le zèle d'un marchand de châles : « Regarde... Touche. De la soie, non ?

– De la soie », confirma-t-il.

Ses oreilles, elle les produisit comme ces objets que sortaient de sous leur comptoir les brocanteurs de la ville pour le client averti, mais quand il tenta de mesurer la profondeur de ses yeux, son regard s'avéra trop fuyant pour qu'il puisse le retenir dans le sien ; il le capta, le lâcha, le récupéra, le perdit à nouveau et le vit finalement disparaître pour de bon dans sa cachette.

C'était leur version à eux de l'approche amoureuse, un pas en avant, un pas en arrière, taquineries, dérobades – qu'elle était délicieuse, la prétention à cet examen objectif, et miraculeuse la façon dont elle engloutissait les heures. Mais quand ils eurent fait le tour de ce qui, sans heurter les convenances, se pouvait révéler facilement, les parties non encore examinées de leur anatomie se mirent à exercer une fascination plus longuement distillée, et ils furent à nouveau confrontés à ce paroxysme de désespoir qu'ils avaient connu durant les jours où ils combattaient la géométrie.

Colonne vertébrale, de bas en haut.

Ventre et nombril…

*

« Embrasse-moi ! supplia-t-il.

– Non », dit-elle, ravie et terrifiée à la fois.

Elle voulait se réserver une possibilité de chantage.

Seulement voilà, elle n'avait jamais supporté le suspense.

Une pluie légère marquait une ellipse sur la tôle bruyante du toit…

Les moments étaient rythmés comme les secondes d'une pendule, et, pour finir, elle n'y tint plus : elle ferma les yeux et sentit les lèvres du garçon s'appliquer sur les siennes avec une retenue terrifiée ; elle s'efforça d'en épouser les contours.

*

Huit ou quinze jours plus tard, comme des mendiants sans vergogne, ils en redemandaient.

« Nez ? » Baiser sur le nez.

« Yeux ? » Va pour les yeux.

« Oreilles ? » Oreilles.

« Joue ? » Joue.

« Doigts. » Un, deux, trois, quatre, cinq.

« L'autre main, s'il te plaît. » Dix baisers.

« Doigts de pied ? »

Ils associaient mots, objets et affection dans une redécouverte de l'enfance, une confirmation de la totalité de leur être, comme au début...

Bras jambes cœur...

Toutes les parties de leur anatomie, se rassuraient-ils l'un l'autre, étaient bien là où elles devaient être.

*

Gyan avait vingt ans, Sai seize, et au début ils n'avaient guère prêté attention aux événements qui se déroulaient sur la colline, aux affiches, porteuses de vieilles rancœurs, récemment apparues sur le marché, aux slogans griffonnés et peints sur les locaux de l'administration et les boutiques. « Nous n'avons pas d'État », disaient-ils, « Mieux vaut mourir que vivre en esclaves », « Nous sommes victimes d'une torture légalisée », « Qu'on nous rende notre territoire aujourd'hui rattaché au Bengale ». De l'autre côté de la colline, les slogans persistaient et se multipliaient le long des terrassements destinés à empêcher les glissements de terrain, s'immisçaient entre les « Mieux vaut tard que jamais », « Une fois mariés, ne flirtez pas avec la vitesse » ou « Le whisky, c'est risqué » qui jalonnaient la route en direction de la Teesta.

L'appel se répétait un peu partout, comme dans la zone du cantonnement militaire, et sur des supports inattendus, les gros rochers bordant les sentiers étroits qui veinaient la montagne, les troncs des arbres poussant au milieu des cabanes de torchis et de bambou, avec leurs grappes d'épis de maïs séchant sous les toits des vérandas, leurs drapeaux de prière agités par le vent, leurs enclos à l'arrière remplis du grognement des porcs. Quand on gravissait la montagne perpendiculaire au ciel et qu'on arrivait, à bout de souffle, au sommet de Ringkingpong Hill, on voyait un énorme « LIBÉRATION ! » barbouillé sur les murs de la station hydraulique. Pendant un temps, on ne sut pourtant pas très bien comment allaient tourner les choses, et l'on finit par se dire que c'était là le fait de l'habituelle poignée d'étudiants et d'agitateurs. Mais un jour, cinquante garçons, membres de l'aile jeune du GNLF, se rassemblèrent à Mahakaldara et firent serment de se battre jusqu'à la mort pour la fondation de leur nouvelle patrie, le Gorkhaland. Puis ils manifestèrent dans les rues de Darjeeling, investirent le marché et le centre commercial. « Le Gorkhaland aux Gorkhas ! Nous sommes l'armée de libération. » Sous le regard des guides de randonnées à cheval et de leurs montures, des propriétaires des boutiques de souvenirs, des serveurs du Glenary, du Planter's Club, du Gymkhana et du Windamere, ils déchiraient de leurs poignards dégainés et furieux la brume tendre qui montait vers le ciel noyé d'eau. Brusquement, le mot « insurrection » fut sur toutes les lèvres.

VINGT ET UN

« Ils n'ont pas tort, dit Noni, peut-être pas complètement raison non plus, mais je dirais à moitié ou aux trois quarts.

– Ridicule ! fit Lola, balayant l'opinion de sa sœur d'un geste de la main. Ces Néps vont s'en prendre à tous les étrangers maintenant, et surtout à nous autres, Bengalis. Ça fait longtemps qu'ils mijotent leur coup. Leur rêve enfin réalisé. Ils vont commettre toutes sortes d'atrocités, et puis ils n'auront qu'un saut à faire pour se retrouver de l'autre côté de la frontière et se cacher au Népal. C'est pratique. »

Elle imaginait leur gardien, Budhoo, parti, après lui avoir volé son poste de radio et sa pelle à tarte en métal argenté, mener la grande vie à Katmandou en compagnie d'autres Kanchas et Kanchis, chacun son butin en poche.

*

Elles étaient assises dans le salon de Mon Ami et prenaient le thé, après la leçon de Sai.

De l'autre côté de la fenêtre, le paysage, opaque, avait des allures de peinture naïve : montagne et ciel gris aplatis, rangée blanche et aplatie de vaches, celles du père Booty, sur la crête de la colline, découpant quelques aperçus carrés de ciel entre leurs pattes. À l'intérieur, la lampe était allumée et éclairait d'une lumière fauve une assiette de cornets à la crème et des tubéreuses dans un vase. Mustafa grimpa sur les genoux de Sai, qui se fit la réflexion que, depuis qu'elle connaissait Gyan, elle ne voyait plus les chats de la même façon. Indifférent aux troubles qui agitaient le marché, Mustafa produisait des bruits extatiques, fouillant le flanc de Sai à la recherche d'une côte contre laquelle se frotter le menton.

« Cette création d'États, poursuivit Lola, c'est la plus grosse erreur qu'ait jamais commise cet imbécile de Nehru. Avec ses décrets, n'importe quelle bande d'idiots peut se mettre à réclamer un État et, qui plus est, l'obtenir. Il y en a de nouveaux sans arrêt. De quinze nous sommes passés à seize, puis à dix-sept, et nous voilà à vingt-deux… » Lola leva un doigt et fit mine de se vriller la tempe pour démontrer ce qu'elle pensait d'une pareille folie.

« Et là, si tu veux mon avis, tout a commencé avec l'annexion du Sikkim. Les Néps nous ont joué un sale tour à ce moment-là, ils ont commencé à avoir des idées de grandeur, et maintenant ils croient pouvoir remettre ça. Tu me suis, Sai ? »

Les os de Mustafa semblaient fondre sous les caresses de Sai, et l'animal se roula en boule sur ses genoux, en transe, les yeux clos, tel un mystique qui ne connaît plus ni religion ni pays, mais uniquement la sensation du moment.

« Oui », dit-elle, l'esprit ailleurs. Cette histoire, elle l'avait entendue cent fois : Indira Gandhi s'était arrangée pour organiser une consultation qui avait tourné au plébiscite, tous les Népalais qui avaient envahi le Sikkim votant contre le roi. L'Inde avait absorbé le royaume aux couleurs de joyaux, dont elles voyaient au loin les collines bleues, d'où leur venaient les superbes oranges et le rhum Black Cat, introduit en contrebande par le major Aloo. Un pays où les monastères étaient suspendus comme des toiles d'araignées devant le Kanchenjunga, si près, en fait, qu'en tendant la main les moines semblaient devoir toucher la neige. Le pays avait semblé si peu réel, si plein de contes de fées, de voyageurs en quête d'un paradis terrestre qu'il avait été d'autant plus facile à détruire.

« Mais il faut aussi voir le problème de leur point de vue, intervint Noni. Les Népalais ont d'abord été expulsés de l'Assam, puis du Meghalaya, sans compter le roi du Bhoutan qui proteste contre…

– L'immigration illégale », dit Lola. Elle s'empara d'un cornet à la crème. « Oh, la vilaine ! se morigéna-t-elle, la voix débordante de jubilation.

– Manifestement, les Népalais sont inquiets, fit Noni. Ils sont ici, pour la plupart, depuis plusieurs générations. Pourquoi leur langue ne serait-elle pas enseignée dans les écoles ?

– Parce que si on leur accorde ça, ils demanderont la création de leur propre État. Un mouvement séparatiste ici, un autre là, terroristes, guérilleros, insurgés, rebelles, agitateurs, fauteurs de troubles, et ils s'inspirent tous les uns des autres, bien sûr – les Néps ont été encouragés par les sikhs et leur Khalistan, par l'ULFA, le NEFA, le PLA ; Jharkhand, Bodoland, Gorkhaland ; Tripura, Mizoram, Manipur, Cachemire, Pendjab, Assam… »

Sai songea à la manière dont elle se liquéfiait sous les doigts de Gyan, sa peau absorbant leur contact sur son corps, jusqu'à ce qu'elle ne sente plus la différence entre sa peau à elle et ses mains à lui.

Gémissement nasal de la grille d'entrée :

« Bonjour, bonjour, dit Mrs Sen, passant son nez crochu par la porte ouverte. J'espère que je ne dérange pas… Je passais par là… j'ai entendu vos voix… Ah, mon Dieu, des pâtisseries… » Elle était tellement contente qu'elle en avait des piaillements d'oiseau et des couinements de souris.

Lola : « Tu as vu la lettre qu'ils ont envoyée à la reine d'Angleterre ? Gorbatchev et Reagan ? L'apartheid, le génocide, et on ménage le Pakistan, et on nous oublie, nous, despotisme colonial, vivisection du Népal… Depuis quand Darjeeling et Kalimpong appartiennent au Népal ? Darjeeling a été prise au Sikkim, et Kalimpong au Bhoutan. »

Noni : « Ils ne sont vraiment pas doués pour le tracé des frontières, ces foutus Anglais. »

Mrs Sen plongea directement dans la conversation : « Ils manquent d'entraînement, forcément ils n'ont que de l'eau tout autour, hi hi hi. »

*

Quand ils essayaient enfin de s'extirper de ces indolents après-midi passés ensemble, Gyan et Sai s'étaient amalgamés l'un à l'autre comme deux plaques de beurre fondu, et il leur était difficile de se recomposer séparément.

« Le Pakistan ! Voilà le vrai problème, dit Mrs Sen, sautant sur un de ses sujets de prédilection, ses idées et ses opinions toutes faites, fourbies par des années de pratique, introduites à tout bout de champ dans la conversation. C'est la première attaque cardiaque qu'ait connue notre pays, et dont il ne s'est jamais remis… »

Lola : « C'est un problème de perméabilité des frontières, voilà tout. Impossible de distinguer les uns des autres, les Népalais indiens des Népalais du Népal. Sans compter, *baba*, la vitesse à laquelle ces Néps se multiplient. »

Mrs Sen : « Comme les musulmans. »

Lola : « Pas ceux d'ici. »

Mrs Sen : « Incapables de se contrôler, ces gens. Dégoûtant. »

Noni : « Tout le monde se multiplie. Partout. Vous n'avez pas le droit de condamner un groupe plutôt qu'un autre. »

Lola : « Les Lepchas, eux, ne se multiplient pas, ils sont en train de disparaître. En fait, ce sont eux qui devraient être prioritaires sur ce pays, et personne n'en parle jamais. » Puis elle nuança le soutien qu'elle venait de leur apporter : « Non pas qu'ils soient si admirables, notez bien. Regardez un peu ces subventions qu'on leur a accordées pour monter des porcheries – "Programme de renouveau des activités traditionnelles" –, et pas une seule porcherie à l'horizon, même si, bien entendu, ils ont tous fourni des demandes impeccablement rédigées, détaillant les mesures des auges et le coût de la nourriture, des antibiotiques... Oh ça, pour ramasser l'argent, ils sont forts, mais après... »

Mrs Sen : « Il y a plus de musulmans en Inde qu'au Pakistan. Ils préfèrent croître et multiplier de ce côté-ci de la frontière. Vous savez quoi ? Ce Jinnah, il mangeait des œufs au bacon tous les matins et buvait son whisky tous les soirs. Et leur peuple, vous appelez ça un peuple musulman ? Et avec ça, le derrière en l'air, dressé vers Dieu, cinq fois par jour. Remarquez, dit-elle en mettant son doigt collant dans sa bouche pour le lécher avant de le retirer avec un ploc retentissant, vu ce que prêche leur Coran, rien d'étonnant. Ils n'ont pas d'autre solution que l'hypocrisie. »

C'était un refrain qu'elles avaient entendu maintes fois et qui constituait un pilier central de la croyance hindoue, d'une logique imparable : les préceptes énoncés dans le Coran étaient d'une rigueur telle qu'aucun être humain n'était de taille à les observer. En conséquence, les musulmans étaient forcés de prétendre une chose et d'en faire une autre ; ils buvaient, fumaient, mangeaient du porc, allaient voir les prostituées, puis niaient tout en bloc.

Contrairement aux hindous, qui, eux, n'avaient pas besoin de nier.

Lola était mal à l'aise et but son thé trop chaud. Agiter l'épouvantail du taux de natalité galopant des musulmans était vulgaire et incorrect au sein de la classe qui lisait Jane Austen, et elle eut le sentiment que le discours de Mrs Sen révélait dans sa propre opinion des Népalais, à propos desquels il n'existait pas de stéréotypes aussi simples, des préjugés somme toute pas très différents.

« Ce n'est pas du tout la même chose avec les musulmans, dit-elle avec raideur. Ils étaient déjà ici. Les Népalais sont arrivés après et ont voulu s'imposer, et puis, avec eux, ce n'est pas une question de religion. »

Mrs Sen : « Mais c'est pareil avec la culture de l'islam... Les musulmans aussi venaient d'ailleurs, Babar et toute sa clique... Et ils se sont installés ici pour croître et multiplier. Non pas que ce soit la faute des femmes – les pauvres ! Non, ce sont les hommes, qui ont trois, quatre femmes… sans vergogne. » Elle se mit à pouffer. « Ils n'ont rien de mieux à faire, vous comprenez. Sans télévision ni électricité, le problème n'est pas près de disparaître… »

Lola : « Ah, madame Sen, une fois de plus vous détournez la conversation. Ce n'est pas le sujet ! »

Mrs Sen : « Ah-ah-ah-ah », fredonna-t-elle d'un ton léger, posant d'un geste ample un autre cornet à la crème sur son assiette.

Noni : « Comment va Mun Mun ? » Elle regretta aussitôt sa question, car la réponse allait mettre Lola en boule, et il lui faudrait toute la soirée pour réparer les dégâts.

Mrs Sen : « Oh, ils n'arrêtent pas de la supplier – à genoux encore – de demander sa carte verte. Et elle n'arrête pas de refuser. Je lui ai dit, moi : "Tu es bien bête, prends-la, quel mal y a-t-il à ça ? Puisqu'on te l'offre, et sur un plateau encore…" Combien de gens seraient prêts à tuer pour l'avoir, ce permis de séjour… Une vraie bécasse, non ? Un si beau pays et si bien organisé. »

Les deux sœurs avaient toujours méprisé Mrs Sen, la considérant comme un petit calibre. Son infériorité leur était apparue bien avant que sa fille parte s'installer dans un pays où on lisait Smuckers sur les pots de confiture au lieu de « Fournisseur attitré de Sa Majesté la reine », et avant qu'elle trouve un emploi à CNN qui la mette en opposition directe avec Pixie à la BBC. Et cela parce que Mrs Sen prononçait *potato* « poe*tatto* », et *tomato* « toe*matto* », mais aussi à cause des bruits qui couraient sur son compte : elle avait gagné sa vie à une époque, disait-on, en faisant du porte-à-porte sur un scooter pour revendre des marchandises, confisquées à la douane de l'aéroport de Calcutta, à des mères qui arrondissaient la dot de leurs filles au marché noir, histoire d'augmenter leurs chances de mariage.

Lola : « Vous ne les trouvez pas un peu simplets, les Américains ? »

Mrs Sen : « Non, ils n'ont pas de complexes, c'est tout, et ils sont très amicaux.

– Une façade, rien de plus, d'après ce que j'ai entendu dire, bonjour et au revoir, et ça s'arrête là.

– C'est toujours mieux que l'Angleterre, *ji*, où on se moque de vous dans votre dos... »

L'Angleterre et l'Amérique ignoraient peut-être qu'elles étaient engagées dans un combat mortel, mais il restait qu'elles avaient trouvé chacune une championne dans ces deux intrépides veuves de Kalimpong.

« Mun Mun n'a jamais eu d'ennuis en Amérique, tout le monde se moque de savoir d'où vous sortez...

– Ah bon, si pour vous l'ignorance, c'est la liberté... Et ne venez pas me dire que personne ne fait attention à vos origines. Tout le monde connaît, dit Lola sur un ton amer qui pouvait laisser penser que le sujet lui tenait réellement à cœur, la manière dont ils traitent les Noirs.

– Au moins, dans ce pays, les gens croient qu'on peut être heureux, *baba*.

– Quant à leur patriotisme, qui vous change vite fait un singe en âne, mieux vaut rester discret... Un hot dog au bout d'un bâton, et ils se mettent à l'agiter devant le drapeau...

– Et alors, quel mal y a-t-il à s'amuser ? »

*

« Et toi, Sai, parle-nous un peu de toi, l'exhorta Noni, qui cherchait désespérément à changer de sujet. Allez, remonte-nous le moral. Vous autres, les jeunes, c'est à ça que vous devriez servir.

– Pas grand-chose à dire », mentit Sai, qui rougit en pensant à elle et à Gyan. La présence d'un compagnon avait accru cette sensation de fluidité qu'elle avait ressentie devant la glace, de n'être plus qu'une forme malléable, capable de se réinventer à l'infini.

Les trois femmes la regardèrent d'un œil sévère. Elle semblait absente, elles n'arrivaient pas à déchiffrer son expression, et elle se tortillait bizarrement sur sa chaise.

« Alors, dit Lola, réorientant la frustration que lui avait valu son affrontement avec Mrs Sen, pas encore de petit ami ? Comment ça se fait ? Nous autres, dans le temps, on avait l'esprit aventureux. Toujours à fausser compagnie à papa-maman.

– Laisse-la tranquille, dit Noni. C'est une gentille fille.

– Il faudrait t'y mettre, fit Mrs Sen, l'air mystérieux. À trop attendre, on reste sur le carreau. C'est ce que j'ai dit à Mun Mun.

– Tu as peut-être des vers », suggéra Lola.

Noni farfouilla dans une coupe remplie d'objets divers, d'où elle sortit une plaquette de comprimés. « Tiens... prends donc ce vermifuge. On en a acheté pour Mustafa quand on l'a surpris en train de se frotter le derrière par terre. Un signe qui ne trompe pas. »

Mrs Sen regardait les tubéreuses sur la table. « Vous savez quoi ? dit-elle Quelques gouttes de colorant alimentaire et vous avez des fleurs de la couleur que vous voulez, rouge, bleu, orange. Il y a des années de ça, on s'amusait beaucoup dans les soirées à ce genre de choses. »

Sai cessa de caresser Mustafa, et le méchant la mordit.

« Mustafa ! l'avertit Lola, un peu de tenue, veux-tu ? Sinon tu vas finir en brochettes. »

Vingt-deux

Chez Brigitte, dans le quartier des affaires de New York, un restaurant tout en glaces : les clients pouvaient apprécier en mangeant à quel point ils étaient privilégiés. L'établissement devait son nom à la chienne des patrons, une créature incroyablement plate et haute sur pattes ; à l'instar d'une feuille de papier, on ne la voyait vraiment bien que de côté.

Le matin, tandis que Biju et le reste du personnel commençaient à s'activer, les patrons, Odessa et Baz, buvaient du darjeeling Tailors of Harrowgate à une table d'angle. Inde coloniale, Inde libre : le thé était le même, mais le charme s'était évaporé, et c'est sa réputation passée qui faisait vendre le produit. Ils sirotaient leur thé et lisaient consciencieusement le *New York Times* de concert, y compris les nouvelles internationales. Accablantes, d'ailleurs.

Anciens esclaves et indigènes. Esquimaux et habitants d'Hiroshima, Indiens d'Amazonie, du

Chiapas, du Chili, d'Amérique et d'Inde. Aborigènes australiens, Guatémaltèques, Colombiens, Brésiliens, Argentins, Nigériens, Birmans, Angolais, Péruviens, Équatoriens, Boliviens, Afghans, Cambodgiens, Rwandais, Philippins, Indonésiens, Libériens, habitants de Bornéo, de la Papouasie-Nouvelle-Guinée, de la Sierra Leone, Sud-Africains, Irakiens, Iraniens, Turcs, Arméniens, Palestiniens, Guyanais français et hollandais, Surinamiens, Malgaches, Sénégalais, Sri Lankais, Malaisiens, Kenyans, Panaméens, Mexicains, Haïtiens, Dominicains, Costaricains, Congolais, Mauritaniens, Tahitiens, Gabonais, Béninois, Maliens, Jamaïcains, Botswanais, Burundais, Soudanais, Érythréens, Uruguayens, Nicaraguayens, Ougandais, Ivoiriens, Zambiens, Camerounais, Laotiens, Zaïrois, habitants de la Guinée-Bissau et des îles Marshall, tous à crier au colonialisme, à l'esclavage, aux compagnies minières, bananières, pétrolières, à dénoncer la présence d'espions de la CIA au milieu des missionnaires, à vous affirmer que c'était Kissinger qui avait tué leur père et à vous demander pourquoi vous n'effaciez pas la dette du tiers-monde ; à crier les noms de Lumumba et d'Allende ; et, dans l'autre camp, ceux de Pinochet et de Mobutu ; à parler de lait Nestlé contaminé, de l'Agent orange, de pratiques douteuses de la part de Xerox, de la Banque mondiale, des Nations unies, du Fonds monétaire international, de tous les organismes gérés par les

Blancs. Tous les jours, dans les journaux, une nouvelle affaire !

Nestlé et Xerox étaient des compagnies saines, intègres, la colonne vertébrale de l'économie, et Kissinger était au moins un bon patriote. Les États-Unis étaient un pays jeune, bâti sur les plus beaux principes, comment se pouvait-il qu'ils aient tant de factures à payer ?

Trop, c'était trop.

Les affaires étaient les affaires. Autant manger ses tartines sans beurre si c'était pour en mettre aussi peu. C'est le plus apte qui gagne et qui ramasse le beurre.

*

« C'est la loi de la nature, dit Odessa à Baz. Tu nous vois en train de dire : "Y a tant de milliers d'années les néandertaliens sont sortis des bois et s'en sont pris à ma famille à coups d'os de dinosaure, aujourd'hui vous n'avez plus qu'à nous dédommager" ? Avec deux des toutes premières casseroles en fer, mon vieux, ainsi qu'une savoureuse fille aux dents saines des débuts de l'agriculture, quand les humains avaient des molaires bien plus grosses, et quatre échantillons de la première version de la pomme de terre, revendiquée, soit dit en passant, à la fois par le Chili et le Pérou. »

Elle était très spirituelle, Odessa. Baz était fier de son style cosmopolite, adorait la voir avec ses petites lunettes à monture métallique. Un jour, il avait été choqué d'entendre certains de leurs amis dire qu'elle était malveillante, mais il avait promptement chassé cette idée de sa tête.

*

« Ces Blancs, quand même ! dit à Biju, dans la cuisine, Achootan, un collègue de plonge. Putain ! Mais c'est quand même mieux ici qu'en Angleterre. Ici, au moins, il y a pas mal d'hypocrisie. Ils se croient bons, et t'arrives à avoir des aides. Là-bas, ils t'agressent ouvertement en pleine rue : "Retourne d'où tu viens !" » Il avait passé huit ans à Canterbury, et il avait réagi en lançant une phrase que Biju devait entendre jusqu'à plus soif car il la répétait plusieurs fois par semaine : « Ton père, il est venu dans *mon* pays et il m'a pris *mon* pain, et maintenant c'est mon tour, je suis venu dans *ton* pays pour reprendre *mon* pain. »

Achootan n'aspirait pas à la carte verte de la même manière que Saeed. S'il la voulait, c'était pour se venger.

« Pourquoi tu la veux tant si tu détestes le pays ? » lui avait dit Odessa, plutôt en colère, quand il lui avait demandé son parrainage.

Il la voulait, point. Tout le monde la voulait, peu importait l'amour ou la haine qui vous motivait. Parfois même, plus on détestait le pays et plus on la voulait.

Mais ça, les autres ne pouvaient pas le comprendre.

*

Le restaurant ne servait qu'un seul menu : steak, frites, salade. Il s'enorgueillissait d'une belle réputation de simplicité auprès des classes aisées.

Vache sacrée. Vache massacrée. Biju savait que ce raisonnement, il ne devait pas le perdre de vue. À midi et le soir, l'endroit se remplissait d'hommes et de femmes d'affaires entre vingt-cinq et trente-cinq ans, portant tous la tenue de l'emploi.

« Et la cuisson, madame ?

– Saignant.

– Et pour vous, monsieur ?

– Encore sur pattes. »

Il n'y avait que les crétins pour répondre : « Bien cuit, s'il vous plaît. » Odessa avait alors du mal à cacher son mépris : « Vous êtes sûr ? Bon, très bien, mais ça va être de la semelle. »

Assise à la table d'angle où elle prenait son thé du matin, elle avait une manière de s'attaquer à son steak qui excitait les hommes.

« Tu sais quoi, Biju ? disait-elle en riant. Tu ne trouves pas ça drôle : personne ne mange de bœuf en Inde, et pourtant, quand tu regardes une carte, le pays a la forme d'une grosse côte de bœuf. »

Mais ici il y avait des Indiens qui mangeaient du bœuf. Des banquiers indiens. *Chomp chomp*. Il les fixait d'un regard insistant et plein de sous-entendus tout en enlevant les assiettes. Ils voyaient ce regard. Ils savaient. Lui savait. Ils savaient qu'il savait. Ils faisaient comme s'ils ne savaient pas qu'il savait. Ils détournaient les yeux. Lui affichait un regard sarcastique. Qu'ils pouvaient se permettre de ne pas remarquer.

« Je vais prendre le steak », disaient-ils avec une nonchalance étudiée et la facilité d'une signature qui se veut gribouillis spontané, alors que vous savez pertinemment qu'elle a été soigneusement léchée.

Vache sacrée vache massacrée.

Boulot pas de boulot.

On ne doit jamais renoncer à sa religion, aux principes de ses parents et de leurs parents avant eux. Non, sous aucun prétexte.

Il fallait bien vivre en respectant quelque chose. Trouver sa dignité. La viande grésillait sur le gril, le sang perlait à la surface, jusqu'au moment où le sang lui aussi se mettait à faire des bulles et à bouillir.

Ceux qui étaient capables de faire la différence entre une vache sacrée et une vache massacrée l'emporteraient.

Ceux qui ne l'étaient pas perdraient.

*

Biju apprenait donc à griller les steaks.

Sang, viande, sel, et moulin pointé sur les assiettes : « Un peu de poivre fraîchement moulu, monsieur ? »

« Tu sais quoi ? On est peut-être pauvres en Inde, mais chez nous y aurait qu'un chien pour manger de la viande comme ça », disait Achootan.

« Il faut qu'on se batte pour les marchés asiatiques, disaient entre eux les hommes d'affaires. Le continent s'ouvre, c'est la nouvelle frontière, des millions de consommateurs en puissance, gros pouvoir d'achat dans les classes moyennes, la Chine, l'Inde, un potentiel énorme pour les cigarettes, les couches, le Kentucky Fried, l'assurance-vie, la gestion de l'eau, le téléphone portable – la famille là-bas, c'est sacré, ils sont sans arrêt au téléphone, les types qui appellent leurs mères, et toutes ces mères qui appellent leurs ribambelles d'enfants ; notre pays est fini, l'Europe pareil, l'Amérique latine aussi, l'Afrique, rien à en attendre en dehors du pétrole ; l'avenir du business, il est en Asie. Y a du pétrole là-bas ? Ils ont pas de pétrole, si ? Ils doivent… »

La conversation était primaire. Si quiconque s'avisait de les traiter de crétins, ils pouvaient se contenter de montrer leurs comptes en banque et de laisser les chiffres réfuter semblable accusation.

Biju pensait à Saeed Saeed qui refusait toujours de manger du porc. « C'est sale, mon vieux, dégoûtant. Je suis d'abord musulman, ensuite un musulman de Zanzibar, l'Américain que je serai ne vient qu'en troisième position. » Un jour, il avait montré à Biju un achat récent : une mosquée miniature avec, monté dans le fond, un réveil à quartz programmé pour sonner aux cinq moments fatidiques de la journée : « *Allah hu Akbar, la ilhaha illullah, wal lah hu akbar...* » À travers la friture de la bande enregistrée arrivaient du haut du minaret des mots très anciens battus par les vents et le sable, cette mélopée funèbre venue du désert pour aider un homme à construire sa force, à forger sa foi dans les matins au ventre vide, et à la prolonger jusqu'au soir, de manière qu'il ne se laisse pas prendre aux différences écœurantes existant entre les nations. Les lumières s'allumaient, stimulantes, balayant la mosquée de rayons verts et blancs de discothèque.

*

« Pourquoi est-ce que tu veux partir ? » dit Odessa, interloquée. Quand on pensait à la chance qu'ils lui avaient donnée ! Une chance unique, et il ne s'en rendait même pas compte.

« Il n'arrivera jamais à rien en Amérique avec ce genre d'attitude », conclut Baz, plein d'espoir.

*

Biju quitta Chez Brigitte avec le sentiment d'être un homme neuf, ardemment désireux de vivre dans une austère pureté.

*

« Vous servez du bœuf ? demanda-t-il à un employeur potentiel.

– On a le fameux sandwich de Philadelphie, bœuf, oignons, fromage.

– Désolé. Je ne peux pas travailler chez vous. »

« Ils vénèrent la vache », entendit-il le propriétaire de l'établissement dire à quelqu'un dans la cuisine, et il se fit l'impression d'appartenir à une tribu primitive, d'être une sorte de bête curieuse.

*

Chez Smoky Joe.

« Bœuf ?

– Mon chou, dit la patronne, sans vouloir t'offenser, je suis une mangeuse de steak, et je suis cent pour cent bœuf. »

*

Marilyn. Photos agrandies de Marilyn Monroe sur le mur, propriétaire indien à la caisse !

Le patron était au téléphone, branché sur haut-parleur.

« Rajnibhai, *Kem chho* ?

– Pardon ?

– Rajnibhai ?

– Qu'esse c'est qu' ça ? » Accent typique de l'Indien qui veut se faire passer pour américain.

« *Kem chho ? Saaru chho ? Teme samjo chho ?*

– QUOI ?

– Vous ne parlez pas le gujarati, monsieur ?

– Non.

– Mais vous êtes du Gujarat, non ?

– Non.

– Mais votre nom, il est pourtant de là-bas ?

– Vous êtes qui ??!!

– Vraiment, vous n'êtes pas gujarati ?

– Mais vous êtes qui, bon Dieu ??!!

– AT & T, monsieur. Nous offrons des tarifs spéciaux pour l'Inde.

– J' connais personne en Inde.

– Vous n'y connaissez personne ??? Vous devez pourtant avoir de la famille là-bas ?

– Ouais… (L'accent américain se fait plus prononcé.) Mais j' ui parle pas, à ma famille… »

Silence offusqué.

« Vous ne parlez pas à votre famille ? »

Puis : « On offre la minute à quarante-sept *cents*.

– Et alors, qu'esse que vous voulez que ça m' fasse ? J' vous l'ai déjà dit… (Il ra-len-tit le débit comme s'il s'adressait à un demeuré.) J'appelle pas l'Inde.

– Mais vous venez bien du Gujarat ? (Voix de plus en plus inquiète.)

– *Via* Kampala, Ouganda, Teepton, Angleterre, et Roanoke, État de Virginie ! Je suis allé une fois en Inde, et laissez-moi vous dire qu'on me paierait pour y retourner que j'irais pas ! »

*

Sortie furtive avant de retrouver la rue. C'était horrible, ce qui arrivait aux Indiens à l'étranger, et personne ne le savait en dehors des autres Indiens à l'étranger. C'était un sale petit secret qui vous rongeait. Mais non, Biju n'était pas fini. Son pays lui lançait un nouvel appel. Il sentit son destin dans l'air. Poussé malgré lui par son odorat à prendre une rue transversale, il aperçut la première lettre de l'enseigne, *G*, puis *AN.* Il devina immédiatement la suite : *DHI*. À mesure qu'il approchait du Gandhi Café, l'air se faisait de plus en plus compact. Il avait fini par devenir indélogeable, alourdi de l'odeur accumulée de milliers de repas, et résistant aux tempêtes de neige qui hurlaient l'hiver au coin de la rue, à la pluie et à la chaleur poisseuse de l'été. Le restaurant n'était pas éclairé, mais quand Biju tourna la poignée, la porte s'ouvrit.

*

Au fond, dans la pénombre, au milieu des lentilles éparpillées qui parsemaient de transparences graisseuses les nappes de tables abandonnées mais non encore débarrassées, était assis Harish-Harry, qui, avec ses frères Gaurish-Gary et Dhansukh-Danny, tenait trois Gandhi Café, un à New York, un dans le New

Jersey et un dans le Connecticut. Il ne leva pas la tête à l'entrée de Biju. Son stylo était suspendu au-dessus d'une demande de don émanant d'un refuge pour vaches dans les environs d'Edison, New Jersey.

Si vous faites un don de 100 dollars, en plus des bonus qui viendront s'ajouter à votre bilan pour de nombreuses vies à venir, « vous recevrez un cadeau gratuit ; cochez la case correspondant à votre choix » :

1. Une peinture décorative préencadrée de Krishna-Lila : « Elle se languit de son seigneur et se lamente. »
2. Un exemplaire du *Bhagavad Gita*, avec un commentaire et des notes du pandit Machin-Chose (maîtrise de philologie, doctorat ès lettres, président du Hindu Heritage Center), qui vient de terminer une tournée de conférences dans soixante-six pays.
3. Un CD des musiques sacrées préférées du Mahatma Gandhi.
4. Un bon d'achat pour l'Indiangiftmart : « Surprenez la femme de votre vie en lui offrant notre *choli* spécial dans les coloris oignon et rose pâle, accompagné d'un *lehnga* beurre frais. Pour celle qui fait de votre maison un foyer, un ensemble de vingt-cinq pots à épices munis de couvercles hermétiques. Faites provision de mendiants Nagpur Chana de chez Haldiram, qui ont dû beaucoup vous manquer… »

Le stylo hésitait. Puis il plongea.

« Du bœuf ? dit-il à Biju. Tu es fou ou quoi ? C'est une maison cent pour cent hindoue, ici. Pas de Pakistanais, pas de Bangladais, ces gens-là ne savent pas cuisiner. Tu es déjà allé dans ces restaurants de la 6e Rue ? *Bilkul bekaar*… »

Une semaine plus tard, Biju était dans la cuisine, et les airs préférés de Gandhi passaient en boucle sur la sono.

VINGT-TROIS

Les amours de Gyan et Sai prospéraient, et pour eux les troubles politiques occupaient toujours l'arrière-plan.

Tout en mangeant des *momo* trempés dans du chutney, Gyan dit : « Tu es mon *momo.* »

À quoi Sai répliqua : « Non, c'est toi qui es le mien. »

Ah, cette phase pâte molle de l'amour... Elle avait déclenché chez eux une cascade de mots doux et de surnoms. Ils y songeaient pendant leurs moments de tranquillité et se les offraient comme autant de cadeaux. *Momo*, viande de mouton en croûte, un intérieur dodu niché dans une enveloppe, le terme connotait affection et protection.

Mais pendant qu'ils mangeaient ensemble chez Gompu, Gyan, spontanément, s'était servi de ses doigts, tandis que Sai avait recours au seul instrument qui se trouvait sur la table, une cuiller à soupe, sur laquelle elle poussait la nourriture à l'aide de son *rôti* dressé sur la tranche. Cette différence ne fut pas sans les mettre dans l'embarras, mais aucun n'y fit allusion.

« *Kishmish* », dit-il pour couvrir la chose, « *Kaju* », l'appela-t-elle en réponse, raisin sec et noix de cajou, délices aussi savoureuses que coûteuses. Parce qu'un amour tout jeune transforme les couples en touristes même dans leur propre ville, ils firent des excursions dans la réserve naturelle de Mong Pong et au lac Delo ; pique-niquèrent au bord de la Teesta et de la Relli. Ils visitèrent l'institut de sériciculture d'où montait une odeur de vers en train de bouillir. Le directeur leur fit voir les empilements de cocons jaunâtres qui frémissaient subtilement dans un coin, les machines qui testaient souplesse et résistance à l'eau, et partagea avec eux son rêve du futur : le sari imperméable, infroissable, antitaches, préplissé, à fermeture Éclair, réversible, le super-sari du nouveau millénaire, auquel on donnerait le nom de certains succès immortels de Bollywood, tel *Disco Dancer*. Ils prirent le petit train pour aller au zoo de Darjeeling, et virent avec les yeux de leur amour moderne, libre et égoïste les barreaux très anciens de la captivité, derrière lesquels vivait un panda roux d'une solennité ridicule à force d'être beau, qui mâchait ses feuilles de bambou avec l'application d'un employé de banque alignant ses chiffres. Ils visitèrent le monastère Zang Dog Palri Fo Brang sur le

Durpin Dara, où les moines à cheveux gris amusaient les moinillons en les tirant derrière eux au pas de course sur des sacs de riz, les faisant glisser sur le plancher ciré du monastère, le long de peintures murales qui représentaient des démons et le guru Padmasambhava – sourire féroce niché dans une moustache bouclée, manteau carmin, sceptre en diamants, chapeau en forme de lotus orné d'une plume de vautour –, ou encore un fantôme monté sur une panthère des neiges et une Tara verte sur un yak ; les faisant glisser au passage devant les portes qui s'ouvraient comme des ailes d'oiseau sur les montagnes alentour.

Du Durpin Dara, d'où l'on voyait si loin et si haut, le monde ressemblait à une carte vue des cieux. Le paysage se déroulait à l'infini, avec ses rivières et ses plateaux. Gyan posa des questions à Sai sur sa famille, mais elle ne sut trop que dire, pensant que si elle lui parlait du programme spatial, elle risquait d'exacerber son sentiment de honte et d'infériorité. « Mes parents se sont enfuis pour se marier, et personne ne leur a plus jamais adressé la parole. Ils sont morts en Russie, où mon père était scientifique. »

Mais l'histoire de sa famille à lui conduisait aussi dans des pays lointains, comme il fut tout fier de l'apprendre à Sai. Ils avaient en commun plus de choses qu'ils le croyaient.

*

Voici l'histoire en question, telle qu'il la lui raconta :

Au début du dix-neuvième siècle, ses ancêtres avaient quitté leur village du Népal pour venir à Darjeeling, attirés par des promesses d'emploi sur une plantation de thé. Là, dans un petit hameau en bordure d'une des exploitations les plus reculées, ils avaient possédé une bufflesse renommée pour son lait étonnamment crémeux. Bientôt arrivèrent des représentants de l'armée de l'Empire, en quête de soldats potentiels qu'ils mesuraient dans tous les villages des collines alentour à l'aide d'un centimètre et d'une règle, et ils découvrirent la carrure impressionnante de l'arrière-grand-père de Gyan, qui était devenu si fort grâce au lait de bufflesse qu'il avait battu à la lutte le fils du marchand de bonbons, un garçon d'une santé et d'une robustesse peu communes. Une recrue engagée dans leur village quelque temps auparavant avait rapporté que les soldats étaient traités comme des grandes dames – couvertures et chaussettes pour les tenir au chaud et au sec, beurre et beurre clarifié, mouton deux fois par semaine, œufs tous les jours, eau en permanence dans les robinets, médicaments pour les affections de toutes sortes, la moindre égratignure, le moindre caprice. On pouvait sans honte demander de l'aide pour une démangeaison au derrière ou une piqûre d'abeille, et tout cela sans rien faire d'autre que marcher le long de la Grand Trunk Road. L'armée offrait beaucoup plus d'argent à ce garçon nourri au lait de bufflesse que son père n'en avait jamais gagné, car ce dernier travaillait comme commissionnaire sur la plantation ; il partait le matin avant l'aube, portant sur le dos un grand panier conique divisé en compartiments, et s'efforçait de rentrer au coucher du soleil après avoir péniblement gravi la colline, le panier rempli de légumes et d'un poulet vivant qui donnait des coups de bec dans l'osier ; on y trouvait aussi des œufs, du papier hygiénique, du savon, des épingles à cheveux, et, au-dessus, du papier à lettres où la *memsahib* pourrait écrire : « Ma fille chérie, le pays est d'une beauté sauvage, qui rachète presque – presque – la solitude… »

Le garçon prêta donc serment d'allégeance à la Couronne et s'en alla-t-en guerre, premier des hommes de la famille à servir les Anglais plus d'un siècle.

Au début, la promesse fut tenue : l'arrière-grand-père de Gyan ne fit rien d'autre durant plusieurs années prospères que marcher, et il acquit une femme et trois fils. Mais il fut ensuite envoyé en Mésopotamie, où, les balles turques ayant transformé son cœur en passoire, il se vida de tout son sang sur le champ de bataille. Par gentillesse pour la famille, et afin qu'elle ne perde pas son unique source de revenus, l'armée recruta son fils aîné, même si, à cette date, la célèbre bufflesse était morte et la nouvelle recrue plutôt fluette. Les soldats indiens combattirent en Birmanie, à Gibraltar, en Égypte, en Italie.

Deux mois avant son vingt-troisième anniversaire, en 1943, le soldat fluet fut tué en Birmanie, alors qu'il tentait de défendre les Anglais contre les Japonais. Son frère fut enrôlé à son tour et ne tarda pas à trépasser lui aussi, en Italie, aux environs de Florence ; lui ne mourut pas au combat, mais en faisant de la confiture d'abricots pour le major du bataillon dans une villa qui abritait des soldats britanniques. Six citrons, lui avait-on dit, et quatre tasses de sucre. Il tournait son mélange dans la bassine ; autour de lui, la campagne italienne était tranquille, les faisans passaient dans un grand bruissement d'ailes au-dessus des oliviers et des vignes, l'armée de résistance déterrait les truffes dans les bois. C'était un printemps particulièrement généreux, quand, soudain, ils furent bombardés…

Alors que Gyan était encore tout petit, la dernière recrue de la famille était un jour descendue du car à la gare routière de Kalimpong et arrivée à la maison avec un doigt de pied en moins. Plus personne ne savait qui il était, mais les souvenirs d'enfance de leur père finirent par resurgir, et l'homme fut reconnu comme ayant le statut d'oncle. Il vécut avec les proches de Gyan jusqu'à sa mort, sans qu'ils apprennent jamais où il était allé, ni contre quels pays il avait combattu. Il appartenait à une génération pour laquelle, partout dans le monde, il était plus facile d'oublier que de se souvenir, et plus leurs enfants les pressaient de questions, plus ces gens perdaient la mémoire. Un jour,

Gyan lui avait demandé : « Mon oncle, c'est comment, l'Angleterre ? »

À quoi l'autre avait répondu : « Je ne sais pas...

– Mais comment tu peux ne pas savoir ?

– Je n'y suis jamais allé. »

Toutes ces années passées dans l'armée anglaise, et il n'avait même pas mis les pieds en Angleterre ! Comment était-ce possible ? Eux qui avaient cru qu'il avait prospéré et les avait oubliés, vivant à Londres comme un aristo...

Mais, en ce cas, où était-il allé ?

L'oncle refusait de le dire. Toutes les quatre semaines, il allait à la poste chercher sa pension mensuelle de 7 livres. Il passait le plus clair de son temps assis sur une chaise pliante, tournant en silence vers le soleil, à la manière d'un tournesol, un visage sans expression, suivant l'astre avec une obstination impuissante, uniquement préoccupé désormais d'amener en conjonction le rond de son visage et le cercle de lumière.

Depuis, la famille avait investi sa fortune dans l'enseignement, et le père de Gyan enseignait dans une école sur une plantation de thé au-delà de Darjeeling.

*

C'est là que s'arrêtait l'histoire. « Et ton père ? Comment il est ? » demanda Sai, mais sans insister outre mesure. Elle était bien placée pour savoir que les histoires doivent s'arrêter à un moment ou à un autre.

*

Les nuits se faisaient déjà plus fraîches et l'obscurité tombait plus tôt. Sai, qui rentrait tard et voyait mal la route sous ses pieds, s'arrêta chez l'oncle Potty pour lui demander une torche. « Où est donc ce beau garçon… ? la taquinèrent l'oncle Potty et le père Booty. Bon sang ! Ces jeunes Népalais, pommettes hautes, bras musclés, larges épaules. Voilà des hommes capables, qui savent faire plein de choses, Sai, abattre des arbres, construire des clôtures, transporter de lourds fardeaux… *mmm mmm*. »

Le cuisinier attendait près du portail avec une lanterne quand elle finit par arriver à Cho Oyu. Son visage ridé et irrité émergeait d'un assortiment de cache-nez et de pulls. « J'attends, j'attends, ça fait des heures… Et toi qui ne reviens pas, dans tout ce noir ! » se plaignit-il, en se dandinant devant elle le long du chemin qui menait à la maison, avec l'air d'une petite femme rondelette.

« Laisse-moi tranquille, tu veux ? » dit-elle, consciente pour la première fois de cette manière insupportable qu'ont la famille et les amis de vous coller aux basques, alors que l'amour lui avait fait découvrir espace et liberté.

Le cuisinier en fut blessé jusqu'au fond de son cœur de guimauve. « C'est pas l'envie qui me manque de te gifler ! s'écria-t-il. Depuis l'enfance que je t'élève ! Et avec tant d'affection encore ! C'est une façon de parler, ça ? Je serai bientôt mort, et alors qui est-ce qui s'occupera de toi, hein ? Oui, oui, je serai bientôt mort. Peut-être qu'alors tu seras contente. Quand je pense à tout le sang que je me fais, pendant que toi, tu prends du bon temps, que tu te moques bien…

– C'est bon, c'est bon. » Comme d'habitude, elle finit par essayer de le calmer. Il ne voulut d'abord rien entendre, puis il se laissa faire – un peu.

VINGT-QUATRE

Au Gandhi Café, les lumières étaient tamisées pour que les taches se voient moins. Pas question ici de sacrifier à la mode du mélange des genres, pas de *samosa* au fromage de chèvre et au basilic, pas de *margarita* à la mangue. Ici, c'était l'Inde authentique, pure et dure, brute de décoffrage : chaises doré et rouge, roses en plastique sur la table auxquelles il ne manquait pas même les gouttes de rosée synthétiques, sets représentant…

Non ! Pas encore…

Mais si, mais si…

Krishna et ses laitières, la belle du village devant le puits…

Et le menu…

Ah non ! Pas encore…

Mais si, mais si…

Tikka masala, poulet *tandoori*, curry de légumes *navrattan*, purée de lentilles, *pappadum*. « Trouve ta clientèle, disait Harish-Harry. Étudie-la. Et donne-lui ce qu'elle veut. » Simple question d'offre et de demande. Là-dessus Indiens et Américains sont d'accord. C'est la raison pour laquelle nous faisons de bons immigrants. L'adéquation parfaite. (En fait, mesdames, messieurs, nous pratiquions une forme hautement évoluée de capitalisme bien longtemps avant que l'Amérique soit l'Amérique ; vous pensez peut-être que le mérite vous en revient entièrement, mais c'est à l'Inde que toute civilisation doit son origine, parfaitement.)

Sous-estimait-il sa clientèle ? Peut-être, mais il s'en moquait.

Les clients – étudiants sans le sou, professeurs non titulaires – faisaient la queue à midi, « Buffet à volonté pour 5,99 dollars », et ressortaient en titubant, vaincus par une musique obsédante de charmeur de serpent et la lourdeur du repas.

*

Pour additionner les espèces sonnantes qui trébuchaient dans le tiroir-caisse, la femme d'Harish-Harry arrivait le dimanche matin après s'être lavé les cheveux. Sa crinière de tresses mouillées, nouées lâchement à l'aide de ce genre de rubans dorés que l'on trouve autour des boîtes de friandises de la fête de Diwali, dégoulinait sur le sol derrière elle.

« *Arre*, Biju... *to sunao kahani*, disait-elle invariablement, *batao*... quoi de neuf ? »

Peu importait qu'il n'ait rien de neuf à raconter, parce qu'elle allait immédiatement s'emparer des livres de comptes alignés sous une rangée de dieux et de bâtonnets d'encens.

« Ha, ha, disait son mari, riant de plaisir, le velours noir de ses pupilles piqueté d'étincelles de diamant et d'or. Malini, elle se laissera avoir par personne. Elle a qu'à décrocher son téléphone et elle obtient ce qu'elle veut, au meilleur prix. »

*

C'était Malini qui avait suggéré que le personnel dorme en bas, dans la cuisine.

« Logement gratuit », avait dit Harish-Harry à Biju.

En libérant leurs employés des loyers new-yorkais, ils pouvaient réduire leur paye au quart du salaire minimum, récupérer les pourboires pour l'établissement, garder un œil sur le personnel, et les faire travailler comme des coolies jusqu'à quinze, seize, dix-sept heures par jour. Saran, Jeev, Rishi, Mr Lalkala et maintenant, Biju. Tous des clandestins. « On est une grande famille ici, disait-elle tout en s'appliquant à grandes claques de l'huile végétale sur les bras et la figure, pas besoin de lotions-potions, *baba*, ça marche aussi bien avec ça. »

Biju avait quitté son sous-sol de Harlem un matin de bonne heure, à un moment où les feuilles de l'arbre chétif qui poussait devant l'immeuble se teintaient d'un orange étonnant, flammé et lumineux. Il avait avec lui en tout et pour tout un sac et son matelas – un rectangle de mousse quadrillé comme un casier à œufs, enroulé et attaché avec une ficelle. Avant d'emballer ses affaires, il avait regardé encore une fois la photo de mariage de ses parents qu'il avait apportée d'Inde et qui était maintenant pratiquement décolorée ; on n'y voyait plus que deux fantômes à l'air solennel. Au moment où il partait, Jacinto, qui apparaissait toujours à temps pour réclamer son loyer, tourna au coin de la rue : « *Adios, adios.* » Éclat d'une dent en or qui aurait fait saliver un chercheur du même métal.

Biju se retourna pour jeter un dernier coup d'œil à cette façade, témoin d'une respectabilité décadente. Au loin se dressait le tombeau de Grant, gros gâteau rond et gris à l'allure funèbre et à la décoration guerrière. Plus près, les immeubles des cités se détachaient sur l'horizon en une série dense de graphiques en barres.

Au Gandhi Café, Biju s'installa dans sa nouvelle vie au milieu des énormes casseroles et des sacs de masala couverts de sciure. Les employés se lavaient la figure et se rinçaient la bouche à l'évier de la cuisine, se coiffaient devant la glace grande comme un timbre-poste accrochée au-dessus, suspendaient leurs pantalons, avec les torchons à vaisselle, à une corde tendue en travers de la pièce. Le soir, ils déroulaient leurs matelas là où ils trouvaient de la place.

Les rats de ses emplois précédents n'avaient pas laissé tomber Biju. Ils étaient toujours là, fouinant, euphoriques, dans les détritus, griffant le bois, creusant des trous et se jouant des piètres obstacles que leur opposait Harish-Harry en les bouchant avec de la laine d'acier et en les recouvrant de briques. Ils buvaient du lait, comme le conseillaient les panneaux dans les rues, se gavaient de protéines ; vitamines et sels minéraux leur sortaient des oreilles et des griffes, attributs invincibles, des gencives et du poil. Kwashiorkor, béribéri, goitre (une affection qui à Kalimpong avait peuplé la colline de toute une troupe de nains à la gorge de crapaud, atteints de démence), autant de maladies et de carences totalement inconnues parmi cette population de rongeurs.

L'un d'eux s'en prenait aux cheveux de Biju la nuit.

« C'est pour son nid, dit Jeev. Une femelle qui va mettre bas, à mon avis. »

Ils entreprirent bientôt de grimper sur les tables pour y dormir. Au lever du jour, ils s'empressaient d'en redescendre avant l'arrivée d'Harish-Harry. « *Chalo, chalo*, à chaque jour son dollar. »

*

À l'égard de son personnel Harish-Harry se montrait d'une bonhomie avunculaire, mais il pouvait à l'occasion s'emporter et devenir tyrannique. « La ferme, t'avise pas de l'ouvrir », disait-il, et il n'hésitait pas à leur donner des claques sur la tête. En revanche, quand un client américain franchissait la porte, son attitude changeait du tout au tout, et une sorte de panique semblait l'envahir.

« Allons, allons, disait-il à un enfant vêtu de satin rose en train de barbouiller de sauce les pieds de sa chaise, tu donnes bien du tracas à ta maman, pas vrai ? Mais un jour, e' s'ra fière de toi, pas vrai ? Tu vas être grand chef, tu s'ras riche, qu'esse t'en dis ? Tu veux un bon curry d' poulet ? » Il souriait, multipliant les courbettes.

Harish-Harry : les deux noms, Biju s'en rendit compte peu à peu, étaient le signe d'une déchirure profonde qu'il n'avait pas soupçonnée la première fois qu'il avait rencontré l'homme, trouvant en lui un bel exemple de cette pureté de principes à laquelle lui-même aspirait. Ce don fait à un refuge pour vaches, c'était au cas où la version hindoue de la vie après la mort se révélerait la bonne et où, quand il mourrait, il serait soumis aux manipulations de l'au-delà hindou. Mais qui pouvait dire que le trône ne serait pas occupé par d'autres dieux ? Il essayait de rester du bon côté du pouvoir, d'être fidèle à tant de choses à la fois que lui-même finissait par ne plus savoir laquelle de ses personnalités était la vraie, si toutefois il y en avait une.

*

Il n'était pas le seul à être ainsi. La confusion régnait aussi parmi les « entre-deux », les étudiants indiens qui venaient avec des amis américains, un accent d'un côté de la bouche, un autre de l'autre côté ; mélangeant les deux, hésitant, s'abaissant parfois jusqu'à parler hindi pour se convaincre mutuellement qu'ils n'étaient pas du genre à prétendre être autre chose que ce qu'ils étaient. Ce n'étaient pas eux qui allaient renier la plus grande culture que le monde ait jamais connue...

Et les amours donc... la combinaison Indien-Blanche posait un problème particulier.

Les *desi* entraient, très mal à l'aise, et les serveurs commençaient à ricaner d'un air méprisant, haussant les sourcils pour leur signifier ce qu'ils pensaient d'eux.

« Fort, moyen ou doux ? demandaient-ils. – Fort », répondaient invariablement les clients, désireux de faire de l'épate et de montrer à leurs compagnes qu'ils étaient l'authentique produit exotique. Dans la cuisine on s'esclaffait, avant qu'explose la colère authentique : *« Sala ! »*

Les méchants attaquaient le *vindaloo*...

Et ce *vindaloo*... il les attaquait à son tour.

Joues brûlantes, oreilles et yeux en feu, langue paralysée, ils geignaient pour avoir du yoghourt, expliquant à la table : « C'est ce que nous faisons en Inde, on mange toujours du yoghourt pour équilibrer... »

L'équilibre, vous savez...

Vous savez bien...

Le chaud et froid, l'aigre-doux, le piquant amer, l'antique sagesse de l'Ayurveda qui assure une complète maîtrise de soi...

« Trop fort ? demandait Biju avec un large sourire.

– Non, non », lui répondait-on, les yeux larmoyants.

Il n'y avait aucune pureté là-dedans. Aucune fierté. Sa vision des choses n'avait pas gagné en clarté.

*

Si Harish-Harry se trouvait ébranlé dans ses convictions, c'était en partie, disait-il, à cause de sa fille. Qui devenait une vraie Américaine. Pour elle, un anneau dans le nez n'était pas incompatible avec des bottes et des tenues de combat sorties des surplus de l'armée.

Sa femme lui avait dit : « Toutes ces bêtises, à quoi ça rime ? Donne-lui donc une bonne paire de gifles, et puis c'est tout...

– Je suis content que tu réagisses comme ça », avait-il répondu, mais les gifles n'avaient pas marché. « Sors d'ici, ma fille, avait-il dit, essayant de se faire à l'idée qu'elle était maintenant américaine. Allez, sors d'ici ! » Mais ça non plus, ça n'avait pas marché. « J'ai pas demandé à venir au monde, moi, avait-elle dit. Si tu m'as eue, c'est pour des raisons purement égoïstes, parce que tu voulais une bonniche, pas vrai ? Mais dans ce pays, p'pa, personne va t' torcher le cul gratos. »

Pas même « derrière » ! Non, « te torcher le cul » ! Et « p'pa » ! Pas même *papaji*. Pas « t'essuyer le derrière, *papaji* ». Non, maintenant, c'était « p'pa », « torcher » et « cul ». Harish-Harry se soûla ce soir-là, épisode qui allait vite devenir aussi familier que fastidieux ; il resta assis à la caisse, refusant de rentrer chez lui, au grand désespoir des employés qui attendaient impatiemment de pouvoir grimper sur les tables pour y dormir, enroulés dans les nappes. « Et dire qu'ils croient qu'on les admire ! (Rire sarcastique.) Chaque fois qu'y en a un qui entre, je lui souris… (Sourire de squelette joint à la parole.) "Bonjour, comment ça va ?", alors que tout ce que j' veux, c'est lui tordre le cou. Je peux pas, mais peut-être que mon fils, lui, y arrivera, c'est là tout mon espoir. Un jour, Jayant-Jay leur fera son plus beau sourire et passera ses mains autour du cou de leurs fils, et serrera jusqu'à ce que mort s'ensuive. »

« Tu vois, Biju, tu vois un peu ce qu'est devenu le monde », dit-il, et il se mit à pleurer, un bras passé autour des épaules de Biju.

*

Seul le souvenir de l'argent qu'il gagnait parvenait à le calmer. Cette perspective lui fournissait une raison parfaitement raisonnable d'être là où il était, un principe moral susceptible d'être partagé, une passerelle au-dessus du fossé – et cette vérité, la seule sur laquelle les deux pays semblaient ne pas être en désaccord, il la proclamait haut et fort.

« À chaque jour son dollar, y a pas de petites économies, sans effort pas de profit, les affaires sont les affaires, y faut c' qu'y faut. » Ces axiomes avaient beau être un luxe hors de portée de Biju, il les répétait tout de même, prenant plaisir à ces mots réconfortants et à ce moment de camaraderie.

« Faut bien gagner sa vie, de toute façon…, disait Biju.

– T'as raison, Biju. Qu'est-ce que j' peux faire ? Si on est là, c'est pour en avoir toujours plus. Comment faire autrement ? »

Il aspirait à une grande maison, puis à une autre, encore plus grande, même s'il se trouvait pendant un temps dans l'impossibilité de la meubler, à l'instar de sa bête noire, Mr Shah, qui possédait un appartement de sept pièces, toutes vides, à l'exception d'une télévision, d'une banquette et d'une moquette blanche. Même la télévision était blanche, car le blanc, aux yeux de la communauté, symbolisait la réussite de l'Indien expatrié. « On va prendre notre temps pour les meubles, disait Mr Shah, mais la maison, elle au moins, est là. » Des photos de l'extérieur avaient été envoyées à toute la famille, dans le Gujarat, une voiture blanche garée devant la porte. Une Lexus, ce véhicule haut de gamme. Sur le capot était assise sa femme, l'air comblé. Elle avait quitté l'Inde en jeune mariée soumise, couverte d'arabesques au henné, avec tellement d'or dans son sari qu'elle déclenchait tous les détecteurs de métaux dans les aéroports, et la voilà qui était maintenant transformée : tailleur-pantalon blanc, cheveux coupés court, vanity case, et capable de danser la macarena.

VINGT-CINQ

Ils emmenèrent Mutt chez les Tailleurs sourds pour qu'on lui prenne ses mesures afin de lui couper un manteau dans une couverture : l'hiver était là. Même s'il ne neigeait pas à Kalimpong, où, pour l'instant, le temps était simplement maussade, tout autour la ligne de la neige était descendue, et les hautes montagnes qui encerclaient la ville étaient mouchetées de blanc. Le matin, ils trouvaient les rigoles gelées, et il y avait de la gelée blanche sur la crête et au creux des collines.

Par les fentes et les trous de Cho Oyu s'insinuait l'odeur stérile de l'hiver. Les robinets et les interrupteurs de la salle de bains envoyaient des décharges. Les fibres des pulls et des châles, parcourus d'éclairs, se hérissaient. « Aïe, aïe », disait Sai. Sa peau, quadrillée comme un sol desséché, se desquamait. Quand elle secouait ses vêtements, les pellicules de peau tombaient en poudre comme le sel d'une salière, et ses cheveux, mettant la pesanteur au défi, se dressaient sur son crâne comme des antennes de radio crépitantes. Quand elle souriait, ses lèvres se craquelaient et saignaient.

Luisante de vaseline et assouplie pour l'occasion, elle retrouva le père Booty et l'oncle Potty pour Noël à Mon Ami, où à celle de la vaseline s'ajoutait une odeur de mouton mouillé, mais ce n'étaient que les émanations de leurs pulls humides. Les guirlandes couvrant un sapin en pot luisaient à la lumière du feu qui faisait son cinéma avec force crépitements, sans pour autant dissiper le froid ambiant.

Le père Booty et l'oncle Potty entonnèrent ensemble :

Qui a jeté les bleus de travail dans la soupe de palourde de Mrs Murphy ?
Quand personne ne répondit, ils crièrent de plus belle…
QUI A JETÉ LES BLEUS DE TRAVAIL DANS LA SOUPE DE PALOURDES DE MRS MURPHY ?

Et ils reprirent tous en chœur, ivres et déchaînés.

*

Ah, quelle belle soirée…

Ah, quelle belle soupe que ce *gyako* dans sa marmite en cuivre, douve de bouillon encerclant la cheminée pleine de braises, vapeur qui vous imprègne les cheveux de l'arôme du mouton, miroitement mouvant des yeux de graisse à la surface, champignons séchés devenus si glissants qu'ils filent d'un trait et vous brûlent le gosier sans vous laisser le temps de mordre dedans. « *What's for* PUDS *?* » Quand elle avait employé cette abréviation en Angleterre pour demander ce qu'il y avait comme dessert, Lola avait été très troublée de constater que les Anglais ne comprenaient pas... Jusqu'à Pixie qui avait feint l'étonnement...

Mais ici tout le monde comprit parfaitement, et Kesang apporta à grand-peine un pudding de poids qui unissait dans une même fraternité, grâce au cognac, les fruits et les noix de toutes sortes, et qu'ils ceignirent d'une couronne sanctificatrice en le flambant au même alcool.

Mustafa retrouva son endroit favori, les genoux de Sai, tournant d'abord son museau vers le feu, puis son arrière-train, se détendant peu à peu, jusqu'à ce que son derrière se mette à couler le long de la chaise et qu'il se redresse d'un coup avec un miaulement surpris, lançant à Sai un regard furieux, comme s'il la tenait pour responsable d'un tel manquement à la bienséance.

Pour l'occasion, les deux sœurs avaient sorti leurs décorations *made in England* – objets divers qui donnaient l'impression qu'ils pouvaient avoir un goût de bonbons à la menthe –, bonshommes de neige, flocons, glaçons, étoiles. Il y avait aussi des petits trolls et des cordonniers aux allures d'elfes (pourquoi les cordonniers, les trolls et les elfes étaient-ils systématiquement associés à Noël ? se demanda Sai), qui étaient conservés le reste de l'année dans une boîte à chaussures Bata au grenier, en compagnie de l'histoire de ce fantôme d'Anglaise vêtu d'une chemise de nuit à volants, avec lequel elles faisaient peur à Sai dans les premiers temps :

« Qu'est-ce qu'elle dit ?

– Hem, je crois qu'elle fait *hou hou*, comme un hibou, tout bas, *hou hou*, tout doucement et avec le plus grand sérieux. Et de temps en temps elle dit : "Une goutte de sher-ry, ça vous dit, ma chér-rie ?" D'une voix mal assurée, mais très cultivée. »

Et il y avait aussi des cadeaux : chaussettes tricotées en provenance du village des réfugiés tibétains, la laine, encore mêlée de morceaux de paille et de bourre qui leur conféraient un air d'authenticité, éveillait un surplus de compassion pour les réfugiés, même si elle vous grattait les orteils. Il y avait des boucles d'oreilles d'ambre et de corail, des bouteilles d'eau-de-vie d'abricot fabriquée par le père Booty, des carnets aux pages translucides en papier de riz et au dos de bambou cannelé, confectionnés à Bong Busti par une tablée d'employées bavardes qui partageaient à midi les délices de leurs gamelles, parfois un cornichon tombait… et parfois une tache jaune donnait un air de fête à la page…

*

Encore une rasade de rhum. Lola s'enfonçait dans son ébriété, et quand le feu fut presque éteint, elle se fit sereine et remonta du fond de sa mémoire un souvenir de la plus belle eau :

« À cette époque lointaine, dans les années cinquante et soixante, dit-elle, c'était encore toute une expédition pour aller au Sikkim ou au Bhoutan, car les routes étaient pour ainsi dire inexistantes. On voyageait à cheval, transportant des sacs de pois pour les poneys, des cartes et des flasques de whisky. À la saison des pluies, les sangsues qui pendaient aux branches nous tombaient dessus, choisissant avec une précision d'acrobates le moment de leur chute. Nous nous lavions dans l'eau salée pour les tenir à distance, salions nos chaussures et nos chaussettes, et même nos cheveux. Les pluies lavaient le sel, et il nous fallait nous arrêter et recommencer. Les forêts étaient sauvages et gigantesques, et si l'on vous avait dit qu'elles abritaient des animaux mythiques, vous l'auriez cru. Nous arrivions au sommet de montagnes où des monastères s'accrochaient aux parois rocheuses, au milieu des *stupa* et des drapeaux de prière, leurs façades blanches retenant les feux du soleil couchant, tout d'or paillé, sur le fond indigo des contours hérissés des montagnes. Nous nous arrêtions pour nous reposer, jusqu'au moment où les sangsues commençaient à s'introduire dans nos chaussettes. Le bouddhisme était implanté ici depuis la nuit des temps, et nous allâmes visiter un monastère dont on nous dit qu'il avait été bâti quand un moine tibétain avait volé d'un sommet à un autre, de Menak Hill à

Enchey ; il y en avait un deuxième, construit celui-là après qu'un arc-en-ciel eut relié Kanchenjunga à la crête de la colline. Souvent les lieux étaient déserts, car les moines étaient aussi des paysans ; ils étaient aux champs et ne se réunissaient qu'en de rares occasions pour des prières communes, et tout ce que l'on entendait, c'était le vent dans les bambous. Les vrais nuages entraient par les portes et venaient se mêler aux nuages peints. Les intérieurs étaient sombres, noircis par la fumée, et nous tentions de distinguer les peintures murales à la lueur des lampes à huile...

« Il fallait quinze jours d'une marche difficile pour atteindre Thimpu. En chemin, au milieu de la jungle, nous faisions halte dans ces forteresses aux allures de navire qu'on appelle *dzong*, étranges constructions dans lesquelles on ne trouve pas un seul clou. Nous envoyions un homme en avant pour annoncer notre arrivée, et nous trouvions un cadeau de bienvenue à un point intermédiaire. Il y a cent ans, cela aurait pu être du thé du Tibet, du riz au safran ou des robes en soie de Chine doublées de peaux d'agneaux mort-nés ; mais, à ce moment-là, ce n'était déjà plus qu'un panier de pique-nique contenant des sandwichs au jambon et de la bière Gymkhana. Les *dzong* fonctionnaient de manière totalement autonome, avec leurs armées, leurs paysans, leurs aristocrates et leurs donjons remplis de prisonniers – assassins et hommes pris en train de pêcher à la dynamite partageant les mêmes cachots. S'ils avaient besoin d'un nouveau cuisinier ou d'un nouveau jardinier, ils jetaient une corde et remontaient un homme. Quand on arrivait, c'était pour trouver sur les tables, dans des grandes salles éclairées par des lanternes, du gratin de chou-fleur et des porcelets en croûte. Je me souviens d'un homme, emprisonné pour meurtre, qui avait un talent extraordinaire pour la pâtisserie. Il pouvait faire n'importe quoi... C'est là que j'ai mangé la meilleure tarte aux groseilles de ma vie.

– Et les bains, donc, intervint le père Booty, vous vous souvenez des bains ? Un jour, alors que je participais à une campagne d'information sur les produits laitiers auprès des groupes défavorisés, je séjournai chez la mère du roi, la sœur de Jigme Dorji, agent du Bhoutan et gouverneur de la province d'Ha, qui vivait pas loin de chez toi, Sai, à Tashiding, et qui devint si puissant qu'il fut assassiné par les sbires du roi en dépit du fait qu'il était le frère de la reine. Dans leur *dzong*, on prenait son bain dans des troncs d'arbres évidés, au-dessous desquels on avait pratiqué une niche que l'on remplissait de pierres brûlantes pour garder l'eau chaude, et, pendant qu'on trempait, les domestiques allaient et venaient pour remplacer les pierres et vous frictionner. Et si l'on campait, ils creusaient un grand trou au bord de la rivière, le remplissaient d'eau et y descendaient des pierres chaudes ; on pouvait s'ébattre à son aise, dans un paysage de neige et de forêts de rhododendrons.

« Des années plus tard, quand je suis retourné au

Bhoutan, la reine a insisté pour que j'aille à la salle de bains. “Mais je n'ai pas besoin d'y aller. – Si, si, il faut que vous y alliez. – Mais je n'en ai vraiment pas besoin. – Je vous dis qu'il le faut absolument.” J'ai fini par m'exécuter, pour découvrir que les salles de bains avaient été entièrement refaites, plomberie moderne, carrelage rose, douches roses et cuvettes de WC roses. Quand je suis ressorti, la reine m'attendait, aussi rose de fierté que ses salles de bains : “Alors, vous avez vu comme c'est beau ? Vous avez vu, hein ?”

– Pourquoi est-ce qu'on n'y retournerait pas tous ? suggéra Noni. Qu'est-ce que vous diriez de préparer une expédition ? Ce serait une bonne idée, non ? »

*

Sai se coucha ce soir-là avec ses chaussettes neuves, le modèle à trois épaisseurs qu'utilisaient les sherpas lors de leurs expéditions en montagne, celui que portait Tenzing quand il avait gravi l'Everest.

Quelque temps auparavant, Sai et Gyan étaient justement allés voir les chaussettes de Tenzing, exposées au musée de Darjeeling qui jouxte le mémorial qui lui est dédié, et ils les avaient bien regardées. Ils avaient aussi examiné de près son chapeau, son piolet, son sac à dos, des échantillons d'aliments déshydratés qu'il avait sans doute emportés avec lui, des sachets de Horlicks, des torches, et des spécimens d'insectes et de chauves-souris vivant sur les sommets du massif de l'Himalaya.

« Tenzing, c'est lui le vrai héros, avait fait remarquer Gyan. Sans les sherpas qui portaient son matériel, Hilary n'y serait jamais arrivé. » Tous les gens présents avaient approuvé. C'était certainement Tenzing qui était arrivé le premier au sommet, ou alors on l'avait obligé à attendre avec les sacs, le temps que Hilary se livre à cette entreprise coloniale qui consiste à planter son drapeau sur ce qui ne vous appartient pas.

Sai s'était interrogée : fallait-il vraiment que les hommes conquièrent la montagne ou valait-il mieux qu'elle les possède ? Les sherpas faisaient la même ascension dix fois, quinze fois dans certains cas, sans en retirer aucune gloire, sans chercher à s'approprier quoi que ce soit ; sans compter ceux qui disaient que la montagne était sacrée et qu'il ne fallait pas la souiller.

VINGT-SIX

Un jour, peu de temps après le Nouvel An, alors qu'il attendait qu'on lui pèse le riz qu'il venait d'acheter au marché, Gyan entendit des cris au-dehors. En sortant de la boutique, il se trouva pris dans une manifestation dont les membres, conduits par une bande de jeunes gens qui brandissaient leurs poignards aux cris de « *Jai Ghorka !* », remontaient Mintri Road hors d'haleine. Dans le fouillis de visages, il reconnut des camarades de faculté qu'il avait cessé de voir depuis le début de son idylle avec Sai. Padam, Jungi, Dawa, Dilip.

« Chhang, Bhang, Owl, Donkey », appela-t-il, donnant à chacun son surnom…

*

Occupés à crier à tue-tête : « Vive l'armée de libération gorkha ! », ils ne l'entendirent pas. Poussés vers l'avant par ceux qui étaient derrière et aspirés par l'élan de ceux qui étaient devant, ils se fondaient en une seule entité. Sans aucun effort de sa part, Gyan se retrouva entraîné le long de la rue où les marchands du Marwar étaient assis, jambes croisées, sur leurs matelas blancs surélevés. Ils passèrent devant les boutiques d'objets anciens, avec leurs *thangka* qui gagnaient en ancienneté à chaque nouvelle émission de pot d'échappement, puis devant les orfèvres du Newar, le cabinet d'un médecin homéopathe parsi, le magasin des Tailleurs sourds, lesquels avaient tous l'air ahuris car ils sentaient les vibrations causées par les cris sans pouvoir comprendre ce que ceux-ci signifiaient. Affublée de boîtes de conserve en guise de pendentifs et vêtue de chutes de tissu, une vieille folle, qui faisait rôtir un oiseau mort sur quelques morceaux de charbon au bord de la route, agita la main d'un geste royal au passage du cortège.

Tout en traversant le marché, porté par la foule, Gyan avait le sentiment que l'histoire était en marche, les roues de son char labourant le sol sous ses pieds, car les hommes se conduisaient comme s'ils étaient filmés pour un documentaire sur la guerre, et Gyan ne put s'empêcher de considérer déjà l'épisode sous l'angle de la nostalgie, en adoptant le point de vue d'un révolutionnaire. Mais il fut soudain arraché à cette impression par le spectacle ancien et familier des boutiquiers observant la scène d'un œil inquiet depuis leurs grottes ravagées par la mousson. Puis il se mit à crier avec la foule, et le seul fait de sentir sa voix se fondre dans ce chœur sonore sembla lui apporter la justification de sa présence ici, ainsi qu'une conviction dont il n'avait encore jamais fait l'expérience, et il se retrouva à nouveau aspiré dans l'histoire en marche.

Mais un simple regard en direction des montagnes suffit à détruire cette impression. Pouvait-on vraiment changer le monde ?

Ces hommes étaient-ils totalement engagés dans leur action ou en étaient-ils en quelque manière détachés ? Rejouaient-ils d'anciens épisodes de l'histoire de la contestation ou étaient-ils guidés par l'espoir d'une nouvelle histoire à écrire ? Leurs cœurs battaient-ils au rythme de quelque chose de vrai ? Une fois qu'ils se mettaient à crier et à défiler, étaient-ils encore sincères ? Se voyaient-ils d'un point de vue situé au-delà du moment présent, ces fans déchaînés de Bruce Lee dans leurs tee-shirts américains *made-in-China*-et-importés-*via*-Katmandou ?

Il repensa à la fréquence à laquelle il rêvait de pouvoir aller se joindre à la file d'attente devant l'ambassade des États-Unis ou de Grande-Bretagne et quitter le pays. « Écoute, Momo, avait-il dit à une Sai ravie, si on partait pour l'Australie ? » Ah, partir d'ici, salut, *bye-bye*. Libérés de l'histoire. Libérés des contingences familiales et de la dette accumulée pendant des siècles. Ce patriotisme était faux, se dit-il soudain en défilant ; né de la frustration, il était le fait de leaders exploitant à des fins cyniques l'exaspération naturelle et l'esprit de rébellion de l'adolescence, dans l'espoir de s'arroger le pouvoir détenu pour l'instant par les employés du gouvernement en place, l'aptitude à assurer des marchés aux hommes d'affaires du coin en échange de pots-de-vin, la possibilité de fournir des emplois aux membres de leur famille, de trouver des places dans les meilleures écoles pour leurs enfants, de distribuer les permis pour le raccordement au gaz de ville...

Les hommes continuaient à crier, et, à voir leurs visages, Gyan se rendit compte qu'ils ne partageaient pas son cynisme. Ils croyaient dur comme fer à la vérité de leurs slogans ; ils se sentaient victimes d'une grande injustice. Ils passèrent devant les entrepôts datant du temps où Kalimpong était un centre du commerce de la laine, l'agence de voyages Snow Lion, l'échoppe du téléphone public, devant chez Ferrazzini, Numéro Un du Fast Food, et le Warm Heart Shawl Shop tenu par deux sœurs tibétaines, puis devant la bibliothèque de prêt de bandes dessinées et les parapluies cassés qui pendaient bizarrement comme des oiseaux blessés autour de l'homme qui les réparait. Le cortège s'arrêta face au commissariat, où les policiers, que l'on voyait d'ordinaire bavarder devant l'entrée, avaient disparu à l'intérieur et verrouillé la porte.

Gyan se souvint des histoires exaltantes du temps où les citoyens s'étaient levés par millions pour réclamer le départ des Britanniques. Il y avait eu là une grande générosité, une grande hardiesse, une noble passion : « L'Inde aux Indiens. Pas d'impôts sans représentation. Pas de participation aux guerres de l'Empire. Pas un homme, pas un sou. À bas le Raj ! » Si un pays avait connu un tel sommet dans son histoire, vécu un aussi grand moment dans son cœur, n'aspirerait-il pas à rééditer l'expérience ?

*

Un homme grimpa sur un banc.

« En 1947, mes amis, les Anglais sont partis en accordant à l'Inde son indépendance, en donnant le Pakistan aux musulmans et un statut spécial aux castes et aux tribus répertoriées, réglant tous les problèmes, mes frères et mes sœurs...

« Sauf le nôtre. SAUF LE NÔTRE. Rien pour les Népalais de ce pays. À cette époque, en avril 1947, le Parti communiste indien avait réclamé la création d'un Gorkhasthan, mais la demande avait été ignorée... Nous sommes ouvriers agricoles dans les plantations de thé, coolies, soldats. Nous autorise-t-on à devenir médecins, fonctionnaires, propriétaires des plantations ? Non ! On nous maintient dans des emplois subalternes. Nous nous sommes battus pour les Britanniques pendant deux siècles. Nous avons combattu durant la Première Guerre mondiale. Nous sommes allés en Afrique de l'Est, en Égypte, dans le golfe Persique. On nous expédiait ici et là, selon les besoins. Nous avons combattu pendant la Seconde Guerre mondiale. En Europe, en Syrie, en Perse, en Malaisie, en Birmanie. Où seraient-ils à l'heure qu'il est sans le courage de notre peuple ? Nous continuons à nous battre pour eux. Quand l'armée a été divisée, au moment de l'Indépendance, certains régiments partant en Angleterre, d'autres demeurant sur place, ceux d'entre nous qui sont restés ont continué à se battre, pour l'Inde cette fois-ci. Nous sommes des soldats, loyaux et courageux. L'Inde ou l'Angleterre n'ont jamais eu de raisons de douter de notre loyauté. Au cours des guerres avec le Pakistan, nous avons dû combattre nos anciens camarades de l'autre côté de la frontière. Que de pleurs cela nous a coûté ! Mais nous sommes des Gorkhas. Des soldats. Notre réputation n'a jamais été mise en cause. Et où est notre récompense ? Avons-nous jamais été dédommagés ? Nous témoigne-t-on le moindre respect ?

« Non ! Aujourd'hui, on nous crache dessus. »

Gyan se souvint de son dernier entretien d'embauche, il y avait plus d'un an de cela : il avait pris le car de nuit pour Calcutta et s'était retrouvé dans un bureau enfoui au cœur d'un bloc de béton et éclairé par les lueurs intermittentes d'un néon qui n'avait jamais réussi à se stabiliser.

Tout le monde avait l'air désemparé, y compris l'homme qui faisait passer les entretiens et qui avait fini par éteindre la lumière tremblotante – « Tension trop basse » – pour continuer dans l'obscurité. « Très bien, nous vous ferons savoir si vous êtes retenu. » Gyan, tâtonnant pour retrouver son chemin dans le dédale de couloirs et émergeant dans la lumière implacable de l'été, savait qu'il ne serait jamais engagé.

« Nous représentons quatre-vingts pour cent de la population, il y a quatre-vingt-dix plantations de thé dans le district... Y en a-t-il seulement une entre les mains d'un Népalais ? demanda l'homme.

« Non.

« Nos enfants peuvent-ils apprendre notre langue à l'école ?

« Non.

« Pouvons-nous prétendre à des emplois qui ont déjà été promis à d'autres ?

« Non.

« Dans notre propre pays, cette terre pour laquelle nous nous battons, nous sommes traités comme des esclaves. Tous les jours, des camions repartent chargés du bois de nos forêts, vendu par des étrangers pour remplir des poches étrangères. Tous les jours, on emporte les pierres du lit de la Teesta, dont d'autres se servent pour construire leurs maisons et leurs villes. Les hommes de peine que nous sommes travaillent pieds nus par tous les temps, maigres comme des clous, pendant qu'ils se prélassent, gros et gras, dans leurs demeures de maîtres, avec leurs femmes plantureuses, leurs comptes en banque bien garnis et leurs enfants obèses qu'ils envoient à l'étranger. Même leurs sièges sont épais. Il faut que nous nous battions, mes frères et mes sœurs, pour obtenir le droit de gérer nos propres affaires. Il faut nous unir sous la bannière du FNLG, le Front national de libération gorkha. Nous construirons des écoles et des hôpitaux. Nous donnerons des emplois à nos fils. Rendrons leur dignité à nos filles qui aujourd'hui transportent de lourds fardeaux sur leurs têtes, cassent des cailloux le long des routes. Nous défendrons notre patrie. C'est ici que nous sommes nés, et nos parents, et nos grands-parents avant nous. Nous conduirons nos affaires dans notre langue. S'il le faut, nous laverons nos poignards ensanglantés dans les eaux ancestrales de la Teesta. *Jai Gorkha !* » L'orateur brandit son poignard, s'entailla le pouce et présenta le membre sanguinolent à la foule.

« *Jai Gorkha ! Jai Gorkha ! Jai Gorkha !* » se mit à scander la foule, qui sentit son sang vibrer, palpiter, bouillonner, à la vue de la main de l'orateur. Trente partisans s'avancèrent et s'ouvrirent le pouce à leur tour pour rédiger avec leur sang une affiche réclamant la création du Gorkhaland.

« Braves soldats gorkhas qui protégez l'Inde, écoutez notre appel, disaient les tracts qui fleurissaient sur les collines. Quittez immédiatement l'armée. Car, une fois à la retraite, vous risquez d'être traités comme des étrangers. »

Le FNLG offrirait des emplois aux siens, des universités, des hôpitaux et mettrait sur pied une armée gorkha de quarante mille hommes.

*

Un peu plus tard, Chhang, Bhang, Owl, Donkey et beaucoup d'autres se retrouvèrent dans la cabane exiguë de l'ancienne cantine de l'armée, sur Ringkingpong Road. Une petite enseigne peinte sur le côté annonçait « Poulet rôti ». Devant l'entrée, un plateau de jeu de *carom* était posé en équilibre sur un baril d'huile, et deux soldats usés, aux vêtements en guenilles et aux jambes arquées, anciens du 8e régiment d'infanterie légère gorkha, s'affrontaient, tandis que les nuages glissaient et tourbillonnaient entre leurs jambes. Les montagnes s'échancraient brusquement et tombaient de chaque côté jusqu'à des buissons de bambou grisaillés par la brume.

L'air se faisait plus froid à mesure que le soir tombait. Gyan, qui s'était retrouvé pris dans le cortège par accident, qui avait crié ses slogans sur un ton mi-facétieux, mi-sérieux, qui avait vécu l'événement à demi, à demi joué un rôle, constatait maintenant que la ferveur l'avait gagné. Fini le cynisme et la gêne. Échauffé par l'alcool, il cédait à l'appel impérieux de l'histoire et sentait son être battre à l'unisson d'une réalité totalement authentique.

Il raconta l'histoire de son arrière-grand-père et de ses grands-oncles : « Vous croyez peut-être qu'ils ont reçu la même pension que les Anglais de rang égal ?

Ils ont combattu jusqu'à la mort, mais ont-ils jamais touché la même solde ? »

La colère amassée dans la cantine applaudit à la sienne, à grand renfort de claques dans le dos. Soudain, tout s'expliquait : son manque d'argent, l'impossibilité dans laquelle il était de trouver un véritable travail, de prendre un avion pour aller faire des études en Amérique, sa honte à l'idée de laisser quelqu'un voir où il habitait. Il repensa à la manière dont il avait éludé la proposition de Sai quand celle-ci avait suggéré qu'elle pourrait aller avec lui rendre visite à sa famille. Par-dessus tout, il comprit pourquoi l'esprit de soumission de son père le mettait hors de lui, et pourquoi il était incapable de parler de cet homme qui se faisait une idée si frileuse du bonheur que ni la cohabitation quotidienne avec cinquante-deux gamins braillards dans sa salle de classe, ni l'éloignement de sa famille, ni la solitude qu'il connaissait dans son travail ne réussissaient à incommoder. Gyan aurait voulu le secouer, mais quelle satisfaction pouvait-on trouver à secouer une chiffe molle ? Entrer en contact avec une personne de ce genre, c'était la garantie de se sentir doublement frustré...

Pendant un moment, tous les faux prétextes dans lesquels il s'était complu, les humiliations qu'il avait subies, l'avenir qui le rejetait – tous ces éléments s'unirent pour former une seule vérité.

Les hommes continuaient à déballer leur rancœur, découvrant, comme le fait tout un chacun dans ce pays à un moment ou à un autre, que les vieilles haines ne sont jamais définitivement ensevelies.

Et quand ils l'eurent déterrée, cette haine leur apparut à l'état pur, d'une pureté qu'elle n'aurait jamais pu avoir auparavant, parce que la douleur liée au passé s'était évanouie. Seule restait la fureur, distillée, libératrice. Elle leur appartenait de droit, pouvait les mener si haut, une véritable drogue. Ils se sentaient planer, assis là sur leur étroit banc de bois, à taper des pieds pour se réchauffer sur le sol de terre battue.

L'atmosphère était à la virilité, et Gyan eut un moment de honte en se remémorant le thé partagé avec Sai sur la véranda, les toasts au fromage, les cookies aux raisins du boulanger et, pire encore, ce petit monde tiède qu'ils partageaient, leur langage enfantin…

Tout cela semblait aller à l'encontre des exigences de l'âge adulte.

Il émit devant ses compagnons l'avis catégorique selon lequel le mouvement gorkha devait choisir la voie la plus dure.

VINGT-SEPT

Le lendemain, Gyan arriva à Cho Oyu agité et de mauvaise humeur, irrité à l'idée d'avoir marché si longtemps dans le froid pour la somme dérisoire que lui versait le juge. Que des gens puissent vivre ici, dans cette immense maison et cette immense propriété, à prendre des bains chauds, à dormir seuls dans des chambres spacieuses, le remplissait de fureur, et il se rappela soudain le dîner de côtelettes et de petits pois bouillis qu'il avait partagé avec Sai et le juge, ainsi que le commentaire de ce dernier : « Le bon sens ne semble pas être ton fort, jeune homme. »

« Tu es bien en retard ! » dit Sai quand elle le vit, et la colère qu'il ressentit était différente de celle qu'il avait éprouvée la veille, lorsque, révolté et paré des couleurs de la guerre, il s'était dressé, derrière en arrière et poitrine en avant, adoptant une pose suffisante et une nouvelle façon de parler. C'était à présent une colère mesquine qui l'agitait, lui fermait l'esprit, le rendait maussade. Jamais auparavant il n'avait ressenti ce genre de contrariété en compagnie de Sai.

*

Pour l'égayer, Sai lui raconta la veillée de Noël...

« Tu sais quoi ? On s'y est repris à trois fois pour enflammer la louche pleine de cognac avant de la verser sur le pudding... »

Gyan ignora la remarque et ouvrit le livre de physique. Ah, si seulement elle se taisait, il n'avait jamais remarqué à quel point elle pouvait être stupide, et il était aujourd'hui trop exaspéré pour supporter tant de bêtise.

À contrecœur, elle reporta son attention sur le manuel ; il y avait bien longtemps qu'ils ne s'étaient pas penchés sur la physique.

« Soit deux objets, l'un pesant... et l'autre..., qui sont lâchés du haut de la tour de Pise, au bout de combien de temps et à quelle vitesse atteindront-ils le sol ?

– Tu es d'humeur bien désagréable », dit-elle, bâillant avec délectation, comme pour suggérer qu'il y avait mieux à faire.

Il fit semblant de ne pas l'avoir entendue.

Puis bâilla à son tour, malgré lui.

Nouveau bâillement de Sai, démesuré comme celui d'un lion, épanoui, béant.

Bâillement de Gyan, en plus maigre, suite à une tentative de répression et de refoulement.

À son tour, elle...

Lui aussi.

Elle (encouragée par cette apparente réconciliation) : « Tu en as assez de la physique ? »

Lui : « Non. Pas du tout. »

Elle : « Alors, pourquoi tu bâilles ? »

Lui : « PARCE QUE J'EN AI ASSEZ DE TOI. VOILÀ POURQUOI. »

Elle (abasourdie) : « ... »

Lui (criant) : « J'en ai rien à faire de Noël ! Pourquoi est-ce que vous fêtez Noël ? Vous êtes hindous, et vous ne fêtez ni l'Id, ni l'anniversaire du guru Nanak, ni même Durga Puja ou Dussehra ou la nouvelle année tibétaine. »

Elle réfléchit un instant. Pourquoi fêter Noël, en effet ? Elle l'avait toujours fait. Pas à cause du couvent, elle avait bien trop détesté l'endroit, mais...

Lui (de plus en plus cinglant) : « Des esclaves, voilà ce que vous êtes, à singer comme ça l'Occident, quitte à vous mettre vous-mêmes dans l'embarras. C'est à cause de gens comme vous qu'on n'arrivera jamais à rien. »

Elle (piquée au vif par le venin de ses paroles) : « Non, ce n'est pas ça. »

Lui : « C'est quoi, alors ? »

Elle : « Si je veux fêter Noël, je le ferai, et si je ne veux pas fêter Diwali, je ne le ferai pas. Il n'y a pas de mal à s'amuser un peu, et Noël est une fête indienne autant qu'une autre. »

Lui (avec un haussement d'épaules, soudain victime de sentiments antilaïques et anti-Gandhi) : « Tu fais bien comme tu veux, je m'en fiche, mais ça prouve à quel point tu es bête. »

Il avait prononcé ces paroles à dessein, impatient de voir la douleur se peindre sur son visage.

Elle : « Pourquoi tu ne rentres pas chez toi si je suis aussi bête que ça ? À quoi ça sert de vouloir me donner des cours ? »

Lui : « Très bien, c'est ce que je vais faire. Tu as tout à fait raison. À quoi ça peut bien servir de te donner des cours ? Tout ce que tu veux, de toute évidence, c'est copier les autres. T'es incapable de penser par toi-même. Copieuse, t'es qu'une copieuse. Mais, tu sais quoi ? Ces gens que tu t'obstines à singer, eh bien, ILS NE VEULENT PAS DE TOI !!!! »

Elle : « Je ne singe personne. »

Lui : « Tu crois peut-être qu'on t'a attendue pour fêter Noël ? Tu vas pas me faire croire que t'es bête à ce point ? »

Elle : « Puisque tu es si malin, comment se fait-il que tu n'aies pas encore été fichu de trouver un travail digne de ce nom ? Tu les rates tous, tes entretiens. Tous, les uns après les autres. »

Lui : *« À cause de gens comme toi ! »*

Elle : « Ah oui, à cause de moi... et tu as le culot de dire que c'est moi qui suis bête ? Mais qui est le plus bête des deux, hein ? Va donc exposer ça devant un juge, et on verra bien qui à son avis est le crétin de service. »

Elle s'empara de son verre, et l'eau se renversa avant qu'elle arrive à le porter à ses lèvres tant sa main tremblait.

VINGT-HUIT

Le juge ressassait sa haine.

*

À son retour d'Angleterre il avait été accueilli par la même fanfare de vieillards que celle qui avait salué son départ, mais cette fois elle était restée invisible en raison des tourbillons de fumée et de poussière soulevés par les pétards lancés sur la voie ferrée au moment où le train entrait en gare. Sifflements et hourras montèrent des deux mille personnes qui s'étaient rassemblées pour assister à cet événement historique et fêter le premier enfant de la communauté à entrer dans l'ICS. Il se retrouva étouffé sous le poids des guirlandes ; des pétales de fleurs se déposèrent sur le bord de son chapeau. Et là-bas, dans une bande d'ombre mince comme une lame de couteau, tout au bout du quai, se tenait quelqu'un qui avait un air vaguement familier ; pas une sœur, ni une cousine, mais sa femme, Nimi, qu'on avait sortie de chez son père, où elle était restée cloîtrée tout ce temps. En dehors de brefs échanges avec ses logeuses et du traditionnel « bonjour » dans les magasins, lui-même n'avait pas adressé la parole à une femme depuis des années.

Elle s'approcha de lui, une guirlande dans les mains. Leurs regards ne se croisèrent pas quand elle la lui passa autour du cou. Lui leva les yeux, elle les baissa. Il avait vingt-cinq ans, elle en avait dix-neuf.

« Si timides, si timides… » La foule ravie était certaine d'avoir été témoin des terreurs de l'amour. (Quel espoir étonnant que celui des spectateurs, qui s'obstinent à penser que l'amour est immortel !)

Qu'allait-il bien pouvoir faire d'elle ?

Il avait oublié qu'il avait une épouse.

Il le savait, bien sûr, mais elle lui était sortie de l'esprit tout comme le reste de son passé, suite de faits qui semblaient ne plus le concerner. Celui-là, pourtant, ne manquerait pas de le suivre, comme les femmes, à l'époque, suivaient leurs maris.

*

Au long de ces cinq années, Nimi s'était souvenue de leur promenade à bicyclette et de son cœur en fête – comme elle avait dû lui apparaître mignonne… Il l'avait trouvée désirable, et elle était prête à apprécier toute personne partageant le même sentiment. Elle fouilla dans la trousse de toilette que Jemubhai avait rapportée de Cambridge et trouva un pot de pommade verte, une brosse à cheveux et un peigne en métal argenté, une houppette en soie dans une boîte de poudre ronde : des bouffées de lavande lui chatouillèrent délicieusement les narines. Les fragrances fraîches et piquantes qui se dégageaient des nouvelles possessions de Jemubhai étaient exotiques à souhait. Piphit sentait la poussière et, de temps à autre, la pluie. Les parfums de Piphit étaient lourds et enivrants comme des narcotiques. Nimi ne savait pas grand-chose des Anglais, et ce qu'elle en savait était fondé sur les quelques bribes de conversation qui pénétraient l'isolement du quartier des femmes, comme le fait que les Anglaises, au club, jouaient au tennis vêtues de leurs seuls sous-vêtements.

« Ce sont des shorts ! dit un jeune oncle.

– Des sous-vêtements », insistèrent les dames.

Au milieu de ces dames maniant une raquette de tennis en petite tenue, comment allait-elle s'en sortir ?

Elle s'empara de la houppette du juge, déboutonna son corsage et se poudra les seins. Elle referma le corsage, et cette houppette, si exotique, si soyeuse, elle la fourra à l'intérieur ; elle était trop grande maintenant pour ce genre de vol enfantin, elle le savait, mais l'envie était trop forte.

*

Les après-midi à Piphit s'éternisaient ; les Patel se reposaient après le repas, dans l'espoir d'effacer la crainte que le temps reste figé à jamais, tous sauf Jemubhai, qui n'était plus habitué, lui, à s'abandonner ainsi.

Il se redressa, s'agita, regarda le dinosaure ailé à bec violet qu'était le bananier, comme s'il le voyait pour la première fois. Tout en lui proclamait qu'il était un étranger : un é-tran-ger. Seul son transit démentait cette impression et lui disait qu'il était chez lui : douloureusement accroupi dans ces cabinets exigus, à écouter craquer ses genoux de gentleman, tout en s'exclamant « Bon Dieu de merde ! », il sentait sa digestion fonctionner de manière aussi efficace que, disons, les moyens de transport britanniques.

Ayant décidé, histoire de s'occuper, de vérifier l'état de ses biens, il s'aperçut de la disparition.

« Où est ma houppette ? s'écria-t-il à l'adresse des femmes de la famille, étendues bras et jambes écartés sur leurs nattes dans l'ombre de la véranda.

– Quoi ? demandèrent-elles, levant la tête et s'abritant les yeux de la lumière aveuglante.

– Quelqu'un a fouillé dans mes affaires. »

Pour tout dire, à ce moment-là pratiquement tout le monde dans la maison avait fouillé dans ses affaires, et personne ne comprit où était le problème. Où était-il allé chercher cette idée qu'il existait des objets personnels ? Pourquoi se formaliser de cette disparition et l'assimiler à un vol ?

« Mais qu'est-ce qui manque ?

– Ma houppette.

– C'est quoi ? »

Il essaya d'expliquer.

« Mais enfin, *baba*, à quoi ça sert ? » Elles le regardaient, perplexes.

« Un machin rose et blanc ? Que tu te passes sur la peau ? Mais pour quoi faire ?

– Rose ? »

Sa mère commença à se faire du souci. « Tu as un problème de peau ? demanda-t-elle, l'air inquiet.

– Ha, ha, s'esclaffa une sœur qui écoutait avec attention, on t'a envoyé à l'étranger pour faire de toi un gentleman, et voilà que tu nous reviens transformé en femmelette ! »

L'excitation grandit, fit tache d'huile, et bientôt arrivèrent des membres du clan Patel domiciliés dans les alentours. Les *kaka kaki masa masi phua phoi*. Les enfants formaient un ensemble terrifiant, un agrégat insécable, sorte de monstre composite aux bras et jambes innombrables qui arriva en faisant la culbute au milieu de la poussière et des hurlements ; des centaines de mains se tendaient au-dessus des centaines de bouches hilares du monstre. Qui avait volé quoi ?

« Il n'a plus sa houppette », annonça le père de Jemubhai, qui semblait penser qu'il s'agissait là d'un objet indispensable à son fils dans l'exercice de ses fonctions.

Ils disaient tous « houppette » en anglais, car, bien

entendu, il n'existait pas de mot gujarati pour désigner cette invention. Leur accent ne faisait qu'ajouter à l'exaspération du juge. *Hau-pit*, on aurait dit le nom d'un plat parsi.

Ils vidèrent l'armoire, en retournèrent le contenu, inspectant tous les objets avec force exclamations, les costumes, les sous-vêtements, les jumelles qui lui avaient permis, au cours d'une représentation de *Giselle*, d'observer les tutus des ballerines exécutant de délicats entrechats dans un déploiement de motifs de pâtisserie et de glaçages de gâteaux.

Mais non, la houppette n'était pas là. Elle n'était pas non plus dans la cuisine, ni dans la véranda. Introuvable, la houppette.

Sa mère interrogea les cousins les plus farceurs :

« Vous l'avez vue ?

– Quoi donc ?

– La *hau-pit.*

– Qu'est-ce que c'est que ça, une *hô-pet* ? *Hau-pit* ?

– Ça sert à protéger la peau.

– À la protéger de quoi ? »

Et de se relancer pour la énième fois dans sa fastidieuse explication.

« Rose et blanc ? Pour quoi faire ? »

*

« Bande d'ignares ! » explosa Jemubhai. Un ramassis de voleurs, d'ignorants, voilà ce qu'ils étaient.

Il avait cru qu'ils auraient le bon goût d'être impressionnés, voire intimidés, par l'homme qu'il était devenu ; au lieu de quoi ils s'esclaffaient.

« Toi, tu sais forcément quelque chose, dit finalement le juge à Nimi d'un ton accusateur.

– Je ne l'ai pas vue. Pourquoi aurais-je dû y faire attention ? » répliqua-t-elle. Son cœur s'emballait sous ses deux seins poudrés de rose et de blanc, et parfumés à la lavande, sous la houppette retour d'Angleterre de son époux.

Le visage de sa femme lui déplut, il y chercha le motif de sa haine, y trouva la beauté, mais ne s'y attarda pas. À une époque ce visage avait été un objet de terreur extrêmement attirant qui lui faisait fondre le cœur, mais aujourd'hui il semblait totalement déplacé. Une Indienne ne saurait jamais être aussi belle qu'une Anglaise.

C'est juste au moment où il se retournait pour s'éloigner qu'il aperçut le corps du délit...

Là, pointant entre les agrafes du corsage, quelques minces filaments soyeux.

« Petite ordure ! » s'écria-t-il, et d'entre ses seins tristes il sortit, comme une fleur pitoyable, comme un cœur éploré qui éclate...

Sa houppette de dandy.

*

« Allez-y, cassez le lit ! » cria une vieille tante en entendant le remue-ménage dans la pièce, et tous se mirent à pouffer de rire avec des hochements de tête approbateurs.

« Bien, elle va se calmer maintenant, dit une autre vieille sur un ton d'expert médical. Cette fille souffre d'un trop-plein d'énergie. »

Dans la pièce, libérée pour l'occasion par tous ceux qui y dormaient habituellement, Jemubhai, le visage poudré de colère, empoigna sa femme par le bras.

Elle se dégagea, et la fureur de son mari ne connut plus de bornes.

Elle qui avait volé, qui l'avait ridiculisé aux yeux de tous. Cette paysanne illettrée. Il essaya à nouveau de l'attraper.

Elle courait partout dans la pièce, et lui la poursuivait.

Elle se précipita sur la porte.

Mais la porte était fermée à clé.

Elle fit une nouvelle tentative.

Sans plus de succès.

C'était la tante qui l'avait fermée... au cas où. Ça n'aurait pas été la première fois qu'une jeune mariée essayait de s'enfuir... On avait même vu des maris tenter de se défiler. Quelle honte, mais quelle honte pour la famille !

Il se rua sur elle, le regard meurtrier.

Elle courut vers la fenêtre.

Il lui barra le chemin.

Sans réfléchir, elle s'empara de la boîte de poudre sur la table à côté de la porte et la lui jeta au visage, terrifiée à l'idée de ce qu'elle était en train d'accomplir, mais la terreur n'avait fait qu'un avec le geste, en une seconde l'irréparable était commis...

La boîte se cassa en deux, la poudre voltigea...

... avant de retomber en pluie.

Enrobé d'un pigment douceâtre plutôt morbide, il l'immobilisa, la culbuta sur le sol, et, tandis que continuait à pleuvoir ce teint de rose parfait, dispersé en millions de particules, pris d'un intense accès de rage et de désir frustrés – sexe se dressant peu à peu, marbré de noir violacé comme par la fureur, tâtonnant à l'aveuglette, finissant par mettre à nu la goulotte dont il avait entendu parler –, il s'enfonça maladroitement en elle.

Un oncle vieillissant, une espèce d'oiseau ratatiné portant *dhoti* et lunettes, qui observait la scène depuis l'extérieur par une fente dans le mur, sentit mûrir son propre désir, et – pof – partit incontinent sautiller tout autour de la cour.

*

Jemubhai fut heureux de pouvoir déguiser son inexpérience, son absence de raffinement, sous le couvert de la haine et de la fureur – c'était là une manœuvre qu'il mettrait à profit sa vie durant dans des domaines divers et variés –, mais Dieu que tout cela était donc grotesque et dégoûtant : rencontre piston-ventouse d'organes pris dans un épouvantable acte d'agression et de consommation ; tressautements avortés aux couleurs d'hématomes, gestes serviles et humiliants ; goulet aigre, frangé de poils ; muscle contracté et ondulations malveillantes de serpent ; relents d'urine et de merde mêlés à l'odeur du coït ; et cette giclée finale, ce jet salé, cet écoulement incontrôlable – tout cela retourna son estomac de civilisé.

Un acte dégradant, qu'il répéta pourtant à l'envi. Même par ennui, sans arrêt, victime d'une habitude qui lui soulevait le cœur. Ce dégoût et l'obstination dont il faisait preuve l'enrageaient encore davantage, et il fut bientôt incapable de résister à toutes les cruautés qu'il pouvait exercer sur elle. Il voulait la soumettre aux mêmes leçons de solitude et d'humiliation qu'il avait lui-même apprises. En public, il ne lui adressait jamais la parole ni ne regardait dans sa direction.

De son côté, elle s'habitua à son expression détachée tandis qu'il s'enfonçait en elle, à ce regard perdu dans le lointain, entièrement préoccupé de lui-même, le regard vide d'un chien ou d'un singe qui copule dans le bazar ; jusqu'au moment où, tout à coup, il semblait échapper à tout contrôle, et son masque glissait de son visage. Quelques instants plus tard, interdisant toute révélation, le masque se remettait en place, et Jemubhai allait passer un temps infini dans la salle de bains à s'activer avec du savon, de l'eau chaude et du Dettol. Il faisait suivre ses ablutions d'une ration médicinale de whisky, comme s'il absorbait un désinfectant.

*

Deux jours de train et de voiture, et le juge et Nimi arrivèrent à Bonda, où, pour 35 roupies par mois, le juge loua à la lisière du quartier habité par les représentants de l'administration un bungalow sans électricité ni eau courante. Il ne pouvait rien s'offrir de mieux tant qu'il n'aurait pas fini de rembourser ses dettes ; nonobstant, il garda un peu d'argent pour engager une demoiselle de compagnie pour Nimi. Une certaine Miss Enid Pott, qui avait tout d'un bouledogue affublé d'un chapeau. Elle avait précédemment été employée comme gouvernante auprès des enfants de Mr Singh, le commissaire, et avait enseigné à ses ouailles à dire *Mam* à leur mère et *Pa* à leur père, leur avait donné de l'huile de foie de morue pour calmer leurs diarrhées et appris à réciter *Nellie Bly*. Une photographie qu'elle gardait dans son sac la représentait avec deux petites filles en maillot de marin, teint très foncé, chaussettes bien tirées, mais visage chagrin.

Nimi n'apprit pas un mot d'anglais – par pure mauvaise volonté, de l'avis du juge.

« Qu'est-ce que c'est ? » lui demandait-il, furieux, en tenant une poire en l'air.

« Et ça ? » disait-il en désignant la saucière qu'il avait achetée d'occasion et sur laquelle un monogramme fort pertinent laissait voir les lettres *JPP* sous un entrelacs de fioritures. Il avait fait son emplette en secret et l'avait mise dans un autre sac pour la rapporter, de façon que ses ambitions mesquines et son esprit d'économie passent inaperçus. *James Peter Peterson* ou *Jemubhai Popatlal Patel*. Ne vous en déplaise.

*

« C'est quoi ? » demanda-t-il en levant la main qui tenait le petit pain.

Silence.

« Tu me donnes le mot, ou tu ne manges pas. »

Silence prolongé.

Il ne remit pas le petit pain sur son assiette.

Plus tard ce même soir, il lui enleva l'Ovomaltine qu'elle goûtait avec réticence. « Si tu n'aimes pas ça, ne le bois pas. »

Il ne pouvait l'emmener nulle part, et il ne sut plus où se mettre le jour où Mrs Singh lui agita le doigt sous le nez en disant : « Où est donc votre femme, monsieur Patel ? Ce n'est pas une histoire de *purdah*, j'espère ? » Tenant à jouer son rôle dans la carrière de son mari, Mrs Singh avait tenté d'imiter cet équilibre, à ses yeux typique de la femme anglaise, entre une vivacité enjouée et un bon sens à toute épreuve ; ce faisant, elle avait réussi à saper le moral de nombre de locaux qui s'enorgueillissaient d'être essentiellement déraisonnables.

*

Nimi n'accompagnait pas son mari quand il partait en tournée, contrairement aux autres épouses, qui allaient à dos de cheval, d'éléphant ou de chameau, ou dans des *palki* soutenus par des porteurs (lesquels, en raison des gros derrières de ces dames, mouraient tous jeunes), tandis que suivaient dans un grand tintamarre les casseroles et les poêles, la bouteille de whisky et celle de porto, le compteur Geiger et le scintillomètre, la boîte de thon et le poulet plus mort que vif. Personne ne lui avait jamais rien dit, au poulet, mais il savait ; au tréfonds de son être était l'attente du couperet.

Nimi était abandonnée à sa solitude à Bonda ; pendant trois semaines chaque mois, elle arpentait la maison et le jardin. Elle avait passé dix-neuf ans chez son père sans jamais quitter la propriété, et elle était toujours incapable de seulement envisager l'idée de franchir une grille. À la seule vue du portail ouvert qui lui aurait permis d'aller et venir à sa guise, elle se sentait très seule. Personne ne se souciait d'elle, sa liberté lui était inutile, son mari négligeait ses devoirs.

Elle montait sur le toit en terrasse dans la langueur courtoise des crépuscules d'été et regardait couler la Jamuna dans un paysage tendrement enveloppé d'un cocon de poussière. Les vaches rentraient ; les cloches tintaient dans le temple ; elle voyait les oiseaux tester un arbre puis un autre avant de s'y réfugier pour la nuit, au milieu de piaillements surexcités semblables à des cris de femme dans un magasin de saris. De l'autre côté du fleuve, au loin, elle apercevait les ruines d'un pavillon de chasse datant de l'empereur moghol Djahängir : quelques arches pâles soutenaient encore des frises sculptées d'iris. Les Moghols étaient descendus des montagnes pour envahir l'Inde, mais, en dépit de leur tempérament guerrier, ils avaient le cœur suffisamment tendre pour regretter la disparition de cette fleur tuée par la trop grande chaleur ; le rêve obsédant de l'iris se retrouvait partout, gravé dans la pierre par des artisans nostalgiques qui voyaient la beauté de ce qu'ils créaient sans l'avoir jamais connue.

La vue de cette scène, évocatrice du flux de l'histoire, emplissait Nimi d'un sentiment de désolation. Elle était totalement en marge de la vie. Des semaines s'écoulaient sans qu'elle parle à personne ; en guise de repas, les domestiques lui flanquaient leurs propres restes sur la table ; ils pillaient impunément les réserves, laissaient la maison aller à vau-l'eau jusqu'à la veille du retour de Jemubhai, moment où les lieux retrouvaient soudain leur lustre, la pendule sa fonction, l'eau ses vingt minutes d'ébullition réglementaires, les fruits leur trempage scrupuleusement minuté dans des solutions de permanganate de potassium. Pour finir, la nouvelle voiture d'occasion de Jemubhai (qui faisait davantage penser à une bonne vieille vache amicale qu'à une automobile) franchissait la grille en hoquetant.

Il pénétrait dans la maison d'un pas vif, et quand il retrouvait une épouse si peu en rapport avec ses ambitions…

… son irritation était à son comble.

Jusqu'aux expressions de son visage qui réussissaient à l'énerver, mais lorsque, peu à peu, celles-ci cédèrent la place à une totale vacuité, ce fut leur absence qui contribua à l'exaspérer davantage.

Qu'allait-il bien pouvoir faire d'elle ? De cette femme dénuée de la moindre initiative, incapable de s'occuper toute seule, une vraie nullité, et pourtant douée d'une présence perturbatrice.

Elle avait été abandonnée à son sort par Miss Enid Pott, qui avait dit : « Nimi semble avoir décidé une bonne fois pour toutes de ne rien apprendre. C'est une vraie *swaraji* que vous avez chez vous, monsieur Patel. Elle refuse de discuter – ce qui permettrait au moins de répondre et d'instaurer une sorte de dialogue – et s'enferme dans son rôle de chiffe molle. »

Et puis il y avait son postérieur d'Indienne – paresseux, large comme celui d'un buffle. Et l'âcreté de ses cheveux huilés qu'il ressentait comme une agression physique.

« Enlève-moi ces babioles ridicules », lui ordonnait-il, exaspéré par le cliquetis de ses bracelets.

« Pourquoi faut-il que tu t'habilles avec autant de mauvais goût ? Du rose avec du jaune ? Tu es complètement folle ! » Il jetait les flacons d'huile pour les cheveux, mais quelque soin qu'elle mît à faire son chignon, ses longs cheveux n'arrêtaient pas de s'échapper. Le juge les retrouvait flottant à travers la pièce, battant l'air ; il en vit même un en train d'étrangler une cryptogame dans son assiette de crème de champignons.

Un jour, il découvrit des empreintes de pied sur l'abattant des toilettes – *ainsi elle s'accroupissait au-dessus de la cuvette, incroyable !* –, et, incapable de contenir son indignation, il lui saisit la tête et la plongea dans la cuvette. Au bout d'un certain temps de pareils traitements, Nimi, rendue quasi infirme par sa détresse, sembla s'éteindre peu à peu, se mit à s'endormir au soleil et à se réveiller au beau milieu de la nuit. Elle avait beau scruter le monde, elle voyait trouble ; elle ne se mettait jamais devant la glace, parce qu'elle n'arrivait pas à s'y voir, et puis, à quoi bon passer du temps à s'habiller et à se coiffer, puisque c'étaient là des activités réservées aux femmes heureuses et aimées ?

Quand Jemubhai la vit les joues couvertes de pustules, il prit la disparition de sa beauté comme un nouvel affront et eut peur d'être contaminé par cette maladie de peau. Il ordonna aux domestiques de tout passer au Dettol afin de tuer les microbes. Il se mit à se poudrer avec un soin particulier à l'aide de sa nouvelle houppe, geste qui lui rappelait immanquablement celle qui avait reposé un moment entre les seins obscènes, aux bouts ronds comme des nez de clown, de sa femme.

« Ne t'avise pas de sortir comme ça, lui dit-il. Les gens risqueraient de fuir en hurlant. » Au bout d'une année, l'épouvante qu'ils éprouvaient à se voir l'un l'autre avait atteint un point tel qu'ils donnaient l'impression d'exploiter un filon d'amertume inépuisable, expérience qui les transportait bien au-delà de la capacité à sentir d'un individu normal. Ils appartenaient à cette émotion bien plus qu'à eux-mêmes, éprouvaient une rage suffisamment solide pour servir à des peuples entiers liés par la haine.

VINGT-NEUF

« Noël ! s'exclama encore Gyan. Quelle idiote tu fais ! »

Au moment où il partait, il entendit Sai qui commençait à sangloter. « Espèce de salopard, cria-t-elle à travers ses larmes, reviens ! Comment peux-tu te conduire aussi mal et t'éclipser après comme si de rien n'était ? »

Le spectacle des dégâts qu'ils avaient causés était épouvantable, et la colère qu'il ressentait commença à l'effrayer quand il vit le visage de Sai à travers l'écran déformant de l'émotion. Il se rendit compte qu'elle ne pouvait à elle seule expliquer ce qu'il ressentait, mais il n'en claqua pas moins la grille derrière lui en partant.

Noël… Il n'en avait jamais rien eu à faire auparavant…

C'était elle qui donnait forme à sa haine, pensa-t-il. C'était par son intermédiaire qu'il en prenait la mesure, sans pouvoir ensuite résister au besoin de l'aiguiser, ne serait-ce que pour y voir plus clair.

Tu n'as donc aucune fierté ? À vouloir ainsi t'occidentaliser. Ils ne veulent pas de toi !!! Va donc les trouver, et tu verras un peu s'ils t'accueillent à bras ouverts. Tu te proposerais bien pour nettoyer leurs toilettes que, même là, ils ne voudraient pas de toi.

*

Gyan retourna à Cho Oyu.

« Écoute, dit-il, je suis vraiment désolé. »

Il lui fallut cajoler.

« Quand même, se conduire aussi mal ! dit Sai.

– Désolé. »

Elle finit malgré tout par accepter ses excuses, soulagée de pouvoir ainsi occulter la constatation suivant laquelle elle n'était pas, pour lui, le centre de leur relation amoureuse. Elle s'était trompée – elle n'en était le centre qu'à ses propres yeux, comme toujours, et ne jouait qu'un petit rôle dans l'histoire de quelqu'un d'autre.

Elle se détourna de cette pensée pour accepter ses baisers.

« Je ne peux pas te résister, voilà le problème... », dit Gyan. Elle se vit en femme fatale et se mit à rire.

Mais la nature humaine est ce qu'elle est. Les baisers, c'était décidément trop guimauve. Quelques instants plus tard, ses excuses avaient perdu toute sincérité, et il s'en voulait furieusement d'avoir cédé.

*

Gyan se rendit à la cantine tandis que le soleil couchant, telle une Kali déchaînée, flamboyait à l'horizon, et, une fois de plus, il entendit l'appel de la pureté. Son entrée dans l'âge adulte exigeait le sacrifice de ces amours ridicules. Il se vit en martyr, et l'idée de se consacrer à une cause sans tache apporta la crainte encore plus grande de la voir polluée. Il était souillé par cette relation, troublé par la facilité avec laquelle cette fille s'abandonnait. Ce n'était pas ainsi qu'on était censé agir. C'était, somme toute, assez répugnant.

Il se souvint du centre de la roue bouddhiste de la vie, pris dans les crocs et les griffes d'un démon pour symboliser l'enfer où nous vivons prisonniers : coq-serpent-cochon ; concupiscence-colère-stupidité ; chacun poursuivant les autres, et tour à tour s'en nourrissant et leur servant de nourriture.

*

Sai, à Cho Oyu, était confrontée elle aussi à la triade désir-fureur-bêtise. Elle essayait de réprimer sa colère, qui n'en continuait pas moins à bouillonner ; de composer avec ses sentiments, qui n'en continuaient pas moins à refuser de plier.

Qu'y avait-il de mal à trouver un prétexte pour une soirée entre amis ? Après tout, si l'on poussait la logique de l'argument à l'extrême, on pouvait tout aussi bien dire qu'il ne fallait pas parler anglais ni consommer de bifteck haché au Hasty Tasty – crimes dont Gyan aurait eu du mal à se disculper. Elle passa un certain temps à mettre ses idées à l'épreuve de celles du garçon, histoire de dévoiler les failles de son raisonnement.

« Petit salaud, dit-elle, s'adressant au vide. Ma dignité vaut cent types comme toi. »

« Pourquoi il est parti si tôt ? demanda le cuisinier ce soir-là.

– Qui sait ? répondit-elle. Mais tu avais raison à propos du poisson et des Népalais. Il n'est pas très intelligent. Plus on étudie ensemble et moins il semble en savoir, et le fait que lui ne sache pas et que moi je m'en aperçoive le rend furieux.

– Je vois », dit le cuisinier, prêt à abonder dans son sens, car il avait lui-même pressenti la bêtise du garçon.

*

À la cantine de Thapa, Gyan raconta à Chhang, Bhang, Owl et Donkey qu'il était obligé de donner des leçons particulières pour gagner un peu d'argent.

Comme il serait heureux d'avoir un vrai travail et de ne plus revoir ces deux faiseurs d'histoires, Sai et son grand-père, avec son faux accent anglais et son visage foncé poudré de blanc et de rose ! Tout le monde éclata de rire dans la cantine quand il se mit à imiter l'accent : « Quels poètes lit-on aujourd'hui, jeune homme ? » Encouragé par leurs « Ha, ha, ha », la langue déliée par l'alcool, il passa tout naturellement à une description de la maison, parla des fusils accrochés au mur et du diplôme de Cambridge, qui, dans leur grande ignorance, ne risquait pas de leur faire honte.

*

Pourquoi ne trahirait-il pas Sai ?

Elle qui était incapable de parler autre chose que l'anglais et le pidgin-hindi, qui ne pouvait avoir de conversation en dehors de son petit cercle.

Elle qui ne savait pas manger avec ses doigts, ni s'accroupir sur le sol en attendant un bus ; qui ne se rendait dans les temples que pour l'intérêt architectural qu'ils pouvaient présenter ; ne mâchait jamais de *paan* et n'avait pratiquement pas goûté les douceurs vendues dans les *mithaishops* parce qu'elles lui donnaient envie de vomir ; elle qui sortait d'un film de Bollywood tellement épuisée par la débauche d'émotions qu'elle rentrait chez elle en titubant et n'avait que la force de s'allonger sur un canapé ; elle qui trouvait vulgaire de se mettre de l'huile dans les cheveux et qui utilisait du papier pour s'essuyer le derrière ; qui était plus à l'aise avec les légumes prétendument anglais, petits pois, haricots verts, petits oignons, et fuyait – fuyait comme la peste – les *loki*, *tinda*, *kathal*, *kaddu*, *patrel*, et autre *saag* du marché[1].

Ils avaient toujours éprouvé de la gêne à manger ensemble – lui décontenancé par ses manières et sa retenue dans le plaisir qu'elle prenait à la nourriture, elle révoltée par son avidité, ses doigts fouillant le *dal*, ses bruits de succion et ses claquements de langue. Le juge utilisait couteau et fourchette même pour manger ses *chapati*, ses *puri* et ses *paratha*[2]. Et insistait pour que Sai, en sa présence, en fasse autant.

*

Gyan restait convaincu qu'elle était fière de ses manières ; peut-être celles-ci n'étaient-elles que la manifestation de sa honte d'être aussi peu indienne, mais elles lui servaient à marquer son statut social. Évidemment. Elles lui permettaient ce petit luxe excitant et pervers consistant à se rabaisser, à se critiquer soi-même tout en obtenant le résultat inverse – *tu n'as pas chuté, tu as connu une élévation mystique.*

1. Dans l'ordre : potirons, cornichons locaux, jaques, aubergines, oreilles d'éléphant, épinards *(NdT)*.

2. Trois variétés de galettes de pain, la dernière frite dans du *ghee* *(NdT)*.

Ainsi donc, dans la fièvre du moment, il avait tout révélé. Il avait parlé des fusils, de la cuisine bien garnie, des bouteilles dans le buffet, de l'absence de téléphone et de tout voisin susceptible d'être appelé à la rescousse.

Mais le lendemain, au réveil, il se sentait à nouveau coupable. Il repensa à la manière dont ils s'étaient étreints l'année précédente dans le jardin, sur l'herbe rêche, au milieu des grands arbres qui déchiquetaient le ciel, sous le mouchetis des étoiles qui luisaient à travers les fougères préhistoriques.

L'amour avait quelque chose de fluide. Il découvrait qu'il n'avait rien de ferme, ne connaissait pas de règles établies ; sorte de gelée flasque qui se prêtait à la trahison, prenait la forme du récipient où on le versait. Et, de fait, il était difficile de se défendre de le verser dans plusieurs récipients à la fois. On pouvait l'utiliser à des fins multiples… Qu'il y eût aussi peu de contraintes dans l'amour commençait vraiment à l'effrayer.

Trente

Tout en s'inquiétant des problèmes grandissants qui se posaient au marché et des ruptures dans l'approvisionnement en raison des grèves, le cuisinier était occupé à mettre dans le ragoût de Mutt un peu de cette viande de buffle qu'il avait de plus en plus de mal à se procurer. Il déballa le morceau enveloppé dans du papier journal trempé de sang, et la terrible pensée lui vint soudain qu'il tenait dans ses mains deux kilos du corps de son fils, aussi mort que le buffle.

Des années auparavant, quand la femme du cuisinier s'était tuée en tombant d'un arbre alors qu'elle cueillait des feuilles pour leur chèvre, tout le monde au village avait dit que son fantôme menaçait d'emporter Biju avec elle, puisqu'elle était morte de mort violente. Les prêtres affirmaient qu'un esprit qui trépassait de cette façon ne pouvait connaître la paix. Sa femme avait toujours été une personne douce et effacée – pour tout dire, c'est à peine s'il se souvenait de l'avoir jamais entendue parler –, mais ils avaient persisté dans leurs affirmations, disant même que Biju avait vu sa mère, apparition transparente dans la nuit, qui essayait de l'agripper dans ses griffes. La famille élargie s'était mobilisée pour se rendre à la poste de la ville la plus proche et envoyer un déluge de télégrammes chez le juge. À l'époque, les télégrammes arrivaient par porteur spécial, lequel courait d'un village à l'autre en agitant une lance et en entonnant d'une voix haut perchée : « Au nom de la reine Victoria, laissez-moi passer », sans savoir que la souveraine était morte depuis longtemps, ni s'en être jamais inquiété.

« Le prêtre a dit que le sacrifice devait être fait à *amavas*, la nuit sans lune la plus sombre du mois. Tu dois sacrifier un poulet. »

Le juge refusa de laisser partir le cuisinier. « C'est de la superstition. Espèce d'idiot. Pourquoi est-ce qu'il n'y a pas de fantômes ici ? Pourquoi n'existeraient-ils pas ici aussi bien que dans ton village ?

– Parce que ici il y a l'électricité, dit le cuisinier. Ils en ont peur, et dans notre village il n'y a pas l'électricité, voilà pourquoi...

– Alors la vie ne t'a rien appris ? dit le juge. Tu habites ici avec moi, tu vas chez un vrai docteur, tu as même appris à lire et à écrire un peu, tu lis le journal de temps en temps, et tout ça pour rien ! Les prêtres continuent à se moquer de toi et te volent ton argent. »

Tollé général de la part des autres domestiques, qui s'empressèrent d'adjurer le cuisinier de ne pas tenir compte des opinions de son employeur et de sauver son fils, car les fantômes existaient bel et bien. « *Hota hai hota hai*, il faut que tu le fasses. »

Le cuisinier alla trouver le juge pour lui raconter que le toit de sa maison avait été encore arraché au cours de la dernière tempête. Le juge abandonna la partie, et le cuisinier partit pour son village.

Et voilà que des années plus tard, il se disait avec angoisse que le sacrifice n'avait peut-être pas marché, qu'il était resté sans effet à cause du mensonge qu'il avait raconté au juge, que l'esprit de sa femme n'avait pas été vraiment apaisé, que l'offrande n'avait pas été correctement enregistrée ou jugée suffisante. Il avait sacrifié une chèvre et un poulet, mais peut-être l'esprit en colère convoitait-il toujours Biju ?

*

La première tentative du cuisinier pour envoyer son fils à l'étranger remontait à quatre ans, au jour où l'agent d'une compagnie organisant des croisières était passé par Kalimpong, dans le but de recruter serveurs, aides cuisiniers, et nettoyeurs de toilettes – tout le personnel de bas étage qui apparaîtrait au dîner de gala clôturant la croisière en costume et nœud papillon, patinant sur la glace, monté sur les épaules les uns des autres, avec un ananas sur la tête et des crêpes flambées sur un plateau.

« Nous procurons des emplois légaux aux États-Unis !! » proclamaient les annonces parues dans le journal local ou collées sur les murs en divers endroits de la ville.

L'homme ouvrit un bureau temporaire dans sa chambre à l'hôtel Sinclair.

La queue qui se forma à l'extérieur faisait le tour de l'hôtel pour revenir devant l'entrée, point où les derniers se retrouvaient mêlés aux premiers, ce qui fut l'occasion de quelques tricheries.

Au nombre de ceux qui eurent la satisfaction de pouvoir entrer en passant devant les autres se trouvait Biju, qu'on avait fait venir à Kalimpong depuis son village natal pour l'occasion, et ce en dépit des objections du juge. Pourquoi Biju ne travaillerait-il pas chez lui quand le cuisinier prendrait sa retraite ?

Biju s'était muni en vue de l'entretien de certaines des fausses lettres de recommandation obtenues par son père, destinées à prouver qu'il venait d'une famille honnête, ainsi que d'une lettre du père Booty attestant sa bonne moralité, et d'une autre, signée, celle-là, par l'oncle Potty, certifiant qu'il faisait les meilleurs rôtis du monde, encore qu'il n'eût jamais rien mangé des mains de ce garçon, pas plus que celui-ci n'avait jamais rien mangé de sa propre fabrication, pour la bonne raison qu'il n'avait de sa vie fait la cuisine.

C'était sa grand-mère qui l'avait nourri et gâté toute sa vie, même si la famille était une des plus pauvres d'un village déjà bien pauvre.

Quoi qu'il en soit, l'entretien fut un franc succès :

« Je suis capable de préparer n'importe quel type de gâteau. Occidental ou indien.

– Mais voilà qui est excellent. Nous avons tous les soirs à bord un buffet avec pas moins de dix-sept desserts. »

Dans un moment de rêve, Biju fut pris et signa sur la ligne en pointillé au bas du formulaire.

Le cuisinier était très fier : « C'est grâce à tous ces gâteaux dont j'avais parlé au garçon… Ils ont un grand buffet tous les soirs sur le bateau, c'est comme un hôtel, ce bateau, vous comprenez, et il fonctionne comme les clubs dans le temps. L'homme qui examinait les candidats a demandé à Biju ce qu'il savait faire, et il a répondu : "Toutes sortes de choses, tout ce que vous voulez. Omelette norvégienne, îles flottantes, biscuit au gingembre."

– Tu es sûr que ce type était régulier ? demanda le gardien du MetalBox.

– Absolument », dit le cuisinier, prenant la défense de l'homme qui avait tant apprécié son fils.

Ils retournèrent à l'hôtel le lendemain soir avec un formulaire médical dûment complété et une traite bancaire de 8 000 roupies destinée à couvrir les frais d'inscription et le coût du stage de formation qui devait avoir lieu à Katmandou, étant donné qu'il leur paraissait tout naturel de payer pour obtenir un emploi. Le recruteur leur signa un reçu pour la traite, vérifia le formulaire médical rempli gratuitement par la doctoresse du bazar, laquelle s'était montrée suffisamment compréhensive pour certifier que la tension de Biju était plus basse qu'elle l'était en réalité, son poids plus élevé, et pour remplir la colonne des vaccinations avec des dates qui auraient été plausibles si Biju avait jamais été vacciné, ce qui n'était pas le cas.

« Il faut que tout soit en règle, sinon les gens de l'ambassade feront des difficultés, et toi, tu n'auras plus aucun recours. » La doctoresse savait de quoi elle parlait, car elle avait elle-même lancé son fils dans ce genre d'expédition quelques années plus tôt. Pour la remercier de ses services, Biju promit d'emporter un paquet de *churbi* aux États-Unis et, une fois là-bas, de le poster à son fils, qui faisait ses études de médecine dans l'Ohio : le garçon avait été pensionnaire dans une école de Darjeeling où il avait acquis l'habitude de travailler en mâchouillant ces petits carrés de fromage très dur.

Quinze jours plus tard, Biju prenait le car pour Katmandou, où il devait faire un stage d'une semaine au siège de l'agence de recrutement.

Katmandou était une ville de temples et de palais en bois sculpté, prise dans un fouillis de béton moderne craquelé qui s'étirait dans la poussière et montait à l'assaut du ciel.

Il chercha en vain les montagnes ; le mont Everest... où était-il donc ? Il traversa de grandes avenues toutes plates pour s'enfoncer dans un dédale de ruelles moyenâgeuses remplies des bruits d'autrefois ; ici des ferblantiers, là des potiers qui mélangeaient de leurs pieds nus l'argile, la paille et le sable ; plus loin, dans un temple dédié à Ganesh, des rats qui mangeaient des sucreries. À un moment, un volet gondolé gravé d'étoiles s'ouvrit sur un visage sorti tout droit d'un conte de fées, d'une pureté éblouissante au milieu de la saleté ambiante, mais quand il se retourna, la jeune fille avait disparu pour être remplacée par une vieille bique toute ridée interpellant une autre vieille qui se rendait au temple, un plateau rempli d'offrandes dans les mains ; puis il fut à nouveau au milieu des blocs de béton, des scooters et des cars. Sur un panneau, une affiche publicitaire pour des sous-vêtements montrait un slip kangourou géant renflé au bon endroit et barré en travers de la bosse d'un entrelacs de lettres noires : « Interdit aux pickpockets ». Des touristes étrangers rigolards se faisaient prendre en photo devant le panneau. À l'angle d'une rue, derrière un cinéma, se trouvait une petite boucherie dont la porte s'ornait d'une frise de pattes de poulet jaunes. Un homme était dehors, les mains dégoulinantes de sang au-dessus d'une cuvette d'eau couleur rouille ; le numéro inscrit à côté de la porte correspondait à celui de l'adresse qu'avait Biju dans sa poche : 223, bâtiment A, rez-de-chaussée, derrière le cinéma Pun.

« Encore un ! » cria l'homme en direction de l'arrière-boutique, où plusieurs employés se débattaient avec une chèvre récalcitrante qui venait d'apercevoir le cœur d'une congénère oublié sur le sol.

« Tu t'es fait avoir, dit le boucher en riant. Il y a tellement de gens qui veulent partir aux États-Unis. »

Après avoir ligoté la chèvre, les hommes sortirent en s'esclaffant, le maillot maculé de sang. « Quel idiot tu fais ! On n'a pas idée d'aller donner de l'argent comme ça. Tu sors d'où ? Le monde est fait de quoi, à ton avis ? De criminels, mon vieux ! De criminels ! Va donc déposer une plainte au commissariat. Ils se bougeront pas pour autant, note bien… »

Avant que le boucher tranche la gorge de la chèvre, Biju l'entendit l'abreuver d'injures, histoire de se mettre en condition : « Salope, putain, connasse, *sali* ! » Puis il l'attira vers lui et lui régla son compte.

Une créature, il faut d'abord l'injurier un bon coup avant de pouvoir la détruire.

Tandis que Biju, abasourdi, restait planté là à se demander quoi faire, ils dépecèrent l'animal et le suspendirent tête en bas pour qu'il se vide de son sang.

*

La deuxième tentative que fit Biju pour partir en Amérique prit la forme d'une demande pure et simple d'un visa de tourisme.

Un homme de son village s'y était repris quinze fois et, à la seizième, avait fini par l'obtenir.

« Ne renoncez jamais, avait-il conseillé aux garçons du village. À un moment ou à un autre, votre chance viendra. »

« C'est l'ambassade amrikene ? demanda Biju à un gardien devant l'imposante façade.

– *Amreeka nehi, bephkuph*. C'est l'ambassade US ! »

Un peu plus loin : « Elle est où, l'ambassade amrikene ?

– Juste là, dit l'homme en se retournant pour montrer le même bâtiment.

– Mais ça, c'est l'ambassade US.

– C'est pareil, dit l'homme avec un mouvement d'humeur. Vaudrait mieux t'enfoncer ça dans le crâne avant de monter dans l'avion, *bhai*. »

Devant le bâtiment campait depuis plusieurs jours, semblait-il, une foule de gens déguenillés. Des familles entières venues de villages éloignés qui mangeaient ce qu'elles avaient apporté ; certains n'avaient pas de chaussures, d'autres simplement des sandales en plastique fendillées ; tous dégageaient l'antique odeur de transpiration d'une errance sans fin. Une fois à l'intérieur, c'était climatisé, et l'on pouvait attendre sur des rangées de sièges-baquets orange qui tremblaient sur toute la longueur si quelqu'un s'avisait d'agiter les genoux.

*

Prénom : Balwinder.
Nom de famille : Singh.
Autres noms : …

Qu'est-ce qu'on pouvait bien mettre là ?

Les diminutifs, dit quelqu'un, et chacun d'écrire, confiant : « Guddu, Dumpy, Plumpy, Cherry, Ruby, Pinky, Chicky, Micky, Vicky, Dicky, Sunny, Bunny, Honey, Lucky… »

Après un instant de réflexion, Biju inscrivit : « Baba. »

« Formulaires de demande ? Qui veut des formulaires ? criaient les vendeurs qui passaient sur leurs rickshaws à moteur. Photos d'identité ? Qui veut des photos d'identité ? Campa Cola, Campa Cola pas cher ! »

Il arrivait que tous les papiers sans exception dont s'étaient munis les demandeurs soient faux : certificats de naissance, carnets de vaccinations, offres de soutien financier. Il y avait un très bon endroit pour se procurer ce genre de documents, où l'on trouvait des employés par centaines assis par terre, jambes croisées, devant leurs machines à écrire, prêts à vous fournir les tampons et les formules officielles adaptés à toutes les démarches possibles et imaginables…

« Comment est-ce qu'on peut trouver autant d'argent ? » Quelqu'un dans la file d'attente s'inquiétait de voir sa demande rejetée en raison de la maigreur de son compte en banque.

« Mon pauvre, t'as aucune chance si c'est tout ce que t'as, dit un autre en riant après s'être retourné et avoir regardé sans se gêner l'autre compter ses billets. Tu sais pas ce qu'y faut faire ?

– Non, quoi donc ?

– Toute ma famille, expliqua-t-il, des oncles de partout, Dubaï, la Nouvelle-Zélande, Singapour, ont versé de l'argent sur le compte de mon cousin à Tulsa, la banque a fourni le relevé de l'opération, que mon cousin m'a envoyé avec une lettre notariée de soutien financier, et après il a réexpédié l'argent là d'où il venait. Autrement, comment veux-tu trouver les sommes qu'ils demandent, hein ? »

Le haut-parleur invisible diffusa une annonce : « Tous les demandeurs de visa sont priés de se présenter au guichet 7 pour retirer un numéro d'ordre. »

« Quoi, quoi, qu'est-ce qu'il a dit ? » Biju, comme la moitié des présents dans la salle, n'avait pas compris, mais à voir ceux qui se précipitaient dans la même direction, tout heureux de pouvoir prendre une longueur d'avance, il n'eut pas de mal à savoir ce qu'il devait faire. Se cracher dans les mains et partir au pas de charge ; tous se ruèrent vers le guichet au milieu des cris, essayant de se plaquer suffisamment sur la vitre pour qu'on ne puisse plus les en décoller ; les jeunes jouaient brutalement des coudes, écartant de leur chemin les grand-mères édentées, foulant aux pieds les bébés. L'heure n'était pas aux bonnes manières, et la file se forma ainsi : en tête les hommes seuls, le visage farouche, puis les chargés de famille, suivis des femmes seules et de Biju, et en queue les décrépits. La première place était allée au plus brutal ; il fallait le voir, content de lui et souriant, qui s'époussetait et se présentait avec des grâces félines. Je suis civilisé, monsieur, prêt pour les États-Unis, je suis civilisé, madame. Biju remarqua que ses yeux, si pleins de vie pour les étrangers, se voilaient dès qu'il les tournait vers ses compatriotes, avant de s'éteindre complètement.

Certains seraient acceptés, d'autres refusés, sans qu'il soit jamais question de justice. À quoi tiendrait la décision ? Un simple caprice ; un visage qui ne revient pas : avec quarante-cinq degrés à l'ombre, il y avait de quoi ne supporter aucun Indien ; ou peut-être, tout bêtement, le fait qu'étant juste derrière quelqu'un qui venait d'être accepté vous aviez toutes chances d'essuyer un refus. Il tremblait à l'idée de ce qui pouvait prédisposer ces gens à la sévérité. Mais il se disait aussi que, selon toute vraisemblance, ils étaient plutôt détendus et compréhensifs en début de journée, et que ce n'était qu'après avoir affronté tous ces crétins et ces enquiquineurs, avec leurs mensonges et leurs histoires à dormir debout, et leur désir de rester là-bas qu'ils avaient du mal à dissimuler sous leurs solennelles promesses de retour, qu'ils finissaient par accueillir systématiquement toutes les demandes d'un feu nourri de Non ! Non ! NON ! NON ! NON !

D'un autre côté, ceux qui étaient maintenant parmi les premiers se prenaient à penser que, au début, frais et dispos, les préposés aux guichets pourraient se montrer plus enclins à vérifier leurs documents de près et à chercher des incohérences dans leurs histoires... À moins qu'ils aient la perversité de commencer par refuser, histoire de se faire la main pour la suite des opérations.

Pas moyen de sonder l'esprit et le cœur de ces impressionnants personnages, et Biju se mit à observer avec soin les guichets pour voir s'il n'arriverait pas à tirer un enseignement du comportement de ceux qui trônaient derrière. Certains semblaient plus aimables, d'autres plus méprisants ; certains se montraient très pointilleux ; avec d'autres c'était l'échec assuré, car ils renvoyaient tous leurs clients les mains vides.

Ce serait bientôt au tour de Biju d'affronter son destin. Il restait là à se dire : « Aie l'air assuré comme si tu n'avais rien à cacher. Sois clair et ferme dans tes réponses et regarde l'autre dans les yeux pour lui montrer que tu es sincère. » Mais quand on est au bord de l'hystérie, si plein d'angoisse et de violence rentrée, on ne peut donner une impression de calme et de sincérité qu'en étant hypocrite. Si bien que, honnête ou malhonnête, l'air hypocritement sincère, il lui faudrait se tenir devant la vitre à l'épreuve des balles, tout en continuant à répéter les réponses aux questions qui allaient lui être posées et pour lesquelles il devait avoir des parades toutes prêtes.

« De combien d'argent disposez-vous ? »

« Pouvez-vous nous prouver qu'une fois là-bas vous ne chercherez pas à rester ? »

Biju observait toujours, tandis que les questions étaient posées avec un aplomb à toute épreuve, un regard fixe et pas le moins du monde embarrassé – bizarre tout de même quand on posait des questions aussi directes et personnelles. Debout devant le guichet et conscient de l'énorme dose de mépris qu'il devait susciter, il lui faudrait répondre avec intelligence, mais en toute humilité. S'il bafouillait, en faisait trop, se montrait trop sûr de lui, s'embrouillait, s'ils n'obtenaient pas rapidement et sans peine ce qu'ils voulaient, c'en était fait de lui. Dans cette salle, il était acquis que les Indiens étaient prêts à subir toutes les humiliations pour entrer aux États-Unis. On aurait pu les traiter de tous les noms, les traîner dans la boue qu'ils n'en auraient pas moins continué à supplier qu'on les laisse entrer, fût-ce en rampant…

*

« Quel est le motif de votre visite ? »

« Qu'est-ce qu'il faut dire, qu'est-ce qu'il faut dire ? entendait-on chuchoter dans la file.

– Et si on disait qu'un *hubshi* a fait irruption dans le magasin et a tué notre belle-sœur, et que maintenant on veut aller à l'enterrement ?

– Ça, je vous le déconseille. » Celui qui avait parlé avait déjà fait un an d'études d'ingénieur à l'université de Caroline du Nord et était là pour le renouvellement de son visa ; il savait, lui, que ce n'était pas une bonne idée.

Mais les autres couvrirent sa voix de leurs protestations. Il n'avait pas la cote.

« Et pourquoi on dirait pas ça ?

– Là, vous allez trop loin. C'est un cliché. Ils vont trouver ça louche. »

Mais ils ne voulurent rien entendre. C'était un fait connu de tout le monde : « C'est toujours les nègres qui font ce genre de choses.

– Mais oui, absolument, renchérirent quelques voix. C'est bien connu. » Ces nègres qui vivent comme des singes dans les arbres, pas comme nous autres, qui sommes des gens civilisés...

C'est alors qu'ils furent sidérés de voir cette Afro-Américaine derrière son guichet. (Bon sang, si les Américains acceptaient ces gens-là, nous, les Indiens, ils ne pouvaient que nous accueillir à bras ouverts, non ? Ils allaient être sacrément contents de nous voir !)

Las ! Plusieurs candidats du début de la file venaient déjà de se faire rejeter. L'inquiétude de Biju redoubla quand il vit une femme se mettre à hurler, folle de douleur, et se démener comme une épileptique. « Ces gens refusent de me laisser partir, ma fille vient juste d'avoir un bébé et ils refusent de me laisser partir, je ne peux même pas voir mon petit-fils, ces gens... je vais en mourir... ils veulent pas me laisser voir à quoi ressemble mon petit-fils... » Les agents de la sécurité se précipitèrent pour l'entraîner le long du couloir aseptisé qui empestait les désinfectants.

*

L'homme à l'histoire de meurtre commis par un *hubshi* fut précisément envoyé vers l'employée noire. Des singes, ces nègres ? Il essayait de réfléchir à toute vitesse – non, décidément les préjugés ordinaires de l'Indien, ce dégoût et cette grossièreté, n'avaient plus rien à faire ici –, et son histoire s'effondrait dans sa tête.

« Mexicain, t'as qu'à dire mexicain, lui souffla celui qui était derrière lui.

– Mexicain ? »

Il arriva devant le guichet, affichant pour la circonstance une attitude pleine de courtoisie. « Bonjour, m'dame. (Mieux valait ne pas mettre cette *hubshi* en colère, *yaar* – il avait une si grande envie d'émigrer aux US qu'il était même capable de se montrer poli avec des Noirs.) Oui, m'dame, quelque chose comme ça, Mexicain-Texicain, j' sais pas au juste », dit-il à la femme qui l'épinglait de son regard de lépidoptériste. (Mexicain-Texicain ???) « J' sais pas, m'dame, reprit-il en se tortillant sur place, c'est quéque chose comme ça que mon frère a dit, mais, vous savez, il était tellement secoué, j'ai pas voulu demander plus de détails.

– Non, nous ne pouvons pas vous délivrer de visa.

– Mais pourquoi, m'dame, si vous plaît, m'dame, j'ai déjà acheté le billet... »

Et ceux de la file d'attente qui avaient de grandes maisons, des vies confortables, connaissaient le luxe des jeans, de l'anglais, des voitures avec chauffeur attendant dehors pour les reconduire dans des rues ombragées, des cuisiniers obligés de se passer de leur sieste parce qu'ils allaient devoir servir un déjeuner tardif (quelque chose de léger... un gratin de macaronis...), ceux-là, dans l'intervalle, essayaient de se démarquer de cette foule dépenaillée. Par leur comportement, leur habillement, leur accent, ils s'efforçaient de faire comprendre aux employés de l'ambassade qu'ils constituaient un groupe présélectionné, numériquement restreint, d'individus formatés pour le voyage à l'étranger, initiés au maniement de la fourchette et du couteau, qui en savaient assez pour ne pas roter à table et ne pas grimper sur le siège des toilettes pour s'y accroupir, comme étaient justement en train de le faire toutes ces femmes de la campagne qui n'avaient jamais vu de lieux d'aisances de ce genre, et qui se rinçaient le derrière avec de l'eau versée de très haut, inondant le sol de filaments d'excréments détrempés.

« Je suis déjà allé plusieurs fois à l'étranger et je suis toujours revenu. Regardez mon passeport. » Angleterre, Suisse, Amérique. Même la Nouvelle-Zélande. Une fois à New York, ils se gaveraient des derniers films sortis, de pizzas, boiraient du vin californien, du vin chilien aussi – très bon, le chilien, vous savez, et d'un prix tout à fait raisonnable. Plus on était chanceux, plus on avait de la chance.

Biju s'avança vers le guichet qui lui avait été attribué et dans lequel s'encadrait le visage d'un jeune homme à lunettes, bien propre sur lui. Les Blancs avaient l'air propre parce qu'ils étaient plus blancs ; plus on est foncé, pensa Biju, et plus on a l'air sale.

« Pourquoi voulez-vous partir ?

– Je voudrais partir comme touriste.

– Pouvez-vous prouver que vous reviendrez ?

– Ma famille, ma femme et mon fils sont ici. Et mon magasin.

– Quel genre de magasin ?

– De photos. » L'autre allait-il vraiment avaler ça ?

« Où allez-vous habiter ?

– Chez mon ami, à New York. Il s'appelle Nandu, voici son adresse si vous voulez la voir.

– Et pour combien de temps ?

– Quinze jours, si c'est possible. » (S'il vous plaît, s'il vous plaît, un jour, un seul. Ça me suffira pour ce que je veux faire...)

« Vous avez de quoi couvrir vos frais de voyage et de séjour ? »

Il produisit un faux relevé bancaire que s'était procuré le cuisinier auprès d'un employé de banque véreux en échange de deux bouteilles de Black Label.

« Vous payez à la caisse qui se trouve là au coin et vous pourrez retirer votre visa après 17 heures. »

Comment ? Il n'arrivait pas à y croire.

Un homme à qui il avait parlé et qui attendait encore dans la file l'interpella d'une voix perçante :

« Tu as réussi, Biju ? Biju, tu as réussi ? Biju ? *Biju !* »

En entendant ce cri de paon passionné, Biju eut le sentiment que l'homme était prêt à mourir pour lui, mais son désespoir, bien entendu, était tout entier centré sur lui-même.

« Oui, j'ai réussi.

– Tu es bien le garçon le plus chanceux que je connaisse. »

*

Le garçon le plus chanceux du monde alla dans un parc se repaître de la nouvelle en toute tranquillité. Des eaux d'égout arrosaient un carré d'herbe luxuriante et puante, scintillant de tous ses brins dans le crépuscule. Biju délogea du caniveau une rangée de cochons au ventre barré de traînées d'eau noires et les pourchassa en exultant. « Hop, hop ! » criait-il. Les corbeaux qui étaient perchés jusqu'ici sur le dos des cochons se précipitèrent dans un envol indigné, forcés de revenir à leur point de départ. Un joggeur en survêtement s'arrêta pour observer la scène, le chauffeur qui l'attendait en se brossant les dents avec une brindille de *neem* en fit autant. Biju courut après une vache. « Hop, hop. » Il bondit par-dessus les massifs de fleurs, sauta sur les barres d'exercices et se mit à faire des tractions et des extensions.

*

Le lendemain, le garçon le plus chanceux du monde envoya un télégramme à son père, sachant qu'il serait le père le plus heureux du monde. Il ignorait, bien sûr, que Sai serait elle aussi transportée de joie. Que, le jour où il était venu à Kalimpong pour ce malheureux entretien avec le recruteur de la compagnie de navigation, elle avait été fortement ébranlée de découvrir que le cuisinier avait une famille à lui, et que c'était à celle-ci qu'il pensait d'abord. Si son fils était dans les parages, il ne ferait plus guère attention à elle. Elle n'était qu'un substitut, celle à qui il donnait son affection faute d'avoir Biju auprès de lui, le seul qui comptât vraiment.

« Youpi ! s'était-elle écriée quand elle avait su pour le visa. Hip hip hip, hourra ! »

*

Au Gandhi Café, un peu plus de trois ans après avoir obtenu son visa, le garçon le plus chanceux du monde dérapa sur une branche d'épinard pourrie dans la cuisine d'Harish-Harry, partit dans une glissade verdâtre et gluante qui se termina dans un petit craquement. Son genou ! Impossible de se relever.

« Tu peux faire venir un docteur ? demanda-t-il à Harish-Harry quand Saran et Jeev l'eurent aidé à s'allonger sur son matelas au milieu des légumes.

– Un docteur ! Mais tu sais combien ça coûte, les soins médicaux dans ce pays ?!

– C'est arrivé chez toi. C'est toi qui es responsable.

– Responsable, moi ? » Harish-Harry abaissait un regard furieux sur son employé. « Tu glisses dans la cuisine, et alors ? Si tu glisses dans la rue, à qui tu vas aller te plaindre, hein ? » Il avait laissé ce garçon s'imaginer des choses. Il s'était montré trop gentil avec lui, et Biju s'était mépris sur le compte de ces longues soirées pendant lesquelles il avait partagé les états d'âme de son patron, essayant de recoller les morceaux grâce aux axiomes favoris d'Harish-Harry lui-même. « Je te prends chez moi. Je t'engage sans papiers, je te traite comme mon propre fils, et voilà comment tu me remercies ! Et je te demande pas un sou de loyer ! En Inde, tu crois qu'ils te paieraient ? Tu veux me dire quels droits tu as ? C'est ma faute peut-être si vous êtes même pas capables de nettoyer par terre ? C'est toi qui devrais me payer, oui, pour laisser les lieux dans cet état et vivre comme un porc. Est-ce que je t'ai jamais dit de vivre comme un porc ? »

Rendu brave et acculé à une franchise quasi animale par la douleur qui lui déchirait le genou, Biju tourna vers Harish-Harry un regard dur et un visage débarrassé de son masque ; en cet instant, ses vrais sentiments faisaient surface.

« Sans nous qui vivons comme des porcs, dit-il, il en serait où, ton commerce ? C'est comme ça que tu t'engraisses sur notre dos, à nous payer une misère parce que tu sais qu'on peut pas protester, à nous faire travailler jour et nuit parce qu'on est des clandestins ? Pourquoi est-ce que tu nous aides pas à obtenir notre carte verte en te portant garant ? »

Explosion volcanique.

« Comment veux-tu que je fasse ? Si je me porte garant pour toi, faudra que je le fasse pour Rishi, et si j'aide Rishi, y faudra que j'aide Saran, et après lui Jeev, et puis après il y aura Mr Lalkala qui viendra me dire : "Mais c'est moi qui suis le plus ancien ici, qui ai le meilleur travail, je devrais être prioritaire." Je peux pas faire d'exception. Il faudrait que j'aille à l'immigration et que je leur dise qu'un citoyen américain peut pas faire ce boulot. Et ça, y faudrait que je le prouve, t'imagines ? Et que je prouve que j'ai passé une annonce dans les offres d'emplois. Sûr qu'ils viendraient fourrer leur nez ici, qu'ils fouineraient partout et poseraient des tas de questions. Et vu comme ils voient les choses, c'est toujours le proprio qui finit en taule pour avoir engagé des clandestins. Si t'es pas content, t'as qu'à partir, là, tout d' suite. Et t'iras trouver quelqu'un pour t'aider à l'obtenir, ton permis de travail. Tu sais pas que je peux te remplacer du jour au lendemain ? Mais, mon pauvre, t'as pas idée de la chance que t'as !!! Tu sais combien y en a qui cherchent un boulot dans cette ville ? Des milliers, des dizaines de milliers. J'ai qu'à faire ça, moi, pour te remplacer. (Claquement de doigts à l'appui.) Ouais, j'ai qu'à claquer des doigts, et ils arrivent par centaines, les mecs. Disparais, j' veux plus t' voir, t'entends ! »

Dans la mesure où Biju était incapable de marcher, c'est Harish-Harry qui dut quitter les lieux. Il remonta, puis redescendit, d'humeur plus conciliante – c'était toujours comme ça avec lui, l'ouragan passait vite.

« Écoute, dit-il d'un ton apaisant, est-ce que j'ai jamais été injuste avec toi ? Je suis pas un mauvais bougre, dis ? Pourquoi tu m'attaques, Biju, alors que je prends pas mal de risques pour toi ? Qu'est-ce que tu peux me demander de plus ? Mais ces risques-là, je peux pas les prendre. » Il sortit de l'argent de son portefeuille et compta 50 dollars. « Tiens, allez. Pourquoi tu te reposerais pas un peu ? Tu peux aider à éplucher les légumes en restant couché, et si tu te sens pas mieux, t'as qu'à rentrer au pays. En Inde, les docteurs sont bons et pas chers. Fais-toi soigner comme il faut, et après tu pourras toujours revenir. »

La lumière matinale dessinait une modeste forme géométrique sur le sol, un petit losange qui tombait par le soupirail. « Vilain garçon ! » dit Harish-Harry en agitant le doigt, comme s'il s'agissait d'une plaisanterie. La forme géométrique commença à perdre de sa clarté, se fit changeante, avant de s'échapper en se coulant le long des murs.

Repartir.

Revenir.

Quelqu'un dans une des cuisines où avait travaillé Biju avait dit : « Ça ne peut pas être aussi dur que ça, sinon vous ne seriez pas aussi nombreux ici. »

Mais dur, ça l'était bel et bien, et ça ne les empêchait pas d'être aussi nombreux. C'était terriblement, terriblement dur. Ils étaient des millions à risquer leur peau, à connaître l'humiliation, la haine, à perdre leur famille – et pourtant ils étaient toujours aussi nombreux.

Harish-Harry le savait pertinemment. Alors, comment pouvait-il dire « Rentre chez toi, et puis reviens » aussi facilement et d'une voix aussi onctueuse ?

« Vilain garçon, va..., dit-il à nouveau quand il rapporta à Biju des *prasad* du temple du Queens. Nous causer tous ces problèmes et ces soucis ! »

Dans ce cadeau Biju savait qu'il ne devait rien voir d'autre que de simples offrandes consacrées. C'était un leurre, une vieille pratique indienne de maître à serviteur, le geste paternaliste du patriarche s'assurant la loyauté du personnel ; à côté de salaires de misère, de temps à autre une boîte de friandises, un cadeau généreux...

Biju resta donc sur son matelas à regarder à travers le soupirail le soleil glisser sur la rangée des immeubles d'en face. Sous quelque angle que l'on regardât cette ville privée d'horizon, on voyait toujours plus d'immeubles monter comme des lianes dans la jungle, aspirant à la lumière, obligeant une pénombre perpétuelle à se tasser à leur pied, filtrant le jour à travers leur labyrinthe et le condamnant à s'immiscer dans les appartements en éclats furtifs et strictement minutés : visite d'un rayon cuivré entre 10 heures et midi peut-être, ou 10 heures et 10 h 45, ou 14 h 30 et 15 h 45. Comme dans les endroits pauvres où le luxe est loué, partagé, et passe de main en main, le moment de la visite était enregistré et attendu avec impatience par les chats, les plantes, les vieilles personnes aussi, qui pouvaient alors s'asseoir un instant avec la lumière sur les genoux. Lumière trop brève, pourtant, pour être d'un véritable secours, et relevant davantage d'un beau souvenir que d'une présence réelle.

*

Au bout de quinze jours, Biju pouvait à nouveau marcher, à condition de s'aider d'une canne. Quinze jours de plus et la douleur avait disparu, mais pas, bien entendu, le problème toujours latent de la carte verte. Qui, lui, continuait à le rendre malade.

Ses papiers, ah, ses papiers ! Cette carte verte, cette foutue carte verte, cette saloperie *machoot sala oloo ka patha chaar sau bees* de carte qui n'était même pas verte. Jour et nuit elle dansait dans sa tête, lourdement, gauchement, dans son habit rosâtre ; il ne pensait à rien d'autre, et il lui arrivait de vomir, effondré comme un ivrogne sur la cuvette des WC qu'il étreignait à pleines mains, se vidant le gosier dans son goulet. Et toujours arrivaient des lettres de son père, qui le faisaient d'abord pleurer, mais déchaînaient sa colère quand il les lisait.

« Je t'en prie, aide Oni... Je te l'ai déjà demandé dans ma dernière lettre, mais tu n'as pas répondu... Il est allé à l'ambassade et les Américains l'ont trouvé très bien. Il devrait arriver dans un mois... Tu pourrais peut-être l'héberger jusqu'à ce qu'il déniche quelque chose... » Biju, qui faisait des cauchemars, commença à grincer des dents la nuit et se réveilla un beau matin avec une dent fendue en deux.

« Tu fais un bruit de bétonnière, se plaignit Jeev. Entre tes grincements de dents et les rats qui détalent, j'arrive pas à dormir, moi. »

Une nuit, Jeev se réveilla et coinça un rat dans la poubelle en métal où l'animal était en train de fourrager.

Se servant d'essence à briquet, il y mit le feu.

« Tu vas la fermer, fils de pute, crièrent des voix au-dessus d'eux. Tête de con. Bordel de merde. Enculé. Trou du cul. Nique ta mère. » Une pluie de bouteilles de bière s'abattit autour d'eux.

*

« Demande-moi le prix de n'importe quelle paire de chaussures dans tout Manhattan, et je te dirai où elles sont le moins cher. »

Saeed Saeed, encore lui. Comment faisait-il pour surgir comme ça, n'importe où, à tous les coins de rue ?

« Vas-y, demande.

– Je sais pas.

– Écoute-moi bien, vieux, dit-il d'un ton bienveillant mais ferme. T'es ici maintenant, plus dans ton pays. Si tu t'en donnes la peine, tu peux obtenir tout ce que tu veux. » Son anglais s'était bien amélioré maintenant qu'il avait comme livres de chevet *Oubliez vos soucis et dites bonjour à la vie* et *Comment bien vivre à deux*.

À ce stade, il possédait vingt-cinq paires de chaussures ; certaines n'étaient pas à sa pointure, mais il les avait achetées quand même, pour leur seule beauté.

Biju avait recouvré l'usage de sa jambe.

Et si ça n'avait pas été le cas ?

Inutile d'épiloguer, il remarchait.

Peut-être, peut-être bien, malgré tout, qu'il rentrerait. Pourquoi pas ? Par dépit envers lui-même, pour contrarier son destin, réjouir ses ennemis, ceux qui tenaient à le voir partir d'ici et ceux qui jubileraient de le voir revenir... Oui, il rentrerait peut-être bel et bien au pays.

Pendant que Saeed collectionnait les chaussures, Biju passait son temps à s'apitoyer sur son sort. La vue d'un insecte mort dans un sac de basmati en provenance de Dehra Dun lui fit monter les larmes aux yeux, et, soudain sentimental, il évoqua ce long voyage qui lui rappelait le sien. En Inde, personne ou presque ne pouvait s'offrir ce riz, il fallait faire le tour du monde pour manger ce genre de choses là où elles étaient suffisamment bon marché pour qu'on puisse s'en gaver même quand on n'était pas riche ; une fois rentré dans les pays qui les produisaient, on ne pouvait plus se les payer.

« Reste là-bas aussi longtemps que tu pourras, avait dit le cuisinier. Reste là-bas. Gagne de l'argent. Ne reviens pas ici. »

Trente et un

On était en mars, et le père Booty, l'oncle Potty, Lola, Noni et Sai s'entassaient dans la Jeep de la Laiterie suisse pour se rendre au Gymkhana Club de Darjeeling, où ils voulaient changer leurs livres de bibliothèque avant que s'aggravent les troubles qui agitaient la région.

C'était quelques semaines après le vol des fusils à Cho Oyu, et un plan d'action avait été récemment concocté à Ghoom :

Barrages routiers destinés à paralyser l'activité économique et à empêcher que les arbres des collines et les pierres des vallées fluviales partent pour les plaines. Tous les véhicules seraient contrôlés.

Le 13 avril, journée de deuil en commémoration des atrocités commises contre les Népalo-Indiens.

Grève générale de trois jours en mai.

Pas de célébration des fêtes nationales. Pas plus de

journée de la République que de l'Indépendance, ou d'anniversaire de la naissance de Gandhi.

Boycott des élections, avec le slogan suivant : « Nous refusons d'habiter cet État du Bengale-Occidental qui n'est pas le nôtre. »

Non-paiement des impôts et non-remboursement des prêts (pas bête, ça).

Destruction par le feu du traité indo-népalais de 1950.

Népalais ou non, chacun était encouragé à (en fait tenu d') apporter sa contribution en achetant des calendriers et les cassettes audio des discours de Ghising, le chef du FNLG à Darjeeling, et de Pradhan, le leader de la région de Kalimpong.

Chaque famille – bengalaise, lepcha, tibétaine, bouthanaise, népalaise, sikkim, bihari, marwari ou autre au milieu de ce fouillis – était priée (tenue, en fait) de fournir un représentant mâle à chaque défilé et d'être présente d'une façon ou d'une autre lors de l'autodafé du traité indo-népalais.

En cas de désobéissance, ils le sauraient, et alors… personne n'avait envie de les voir finir la phrase à votre place.

*

« Où est passé ton derrière ? » demanda l'oncle Potty au père Booty au moment où celui-ci montait dans la Jeep.

Il examina son ami d'un œil critique. Une mauvaise grippe avait tellement amaigri le père Booty que ses vêtements semblaient pendre sur un volume concave. « Ton derrière a disparu ! »

Le prêtre s'assit sur une bouée gonflable, car son arrière-train décharné était particulièrement douloureux quand il voyageait à bord de cette Jeep inconfortable, qui marchait au gasoil et n'était qu'un assemblage rudimentaire de barres et de plaques métalliques, doté d'un moteur primaire et d'un pare-brise étoilé par les cailloux qui giclaient des routes défoncées. Elle avait beau avoir vingt-trois ans d'âge, elle roulait encore, et le père Booty se plaisait à dire qu'aucun véhicule sur le marché ne lui arrivait au châssis.

L'arrière de la Jeep était occupé par les parapluies, les livres, les dames et plusieurs roues de fromage que le père Booty devait livrer au Windamere Hotel et au couvent Notre-Dame-de-Lorette, où l'on consommait son produit le matin sur des toasts, à quoi s'ajoutait un fromage supplémentaire destiné au restaurant Glenary au cas où il arriverait à convaincre l'établissement d'abandonner l'Amul – entreprise dans laquelle il devait échouer. Le directeur croyait en effet dur comme fer que, quand un produit arrivait directement d'une usine, dûment estampillé, quand de surcroît il faisait l'objet d'une campagne de publicité nationale, il était forcément de meilleure qualité que tout ce qu'avait à proposer le fermier du coin, un cul-terreux douteux possesseur d'une vache tout aussi douteuse.

« Mais ce fromage est fabriqué par des fermiers locaux, vous n'avez pas envie de leur venir en aide ? argumentait le père Booty.

– Contrôle de qualité, mon père, objectait l'autre, produit connu aux quatre coins du pays, marque de fabrique, respect de la clientèle, critères d'hygiène internationaux. »

Le père Booty ne perdait pas espoir, malgré tout, et filait à travers la campagne printanière, au milieu des fleurs et des créatures animales parées de leurs plus beaux atours et diffusant leurs phéromones à tous les vents.

Le jardin du couvent Saint-Joseph respirait une telle fécondité que Sai se demanda, quand ils passèrent devant, si les sœurs n'en étaient pas éperdues. De grands lis blancs, largement ouverts, exposaient leurs anthères gluantes de pollen ; des insectes traversaient le ciel en une folle sarabande, bzz bzz ; et des papillons amoureux, vert concombre, se poursuivaient de l'autre côté des vitres de la Jeep et s'enfonçaient dans les vallées d'un bleu marine profond, les raffinements de l'amour et de la cour amoureuse visibles même parmi les créatures les plus infimes.

*

Gyan et Sai… elle pensait à leurs rencontres, à leur dispute au sujet de Noël, cette horreur qui tranchait si nettement sur le souvenir qu'elle gardait du passé.

Elle se rappelait son visage niché dans son cou, bras et jambes enchevêtrés, ventres, doigts, un instant ici, puis là, à tel point qu'en voulant embrasser sa peau à lui, elle se retrouvait parfois en train d'embrasser la sienne.

« Jésus arrive », proclamait un panneau sur les contreforts destinés à prévenir les glissements de terrain, tandis qu'ils descendaient en piqué vers la Teesta.

« Pour se faire hindou », avait ajouté quelqu'un à la craie, en dessous.

Le père Booty trouva le propos très drôle, mais son rire cessa net quand ils passèrent devant le panneau publicitaire de l'Amul.

Le fromage au cœur de beurre...

« *Du plastique !* s'écria-t-il. Comment osent-ils encore parler de beurre et de fromage ? Ça n'a plus rien à voir. Leur truc, on pourrait s'en servir d'enduit hydrofuge ! »

*

Lola et Noni agitaient la main par la portière de la Jeep. « Bonjour, madame Thondup. » Mrs Thondup, qui appartenait à une famille de l'aristocratie tibétaine, était assise devant chez elle avec ses filles Pem Pem et Doma, vêtues de *baku* traditionnels aux couleurs de pierres précieuses et de corsages de soie claire subtilement brodés des huit signes propices du bouddhisme. Les deux filles, qui fréquentaient le couvent de Lorette, étaient censées sympathiser avec Sai – ainsi du moins en avaient décidé les familles au début –, mais n'en avaient aucune envie. Des amies, elles en avaient déjà. À revendre. Et puis, cette fille était un peu bizarre.

« Quelle élégance ! » s'exclamaient toujours Lola et Noni quand elles voyaient Mrs Thondup, car elles aimaient les aristocrates, tout comme elles aimaient les paysans ; c'était l'entre-deux qu'elles trouvaient déplaisant : la classe moyenne dont l'armée pléthorique se profilait à l'horizon.

C'est pourquoi elles ne saluèrent pas Mrs Sen, qui sortait de la poste. « Ils n'arrêtent pas de supplier ma fille – à genoux encore – de prendre sa carte verte », dit Lola, imitant leur voisine. Elle ment comme une arracheuse de dents...

Elles agitèrent à nouveau la main quand elles croisèrent les princesses afghanes, assises dans des fauteuils en rotin au milieu d'azalées en fleur, qui, en dépit de leur blancheur virginale, étaient aussi provocantes que d'affriolants dessous féminins. De la maison leur parvint l'odeur caractéristique du poulet.

« C'est de la soupe ? » cria l'oncle Potty, déjà affamé, le nez tremblant d'excitation. Il n'avait pas eu le temps de prendre son petit déjeuner habituel, une omelette fourrée aux restes de la veille.

« De la bonne soupe, oui ! »

Ils saluèrent ensuite les orphelins de l'école du révérend Graham, qui jouaient dans la cour de récréation

– des enfants d'une beauté si angélique qu'on aurait pu les croire déjà morts et montés au ciel.

Des soldats arrivèrent au petit trot, au milieu des courses amoureuses des papillons et des embardées colorées, bleu, rouge, orange, des libellules prisonnières de la sévère géométrie de leurs accouplements. Les hommes suaient et soufflaient, leurs jambes maigres perdues dans des shorts ridiculement larges : comment une armée pareille pourrait-elle jamais défendre l'Inde contre les Chinois qui étaient si près, là, juste de l'autre côté des montagnes, à Nathu-La ?

Depuis les cuisines du mess parvenaient les rumeurs d'un végétarisme envahissant.

Lola rencontrait souvent de jeunes officiers qui n'étaient pas seulement végétariens, mais aussi buveurs d'eau. Même parmi les plus hauts gradés.

« Moi, je pense que pour être dans l'armée, on devrait au moins manger du poisson, dit-elle.

– Pourquoi ? demanda Sai.

– Pour tuer, il faut être carnivore, sinon tu es condamné à servir de gibier. Regarde un peu la nature : les cerfs, les vaches. Nous sommes des animaux après tout, et pour être le plus fort, il faut connaître le goût du sang. » Mais l'armée avait cessé d'être une armée de type britannique pour devenir une vraie armée indienne. Jusque dans le choix de la couleur. Ils passèrent devant le Striking Lion's Club, repeint en rose layette.

« Bof, dit Noni, ils doivent en avoir assez de cette

couleur boueuse qui recouvrait tout et n'importe quoi. »

« PLACE AUX FLEURS » pouvait-on lire sur un grand panneau voisin, dans le cadre de la campagne d'embellissement de l'armée, même si c'était le seul endroit de la colline à ne pas en avoir une seule.

*

Ils s'arrêtèrent pour laisser passer deux jeunes moines qui franchirent le portail d'une grande maison récemment acquise par leur ordre.

« L'argent de Hollywood, dit Lola. Il fut un temps où les moines étaient reconnaissants à l'Inde d'être le seul pays à les accueillir ! Maintenant, ils nous méprisent. Ils pensent que les Américains vont les emmener à Disneyland. Ils peuvent toujours courir.

– Mon Dieu, ils sont tellement beaux ! s'exclama l'oncle Potty. Qui donc voudrait les voir partir ? »

Il se souvint du jour où lui et le père Booty s'étaient rencontrés pour la première fois... leurs yeux admiratifs posés sur le même moine au marché... le début d'une grande amitié...

« Les gens n'arrêtent pas de plaindre ces pauvres Tibétains, poursuivit Lola, mais ce sont des brutes ; c'est à peine si un dalaï-lama a réussi à survivre, ils ont tous été zigouillés avant leur heure. Ce Potala à Lhassa... le dalaï-lama actuel doit remercier le ciel tous les jours d'être en Inde plutôt que là-bas, meilleur climat et, soyons francs, meilleure nourriture. Bonnes boulettes de mouton bien grasses.

– Mais lui, il est forcément végétarien, intervint Noni.

– Ces moines ne sont pas du tout végétariens. Tu as déjà vu des légumes pousser au Tibet, toi ? Et puis, Bouddha est mort parce qu'il aimait trop le porc.

– Quelle situation absurde ! dit l'oncle Potty. Une armée végétarienne et des moines qui s'empiffrent de viande… »

*

Ils filaient au milieu des *sal* et des *pani saaj*, au son d'une cassette de Kiri te Kanawa, dont la voix s'élevait du fond de la vallée pour aller flotter autour des cinq pics du Kanchenjunga.

« Parlez-moi plutôt de la Callas, dit Lola. Y a pas mieux que la vieille génération. Un Caruso vaut dix Pavarotti. »

Au bout d'une heure, ils avaient pénétré dans la densité tropicale d'un air lourd et chaud stagnant au-dessus de la rivière, et peuplé de concentrations encore plus grandes de papillons, de coléoptères et de libellules. « Ce serait drôlement agréable de vivre ici, non ? » dit Sai en montrant la maison de vacances du gouvernement, avec sa vue, au-delà des berges sablonneuses et herbeuses, sur la Teesta au cours impatient…

Puis ils s'élevèrent à nouveau dans les pins et l'air pur au milieu des paillettes d'une pluie dorée. « La pluie des bourgeons, *metok-chharp*, dit le père Booty. Signe de bon augure au Tibet, pluie et soleil en même temps. » Assis sur sa bouée, un sourire béat sur le visage, il regardait les bourgeons luisants à travers les vitres fendues.

*

Pour faire face à l'accroissement soudain de la population, le gouvernement avait récemment passé un décret autorisant la construction d'un étage supplémentaire sur toutes les maisons de Darjeeling ; le poids représenté par cette surcharge de béton avait accéléré l'affaissement des bâtisses et multiplié les glissements de terrain. La ville, quand on l'approchait, faisait penser à une immense décharge, le sommet pointé vers le ciel mais la base mouvante, si bien qu'on avait l'impression d'un plan de cinéma figeant dans un moment précis une longue chute. « Darjeeling a vraiment dégringolé la pente, dirent avec satisfaction ces dames, qui n'entendaient pas l'expression uniquement dans un sens littéral. Vous vous rappelez à quel point la ville était agréable ? »

Le temps qu'ils trouvent un endroit où se garer, deux roues dans le caniveau d'une ruelle derrière le bazar, l'affirmation avait été amplement confirmée, et leur suffisance s'était transformée en aigreur quand ils descendirent de voiture au milieu des vaches qui mâchaient des pelures de fruits, et enjambèrent des rigoles déversant un liquide pestilentiel sur la chaussée pour se retrouver dans les embouteillages de la rue du marché. Ajoutant à la confusion et au vacarme ambiants, les singes couraient en bondissant sur les toits en tôle au-dessus de leurs têtes. Mais juste au moment où Lola s'apprêtait à faire un nouveau commentaire sur la décadence de Darjeeling, les nuages s'écartèrent, et apparut soudain l'énorme silhouette du Kanchenjunga... stupéfiante ! Là, si près qu'on aurait pu le toucher : huit mille cinq cent quatre-vingt-six mètres. Au loin, on apercevait le triangle faussement discret de l'Everest.

Une touriste se mit à crier aussi généreusement que si elle venait d'apercevoir une pop star.

*

L'oncle Potty les abandonna. Il n'était pas venu à Darjeeling pour le plaisir de changer des livres, mais dans le but de se procurer suffisamment d'alcool pour tenir pendant la durée des troubles. Il avait déjà raflé tout le stock de rhum des boutiques de Kalimpong et, avec les quelques cartons supplémentaires qu'il trouverait ici, il serait prêt à affronter le couvre-feu et les ruptures d'approvisionnement en alcool que ne manqueraient pas d'entraîner les grèves et les barrages routiers.

« Il ne lit pas beaucoup, dit Lola d'un ton réprobateur.

– Si, des bandes dessinées », corrigea Sai. Il faisait une grosse consommation d'*Astérix*, *Tintin*, et aussi de la série *Believe It or Not*, dans les WC, et il ne s'estimait pas au-dessus d'une telle littérature, bien qu'il eût étudié les langues à Oxford. Ces dames le supportaient en raison de son éducation, mais aussi parce qu'il venait d'une famille bien connue de Lucknow et avait appelé ses parents « Mère » et « Père ». Mère avait été une telle beauté en son temps qu'on avait donné son nom à une variété de mangue : la Haseena. « C'était une flirteuse notoire », dit Lola, qui le tenait de quelqu'un, lequel le tenait d'une tierce personne qui avait entendu parler de saris glissant sur l'épaule, de corsages très échancrés et de bien d'autres choses... Après s'être donné du bon temps, Mère avait épousé un diplomate du nom d'Alphonso (qui serait aussi, bien sûr, celui d'une nouvelle variété supérieure de mangue). Haseena et Alphonso avaient célébré leur mariage en achetant deux chevaux de course, Gengis Khan et Tamerlan, qui avaient un jour fait la une du *Times of India*, avant d'être revendus en même temps qu'une résidence londonienne à deux pas de Marble Arch. Quant à Père et Mère, vaincus par la guigne et une époque en mutation, ils avaient fini par se réconcilier avec l'Inde et se réfugier discrètement dans un ashram, mais cette triste extinction de leur énergie légendaire, leur fils refusait de l'accepter.

« Quel genre d'ashram ? lui avaient demandé Lola et Noni. Avec quel type d'enseignement ?

– Privation de nourriture, privation de sommeil, s'était lamenté l'oncle Potty, suivies d'une donation. Affaiblissement et démoralisation en règle, si bien que vous finissez par supplier Dieu à grands cris de vous sauver. » Il aimait à raconter l'épisode qui l'avait vu introduire en fraude dans ce milieu strictement végétarien – même l'ail et l'oignon étaient interdits sous prétexte qu'ils échauffaient le sang – un morceau de viande rôtie provenant d'un cochon sauvage qu'il avait abattu après l'avoir surpris en train de fouiller dans son carré d'ail. La viande exhalait l'arôme du dernier repas de l'animal. « Je peux vous dire que Père et Mère en ont léché leurs assiettes ! »

Ils convinrent de se retrouver pour le déjeuner : l'oncle Potty, les restes de la fortune familiale en poche, se rendit au magasin de spiritueux, tandis que les autres continuaient leur chemin jusqu'à la bibliothèque.

*

La bibliothèque du Gymkhana Club était une salle mal éclairée aux allures de morgue, où flottait l'odeur musquée, si douceâtre et forte qu'elle était à peine supportable, des vieux livres. Les titres des ouvrages avaient depuis longtemps disparu dans les ondulations des couvertures gondolées ; certains livres n'avaient pas été touchés depuis cinquante ans et se délitaient au moindre contact, répandant des lamelles de colle semblables à des fragments chitineux d'insectes morts. Les pages portaient les empreintes en pointillé de fougères depuis longtemps désintégrées et étaient creusées par les termites de galeries qui évoquaient une installation de plomberie. Le papier jauni dégageait un relent légèrement acide et s'effritait en une mosaïque de fragments à peine perceptibles au toucher, ailes de papillon translucides au seuil de la poussière éternelle.

On y trouvait des collections reliées du *Himalayan Times*, « le seul hebdomadaire de langue anglaise à couvrir le Tibet, le Bhoutan, le Sikkim, les plantations de thé de Darjeeling et les collines des Douars », et l'*Illustrated Weekly*, qui avait un jour publié un poème sur une vache, œuvre du père Booty.

Bien entendu, la bibliothèque avait *Les Pavillons lointains* de Mary M. Kaye et *Le Quatuor indien* de Paul Scott, mais Lola, Noni, Sai et le père Booty s'accordaient à dire qu'ils n'aimaient pas les auteurs anglais qui écrivaient sur l'Inde ; c'était à vous retourner l'estomac ; délire et fièvre allaient de pair, d'une manière ou d'une autre, avec les temples, les serpents, les amours perverses, les effusions de sang et les fausses couches ; rien qui reflétât la vérité. Les Anglais écrivant sur l'Angleterre, voilà ce qui leur plaisait : P. G. Wodehouse, Agatha Christie, la campagne anglaise et les remarques sur les crocus qui, cette année-là, étaient en avance, et, surtout, les romans décrivant la vie de château. Quand on les lisait, on avait l'impression de se retrouver en train de regarder un film dans la salle climatisée du British Council à Calcutta, que Lola et Noni avaient souvent fréquenté quand elles étaient jeunes filles : la musique fluide des violons vous entraînait le long de l'allée, la porte du manoir s'ouvrait, et un majordome sortait avec un parapluie, car, bien entendu, il pleuvait toujours ; et le premier aperçu que l'on avait de la maîtresse des lieux était le bout de sa chaussure qui pointait par la porte ouverte ; à la seule vue de ce pied, on était tout heureux de pouvoir d'ores et déjà prévoir son air hautain.

La bibliothèque comptait aussi d'innombrables récits de voyages en Inde, dans lesquels revenaient, livre après livre, la scène d'arrivée tardive dans un gîte d'étape, le cuisinier improvisant un repas dans une cuisine enfumée et noircie ; Sai se rendit compte que son arrivée à Kalimpong dans des circonstances analogues n'était qu'un épisode de plus dans une longue série et n'avait rien d'original. C'était la répétition qui l'avait créée, l'avait prévue, l'avait maudite, et ils étaient tous les produits de décisions prises longtemps auparavant : Sai, le juge, Mutt, le cuisinier, et même la voiture en purée dans l'assiette de Sai.

En parcourant les rayons, Sai ne s'était pas seulement située dans l'histoire, mais avait lu *Lepchas, le peuple disparu*, de A. R. Foning, qui lui avait révélé son ignorance des premiers occupants de la région.

Les Lepchas, les Rong pa, ce peuple des sommets, adeptes de la religion Bon, qui croyaient que les premiers Lepchas, Fodongthing et Naozongnyo, avaient été créés à partir de la neige sacrée du Kanchenjunga.

Il y avait aussi James Herriot, ce drôle de vétérinaire, Gerald Durrell, Sam Pig et Ann Pig, l'ours Paddington, et Scratchkin Patchkin qui vivait comme une feuille dans le pommier.

Et puis :

> Le gentleman indien respectueux de lui-même ne doit pas pénétrer dans un compartiment réservé aux Européens, ou aux femmes. Même si vous avez acquis les habitudes et les manières d'un Européen, ayez le courage de montrer que vous n'avez pas honte d'être indien, et, dans toutes les circonstances de ce genre, identifiez-vous à la race à laquelle vous appartenez.
>
> H. Hardless,
> *Guide de l'étiquette à l'usage du gentleman indien.*

Elle fut surprise de se sentir envahie par la colère. Il n'était pas sage de lire les vieux livres ; car la fureur qu'ils provoquaient n'était pas vieille, elle, mais toute neuve. Faute de pouvoir mettre la main sur ce vieux schnock suffisant, elle serait bien allée à la recherche des descendants de H. Hardless pour les zigouiller. Puis elle essaya de se raisonner en se disant que l'enfant n'est pas responsable des crimes de son père.

Mais l'enfant devait-il pour autant profiter des gains illicites du père ?

*

Sai préféra écouter discrètement Noni qui parlait de *Crime et Châtiment* avec la bibliothécaire : « D'un côté j'ai été terriblement impressionnée par le roman, disait-elle, mais de l'autre totalement déroutée par ces idées chrétiennes de confession et de pardon, qui contribuent à charger la victime elle-même du poids du crime ! Si rien ne peut effacer le délit, pourquoi devrait-on effacer le péché ? »

Pareil système semblait favoriser le criminel aux dépens de l'innocent. On pouvait mal se conduire, puis dire qu'on le regrettait, et avoir ensuite le plaisir d'être réhabilité et de recouvrer le même statut que l'innocent, qui, lui, devait tout à la fois subir les conséquences du délit et affronter les difficultés du pardon, sans espoir de profit d'aucune sorte. Et puis, comment ne pas se sentir plus libre que jamais de pécher quand on connaissait l'existence d'un tel dispositif de sécurité : « Pardon, pardon, je regrette sincèrement… » ?

On pouvait lâcher de telles paroles comme de tendres oisillons.

La bibliothécaire, qui était la belle-sœur de la doctoresse qui les soignait à Kalimpong, répondit : « Nous autres, hindous, disposons d'un meilleur système.

L'individu a ce qu'il mérite, et il ne peut échapper à ses actes. Et au moins on a des dieux qui ressemblent à des dieux ! Raja Rani, par exemple. Pas comme ce Bouddha ou ce Jésus… des vrais va-nu-pieds.

– Mais nous aussi, nous nous trouvons des excuses, rétorqua Noni. Pas dans cette vie, disons-nous, mais dans d'autres, peut-être…

– Les pires, intervint Sai, c'est ceux qui croient que les pauvres doivent crever de faim parce que, s'ils ont des difficultés, c'est à cause des méfaits qu'ils ont commis dans des vies antérieures… »

D'une manière ou d'une autre, on se retrouvait toujours les mains vides. Il n'existait aucun système capable d'atténuer les injustices du monde ; la justice était sans envergure : si elle était capable de faire arrêter un voleur de poules, les crimes graves moins visibles, il lui fallait les passer sous silence, pour la bonne raison que, s'ils étaient identifiés et reconnus, ils menaceraient d'effondrement l'édifice tout entier de notre pseudo-civilisation. Pour les crimes touchant aux traitements monstrueux infligés à un pays par un autre, pour ceux perpétrés sans témoin dans l'intimité partagée par deux personnes, pour ces crimes-là les coupables ne paieraient jamais. Aucune religion, aucun gouvernement n'en atténuerait jamais l'horreur.

*

Un moment, leurs paroles furent noyées par les clameurs d'une manifestation en bas, dans la rue. « Qu'est-ce qu'ils disent ? demanda Noni. Ils crient quelque chose en népalais. »

Elles regardèrent par la fenêtre un groupe de garçons défiler avec des pancartes.

« Ça doit être encore les Gorkhas.

– Mais qu'est-ce qu'ils disent ?

– Ce n'est pas fait pour qu'on les comprenne, dit Lola. C'est juste pour faire du bruit, *tamasha*.

– Eh oui, ils passent leur temps à défiler dans un sens, puis dans l'autre..., ajouta la bibliothécaire. Il suffit de quelques dégénérés qui rameutent tous les illettrés et les bons à rien... »

*

L'oncle Potty les avait à présent rejoints, après avoir déposé ses provisions de rhum dans la Jeep, et le père Booty émergeait des rayons sur le mysticisme.

« Et si on mangeait ici ? »

Ils se rendirent à la salle à manger du club, mais elle était déserte, et sur les tables les assiettes et les verres retournés signalaient que le restaurant n'était pas ouvert.

Le directeur sortit de son bureau, l'air défait.

« Vraiment désolé, mesdames. Nous avons des problèmes de liquidités, et nous avons dû fermer la salle à manger. Il est de plus en plus difficile de maintenir les choses en état. »

Il s'interrompit pour saluer quelques étrangers. « Vous partez en excursion ? À une époque, tous les rajas venaient à Darjeeling, le raja de Koch Bihar, celui de Burdwan, de Purnia... Ne manquez pas le monastère de Ghoom...

– Ces touristes doivent vous laisser de l'argent, non ? »

Le Gymkhana avait commencé à louer des chambres pour assurer sa survie.

« De l'argent ? Vous plaisantez... Ces gens-là ont tellement peur qu'on profite d'eux qu'ils marchandent tout, même les chambres les moins chères... Et pourtant, tenez, regardez, dit-il en leur montrant une carte postale qu'un couple avait laissée à la réception pour qu'on la poste : "Avons superbement dîné pour 4,5 dollars. Incroyable comme la vie est bon marché dans ce pays !!! Voyage merveilleux, mais nous serons contents de rentrer chez nous, où, pour être tout à fait franc (désolé, mais nous n'avons jamais fait partie des politiquement corrects), on peut se procurer du déodorant partout..." Et dire que ce sont là les derniers touristes ! On devrait s'estimer heureux de les avoir. Cette agitation politique va les faire fuir pour de bon. »

Trente-deux

Dans un angle de la salle à manger du Gymkhana Club, décoré de bois de cerfs et de peaux d'animaux mangées aux mites, planait encore le fantôme de la dernière conversation qui avait réuni le juge et son seul ami, Bose.

C'était la dernière fois qu'ils s'étaient vus. La dernière fois que la voiture du juge avait franchi le portail de Cho Oyu.

Et la première fois qu'ils se revoyaient en trente-trois ans.

*

Bose avait levé son verre. « Au bon vieux temps, avait-il dit avant de boire. Aaahhh, notre lait maternel. »

Il avait apporté une bouteille de Talisker pour qu'ils la partagent, et, sans surprise, c'était lui qui était à l'origine de la rencontre. Cela se passait un mois avant l'arrivée de Sai à Kalimpong. Il avait écrit au juge qu'il serait au Gymkhana. Pourquoi celui-ci s'y était-il rendu ? Dans le vain espoir d'anesthésier ses souvenirs ? Par curiosité ? Il s'était dit finalement que s'il rencontrait Bose là-bas, c'était pour éviter de le voir débarquer à Cho Oyu.

*

« Il faut bien reconnaître que nous avons les meilleures montagnes du monde, dit Bose. Tu as déjà escaladé le Sandak Fu ? Ce type, Micky – tu te souviens de lui ? un vrai crétin –, il avait voulu faire l'ascension avec des chaussures neuves, et le temps qu'il arrive au camp de base, il avait tellement d'ampoules qu'il a été obligé de s'arrêter là, et sa femme Mithu – tu te souviens d'elle ? une fille bien, pleine d'énergie –, elle est montée jusqu'au sommet, elle, avec aux pieds des espèces de sandales de plage.

« Tu te souviens de Dickie, avec son pardessus en tweed et sa pipe en cerisier, celui qui se donnait des airs de lord anglais et qui disait des trucs comme : “Regardez cette lumière... neigeuse... floconneuse... hivernale...”, etc. ? Il avait un enfant retardé et ne l'a pas supporté... il a fini par se suicider.

« Tu te souviens de Subramanium ? Sa femme, un vrai tonneau, aussi large que haute... Il se consolait avec la secrétaire, une Anglaise, mais sa femme n'a pas tardé à le mettre dehors en gardant tout le fric... et une fois l'argent disparu, la British en a fait autant. Elle a trouvé un autre type à plumer... »

Bose rejeta la tête en arrière pour laisser échapper un grand rire, et dans l'opération son dentier lui sortit de la bouche. Il baissa précipitamment la tête pour le rattraper et le remettre en place. La soirée avait à peine commencé que le juge était déjà mal à l'aise à l'idée du spectacle qu'ils présentaient : deux vieillards chenus dans un coin de la salle, anciens piliers du salon de thé Fitzbillies à Cambridge, au milieu de tapis nattés abîmés par l'eau, et sous la menace de la tête grimaçante d'un ours empaillé, vidée de la moitié de son rembourrage et en passe de se décrocher. Des guêpes avaient fait leur nid dans les crocs de l'animal et les mites pullulaient dans sa fourrure, laquelle avait aussi attiré des tiques, qui, venues se fourrer là en croyant trouver à se nourrir, avaient fini par mourir de faim. Au-dessus de la cheminée, là où, à une époque, on pouvait voir un portrait du roi et de la reine d'Angleterre en tenue de couronnement, était maintenant accroché un portrait de Gandhi, décharné, toutes côtes déployées. Peu propice à ouvrir l'appétit ou à suggérer le confort pour un club, pensa le juge.

Il reste qu'on pouvait imaginer l'atmosphère qui avait dû régner jadis en ces lieux, les planteurs en chemise empesée parcourant des kilomètres à cheval dans le brouillard, basques relevées dans les poches de leurs redingotes, pour se retrouver autour d'un potage à la tomate. Étaient-ils sensibles à l'incongru de la chose quand ils jouaient de petits airs avec leurs couverts ou dansaient sur une toile de fond célébrant les sports sanguinaires et la brutalité ? Dans les registres, dont les volumes étaient conservés à la bibliothèque, les massacres étaient consignés d'une écriture à l'équilibre parfait et à la délicatesse toute féminine, qui semblait suggérer sensibilité et bon sens. Seulement quarante ans plus tôt, une partie de pêche dans la Teesta pouvait rapporter jusqu'à cinquante kilos de *mahaseer*. Mark Twain avait tué treize tigres sur son chemin entre Calcutta et Darjeeling. Mais les souris, elles, n'avaient pas été éliminées, et elles grignotaient les tapis et se promenaient un peu partout pendant que les deux hommes conversaient.

« Tu te souviens de la fois où je t'ai emmené acheter un pardessus à Londres ? Tu te souviens de cette horreur que tu portais ? Tu avais tout d'un clodo. Et ta façon de dire *Guigly* au lieu de *Jheelee* ? Tu t'en souviens ? Ha ha ha. »

Le cœur du juge s'emplit d'une humeur venimeuse : comment cet homme osait-il lui parler ainsi ? Était-ce là la raison pour laquelle il avait fait le voyage : se faire mousser, rabaisser le juge et réaffirmer une position de supériorité passée de façon à pouvoir se respecter aujourd'hui ?

« Tu te souviens de Granchester ? *Il reste du miel pour le thé ?* »

Lui et Bose dans la barque, se tenant à l'écart de

peur d'effleurer les autres et de les gêner avec leur peau foncée.

Le juge chercha le serveur des yeux. Il fallait qu'ils commandent leur dîner, qu'ils en finissent au plus vite, pour éviter que la soirée se prolonge. Il pensa à Mutt qui l'attendait.

Elle devait être à la fenêtre, les yeux rivés sur le portail, la queue toute raide, le corps tendu par l'attente, le front plissé.

En rentrant, il ramasserait un bâton.

« Si je le lançais ? Tu pourrais l'attraper ? Qu'est-ce que tu en dis ? » lui demanderait-il.

Oui, oui, cent fois oui... elle sauterait, bondirait d'impatience, incapable de supporter l'attente une seconde de plus.

*

Il essaya donc d'ignorer Bose, mais une fois lancé, l'autre, quasiment hystérique, se fit de plus en plus envahissant.

Il avait fait partie de ces membres de l'ICS, comme le savait le juge, qui étaient allés devant les tribunaux afin d'obtenir une retraite égale à celle de leurs homologues blancs, et, bien entendu, ils avaient été déboutés ; d'une certaine manière, Bose ne s'en était jamais remis.

Il avait beau avoir été inondé de lettres tapées par Bose sur son Olivetti, le juge avait refusé de se laisser embrigader. Son cynisme, à l'époque, était déjà bien ancré, et il trouvait proprement miraculeux que Bose n'ait rien perdu de sa naïveté. Plus étrange encore, cette naïveté, il l'avait clairement transmise à son fils, car, des années plus tard, celui-ci avait également intenté un procès à son employeur, la Shell, qu'il s'était lui aussi empressé de perdre. Le fils était parti du principe que les temps avaient changé, les règles aussi, mais il s'était avéré qu'il s'agissait seulement d'une version différente d'une pratique ancienne.

« La vie est moins chère en Inde », leur répondait-on invariablement.

Mais s'ils voulaient aller passer des vacances en France ? S'acheter de l'alcool dans les boutiques *duty-free* ? Envoyer un enfant faire des études supérieures en Amérique ? Qui chez eux pouvait s'offrir ce genre de choses ? S'ils étaient moins payés, comment l'Inde pouvait-elle ne pas rester pauvre ? Comment les Indiens pouvaient-ils voyager à travers le monde et vivre de la même manière que les Occidentaux ? Ces différences-là, Bose les trouvait insupportables.

Mais il n'y avait de profits possibles que dans les différences entre des nations qui œuvraient les unes contre les autres. Le système condamnait le tiers-monde à rester tiers-monde. Il imposait à Bose et à son fils une position d'infériorité – voilà la limite, et pas question de la franchir –, et cela, Bose ne le tolérait pas, lui qui avait justement cru être leur ami. Il repensait à la manière dont le gouvernement anglais et ses fonctionnaires étaient repartis sur leurs navires en jetant leurs casques coloniaux par-dessus bord, ne laissant derrière eux que ces Indiens ridicules qui ne parvenaient pas à se défaire de ce qu'ils avaient acquis au prix du sacrifice de leur identité.

Ils étaient retournés devant les tribunaux, et ils y retourneraient encore, tant leur foi en la justice était inébranlable. Ils avaient à nouveau perdu, et ils perdraient à nouveau.

L'homme à la perruque blanche et bouclée et au visage sombre et poudré abattrait son marteau, toujours et encore, contre les indigènes, dans un monde encore et toujours colonial.

*

En Angleterre ils avaient sans doute bien ri, mais en Inde aussi : tout le monde était heureux de voir des gens comme Bose se faire voler. Eux qui s'étaient crus supérieurs, qui se donnaient de grands airs, ils étaient, tout compte fait, traités comme les autres.

Plus la bouche du juge se pinçait, plus Bose semblait décidé à mener la conversation jusqu'à un point de rupture.

« Les plus beaux jours de ma vie, dit-il. Tu te souviens ? Quand on canotait le long de King's College, puis de Trinity, mon Dieu, quelle vue superbe… et après… c'était quoi déjà ? Ah oui, Corpus Christi… Non, attends, je me trompe, pas vrai ? D'abord Trinity College, ensuite Saint John's. Non, en premier, Clare, en second Trinity, et après, un truc pour les filles, Primrose… Primrose ?

– Non, ce n'est pas ça du tout, s'entendit dire le juge, d'une voix blessée et suraiguë d'adolescent. C'est d'abord Trinity, et ensuite Clare.

– Mais non, qu'est-ce que tu racontes ! King's, Corpus Christi, Clare, et ensuite Saint John's. Ta mémoire fout le camp, mon vieux…

– Et moi, je pense que c'est la tienne qui est défaillante. »

Bose buvait une pinte après l'autre, cherchant désespérément à grappiller quelque chose : un souvenir commun, l'établissement d'une vérité reconnue au moins par deux individus…

« Non, non, King's ! Trinity ! dit-il en faisant claquer son verre sur la table. Seigneur ! Clare ! Gonville ! Et après, en route pour le thé à Granchester ! »

N'y tenant plus, le juge leva la main et compta sur ses doigts :

1. Saint John's !

2. Trinity !

3. Clare !

5. King's !

Bose ne répliqua pas. Apparemment soulagé d'être mis au défi.

« Tu ne crois pas qu'on devrait commander ? » fit le juge.

*

Mais Bose aborda rapidement le sujet sous un autre angle – à la satisfaction des deux parties –, toujours, cependant, aussi absorbé et déterminé. Il continuait à se poser la question : fallait-il qu'il maudisse le passé ou qu'il tente d'y trouver un sens ? « Les salauds ! dit-il, ivre, les yeux brillants de larmes et sur un ton de profonde amertume. Quels salauds, quand même ! (D'une voix plus forte, comme pour mieux s'en convaincre.) *Gora*... ils font n'importe quoi en toute impunité ! Ces putains de Blancs, c'est à eux qu'on doit tous les crimes de ce siècle ! »

Silence.

« Bon, dit-il face à ce silence désapprobateur, essayant de se réconcilier avec lui, il y a quand même une chose pour laquelle nous pouvons remercier le ciel, *baap re*, c'est que, heureusement, ils ne sont pas restés. Au moins ils sont partis et... »

Toujours rien de la part du juge.

« Pas comme en Afrique, où ils continuent à créer des problèmes... »

Silence.

« Bof, je suppose que ça n'a pas grande importance, maintenant ils peuvent faire leur sale boulot à distance... »

Mâchoire qui se crispe, se décrispe, mains qui se serrent, se desserrent, se resserrent.

« Oh, je ne prétends pas qu'ils étaient tous mauvais… Non, pas tous… »

Mâchoire crispée décrispée mains serrées desserrées serrées desserrées…

*

Puis le juge n'y tint plus et explosa :

« SI ! SI ! MAIS SI ! Ils étaient tous mauvais. Ils faisaient partie du problème. Et nous aussi, Bose, autant, pourrait-on dire, que nous faisions partie de la solution. »

Et :

« Garçon ! »

« Garçon ! »

« Garçon ? »

« Garçon !! »

« GARÇON !!! hurla le juge, au comble de l'exaspération.

– Probablement en train de courir après la poule, dit Bose faiblement. Je n'ai pas l'impression qu'ils attendaient des clients. »

*

Le juge se rendit dans la cuisine et trouva deux piments verts, ridicules dans leur bol en fer-blanc posé sur un trépied en bois qui annonçait : « Prix de la plus belle pomme de terre, 1933 ».

Rien d'autre.

Il passa ensuite à la réception. « Il n'y a personne à la cuisine.

– Il est très tard, monsieur, dit l'homme, qui était à moitié endormi. Allez à côté, au Glenary. Ils ont un restaurant et un bar.

– Nous sommes venus ici pour dîner. Vous voulez que je me plaigne de vous à la direction ? »

Avec une mauvaise volonté évidente, l'homme se leva et disparut par une porte située derrière lui. Un serveur apathique finit par se présenter ; des restes de lentilles séchées décoraient sa veste bleue de pois jaunes. Il venait de faire un somme dans une chambre non occupée – spécimen du serviteur à l'ancienne qui se rencontre partout, opérant comme un employé communiste, et menant une existence heureusement libérée de ces horribles concepts capitalistes qui veulent que l'on serve les riches avec déférence.

« Côtes de mouton et sauce à la menthe. La viande est tendre ? » demanda le juge d'un air sévère.

L'autre ne se laissa pas démonter.

« Vous avez déjà vu du mouton tendre ? dit-il sur un ton méprisant.

– Potage à la tomate ? »

Il envisagea la question, mais manqua de conviction pour s'arracher à sa réflexion. Au bout de plusieurs minutes indécises, Bose décida de rompre le charme en disant : « Des *rissoles*, peut-être ? » Dans l'idée que cela pourrait sauver la soirée.

« Ah non ! fit le serveur, secouant la tête, un sourire insolent aux lèvres. Non, ça, c'est impossible.

– Eh bien, alors, qu'est-ce que tu proposes ?

– Currydemoutonpulaodemoutoncurrydelégumes-pulaodelégumes…

– Mais tu viens de dire que le mouton n'était pas tendre.

– Ouais, je vous l'ai déjà dit, pas vrai ? »

*

Les plats arrivèrent. Bose essaya vaillamment de faire machine arrière et de relancer la conversation. « Je viens juste d'embaucher un nouveau cuisinier, dit-il. Sheru, celui que j'avais, a passé l'arme à gauche après trente ans de service. Le nouveau n'a aucune expérience, mais c'est pour ça qu'il n'était pas cher. J'ai sorti les livres de cuisine et lui ai dicté les recettes pendant qu'il les recopiait en bengali. "Écoute, je lui ai dit, tu fais simple, rien de compliqué. Apprends juste à faire un roux et une sauce blanche ; tu fous la blanche sur le poisson, et le roux sur le mouton, c'est pas sorcier." »

Mais le pauvre Bose ne réussit pas à poursuivre dans cette veine. Et en appela alors à la compassion du juge :

« On est amis, non ? Non ? On n'est pas amis ?

– Le temps passe et les choses changent, dit le juge, embarrassé et victime d'un accès de claustrophobie.

– Mais ce qui appartient au passé reste inchangé, non ?

– Pas forcément. Le présent transforme le passé. Quand tu regardes en arrière, tu ne retrouves pas ce que tu as laissé derrière toi, Bose. »

Le juge savait qu'il ne pourrait plus jamais communiquer avec Bose. Il n'avait envie ni de prétendre qu'il avait été l'ami des Anglais (et être au nombre de ces Indiens pitoyables qui se glorifiaient d'une amitié que l'autre – le Blanc – déclarait par la suite n'avoir jamais existé !), ni de permettre qu'on le traîne dans la boue. Il s'était arrangé pour garder un silence sans failles et n'était pas prêt à laisser Bose le fissurer. Il refusait de voir sa fierté basculer dans le mélodrame à la fin de sa vie et connaissait les dangers de la confession : rien de pire pour détruire à jamais tout espoir de dignité. Les gens fondaient sur ce qu'on leur livrait, comme sur un cœur mis à nu, et le dévoraient tout cru.

Le juge demanda l'addition, une fois, deux fois, mais même l'addition était sans importance pour le serveur. Il fut obligé de retourner à la cuisine.

Bose et le juge échangèrent une poignée de main molle et moite, et le juge s'essuya ensuite sur son pantalon, mais le regard de Bose s'accrochait encore à lui comme une mucosité.

« Good night. Good-bye. So long... » des expressions anglaises, pas indiennes. C'était peut-être la raison pour laquelle ils avaient été si heureux au début d'apprendre une nouvelle langue : l'attention et les

efforts que demandaient sa pratique et cette grammaire inconnue vous maintenaient constamment sur le qui-vive ; une nouvelle langue garantissait une certaine distance et laissait le cœur intact.

*

Le brouillard s'accrochait profondément aux buissons des plantations de thé qui bordaient la route quand le juge quitta Darjeeling, et il n'y voyait pratiquement rien. Il conduisait lentement, il n'y avait pas d'autre voiture, rien aux alentours, et tout à coup, bon Dieu…

Un souvenir…

Six gamins à un arrêt de bus.

« Pourquoi le Chinois est jaune ? Parce qu'il pisse contre le vent. Ah ah ah ! Pourquoi l'Indien est marron ? Parce qu'il chie la tête en bas. Ah ah ah ! »

Ils l'avaient accablé de sarcasmes, lui avaient jeté des pierres, accompagnées d'insultes et de grimaces. Comme c'était étrange : il avait eu peur des enfants, peur de ces êtres humains deux fois plus petits que lui.

Puis un autre incident lui revint en mémoire, bien pire encore. Un autre Indien, un garçon qu'il ne connaissait pas, mais quelqu'un comme lui probablement, ou comme Bose, était par terre et se faisait rouer de coups de pied derrière le pub, au coin de la rue. Un de ses agresseurs avait ouvert sa braguette et lui pissait dessus, entouré d'une bande de types au visage rougeaud qui l'encourageaient de leurs cris. Et le futur juge, qui passait par là en rentrant chez lui, un pâté de porc dans la main pour son dîner... qu'avait-il fait ? Il n'avait rien dit. Rien fait. N'avait pas appelé à l'aide. S'était détourné, avait pris la fuite, était monté en courant jusqu'à sa chambre meublée et s'y était enfermé.

*

Machinalement, le juge exécuta les gestes millimétrés, prit les tournants familiers pour rentrer à Cho Oyu, au lieu de passer par la crête de la colline.

Non loin de la maison, il faillit heurter une Jeep de l'armée garée au bord de la route, tous feux éteints. Le cuisinier et deux soldats cachaient des caisses d'alcool dans les buissons. Le juge jura mais poursuivit sa route. Il était au courant de ce petit trafic tout en faisant semblant de l'ignorer. Il avait toujours été maître, et le cuisinier toujours serviteur, mais quelque chose avait changé dans leur relation au sein d'un système qui maintenait et le maître et le serviteur dans une illusion de sécurité.

Mutt l'attendait au portail, et le visage du juge se radoucit ; il klaxonna pour signaler son arrivée. En une seconde, de la chienne la plus misérable du monde elle devint la plus heureuse, et le cœur de Jemubhai rajeunit sous l'effet du plaisir.

Le cuisinier ouvrit la grille, Mutt sauta sur le siège du

passager, et ils firent ensemble le reste du trajet jusqu'au garage : c'était sa récompense, et même quand il cessa de se servir de sa voiture, le juge continua à l'emmener faire des petits tours dans la propriété pour la divertir. Dès qu'elle était montée, elle prenait un air de souveraine, présentant son meilleur profil et prodiguant ses plus gracieux sourires.

Quand le juge entra, il trouva sur la table le télégramme qui l'attendait : « Du couvent Saint-Augustin au juge Patel. Objet : votre petite-fille, Sai Mistry. »

Le juge avait réfléchi à la requête du couvent pendant le bref moment de faiblesse qui avait suivi la visite de Bose, quand il avait été bien obligé d'admettre qu'il avait permis à certaines constructions mentales tout à fait artificielles de soutenir son existence. Lorsqu'on bâtit sur le mensonge, c'est du sûr et du solide. C'est la vérité qui fait s'écrouler les murs. Il ne pouvait pas abattre les mensonges, sinon le passé s'effondrerait, et en conséquence le présent... Mais il était prêt maintenant à accepter l'idée que quelque chose de son passé avait survécu, était revenu et pourrait peut-être, sans trop accaparer son attention, le sauver...

*

Il se dit que Sai pourrait s'occuper de Mutt. Le cuisinier se faisait vieux. Ce ne serait pas plus mal de disposer d'une aide gracieuse dans les années à venir.

Sai arriva donc, et il se demanda avec inquiétude si elle n'allait pas rallumer la haine latente qui l'habitait, s'il n'allait pas vouloir se débarrasser d'elle ou la traiter comme il avait traité sa mère, et sa grand-mère avant elle. Mais il s'avéra que Sai lui était plus proche qu'il n'aurait pu l'imaginer. Elle avait pour lui quelque chose de familier, le même accent, les mêmes manières. C'était une Indienne occidentalisée, élevée par des bonnes sœurs anglaises, une Indienne vivant esseulée en Inde. Le voyage qu'il avait entamé si longtemps auparavant se poursuivait avec ses descendants. Peut-être avait-il commis une erreur en se coupant de sa fille… il l'avait condamnée avant même de la connaître. Malgré lui, il sentait, dans les eaux troubles de son inconscient, s'instaurer un équilibre qui rachetait le déséquilibre de ses actes passés.

Cette petite-fille qu'il ne haïssait pas était peut-être le seul miracle qu'avait placé le destin sur son chemin.

Trente-trois

Six mois après la visite de Sai, Lola, Noni, le père Booty et l'oncle Potty à la bibliothèque du Gymkhana Club, ce dernier tombait entre les mains du Front national de libération gorkha, qui installa son campement dans la salle de bal et la salle de patinage, ajoutant ainsi au ridicule d'un établissement qui nourrissait encore des prétentions en dépit d'une réputation déjà passablement mise à mal par le personnel.

Des hommes armés se prélassaient dans les toilettes pour dames, séduits par les installations sanitaires toujours estampillées BARHEAD SCOTLAND, MARQUE DÉPOSÉE en lettres couleur de mûre écrasée, et s'attardaient complaisamment devant la longue glace, car, comme la plupart des gens, ils avaient rarement l'occasion de se voir en pied.

La salle à manger était remplie d'hommes en kaki, qui posaient pour des photos, les pieds sur la tête empaillée d'un léopard, verre de whisky à la main, devant la cheminée toujours décorée de son carrelage de petites rosaces. Ils vidèrent intégralement le bar, et, quand les nuits étaient froides, ils décrochaient les peaux des murs pour s'enrouler dans les plis qui sentaient le moisi.

On découvrit plus tard qu'ils avaient passé leur temps à stocker des armes, à dessiner des cartes, à établir des plans pour faire sauter des ponts, à projeter des opérations de plus en plus audacieuses à mesure que les responsables quittaient les plantations de thé qui déroulaient leurs vagues sur les monts Singalila, tout autour du Gymkhana, depuis Happy Valley, Makaibari, Chonglu, Pershok.

Et puis, quand tout fut terminé, quand ils eurent signé un traité de paix et quitté les lieux, c'est ici même, au Gymkhana Club, sur les tables de la salle à manger mises bout à bout, qu'ils organisèrent une grande reddition publique.

Le 2 octobre 1988, le jour anniversaire de la naissance de Gandhi, sept mille hommes rendirent plus de cinq mille fusils de fabrication artisanale, des revolvers de marque indienne, des pistolets, des fusils à un ou deux canons, des mitraillettes légères. Ils remirent des milliers de cartouches, trois mille cinq cents bombes, des bâtons de dynamite, des détonateurs et des mines terrestres, des kilos d'explosif, des obus et des canons. À eux seuls, les hommes de Ghising détenaient plus de vingt-quatre mille pièces. Dans le tas, il y avait le fusil à pompe BSA du juge, sa carabine Springfield et sa carabine express Holland & Holland avec lesquels, dans le temps, après l'heure du thé, il avait battu la campagne dans les environs de Bonda.

*

Mais quand Lola, Noni, le père Booty, l'oncle Potty et Sai découvrirent qu'on avait fermé la salle à manger du Gymkhana, ils ne s'attendaient pas à ce que les choses tournent aussi mal pour le club. Ils attribuèrent les difficultés de l'établissement aux troubles du moment, comme l'avait suggéré le directeur, et n'y virent pas la prémonition de l'avenir du restaurant.

Où iraient-ils donc déjeuner ?

« Ce restaurant qui vient d'ouvrir, Aux heureux végétariens ? suggéra le père Booty.

– Ah non, pas de *ghas phoos*, pas d'herbes ni de feuilles ! » dit fermement l'oncle Potty. Il ne mangeait jamais de légumes verts à moins d'y être forcé.

« Lung Fung ? » Il s'agissait d'un établissement chinois miteux, où pendaient du plafond des dragons en papier à l'air exténué.

« L'endroit est moche.

– Windamere alors ?

– Trop cher, seulement pour les étrangers. Et puis il n'y a que leur thé qui est bon, leur déjeuner, c'est le genre pension pour missionnaires… salade de riz aux légumes... roulade de mouton nageant dans la graisse... sel et poivre, avec un peu de chance... »

Ils finirent au Glenary, comme d'habitude.

« Là au moins il y a du choix, et chacun peut prendre ce qu'il veut. »

La petite troupe traversa donc la rue. À une table, dans un angle, étaient assis le père Lingdamoo, le père Pius Marcus et le père Bonniface D'Souza qui mangeaient des strudels aux pommes. « Bonjour, *monsignor* », dirent-ils en chœur au père Booty, leur apportant à tous un petit parfum d'Europe. *Monsignor*, quelle classe !

Comme toujours, la salle était envahie par des écoliers enthousiastes à l'idée de manger à l'extérieur, les pensionnats étant, avec le thé, une des principales ressources économiques de Darjeeling. Il y avait des enfants déjà grands qui fêtaient leur anniversaire seuls, sans surveillance adulte, des enfants plus jeunes accompagnés de parents venus les voir depuis Calcutta ou même du Bhoutan et du Sikkim, du Bangladesh ou du Népal, ou bien encore des plantations de thé environnantes. Plusieurs *pater familias*, d'humeur généreuse, interrogeaient leurs enfants sur leurs études, mais les mères protestaient : « Laisse-les tranquilles pour une fois, *baba* », entassant la nourriture devant eux, caressant les cheveux et regardant leurs enfants comme ceux-ci regardaient leurs assiettes, d'un œil également dévorant.

Les enfants connaissaient le menu par cœur à force

d'être venus au Glenary pour des repas de fête pendant des années. Indien, européen ou chinois ; grillades, potage au poulet ou au maïs, glace nappée de chocolat chaud. Au moment où l'heure des adieux approchait et que se mouillaient les yeux des parents, ils faisaient une ultime tentative : « Je pourrais avoir une autre glace à la sauce au chocolat ? Oh, s'il te plaît, *ma*, *ammi*, s'il te plaît, maman... » Yeux de la mère tournés vers le père. « Priti, non, ça suffit comme ça, tu le gâtes trop », disait celui-ci avant de céder, sachant que *ma*, *ammi* ou maman passerait son temps à pleurer pendant le trajet de retour solitaire vers la plantation, la gare ou l'aéroport. Sa mère avait-elle été comme ça ? Et son père ? Sai se sentit tout à coup orpheline, et jalouse de ces enfants. Il y avait en particulier une jeune mère tibétaine jolie à croquer dans son *baku* bleu ciel et son tablier à rayures multicolores : comment ne pas être bien et aimé de tous dans une tenue pareille ? « Ah, ces petites joues, vraiment à croquer ! » s'exclamait toute la famille, qui riait tout en faisant semblant de dévorer l'enfant, mais gentiment, tendrement, tandis que le bébé était celui qui riait le plus fort. Pourquoi ne pouvait-elle pas, elle, faire partie d'une famille comme celle-là ? Louer une chambre dans la vie de quelqu'un d'autre ?

Ces dames essuyèrent leurs couverts avec les serviettes en papier, puis leurs assiettes et leurs verres, dont un fut renvoyé parce qu'il n'était pas net.

« Que diriez-vous d'un petit apéritif, mesdames ? dit l'oncle Potty.

– Oh, Potty, c'est bien tôt pour commencer.

– Comme vous voudrez. »

Il commanda un gin tonic, et trempa son gressin directement dans le beurrier. En ressortit un joyeux petit iceberg doré. « J'aime bien un peu de pain avec mon beurre, annonça-t-il.

– En général, leur *fish and chips* à la sauce tartare est bon », dit le père Booty, une lueur gourmande dans les yeux à l'idée de poissons de rivière dans leur jolie panure dorée et croustillante.

« Le poisson est frais ? demanda Lola au serveur. Il vient de la Teesta ?

– Pourquoi pas ? dit ce dernier.

– Pourquoi pas ???!! C'est incroyable ! S'il y en a un qui doit savoir, c'est bien vous, non ?

– À votre place, je ne m'y risquerais pas. Que diriez-vous du poulet à la sauce au fromage ?

– Quel fromage ? » demanda le père Booty.

Tout le monde se figea... silence glacial.

Ils savaient que l'affront était imminent...

Le fromage au cœur moelleux... Le fromage numéro un de tout le...

« AMUL !!

– ENDUIT HYDROFUGE !! » cria le père Booty.

Suivant leur habitude, ils réfléchirent un moment et, comme un seul homme, choisirent de manger chinois.

« Évidemment, ce n'est pas comme la vraie cuisine

chinoise », dit Lola, qui leur rappela que Joydeep, son défunt mari, était un jour allé en Chine et leur avait raconté que la nourriture là-bas n'avait rien à voir avec ce que proposaient les restaurants chinois ici. En fait, elle était mille fois pire. Il avait décrit les œufs vieux de cent jours (parfois même de deux cents), enterrés puis déterrés pour servir de mets délicat, et tout le monde s'était récrié, horrifié et ravi. Il avait eu un énorme succès dans les cocktails à son retour. « Et je n'aime pas non plus leurs têtes, à ces Chinetoques, ajoutait-il. Tout est beaucoup mieux en Inde, les femmes, les antiquités, la musique, la cuisine chinoise... »

Et rien de mieux, dans toute l'Inde, que les restaurants chinois de Calcutta ! Vous vous souvenez de Ta Fa Shun ? Où les dames qui faisaient leur shopping se retrouvaient pour déguster une soupe épicée et acide, assaisonnée de ragots de la même eau...

« Alors, qu'est-ce qu'on prend ? demanda l'oncle Potty, à court de gressins.

– Poulet ou porc ?

– Poulet. Mieux vaut se méfier du porc, c'est plein de ténias. Qui sait de quelle bête ça vient ?

– Poulet aux piments pour tout le monde, alors ? »

De l'extérieur leur parvint le bruit du cortège des jeunes qui passaient à nouveau dans la rue.

« Seigneur, quel raffut ! Ces histoires de tout ou rien, que d'âneries ! »

Le plat arriva et, après l'avoir déposé sur leur table, le serveur s'essuya le nez au rideau. « Mais regardez-moi ça ! dit Lola. Pas étonnant si nous autres Indiens, on n'arrive à rien. » Ils se mirent à manger. « Mais la cuisine est bonne ici. » Claquements de mandibules.

*

Au moment où ils sortaient du restaurant, le même cortège qui les avait dérangés, d'abord à la bibliothèque puis au restaurant, remontait à nouveau la rue après avoir traversé tout Darjeeling.

« Le Gorkhaland aux Gorkhas ! »
« Le Gorkhaland aux Gorkhas ! »

Ils se reculèrent pour les laisser passer, et qui faillit écraser les doigts de pied de Sai ?

Gyan !!!

Vêtu de son pull rouge tomate et hurlant de toutes ses forces, comme elle ne l'avait jamais vu faire.

Mais que fabriquait-il donc à Darjeeling, au beau milieu d'une manifestation du FNLG réclamant l'indépendance des Népalo-Indiens ?

Au moment où elle ouvrait la bouche pour l'appeler, il l'aperçut, et son air d'abord effaré fut immédiatement suivi d'un mouvement de tête à peine perceptible et néanmoins féroce, et d'un regard glacial de ses yeux étrécis qui lui intimait de garder ses distances. Elle referma la bouche à la manière d'un poisson, et la stupéfaction lui inonda les ouïes.

Entre-temps, il était déjà passé.

« Ce n'était pas ton précepteur de mathématiques ? demanda Noni.

– Non, je ne crois pas, dit-elle, cherchant à recouvrer un peu de dignité et de raison. Il lui ressemblait beaucoup, et j'ai cru une seconde que c'était lui, mais je me suis trompée... »

*

Sur la route qui redescendait en pente raide vers la Teesta, ils remarquèrent que Sai avait pris un teint verdâtre.

« Ça va ? lui demanda le père Booty.

– Les tournants. J'ai envie de vomir.

– Garde les yeux sur l'horizon, ça aide bien. »

Elle fixa les sommets les plus élevés de l'Himalaya, cette grande immobilité figée. Sans pour autant constater d'amélioration. Elle avait la tête qui tournait et n'arrivait pas à enregistrer ce que voyaient ses yeux. Pour finir, un reflux de bile acide lui monta dans la gorge, lui brûlant l'œsophage et la bouche, lui corrodant les dents... elle les sentit se ramollir sous l'effet d'une résurgence agressive du poulet aux piments.

« Arrête, arrête-toi, dit Lola. Laisse-la descendre. »

Sai se mit à vomir dans l'herbe, recrachant une sorte de bouillie jaunâtre, et leur offrant par la même occasion un nouvel aperçu, dont ils se seraient bien passés, d'un déjeuner qui avait depuis longtemps perdu toute fraîcheur. Noni lui versa un gobelet d'eau froide sortie de la Thermos argentée aux allures de capsule spatiale, et Sai se reposa un moment sur un rocher au soleil, au bord des eaux transparentes de la rivière. « Respire profondément, ma chérie. Ce plat était très gras ; le Glenary n'est vraiment plus ce qu'il était, et cette cuisine, d'une saleté... La seule vue du serveur aurait dû nous mettre sur nos gardes. »

À l'autre bout du pont, les hommes du poste de contrôle inspectaient les véhicules qui voulaient passer. Prudents en cette période de troubles, ils avaient ouvert les ballots et les valises de tous les passagers d'un car et déballé la totalité de leurs affaires. Ceux-ci attendaient sans broncher à l'intérieur du véhicule ; des pauvres gens, le visage écrasé contre la vitre, des dizaines de paires d'yeux à demi morts, tels ceux d'animaux en route pour l'abattoir ; comme si ce voyage épuisant les avait vidés de leur énergie. Les côtés du car étaient maculés de vomissures, grandes gerbes brunes plaquées sur la tôle par la vitesse. Plusieurs autres véhicules attendaient derrière, pour subir le même traitement ; une perche en métal en travers de la route interdisait le passage.

Le soleil de l'après-midi faisait peser une lumière dorée sur les arbres, et, dans une telle clarté, les ombres du feuillage, à côté de la voiture et entre les brins d'herbe et les rochers, paraissaient d'un noir d'encre. Ici, dans la vallée, il faisait chaud, mais quand Sai trempa la main dans la rivière, l'eau lui glaça les veines.

« Prends ton temps, Sai, on en a pour un moment ; les voitures s'entassent les unes derrière les autres. »

Le père Booty descendit lui aussi, et se mit à faire les cent pas, s'étirant à son aise, heureux de pouvoir soulager son derrière douloureux, quand soudain il aperçut un papillon magnifique.

La vallée de la Teesta était renommée pour ses papillons, et des spécialistes du monde entier venaient les peindre et les répertorier. Des spécimens rares et spectaculaires, décrits dans l'ouvrage de la bibliothèque *Les Merveilleux Papillons des régions nord-est de l'Himalaya*, passaient devant leurs yeux. Un été, Sai, qui avait alors douze ans, leur avait trouvé des noms : « Papillon masque japonais, papillon montagne lointaine, Icare tombant à la mer, papillon libéré par un joueur de flûte, papillon concours de cerfs-volants », qu'elle avait ensuite inscrits dans un cahier intitulé *Ma collection de papillons*, en les accompagnant d'illustrations.

« Extraordinaire, dit le père Booty. Regardez celui-ci. » Bleu paon avec de longues ailes bordées d'émeraude. « Mon Dieu, et celui-là donc… » Noir moucheté de blanc, une flamme rose sur le thorax. « Bon sang, mon appareil photo… Potty, tu peux jeter un coup d'œil dans la boîte à gants ? »

L'oncle Potty lisait *Astérix* : « Vive les Gaulois ! Par Toutatis !!! #@***!! », mais il sortit de sa lecture le temps de tendre le petit Leica par la portière.

Tandis que le papillon tentateur posait sur un câble du pont, le père Booty appuya sur le déclic. « Zut, je crois que j'ai bougé, la photo va être floue. »

Il s'apprêtait à faire un nouvel essai quand les gardes se mirent à crier, et l'un d'eux arriva au pas de course. « Photos strictement interdites sur le pont. » Il le savait, non ?

Mon Dieu, mon Dieu, bien sûr qu'il le savait, une erreur, dans son excitation il avait oublié. « Je regrette vraiment, monsieur l'officier. » Il le savait, bien sûr. C'était un pont très important, stratégique, le point de contact de l'Inde avec le Nord, avec la frontière sur laquelle ils seraient peut-être amenés à combattre à nouveau les Chinois, et puis maintenant, bien sûr, il y avait en plus l'insurrection gorkha.

Qu'il soit étranger n'arrangeait pas les choses.

Ils lui prirent son appareil et se mirent à fouiller la Jeep.

Une odeur bizarre.

« C'est quoi, cette odeur ?

– Du fromage.

– *Kya cheez ?* Du *fromage ?* » dit un type originaire de Meerut.

Ils n'avaient jamais entendu parler de fromage. Et n'avaient pas l'air convaincus. L'odeur était vraiment trop bizarre, et l'un d'eux exprima l'avis qu'elle n'était pas sans rappeler celle des matériaux qui servaient à fabriquer les bombes. « Gaz *maar raha hai*, dit le type de Meerut.

– Qu'est-ce qu'il dit ? demanda le père Booty.

– Y a quelque chose qui lâche du gaz. Quelque chose qui va exploser.

– Jetez-moi ça, dirent-ils au père Booty. C'est pourri.

– Non, pas du tout.

– Mais si, ça pue dans toute la voiture. »

Les gardes du poste de contrôle se mirent ensuite à examiner la pile de livres, les considérant avec le même nez plissé que celui qu'ils avaient réservé au fromage dont n'avait pas voulu le Glenary.

« C'est quoi, ça ? » Ils espéraient mettre la main sur de la littérature subversive.

« Trollope, dit Lola, le regard brillant, tout excitée par la tournure que prenaient les événements. J'ai toujours dit, poursuivit-elle d'un ton badin en se tournant vers les autres, que je garderais Trollope pour mes vieux jours, que je m'accorderais ce petit plaisir quand je n'aurais plus grand-chose à faire, et voilà, j'y suis. Les livres d'un autre temps, c'est ce que j'aime. Pas ce que l'on écrit aujourd'hui, ces élucubrations sans début, ni milieu, ni fin, juste une espèce de… flux plasmatique indifférencié… »

« C'est un auteur anglais », dit-elle au garde.

Il feuilleta *La Dernière Chronique de Barset* et tomba sur les titres de chapitre suivants : « L'archidiacre se rend à Framley », « Mrs Dobbs Broughton empile ses fagots ».

« Vous saviez, dit Lola à l'adresse des autres, qu'il avait aussi inventé la boîte aux lettres ?

– Pourquoi vous lisez ça ?

– Pour ne plus penser à tout ça », dit-elle avec un geste vague et plutôt grossier qui englobait toute la scène et, bien sûr, le garde lui-même. Lequel avait sa fierté. Était convaincu d'être quelqu'un. Savait que sa mère en était convaincue, elle aussi. Moins d'une heure plus tôt, celle-ci avait nourri cette certitude en même temps que son fils à l'aide de galettes de pommes de terre accompagnées d'une effervescente citronnade acidulée, dont le pétillement lui avait agréablement picoté les narines.

Irrité par l'insolence de Lola, encore émoustillé par les bulles de son soda, il donna des ordres pour que le livre soit transféré dans la Jeep de la police.

« Vous ne pouvez pas le confisquer, dit-elle, c'est un livre de bibliothèque, espèce de nigaud. Je vais avoir des ennuis avec le Gymkhana Club. Ce n'est pas vous qui paierez pour le remplacer !

– Et ça ? » dit le garde en examinant un autre livre.

Noni avait choisi un triste récit de brutalités policières au cours d'un soulèvement de naxalites, œuvre de Mahashveta Devi traduite par Gayatri Spivak, laquelle, d'après ce que Noni avait pu lire récemment, avec beaucoup d'intérêt, dans l'*Indian Express*, faisait fureur grâce à une garde-robe alliant sari et bottes de combat. Elle avait aussi emprunté un ouvrage d'Amit Chaudhuri, contenant la description d'une gigantesque panne d'électricité à Calcutta qui avait suscité dans toute l'Inde un tendre sentiment de nostalgie pour les coupures de courant du bon vieux temps. Elle avait déjà lu l'ouvrage, mais aimait à revenir parfois sur ces pages pour se repaître de ces magnifiques images. Le père Booty, lui, avait un traité sur l'ésotérisme bouddhiste, écrit par un érudit appartenant à une des légendaires universités monastiques de Lhassa, ainsi que *Cinq Petits Cochons* d'Agatha Christie. Quant à Sai, elle avait dans son sac *Les Hauts de Hurlevent*.

« Il faut qu'on emporte tout ça au commissariat pour inspection.

– Pourquoi ? S'il vous plaît, monsieur, dit Noni, essayant de se faire persuasive, nous nous sommes rendus tout spécialement... Qu'est-ce que nous allons pouvoir lire... bloqués chez nous... avec ce long couvre-feu ?...

– Mais, monsieur l'officier, il vous suffit de nous regarder pour vous rendre compte que vous perdez votre temps avec nous, dit le père Booty. Avec tous ces voyous dans les parages... »

Mais ces gens n'avaient aucune sympathie pour les rats de bibliothèque, et Lola se mit à crier : « Des voleurs, voilà ce que vous êtes dans la police. Tout le monde le sait. De mèche avec les voyous, tous autant que vous êtes. Je vais aller trouver le commandant de la garnison. Et le sous-commissaire du district. Mais pour qui vous vous prenez, espèce de minus ? À rudoyer ainsi le pauvre monde, à jouer les caïds ! Je n'ai pas l'intention de vous soudoyer, si c'est ce que vous attendez... Autant vous faire à cette idée. Venez, nous partons, ajouta-t-elle majestueusement à l'adresse des autres.

– Allons, allons, dit l'oncle Potty en glissant un œil en direction de ses bouteilles, histoire de suggérer que les gardes pourraient en avoir une ou deux À CONDITION DE...

– C'est grave, votre affaire, dit l'autre. Cinq bouteilles n'y suffiraient pas. » Il devint alors évident que Kalimpong était dans de sales draps.

« Calmez-vous, madame, dit le policier à Lola, portant l'exaspération de celle-ci à son comble. S'il n'y a rien dans vos livres, nous vous les rendrons. »

Ils emportèrent avec précaution les livres incendiaires et confisquèrent aussi l'appareil photo, qu'ils déposèrent sur le bureau de leur supérieur ; le cas du père Booty serait examiné à part.

*

Sai ne prêta guère attention à ce qui se passait autour d'elle, car elle songeait encore à la façon dont Gyan avait ignoré sa présence, et il lui importait peu que les livres aient été confisqués.

Qu'est-ce qu'il fabriquait là ? Pourquoi avait-il fait comme si elle n'existait pas ? Lui qui pourtant avait dit : « Je n'arrive pas à te résister... Je ne peux pas m'empêcher de revenir... »

Elle alla se coucher sans rien avaler, ce qui ne manqua pas d'offenser gravement le cuisinier qui l'attendait : forcément, après avoir mangé les plats compliqués du restaurant, elle snobait ce qu'il avait lui à proposer.

Sensible à sa jalousie, elle rentrait d'ordinaire pour se plaindre : « Les épices n'étaient pas correctement moulues – j'ai failli me casser une dent sur un grain de poivre – et la viande était si dure que j'ai été obligée d'avaler les morceaux sans les mâcher, en buvant des litres d'eau pour les faire passer. » Et lui riait tout son soûl : « Ah ah ah, c'est bien vrai, plus personne ne prend la peine de parer et d'attendrir la viande comme il faut, de moudre les épices, de les faire rôtir... » Puis, soudain sérieux et levant un doigt à l'appui de ses dires comme un orateur politique, il s'exclamait : « Et tout ça, on te le fait payer au prix fort ! » Avec les hochements de tête appuyés d'un homme qui voit clair dans les turpitudes de ce monde. Mais en ce moment, de fort méchante humeur, il faisait claquer ses casseroles.

« Qu'est-ce qui se passe ! » cria le juge. Affirmation à laquelle on ne pouvait répondre que par le silence.

« Rien, dit le cuisinier, indifférent aux conséquences, qu'est-ce qui peut bien se passer ? Babyji est montée se coucher. Elle a mangé à l'hôtel. »

TRENTE-QUATRE

Huit jours après l'expédition à la bibliothèque, les livres, jugés inoffensifs, furent restitués, mais la photographie du papillon reçut un traitement tout différent dans la mesure où, derrière les jolies ailes noir, blanc et rose, on voyait nettement le poste de garde à l'entrée du pont, et le pont lui-même, qui enjambait la Teesta. En fait, la photo était centrée, remarqua-t-on, non sur le papillon, mais sur le pont.

« J'étais pressé, dit le père Booty. J'ai oublié d'effectuer la mise au point, et au moment où je me préparais à prendre un autre cliché, je me suis fait coincer. »

Mais la police refusa d'écouter, et le soir même des hommes débarquèrent chez lui, procédèrent à une mise à sac en règle, embarquèrent son réveil, sa radio, des piles de rechange, les clous qu'il avait achetés pour achever la construction de son étable et une bouteille de rhum de contrebande Black Cat provenant du Sikkim.

« Vos papiers, s'il vous plaît. »

C'est alors qu'on découvrit que le père Booty résidait illégalement en Inde. Mon Dieu, mon Dieu, il ne s'attendait pas à avoir affaire avec les autorités ; il avait laissé son permis de séjour se périmer et moisir au fond d'un tiroir, vu que c'était un tel casse-tête bureaucratique de le faire renouveler, et puis l'idée ne lui était jamais venue qu'il pourrait quitter l'Inde et avoir à y revenir... Il savait qu'il était étranger, mais ne se voyait plus depuis longtemps que comme un étranger *indien*...

On lui donna quinze jours pour quitter Kalimpong.

« Mais je réside en Inde depuis quarante-cinq ans.

– Ça ne change rien à la chose. C'était un privilège qu'on vous avait accordé, mais nous ne pouvons tolérer que vous en abusiez. »

Puis son interlocuteur se fit plus aimable, à la pensée que son fils était élevé chez les jésuites et qu'il espérait pouvoir l'envoyer un jour en Angleterre ou en Amérique. Au besoin, la Suisse ferait l'affaire...

« Désolé, mon père, dit-il, mais de nos jours... Je risquerais de perdre mon emploi. À un autre moment j'aurais pu fermer les yeux, peut-être, mais dans les circonstances actuelles... S'il vous plaît, allez immédiatement à l'agence Snow Lion réserver votre vol. Une Jeep du gouvernement vous emmènera gratuitement jusqu'à Siliguri. Considérez cela comme des vacances, mon père, et restez en contact. Quand tout sera terminé, faites les démarches nécessaires et revenez. Pas de problème. » Comme il lui était facile de dire ces choses-là ! Il se réjouit de constater qu'il pouvait être aussi aimable et civilisé.

Revenez. Pas de problème. Prenez du repos. Des vacances.

Le père Booty s'en fut trouver tous ceux dont il pensait pouvoir obtenir de l'aide, le chef de la police et le sous-commissaire du district qui venaient régulièrement à la laiterie s'approvisionner en fromage blanc, le commandant Aloo qui appréciait tant ses cigares au chocolat, les employés de l'Office des forêts qui lui avaient donné du mycélium de pleurote pour qu'il puisse avoir des champignons dans son jardin pendant la saison. Une année, quand avait fleuri le bouquet de bambous sur son terrain et que toutes les abeilles de la région avaient fondu en bourdonnant sur les fleurs blanches, les gens de l'Office lui avaient acheté des graines, car elles avaient une grande valeur, les bambous ne fleurissant qu'une fois tous les cent ans. Lorsque le bouquet était mort à la suite de cet effort extraordinaire, ils lui avaient donné d'autres bambous à planter, jeunes pousses raides aux extrémités en forme de tresse.

Mais, aujourd'hui, tous ceux qui, en des temps plus tranquilles, avaient apprécié sa compagnie et parlé avec lui de fromage blanc, de champignons et de bambous étaient trop occupés ou trop effrayés pour lui venir en aide.

« On ne peut pas se permettre de mettre en danger la sécurité nationale.

– Et ma maison, ma laiterie, mes vaches ? »

Elles étaient tout aussi illégales que lui.

« Les ressortissants étrangers n'ont aucun droit à la propriété, vous le savez, mon père. Et vous n'avez pas à posséder tout ça. »

La laiterie était en fait au nom de l'oncle Potty, qui, bien des années plus tôt, quand le problème s'était posé, avait signé les papiers à la place de son ami…

Mais toute habitation vide représentait un danger, car Kalimpong était depuis longtemps répertoriée comme « zone sensible », et, d'après la loi, l'armée avait le droit de réquisitionner tous les terrains inoccupés. Elle payait des loyers dérisoires, flanquait du béton par-ci, par-là, et remplissait les maisons qu'elle s'appropriait d'occupants temporaires qui ne prenaient aucun soin des lieux et les laissaient dans un état lamentable. C'était ainsi que se passaient les choses d'ordinaire.

Le père Booty sentit son cœur se serrer à la pensée de ses chères vaches qu'on allait envoyer paître pour laisser la place aux tanks de l'armée ; il regarda son petit coin de montagne escarpé, huma l'arôme piquant des orchidées violettes et des lis aux rousseurs pâles ; eut une brève vision, tout en bas, de la Teesta, qui pour l'instant n'avait pas de couleur définie, simple ruban opaque qui s'en allait rejoindre le Brahmapoutre. Pareille sauvagerie n'était pas propre à inspirer un amour tendre – lui aimait ces images passionnément, intensément.

Deux jours plus tard, il recevait un autre visiteur, un médecin népalais qui souhaitait ouvrir une clinique privée et qui, sans y être invité, franchit la grille pour contempler la vue qu'appréciait tant le père Booty et la caresser des yeux. Il examina la maison solidement construite que son occupant avait baptisée *Sukhtara*. L'Étoile du bonheur. Il tambourina des jointures sur les murs de l'étable d'un air satisfait de propriétaire. De quoi loger vingt-cinq riches patients là-dedans… Puis il offrit une somme dérisoire au père Booty pour lui racheter son bien.

« Ça ne couvre même pas le prix de l'étable, sans parler de la maison.

– Vous n'aurez pas d'autres offres.

– Et pourquoi ?

– Parce que j'y ai veillé, et que vous n'avez pas le choix. Vous pouvez même vous estimer heureux que je vous en propose quelque chose. Vous résidez illégalement dans ce pays, il vous faut vendre, sinon vous perdez tout. »

*

« Je m'occuperai des vaches, Booty, lui dit son ami Potty. Te fais pas de souci. Et une fois les troubles terminés, tu reviendras et tu reprendras les choses là où tu les as laissées. »

Ils étaient assis tous les trois, le père Booty, l'oncle Potty et Sai. En fond sonore, une cassette de la chanteuse pakistanaise Abida Parveen : « *Allah ho, Allah ho Allah ho…* » Dieu n'était que désert et néant, disait la voix rauque, indifférent à la mort de l'amour. L'amour vous entraînait jusqu'aux limites du supportable, puis il sombrait… « *Mujhe jaaaane do…* Laisse-moi partir. » Tout ce à quoi l'on devait aspirer c'était la liberté. Les assurances de l'oncle Potty n'étaient pas faites pour le rasséréner : force lui était d'admettre que son ami était alcoolique et, pour cette raison même, peu fiable. Ivre, Potty était capable de laisser arriver n'importe quoi, de signer n'importe quel document ; peu importe, c'était entièrement sa faute : pourquoi n'avait-il pas fait une demande de passeport ? Parce qu'il aurait été aussi stupide de sa part de faire une telle démarche que de ne PAS la faire pour un Suisse ou un Américain ? Il sentait une contradiction en lui, se méprisait de se conformer aux idées reçues alors qu'il était le plus souvent en désaccord avec elles.

Une mangouste serpenta à travers la pelouse, se fondant dans la couleur du crépuscule, trahie seulement par ses ondulations.

La colère agitait le cœur de Sai. Tout cela, c'était la faute de Gyan. Voilà ce qu'il avait fait, et ce que faisaient les gens comme lui, au nom d'une vie décente et de l'éducation pour les Népalais, de leur droit aux hôpitaux et aux postes de direction. Le résultat était que le père Booty, l'adorable père Booty, qui, très franchement, avait fait bien davantage pour le développement dans les collines qu'aucun des natifs du coin, et ce sans crier ni brandir de poignard, allait être sacrifié.

Dans les vallées il faisait déjà nuit, les lampes s'allumaient au milieu des terres moussues et granitées, et l'obscurité aux senteurs fraîches s'étendait, déployant son feuillage. Tous trois buvaient de l'Old Monk et regardaient les ténèbres monter du sol, leur grignoter les pieds, puis les genoux, les ombres en feuilles de chou atteignant bientôt leurs joues, leur nez, leur enveloppant le visage. Elles finirent par les engloutir complètement et continuèrent leur ascension pour aller éteindre le Kanchenjunga, qui s'embrasa d'un dernier feu rose pornographique à souhait... Chacun d'eux se rappelait de son côté les nombreuses soirées qu'ils avaient passées ainsi... Impensable qu'elles puissent arriver bientôt à leur terme. C'était ici que Sai avait appris comment la musique, l'alcool et l'amitié pouvaient ensemble créer une grande civilisation. « Il n'y a rien de plus doux, chers amis... », disait l'oncle Potty en levant son verre avant de boire.

Il y avait en Europe des salles de concert que le père Booty n'allait pas tarder à retrouver, des opéras où la musique fondait l'auditoire entier en une seule douleur ou une seule allégresse, les applaudissements crépitant comme une averse de mousson...

Mais était-il possible que l'on ressente là-bas ce qu'eux-mêmes ressentaient ici ? Suspendus au flanc de la montagne, cœurs à moitié pleins et à moitié vides, aspirant à la beauté, à l'innocence qui n'est plus ignorance. Pleins de passion pour les êtres aimés, ou pour le vaste monde, ou pour les mondes au-delà de celui-ci…

Sai songea au mal qu'elle avait eu à définir le sentiment d'attente qui l'habitait au tout début à Cho Oyu, quand seule l'attente elle-même trouvait un écho dans son cœur douloureux. Aujourd'hui l'attente avait disparu, et la douleur semblait avoir trouvé son objet.

Elle repensa au jour où l'on avait volé les fusils à Cho Oyu : le début de tous leurs ennuis.

Trente-cinq

Ces fusils ainsi accrochés au mur avaient l'air vraiment ridicules, artefacts témoins d'un autre temps, trop souvent vus pour qu'on les remarque ou qu'on y songe encore. Gyan avait été le dernier à les descendre pour les examiner de plus près : les garçons aimaient ce genre d'objets. Sai avait lu quelque part que même le dalaï-lama avait une collection de jeux de guerre et de soldats de plomb. Il ne lui était jamais venu à l'esprit que ces vieux fusils pourraient un jour être remis en service. Était-il possible que des crimes soient commis qui, une fois la piste remontée, conduiraient jusqu'à leur porte ?

*

« Mon grand-père chassait dans le temps », avait dit Sai à Gyan pour tenter de l'impressionner, mais pourquoi avait-elle été si fière ? La chose était somme toute plutôt infamante.

Le cuisinier lui avait raconté plus d'une histoire à ce sujet.

« C'était un grand *shikari*, Saibaby. Il était très beau, il avait l'air très brave et belle allure sur son cheval. C'était à lui que les villageois faisaient appel quand il y avait un mangeur d'hommes dans les parages.

– Et ça arrivait souvent ? » Chair de poule.

« Oh, sans arrêt. On entendait leur grrrr-rrr, un bruit comme quand on scie du bois. Ça me réveillait. Le matin, on voyait des empreintes de fauve au bord du fleuve et, des fois, même autour des tentes. »

Le cuisinier ne pouvait résister au plaisir d'enjoliver, et plus il racontait ses histoires, plus elles devenaient vraies, plus vraies que la vérité.

*

La police était venue enquêter, et dans la cahute du cuisinier avait dispersé les lettres de Biju…

« Il fallait qu'ils le fassent, avait dit le cuisinier. C'est une affaire grave. »

Que l'affaire ait été grave, on le vit le matin où, peu de temps après que sa condamnation à l'exil eut été annoncée au père Booty, arriva à Cho Oyu l'inspecteur de la subdivision territoriale. Le juge et Sai étaient sur la pelouse, et il dut chercher un moment avant de les localiser dans le camouflage qu'offraient leurs ombres mêlées à celles du feuillage.

« Les auteurs du vol sont toujours en fuite, dit l'IST,

entouré de trois policiers armés de revolvers et de *lathi*, mais surtout, monsieur, ne vous inquiétez pas. Nous allons régler ça rapidement. Et sévir contre les éléments antisociaux. »

« Vous savez, mon père était lui aussi un grand *shikari*, dit-il un peu plus tard, alors qu'ils prenaient le thé. "Si seulement tu avais été un peu moins fanatique, je lui ai dit un jour, tu nous aurais laissé quelque chose, à nous aussi." Vous ne croyez pas ? Ah ah ah, ajouta-t-il en riant – un rire qui aurait fait virer au rose vif le papier de tournesol. Monsieur le juge, vous autres *shikari*, vous étiez vraiment des as, les lions, les léopards... Aujourd'hui, quand on va dans la forêt, si on lève un poulet échappé d'un poulailler, c'est bien le bout, non ? »

Silence. Était-il allé trop loin ?

« Inutile de vous inquiéter, ces criminels, nous les attraperons. Ils prennent prétexte des problèmes du Bhoutan, de l'Assam, pour semer le trouble chez nous. Notre pays est constamment déchiré, et c'est bien triste pour des gens comme nous qui avons été élevés dans le patriotisme, et pire encore pour vous, monsieur, qui avez lutté pour notre liberté... Ces ennemis de la nation n'ont de respect pour rien ni pour personne, pas même pour eux-mêmes... C'est toute notre économie qui est menacée.

« Savez-vous, poursuivit-il en se tournant vers Sai, quelles sont les trois richesses du district de Darjeeling ? Vous pouvez me le dire ? » Elle fit un signe de dénégation. Déçu de son ignorance mais fier de son propre savoir, il entonna :

« Le thé !

« Le bois de construction !

« Le tourisme ! »

Au moment de partir, il s'arrêta devant une plante grimpante. « Superbes, ces fleurs, monsieur le juge. Pareil spectacle ne peut que vous convaincre de l'existence d'un dieu. » La passiflore était une magnifique bizarrerie, chaque fleur ne durait qu'une journée, tentacules rayés de violet et de blanc, moitié végétal, moitié anémone de mer... À elle seule, elle constituait une bonne raison de croire.

« Je suis devenu un jardinier enthousiaste, dit l'IST, depuis mon arrivée à Kalimpong. Je veille sur mes plantes comme sur de petits enfants. Bon, eh bien, contactez-moi si vous avez d'autres ennuis. Je ne pense pas que ce soit le cas, mais la situation n'en reste pas moins préoccupante. » Il s'enroula dans son châle comme un vrai patriote... Flip ! Flap ! L'appel du devoir ! Le temps qui presse ! Service de la nation ! Et il remonta dans sa Jeep. Le chauffeur franchit le portail en marche arrière jusqu'à la grille, et ils s'éloignèrent dans les rugissements du moteur.

« Attendons de voir ce qu'il va faire, dit le cuisinier.

– Ils ne retrouvent jamais personne », dit le juge.

Sai ne fit aucun commentaire, incapable qu'elle était de penser à autre chose qu'à la dérobade de Gyan.

*

Quelques jours plus tard, la police ramassait un pauvre ivrogne, qui fut inculpé du crime. Il s'agissait d'un individu que l'on voyait le plus souvent allongé dans un fossé le long de la rue du marché, totalement oublieux du monde. Un passant, de temps à autre, le remettait sur ses pieds, lui donnait une bonne paire de claques et le renvoyait chez lui titubant, zébré de motifs dessinés par l'herbe, des étoiles plein les yeux.

Cette fois-ci, en revanche, l'ivrogne fut emmené au commissariat, où il resta un moment assis par terre, pieds et poings liés, tandis que les policiers, l'air de s'ennuyer ferme, faisaient cercle autour de lui. Tout à coup, pourtant, sans raison apparente, ils sortirent de leur léthargie et se mirent à le rouer de coups.

Plus il criait, plus les coups pleuvaient ; ils en firent une sorte de bouillie, lui cognèrent la tête jusqu'à ce qu'il ait le visage en sang, lui firent sauter les dents, lui fracturèrent les côtes à coups de pied…

On l'entendait hurler et supplier du haut au bas de la colline. Les policiers le regardaient, écœurés. Tandis que l'autre clamait son innocence : « J'ai pas volé de fusils à personne. J' suis allé chez personne, j'ai rien fait, moi, c'est une erreur… »

Ces cris-là étaient les premiers, qui annonçaient la fin d'une vie normale sur la colline.

« J'ai rien fait, mais j' suis désolé. » Ils continuèrent

pendant des heures, au milieu des hurlements désespérés qui déchiraient l'air. « J' suis désolé, pardon, pardon… »

Mais les policiers ne faisaient que mettre en pratique leurs techniques de torture, s'entraînant pour la suite. Quand l'homme ressortit du commissariat, en se traînant à quatre pattes, ses yeux étaient aveugles. En se cicatrisant, les blessures lui laisseraient deux taies blanches et vides qui feraient reculer les passants de peur et de dégoût.

La seule grâce qui lui serait accordée serait celle de ne pas voir ce mouvement de recul, et il finirait par sombrer dans cet alcool qui avait toujours été sa seule consolation.

TRENTE-SIX

Ce fut Mr Iype, le vendeur de journaux, qui dit un jour à brûle-pourpoint en agitant un exemplaire d'*India Abroad* sous le nez de Biju : « Tu viens bien de la région de Darjeeling, non ? Y a pas mal de troubles dans le coin…

– Des troubles ?

– C'est les Népalais qui sèment la pagaille… Cherchent toujours les ennuis, ceux-là…

– Des grèves ?

– Bien pire, *bhai*, pas seulement des grèves, c'est toute la colline qui est paralysée.

– Ah bon ?

– Ça fait des mois que ça dure. T'es pas au courant ?

– Non. J'ai pas reçu de lettre depuis un bout de temps.

– Et pourquoi, à ton avis ? »

Biju avait mis cette interruption sur le compte des

perturbations habituelles : mauvais temps, incompétence.

« Ils devraient les renvoyer au Népal, ces salopards, poursuivit Mr Iype. Et les Bangladais au Bangladesh, les Afghans en Afghanistan, tous les musulmans au Pakistan, et tous ces Tibétains, ces Bhoutanais, qu'est-ce qu'ils viennent foutre chez nous ?

– Et nous, qu'est-ce qu'on vient foutre ici ?

– Ici c'est différent, dit l'autre, nullement gêné. Sans nous, qu'est-ce qu'ils deviendraient ? »

Biju retourna au travail.

À la fin de la journée, il avait fini par se convaincre que son père était mort. Le juge ne saurait même pas comment le retrouver, si même il essayait. Son inquiétude fut bientôt à son comble.

*

Le lendemain, il n'y tenait plus : il se glissa hors de la cuisine et donna 25 dollars à un clochard qui avait l'art de traîner près des cabines téléphoniques et de mémoriser les codes secrets des cartes que les gens annonçaient à l'opératrice. Ledit s'était posté derrière un certain Onopolous qui, sans se douter de rien, avait passé un appel qu'il avait fait débiter sur sa carte Gold...

« Fais vite, dit-il à Biju. Ce numéro, il est pas trop sûr ; y a déjà deux ou trois pékins qui l'ont utilisé. »

Le combiné était encore moite et tiède de la dernière relation intime à laquelle il avait présidé, et il renvoya dans l'oreille de Biju le crépitement d'une respiration de tuberculeux. Comme il n'y avait pas de téléphone à Cho Oyu, Biju composa le numéro de la *guesthouse* MetalBox sur Ringkingpong Road.

« Tu peux aller avertir mon père ? Je rappelle dans deux heures. »

*

C'est ainsi qu'un soir, quelques semaines avant que les lignes téléphoniques soient coupées, les routes et les ponts bombardés, et que tous sombrent dans la folie, le gardien du MetalBox vint secouer le portail de Cho Oyu. Le cuisinier était en train de préparer un bouillon à base d'os et d'oignons verts…

« *La !* Téléphone ! *La !* Téléphone ! Un appel de ton fils. *La !* D'Amérique. Il rappelle dans une heure. Dépêche-toi ! »

Le cuisinier ne perdit pas une seconde, laissant à Sai le soin de surveiller les os qui s'entrechoquaient dans la gamelle, couverts de fragments de verdure bouillonnants. « Babyji !

– Où vas-tu ? » demanda Sai, qui était occupée à enlever la bardane du pantalon de Mutt, tout en songeant à l'absence de Gyan…

Mais le cuisinier ne répondit pas. Il avait déjà franchi le portail et courait sur la route.

*

Le téléphone trônait, impavide, dans le salon de la *guesthouse*, protégé par un cadenas et une chaîne afin que ces filous de domestiques ne puissent que recevoir et non passer leurs appels. Quand la sonnerie retentit, le gardien bondit, criant : « Téléphone, *la* ! Téléphone ! *La mai !* », et toute la famille accourut depuis la cahute voisine. Chaque fois que le téléphone sonnait, ils s'empressaient avec une fidélité indéfectible. Gardiens des innovations du monde moderne, ils refusaient de voir cet objet se banaliser.

« ALLÔ ? »

« ALLÔ ? ALLÔ ? »

Ils se rassemblèrent autour du cuisinier, anticipant sur le plaisir à venir.

« ALLÔ ?

– ALLÔ ? *PITAJI* ??

– BIJU ? »

Selon une logique tout à fait naturelle, le cuisinier avait haussé la voix pour couvrir la distance qui les séparait et la faire porter jusqu'en Amérique.

« Biju, Biju », entonna en chœur la famille du gardien, « C'est Biju », se disaient-ils mutuellement. « C'est ton fils », disaient-ils au cuisinier « C'est son fils », se disaient-ils entre eux. Ils observaient son visage, à l'affût d'indices sur ce qui pouvait être raconté à l'autre bout du fil, cherchant à s'introduire dans la conversation, pris d'une envie irrépressible d'y participer.

« ALLÔ ALLÔ ??? »

« ???? HEIN ? J'ENTENDS PAS, TA VOIX EST TRÈS LOIN. »

« JE T'ENTENDS PAS. TU M'ENTENDS, TOI ? »

« Il entend pas. »

« QUOI ? »

« T'entends toujours pas ? » demandèrent-ils au cuisinier.

L'atmosphère de Kalimpong voyagea jusqu'à Biju en plein cœur de New York ; elle envahissait la ligne, et il sentait battre le pouls de la forêt, humait l'air moite, le foisonnement vert sombre ; il imaginait ses diverses textures, les plumets du bananier, la lance dénudée du cactus, les balancements délicats des fougères ; il entendait le coassement *trrr ruit crrr cruit* des grenouilles dans les épinards, qui se mêlait imperceptiblement au crépuscule...

« ALLÔ ? ALLÔ ?

– Y a du bruit, trop de bruit, disait la famille du gardien. T'entends pas, hein ? »

Le cuisinier les écarta d'un geste rageur, « Chu-u-ut », et fut aussitôt terrifié à l'idée d'avoir perdu une précieuse seconde avec son fils. Il se reconcentra sur le téléphone, essayant de les tenir à distance en agitant la main derrière lui avec une telle véhémence que celle-ci menaçait de se détacher de son bras.

Ils battirent en retraite un moment, puis, bientôt

habitués au geste péremptoire de l'autre, revinrent en force, sans se laisser intimider.

« Allô ? »

« Kya ? »

« Kya ? »

L'ombre de leurs mots était plus dense que leur substance. L'écho de leurs voix engloutissait la réponse qui venait de l'autre bout du monde.

« Y a trop de bruit. »

La femme du gardien sortit pour aller examiner le fil si fragile, la connexion précaire qui tremblait au-dessus des ravins et des montagnes, au-dessus du Kanchenjunga qui fumait comme un volcan ou un cigare : un oiseau avait pu se poser sur le fil, un engoulevent avait pu fondre sur le signal trop faible, le satellite au firmament avait pu avoir une défaillance…

« Trop de vent, le vent souffle trop fort, la ligne se balance comme ci, comme ça », dit la femme du gardien en revenant, joignant le geste à la parole.

Les enfants grimpèrent dans l'arbre pour essayer de maintenir le fil en place.

Une grêle de parasites s'abattit sur l'espace qui séparait le père et le fils.

« Qu'est-ce qui se passe ? (Hurlant plus fort :) Tout va bien ?

– Qu'est-ce que tu dis ?

– Lâchez-moi ce fil, dit la femme du gardien en délogeant les enfants de l'arbre, c'est pire qu'avant.

– QU'EST-CE QUI SE PASSE ? Y A DES ÉMEUTES ? DES GRÈVES ?

– PAS DE PROBLÈME POUR L'INSTANT. (Mieux valait ne pas l'inquiéter.) PAS POUR LE MOMENT !!

– Il va venir ? demanda le gardien.

– EST-CE QUE TU VAS BIEN ? hurla Biju depuis la rue new-yorkaise.

– NE T'INQUIÈTE PAS POUR MOI. ICI TOUT VA BIEN. TOUT EST PRÉVU POUR QUE TU MANGES À L'HÔTEL ? C'EST LE RESTAURANT QUI TE LOGE ? IL Y A D'AUTRES GENS DE L'UTTAR PRADESH AVEC TOI ?

– OUI, JE SUIS LOGÉ. ET NOURRI GRATUITEMENT. TOUT EST OK. MAIS TOI, TU VAS BIEN ? demanda à nouveau Biju.

– TOUT EST CALME POUR LE MOMENT.

– ET TOI, TA SANTÉ ?

– OUI. TOUT VA BIEN.

– Ah, tout va bien, dit l'assistance avec force hochements de tête. Tout va bien ? Oui, tout va bien. »

Soudain, après cet échange, ils ne trouvèrent plus rien à se dire, car si l'émotion était là, la conversation, elle, s'était tarie ; l'une s'était épanouie, l'autre pas. Ils tombèrent brutalement dans le silence.

« Quand est-ce qu'il va venir ? souffla le gardien.

– QUAND EST-CE QUE TU VIENS ?

– JE NE SAIS PAS, J'ESSAIERAI... »

Biju avait envie de pleurer.

« TU NE PEUX PAS DEMANDER UN CONGÉ ? »

Il n'avait pas encore atteint le stade où on aurait pu

lui faire la grâce de quelques jours de congé de temps à autre. Il ne pouvait pas retourner au pays voir son père.

« QUAND EST-CE QUE TU AURAS UN CONGÉ ?

– JE NE SAIS PAS...

– ALLÔ ? »

– *La ma ma ma ma ma ma*, il ne peut pas avoir de congé. Pourquoi ? Je sais pas, ça doit être difficile là-bas, on gagne beaucoup d'argent, mais c'est sûr qu'il faut travailler dur pour le gagner... On n'a rien sans rien... C'est partout pareil...

« ALLÔ ? ALLÔ ?

– *PITAJI*, TU M'ENTENDS ? »

Ils s'éloignaient à nouveau l'un de l'autre...

Bip bip, friture, coassement de grenouilles... La ligne fut coupée, et ils se retrouvèrent perdus dans l'immensité qui les séparait.

« ALLÔ ? ALLÔ ? » hurlé dans le rictus du combiné.

« Allô ? Allô ? Allô ? » dirent-ils tous en écho.

Le cuisinier reposa l'appareil, tremblant de tout son corps.

« Il va rappeler », dit le gardien.

Mais le téléphone resta muet.

Dehors, les grenouilles firent *t-t-t t-t-t*, comme si elles avaient avalé la tonalité.

Il tenta de secouer le gadget pour le ramener à la vie, espérant au moins entendre les habituelles formules d'adieu. Même sur des expressions toutes faites on peut encore plaquer de vraies émotions.

« Il doit y avoir un problème avec la ligne.

– Oui, c'est sûrement ça. »

Comme toujours, la faute à la ligne !

« Il aura grossi quand il reviendra. On dit qu'ils ont tous grossi quand ils reviennent », dit à brûle-pourpoint la belle-sœur du gardien, essayant de réconforter le cuisinier.

*

La communication était terminée, et le sentiment de vide que Biju avait espéré chasser n'en était que plus grand.

Il n'arrivait pas à parler à son père ; il ne restait plus rien entre eux que des phrases primaires, aussi abruptes que des messages télégraphiques, hurlées à pleine voix comme au milieu d'un champ de bataille. Ils n'avaient plus rien à partager en dehors de l'espoir que le partage était encore possible. Biju resta un instant la tête dans la cabine téléphonique, constellée de morceaux de chewing-gum séché et des habituels *PutainMerdeBite-ZobChatteAmourGuerre* et autres svastikas, et de cœurs percés de flèches qui se mêlaient à ce jardin de graffitis touffu, trop douceâtre, trop agressif, trop pervers – compost pourrissant et nauséeux du cœur humain.

S'il continuait à vivre à New York, il ne reverrait peut-être jamais son *pitaji*. C'était fréquent ; dix, quinze ans passaient, et un beau jour arrivait le télégramme ou l'appel téléphonique : le père ou la mère étaient morts, et l'enfant arrivait trop tard. Ou bien alors il rentrait pour découvrir qu'il avait manqué le dernier quart d'une vie, et que ses parents avaient l'air de négatifs de photos. Il y avait plus grave encore. Une fois retombée l'excitation des premiers jours, il devenait souvent évident que l'amour avait disparu ; car l'affection n'était somme toute qu'une habitude, et les gens oubliaient, ou bien s'accoutumaient à son absence. À leur retour, ils ne trouvaient plus qu'une façade ; l'affection avait été rongée de l'intérieur, à l'image de Cho Oyu creusée par les termites.

*

Ils grossissent tous là-bas…

Le cuisinier savait bien qu'ils grossissaient tous. Tout le monde le savait.

« Est-ce que tu grossis, *beta*, comme tout le monde en Amérique ? » avait-il écrit à son fils longtemps auparavant, en délaissant pour une fois leur mode habituel de communication.

« Oui, je grossis, avait répondu Biju. Quand tu me reverras, je serai moi multiplié par dix. » Il avait ri en écrivant ces lignes, et le cuisinier avait ri, lui aussi, très fort, en les lisant ; il en était tombé à la renverse et avait agité les jambes comme un cafard sur le dos.

« Oui, je grossis… moi multiplié par dix », avait écrit Biju, atterré de découvrir, le jour où il était allé au magasin Tout à un dollar, qu'il devait acheter ses chemises au rayon enfants. Le patron, originaire de Lahore, était perché sur un escabeau au milieu du magasin pour s'assurer qu'on ne volait rien, et ses yeux se fixèrent sur Biju dès qu'il entra, déclenchant en lui un fort sentiment de culpabilité. Pourtant, il n'avait rien fait. Mais tout le monde était prêt à jurer le contraire, tellement la culpabilité se lisait sur son visage.

Saeed lui manquait. Biju aurait voulu pouvoir regarder le pays encore une fois, ne fût-ce que brièvement, à travers les lentilles optimistes de ses yeux.

*

Biju retourna au Gandhi Café, où personne n'avait remarqué son absence.

« Vous venez tous regarder le match de cricket, OK ? » Harish-Harry avait apporté un album pour montrer à son personnel des photos de la copropriété qu'il venait d'acheter dans le New Jersey en versant un premier acompte. Il avait déjà fait installer une énorme parabole en plein milieu de la pelouse, en dépit du fait que la direction de ce lotissement plutôt chic avait insisté pour qu'elle soit adroitement placée sur le côté, comme une oreille discrète ; il avait finalement obtenu gain de cause, après s'être montré assez habile pour se récrier : « Du racisme ! C'est du racisme ! C'est la seule façon pour moi de capter correctement les chaînes indiennes. »

Son unique souci, c'était sa fille. Leur amie et concurrente, l'épouse de Mr Shah, avait capturé un futur gendre en confectionnant des kebabs du genre fondant dans la bouche et en les faisant livrer par Fed-Ex dans les vingt-quatre heures jusqu'en Oklahoma. « Une famille de paysans arriérés au beau milieu des champs de maïs, avait dit Harish-Harry à sa femme. Et je voudrais que tu voies ce type dont ils font tout un plat – un vrai *lutoo*, un crétin. Taillé comme un Américain… le genre d'engin avec lequel on pourrait défoncer une porte. »

Il dit à sa fille : « Dans le temps, c'était une question de fierté pour une fille d'avoir une personnalité agréable. Conduis-toi comme une idiote maintenant, et tu le regretteras toute ta vie… Et ne viens pas pleurer après, d'accord ? »

TRENTE-SEPT

Les choses vont s'arranger, avait dit l'IST ; les tortures allaient pourtant bon train dans la ville, mais rien ne s'arrangeait.

Une série de grèves obligeait à fermer les commerces.

Grève d'une journée.

De trois jours.

De sept.

Quand la supérette Lark ouvrit brièvement un matin, Lola sortit victorieuse d'un combat avec les princesses afghanes qui lui disputaient les dernières boîtes de conserve et les derniers pots de confiture. Un peu plus tard dans le mois, les princesses, qui n'avaient toujours pas digéré l'affaire, ne pensaient plus qu'à la confiture, au milieu des meurtres et des incendies qui se multipliaient. « Ah, cette horrible bonne femme ! »

Lola, elle, étalait sa marmelade Druk avec un malin plaisir, en couches fines, pour la faire durer.

Grève de treize jours.

De vingt et un jours.

Puis plus de journées avec que sans grève.

Plus de moiteur dans l'air que d'air. Il devenait difficile de respirer, et l'on avait l'impression d'étouffer dans un endroit où, s'il y avait pourtant une chose en abondance, c'était bien l'espace.

Pour finir, les boutiques et les bureaux n'ouvrirent plus du tout – l'agence Snow Lion et le kiosque du téléphone, la boutique de châles, les Tailleurs sourds, les vendeurs de journaux Kanshi Nath & Sons –, tous terrorisés au point de garder les volets fermés et de ne pas même montrer le bout de leur nez. Les barrages routiers bloquaient la circulation, empêchaient les camions chargés de bois de construction et de pierres de quitter la ville, interdisaient le transport du thé. Les routes étaient parsemées de clous et de flaques d'huile de moteur. Si on vous laissait passer, c'était en échange de grosses sommes d'argent, et on vous obligeait à acheter des cassettes des discours du FNLG et des calendriers du Gorkhaland.

Des hommes arrivés en camion de Tindharia et de Mahanadi se rassemblèrent devant le commissariat et jetèrent des briques et des bouteilles. Les gaz lacrymogènes ne réussirent pas à les disperser, pas plus que les coups de *lathi* des policiers.

« Bon, alors, qu'est-ce qu'ils réclament comme territoire ? demanda Lola, l'air sombre.

– Les subdivisions de Darjeeling, Kalimpong et Kurseong, dit Noni, et, jusqu'aux contreforts des montagnes, certaines parties des districts de Jalpaiguri et de Cooch Behar empiétant sur l'Assam.

– Pas de paix pour les méchants », lança Mrs Sen, aiguilles à tricoter en action : elle était en train de faire un pull-over pour le Premier ministre, histoire de le consoler de ses malheurs. « Même à Delhi, il peut faire froid… surtout dans ces bungalows pleins de courants d'air où sont logés les hauts fonctionnaires. » Mais ce n'était pas une tricoteuse émérite. Elle était fort lente. Contrairement à sa mère, à qui il suffisait d'un film à la télé pour vous confectionner une couverture de bébé.

« Qui sont les méchants, en l'occurrence ? demanda Lola. Pas nous, mais eux. Et c'est nous qui n'avons pas la paix. Il serait plus juste de dire : pas de paix pour les gentils. »

Qu'était-ce qu'un pays sinon l'idée qu'on s'en faisait ? Elle songeait à l'Inde comme à un concept, un espoir, une aspiration. Combien de fois pourrait-on l'attaquer avant qu'elle s'effondre ? Pour détruire quelque chose, il fallait de la pratique ; et ils étaient en train de passer maîtres dans cet art diabolique. Chaque argument avancé faciliterait le suivant, qui s'imposerait de lui-même, et, comme lors du naufrage d'un mariage, il serait impossible de rester à l'écart, de cesser de raviver les blessures, même si celles-ci étaient vôtres.

*

Ils avaient terminé leurs livres de bibliothèque, mais il était, bien entendu, hors de question d'aller les rendre. Un matin, quand le fringant major qui dirigeait l'établissement arriva au Gymkhana Club, ce fut pour découvrir que le FNLG avait fait déguerpir les bibliothécaires et les employés, et profitait d'un espace et d'une intimité qu'il n'avait jamais connus jusque-là, dormant entre les rayons et s'ébattant dans les toilettes des dames où, il n'y avait pas si longtemps, Lola avait soufflé sur sa houppette avant de se repoudrer délicatement le nez.

Les touristes avaient cessé d'arriver de Calcutta, ridicules sous leurs couches de vêtements dignes d'un explorateur polaire, et répandant à travers la ville une odeur de naphtaline. Pas de visiteurs pour écraser de leur riche graisse de citadins les rosses galeuses au cours des randonnées à cheval. Cette année, les animaux étaient libres comme l'air.

Pas de clients au Himalayan Hotel, personne pour s'asseoir sous le tableau de Roerich avec sa montagne éclairée par la lune comme un fantôme sous son drap de lit, personne pour faire l'« expérience unique d'un retour aux neiges d'antan », comme le suggérait le dépliant, ni pour commander un *Irish stew* et mâcher,

mâcher jusqu'à plus soif, la viande des chèvres faméliques de Kalimpong.

Les bungalows des compagnies fermèrent. Les gardiens qui se voyaient obligés, à cette époque de l'année, de mettre un terme à leur occupation illicite des bâtiments principaux pendant l'hiver pour réintégrer les cahutes voisines, de renoncer à leur dignité et de se composer une expression servile, de remplacer les serrures qu'ils avaient trafiquées pour exhumer des placards postes de télévision et radiateurs électriques *made in Japan*… les gardiens, cette année-là, purent continuer à jouir de leur confort en toute quiétude.

Si eux restèrent sur place, les enfants, en revanche, se virent prestement retirés des pensionnats, leurs parents ayant lu dans les journaux que le climat salubre des montagnes était empoisonné par des rebelles séparatistes et des actes de guérilla. L'hystérie grandissante fut peut-être responsable de la conduite déshonorante du dernier groupe de garçons encore présents à Saint-Xavier. Lorsqu'on eut sollicité leur aide pour préparer le dîner (les cuisiniers s'étant évanouis dans la nature), ils découvrirent que pour couper le cou à un poulet, le meilleur moyen était encore de le lui tordre et de tirer dessus d'un coup sec comme quand on débouche une bouteille – bien plus efficace, en tout cas, que de le déchiqueter avec un couteau émoussé. Il s'ensuivit une débauche de plumes et de sang, une incroyable pagaille, les volatiles décapités courant dans tous les sens et répandant partout viscères et excréments. Les gamins hurlèrent jusqu'à pleurer de rire, les rires s'achevant en sanglots, les sanglots se muant en rires. Le surveillant ouvrit le tuyau d'arrosage dans l'espoir qu'une bonne giclée d'eau froide les ramènerait à la raison, mais à ce moment-là, bien entendu, il n'y avait déjà plus d'eau dans les réservoirs.

*

Il n'y avait plus de gaz non plus, ni de pétrole. Tout le monde était revenu à la cuisine au feu de bois.

Il n'y avait plus d'eau.

« J'ai laissé les seaux dans le jardin, dit Lola à Noni, pour qu'ils se remplissent de pluie. Il vaut mieux ne plus se servir de la chasse. Il n'y a qu'à mettre un peu plus de Sunny Fresh pour couvrir les odeurs. Pour la petite commission, j'entends. »

Plus d'électricité non plus : le bâtiment du service avait été incendié en représailles après des arrestations effectuées lors des barrages routiers.

Quand le réfrigérateur frémit en exhalant son dernier soupir, les deux sœurs furent obligées de faire cuire d'un seul coup toutes les denrées périssables. C'était le jour de congé de Kesang.

Dehors, il pleuvait dru, et il était presque l'heure du couvre-feu ; attirés par l'odeur puissante du mouton qui cuisait, plusieurs garçons du FNLG qui passaient par là et cherchaient un abri entrèrent en escaladant la fenêtre de la cuisine.

« Pourquoi ta porte d'entrée est fermée, ma tante ? »

Les énormes cadenas qui scellaient d'ordinaire les malles métalliques contenant les objets de valeur avaient été posés sur les portes de devant et de derrière, en guise de précaution supplémentaire. Au-dessus de leurs têtes, au grenier, plusieurs objets de valeur restaient vulnérables : l'argenterie de famille qui avait servi lors des prières à l'époque où elles n'étaient pas encore athées, les timbales pour bébés achetées dans Bond Street et accompagnées de ces ustensiles en forme de truelle qui avaient servi à enfourner le contenu des petits pots de bouillie dans leurs bouches arrondies, un télescope fabriqué en Allemagne, l'anneau en perles qui pendait à la narine de leur arrière-grand-mère, des lunettes chauve-souris datant des années soixante, les cuillers à moelle en argent (ils avaient toujours été très portés sur la moelle dans la famille), les serviettes damassées avec une poche spéciale cousue à l'intérieur pour recevoir les triangles des sandwichs au concombre (« Une légère aspersion d'eau, rappelle-toi, pour humidifier le tissu avant de partir en pique-nique... »). Éléments d'un magot empruntés à une version romantique de l'Occident et à une version fantaisiste de l'Orient, et investis de suffisamment de pouvoir pour autoriser le maintien d'une certaine dignité face aux infâmes affronts que s'infligeaient mutuellement les parties.

« Qu'est-ce que vous voulez ? leur demanda Lola, dont la seule expression prouvait qu'elle avait quelque chose à protéger.

– On vend des calendriers, ma tante, et des cassettes au profit du mouvement.

– Quels calendriers, quelles cassettes ? »

Contrastant avec l'effraction et les tenues de camouflage, il y avait cette politesse déconcertante.

Sur les cassettes figurait le célèbre discours « Lavons nos *kukri* sanglants dans les eaux maternelles de la Teesta ».

« Ne leur donne rien », siffla Lola, au bord de l'évanouissement. Elle s'était exprimée en anglais, pensant qu'ils ne comprendraient pas. « Si on commence, ils n'arrêteront pas de revenir. »

Mais ils comprenaient bel et bien. Ils comprenaient son anglais, là où elle-même ne comprenait pas leur népalais.

« Toute contribution en faveur du Gorkhaland est la bienvenue.

– Bienvenue pour vous, mais pas pour nous.

– Chu-u-t, souffla Noni, essayant de faire taire sa sœur. Sois prudente.

– On vous donnera un reçu, dirent les garçons, qui ne quittaient pas des yeux la nourriture étalée sur le plan de travail – saucisses de ferme aux allures de boyaux, salami congelé sous ses cristaux de glace en train de fondre.

– Pas question, dit Lola.

– Chhhut, fit à nouveau Noni. Donnez-nous un calendrier.

– Un seul, ma tante ?

– Bon, d'accord, deux.

– Mais tu sais à quel point on a besoin d'argent... »

Elles firent l'acquisition de trois calendriers et de deux cassettes. Cependant leurs visiteurs ne semblaient toujours pas disposés à quitter les lieux.

« On peut dormir par terre ? La police viendra jamais nous chercher ici.

– Non, dit Lola.

– D'accord, dit Noni, si vous restez tranquilles et ne faites pas de bruit. »

Avant de s'endormir, ils engloutirent toute la nourriture.

*

Lola et Noni se barricadèrent dans leur chambre, déplaçant la commode aussi silencieusement que possible pour bloquer la porte. Mais les garçons les entendirent et s'esclaffèrent : « Vous craignez rien, vous savez. Vous êtes trop vieilles pour nous. »

Les sœurs restèrent éveillées toute la nuit, les yeux douloureux à force de scruter l'obscurité. Mustafa était assis, les membres rigides, dans les bras de Noni, tout de dignité outragée, l'orifice de son derrière contracté en un point d'exclamation rageur, et la queue, intransigeante, dressée à la perpendiculaire.

Et Budhoo, leur veilleur de nuit ?

Elles attendirent qu'il arrive avec son fusil pour faire déguerpir les gamins, mais Budhoo ne vint pas.

« Je te l'avais bien dit…, fit Lola dans un murmure rauque, ces Néps, tous les mêmes ! Main dans la main…

– Peut-être que les garçons l'ont menacé, siffla Noni.

– Oh, je t'en prie. Il est probablement l'oncle d'un de ces brigands ! On aurait dû leur dire tout de suite de s'en aller. Maintenant que tu as commencé, Noni, ils ne vont plus nous lâcher.

– Parce qu'on avait le choix peut-être ! Si on avait refusé, on l'aurait payé, et cher. Ne sois pas si naïve.

– C'est toi qui es naïve. Tu te rappelles : “Ils n'ont pas tort s'ils n'ont pas totalement raison” ; et maintenant regarde où on en est… *espèce d'idiote* ! »

*

« Vous avez peur d'avoir des ennuis avec la police pour nous avoir cachés ? leur demanda l'un d'eux le lendemain matin avec un sourire narquois. C'est ça qui vous inquiète ? Vous savez bien que la police ne touche pas aux riches, seulement à des gens comme nous. N'empêche, si vous dites un mot, on sera obligé de prendre des mesures.

– Quelles mesures ?

– Tu le verras bien, ma tante. »

Toujours cette politesse exquise.

Ils partirent en emportant le riz, le savon et l'huile, ainsi que la production annuelle de cinq pots de chutney à la tomate fournis par le jardin, et, au moment où ils descendaient les marches, ils remarquèrent ce qu'ils n'avaient pu voir dans l'obscurité lors de leur arrivée : la longue pelouse et la succession de terrasses qui prolongeaient la propriété. Il y avait là assez de terrain pour accueillir une rangée de cabanes. Au-dessus de leurs têtes, un amas sinistre et boucané de chauves-souris électrocutées suspendues aux fils tirés entre les arbres témoignait d'un solide approvisionnement en électricité en temps normal. Le marché était tout près ; une belle route goudronnée passait juste devant, qui pourrait les conduire jusqu'aux magasins et aux écoles en vingt minutes à pied au lieu des deux ou trois heures qu'il leur fallait à l'aller comme au retour...

Il ne s'était pas écoulé un mois que les deux sœurs se réveillèrent un beau matin pour s'apercevoir que, sous le couvert de la nuit, une cabane avait poussé comme un champignon sur une tranchée nouvellement creusée au fond du jardin potager de Mon Ami. Elles regardèrent avec horreur deux garçons déterrer calmement un bambou sur *leur* propriété et le transporter sous leur nez : longue tige raide, encore tremblante et floconneuse d'avoir été arrachée, vibrante de contradiction entre flexibilité et rigidité, assez longue pour couvrir la largeur d'une maison de dimensions respectables.

Elles se précipitèrent : « Mais ce terrain est à nous !
– Non, il n'est pas à vous. Il est à tout le monde, répliquèrent-ils grossièrement et sans ambages.
– Il est à nous.
– C'est du terrain inoccupé.
– On va appeler la police. »
Un haussement d'épaules, et ils leur tournèrent le dos et se remirent au travail.

TRENTE-HUIT

Ça ne sortait pas de nulle part, Lola le savait bien, mais d'un vieux sentiment de frustration inhérent à Kalimpong. Présent dans le moindre souffle. Dans les regards qui vous traquaient, s'attachaient à vos pas tandis que vous approchiez, restaient rivés sur votre dos quand vous étiez passé, et s'accompagnaient d'une remarque à peine audible sur votre passage ; dans les sarcasmes de ceux qui se retrouvaient à la cantine de Thapa, chez Gompu ou dans l'une de ces innombrables cahutes anonymes qui jalonnaient la route et où l'on vendait des œufs et des allumettes.

Ces gens étaient capables de les nommer, de les reconnaître – eux, les quelques riches de la ville –, tandis que Lola et Noni avaient beaucoup de mal à différencier les individus qui constituaient le gros du troupeau des pauvres.

Jusque-là, les deux sœurs n'avaient guère prêté attention au phénomène pour la simple raison qu'elles n'avaient pas eu à le faire. Il était normal qu'elles suscitent l'envie, elles voulaient bien l'admettre, mais les lois de la probabilité leur assuraient de passer au travers de la vie sans autres dommages que quelques remarques ou commentaires malveillants, si ce n'est que de temps à autre quelqu'un avait la malchance de se trouver exactement au mauvais endroit au mauvais moment, et tout remontait à la surface. Alors les rancœurs accumulées depuis des générations leur tombaient dessus. À l'instant où Lola commençait à croire que les choses continueraient comme par le passé, encore une bonne centaine d'années – Trollope, la BBC, les fous rires à Noël –, voilà que, tout d'un coup, ce qu'elles considéraient comme inoffensif, drôle, anodin devenait inadmissible.

Il n'était pas anodin d'acheter du jambon en conserve dans un pays de riz et de *dal* ; pas anodin non plus d'habiter une grande maison et de s'asseoir le soir à côté d'un radiateur, même si celui-ci envoyait des étincelles et des décharges électriques ; ni de s'envoler pour Londres et de rapporter du chocolat au kirsch ; que les autres ne puissent pas en faire autant n'était pas non plus anodin. Elles avaient fait semblant de croire que ce n'était pas le cas ou que ce n'était pas leur affaire, et, brutalement, cette affaire devenait la leur. L'opulence censée les protéger comme une couverture était précisément ce qui les rendait vulnérables. Vu la pauvreté ambiante, leur richesse était incommensurable, et les statistiques mettant au jour ces différences étaient maintenant annoncées par haut-parleur et inscrites avec violence sur les murs. La colère s'était matérialisée sous forme de slogans et de fusils, et il s'avérait qu'elles, *elles*, Lola et Noni, étaient les malchanceuses qui ne passeraient pas au travers, celles qui allaient devoir s'acquitter de la dette laissée impayée pendant des générations.

*

Lola alla rendre visite à Pradhan, le responsable haut en couleur du FNLG pour la section de Kalimpong, avec l'intention de se plaindre des habitations que construisaient ses partisans en toute illégalité sur la propriété Mon Ami.

« Mais il faut bien que je loge mes hommes », dit Pradhan. Il avait tout d'un nounours converti au banditisme : longue barbe, bandana autour de la tête, boucles d'oreilles en or. Lola ne savait pas grand-chose sur son compte, en dehors du fait que les journaux l'avaient surnommé « le franc-tireur de Kalimpong », que c'était une sorte de renégat, colérique, imprévisible, un rebelle, pas un négociateur, qui menait sa section comme un roi son royaume, un brigand sa bande. Il était plus incontrôlable, disait-on, et plus intransigeant que Ghising, le chef de la section de Darjeeling, qui était, lui, meilleur diplomate, et dont les hommes avaient investi le Gymkhana Club. Le CV de Ghising avait paru dans le dernier numéro de l'*Indian Express* qui avait pu franchir les barrages routiers : « Né sur une plantation de thé de Manju ; scolarisé sur la plantation de thé de Singbuli ; ancien du 8e fusiliers gorkhas, a combattu au Nagaland ; acteur de théâtre ; auteur d'ouvrages en prose et en vers (cinquante-deux livres au total : était-ce possible ?) ; boxeur poids coq ; syndicaliste. »

Derrière Pradhan se tenait un soldat, un fusil à la crosse en bois pointé vers l'intérieur de la pièce. Lola trouva qu'il ressemblait comme un frère à Budhoo, portant le fusil de Budhoo.

« Bord de la route, mon terrain », avait marmonné Lola, vêtue du sari de veuve qu'elle portait pour se rendre au crématorium électrique quand Joydeep était mort, dans un anglais approximatif, comme pour faire croire qu'elle ne parlait pas cette langue correctement, plutôt que de laisser entendre qu'elle ne connaissait pas le premier mot de népalais.

Pradhan habitait un quartier de Kalimpong où elle n'avait jamais mis les pieds auparavant. Contre les murs extérieurs on avait planté des cactées dans de grands bambous fendus en deux et remplis de terre. Des cactus à piques courtes, genre porc-épic, ou à longue barbe poussaient dans des boîtes de conserve de Dalda et des sacs en plastique alignés le long des marches menant à la petite maison rectangulaire au toit de tôle. La pièce était remplie d'hommes qui la dévisageaient, certains debout, d'autres assis sur des chaises pliantes, entassés là comme dans la salle d'attente d'un médecin. Elle sentait leur désir intense de se débarrasser d'elle comme on se débarrasse d'une affection. Un autre demandeur l'avait précédée, un boutiquier marwari qui voulait faire franchir les barrages à une cargaison de lampes de prière. Bizarrement, c'étaient des gens du Marwar qui contrôlaient le commerce des objets de culte tibétains : lampes et clochettes, foudres, robes prune et chemises curcuma des moines, avec leurs boutons en laiton rehaussés d'une fleur de lotus.

Quand l'homme avait été introduit en présence de Pradhan, il s'était mis à se plier en deux, à multiplier les courbettes et à se contorsionner, sans même oser lever les yeux. Il déversait des kyrielles de titres honorifiques tous plus fleuris les uns que les autres : « Honorable seigneur et *Huzoor* respecté, Votre Gracieuse Présence, votre volonté sera la mienne, accordez-moi, s'il vous plaît, donnez-moi votre bénédiction, Votre Grandeur révérée, Votre Excellence, que Dieu répande ses bienfaits sur vous et les vôtres, que Votre Gracieuse et Respectée Seigneurie prospère et accorde le succès à tous les demandeurs respectueux... » Il fleurit tout un jardin de mots, mais en vain ; pour finir, il ressortit à reculons, tout en continuant à répandre autour de lui roses et plaidoyers, prières et bénédictions...

Pradhan le congédia d'un bref « Pas d'exception ».

Puis vint le tour de Lola.

« Monsieur, on bafoue le droit de propriété.

– Nom de la propriété ?
– Mon Ami.
– Qu'est-ce que c'est que cette langue ?
– Du français.
– Je ne savais pas qu'on était en France. C'est le cas ? Alors, dites-moi un peu pourquoi je ne m'exprime pas en français. »

Il tenta de la renvoyer sur-le-champ, écartant d'un geste le plan du géomètre et les documents attestant les dimensions de la parcelle qu'elle tentait de dérouler sous ses yeux.

« Mes hommes doivent être logés, énonça Pradhan.
– Mais notre terrain…
– Le long des routes, jusqu'à une certaine distance, les terrains appartiennent au gouvernement, et ce sont ces terres que nous réquisitionnons. »

Les habitations qui poussaient comme des champignons se peuplaient de femmes, d'hommes, d'enfants, de cochons, de chèvres, de chiens, de volailles, de chats et de vaches. Lola prévoyait qu'avant un an le béton et les tuiles auraient remplacé la boue séchée et les bambous des constructions actuelles.

« Mais la terre est à nous…
– Vous l'exploitez ?
– Pour faire pousser des légumes.
– Vous n'avez qu'à les mettre ailleurs. Sur le côté de la maison.
– Z'ont entamé le flanc de la colline, terre pas solide, glissement terrain possible, marmonna-t-elle.

Très dangereux pour vos hommes. Glissements terrain sur la route... » Elle tremblait comme une moustache tant elle était terrifiée, même si elle tentait de se convaincre que c'était de rage.

« Des glissements de terrain ? Ils ne construisent pas des grandes maisons comme la tienne, ma tante, juste des cabanes en bambou. En fait, c'est la tienne de maison qui risque de causer un glissement de terrain. Trop lourde, non ? Trop grande ? Des murs trop épais ? En pierre ou en béton ? Tu es riche, non ? Maison, jardin, domestiques ! »

Là-dessus il se mit à sourire.

« En fait, poursuivit-il en décrivant un geste large autour de lui, je suis le raja de Kalimpong. Un raja doit avoir beaucoup de reines. » Il fit un signe de tête en direction des bruits qui provenaient de la cuisine à travers le rideau de la porte. « J'en ai quatre, dit-il en toisant Lola et en faisant basculer sa chaise en arrière, la tête inclinée de façon comique, une expression espiègle plaquée sur le visage, aimerais-tu être la cinquième, chère tante ? »

Les hommes dans la salle partirent d'un gros rire. Ils lui étaient entièrement dévoués. Lui savait que le meilleur moyen d'amadouer la force, c'était de prétendre qu'elle existait, de façon que la sienne atteigne les dimensions que lui attribuait la rumeur publique... Lola, une fois n'est pas coutume, était la cible des plaisanteries, détestée, ridiculisée, égarée du mauvais côté de la ville.

« Et tu sais quoi ? Comme tu ne risques pas de me donner des fils à ton âge, j'attendrai une grosse dot. Sans compter que, physiquement, tu n'as pas grand-chose pour toi, rien en haut (il tapota le devant de sa chemise kaki) et rien en bas (il se tapota le derrière, qu'il avait sorti de sa chaise)... Pour tout dire, je suis mieux pourvu que toi dans ce domaine. »

Elle les entendit rire quand elle quitta la pièce.

Comment ses pieds avaient-ils réussi à la porter ? Elle ne les remercierait jamais assez.

« Pauvre idiote ! » dit quelqu'un au moment où elle descendait les marches.

Les femmes se moquaient d'elle depuis la fenêtre de la cuisine. « Regardez un peu l'air qu'elle a », dit l'une d'elles.

Elles étaient belles, ces filles, avec leurs cheveux rassemblés en bandeaux soyeux et leurs anneaux passés dans leurs jolis nez froncés...

*

Quand elle passa sous l'arceau de la grille d'entrée, Mon Ami apparut à Lola comme une colombe surnaturelle, porteuse d'une paix blanc et bleu, une couronne de roses dans le bec.

« Comment ça s'est passé ? Qu'est-ce qu'il a dit ? Tu l'as vu ? » demanda Noni.

Mais Lola était incapable de parler à Noni, qui avait attendu avec impatience le retour de sa sœur.

Elle se rendit directement à la salle de bains, où elle s'assit, tremblante, sur le couvercle refermé de la cuvette.

« *Joydeep*, hurla-t-elle en silence à l'adresse de son mari mort depuis si longtemps, *regarde un peu ce que tu as fait, espèce de sombre crétin !!!* »

Ses lèvres s'allongèrent, et sa bouche, sous l'effet de la honte, prit des proportions énormes.

« *Regarde un peu à quoi tu m'as exposée ! Est-ce que tu sais à quel point j'ai souffert, est-ce que tu en as seulement une idée ??? Où es-tu ?! Toi et ta petite vie de merde, regarde un peu ce qu'il me faut supporter, mais regarde… On me traîne dans la boue.* »

Elle prit dans ses mains ses seins de vieille femme brocardés et les secoua. Elles ne pouvaient plus partir maintenant, elle et sa sœur. Si elles s'en allaient, l'armée investirait les lieux. Ou alors ce seraient des gens qui s'y installeraient et leur feraient un procès au nom du droit des squatteurs. Elles perdraient la maison qu'ils avaient achetée avec Joydeep, pleins de l'illusion d'une retraite paisible, au milieu des pois de senteur et de la brume, des chats et des livres.

*

Le silence résonna dans la tuyauterie, atteignit une intensité insupportable, perdit de sa violence, s'éleva à nouveau. Elle ouvrit le robinet d'un coup sec – pas l'ombre d'une goutte d'eau –, avant de le refermer d'un geste vicieux, comme si elle lui tordait le cou.

Le salaud ! Jamais la moindre faille dans ses certitudes, son aplomb. Jamais eu l'intelligence d'acheter une maison à Calcutta… mais non. Pensez-vous ! Pas un type comme ce pauvre Joydeep, avec ses idées romantiques de vie à la campagne, ses Wellington, ses jumelles et son livre d'ornithologie ; avec son Yeats, son Rilke (en allemand) et son Mandelstam (en russe) ; dans les montagnes violettes de Kalimpong avec son foutu Talisker et ses chaussettes Burberry (souvenirs de vacances écossaises jalonnées de golf, de saumon fumé et de distilleries). Joydeep et son charme suranné de gentleman. Il avait toujours marché comme si le monde était ferme sous ses pieds et que le doute lui était inconnu. Une vraie caricature. « *Tu n'étais qu'un pauvre crétin !* » cria-t-elle à son adresse.

Mais l'instant d'après,

brutalement,

elle mollit.

« *Tes yeux sont beaux, sombres et profonds.* »

Ces globes luisants, il les embrassait jadis avant de partir travailler sur ses dossiers.

« *Mais j'ai des promesses à tenir…* »

D'abord un œil, puis l'autre…

« *Et un long chemin à faire avant de m'endormir…*

– Et un long chemin à faire avant que tu t'endormes ? »

Elle reprenait en écho…

« Et un long chemin à faire avant de m'endormir[1]. »

Il faisait de même.

Jusqu'à la fin, et même au-delà, il avait eu le pouvoir de faire revivre cet esprit ludique qui avait allumé son amour à l'époque où ils n'étaient guère plus que des enfants, somme toute. « Bois à ma santé uniquement avec tes yeux », lui avait-il chanté lors de la réception de leur mariage, ensuite ils étaient allés passer leur lune de miel en Europe.

*

Noni (derrière la porte) : « Ça va ? »

Lola (d'une voix forte) : « Non, ça ne va pas. Laisse-moi tranquille. »

N. : « Pourquoi tu n'ouvres pas ? »

L. : « Je te dis de me laisser tranquille. Va donc rejoindre les types que tu n'arrêtes pas de défendre. »

N. : « Ouvre la porte. »

L. : « Non. »

N. : « Ouvre. »

L. : « Fous le camp. »

N. : « Lola ? Je t'ai préparé un rhum au citron vert. »

L. : « Fous-moi le camp. »

1. Parodie d'un poème de Robert Frost : « Les bois sont beaux, sombres et profonds, / Mais j'ai des promesses à tenir, / Et un long chemin à faire avant de m'endormir… » *(NdT)*.

N. : « Écoute, petite sœur, dans des situations comme celle que nous connaissons aujourd'hui, des atrocités sont commises sous couvert d'une cause légitime… »

L. : « Foutaises ! »

N. : « Mais si nous oublions qu'il y a une part de vérité dans ce qu'ils disent, les problèmes vont se multiplier. On a profité des Gorkhas et… »

L. (violente, grossière) : « Des conneries, oui ! Ces gens-là ne sont pas des gens respectables. Les Gorkhas sont des mercenaires, voilà tout. Ils suivront le plus offrant. Aucun principe, aucune idéologie là-dedans, Noni. Et c'est quoi, cette histoire de "GOrkhas" ? Que je sache, on a toujours dit "GUrkhas". Sans compter que des Gurkhas, il n'y en a pas des masses par ici… Quelques-uns, bien sûr, et une poignée d'autres, récemment arrivés de Hong Kong pour prendre leur retraite, mais autrement ce ne sont que des sherpas, des coolies… »

N. : « "Gorkhas", c'est la forme anglicisée. Ils ont fait le changement simplement pour… »

L. : « Mon œil ! Pourquoi choisir une orthographe anglaise s'ils veulent qu'on apprenne le népalais dans les écoles, hein ? Ces gens sont des rustres, voilà la vérité, Noni, tu le sais, nous le savons tous. »

N. : « Non, pas moi. »

L. : « Alors, qu'est-ce que tu attends pour aller les rejoindre ? Quitte la maison, abandonne tes livres, ton

Ovomaltine et tes caleçons longs. Ha ha, je donnerais cher pour voir ça, *espèce de menteuse, de faux jeton.* »

N. : *« C'est bien ce que j'ai l'intention de faire. »*

L. : « Eh bien, ne te gêne pas. Et quand tu en auras fini, va te faire voir en enfer ! »

N. (toujours derrière la porte de la salle de bains, secouant la poignée) : *« En enfer ? Et pourquoi l'enfer ? »*

L. (hurlant) : *« Parce que tu auras commis un* CRIME, *voilà pourquoi ! »*

*

Noni retourna s'asseoir sur les coussins de la banquette ornés de dragons. Mon Dieu, comme elles s'étaient trompées ! La vraie nature de l'endroit leur avait échappé. Elles avaient été ridicules toutes les deux de s'imaginer qu'elles faisaient quelque chose d'excitant simplement en occupant ce pittoresque cottage, en se laissant séduire par ces vieux livres de voyages empruntés à la bibliothèque, en cherchant l'éclairage qui leur permettrait de se voir sous un jour romanesque, de donner corps à un lieu conçu au départ simplement comme cadre d'une belle histoire à raconter devant la Royal Geographic Society, l'orateur, de retour d'expédition, faisant une conférence accompagnée de sherry et de petits-fours, et d'un certificat façon parchemin semé de pastilles dorées attestant qu'il avait exploré les lointains royaumes de l'Himalaya – mais « lointains » par rapport à quoi ?

Exotiques pour qui ? Pour les deux sœurs, cet endroit était le centre de leur existence, mais elles ne l'avaient jamais traité comme tel.

Budhoo, Kesang et bien d'autres, pour lesquels pareils dédoublement ou prise de conscience de leur identité étaient impossibles, vivaient une existence parallèle, tandis que Lola et Noni se berçaient de l'illusion qu'elles menaient un combat quotidien de gardiennes de la civilisation dans ce lieu de verdure écrasante et fuyante. Elles avaient conservé leur matériel de camping, leurs torches, leurs moustiquaires, leurs imperméables, leurs bouillottes, leur cognac, leur radio, leur trousse de premiers secours, leur couteau suisse, leur livre sur les serpents venimeux. Autant de talismans auxquels incombait la tâche de transmuer la réalité en quelque chose d'autre, autant de fournitures fabriquées par un monde pour qui elles étaient synonymes de courage. Alors qu'en fait elles ne connotaient plus que lâcheté.

Noni tenta de se secouer. Peut-être que chacun de nous était victime à un moment ou à un autre de ce genre d'expérience, quand il était prêt à reconnaître que sa vie et ses émotions avaient une profondeur sans commune mesure avec sa propre signification.

TRENTE-NEUF

Finalement, ce à quoi avaient excellé Gyan et Sai avait été le premier contact, sa douceur, son infinie tendresse ; ils s'étaient touchés comme s'ils pouvaient se briser, et Sai n'arrivait pas à oublier cette impression.

Elle se souvenait de ce regard féroce qu'il lui avait lancé à Darjeeling, en guise d'avertissement.

Après cet épisode, Gyan était revenu une dernière fois à Cho Oyu. Il était resté assis à la table, comme enchaîné.

Quelques mois plus tôt c'était un amoureux ardent, aujourd'hui il se comportait comme si elle l'avait attrapé et enfermé, la queue entre les jambes, dans une cage !

Quel genre d'homme était-ce donc ? se demanda-t-elle. Comment avait-elle pu aimer une créature aussi méprisable ? Son baiser ne l'avait pas changé en prince ; un foutu crapaud, voilà ce qu'il était devenu.

« Quel genre d'homme es-tu donc ? l'apostropha-t-elle. Tu crois que c'est des façons d'agir ?

– Je suis un peu perdu en ce moment, admit-il, réticent. Je ne suis qu'un homme, et il m'arrive d'être faible. Désolé. »

Ce « désolé » suffit à déclencher la fureur de Sai : « Tu es faible, oui, et aux dépens de qui ? Tu n'arriveras jamais à rien dans la vie, mon pauvre ami, cria-t-elle, si tu crois que ce genre d'explication peut servir d'excuse. Un assassin pourrait dire la même chose, et tu crois peut-être qu'on le relâcherait pour autant dans la nature ? »

Il se passa ce qui se passait toujours quand ils se disputaient. Il sentit la colère monter en lui : pour qui se prenait-elle à le sermonner comme ça ? « Le Gorkhaland aux Ghorkas. Nous sommes l'armée de libération. » Lui-même était un martyr, un homme ; un être d'ambition et de principes.

« Je n'ai pas à écouter ce genre de discours », dit-il en bondissant sur ses pieds et en sortant de la pièce avec fracas, juste au moment où elle était remontée au maximum.

Et Sai avait pleuré, car c'était la triste et injuste vérité.

*

Bloquée par le couvre-feu, malade d'amour pour Gyan, et malade du désir d'être désirée, elle espérait encore le voir revenir. Elle avait perdu son talent de jadis pour la solitude.

Elle attendit, lut et relut *Les Hauts de Hurlevent*, la puissance de l'écriture éveillant chaque fois des sensations animales, sauvages, au fond de son être – et elle relut les dernières pages à deux reprises… mais Gyan ne venait toujours pas.

*

Un long insecte maigre de la taille d'une grosse brindille grimpa les marches.

Un scarabée au derrière rouge inconvenant.

Un scorpion mort disséqué par les fourmis : d'abord son bras à la Popeye, transporté par une cohorte d'humbles ouvrières, puis le dard et, séparément, l'œil.

Mais toujours pas de Gyan.

Elle rendit visite à l'oncle Potty. « Ohé du bateau ?? » lui cria-t-il depuis sa véranda semblable au pont d'un navire.

Mais il vit bien que le sourire qu'elle lui adressait était de pure forme, et il ressentit un pincement de jalousie, comme le font tous les amis quand l'amour leur vole un proche, surtout ceux qui ont compris que l'amitié se suffit à elle-même, sentiment plus sûr, plus sain, moins exigeant pour le cœur. Qui procède toujours par addition, jamais par soustraction.

Devant son air absent, l'oncle Potty prit peur et chanta :

Tu es la meilleure,
Tu es le Nép-A-léon Brandy,
Tu es la meilleure,
Tu es le Ma-HAT-ma Gandy !

Mais son rire n'était qu'une petite douceur fabriquée pour lui faire plaisir, et lui faire croire que leur amitié était ce qu'elle avait toujours été.

Ayant prévu ce genre de développement, il avait tenté, longtemps auparavant, de lui montrer comment considérer l'amour : une tapisserie, un art, les peines qu'il engendrait, son naufrage étaient nécessaires à une bonne compréhension du phénomène, et même des amours tristes étaient préférables à un bonheur béat. Des années plus tôt, alors qu'il était étudiant à Oxford, l'oncle Potty était tombé amoureux de l'amour. Il avait cherché le mot dans les fichiers de la bibliothèque, d'où il rapportait des brassées de livres ; il fumait des cigarillos, buvait du porto et du madère, lisait tout ce qui lui tombait sous la main, des ouvrages de psychologie aux ouvrages scientifiques, en passant par la pornographie, la poésie, les lettres d'amour égyptiennes ou les écrits érotiques tamils du neuvième siècle... Il y avait la joie de la poursuite et celle de la fuite, et quand il était passé aux travaux pratiques sur le terrain, il avait trouvé l'amour le plus pur dans les endroits les plus sordides, les quartiers mal famés de la ville où la police ne s'aventurait pas ; ruelles moyenâgeuses qui tenaient davantage de tunnels, si étroites qu'il fallait marcher de côté pour passer devant les dealers ou les prostituées ; où, la nuit venue, des hommes dont il ne voyait jamais le visage fourraient leurs langues dans sa bouche. Il y avait eu Louis et André, Guillermo, Rassoul, Johan et Yoshi, et « Humberto Santamaria », celui pour lequel il avait un jour crié son amour au sommet d'une montagne du Lake District. Certains l'aimaient alors qu'il ne les aimait pas, pour d'autres, qu'il aimait profondément, à la folie, il n'était rien. Mais Sai était trop engagée pour apprécier ses vues dans ce domaine.

L'oncle Potty se gratta les pieds, faisant voler les peaux mortes. « Une fois qu'on a commencé à gratter, ma chère, on ne peut plus s'arrêter... »

*

Quand Sai retourna à Mon Ami, les deux sœurs, heureuses de pouvoir se divertir un peu au milieu de tous leurs ennuis, s'amusèrent aux devinettes : « Alors, qui est l'heureux élu ? Il est grand et beau, le teint clair ?

– Et riche ? ajouta Noni. Espérons qu'il est riche. »

*

Par bonheur, cependant, Sai eut un coup de chance qui lui permit de masquer la perte de sa dignité. Son sauveur fut le banal rhume domestique. Héroïquement, il attrapa son banal chagrin domestique juste au bon moment, brouillant l'origine de ses yeux coulants et de son mal de gorge, substituant les symptômes de l'affection virale à ceux de la chute honteuse depuis la corde raide de l'amour merveilleux. Ainsi protégée d'un diagnostic simple, elle s'enveloppa la figure dans les innombrables plis d'un mouchoir d'homme. « Un rhume ! » Un dixième de rhume banal pour neuf dixièmes de banal chagrin. Lola et Noni préparèrent des grogs au miel, au citron et au rhum.

« Sai, tu as une mine épouvantable, vraiment. »

Ses yeux rougis et irrités ruisselaient de larmes. Elle avait l'impression qu'une botte de la Gestapo lui écrasait le cerveau.

Quand elle revint à Cho Oyu, le cuisinier fouilla dans le tiroir à médicaments, à la recherche d'aspirine et de Vicks. Il dénicha un foulard en soie pour sa gorge, et Sai, ballottée par les vagues tour à tour brûlantes et glacées du Vicks, souffletée par les vents arctiques de l'eucalyptus, continuait à souffrir l'urgence et l'intensité dévorantes d'une attente perpétuelle, d'un espoir qui s'obstinait à vivre de rien. Qui n'avait que lui-même pour toute nourriture. Et qui finirait par la rendre folle.

Son affection pour Gyan n'était-elle qu'une habitude ? Mais comment diable pouvait-on penser autant à quelqu'un ?

Plus elle pensait à lui et plus elle y pensait, plus elle y pensait…

Rassemblant son courage, elle parla directement à son cœur : « Ah, pourquoi faut-il que tu te conduises si mal ? »

Mais celui-ci ne voulut rien entendre.

Il y avait une certaine grâce à oublier et à renoncer, lui rappela-t-elle ; ne pas vouloir le faire était infantile… tout le monde devait accepter l'imperfection et le deuil dans la vie. Le calmar géant, le dernier dodo.

Un matin, alors que son rhume allait mieux, elle comprit que ses excuses ne tenaient plus. Le couvre-feu était levé, et, pour tenter de sauver sa dignité, elle s'engagea dans une mission bien peu digne : elle décida de partir à la recherche de Gyan.

QUARANTE

Il n'était nulle part dans le bazar, pas même dans le magasin de musique et de vidéos où Rinzy et Tin Tin Dorji louaient des copies fatiguées des films de Bruce Lee et de Jackie Chan.

« Non, je l'ai pas vu », dit Dawa Bhutia, passant la tête par la porte de la cuisine du restaurant Chin Li, noyée dans les vapeurs de chou.

« Pas encore arrivé », dit Tashi, le propriétaire du Snow Lion, qui, faute de touristes, avait fermé l'agence de voyages et ouvert une salle de billard. Les anciennes affiches étaient toujours punaisées aux murs : « Découvrez la grandeur du Raj ; visitez le Sikkim, le pays aux deux cents monastères. » Sous clé dans le fond de la boutique, il avait toujours les trésors qu'il ne sortait qu'à l'intention des voyageurs les plus fortunés : un *thangka* fort rare, représentant des lamas naviguant sur des créatures marines magiques pour aller répandre le *dharma* en Chine ; la boucle d'oreille d'un noble ; une coupe en jade sortie clandestinement d'un monastère tibétain, et si transparente que la lumière passait à travers, dessinant un paysage de nuages d'orage vert et noir. « C'est terrible ce qui se passe au Tibet », disaient les touristes, mais sur leur visage seule se lisait la joie à la perspective d'un tel butin : « Seulement 25 dollars ! »

Maintenant Tashi devait se contenter de la monnaie locale. Son cousin, un simple d'esprit, allait et venait, des bouteilles plein les bras, entre le restaurant Gompu et la table de billard, pour permettre aux hommes de continuer à boire tout en jouant et en parlant du mouvement. Il y avait des vomissures séchées dans tous les coins.

Sai passa devant les salles désertes du collège universitaire de Kalimpong : insectes morts empilés comme des graines contre les vitres encrassées, abeilles prises dans les filets soyeux des araignées, tableaux noirs encore couverts de symboles et de calculs. C'est ici, dans cette atmosphère chloroformée, que Gyan avait étudié. Elle contourna la montagne pour se trouver du côté d'où l'on dominait la Relli et le quartier déshérité de Bong Busti, là où il habitait. Il fallait deux heures de marche pour descendre jusque chez lui, une maison située dans un quartier pauvre de Kalimpong qui lui était totalement étranger.

Il lui avait raconté l'histoire des valeureux soldats qu'avaient été ses ancêtres, mais pourquoi ne parlait-il jamais de sa famille actuelle ? Au fond d'elle-même,

Sai sentait bien qu'elle aurait mieux fait de rester chez elle, mais n'en poursuivit pas moins son chemin.

Elle passa devant plusieurs églises : Témoins de Jéhovah, adventistes, Saints des derniers jours, baptistes, mormons, pentecôtistes. La vieille église anglaise se dressait au cœur de la ville ; les américaines, elles, étaient à la périphérie, mais, fortes de leur nouveauté, elles avaient plus d'argent et des tambourins plus sonores et rattrapaient vite leur retard. Elles étaient passées maîtresses dans l'art du diable surgissant de sa boîte pour surprendre ceux qui auraient été tentés de se défiler ; pratiquaient à la perfection le déguisement en *salwar-kameez* (pour mieux te manger, mon enfant...) ; et si on se laissait entraîner dans une petite conversation anodine sur des leçons de langue (pour mieux traduire la Bible, mon enfant...), on était fichu... aussi difficile de s'en débarrasser que d'une amibe.

Sai poursuivit sa route sans encombre. Les églises étaient plongées dans l'obscurité ; les missionnaires ne s'attardaient pas pendant les périodes de troubles et rentraient au pays pour se gaver de cookies aux pépites de chocolat et rassembler des fonds ; puis, quand ils jugeaient qu'était rétabli le calme nécessaire à une autre expédition, ils revenaient, pleins d'une force et d'une ardeur nouvelles, pour s'attaquer à un petit peuple d'autant plus réceptif qu'il était affaibli et désespéré.

Elle longea des champs et des grappes de maisons, s'égara un moment dans un réseau capillaire de sentiers qui s'entrecroisaient, accrochés comme des lianes au flanc de la montagne, bifurquaient et se perdaient dans d'autres sentiers menant à des cabanes perchées le long de saillies rocheuses aussi minces qu'une arcade sourcilière au milieu des bambous épais. Les toits en tôle laissaient présager le tétanos ; les cabinets s'avançaient dans le vide de façon que les excréments tombent dans la vallée. Des bambous fendus en deux apportaient l'eau jusqu'à des carrés de maïs ou de courge, et des tuyaux vermiformes attachés à des pompes reliaient les habitations à un ruisseau. Sous le soleil, ces petites maisons ne manquaient pas de charme, avec leurs bébés qui rampaient à quatre pattes, le derrière tout rouge à travers la culotte dont on avait coupé le fond pour faciliter les évacuations ; avec leurs fuchsias et leurs roses : tout le monde à Kalimpong aimait les fleurs et ajoutait volontiers à la profusion botanique environnante. Une fois la nuit tombée, pourtant, Sai le savait, impossible d'ignorer la pauvreté : intérieurs exigus et humides, fumée épaisse qui vous prenait à la gorge, maigres repas à la lueur trop faible des bougies, rats et serpents se disputant insectes et œufs d'oiseaux sous la toiture. On savait aussi que l'eau de pluie s'accumulait et rendait boueux le sol en terre battue, que les hommes buvaient, que la réalité dérapait dans le cauchemar, les disputes et les coups.

Une femme, un enfant dans les bras, la croisa. Elle sentait la terre et la fumée ; de l'enfant émanait une odeur douceâtre et suffocante de maïs en train de bouillir.

« Sais-tu où habite Gyan ? » demanda Sai.

Du doigt elle désigna une maison juste un peu plus loin, et Sai eut un choc.

C'était un petit cube recouvert d'un dépôt visqueux ; les murs avaient dû être montés avec un ciment trop chargé en sable, car celui-ci s'écoulait de certains trous comme d'un sac crevé.

Des paquets de fils électriques formaient des nids de corbeaux accrochés aux angles de la construction, avant d'aller disparaître, pour certains, par des fenêtres munies de minces barreaux de prison. À l'odeur, elle devina l'existence d'une canalisation à l'air libre qui suggérait d'emblée un système d'évacuation paresseux, régulièrement défaillant malgré son côté rudimentaire. La canalisation partait de la maison sous un assemblage grossier de dalles et se déversait dans le terrain, délimité par du fil de fer barbelé, et, par dessous cette clôture, déboula tout à coup un harem caquetant de poules sulfureuses pourchassées par un coq lubrique.

L'étage supérieur de la maison n'était pas terminé, abandonné en l'état sans doute faute de moyens, et, dans l'attente de fonds suffisants pour permettre la reprise des travaux, il s'était totalement dégradé ; ni murs, ni toit, quelques colonnes d'où sortaient des tiges de fer, donnant une idée de ce qui aurait dû être. On avait tenté d'empêcher la rouille de s'attaquer aux fers en les couvrant de bouteilles de soda renversées, mais ils n'en étaient pas moins orange vif.

Sai voyait malgré tout qu'on avait voulu faire de cette habitation un foyer. Des soucis et des zinnias bordaient la véranda ; au-delà du vernis écaillé de la porte d'entrée entrouverte, elle apercevait une pendule dorée et, sur un mur qui se délitait, une affiche représentant un enfant aux cheveux blonds coiffé d'un bonnet, exactement le genre de choses dont Lola et Noni se moquaient sans retenue.

Des maisons comme celles-là, il y en avait partout, bien sûr : elles étaient la norme pour ceux qui avaient réussi à se hisser au tout premier barreau de la classe moyenne, auquel ils s'accrochaient désespérément, et se voyaient menacés à tout instant de retomber dans la fange, la maison sombrant non pas dans cette pauvreté pittoresque que les touristes prennent tant de plaisir à photographier, mais dans quelque chose de véritablement sinistre : la modernité, sous sa forme la plus mesquine, flambant neuve un jour, en ruine le lendemain.

*

La maison ne correspondait pas au discours de Gyan, à son anglais, son allure, sa façon de s'habiller, ses études. Elle ne correspondait pas à son avenir. Tout ce qu'avait la famille lui était consacré, et il fallait dix personnes vivant dans ces conditions pour produire un garçon comme lui, coiffé, instruit, leur meilleure chance d'améliorer leur sort. Les mariages des sœurs, les études du petit frère, le dentier de la grand-mère : autant de projets en attente, de sujets évités, jusqu'à ce qu'il parte, fasse son chemin et les dédommage de leurs sacrifices.

Sai se sentit honteuse pour lui. Comme il avait dû espérer voir son silence pris pour de la dignité ! Comment aurait-il pu ne pas la tenir à l'écart ? Comment aurait-il pu parler de son père ? Les doutes, les tensions qui devaient faire le quotidien de cette maison, comment aurait-il pu les laisser deviner ? Puis elle ressentit du dégoût, pour elle-même. Comment avait-elle pu se retrouver mêlée à cette entreprise, à son insu et sans son consentement ?

Elle restait là à regarder les poules, sans trop savoir que faire.

*

Des poules, encore des poules, achetées pour tenter d'arrondir un revenu trop maigre. Elle n'avait jamais eu auparavant une conscience aussi claire de ces volatiles : troupe grotesque, où régnaient le viol et la violence, les poules pilonnées et piquées à coups de bec tandis qu'elles piaillaient et battaient des ailes pour échapper à ce coq jamais satisfait.

Plusieurs minutes s'écoulèrent. Fallait-il qu'elle reste ou qu'elle rebrousse chemin ?

La porte s'ouvrit plus largement, et une fillette d'une

dizaine d'années sortit de la maison, portant une casserole qu'elle allait nettoyer au robinet extérieur avec de la boue et du gravier.

« Est-ce que Gyan habite ici ? » ne put s'empêcher de demander Sai.

La méfiance assombrit le visage de la petite. Signe de la certitude ancestrale, sans surprise, que la demande n'était pas désintéressée : une drôle d'expression chez une enfant.

« C'est mon précepteur de mathématiques. »

Sans se départir de cette expression qui signifiait clairement que l'arrivée de quelqu'un comme Sai ne laissait rien présager de bon, elle posa la casserole par terre et rentra dans la maison : le coq se précipita pour picorer les grains collés au fond, grimpant carrément dans le récipient et accordant du même coup un répit à ses poules.

À cet instant, Gyan sortit de la maison, surprit le dégoût sur le visage de Sai avant que celle-ci ait eu le temps de le masquer et en conçut un vif ressentiment. Comment osait-elle le poursuivre jusqu'ici pour se complaire à le prendre en pitié ! Il s'était senti coupable d'être resté si longtemps sans lui donner de nouvelles, envisageait de retourner la voir, mais maintenant il savait qu'il avait eu raison. Le coq ressortit de la casserole et se mit à se pavaner. C'était bien la seule créature un tant soit peu majestueuse dans les parages, avec sa couronne, ses éperons et son cocorico de colonial.

*

« Qu'est-ce que tu veux ? »

Elle vit les pensées de Gyan remodeler ses yeux et son visage, se rappela que c'était lui qui l'avait abandonnée, et non l'inverse, et se sentit submergée par la colère et l'amertume.

Le sale hypocrite.

Prétendre une chose, et en vivre une autre. Des mensonges de bout en bout.

Un peu plus loin, elle apercevait un appentis : quatre perches de bambou et des toiles de sac usées jusqu'à la corde surplombant un à-pic inquiétant.

Peut-être avait-il espéré s'immiscer à Cho Oyu à force de cajoleries, dans l'idée d'y installer toute sa famille, s'il savait s'y prendre, et de lui permettre d'utiliser ses immenses salles de bains, chacune aussi grande que sa maison tout entière. Cho Oyu était certes délabrée aujourd'hui, mais, à une époque, la demeure avait été majestueuse ; elle avait un passé, à défaut d'un avenir, ce qui lui avait peut-être paru suffisant – une grille d'entrée en entrelacs de fer forgé noir, un nom gravé dans les imposants piliers en pierre surmontés de boulets de canon moussus, comme dans le feuilleton *To the Manor Born*.

La sœur les regardait d'un œil curieux.

« Qu'est-ce que tu veux ? » demanda à nouveau Gyan d'une voix glaciale.

Dire qu'elle était venue avec l'idée de l'appeler *momo*, moelleux hachis de mouton dans son enveloppe de pâte creusée de délicieuses fossettes, avec l'idée de grimper sur ses genoux, de lui demander pourquoi il ne lui avait pas pardonné, comme il l'avait fait après leur dispute au sujet de Noël… Mais il était hors de question maintenant qu'elle lui fasse le plaisir de reconnaître sa vulnérabilité.

Au lieu de quoi, elle lui dit qu'elle était venue lui parler du père Booty.

*

Elle se sentait plus que jamais ulcérée par l'injustice dont était victime son ami. Ce cher père Booty, que l'on avait embarqué *manu militari* dans une Jeep en partance pour l'aéroport de Siliguri, et à qui il ne restait plus rien que ses souvenirs : la conférence qu'il avait donnée un jour sur la possibilité d'implanter des laiteries qui pourraient créer dans la région de Kalimpong une micro-économie de type suisse et qui lui avait valu une véritable ovation ; son poème sur la vache publié dans l'*Illustrated Weekly* ; les « rien de plus doux, mes chers amis » des soirées passées sur la véranda de l'oncle Potty, quand la musique se terminait sur une note sirupeuse prolongée et que la lune, pleine, montait au firmament, merveille de fromage illuminé digne d'un alchimiste. Comme la Terre tournait vite ! Et voilà que tout était définitivement révolu !

Comment allait-il pouvoir vivre, s'était-il désespéré avant son départ, dans un endroit où il serait traité comme un vieil indigent entretenu par l'État, et emballé dans une boîte bien propre aux côtés d'autres personnes âgées censées avoir tout en commun avec lui...

Il avait laissé son ami Potty dans le deuil et la boisson, le monde autour de lui secoué par les vagues ; la chaise partant d'un côté, la table et la cuisinière de l'autre, la cuisine entière tanguant dangereusement.

*

« Regarde un peu ce que vous êtes en train de faire, accusa-t-elle Gyan.

– Et qu'est-ce que je fais donc ? Qu'est-ce que j'ai à voir avec le père Booty ?

– Tout.

– Eh bien, si c'est le prix à payer, pourquoi pas ? Faut-il que les Népalais attendent encore deux cents ans dans la misère afin que la police n'ait pas d'excuse pour jeter dehors le père Booty ? » Il franchit la grille, obligeant Sai à s'éloigner de chez lui.

« Ben, voyons, dit Sai. On pourrait se passer de toi beaucoup mieux que du père Booty. Tu te crois admirable... eh bien, tu veux savoir ? Tu ne l'es pas. Cet homme a fait beaucoup plus que toi pour les habitants de cette montagne. »

Gyan commença à se mettre sérieusement en colère.

« En fait, c'est une bonne chose qu'ils l'aient flanqué dehors, dit-il. On n'a pas besoin de Suisses par ici. À ton avis, depuis combien de milliers d'années produisons-nous notre propre lait ?

– Alors pourquoi ne pas continuer à le faire ? Pourquoi ne pas fabriquer du fromage ?

– On est en Inde, merci. On n'a pas besoin de fromage, et encore moins de cigarettes en chocolat.

– Ah, toujours la même vieille rengaine. » Elle aurait voulu le griffer. Lui arracher les yeux et le battre comme plâtre. Le goût du sang, salé et fade à la fois… elle en sentait presque la saveur dans sa bouche.

« La civilisation, c'est important, dit-elle.

– C'est pas ça la civilisation, espèce d'idiote. Les écoles, les hôpitaux, ça, d'accord. »

Espèce d'idiote… Comment osait-il !

« Il faut bien instaurer une norme. Sinon tout va dégringoler au niveau où vous vous trouvez, toi et ta famille. »

Elle n'en revint pas de s'entendre parler ainsi, mais, à cet instant, elle était prête à croire tout ce qui pouvait contribuer à humilier Gyan.

« Je vois… Alors la norme, c'est le luxe suisse, les chocolats et les montres… Allez, vas-y, ignorante que tu es, continue à soulager ta conscience, mais ne t'étonne pas si quelqu'un vient mettre le feu à ta baraque… pour la simple raison que tu n'es qu'une *idiote.* »

Il la traitait encore une fois d'idiote…

« Si c'est ce que tu pensais, pourquoi est-ce que tu n'as pas boycotté le fromage au lieu de t'en goinfrer ? Aujourd'hui, tu l'attaques ? Hypocrite, va ! Tu le trouvais pourtant à ton goût, ce fromage, quand tu en mangeais, non ? Hein, tous ces toasts au fromage ? Des centaines, tu en as mangé. Sans parler des cigarettes en chocolat… Tu te jetais dessus comme un crève-la-faim. Et le thon sur les toasts, donc, et les biscuits au beurre de cacahuète ! »

La conversation avait maintenant atteint un tel point de débilité que Gyan recouvrait son sens de l'humour ; il se mit à rire sous cape, ses yeux s'adoucirent, et elle vit son expression changer. Ils retombaient dans leur familiarité d'antan, retrouvaient un terrain connu et la grisaille du quotidien. Deux êtres humains ordinaires dans une lumière ordinaire à l'opacité d'œuf dur, sans grâce, sans révélation, deux composés de contradictions, de principes faciles, lançant des affirmations auxquelles ils ne croyaient qu'à moitié, voire pas du tout, désirant le confort autant que l'ascétisme, l'authenticité autant que les faux-semblants, aspirant à la douceur de la vie de famille autant qu'à son abandon définitif. Ils avaient envie de fromage et de chocolat, tout en souhaitant voir ces foutus produits étrangers bannis à jamais du pays. Une envie sauvage et hardie de les voir dispersés dans le vent, en même temps qu'un amour du riz et du *dal* béni par le sentiment étale du quotidien, toutes surprises soigneusement retenues dans le filet d'événements aussi solidement banals qu'un mariage avec la fille ou le fils du meilleur ami de votre père ou les récriminations contre le prix des pommes de terre ou celui des oignons. Ils désiraient de toute leur âme la moindre contradiction que l'histoire ou les circonstances pouvaient mettre à leur disposition, la moindre contradiction dont ils pouvaient avoir hérité. Mais autant, bien entendu, qu'ils désiraient la pureté et l'absence de contradiction.

*

Sai se mit à rire un peu, elle aussi.

« Momo ? » bredouilla-t-elle, soudain conciliante.

Et puis, tout d'un coup, il fit machine arrière, retrouva sa colère. Se souvint que ce n'était pas là une conversation qu'il souhaitait voir se terminer dans les rires. Le surnom infantile, la tendre douceur de ses yeux… ne firent qu'exciter sa fureur. La façon qu'elle avait de l'amener à s'excuser, de l'étouffer, le museler, de vouloir l'engluer dans cette guimauve de niaiseries sentimentales de gamine… *beurk*…

Un homme, voilà ce qu'il lui fallait être. Un mâle, fort et dur. De la sécheresse, de l'espace, des gestes fermes et décidés. Et pas cette frivolité, ces enfantillages, ces chatteries douceâtres...

*

Oh oui, de la force, Dieu sait s'il en avait besoin...

Car, pour tout dire, au fil des semaines Gyan avait senti la peur et le doute l'envahir – lui qui croyait qu'il n'y avait pas plus grande joie que de crier victoire sur l'oppression, lui qui avait bravé l'autorité, qui avait trouvé purifiant le feu qui animait ses camarades d'université, qui avait revendiqué la possession de la montagne, s'était réjoui à l'idée de ces deux sœurs de Mon Ami, avec leur faux accent britannique, en train de blêmir et de trembler, lui, ce patriote héroïque...

Il voyait avec une appréhension grandissante se muscler encore davantage les propos tenus chez Gompu. Les slogans, les manifestations et les grèves n'avaient jamais mené nulle part, disaient-ils maintenant, et ils parlaient de mettre le feu au bâtiment qui abritait le tribunal itinérant, de piller la station-service.

Quand Chhang et Bhang, Gyan, Owl et Donkey avaient sauté dans des Jeep, fait le plein à la station et pris la fuite sans payer, Gyan tremblait autant que le gérant de l'autre côté de la vitre, incapable de maîtriser les contractions de ses muscles cardiaques.

Il était en train de découvrir qu'il n'était pas de ceux que le défi pousse à agir. Il en voulait à sa famille de ne pas avoir songé à le bannir, au lieu de le garder à la maison. Il détestait l'image pitoyable de son père, détestait sa mère, qui sollicitait toujours son avis, l'avait toujours fait, même quand il n'était encore qu'un gamin, simplement parce qu'il était un garçon. Il passait ses nuits à rester éveillé, tourmenté à l'idée d'être incapable de vivre en accord avec les principes qu'il proclamait.

Mais comment éprouver le moindre respect de soi quand on savait qu'on ne croyait pas vraiment à grand-chose ? Comment entrer en possession de soi-même sans renoncer à une partie de soi-même en retour ? Comment donner un sens à sa vie, et en être fier ?

*

C'est vrai, il devait beaucoup au fait d'avoir rejeté Sai.

La faille qu'elle lui avait ouverte dans un monde autre lui fournissait juste assez d'espace pour se rebeller ; il pouvait certes s'opposer à elle, et, ce faisant, définir la nature du conflit qu'il sentait couver en lui depuis toujours, mais sans la clarté et la rigueur nécessaires. En la repoussant, il libérait une énergie contenue, se façonnait un but. Il n'était pas question qu'il accepte une réconciliation dans la douceur.

« Tu me détestes, dit Sai comme si elle avait lu dans ses pensées, pour des raisons qui n'ont rien à voir avec moi. Tu n'es pas juste.

– *Mais qu'est-ce qui est juste ? Hein, qu'est-ce qui est juste ?* Est-ce que tu as seulement une *idée* de ce qu'est le monde ? Est-ce que tu prends seulement la peine de *regarder* autour de toi ? Est-ce que tu comprends seulement comment fonctionne la justice, ou, plutôt, comment elle ne fonctionne pas ? Tu n'es plus une gamine quand même…

– Et toi, tu te prends pour un adulte, peut-être ? Toi qui as trop peur de venir me donner mes leçons parce que tu sais que tu t'es horriblement mal conduit et que tu es bien trop lâche pour le reconnaître ! Je parie que tu es en train d'attendre bien sagement que ta maman arrange ton mariage. Une famille de basse extraction, inculte, genre mariages arrangés… T'inquiète, ils te trouveront une petite idiote à épouser et tu vivras heureux avec ta potiche. Pourquoi ne pas l'admettre, Gyan ? »

Lui, un lâche ? Comment osait-elle ? Et elle donc, qui voudrait jamais l'épouser ?

« Parce que c'est faire preuve de courage que de venir m'asseoir sur ta véranda ? Je ne peux pas passer ma vie à manger des toasts au fromage, si ?

– Je ne t'ai jamais rien demandé de pareil. Tu l'as fait de ton plein gré, et tu nous l'as fait payer, si c'est vraiment ce que tu penses. » Elle avait trouvé un nouvel angle d'attaque et se précipitait dans la brèche, horrifiée pourtant par toute cette boue qui s'écoulait de sa bouche, mais elle avait l'impression d'être sur une scène de théâtre, complètement possédée par son rôle.

« Tu as mangé à l'œil… C'est bien de vous ce genre de choses, vous réclamez, vous prenez et, après, vous crachez dans la soupe. Il y a une raison, et une seule, pour laquelle tu n'arriveras jamais à rien… Parce que tu ne le mérites pas, voilà. Pourquoi tu le mangeais, ce fromage, si tu pensais que c'était indigne de toi ?

– Ce n'est pas une question de digne ou de pas digne. Ça n'a RIEN à voir avec moi, ESPÈCE D'IDIOTE…

– Et cesse de me traiter d'IDIOTE. Tu n'as pas arrêté depuis le début de cette conversation, IDIOTE, IDIOTE… »

Se jetant sur lui toutes griffes dehors, et s'inspirant du comportement des gallinacés observés plus tôt, elle lui marqua les bras de longues estafilades rouges.

Et soudain elle hurlait : *« C'est toi qui leur as dit pour les fusils, hein ? Toi qui leur as dit de venir à Cho Oyu ? C'est toi, hein, mais dis-le, C'EST TOI ! »*

C'était sorti d'un coup, sans qu'elle ait jamais envisagé une seconde jusqu'ici une telle éventualité. Son dépit, ses absences répétées, le fait qu'il avait ignoré sa présence à Darjeeling… tout avait concouru à cette soudaine révélation.

La culpabilité se lut sur le visage de Gyan, monta dans ses yeux, disparut, réapparut. Se débattit, se tortilla, essayant de se libérer comme un poisson pris à l'hameçon. *« T'es cinglée.*

– Je l'ai vu dans tes yeux, là ! » dit immédiatement Sai. Qui se précipita en avant pour arracher la preuve des yeux du garçon. Mais il la ceintura avant qu'elle l'atteigne et la jeta de côté dans un buisson de lantana, dans lequel il tapa ensuite à coups de bâton.

*

« *Gyan bhaiya ?* » C'était la voix timide de sa sœur. Sai se relevait péniblement.

Ils se retournèrent tous les deux, horrifiés. La scène avait eu un témoin. Il lâcha son bâton avant de dire à sa sœur : « Ne viens pas fourrer ton nez là-dedans. Rentre immédiatement. Où je te flanque une rouste. »

Puis il cria à l'adresse de Sai : « Toi, ne remets jamais les pieds ici. » Mais c'était fichu maintenant, tout allait être rapporté à ses parents.

Sai hurla à la sœur : « Alors, tu as tout vu, tu as tout entendu, eh bien, tant mieux ! Va donc raconter à tes parents ce qu'a fait ton frère... Me faire croire qu'il m'aime, me faire toutes sortes de promesses avant d'envoyer une bande de voleurs chez nous. Je vais aller trouver la police, et on verra bien ce qui arrivera à ta famille. Gyan se fera arracher les yeux, trancher la tête, et on verra bien ce qui se passera quand vous viendrez tous nous supplier à genoux... Vous ne perdez rien pour attendre ! »

La sœur aurait voulu entendre ce que disait l'autre, mais Gyan l'avait attrapée par ses tresses et l'entraînait vers la maison. Sai l'avait trahi, l'avait amené à trahir les autres, les siens, sa propre famille. Elle l'avait séduit, pris en traître, espionné, avait causé sa perte, l'avait poussé à mal se conduire. Il attendait avec impatience le jour où sa mère lui montrerait la photographie de sa promise, une fille charmante, espérait-il, avec des joues rondes comme des pommes de Simla, une de celles qui ne laissent pas leur esprit errer dans les caniveaux et les zones d'ombre, et il l'adorerait pour le miracle qu'elle était.

Sai, elle, n'avait rien d'un miracle ; elle était incapable d'inspirer un quelconque enthousiasme, n'était que le reflet de toutes les contradictions qui l'entouraient, un miroir qui lui renvoyait de lui-même une image bien trop nette pour être confortable.

*

Sai se mit à suivre le frère et la sœur, puis s'arrêta. Submergée de honte. Mais qu'avait-elle fait ? C'était d'elle qu'on se moquerait, une fille au désespoir qui avait entrepris tout ce chemin à pied pour un amour non partagé. On enverrait des claques dans le dos de Gyan et on le féliciterait de sa conquête. Elle connaîtrait l'humiliation. Il avait trouvé le truc, vieux comme le monde, du « mâle désiré », qui faisait à nouveau de lui un héros. Plus il l'insulterait derrière son dos (« Ah, mais cette fille est dingue de moi, elle ne me lâche plus »), plus les autres l'acclameraient, plus son statut chez Thapa grandirait, plus ils feraient de Sai une détraquée, et plus Gyan se gonflerait d'orgueil… Elle sentit sa dignité l'abandonner, la regarda s'éloigner, tandis que Gyan et sa sœur descendaient le chemin. Quand ils pénétrèrent dans la maison, sa dignité sombra avec eux.

*

Elle rentra d'un pas lent, malade comme une bête. La brume s'épaississait, la fumée venant s'ajouter aux vapeurs du crépuscule. L'odeur des pommes de terre qui cuisaient s'échappait des taudis tout le long du chemin, une odeur associée au réconfort pour bon nombre d'âmes à travers le monde, mais incapable de la réconforter, elle. Elle ne ressentait plus rien de cette compassion qu'elle avait éprouvée un peu plus tôt devant cette scène ; même les paysans étaient capables de connaître l'amour et le bonheur, mais pas elle, pas elle…

*

Quand elle arriva à Cho Oyu, elle vit deux personnes sur la véranda en train de parler au juge et au cuisinier.

Une femme se lamentait : « À qui peut-on se plaindre quand on est pauvre ? Nous autres, on est toujours les victimes. Tous les *goonda* nous tombent dessus, et la police est de mèche avec eux.

– Qui es-tu ? »

C'était l'épouse, venue en suppliante, de l'ivrogne qu'avait appréhendé et interrogé la police à propos du vol des fusils, et sur lequel elle avait expérimenté ses nouvelles méthodes de torture. À Cho Oyu, tous avaient oublié cet homme, mais sa femme avait remonté la piste, et elle était allée trouver le juge en compagnie de son beau-père. Ils avaient marché une demi-journée depuis un village situé de l'autre côté de la Relli.

« Qu'est-ce qu'on va devenir ? se lamentait-elle. On est même pas népalais, on est des Lepchas... Il était innocent, et maintenant, à cause de la police, il est aveugle. Il ne te connaissait même pas ; à ce moment-là, il était au marché comme d'habitude, tout le monde le sait », sanglotait la femme, demandant du regard à son beau-père de l'aider.

À quoi sert-il de protester et de pleurer quand on est femme ?

Mais le beau-père avait bien trop peur. Il ne disait rien, se contentait de rester là, comme paralysé ; son visage n'affichait rien en dehors de ses rides. Son fils, quand il ne buvait pas, avait travaillé à la réparation des routes du district, remplissant les camions des entrepreneurs avec les pierres de la Teesta, les déchargeant sur les chantiers de construction, pelletant la terre qui ne cessait de s'effondrer et de glisser dans un mouvement aussi éternel que le cours de la rivière. La femme de son fils travaillait elle aussi sur les routes, mais tout travail était interrompu depuis que le FNLG les avait fermées.

« Pourquoi venir me voir, moi ? Va trouver la police.

C'est elle qui a embarqué ton mari, pas moi. Ce n'est pas ma faute, dit le juge, que son embarras rendait prolixe. Tu ferais mieux de t'en aller.

– Vous ne pouvez pas envoyer cette femme à la police, dit le cuisinier, ils abuseront d'elle, c'est sûr. »

La femme avait déjà l'air d'avoir été violée et battue. Ses vêtements étaient souillés, ses dents ressemblaient à une rangée de grains de maïs pourris ; certaines manquaient, d'autres étaient toutes noires, et elle était cassée en deux à force d'avoir charrié des pierres, le genre de femme qui se rencontrait couramment ici, dans les montagnes. Des touristes l'avaient photographiée pour prouver l'existence de telles horreurs...

« George...! George ! » avait lancé une dame horrifiée à son mari, muni d'un appareil photo.

Et l'autre s'était penché par la vitre de la voiture : clic ! « C'est bon, je l'ai eue, chérie...! »

« Aide-nous, je t'en prie », continuait la femme de l'ivrogne.

Le juge sembla soudain se rappeler son personnage, se raidit, ne répondit rien, pinça les lèvres et, sans regarder ni à droite ni à gauche, revint à sa partie d'échecs.

Dans cette vie, se fit-il à nouveau la réflexion, il fallait se garder de penser si on voulait rester intact, sinon la culpabilité et la pitié vous dépouillaient de tout, même de vous-même. Il était gêné par l'attention que cette visite attirait encore une fois sur un épisode particulièrement humiliant pour lui : la table dressée avec une nappe, les moqueries, le vol de ces fusils, qui en leur temps n'avaient jamais contribué à une hécatombe une fois ouverte la chasse aux canards.

Aujourd'hui, sans surprise, c'était encore pire.

C'était la raison pour laquelle il avait pris sa retraite. L'Inde était dans une pagaille bien trop grande pour que la justice pût encore s'exercer ; cela se terminait toujours par l'humiliation de celui qui incarnait l'autorité. En l'occurrence, il avait fait son devoir, dans la mesure où il était du devoir de tout citoyen de signaler les problèmes à la police, et l'affaire ne le concernait plus. Donnez-leur quelque chose, à ces gens-là, et vous vous retrouviez bientôt en train de faire vivre toute la famille, et une famille qui ne cessait de s'agrandir : ils avaient beau ne pas avoir de quoi manger, le mari avait beau être aveugle et avoir les jambes brisées, la femme anémique et cassée en deux, ils n'en produisaient pas moins un enfant tous les neuf mois. Donnez-leur un doigt, et ils vous prenaient le bras – les familles liées l'une à l'autre par la culpabilité d'un côté et, de l'autre, la cupidité et l'aptitude à la dépendance –, et s'ils vous savaient réceptif, alors ils venaient tous vous inoculer leur culpabilité, histoire d'augmenter la vôtre : culpabilité d'hier, culpabilité d'aujourd'hui, tout était bon à transmettre dans ce domaine.

*

Le cuisinier regarda l'homme et la femme et soupira.

Les intrus regardèrent Sai. « *Didi...* », commença la femme, dont les yeux étaient trop ravagés pour qu'on puisse la regarder en face.

Sai se détourna, tout en se disant que ce n'était pas son affaire.

Elle n'était pas d'humeur à se montrer généreuse. Si les dieux avaient été cléments à son égard, oui, peut-être, mais, dans les circonstances présentes, non, pas question. S'ils continuaient dans cette veine, elle allait leur montrer de quel bois elle se chauffait, elle allait déchaîner le mal sur la terre, en séide parfaitement démoniaque des dieux démons...

Ils mirent beaucoup de temps à partir. Ils allèrent s'asseoir devant le portail, après avoir obligé le cuisinier à les pousser devant lui comme du bétail ; longtemps ils restèrent accroupis, sans bouger, le regard perdu, impassibles, comme vidés de tout espoir et de toute énergie.

Ils regardèrent le juge emmener Mutt se promener et la nourrir. Il était furieux et gêné d'être ainsi observé. Pourquoi ne s'en allaient-ils pas, bon Dieu !

« Dis-leur de partir ou j'appelle la police », lança-t-il au cuisinier.

« *Jao, jao, jao, jao !* » leur ordonna le cuisinier à travers la grille, mais ils se contentèrent de remonter un peu la colline, derrière les buissons, et s'installèrent à nouveau, le visage toujours vide d'expression.

Sai monta dans sa chambre, claqua la porte et se jeta sur son reflet dans la glace :

Mais qu'est-ce que je vais devenir ?!

Gyan finirait par grandir et se réconcilier avec lui-même dans sa quête d'une patrie, tandis qu'elle-même resterait à jamais adolescente, enfermée dans une théâtralité honteuse. Voilà l'histoire qui la nourrissait : une famille qui ne s'était jamais occupée d'elle, un amoureux qui l'avait oubliée…

Elle pleura un moment, ses larmes finissant par couler d'elles-mêmes, mais elle ne put empêcher l'image de cette femme en détresse de lui revenir. Elle redescendit et demanda au cuisinier : « Tu leur as donné quelque chose ?

– Non, dit-il, malheureux lui aussi. Qu'est-ce qu'on peut faire ? » ajouta-t-il du ton de celui qui ne pose pas une question mais fournit une réponse.

Il ressortit avec un sac de riz. « Hep, hep ! » appela-t-il.

Mais le couple avait disparu.

QUARANTE ET UN

Le ciel au-dessus de Manhattan était mâchuré, encombré de branches, de pigeons, de nuages chahutés dans une lumière d'un jaune surnaturel. Le vent soufflait en rafales et les pompons roses des cerisiers de Riverside Park s'agitaient sur cette toile de fond mouvante.

Le malaise de Biju, depuis son appel à Kalimpong, ne lui pesait plus au creux de l'estomac : il avait pris de telles proportions que Biju était maintenant tout entier contenu en lui.

Il avait essayé de rappeler le lendemain, puis le surlendemain, mais la ligne était coupée.

« La situation s'aggrave, dit Mr Iype. Les troubles en ont pour un moment. Sont très violents, ces gens. Tous des miliciens en herbe... »

Le long de l'Hudson, les rafales arrachaient de grandes vagues à la surface de l'eau et les envoyaient remonter le courant.

« Regarde-moi ça. C'est carrément biblique, bordel ! dit un quidam appuyé à la rambarde à côté de lui. Putain de Job ! Mais pourquoi ? Pourquoi ? »

Biju s'éloigna de quelques pas, mais l'autre le suivit.

« Tu connais le *vrai* nom de ce fleuve ? » Visage gras et bouffi de McDo, le cheveu rare, il était à l'image de beaucoup d'autres dans cette ville, un individu aussi cinglé qu'intelligent, qui passait ses journées à la librairie Barnes & Noble. Les bourrasques fouettaient ses paroles et les emportaient, et, dans leur trajet vers un ailleurs indéfini, elles parvenaient étrangement hachées à l'oreille de Biju. L'homme tourna le visage dans sa direction, pour empêcher le vent de déchiqueter leur conversation. « Muhheakunnuk. *Muhheakunnuk* : le fleuve qui coule dans les deux sens, dit-il, soulignant son propos d'un haussement significatif des sourcils, ouais, dans les *deux* sens. C'est ça son putain de vrai nom. » Les mots s'écoulaient de sa bouche en même temps qu'une salive juteuse. Il souriait et bavait de plaisir de pouvoir transmettre cette information, avalant et rejetant tout à la fois.

Mais quel était son faux nom, si c'était là le vrai ? Biju n'en avait aucun à donner à cette eau noire. Elle n'appartenait pas à son histoire.

Puis vint *cette putain de Moby Dick*. Le fleuve plein de *foutues baleines mortes*. Les *saloperies de carcasses* hissées hors du fleuve, pour être pulvérisées dans les *putains d'usines*.

« *Pour l'huile*, tu comprends, dit-il, plein d'une intense frustration intérieure. Ç'a toujours été qu'une question d'huile de merde. Et de *dessous*. »

Haussement de sourcils, jet de salive.

« *Les corsets !* s'exclama l'autre tout à coup.

– Moi pas parler anglais », dit Biju, les mains en porte-voix, avant de s'éloigner d'un pas rapide.

*

« Moi pas parler anglais » : c'était ce qu'il disait toujours aux cinglés qui l'abordaient dans cette ville, les clodos agressifs, les prédicateurs vêtus de complets et de chapeaux fantaisie dénichés dans les friperies, qui attendaient au coin des rues l'occasion de faire leur exercice physique et moral en poursuivant les infidèles. Disciples de l'Église du Christ et de la Sainte Sion, évangélistes distribuant des brochures qui lui fournissaient les dernières nouvelles à un million de dollars des activités du diable : « SATAN ATTEND DE TE BRÛLER VIF », en lettres énormes sur la première page. « TU N'AS PAS UN MOMENT À PERDRE. »

Un jour, il avait été abordé par un Hare Krishna lituanien, New York *via* Vilnius et Vrindavan. Un regard de végétarien chargé de reproches accompagnait la brochure tendue à l'ex-préparateur de viande rouge. Biju avait dû détourner la tête, comme s'il était confronté à une obscénité. À leur manière, les yeux de l'autre étaient ceux d'une prostituée… ils en disaient trop. Sur la couverture du livre qu'il avait à la main, Krishna paradait sur le champ de bataille, bariolé comme une affiche de cinéma.

L'Inde, c'était quoi pour ces gens ? Combien d'entre eux vivaient de fausses représentations de leur pays, de fausses représentations du pays des autres ? Leur existence avait-elle aussi peu de réalité pour eux qu'en avait la sienne à ses propres yeux ?

Qu'était-il en train de faire et *pourquoi* ?

La question ne s'était jamais posée avant son départ. Il allait de soi que si on pouvait partir, on *partait*. Et que si on partait, bien sûr, si on pouvait, on *restait*...

Les lampadaires du parc étaient allumés lorsque Biju monta les marches puant l'urine qui menaient à la rue, et leurs lumières se dissolvaient dans la pénombre ; quand on les regardait, on avait l'impression de les voir derrière un voile de larmes. Se détachant sur le panorama nocturne, genre décor de théâtre, de la ville, il vit le sans-abri, la démarche raide comme s'il avait des jambes artificielles, traverser la rue en poussant son chariot plein de saletés, pour rejoindre son igloo en plastique où il attendrait que la tempête se calme.

Biju reprit le chemin du Gandhi Café, en proie à l'idée qu'il se vidait de toute substance. Depuis des années, sa vie se réduisait à rien, rien du tout ; dans un espace qui aurait dû inclure famille et amis, il était le seul à déplacer l'air. Et pourtant une autre part de lui-même s'était développée : la conscience trop aiguë de son être, son apitoiement sur son propre sort – le fardeau était dur à porter. Lourdaud en Amérique, avorton transformé en géant, une espèce de triple portion de… Ne vaudrait-il pas mieux qu'il retourne à une vie où il pourrait trancher dans le vif de sa propre importance, où il serait en mesure de renoncer à cette maîtrise tant vantée de son propre destin, et du même coup peut-être, se soustraire complètement à sa tyrannie ? Il se pourrait même qu'il connaisse alors le luxe suprême de ne plus prêter attention à sa personne.

S'il s'obstinait à rester ici, qu'arriverait-il ? Se fabriquerait-il, à l'instar d'Harish-Harry, une fausse image de lui-même, et, se servant de cette création comme d'une clé, finirait-il par se comprendre lui-même en faisant le chemin à l'envers ? Vivre n'était plus pour lui une question de vie, ou de mort, d'ailleurs que signifierait même la mort pour lui ? Rien à voir avec elle.

*

Le propriétaire de la nouvelle agence de voyages Shangri-la, sur le même trottoir que le Gandhi Café, commandait chaque jour un spécial non végétarien : curry d'agneau, *dal*, *pilau* de légumes et *kheer*. Il s'appelait Mr Kakkar.

« *Arre, Biju*, dit-il en guise de salut à Biju, qui venait juste d'être chargé de lui livrer son repas. Tu m'as encore sauvé de la cuisine de ma femme, ha, ha. On va jeter son repas dans les cabinets !

– Pourquoi tu ne le donnes pas à ce sale clodo ? dit Biju, voulant tout à la fois aider le sans-abri et l'insulter.

– Ah non, ma femme est du genre mégère-sorcière, elle est fichue, en venant me faire une visite surprise, de tomber sur lui dans la rue et de le surprendre en train de manger sa bouffe, c'est le genre de truc qui lui arrive sans arrêt, et là, ça serait la fin des haricots. »

Une minute plus tard : « Tu es sûr que tu veux rentrer ? demanda-t-il, alarmé, les yeux exorbités. C'est une erreur colossale, tu sais. J'ai trente ans d'Amérique, moi, sans ennuis, en dehors de la sorcière bien sûr, et je suis jamais retourné au pays. Tiens, prends seulement leur plomberie, dit-il avec un geste de la main derrière lui en direction des gargouillis en provenance des W.-C. Ils devraient mettre une chasse d'eau sur leur drapeau, comme on a fait, nous, avec le rouet – ce pays, c'est le top pour les sanitaires.

« Rentrer ? poursuivit-il, mais t'es givré… avec tous ces parents qui te demandent de l'argent ! Même les étrangers qui te tapent… peut-être qu'ils tentent juste leur chance, qu'y s' disent que tu chies des dollars. Non, j' te le dis, mon pote, ils auront ta peau ; et si c'est pas eux, ça sera les voleurs, et si c'est pas les voleurs, alors ça sera une maladie ; ou la chaleur, et si pas la chaleur, ces cinglés de Sardarjis qui foutront ton avion en l'air, avant même que t'aies le temps d'arriver. »

Pendant l'absence de Biju, Indira Gandhi avait été assassinée par les sikhs combattant pour leur patrie, et Rajiv Gandhi avait pris sa succession…

*

« C'est qu'une question de temps. Quelqu'un finira par l'avoir, lui aussi, dit Mr Kakkar.

– Y faut que je rentre. Mon père…, insista Biju.

– Ah, les sentiments, ils te mèneront nulle part. Mon père à moi, tant qu'il a été en vie, me disait toujours : "Parfait, reste là-bas, ne reviens jamais dans ce pays pourri." »

Mr Kakkar faisait craquer sous ses dents les glaçons qu'il repêchait dans son Coca Light à l'aide de son stylo à bille, orné d'un avion sur le capuchon.

Il n'en vendit pas moins à Biju un billet sur Gulf Air : New York-Londres-Francfort-Abu-Dhabi-Dubaï-Bahreïn-Karachi-Delhi-Calcutta. Il n'y avait pas meilleur marché. L'équivalent d'un bus céleste.

« Tu viendras pas dire après que je t'avais pas prévenu. »

Puis il se fit méditatif : « Tu sais, l'Amérique est en train d'acheter le monde. Rentre donc, et tu verras que c'est eux qui possèdent tout. Un beau jour, tu te retrouveras à travailler pour une compagnie américaine, que ce soit là-bas ou ici. Pense à tes enfants. Si tu restes en Amérique, ton fils finira par gagner 100 000 dollars par an pour la même compagnie qu'en Inde, mais là-bas il aurait juste 1 000 dollars. Comment ferais-tu alors pour envoyer tes enfants dans un des meilleurs collèges universitaires ? Tu fais une erreur, une erreur énorme. On vit encore dans un monde, mon pote, où d'un côté on voyage pour finir domestique, et de l'autre pour être traité comme un roi. Tu veux qu'il soit de quel côté, ton fils ?

« Ah, dit-il en agitant son stylo, tu seras pas arrivé, Biju, que tu commenceras à te demander comment, nom de Dieu de bon Dieu, repartir le plus vite possible. »

*

Biju ne s'en rendit pas moins à Jackson Heights, où, dans un magasin qui tenait du hangar, il acheta : une télévision, un magnétoscope, un appareil photo, des lunettes de soleil, des casquettes de base-ball avec diverses inscriptions (« NYC », « Yankees » et « J'aime ma bière fraîche et mes femmes chaudes »), un lecteur de cassettes + radio + réveil à affichage numérique, des montres étanches, des calculatrices, un rasoir électrique, un grille-pain, un pardessus, des pulls en nylon, des chemises polyester coton mélangés, une couette en polyuréthane, un coupe-vent, un parapluie pliant, des chaussures en daim, un portefeuille en cuir, un radiateur *made in Japan*, un jeu de couteaux à steak, une bouillotte, du Fixodent, du safran, des noix de cajou et des raisins secs, de la lotion après rasage, des tee-shirts arborant en paillettes scintillantes « *I Love NY* » et « *Born in the USA* », du whisky et, après un moment d'hésitation, un flacon de parfum baptisé Windsong... destiné à qui ? Il ne savait même pas le visage qu'elle aurait.

*

Tout en faisant ses achats, il se souvint que, enfant, il faisait partie d'une bande de gamins qui s'amusaient avec une telle ardeur qu'ils rentraient chez eux complètement épuisés. Ils lançaient des cailloux et des pantoufles dans les arbres pour faire tomber les jujubes et les jamboses ; pourchassaient les lézards jusqu'à ce que leurs queues tombent et qu'ils ramassent les morceaux encore agités de soubresauts pour les jeter sur les filles ; chez le marchand de bonbons, ils volaient des pastilles de *chooran* qui ressemblaient à des crottes de chèvre mais étaient un vrai délice, crissant juste ce qu'il fallait sous la dent. Il se rappelait s'être baigné dans la rivière, raidissant son corps contre le courant frais et vif, être resté assis sur un rocher les pieds dans l'eau, à ronger un morceau de canne à sucre, cherchant à en extraire toute la douceur jusqu'à en avoir mal aux mâchoires, complètement absorbé dans sa tâche. Il avait joué au cricket des journées entières. Il se surprit à sourire au souvenir de la fois où tout le village avait regardé l'Inde remporter un test-match face à l'Australie à la télévision branchée sur la batterie d'une voiture, parce que le transformateur du village avait grillé. Dans tout le pays, les cultures avaient commencé à pourrir dans les champs, les prostituées s'étaient retrouvées au chômage parce que l'ensemble de la population mâle restait rivée à l'écran. Il songea aux *samosa* accompagnés d'une giclée de chutney, arrivant sur une feuille en guise d'assiette. Un endroit où jamais on ne l'aurait vu seul sur une photo.

Bien sûr, il se garda de revenir sur ses souvenirs de l'école du village, de l'instituteur qui ne s'occupait pas des enfants si les parents ne lui donnaient pas d'argent, de penser au toit de la maison arraché à chaque mousson, ni au fait que sa mère et sa grand-mère maintenant étaient mortes. Ni, pour tout dire, à rien de ce qui l'avait poussé à partir.

QUARANTE-DEUX

Dès que Gyan eut quitté la maison, et en dépit de la friandise censée acheter son silence, la petite sœur, qui avait été témoin de l'affrontement entre son frère et Sai, opérait un changement d'alliance et cédait à une pressante envie de bavardages, si bien qu'à son retour, Gyan constata que toute la maisonnée était au courant de l'incident, lequel avait pris dans l'intervalle des dimensions épiques. L'histoire des fusils avait eu l'effet surprenant de sortir sa grand-mère de sa torpeur habituelle (de fait, goûter à nouveau la saveur des combats donnait un regain de vie à tous les vieillards sur les pentes de la montagne), et elle s'approcha de lui subrepticement, un journal roulé dans la main. Gyan la vit quand même venir et se demanda ce qu'elle mijotait. Arrivée près de lui, elle le frappa sur la tête d'un coup sec du journal : « Tu ferais bien de te reprendre, tu sais. Et d'arrêter de te conduire comme un idiot, qui néglige ses études ! Tu crois que ça va te mener où ? En prison, oui. (Un bon coup de journal sur le derrière, tandis que l'autre tentait d'esquiver.) Évite de te fourrer dans les ennuis (nouveau coup pour faire bonne mesure), sinon tu pleureras toutes les larmes de ton corps.

– Il n'a peut-être rien fait, intervint sa mère.

– Et cette fille aurait fait tout le chemin jusqu'ici pour rien, alors ? Sans aucune raison ? Ne fraye pas avec ces gens, gronda sa grand-mère en se retournant vers Gyan. Ça ne peut que t'attirer des ennuis… on est pauvres… on sera à leur merci… Tu te rends compte, avec ton père qui n'est plus là, et ta mère, trop faible pour te faire entendre raison », ajouta-t-elle, lançant un regard noir à sa belle-fille, heureuse d'avoir trouvé un prétexte pour le faire. Et elle enferma Gyan à double tour.

Ce jour-là, quand ses amis vinrent le chercher, la grand-mère, au bruit de la Jeep, se traîna dehors, plissant ses yeux chassieux pour regarder autour d'elle.

« Dis-leur au moins que je ne me sens pas bien. Tu vas ruiner ma réputation, cria Gyan, son côté adolescent refaisant surface.

– Il est malade, dit la grand-mère. Très malade. Il ne peut plus vous voir.

– Qu'est-ce qu'il a ?

– Il arrête pas d'aller aux toilettes, il a la courante, fit-elle. (Des gémissements parvinrent de l'intérieur.) Il a dû manger quelque chose de gâté. Il coule comme un robinet ouvert.

– Chaque famille est tenue d'envoyer un homme pour la représenter dans nos manifestations. »

Ils faisaient allusion à la grande manifestation du lendemain, qui devait partir du Mela Ground.

« Demain, on brûle le traité indo-népalais.

– Oh, si vous voulez qu'il vous couvre votre défilé de… »

Ils repartirent et visitèrent toutes les maisons de la colline pour rappeler à chaque foyer d'envoyer un représentant à la manifestation du lendemain : nombreux furent ceux qui prétextèrent de troubles digestifs ou cardiaques, de chevilles foulées ou de dos douloureux… allant parfois jusqu'à produire un certificat médical : « Mr Chatterjee doit éviter tout stress et toute situation anxiogène en raison d'une tension très élevée. »

Mais la famille ne s'en tirait pas comme ça. « Vous n'avez qu'à envoyer quelqu'un d'autre. Vous n'allez pas nous faire croire que tout le monde est malade dans la maison ! »

*

Libéré de ce poids énorme, Gyan, après avoir protesté pour la forme, sentit une douce paix descendre sur lui et, tout en prétendant être frustré, fut extrêmement soulagé de ce retour à l'enfance. Il était jeune, les dommages causés n'étaient pas irréparables. Que le monde continue donc à tourner à sa guise, et, une fois la sécurité revenue, il irait voir Sai et arriverait bien à la persuader de redevenir son amie. Il n'avait pas mauvais fond. Il n'avait aucun penchant pour les affrontements. Son erreur avait été de vouloir s'impliquer dans les grands problèmes, se mêler de politique et faire l'histoire. Le bonheur s'accommodait de préoccupations plus modestes, même si ce n'était pas là, évidemment, quelque chose dont on se vantait de plein gré ; rares étaient ceux qui étaient prêts à se lever pour annoncer : « En réalité, je suis un lâche », mais sa timidité pouvait passer inaperçue s'il se choisissait une existence parfaitement banale, protégée par des dehors inoffensifs. Sauvé d'une humiliation grâce à son horrible comportement à l'égard de Sai, il avait la chance maintenant d'en éviter une autre simplement en témoignant du respect à sa grand-mère. Si elle devait devenir le principe de base de sa vie, la lâcheté, comme tout le reste, avait besoin d'une façade, de justifications. Le contentement n'était pas chose facile à gérer. Il convenait de le positionner avec adresse, de le camoufler, de prétendre qu'il s'agissait d'autre chose.

Il eut beaucoup de temps pour réfléchir et, au fil des heures, délogea la saleté accumulée dans son nombril, sortit le cérumen de ses oreilles à l'aide d'un crayon à papier non taillé, écouta la radio tout en vérifiant la propreté desdits orifices au rythme de la musique, se penchant à droite, puis à gauche : « *Chaandni raate, pyaar ki baate...* Au clair de lune, je pleure mon amour... » Puis, si regrettable que cela soit à rapporter, il extirpa de son nez quelques crottes qu'il donna en pâture à une araignée tigrée géante installée dans sa toile entre la table et le mur. L'insecte bondit et, n'en croyant pas ses yeux, se mit à déguster lentement l'offrande. Gyan s'allongea sur le dos et fit quelques exercices de pédalage paresseux.

Les plaisirs existaient dans ce monde – des plaisirs intenses, qui, bien qu'infimes, n'en créaient pas moins une sensation d'espace tout autour de vous.

Mais son sentiment de culpabilité ne tarda pas à revenir à la charge : comment avait-il pu avertir les autres pour les fusils ? Cela le dépassait. Comment avait-il pu mettre ainsi Sai en danger ? Sa peau commença à le picoter, à le démanger. Impossible de rester plus longtemps allongé sur le lit. Il se leva et se mit à arpenter la chambre. Serait-il jamais à nouveau heureux et innocent après ce qu'il avait fait ?

*

Il se trouva donc que, tandis que Sai souffrait le martyre, enfermée dans sa chambre, et que Gyan envisageait le bonheur qu'il y aurait à couler une vie simple et banale, puis se reprochait amèrement le mal qu'il avait fait aux autres, ils manquèrent l'un et l'autre l'événement marquant de la contestation, le moment crucial du conflit : la manifestation au cours de laquelle le traité indo-népalais de 1950 devait être brûlé, le passé livré aux flammes et détruit.

« Il va falloir que quelqu'un y aille…, dit le cuisinier au juge après le départ des hommes venus exiger la présence d'un représentant de Cho Oyu à la cérémonie.

– Ma foi, ça ne peut être que toi », dit le juge.

QUARANTE-TROIS

27 juillet 1986.

Il plut pendant la nuit, et le cuisinier pria pour ne pas avoir à se rendre à la manifestation, mais, le matin venu, la pluie avait cessé, et un petit morceau de ciel bleu apparut, si peu vrai, si enfantin, après les teintes sombres et changeantes de la mousson, qu'il en fut complètement déprimé et paressa dans son lit tant qu'il put, avec l'espoir que le bleu finirait par se faire recouvrir. Quand il vit qu'il ne pouvait plus retarder l'échéance, il se leva, enfila ses pantoufles et sortit pour se rendre aux cabinets.

Il rencontra son ami, le gardien du MetalBox, et ils allèrent ensemble jusqu'au Mela Ground, franchissant la grille d'entrée surmontée d'une statue de Gandhi commémorant l'indépendance de l'Inde. En dessous, on pouvait lire en hindi : « Unité Solidarité Service de la Nation ». Des milliers de personnes arrivaient, pas seulement de Kalimpong, mais des villes et des villages environnants, de Mirik, Pasumbang, de Soureni Valley, d'Aloobari, de Labong Valley, de Kurseong et Peshok, de Mungpootista Highway et de bien d'autres encore. Une fois tous rassemblés, ils marcheraient jusqu'au commissariat de police où ils brûleraient les documents.

« Ils ont de grands talents d'organisation au FNLG », dit le cuisinier, admiratif malgré lui : il est vrai qu'un ordre et une discipline de ce genre étaient choses rares à Kalimpong.

Plusieurs heures passèrent. Pour finir, quand le soleil fut à l'aplomb de leurs têtes, sans plus projeter une ombre, un homme donna un coup de sifflet et leur ordonna de se mettre en route.

Brandissant leurs *kukri*, les lames en forme de faucille jetant des éclairs dans l'air, les hommes criaient « *Jai Gorkha ! Jai Gorkhaland !* Le Gorkhaland aux Gorkhas ! »

« On devrait en avoir fini dans une heure », dit avec optimisme le gardien du MetalBox.

*

Tout se déroulait comme prévu, et les deux hommes attendaient déjà le déjeuner avec impatience, car ils avaient faim, quand, tout à coup, au moment où ils arrivaient au carrefour, un incident inattendu se produisit. Une volée de cailloux et de pierres partit de derrière la poste, ce bâtiment où le cuisinier avait attendu les lettres de Biju et dont il remarqua, non sans tristesse, qu'il était fermé et condamné.

Les pierres tombèrent d'abord sur les toits, BANG BANG BANG BANG ; puis, lancées avec plus de force, elles rebondirent avec violence dans la rue, blessant certains manifestants, qui reculèrent en titubant.

Des plaies. Du sang.

On ne découvrirait jamais les coupables, ceux qui avaient mis au point ce sinistre plan…

Selon les manifestants, c'étaient des casseurs recrutés par la police, de façon que la foule réponde à la provocation en lançant des pierres à son tour, donnant ainsi aux policiers un prétexte pour intervenir.

Faux, rétorquèrent ceux-ci. Les manifestants avaient apporté les pierres avec eux pour troubler l'ordre public et défier la loi.

Les deux côtés s'accordèrent cependant pour dire que, en réponse à cette attaque, la foule se mit à jeter des pierres sur les *jawan*, tous équipés de boucliers antiémeute et de matraques. Les projectiles tombèrent sur le toit du commissariat et brisèrent les vitres.

Les policiers ramassèrent les pierres et les renvoyèrent. Ce n'étaient pas eux qui allaient faire preuve de plus de sang-froid que la foule…

Et puis, BANG BANG BANG, l'air fut soudain plein de cailloux, de bouteilles, de briques et de cris. La foule se mit à rassembler des pierres, pilla un chantier de construction pour s'en procurer d'autres ; la police commença à charger ; les projectiles pleuvaient sur tout le monde sans distinction ; ils se précipitèrent les uns contre les autres, frappant qui avec des matraques, qui avec des pierres ; puis les *kukri* entrèrent en action, tailladant une main par-ci, un nez par-là, une oreille, un visage.

Le bruit se répandit qu'il y avait des hommes armés parmi les contestataires… C'était peut-être vrai. Peut-être pas.

Plus les manifestants se montraient inflexibles et plus ils se battaient avec ardeur ; plus ils refusaient de se disperser, plus la police était convaincue qu'ils étaient effectivement armés. Une résistance pareille était impensable à moins d'être soutenue par des armes. C'est du moins ce que soupçonnaient les forces de l'ordre.

Pour finir, incapables de rester plus longtemps dans le doute, elles ouvrirent le feu.

Les manifestants qui se trouvaient en première ligne se dispersèrent, s'écartant vers la droite ou la gauche…

Ceux qui suivaient et qui arrivaient à hauteur du Kanchan Cinema, propulsés en avant par la poussée de ceux qui venaient derrière, furent abattus.

Dans un flou d'images en accéléré, treize jeunes de Kalimpong trouvèrent la mort.

C'était ainsi qu'avançait l'histoire : la lente genèse, la ferveur brûlante et, bel exemple d'incohérence, le mouvement simultané vers l'arrière et vers l'avant, qui engloutissait les jeunes dans une haine séculaire.

L'espace qui séparait la vie de la mort, trop étroit, en définitive, pour être mesuré.

À ce stade, certains de ceux qui avaient commencé à s'enfuir firent volte-face et se lancèrent à nouveau sur les policiers, criant vengeance. Ils leur arrachèrent leurs fusils, et les policiers, se retrouvant brutalement et irrémédiablement en infériorité numérique, se mirent à geindre et à supplier. Un *jawan* fut tué à coups de couteau, un autre eut les bras sectionnés, un troisième fut poignardé, et bientôt des têtes de policiers apparurent sur des piquets devant le commissariat, en face du banc sous le prunier, là où les habitants de la ville venaient se reposer en des temps plus paisibles et où le cuisinier lisait parfois ses lettres. Un corps sans tête courut un moment le long de la rue, le sang giclant à gros bouillons du cou, et tous virent comment finit la créature humaine : après la mort, en guise d'ultime humiliation, le corps défèque sur lui-même.

Les policiers battirent en retraite, reculant comme dans un film qui se déroule à l'envers, pour se mettre à l'abri dans le commissariat, mais ce fut pour découvrir que plusieurs de leurs collègues, arrivés avant eux, s'étaient verrouillés à l'intérieur et, allongés par terre, refusaient de laisser entrer les autres, indifférents aux coups sur la porte et aux supplications. Pourchassés par la foule déchaînée, les policiers que leurs propres collègues empêchaient d'échapper au danger coururent se réfugier chez des particuliers.

C'est ainsi que Lola et Noni, qui avaient encore hébergé certains membres du FNLG la nuit précédente, trouvèrent trois policiers tambourinant à la porte de derrière. Ils s'assirent en pleurnichant dans le salon, tandis que ces dames tiraient les rideaux autour d'eux.

« Lamentable, leur dit Lola. Et c'est vous, la police ?! » Parce que c'étaient eux désormais qui étaient à sa merci, et non l'inverse. « Vous ne nous avez jamais aidées jusqu'ici, quand on a eu besoin de vous, et maintenant, regardez un peu, c'est vous qui réclamez notre aide !

– *Ma*..., suppliaient-ils. (*Ma*, incroyable !) *Ma*, par pitié, ne nous jette pas dehors, on fera tout ce que tu nous demanderas. On est comme tes fils.

– Trop drôle ! Voilà que vous m'appelez *Ma* ! Il y a vraiment de quoi rire. Vous n'en disiez pas autant la semaine dernière... »

Dans le bazar, les émeutiers continuaient leur œuvre. Des Jeep furent poussées dans le ravin, des bus incendiés, la lueur des flammes se reflétant crûment sur la brume du soir qui tombait, et le feu gagna les forêts de bambous. L'air se dilata à l'intérieur des tiges creuses, qui éclatèrent et s'enflammèrent en crépitant avec un bruit de mitraille.

*

Tout le monde courait dans tous les sens, participants enrôlés de force, activistes, policiers tabassés, et se dispersait dans les ruelles adjacentes en direction de Bong Busti et du Teesta Bazar. Le cuisinier courait seul, parce qu'il avait été séparé du gardien du Metal-Box, emporté dans une autre direction. Il courait aussi vite que le lui permettaient ses jambes et ses poumons, son cœur cognant douloureusement dans sa poitrine, ses oreilles et sa gorge, chaque inspiration était un supplice. Il réussit à gravir une partie du raccourci abrupt qui menait à Ringkingpong Road, avant de sentir ses jambes céder sous lui, tant elles tremblaient. Il s'assit en surplomb du bazar, au milieu des bambous sur lesquels étaient fichés des drapeaux de prière blancs aux inscriptions délavées comme les marques d'un coquillage resté longtemps dans l'océan. La tour victorienne de la division des enquêtes criminelles était derrière lui, ainsi que la masse sombre formée par Galingka, Tashiding et Morgan House, qui dataient des Britanniques, mais logeaient désormais les représentants des grosses compagnies. Un jardinier était accroupi sur la pelouse de Morgan House, où l'on voyait encore les plantes qu'avait achetées Mrs Morgan en Angleterre. L'homme ne semblait pas être conscient de ce qui se passait, le regard perdu devant lui, sans plus de curiosité que d'ambition, sans inquiétude non plus, cultivant une attitude dépourvue de toute attitude précise et capable de lui faire traverser cette vie sans dommages.

Le cuisinier voyait les incendies brûler à ses pieds et les hommes se disperser. Quand ils franchissaient le voile de chaleur produit par les flammes, ils semblaient onduler et éclater comme des mirages. Là-haut se dressait le Kanchenjunga, masse imposante, extraordinaire, qui pendant des siècles avait donné aux hommes leur liberté et permis à leur cœur lourd et congestionné de s'élever, plus léger, vers la joie. Bien entendu, le cuisinier aurait été incapable de tels sentiments en cet instant, et n'aurait su dire si la vue de la montagne pourrait jamais être la même pour lui à l'avenir. Rayant de ses griffes la porte de son cœur, sa panique était là, tel un rongeur affamé.

Comment les choses pourraient-elles jamais être comme avant ? Le rouge du sang couvrait la rue du marché de flaques luisantes traversées par la traînée jaune du *dal* que quelqu'un avait dû apporter en prévision d'un pique-nique après le défilé, et on voyait là des nuées de mouches, des savates dépareillées, une paire de lunettes cassée tristement abandonnée à son sort, et même une dent. Spectacle qui n'était pas sans rappeler la campagne du gouvernement pour la sécurité routière et les images qui apparaissaient au cinéma avant le film : un homme part travailler à bicyclette, un homme pauvre mais doté d'une femme aimante, qui lui a préparé son repas de midi dans une boîte métallique ; soudain, un grand coup de klaxon, auquel répond le tintement fragile et désespéré d'un timbre de vélo ; puis une explosion floue envahit l'écran avant de faire place à un plan fixe et silencieux sur une bouillie de nourriture et de sang. Ces couleurs mal assorties, ce quotidien soudain précipité dans la mort, ces certitudes balayées par l'imprévu, cette gentillesse remplacée par l'image de la violence, tout cela donnait invariablement au cuisinier l'envie à la fois de vomir et de fondre en larmes.

C'est ce qu'il fit, avant de reprendre, toujours pleurant, le chemin de Cho Oyu, se cachant dans les buissons quand des tanks de l'armée venus du cantonnement le croisaient pour rejoindre la ville. Ce n'était pas contre un ennemi étranger qu'ils devaient se battre, pas contre ces Chinois auxquels ils s'étaient préparés, aiguisant leur haine, mais contre leurs compatriotes…

Cet endroit, ce marché où il avait eu tant de plaisir à discuter le prix des pommes de terre, à insulter, oui, c'était le mot, le marchand de fruits en toute impunité, à court de mots orduriers pour stigmatiser des produits qu'il estimait avariés ; cet endroit où il s'était emporté en toute bonne foi et en toute sécurité, contre les Tailleurs sourds, le plombier incompétent, le boulanger toujours en retard avec ses cornets à la crème ; cet endroit dont il avait toujours été certain que c'était un lieu essentiellement civilisé où il y avait place pour eux tous, où il avait existé dans l'euphorie d'un mécontentement permanent… cet endroit lui prouvait maintenant qu'il s'était trompé. Kalimpong ne voulait pas de lui, il n'y était pas à sa place.

À cet instant, la peur de ne jamais revoir son fils le submergea…

Les lettres qui lui étaient parvenues toutes ces dernières années n'étaient que la manifestation de son propre espoir. Biju n'était pour lui qu'une pensée récurrente. Il n'existait pas vraiment. Le pouvait-il ?

QUARANTE-QUATRE

Les actes d'horreur se multiplièrent tout au long des saisons, au cours de l'hiver, d'un printemps fleuri, de l'été, suivi de la pluie et d'un nouvel hiver. Rien ne changeait. Routes fermées, couvre-feu tous les soirs, Kalimpong prise au piège de sa propre folie. Impossible de quitter les collines ; personne ne s'aventurait dehors, sauf cas de force majeure ; tous restaient barricadés à l'intérieur.

Si l'on était népalais et que l'on se montrât réticent à rejoindre le mouvement, la situation était difficile. Le gardien du MetalBox avait été roué de coups, contraint de répéter « *Jai Gorkha* », et traîné jusqu'au temple de Mahakala pour prêter serment d'allégeance à la cause.

Si on ne l'était pas, c'était pire.

Quant aux Bengalis, des gens qui les avaient connus toute leur vie feignaient de ne pas les reconnaître dans la rue.

Ils recevaient le même traitement de la part des Biharis, des Tibétains, des Lepchas et des natifs du Sikkim. Ceux-là, les rangs négligeables d'une population minoritaire, ces petits groupes sans pouvoir susceptibles de se faire prendre dans l'un ou l'autre filet, refusaient d'être rangés dans le même camp que les Bengalis, qu'ils désignaient clairement comme l'ennemi.

« Quand je pense que pendant toutes ces années, dit Lola, j'ai acheté des œufs chez Tshering en bas de la rue, et que l'autre jour, en me regardant bien en face, il m'a dit qu'il n'en avait pas, alors qu'il en avait un panier plein dans un coin de sa boutique ! Tu sais ce qu'il m'a répondu lorsque je lui en ai fait la remarque ? "Ils sont retenus." »

« Pem Pem ! » s'était exclamée Lola en sortant du magasin et en voyant entrer la fille de son amie Mrs Thondup. Chez qui, quelques mois plus tôt, elle avait, avec Noni, goûté à des plaisirs évocateurs d'un autre genre de vie en d'autres lieux, œufs de caille et pousses de bambou dans leurs assiettes, épais tapis du Tibet sous leurs pieds.

« Pem Pem ?? »

Pem Pem avait lancé à Lola un regard gêné et implorant avant de passer devant elle en toute hâte.

« Tout d'un coup, on se retrouve du mauvais côté, pas vrai ? dit Lola. Ils t'abandonnent tous, jusqu'au dernier. »

Sur la terrasse en dessous de Mon Ami, au milieu de la rangée de cabanes montées là en toute illégalité, les sœurs avaient remarqué l'existence d'un petit temple arborant un drapeau rouge et or, garantissant que, quoi qu'il arrive, et jusqu'à la fin des temps, aucune autorité – police, gouvernement ou autre – n'oserait contester la légitimité de cette occupation de terrain. L'édifice avait désormais l'aval des dieux eux-mêmes. De petits sanctuaires poussaient un peu partout dans Kalimpong, constructions interdites par la municipalité, l'art du squatteur porté à son comble. Et les intrus se branchaient sur les lignes téléphoniques, les adductions d'eau, les lignes électriques existantes, multipliant les raccordements illégaux. Les arbres qui avaient fourni leurs poires à Lola et Noni, en quantité telle qu'elles avaient fini par les maudire, « Poires cuites à la crème, poires cuites à la crème tous les jours que le bon Dieu fait ! », avaient été dénudés du jour au lendemain. Le carré de brocolis n'était plus ; l'espace près de la grille servait de toilettes. Les enfants s'alignaient en rang d'oignons pour cracher sur les deux femmes quand elles passaient devant eux ; et quand Kesang, leur bonne, se fit mordre par un des chiens des squatteurs, et qu'elle leur cria : « Regardez un peu, votre chien m'a mordue, il faut me mettre de l'huile et de la poudre de curcuma sur la plaie sinon je vais en mourir », ils se contentèrent de rire.

*

Les hommes du FNLG avaient incendié la maison d'hôtes du gouvernement au bord du fleuve, au-delà du pont où le père Booty avait photographié le papillon à pois. Il faut dire que, dans tout le district, brûlaient aussi les bungalows des Eaux et Forêts, où, depuis la véranda, des générations d'employés de l'ICS avaient admiré la sérénité, la paix angélique de l'aube et du crépuscule qui planait sur les montagnes.

Le tribunal avait été incendié à son tour, ainsi que la maison de la nièce du premier magistrat. Les détonateurs déclenchaient des glissements de terrain, à mesure qu'échouaient les négociations. Kalimpong était devenue une ville fantôme, où le vent balayait les rues mélancoliques et où les détritus volaient dans l'air en toute liberté. L'action du FNLG était peut-être en partie justifiée, mais le mouvement ne maîtrisait plus la situation ; on en était au stade où la colère d'un seul homme suffisait à embraser la colline.

*

Les femmes se hâtaient dans les rues. Les hommes tremblaient chez eux de crainte de se faire ramasser et torturer sous le prétexte le plus futile, le FNLG les accusant d'être des informateurs de la police, la police les accusant d'être des activistes. Il était dangereux de prendre le volant, même pour ceux qui en avaient la possibilité, car une voiture se transformait vite en piège : il était facile de l'encercler et de la voler. On allait plus vite à pied, on pouvait au moins se cacher dans la jungle au moindre bruit suspect, traverser les *jhora* à gué et emprunter les sentiers pour rentrer chez soi. De toute façon, au bout d'un certain temps l'essence vint à manquer : les hommes du FNLG avaient siphonné jusqu'à la dernière goutte, et les stations étaient fermées.

*

Le cuisinier essayait de se calmer en se répétant : « Ça va aller, ce n'est qu'une mauvaise passe, la roue va tourner, ça va mal pendant un temps et puis tout rentre dans l'ordre… » Mais il y avait dans sa voix plus de prière que de conviction, plus d'espoir que de sagesse.

Après les incidents de ces derniers mois – le vol des fusils, la manifestation qui avait tourné à la tragédie, la conscience qu'il avait prise de la fragilité de son existence ici en tant que non-Népalais –, il n'arrivait pas à retrouver son équilibre ; rien de précis, ni personne, en dehors d'une présence sinistre qu'il sentait rôder partout, et de la certitude qu'il se préparait des choses encore bien pires. Où était Biju, où était-il donc ? Il sursautait pour un rien.

En conséquence, c'était le plus souvent Sai qui se rendait jusqu'au marché désert, en quête d'une boutique dont la porte arrière légèrement entrouverte signalait quelque commerce discret sous le comptoir, ou d'une affiche en carton appuyée à une fenêtre annonçant qu'on vendait ici une poignée de cacahuètes ou quelques œufs.

En dehors de ces maigres emplettes dont se chargeait Sai, le jardin subvenait presque entièrement à leurs besoins. Pour la première fois, les occupants de Cho Oyu mangeaient la vraie nourriture locale. *Dalda saag*, à fleurs roses et feuilles plates ; *bhutiya dhaniya*, que l'on trouvait en abondance autour de la baraque du cuisinier ; pousses nouvelles des gourdes ou des courges ; volutes bouclées du *ningro* ; fromage *churbi* et pousses de bambou vendus par des femmes qui surgissaient des buissons sur un sentier de forêt, le fromage enveloppé dans des feuilles de fougère et les tranches jaunes des pousses de bambou trempant dans des seaux d'eau. Après les pluies, les champignons sortaient de terre, déployés en éventail, délicats comme du blanc de poulet et somptueux comme le Kanchenjunga, tant ils étaient gros. Les gens ramassèrent les pleurotes dans le jardin abandonné du père Booty. Quand on les faisait cuire, l'odeur donnait à la ville les allures surprenantes de la richesse et du confort.

*

Un jour où Sai rentrait avec un kilo d'*atta* humide et quelques pommes de terre, elle trouva sur la véranda deux personnes, qu'elle connaissait pour les avoir déjà vues au même endroit, en train de se plaindre au juge et au cuisinier.

« S'il te plaît, *sahib*... » C'était la femme de l'ivrogne torturé, toujours accompagnée du beau-père.

« Ah non, avait dit le cuisinier, excédé, ah non, *baap re*, qu'est-ce que vous venez faire ici ? » Mais il ne connaissait que trop le motif de leur visite.

Ils étaient au nombre de ces indigents qui marchaient le long d'une frontière si étroite que l'on pouvait s'interroger sur son existence même, la frontière imaginaire entre les insurgés et la loi : d'un côté, ils se faisaient voler le peu qu'ils avaient (qui leur prêterait l'oreille s'ils allaient trouver la police ?), de l'autre, ils se faisaient appréhender par cette dernière et payaient pour les crimes des autres.

C'étaient eux les plus affamés.

*

« Pourquoi vous venez nous faire des ennuis ? dit le cuisinier. On vous a déjà dit qu'on était pas responsables pour ce qui est arrivé à ton mari. C'est pas nous qui l'avons accusé ni battu... S'ils nous avaient prévenus, on y serait allés tout de suite pour leur dire que c'était pas lui... On était même pas au courant... On vous doit absolument rien. » Mais il était déjà en train de leur donner la farine qu'avait rapportée Sai... quand le juge aboya : « Ne leur donne rien », avant de retourner à son échiquier.

« S'il te plaît, *sahib*, suppliaient-ils, les mains croisées, la tête penchée. Qui viendra à notre secours ?

Est-ce qu'on peut vivre sans rien manger du tout ? On sera tes serviteurs pour le reste de nos jours... Dieu te le rendra... Dieu te récompensera... »

Mais le juge refusa de se laisser fléchir.

À nouveau éconduits, ils s'accroupirent devant la grille.

« Dis-leur de s'en aller », dit le juge au cuisinier.

« *Jao jao* », dit ce dernier, qui ne pouvait s'empêcher de penser qu'il leur faudrait sans doute se reposer avant de refaire les cinq ou six heures de marche dans la forêt pour rejoindre leur village.

À nouveau, ils se levèrent et allèrent s'installer un peu plus loin, histoire de ne pas indisposer les occupants des lieux. À nouveau, ils virent Mutt, le museau rivé aux odeurs de son endroit préféré, indifférente au reste du monde. Le visage de la femme s'illumina soudain et elle dit à l'homme : « Ce genre de chien irait chercher un bon prix... » Mutt ne bougea pas, continuant à renifler un long, un très long moment. Si le juge ne l'avait pas accompagnée, ils auraient pu tendre le bras... et s'emparer d'elle.

*

Quelques jours plus tard, alors que les occupants de Cho Oyu avaient à nouveau oublié ces deux personnes sans importance, quoique fâcheuses, elles étaient de retour.

Mais, cette fois-ci, elles ne vinrent pas jusqu'à la

grille ; elles allèrent se cacher dans le ravin du *jhora* et attendirent que Mutt, experte en matière d'odeurs, fasse son tour quotidien de la propriété. Redécouvrir des senteurs et les exalter étaient pour elle une forme d'art en constante évolution. Elle s'intéressait aujourd'hui à une de ses odeurs favorites, qui s'était bonifiée avec l'âge et faisait ressortir certaines profondeurs et certaines facettes cachées de sa personnalité. Totalement absorbée, elle ne remarqua pas les intrus qui approchaient silencieusement et qui, soudain, se jetèrent sur elle !

Surprise, elle jappa, mais ils eurent tôt fait de lui clouer le museau de leurs mains fermes de travailleurs manuels.

Le juge prenait son bain, le cuisinier barattait son beurre, et Sai était dans son lit en train de marmonner d'un ton venimeux : « Gyan, espèce de salaud, tu crois peut-être que je vais pleurer à cause de toi ? » Personne ne vit ni n'entendit rien.

Les criminels soulevèrent Mutt, la ligotèrent avec une corde et la mirent dans un sac. L'homme jeta le sac sur son épaule, et ils traversèrent la ville sans attirer l'attention. Ils contournèrent la montagne, descendirent jusqu'à la Relli et, après avoir franchi trois crêtes qui ondulaient comme un océan bleu-vert, arrivèrent à un petit hameau, à l'écart de toute route goudronnée.

« Tu crois qu'ils pourraient nous retrouver ? demanda l'homme à sa belle-fille.

– Jamais ils viendront ici à pied, et on peut pas y venir en voiture. Ils ne connaissent ni notre nom, ni notre village, et ils ont posé aucune question. »

Elle avait raison.

Si la police ne s'était pas préoccupée de découvrir le nom de l'homme qu'elle avait passé à tabac et rendu aveugle, elle ne bougerait certainement pas pour un chien.

Mutt se portait bien, remarquèrent-ils quand ils la pincèrent à travers la toile du sac ; bien grasse et prête à leur rapporter un peu d'argent. « À moins qu'on la fasse couvrir et qu'on vende les chiots... » (Ils ignoraient, bien entendu, qu'un vétérinaire itinérant lui avait fait son affaire à une époque où elle avait commencé à s'attirer les attentions des vagabonds lubriques du voisinage, chiens errants aux manières suspectes et autres représentants douteux de la race canine...)

« Tu crois qu'on devrait la sortir du sac ?

– Vaut mieux la laisser dedans pour l'instant. Sinon elle va aboyer... »

QUARANTE-CINQ

Omnibus parcourant le ciel à bout de souffle, l'avion de Gulf Air donnait l'impression de ne jamais devoir atteindre sa destination, même si la plupart des passagers n'étaient, semble-t-il, nullement gênés par ce manque d'élan vital. Pensez donc ! Ils rentraient au pays, les genoux sous le menton, la tête collée au plafond, le visage gluant de sueur, résignés à leur sort mais heureux.

La première escale était Heathrow, et ils émergèrent à la lumière dans la vieille aile du terminal, celle qui n'avait pas été remise en état pour la nouvelle ère de la mondialisation, mais appartenait encore à l'époque de la colonisation.

Tous les vols du tiers-monde déposaient leurs passagers ici ; des familles entières attendaient leurs correspondances pendant des jours, accroupies par terre en vastes agrégats de bactéries, et à des lieues des espaces aérés où allaient et venaient les voyageurs européens et nord-américains, les élus qui prenaient ces vols directs et non fantaisistes, avec de la place de reste pour les jambes et chacun sa télé, qui pouvaient se permettre un aller-retour vite fait pour un seul rendez-vous, si bien qu'on avait du mal à les imaginer en train de pisser ou de chier, de saigner ou de pleurer comme le commun des mortels. Soie et cachemire, dents blanches détartrées, Prozac, ordinateurs portables et, au déjeuner, un sandwich baptisé le Milano.

Francfort. La cargaison humaine passa la nuit dans une zone de quarantaine comparable, un millier d'individus étendus à même le sol comme dans une morgue ; jusqu'aux visages qui étaient recouverts pour bloquer la lumière des néons grésillants.

Sur son trajet d'omnibus, New York-Londres-Francfort-Abu-Dhabi-Dubaï-Bahreïn-Karachi-Delhi-Calcutta, l'avion fit à nouveau escale pour prendre au passage ces messieurs des pays du Golfe. Ils arrivèrent au pas de course – Vite ! Vite !... Vite ! –, ouvrirent en vitesse la fermeture Éclair de leur bagage de cabine et burent leur scotch à même la bouteille. Des petits cristaux de glace biscornus se formèrent sur les hublots. À l'intérieur, il faisait très chaud. Biju nettoya son plateau de curry de poulet, épinards et riz, sa glace à la fraise, et se rinça la bouche dans le pot en carton de la glace ; après quoi, il essaya de se faire donner un autre dîner. « Nous sommes déjà justes », lui dirent les hôtesses, harcelées par les hommes éméchés qui les sifflaient au passage, leur pinçaient les fesses et les appelaient par leurs petits noms : « Sheila ! Raveena ! Kusum ! Nandita ! »

Ajoutés à l'odeur de la transpiration, il y avait maintenant les relents lourds de la nourriture et des cigarettes, la respiration recyclée d'un appareil tout entier, les effluves envahissants des toilettes.

Dans la glace de ces mêmes toilettes, Biju se dit bonjour. Voilà, il rentrait au pays, sans rien savoir du président des États-Unis, pas même son nom, pas plus que celui du fleuve au bord duquel il avait flâné, sans avoir entendu parler des sites touristiques – statue de la Liberté, Macy's, Little Italy, Brooklyn Bridge, musée de l'Immigration à Ellis Island ; pas de *bialys* chez Barney Greengrass, pas de raviolis au Jimmy's Shanghai, ni de gospels dans une église de Harlem. Il rentrait, survolant l'océan solitaire, tout en songeant que cette perspective sur son séjour était fort attristante. Désormais, se jura-t-il, il oublierait tout ça, pour repartir de zéro. Il achèterait un taxi. Les économies de toutes ces années, dispersées dans sa chaussure, sa chaussette et ses sous-vêtements, étaient certes maigres mais il pensait pouvoir y arriver. Il parcourrait la montagne les jours de marché, guirlandes dorées derrière le pare-brise, effigies de dieux sur le tableau de bord, klaxon original, *pin pou pom*, ou *ti di di ti di di*. Et il construirait une maison avec des vrais murs, et un toit qui ne se ferait pas emporter à la première mousson. Biju se repassait dans la tête, comme un film, la scène des retrouvailles avec son père, et il versa quelques larmes à l'idée d'un tel bonheur et d'une telle émotion. Ils iraient s'asseoir dehors le soir, boiraient du *chhang* en se racontant le genre de blagues qu'il avait entendu des hommes ivres s'échanger dans l'avion :

C'est l'histoire de Santa Singh et de Banta Singh, qui bayent aux corneilles en regardant le ciel, quand tout d'un coup ils voient arriver un avion militaire, puis des hommes qui sautent en parachute, atterrissent, montent dans des Jeep qui les attendaient et rentrent chez eux. « *Arre, sala*, ça doit être une sacrée vie, dit Santa à Banta. Ramasser de l'argent comme ça ! » Ils se rendent aussitôt au bureau de recrutement le plus proche, et, quelques mois plus tard, les voilà à leur tour dans l'avion. « *Wahe Guruji Ka Khalsa, Wahe Guruji Ki Fateh*... Les sikhs sont les élus de Dieu et à Dieu appartient la victoire », dit Santa, et il saute. « *Wahe Guruji Ka Khalsa, Wahe Guruji Ki Fateh* », dit Banta, et il saute.

« *Arre*, Banta, dit Santa deux secondes plus tard, ce *sala* de parachute ne s'ouvre pas.

– *Ai* Santa, dit Banta, le mien non plus. *Intezaam*[1] typique du gouvernement, mon vieux ; et tu vas voir, quand on arrivera en bas, je parie que cette *bhenchoot* de Jeep sera pas là. »

1. Ourdou : « méthode », « organisation », « gestion » *(NdT)*.

QUARANTE-SIX

Sai regarda par la fenêtre de sa chambre sans comprendre à quoi était due toute cette agitation.

Le juge criait : « Mutt, Mutt ! » C'était l'heure de son repas, et le cuisinier lui avait fait bouillir des Nutrinuggets de soja avec de la courge et un cube de bouillon Maggi. Qu'elle soit soumise à un tel régime alimentaire ennuyait fort le juge, mais c'était à elle qu'étaient allés les derniers morceaux de viande ; le juge s'en était privé et en avait privé Sai ; quant au cuisinier, il n'avait bien évidemment jamais connu le luxe d'un tel mets. Il restait encore un peu de beurre de cacahuète, malgré tout, pour les *chapati* de Mutt, et du lait en poudre.

Mais Mutt refusait de répondre.

« Mutty, Mutt, à la soupe… » Le juge fit le tour du jardin, franchit la grille, effectua quelques allées et venues le long de la route.

« Allez, à la soupe… »

« Mutty Mutt ? MUTT ? » Sa voix était maintenant inquiète.

Le soir succéda à l'après-midi, la brume tomba, et toujours pas de Mutt.

Le juge revit les garçons dans leur tenue de guérilleros, quand ils étaient venus pour prendre les fusils. Mutt avait aboyé, et ils avaient crié comme une bande d'écolières effarouchées, redescendant les marches pour aller s'abriter derrière les buissons. Mais Mutt avait eu peur, elle aussi ; elle était loin d'être la chienne courageuse qu'ils s'étaient imaginée.

« MUTT-MUTT MUTTY-MUTTMUTTYMUTTMUTT ?! »

À la nuit tombée, elle n'était toujours pas rentrée.

Ce soir-là, le juge sentit plus que jamais que l'arrivée de la nuit à Kalimpong signifiait une réelle passation de pouvoir. Il était impossible de lutter contre des ténèbres aussi sombres, aussi vastes, sans la moindre faille. Il sortit avec la torche la plus puissante qu'il eût trouvée et fouilla la jungle en vain de son faisceau ; guetta le cri des chacals ; attendit toute la nuit sur la véranda ; scruta les flancs invisibles de la montagne en face de lui, où les lanternes lâchées par les ivrognes plongeaient comme des étoiles filantes. Quand l'aube se leva, il était fou d'inquiétude. Il s'aventura jusqu'aux baraques du bidonville pour demander si quelqu'un avait vu la chienne ; posa la question au laitier, et au boulanger, qui restait maintenant toute la journée chez lui avec sa petite malle métallique cabossée, celle qui lui servait auparavant à transporter les biscuits au *khari* et les biscottes tant appréciés par Mutt.

« Non, j'ai pas vu la *kutti.* »

Le juge s'irrita d'entendre l'autre désigner Mutt au moyen du mot *kutti*, mais n'en laissa rien paraître, car il ne pouvait pas se permettre de rabrouer ceux dont il risquait d'avoir besoin.

Il demanda au plombier, à l'électricien. En vain, il multiplia gestes et mimiques à l'adresse des Tailleurs sourds qui avaient confectionné un manteau d'hiver à Mutt dans une couverture, avec une boucle permettant de l'attacher sous le ventre.

On lui opposa des visages inexpressifs, parfois même des ricanements irrités. « *Saala Machoot*… Qu'est-ce qu'il croit, celui-là ? Qu'on va se mettre à la recherche de sa chienne ? » Les gens se sentaient insultés. « À un moment pareil. Alors qu'on a même pas de quoi manger ! »

Il frappa à la porte de Mrs Thondup, à celle de Lola et Noni, à toutes les portes des gens susceptibles de faire montre sinon de compréhension à son égard, du moins de compassion pour Mutt, ou de l'aider en raison de leur profession, de leur statut ou de leur religion. (Il regretta l'absence des missionnaires : eux auraient compris et se seraient fait un devoir de lui apporter leur concours.) Tous ceux qu'il alla voir lui prédirent aussitôt une catastrophe. Vivait-on une période où l'on pouvait se bercer d'espoir ? Aucun ne se faisait plus d'illusions sur le sort de Mutt, et le juge les aurait volontiers étranglés en entendant leurs propos.

Mrs Thondup : « Elle valait cher ? »

Le juge n'avait jamais pensé à Mutt en ces termes, mais, certes, elle avait coûté cher et sortait d'un chenil de Calcutta spécialisé dans les setters roux. Un certificat attestait son pedigree : « Père : Cecil. Mère : Ophelia. »

« *La ma ma ma ma*, on vous l'a volée, votre chienne, juge, dit Mrs Thondup. Nos chiens, Ping et Ting, on les avait ramenés de Lhassa, et quand on est arrivés ici, Ping a disparu. Le voleur l'a retenu en captivité pour élever des chiots ; il n'arrêtait pas de le faire copuler. Il avait trouvé le filon. Faites une dizaine de kilomètres, et vous verrez des versions abâtardies de Ping dans tous les coins. Il a fini par s'échapper, mais à son retour il était méconnaissable. » Elle désigna du doigt la victime, la bave aux lèvres sur sa face de vieillard, un œil noir sur le juge.

L'oncle Potty : « C'est quelqu'un qui a dans l'idée de vous cambrioler, monsieur le juge ; il se débarrasse d'abord des obstacles. Gobbo, vous vous souvenez, il a empoisonné mon Kutta Sahib, il y a des années de ça.

– Mais on vient juste de nous cambrioler.

– Quelqu'un d'autre a dû décider d'en faire autant… »

Les princesses afghanes : « Notre chienne, une afghane, vous savez, on voyageait avec notre père, et un jour elle a disparu. Elle avait été mangée par les Nagas, eh oui, ils mangent les chiens, ces gens-là, et ils ont mangé Frisky. Même nos esclaves – parce qu'on avait des esclaves –, on les a menacés des pires châtiments, mais ils ne sont pas arrivés à la sauver à temps. »

Lola : « Notre problème, à nous autres Indiens, c'est que nous n'aimons pas vraiment les animaux. Un chien, un chat, c'est tout juste bon à recevoir des coups de pied. On ne peut pas résister à la tentation – les coups, les pierres, les mauvais traitements, on ne s'arrête que quand l'animal est mort, et alors on est tout contents. Bravo ! Il a eu son compte ! Je l'ai achevé ! Disparu une bonne fois pour toutes... On y prend un réel plaisir. »

*

Mais qu'avait-il donc fait ? Il ne s'était pas montré juste avec elle. Il l'avait placée dans un environnement où elle était incapable de survivre, un endroit trop rude, trop peu civilisé. Les chiens sauvages du Bouthan – mastiffs couturés de plaies, gueule défigurée par la violence, oreilles rigides à force d'avoir été ensanglantées – avaient pu la mettre en pièces. La belladone poussait dans le moindre ravin, fleurs blanches et empesées comme la robe du pape, mais hallucinogènes : elle en avait peut-être absorbé la sève empoisonnée. Ou alors, elle avait été mordue par les cobras, ce couple au corps aussi large que la boîte à biscuits, qui vivait dans le talus derrière Cho Oyu.

Des chacals atteints de la rage, victimes d'hallucinations, et incapables de boire, incapables d'avaler, étaient peut-être sortis de la forêt, assoiffés, tellement assoiffés... Deux ans plus tôt, à peine, quand ces animaux avaient causé une épidémie de rage dans la ville, le juge avait emmené Mutt pour qu'on lui administre un vaccin que la plupart des gens ne pouvaient pas s'offrir. Il l'avait sauvée, tandis que les chiens errants se faisaient ramasser et massacrer par camions entiers (prenant leur dernier voyage pour le début d'une vie de luxe, multipliant les sourires et les battements de queue) et qu'étaient décimées des familles trop démunies pour pouvoir payer les 3 000 roupies du vaccin ; on avait ordonné au personnel de l'hôpital de dire qu'il n'avait plus de médicaments afin d'éviter les émeutes. Entre les crises de folie dues à la rage venaient les moments de lucidité, si bien que les victimes savaient exactement ce qui leur arrivait, exactement à quoi ressemblait la démence, ce qu'elle vous faisait éprouver...

Il s'était imaginé que sa vigilance protégerait sa chienne de tous les maux possibles.

Il avait payé une telle arrogance au prix fort.

Il se rendit chez l'IST qui était venu à Cho Oyu après le cambriolage, mais les troubles avaient aigri le tempérament du fonctionnaire. Il n'était plus ce passionné de jardinage qui avait complimenté le juge pour ses passiflores.

« Cher monsieur, dit-il au juge, j'adore moi-même les animaux, mais à un moment pareil... c'est un luxe que nous ne pouvons guère nous permettre... »

Il avait renoncé aussi à son tabac spécial parfumé à la cerise, luxe qui aurait pu paraître offensant en ces temps de trouble. On se sentait toujours plus ou moins obligé de revenir à une austérité à la Gandhi quand l'intégrité du pays était menacée, riz-*dal*, *rôti-namak*, jour après jour. C'était tout bonnement horrible...

Le juge insista : « Mais vous ne pouvez pas faire quelque chose ?... », et l'autre de s'indigner, levant les bras au ciel.

« Une chienne ! Mais, juge, vous n'y pensez pas ! Il y a des gens qui se font tuer en ce moment. Que voulez-vous que je fasse ? Bien sûr, j'ai le plus grand respect... Je vous ai déjà consacré pas mal de temps au risque de me faire accuser de favoritisme... mais là, nous sommes dans une situation de crise. À Calcutta, à Delhi, on s'inquiète beaucoup de cette dégradation de l'ordre public, et c'est bien ce à quoi il nous faut penser d'abord, non ? Notre pays. Il nous faut supporter des désagréments, et ce n'est pas à un homme de votre expérience que j'ai besoin de dire... » L'IST fixa le juge d'un œil particulièrement insistant qui convainquit ce dernier qu'il cherchait délibérément à se montrer grossier.

Le juge se rendit ensuite au commissariat, où les hurlements d'un homme lui parvinrent de la pièce du fond, avec pour mission, c'est du moins ce que pensa le juge, de l'intimider, de lui extorquer un pot-de-vin. Il regarda les policiers devant lui. Qui le regardèrent à leur tour avec insolence.

Ils étaient tous dans la pièce de devant, attendant le moment de retourner donner à l'homme une dernière leçon qu'il n'était pas près d'oublier. Ils commencèrent à ricaner. « Ha ha ha, c'est trop drôle. Tout ça pour un chien. Un chien ? Ha ha ha... Il est dingue, ce type ! » Leur moquerie se changea bien vite en colère. « Tu nous fais perdre notre temps. Allez, sors d'ici. »

Peut-être connaissaient-ils le nom de celui qu'ils avaient ramassé après le vol des fusils. Le juge s'obstina. Il se demandait, oh, juste une idée, comme ça, s'il se pouvait que ce soit lui le responsable.

Qui ça ?

Celui qu'ils avaient accusé du vol des fusils... Il ne mettait pas du tout la police en cause, mais la femme et le père de l'homme étaient venus le voir et semblaient fort contrariés... Quoi, quel homme ? Mais de quoi est-ce qu'il parlait ? Allait-il enfin cesser de leur faire perdre leur temps et s'en aller une bonne fois pour toutes ? Les cris de la victime dans la pièce de derrière montèrent d'un ton : le juge n'eut guère de mal à décoder le message.

*

Il n'arrivait pas à concevoir pour l'humanité un châtiment à la mesure de sa faute. Un homme n'était pas l'égal d'un animal, d'aucun point de vue. Les humains étaient repoussants, corrompus, et à côté d'eux vivaient sur cette terre des créatures magnifiques et pleines de grâce qui ne faisaient pas le moindre mal à qui que ce soit. « C'est nous qui devrions disparaître », dit le juge, des sanglots dans la voix.

*

Le monde avait trahi Mutt. Il avait trahi la beauté, trahi la grâce. Mais c'était parce que lui-même avait abandonné ce monde, s'en était tenu à l'écart, que Mutt devait maintenant payer le prix.

Le juge avait perdu son influence... Un brin de politesse, *« sir sahib huzoor »* de temps à autre, rien qu'un vernis de surface ; il savait ce que les gens pensaient vraiment de lui.

Il se souvint brutalement de la raison pour laquelle il était parti en Angleterre et était entré dans l'ICS ; c'était aujourd'hui plus clair que jamais... mais cette position de pouvoir n'était plus, effritée par des années de misanthropie et de cynisme.

« Biscuit, poochie, din din, lolo, khana, ishtoo, porridge, dalia, chalo, tauto, pim-pom, doo-doo, mener mener... »

Il dispersa aux quatre vents tout le langage qu'il partageait avec Mutt, envoyant des petits mots d'amour voler au-dessus de l'Himalaya, agita sa laisse pour la faire cliqueter, bruit qui faisait bondir Mutt d'un seul coup – whoop ! – sur ses pattes, comme si elle était montée sur piles.

« *Mener mener, baba, muffin...* »

« *Mutt, mouton, petite côtelette...*, pleura-t-il, pardonne-moi, mon toutou... Je vous en prie, qui que vous soyez, relâchez-la... »

Il ne cessait de ressasser les mêmes images : Mutt allongée sur le dos, les quatre pattes en l'air, à se chauffer le ventre tout en somnolant au soleil ; Mutt, interloquée, avalant en toute hâte son infâme ragoût à la courge, après qu'il eut fait le tour du jardin en courant et en bourdonnant comme si le légume avait été un insecte bizarre et qu'il eut fourré le cube dans la gueule béante de surprise de la chienne.

Il se revoyait avec elle, installés confortablement dans son lit : bonne nuit, bonjour.

*

L'armée arriva au crépuscule pour s'assurer que le couvre-feu était bien observé.

« Il vous faut rentrer chez vous, monsieur, dit un soldat.

– Écartez-vous de mon chemin », dit-il avec un accent britannique censé faire reculer l'homme, mais celui-ci continua à le suivre à distance jusqu'à ce que le juge, hors de lui, prenne la direction de la maison, tout en faisant semblant de ne pas y être obligé.

Je t'en supplie, ma chérie, ma fille adorée, rentre à la maison,
Ma princesse, ma duchesse, ma reine,
Soo-soo, Poo-poo, Coucou, sniff sniff, ça sentait bon, ça,
Oh, la vilaine,
Allez, debout, c'est l'heure de la sousoupe,
Ma perle, mon diamant,
L'heure du thé ! Biscuit, biscuit !
Mon trésor ! Mon poussin !
Attrape le nonos !

Comme tous ces mots avaient l'air ridicule sans un chien à qui les adresser.

Le soldat suivait docilement, éberlué par ce discours.

C'était vraiment bizarre, dit-il à sa femme en rentrant au quartier réservé aux soldats mariés, blocs de béton qui défiguraient la sauvagerie du paysage.

Oui, et même indécent.

« De quoi tu parles ? dit-elle, toute jeune mariée, absolument ravie de la plomberie moderne et de la pléiade de gadgets pour la cuisine.

– Dieu seul sait pourquoi, ces types séniles et leurs animaux… tu comprends… toutes sortes de choses bizarres… »

Puis ils passèrent à autre chose, parce que l'armée était encore bien nourrie et que la femme apprit à son mari qu'ils avaient reçu une ration de beurre si importante qu'ils allaient pouvoir la partager avec la famille élargie, même si c'était contraire à la loi, et que, alors qu'un poulet à rôtir faisait d'ordinaire entre six cents et huit cents grammes, celui qu'on venait de leur livrer pesait presque le double : se pouvait-il que le fournisseur de volailles de l'armée injecte de l'eau dans ses volatiles ?

Quarante-sept

Entre-temps, suite à la grande manifestation, les effectifs de la police avaient été augmentés, et les membres du FNLG étaient soumis à une traque incessante ; on passait au peigne fin les hameaux les plus reculés, on essayait d'éliminer les partisans du Gorkhaland des groupes marxistes, des militants du parti du Congrès, de tous ceux qui n'étaient ni d'un bord ni de l'autre. La police fit des descentes dans les plantations de thé, au moment où celles-ci fermaient les unes après les autres ; les directeurs qui se souvenaient des raids menés dans l'Assam par les rebelles contre les propriétaires de plantations s'envolèrent pour Calcutta à bord d'avions privés.

Les hommes recherchés, en cavale, essayaient d'échapper à la police en dormant chez les plus riches – Lola et Noni, le docteur, les princesses afghanes, les fonctionnaires à la retraite, les Bengalis, les étrangers –, tous ceux dont les maisons ne seraient pas perquisitionnées.

*

On parlait de nombreuses allées et venues à la frontière entre le Népal et le Sikkim ; on disait que des militaires à la retraite contrôlaient le mouvement, proposant une formation accélérée au maniement des détonateurs, à l'art et la manière de faire sauter les ponts et d'organiser des embuscades pour piéger la police. Mais le premier venu pouvait se rendre compte que le FNLG n'était en grande partie constitué que d'ados, tout juste bons à copier Rambo, la tête pleine de prises de kung-fu et de karaté, sillonnant les rues dans le vacarme de motos et de Jeep volées – bref, prenant leur pied. De l'argent et des armes plein les poches. Pour l'instant, ils vivaient les films qu'ils avaient vus. Quand ils en auraient terminé, ils passeraient dans la légende, et c'est d'eux que les nouveaux films se nourriraient…

Ils arrivaient en pleine nuit, le visage masqué, escaladaient les grilles, mettaient les maisons à sac. Quand ils voyaient une femme rentrer chez elle, enveloppée dans un châle, ils la forçaient à le dérouler et prenaient le riz ou le peu de sucre qu'elle y avait caché.

Le long de la rue du marché, des membres arrachés aux ennemis pendaient aux arbres – de qui et de quel côté, les ennemis ? C'était le moment ou jamais de faire disparaître ceux que l'on n'aimait pas, de régler les vieilles querelles familiales. Des hurlements continuaient à s'échapper du commissariat, encore qu'une bouteille de Black Label pût vous sauver la vie. Des blessés, les viscères enveloppés dans de la peau de poulet pour les garder au frais, étaient emmenés de toute urgence sur des civières en bambou pour se faire recoudre par le médecin ; un homme fut retrouvé dans une fosse septique, le corps entièrement lardé de coups de couteau, les yeux énucléés...

Mais si les résidents étaient choqués par la violence de telles pratiques, ils étaient également surpris par leur banalité. Découvraient la perversité dont est capable l'âme humaine, tandis qu'ils restaient chez eux à ne rien faire, et constataient qu'il était encore possible pour un être humain confronté à l'horreur d'une malfaisance inimaginable de s'ennuyer, de bâiller, de se préoccuper d'une chaussette égarée, d'être irrité par les frictions entre voisins, de sentir la faim vous grignoter l'estomac comme une petite souris et de revenir, une nouvelle fois, au problème urgent de ce que l'on allait bien pouvoir manger... Ils étaient pris malgré eux, les plus communs d'entre eux, ceux qui n'étaient pas taillés pour les grandes questions, dans les combats légendaires entre passé et présent, justice et injustice – le banal petit peuple emporté par une haine extraordinaire, parce que la haine extraordinaire n'était, somme toute, qu'un événement banal.

Quarante-huit

Après Delhi, l'appareil de Gulf Air se posa sur l'aéroport Dum Dum de Calcutta. Biju renifla à plusieurs reprises et perçut l'odeur si particulière d'un sol désinfecté à l'eau de Javel par une femme de ménage à la fois indigente et douée d'un talent certain pour se rendre désagréable. Les yeux au sol, fouettant les pieds nus des passants de sa serpillière sale, elle donnait à certains visiteurs l'occasion de goûter pour la première fois à ce mélange entêtant de grande compassion et de grand agacement.

Une foule indisciplinée se pressait autour des tapis roulants des bagages, car plusieurs avions avaient atterri en même temps ; se trouvaient donc exposés là des spécimens d'Indiens plus nombreux que ceux mis en montre dans l'appareil de Gulf Air, tous de retour dans le bain commun, après des évolutions diverses dans les niches disponibles à l'étranger. Il y avait là le yuppie qui avait suivi des cours d'œnologie, et ceux qui ne voulaient pas abandonner leur culture et fréquentaient un temple hindou à Berne, ou ailleurs. Le garçon branché accro de musique *bhangra*, arborant boucle d'oreille et baggy. Le hippie qui n'avait pas tardé à comprendre qu'on pouvait échapper à son sort d'immigrant minable et prendre son pied en jouant à l'Indien dans les milieux où l'on ne jurait que par le batik, et en débitant un salmigondis du genre mantra-hindouisme-tantra-Terre-Mère-indigènes-authentiques-énergie-organique-intuition-*Shakti*-ganja-chaman. Les as de l'informatique qui avaient gagné une fortune. Les chauffeurs de taxi, les préposés à l'entretien des toilettes et les jeunes hommes d'affaires collet monté qui s'essayaient à la décontraction en invitant des amis pour un « curry vraiment costaud, mon vieux, jusqu'où tu vas dans l'épicé ? ».

Indiens qui vivaient à l'étranger, Indiens qui voyageaient à l'étranger, les plus pauvres comme les plus riches, heureux détenteurs de la carte verte qui faisaient la navette. L'étudiant indien qui ramenait une grande blonde, faisant comme si de rien n'était et essayant de masquer son embarras et sa nervosité sous un air dégagé : « Allons, *yaar*, l'amour n'a pas de couleur… » Il se trouvait qu'il était *simplement tombé dans le stéréotype*, l'authentique transformé en cliché…

Derrière lui, deux jeunes Indiennes grimaçaient de dégoût.

« Sitôt débarqué, il a dû se mettre en chasse pour trouver une Américaine et se procurer sa carte verte, sans se préoccuper de savoir si elle avait l'air d'un grand cheval. *Et c'est le cas !!!*

– Nos femmes sont les plus belles du monde, leur dit un homme avec conviction, dans l'idée peut-être qu'elles avaient pris ombrage à la vue de ce couple, mais avec l'air de quelqu'un qui essayait d'abord de se persuader.

– Oui, nos femmes sont les meilleures du monde, dit une autre représentante du beau sexe, mais nos hommes sont bien les pires *gadha* qu'on puisse trouver sur terre. »

« *Dadi Amma !* criait-on de tous côtés. *Dadi Amma !* » Une grand-mère en tenue de combat, sari relevé, chaussettes couleur chair tombant sur des chevilles et jambes poilues, s'activait avec son chariot à bagages, heurtant les chevilles, prenant d'assaut le tapis roulant.

Deux hommes à l'air dédaigneux, qui venaient de descendre du vol Air France, avaient lié connaissance. « Vous venez d'où ? (Ton distant.)

– De l'Ohio.

– Columbus ?

– Non, un peu à l'extérieur.

– Où ça ?

– Une petite ville. Vous ne connaissez sûrement pas.

– ?

– Paris, Ohio. (Avec quelque réticence.) Et vous ?

– Dakota du Sud. »

Le visage de l'homme de l'Ohio s'éclaira. « Regardez-moi ça, dit-il avec un large geste du bras qui eut pour effet de les libérer l'un et l'autre, chaque fois qu'on revient, on se dit que les choses ont dû changer, mais non, c'est toujours pareil.

– C'est bien vrai, dit le Dakota du Sud. On voudrait s'en défendre, mais on est bien obligé de le reconnaître. Si certains pays restent à la traîne, il y a une raison... »

Ils attendaient leurs bagages, qui n'arrivèrent pas.

Ils n'étaient pas les seuls dans ce cas, et Biju fut témoin d'une scène animée au comptoir d'Air France, où les passagers devaient remplir des déclarations de perte de bagages :

« Ils n'indemnisent que les Indiens non résidents et les étrangers, mais pas les ressortissants indiens. POURQUOI ? se plaignaient ces derniers. C'est injuste. INJUSTE INJUSTE !

– C'est la politique de la compagnie, monsieur, disait l'employé, qui s'efforçait de les calmer. Les étrangers ont besoin d'argent pour une chambre d'hôtel, une brosse à dents...

– Et nous alors ? Notre famille habite Jalpaiguri, on est en transit, dit une femme, et maintenant on va devoir passer la nuit ici pour attendre nos valises... Elle est bidon, votre explication ! On paie aussi cher que les autres. Mais les étrangers ont tout, et les Indiens rien. Bien traiter les gens qui viennent d'un pays riche et traiter mal ceux qui viennent d'un pays pauvre, c'est une honte ! Pourquoi deux poids, deux mesures ??

– C'est la règle à Air France, madame, un point, c'est tout », répéta l'employé. Comme si jeter à la tête des gens des mots comme « Paris » ou « Europe » devait aussitôt les intimider, garantir l'absence de corruption, faire taire toute contestation.

« Alors moi, je suis censée aller à Jalpaiguri dans mes sous-vêtements sales ? Je sens déjà tellement mauvais que c'est à peine si j'ose m'approcher des autres », dit toujours la même dame, qui se boucha le nez, l'air horrifié, pour montrer à quel point elle avait honte de sa propre compagnie.

*

Tous les Indiens non résidents (INR), leur carte verte et leur passeport à la main, avaient un air digne et satisfait. Eh oui, c'était ainsi. La chance aux plus chanceux. Ils avaient davantage d'argent, et parce qu'ils en avaient davantage, ils en obtiendraient encore plus. C'était facile pour eux de faire la queue, et d'attendre patiemment : ils n'avaient plus besoin de se battre ; leur attitude prouvait à quel point on s'occupait bien d'eux. Ils pensaient surtout aux achats qu'ils allaient faire : « *Shopping ke liye jaenge, bhel puri khaenge*... dollars moi, *kamaenge, pum pum pum.* » « 8 roupies seulement pour le tailleur, seulement 22 *cents* ! » disaient-ils, opérant leurs conversions d'un ton triomphant ; et, tandis que les achats étaient traduits en dollars, les pourboires aux domestiques, eux, étaient calculés en monnaie locale : « 1 500 roupies, il est fou ou quoi ? Donne-lui-en 100, c'est plus que suffisant. »

Une sœur vivant à Calcutta accompagnée d'une sœur venue de Chicago, bien décidée à « tirer le maximum de ses *daaller*, oui, le maximum », découvrait les premiers germes d'une haine ravageuse, dévorante, qui, avec le temps, finirait par pourrir les familles de l'intérieur de manière irréversible.

*

Les passeports américains, britanniques et indiens étaient tous bleu marine, et les INR s'assuraient que le leur était tourné du bon côté de manière que les employés des compagnies aériennes puissent voir le nom du pays et sachent d'emblée à qui ils devaient des égards.

Les choses ne se passaient pas toujours très bien, car, si le personnel local d'Air France recevait des instructions en ce sens, on courait toujours le risque – à l'immigration, au contrôle des bagages ou des passeports – de tomber sur le genre d'employé envieux ou patriotique qui s'acharnait à vous torturer à petit feu sous le moindre prétexte. « Ah, la jalousie, c'est terrible… » Ils s'armaient à l'avance contre la critique durant leur séjour. « Ils sont jaloux, eh oui, jaloux de nos *daaller*. »

*

« Bon, eh bien, j'espère que vous en ressortirez vivant, mon vieux », dit l'Ohio au Dakota du Sud, une fois qu'ils eurent rempli leurs déclarations, tous deux doublement heureux, d'abord à l'idée de récupérer l'argent d'Air France, ensuite de voir leur jugement confirmé : « Ha ha, l'Inde et son incompétence légendaire, qu'est-ce qu'on pouvait attendre d'autre ? C'est *typique*, *typique* ! »

Ils passèrent devant Biju, occupé à examiner ses bagages, lesquels étaient enfin arrivés, et arrivés intacts.

« Mais l'erreur a été faite en France, disait quelqu'un, pas ici. C'est là-bas qu'ils n'ont pas mis les bagages en soute. »

Les deux hommes étaient bien trop satisfaits pour prêter attention à la remarque.

« Bonne chance », se dirent-ils, s'administrant mutuellement une claque dans le dos, et l'homme de l'Ohio s'éloigna, heureux d'avoir cette histoire de bagage égaré à servir à son père, lequel, il le savait, n'était guère fier de son fils. Impossible ?? Mais si, mais si !!

Il savait ce que pensait son père : que l'émigration, si souvent présentée comme un acte héroïque, pouvait être tout aussi facilement l'inverse ; que beaucoup partaient pour l'Amérique par lâcheté ; que c'était la peur qui caractérisait ce voyage, et non le courage ; le désir de détaler comme un lapin pour aller là où on ne voyait jamais la pauvreté, du moins pas vraiment, où l'on était à l'abri de la mauvaise conscience ; où l'on ne risquait pas d'être soumis aux demandes incessantes des domestiques, des mendiants, des parents ruinés, et où votre générosité n'était jamais ouvertement mise à contribution ; où l'on pouvait se sentir vertueux simplement en s'occupant de femme-enfant-chien-jardin. Faire l'expérience du soulagement que l'on peut éprouver à n'être pour les gens du cru qu'un inconnu transplanté, et cacher les perspectives d'une vie meilleure révélées par le voyage. L'Ohio était le premier endroit qu'il eût vraiment aimé, car c'était là qu'il avait enfin pu acquérir assurance et équilibre…

Mais son père allait le regarder, assis là dans son *kurta* pyjama à se triturer les dents avec son cure-dents, et le fils saurait ce que pensait le père : semblable assurance ne peut venir qu'à celui qui accepte des horizons limités pour vivre. Et le fils serait incapable de contenir sa colère : tu es jaloux, jaloux de ton propre fils, se dirait-il, ah, la jalousie, l'éternel grief du tiers-monde…

Une fois, son père était venu aux États-Unis, et n'avait pas été du tout impressionné, pas même par la taille de la maison :

« À quoi bon ? Tout cet espace qui ne sert à rien, et ce gâchis d'eau, d'électricité, de chauffage, de climatisation, ce n'est pas très malin, si ? Et une demi-heure de voiture pour aller jusqu'au marché ! C'est ça qu'on appelle le monde industrialisé ??? *Ekdum bekaar !* »

Il avait réservé au hot dog un jugement sans appel : « La saucisse n'est pas bonne, le pain n'est pas bon, le ketchup non plus, et même la moutarde est mauvaise. Et c'est une institution américaine ! Tu trouves mieux à Calcutta ! »

Maintenant, au moins, le fils avait son histoire de bagage perdu à lui servir.

*

Au sortir de l'aéroport, Biju se retrouva dans la nuit de Calcutta, tiède, maternelle. Ses pieds s'enfoncèrent dans une poussière tamisée qui cédait sous ses pas, et il éprouva un sentiment insupportable, de tristesse et de tendresse mêlées, semblable à la douceur nostalgique des moments où, enfant, il s'endormait sur les genoux de sa mère. Il était presque 11 heures du soir, et pourtant il y avait des milliers de gens dans les rues. Il aperçut deux chèvres à la barbe élégante dans un rickshaw, en route pour l'abattoir. Un conclave de vieillards au visage élégant de chèvre, en train de fumer des *bidi*. Une mosquée et ses minarets illuminaient la nuit d'un vert magique, tandis qu'un groupe de femmes en *burka* passaient d'un pas rapide, dans un cliquetis de boucles d'oreilles, et qu'une pâtisserie se signalait par un grand fouillis psychédélique de couleurs. Des *rôti* volaient dans l'air comme dans un numéro de jongleurs, parsemant le ciel de pastilles multicolores au-dessus d'un restaurant qui proclamait : « Les bons plats font la bonne humeur. » Et Biju restait là, dans la douceur tiède et poussiéreuse de cette nuit de saris. Douceur miséreuse du pays retrouvé : il sentait que tout se réorganisait autour de lui, retrouvait sa vraie place ; lui-même avait l'impression de reprendre une taille normale, soulagé de l'énorme angoisse qu'il y a à être un étranger – l'arrogance et la honte insupportables de l'immigrant. Personne ne lui prêtait la moindre attention ici, et s'il arrivait à quelqu'un de lui adresser la parole, les mots glissaient, faciles, insouciants. Il regarda autour de lui, et, pour la première fois depuis Dieu sait combien de temps, sa vision perdit de son flou, et il constata qu'il voyait enfin clair.

Quarante-neuf

Le juge s'agenouilla et pria Dieu, lui, Jemubhai Popatlal l'agnostique, lui qui avait accompli un parcours long et difficile pour parvenir à se débarrasser des prières familiales, qui, dans des temps déjà anciens, avait refusé de jeter la noix de coco à la mer et de bénir son voyage depuis le pont du SS *Strathnaver*.

« Si tu me rends Mutt, je te reconnaîtrai publiquement, jamais plus je ne te renierai, je dirai au monde entier que je crois en toi – en toi – si tu me rends Mutt... »

Puis il se releva. Il faisait table rase de toute son éducation, régressait au stade de l'homme superstitieux prêt à marchander, à offrir des sacrifices, à cajoler, à défier le destin et tout pouvoir susceptible de décider de son sort...

Si tu existes, montre-le-moi !

Sinon, je saurai que tu n'es rien.

Rien ! Rien ! (D'un ton plein de bravade.)

Mais la nuit venue, il se retrouva en proie aux mêmes pensées…

Devait-il payer aujourd'hui pour s'être détourné de cette ancienne foi ?

Payer pour des péchés qu'aucun tribunal au monde ne pouvait juger, certes, mais qui, il le savait fort bien, pesaient d'un poids énorme sur la balance et ne seraient jamais absous… Mais qui donc pouvait bien vouloir le faire payer ainsi ? Il ne croyait pas à un quelconque courroux divin, ni à la justice immanente. Bien sûr que non. L'univers ne faisait pas commerce de justice. Simple affaire de vanité humaine de sa part que d'y avoir cru… jusqu'à ce que l'expérience le fasse changer d'avis.

Et pourtant il repensa à sa famille, qu'il avait abandonnée.

Il songea à son père, à la force, à l'amour, aux espoirs de cet homme dont il s'était nourri, pour finir par lui cracher à la figure. Puis il repensa à la manière dont il avait renvoyé sa femme, Nimi, chez ses parents. À cette époque, déjà, Bomanbhai Patel, le maître de l'*haveli* aux sculptures si délicates, était mort, et c'était un oncle qui avait usurpé le trône, la seule malédiction qui avait jamais pesé sur Bomanbhai – privé d'héritier mâle – le poursuivant par-delà la tombe.

*

Le juge revécut les circonstances dans lesquelles il avait renvoyé sa femme chez elle. C'était un incident particulier qui avait tout déclenché.

Un matin de bonne heure, une voiture s'était arrêtée devant la maison de Bonda et un bouquet de dames en était descendu ; au volant se trouvait Mrs Mohan, ardente partisane du parti du Congrès. Elle avait repéré Nimi près du portail de la résidence de Jemubhai : « Ah, madame Patel, venez vous joindre à nous... Pourquoi toujours refuser ? Cette fois-ci, il n'en est pas question ! Allez, venez, on va s'amuser un peu. Il faut bien que vous mettiez le nez dehors de temps en temps. »

Partagée entre la joie et la frayeur, Nimi s'était retrouvée assise sur les amples genoux d'une inconnue. Elles étaient allées jusqu'à la gare, après avoir laissé la voiture très loin parce que des milliers de gens s'étaient déjà rassemblés aux cris de : « À bas le Raj britannique, *murdabad* ! » Elles s'étaient arrêtées un moment, avant de suivre une cohorte de véhicules jusqu'à une maison.

On fit passer à Nimi une assiette d'œufs brouillés, qu'elle ne mangea pas : trop de remue-ménage, trop de monde, trop de cris et de disputes. Elle tenta un sourire à l'adresse d'un tout petit enfant, qui ne se souvint de la manière de faire travailler ses muscles que bien après et lui rendit son sourire quand il était trop tard.

Pour finir, une voix s'écria : « Dépêchons-nous, le train va partir, il faut aller à la gare tout de suite ! », et la plupart des gens se précipitèrent à nouveau dehors. Une des personnes encore présentes la raccompagna chez elle. Fin de l'épisode.

« Nous vivons un moment historique, madame Patel. Aujourd'hui, vous avez vu un des plus grands hommes de l'Inde. »

Lequel était-ce, de ceux qu'elle avait vus ? Elle eût été bien en peine de le dire.

*

Au retour de sa tournée – cinq perdrix, deux cailles, un cerf, dûment consignés dans son journal de chasse –, le juge avait été convoqué par le commissaire de district qui lui avait appris une nouvelle stupéfiante : son épouse faisait partie du comité qui avait accueilli Nehru à la gare du cantonnement. À cette occasion, elle avait mangé des œufs brouillés en compagnie de membres influents du parti du Congrès.

Ce n'était pas tant le mauvais point retenu contre Jemubhai et le blocage de son avancement qui chagrinaient le commissaire que les retombées qu'aurait l'incident sur lui-même et le service public dans son ensemble, lequel avait (coup de poing sur la table) « une réputation à défendre, nom de Dieu ! ».

« Mais c'est impossible, monsieur. Mon épouse est une femme très traditionaliste. Elle est bien trop réservée, comme vous le savez, pour faire partie du club. En fait, elle ne quitte jamais la maison.

– Eh bien, elle l'a pourtant fait cette fois-ci. C'est précisément ce genre de femme qu'il faut surveiller de près, monsieur Patel. Pas tout à fait aussi réservée qu'on veut bien le croire – une timidité qui trompe son monde. Il vous sera impossible, je le crains, de réfuter cette accusation, étant donné que la présence de votre épouse sur les lieux a été confirmée par plusieurs personnes. J'ose espérer qu'aucun membre de votre famille ne s'avisera de compromettre à nouveau votre carrière. Conseil d'ami, Patel. »

Visage hostile. Mr Singh détestait Jemubhai, il détestait les Gujaratis en général et les Patel en particulier, des gens toujours à l'affût du moindre avantage, de vrais chacals.

Jemubhai était rentré chez lui au volant de sa voiture, en longeant le canal. Il connaissait l'efficacité des espions qu'ils employaient, mais il ne cessait de serrer et desserrer ses mâchoires : comment était-ce possible ?

« Je l'ai invitée par pure gentillesse, avait dit Mrs Mohan quand Jemubhai était allé lui demander des comptes.

– Par ruse et perfidie, oui, avait fulminé le juge.

– Par malignité », avait dit Mr Mohan en mettant un *mithai* dans la bouche de son épouse pour la complimenter de son astuce politicienne.

Mais qu'allait dire Nimi ?

*

Il lui tournait le dos quand elle entra. Il se prépara un verre lentement, se versa une rasade de scotch aux luisances cruelles et prit, à l'aide d'une pince à glace en argent griffue, des glaçons qui crépitèrent et dégagèrent une petite fumée lorsqu'il les laissa tomber dans son verre.

« Alors, voyons », commença-t-il, agitant les cubes dans son verre avant de se retourner, avec l'expression de quelqu'un qui s'apprête à juger une affaire, bien décidé à procéder calmement et rationnellement.

Il énuméra les points au fur et à mesure en comptant sur les doigts de sa main libre :

1. « Est-ce que tu n'es finalement qu'une pauvre péquenaude ? »

Pause.

2. « Une menteuse ? »

Pause.

3. « Est-ce que tu t'amuses à de stupides petits jeux de bonne femme ? »

Pause.

4. « Est-ce que tu cherches délibérément à me mettre en colère ? »

Pause plus longue.

Suivie d'une dernière question crachée avec venin :

5. « Ou est-ce que tu es tout simplement d'une bêtise hors du commun ? »

Devant son silence, il attendit.

« Alors, quelle est la bonne réponse ? Il est hors de

question que je mette un point final à cette conversation avant d'avoir obtenu une réponse. »

Attente plus longue.

« Alors ? Décide-toi ! Je te demande si tu n'es qu'une sombre crétine ?! »

Silence.

« Très bien, je vais devoir en conclure qu'il s'agit des cinq à la fois, dans ce cas. C'est bien ça ? »

Avec une peur grandissante à mesure qu'elle articulait les mots, rassemblant le genre de courage dont elle avait fait preuve le fameux soir de l'incident de la houppette, elle osa le défier. À la stupéfaction de son mari, et elle-même effarée par ses propres paroles, elle dit, comme dans un de ces moments d'illumination qui précèdent la mort : *« C'est toi qui es un sombre crétin. »*

Pour la première fois de sa vie, il la frappa, même s'il en avait envie depuis déjà quelque temps, mais se retenait. Il lui renversa le contenu de son verre sur la tête, envoya l'eau d'une carafe gicler sur ce visage qui n'avait plus pour lui aucun attrait, lui emplit les oreilles d'un jet d'eau gazeuse. Puis, quand il découvrit que pareil traitement ne suffisait pas à calmer sa rage, il lui tomba dessus à coups de poing, levant les bras pour les abattre sur elle encore et encore, en cadence, jusqu'à ce qu'il ne sente plus ses mains ; le jour suivant, il avait les épaules raides comme s'il avait passé la journée de la veille à fendre du bois. Il boitait même un peu : il avait une jambe douloureuse à force d'avoir donné des coups de pied.

« Pauvre idiote ! Salope ! » Plus il jurait, plus augmentait la force de ses coups.

Le lendemain matin, elle était couverte de bleus qui offraient un contraste saisissant avec l'environnement, parfaitement civilisé : œufs à la coque dans leurs coquetiers, couvre-théière, journal. Les hématomes mirent des semaines à se résorber. Dix marques de doigts bleu-noir imprimées sur son bras, un nuage d'orage sur son flanc, là où elle avait heurté le mur sous sa poussée – un nuage étonnamment diffus et étendu pour un choc unique, aussi brutal que précis.

La colère, une fois libérée tel un mauvais génie échappé de sa bouteille, se révéla impossible à contenir. Plus Nimi était silencieuse, plus il criait fort, et si elle s'avisait de protester, c'était pire. Elle ne tarda pas à comprendre que, quoi qu'elle fît, le résultat serait le même. Sa haine était une créature qui existait en dehors de lui ; elle surgissait, se consumait, puis réapparaissait de son propre chef, et il ne cherchait en sa femme que la justification de cette haine, sa perfection. Quand elle atteignait ses moments de plus grande pureté, il n'avait aucune peine à s'imaginer en train de la tuer.

À ce stade, il se fit circonspect, s'astreignit à une grande méticulosité dans tous les autres domaines de sa vie – son travail, son bain, sa façon de se coiffer –, effaré de voir avec quelle facilité il aurait pu perdre le contrôle de lui-même et compromettre à jamais sa carrière en commettant un acte violent et rédhibitoire.

*

Le printemps habilla Bonda de ses couleurs laiteuses, et les bébés chenilles, lézards et grenouilles se mirent à ramper et à sauter un peu partout. Le juge ne supportait plus la vue de sa femme ; il finit par lui acheter un billet et la renvoya au Gujarat.

« Je ne peux pas rentrer », dit Nimi, sortant de sa torpeur. Elle-même n'y voyait pas d'inconvénient – de fait, ce retour serait un apaisement, lui fournirait un endroit discret où se cacher –, mais penser à sa famille, à la honte qu'elle aurait à subir à cause d'elle lui était insupportable.

« Si je ne te renvoie pas, lui dit-il alors, d'une voix où perçait presque la sollicitude, je te tuerai. Si je ne veux pas être accusé d'un tel crime, il faut que tu t'en ailles. »

Six mois plus tard, un télégramme arrivait à Bonda, annonçant la naissance d'un enfant.

Jemubhai se saoula ce soir-là, mais pas de joie. Sans l'avoir vu, il était sûr de savoir à quoi ressemblait cet enfant : aussi rouge qu'une engelure, mugissant comme une sirène d'usine, répandant des liquides divers, dégageant des ondes de chaleur et de colère.

Très loin de là, Nimi regardait sa fille. Laquelle dormait à poings fermés ; dans ces premiers mois de vie, la paix semblait ancrée dans sa nature.

*

« Ta femme est prête à rentrer. Elle est reposée », écrivit l'oncle de l'*haveli*, espérant être entendu. Il s'était mépris sur la cause du retour de Nimi chez elle, l'attribuant à l'inquiétude de Jemubhai au sujet de la santé de son épouse ; il était au demeurant normal qu'une femme rentre dans sa famille pour la naissance de son premier enfant. Ils espéraient tous que ce bébé ramènerait le père dans le sein de leur communauté. C'était un homme influent désormais, susceptible de les aider.

*

Jemu répondit en joignant de l'argent à sa lettre. « Ce n'est pas envisageable. Mon travail ne s'y prête pas. Pas d'écoles. Constamment en déplacement… »

Sur quoi, l'oncle mit sa nièce à la porte. « Tu es sous la responsabilité de ton mari, dit-il, en colère. Retourne chez lui. Ton père a versé une dot quand tu t'es mariée, tu as donc eu ta part : les filles n'ont pas à venir réclamer quoi que ce soit après ça. Si tu as indisposé ton mari, demande-lui de te pardonner. »

Je t'en prie, reviens, ma chérie, ma beauté.

Elle avait passé le reste de ses jours chez une sœur qui n'avait pas trouvé un aussi beau parti. Son beau-frère lui reprochait la moindre bouchée, guettant chez elle les signes d'un embonpoint dû à sa générosité.

*

Le père de Jemubhai vint voir son fils pour essayer de le convaincre :

« L'honneur de la famille est perdu. Heureusement que Bomanbhai est mort, grâce au ciel. Ça fait scandale dans toute la ville.

– Pourquoi parler ainsi ? dit-il à son père. Ce sont là les paroles d'un idiot de village. Elle n'est pas faite pour être ma femme, c'est tout.

– C'était une erreur de t'envoyer en Angleterre. Tu es devenu un étranger pour nous.

– C'est toi qui m'as envoyé là-bas, et tu viens maintenant me dire que c'était une erreur ! C'est le comble ! » Il avait été recruté pour permettre à ses compatriotes d'entrer dans l'âge moderne, mais lui-même n'y était parvenu qu'en se coupant d'eux complètement, pour éviter de se voir reprocher l'énorme mensonge qu'il était devenu.

*

Son père ne resta que deux nuits. Ils ne se dirent pas grand-chose après cette première conversation, et Jemubhai ne demanda des nouvelles de personne à Piphit : le faire aurait été de la dernière hypocrisie.

Quand son père fut sur le point de partir, il tenta de lui donner de l'argent, essayant maladroitement de le lui glisser dans la main. Mais l'autre refusa, détourna la tête et monta dans la voiture. Le juge sentit qu'il devait le rappeler, s'apprêtait même à le faire, les mots se formant déjà dans sa gorge, mais finalement il ne dit rien, et le chauffeur ramena son père à la gare, celle-là même où, sans le savoir, Nimi avait vu Nehru.

*

La guerre éclata en Europe et en Inde, jusque dans les campagnes, et les journaux ne parlèrent bientôt plus que de la ruine qui menaçait le pays ; presque un million de morts dans les émeutes, trois ou quatre dans la famine au Bengale, treize millions de personnes chassées de chez elles ; la naissance de la nation se faisait dans les affres. Ce qui semblait de circonstance.

Le juge travaillait plus dur que jamais. Le départ des Britanniques avait laissé un grand vide dans l'exercice du pouvoir, et tous les membres indiens de l'ICS se retrouvèrent propulsés au sommet, sans plus de considération pour leurs talents que pour leurs compétences ou le parti adopté dans la lutte pour l'indépendance.

Quelque part, au cours de ces années crépusculaires, un deuxième télégramme arriva, lequel précéda celui qui annonçait la venue imminente de Sai à Cho Oyu.

Une femme avait brûlé vive à cause d'un poêle.

Ah, quel pays ! s'étaient exclamés les gens, heureux de retomber dans les clichés habituels, un pays où une vie humaine ne comptait pas pour grand-chose, où les principes étaient dévoyés, où les poêles n'étaient pas de bonne qualité, où les saris bon marché prenaient feu aussi facilement...

... qu'une femme dont on souhaitait la mort ou...

... eh bien, qu'une femme qui cherchait à se la donner...

... sans témoin, sans enquête...

... un simple mouvement de la main...

... et pour la police une affaire tellement simple, un autre mouvement rapide de la main...

... les roupies passèrent d'une main à l'autre, mécanique bien huilée...

« Oh, merci, monsieur, dit un policier.

– Il n'y a pas de quoi », dit le beau-frère.

L'affaire était emballée, et pour un peu vous n'y auriez vu que du feu.

Le juge préféra croire qu'il s'agissait d'un accident.

Les cendres ne pèsent rien, ne dévoilent aucun secret, montent dans le ciel trop légèrement pour s'embarrasser de culpabilité ; trop légères pour être soumises à la pesanteur, elles s'élèvent, s'élèvent, et, Dieu merci, disparaissent.

Pour beaucoup, ces années furent nébuleuses, et quand ils en émergèrent, épuisés, le monde entier avait changé, il y avait des vides partout – entre ce qui était arrivé dans leurs propres familles, ce qui était arrivé ailleurs, la saleté qui s'était répandue comme une épidémie dans un monde rempli désormais de tombes anonymes –, qu'ils ne regardèrent pas, parce qu'ils n'avaient pas le loisir d'examiner le passé. Il leur fallait empoigner l'avenir par tous les moyens à leur disposition.

Jemubhai, lui, avait appris une vérité : un être humain peut se transformer en n'importe quoi. Il était possible d'oublier, parfois même vital de le faire.

*

Aujourd'hui, Jemubhai se demandait s'il avait tué sa femme au nom de faux idéaux. Lui avait volé sa dignité, avait jeté l'opprobre sur sa famille à lui, sur la sienne, avait fait d'elle la personnification de leur humiliation. Même eux n'auraient su la reprendre alors, et sa vie était finie, inutile, et sa fille à lui ne pouvait être qu'inutile et absurde. Il avait mis la gamine en pension dans un couvent et avait été ravi le jour où elle avait atteint le comble de l'inutilité et de l'absurdité en prenant la fuite avec un homme qui avait grandi dans un orphelinat. Même ses proches n'attendirent plus alors de lui qu'il s'occupe encore d'elle…

Il n'avait pas aimé sa femme, mais était-ce là une excuse suffisante ?

Puis il se souvint d'un moment, il y avait bien longtemps de cela, où il l'avait vraiment aimée. Il avait vingt ans, elle quatorze. C'était à Piphit, sur une bicyclette : ils dévalaient glorieusement une pente au milieu des bouses de vache.

*

Sai était arrivée bien des années plus tard, et quoiqu'il eût toujours refusé de l'admettre, il ne pouvait se défendre d'espérer qu'un système de justice sans existence reconnue commence à effacer ses dettes.

*

« Mutt, dit-il d'une voix brisée. Mon drôle d'amour. Ma beauté. Ma drôlesse, mon impertinente. » Il poursuivait sa quête dans tous les environs.

... Aidé par Sai et le cuisinier.

*

Quand il s'avéra que Mutt restait introuvable, Sai, qui avait dissimulé son chagrin à la perte de Gyan d'abord sous un rhume, puis sous la folie qui s'était emparée de la montagne, trouva un nouveau déguisement si parfait qu'elle-même eût été bien en peine de nommer la véritable origine de sa détresse. « Mutt, Mutty, petite côtelette », entonnait-elle à tue-tête, d'une manière dont elle n'aurait jamais osé avouer publiquement sa propre peine. Elle était reconnaissante à ce paysage d'être aussi vaste, continuait la recherche tout en essayant de retrouver l'horizon – car elle avait l'impression que l'espace dont elle avait hérité à la fin d'une idylle promettant de grandes perspectives de fait n'existait pas. La tristesse signifiait l'enfermement.

Le cuisinier, lui aussi, cherchait, criant « MUTTY ! », l'inquiétude qu'il éprouvait au sujet de son fils masquée par la disparition de la chienne. « MUTTY ! » Il parlait à son destin… la main tendue, la paume offerte, mais la lettre, la lettre n'était pas arrivée.

Cinquante

« Pas de bus pour Kalimpong.

– Pourquoi ? »

C'était dans les journaux, non ? L'employé de la gare routière de Siliguri avait été surpris de constater que Biju ne savait rien. À la télé ? Dans toutes les conversations ? Dans l'air ?

Ainsi donc, il y avait toujours des problèmes ?

Et de plus en plus graves. Mais comment pouvait-il ne rien savoir ? D'où venait-il ?

D'Amérique. Pas de journaux, pas de téléphone...

L'autre, alors, eut un hochement de tête compatissant.

Néanmoins : « Aucun transport pour Kalimpong. La situation est tendue, *bhai*. Il y a eu des fusillades. Tout le monde est devenu fou. »

Biju se fit insistant : « Il faut absolument que j'y aille. Mon père est là-bas et...

– Impossible. Y a pas moyen. C'est l'état d'urgence

là-bas, ils ont installé des barrages routiers, répandu de l'huile et des clous partout dans les rues. Les accès à la ville sont bloqués. »

Biju s'assit sur ses bagages dans la gare routière, jusqu'à ce que l'autre finisse par le prendre en pitié :

« Écoute, dit-il, va à Panitunk, tu trouveras peut-être quelque chose à partir de là-bas, mais c'est très dangereux. Il va falloir que tu supplies les hommes du FNLG. »

Biju attendit quatre jours à Panitunk avant qu'en parte une Jeep du FNLG. Ils louaient les places libres à des prix exorbitants.

« Plus de place », lui dirent les hommes.

Il ouvrit son portefeuille neuf, qui révéla des dollars.

Et paya. Billets verts, Abraham Lincoln, Dieu est notre espoir... Les autres n'avaient jamais vu d'argent américain, firent circuler les billets, les examinant sous toutes les coutures.

« Mais on peut pas prendre tous ces bagages. »

Quelques billets de plus et ils empilèrent ses valises sur le toit, les arrimant avec des cordes. Puis ils partirent, haut perchés sur le mince ruban de la route au-dessus des champs inondés, au milieu de l'incandescence des jeunes pousses de riz et des bananiers, et traversèrent la réserve naturelle dotée d'écriteaux géants cloués sur les arbres : « NE PAS DÉRANGER LES ANIMAUX SAUVAGES ». Il se sentait le cœur tellement léger d'être de retour que même cet étrange voyage avec ces hommes ne parvenait pas à assombrir son humeur. Il passa la tête à l'extérieur pour vérifier que ses bagages étaient toujours solidement fixés sur le toit.

La route commença à grimper, simple saillie au-dessus de la Teesta, dans son souvenir une rivière démente, capable de bondir simultanément aussi bien en avant qu'en arrière. Biju s'agrippait à la structure métallique de la Jeep, tandis que le véhicule louvoyait sur une surface creusée de rigoles et d'ornières profondes et parsemée de pierres – il y avait plus de trous que de route proprement dite, et Biju sentait ses organes se désintégrer sous les cahots. Il regarda en bas vers l'oubli, avant de ramener précipitamment les yeux sur la berge ravinée. La mort était si proche – il avait oublié cette constante proximité de notre prochaine destination à tous dans l'éternité de son existence en Amérique.

Agrippés à la carapace de métal, ils suivaient les lacets de la route, montant toujours. Il y avait des kyrielles de papillons de toutes sortes, qui disparurent quand il se mit à pleuvoir un peu. La pluie s'arrêta, et ils revinrent ; un autre léger spasme, et ils disparurent à nouveau. Les nuages circulaient dans la Jeep, dissimulant de temps à autre les occupants du véhicule aux yeux de leurs compagnons. Et, continûment, le chant vigoureux des grenouilles. Une dizaine de glissements de terrain s'étaient produits sur la route de Siliguri à Kalimpong, et tandis qu'ils attendaient qu'on la dégage, des vendeurs ambulants venaient leur offrir des *momo* dans des seaux ou des noix de coco coupées en tranches triangulaires. C'était là qu'avait vécu le père de Biju, là qu'il lui avait rendu visite et qu'ils avaient mis au point leur projet : l'envoyer en Amérique ; et Biju, dans sa naïveté, avait fait ce que son père, dans sa propre naïveté, lui avait commandé. Mais ce père, que pouvait-il bien savoir ? Cette façon de quitter sa famille pour aller travailler les avait condamnés, sur plusieurs générations, à avoir le cœur et les pensées fixés ailleurs, à ne pas pouvoir être unis dans une seule existence au même moment. Comme il serait bon désormais de voir les choses en aller autrement !

Cinquante et un

Le juge, épuisé par toute cette attente, s'endormit et rêva que Mutt mourait : un moment, elle sortit d'une sorte de délire, lui jeta un regard familier, agita la queue dans un ultime effort héroïque ; l'instant d'après, cette lueur de l'âme derrière les yeux s'était éteinte.

« Mutt ? interrogeait le juge, penché sur elle, en quête d'une dernière étincelle.

– Non, non », disait le cuisinier, qui faisait lui aussi partie du rêve. « Elle est morte, regardez », ajouta-t-il d'un ton péremptoire. Puis il souleva une des pattes de Mutt, avant de la laisser retomber. Celle-ci ne se rétracta pas d'un coup sec. Elle se remit lentement en place. La chienne était en train de se raidir, et quand il lui donna quelques coups d'ongles, elle ne réagit pas.

« Ne la touche pas ! Sinon je te tue ! » cria le juge, réveillé par son propre cri, et convaincu par la logique de son rêve.

*

Le lendemain, lorsqu'il rentra à nouveau bredouille de ses recherches, il répéta la même menace. « Si tu ne la trouves pas IMMÉDIATEMENT, cria-t-il d'une voix suraiguë à l'adresse du cuisinier, JE TE TUE. Voilà. J'en ai assez. C'est ta faute. C'était à toi de la surveiller quand je suis allé prendre mon bain. »

Le cuisinier avait certes bien aimé Mutt ; il l'emmenait se promener, lui préparait l'hiver pour son petit déjeuner un toast avec un œuf dessus, lui mitonnait son ragoût, lui donnait de petits noms affectueux : « Mutty », « Ishtu », « Ishtoo », mais il avait toujours été clair que pour lui elle n'était qu'un animal : c'était là toute la différence.

Le juge et son cuisinier avaient vécu ensemble plus longtemps qu'avec qui que ce soit, pratiquement dans la même pièce, plus proches l'un de l'autre que de quiconque, et… rien, *nada*, pas la moindre trace d'une quelconque compréhension mutuelle.

Il y avait si longtemps maintenant que Mutt avait disparu. Elle était sûrement morte à l'heure qu'il était si elle avait été mordue par un serpent, ou s'était perdue ou blessée, loin de chez elle.

« TROUVE-LA, dit-il au cuisinier. TROUVE-LA. TOUT DE SUITE.

– Mais comment, *sahib* ? se lamenta l'autre. J'essaie, j'ai essayé…

– TROUVE-LA. C'est ta faute. Je te l'avais confiée. Je vais te TUER. Attends un peu. Tu as manqué à ton devoir. Tu n'as pas veillé sur elle. C'était ton devoir, et tu as laissé des gens la voler. Mais comment as-tu osé faire une chose pareille ? Comment, hein ?? »

Le cuisinier finit par se demander si effectivement ce n'était pas sa faute et commença à se sentir coupable. Avait-il vraiment fait preuve de négligence ? Il avait failli à son devoir, c'était bien ça ? Il n'avait pas cherché avec assez d'attention. Il avait manqué de respect. Il aurait dû surveiller la chienne le jour où elle avait disparu…

Il se mit à pleurer sans un regard pour rien ni pour personne, et disparut dans la forêt.

Il lui vint à l'esprit tandis qu'il arpentait les bois qu'il avait fait quelque chose de si terrible que le destin le lui ferait payer, et que quelque chose de plus terrible encore allait arriver…

De son côté, Sai se mit à arpenter le sentier en tous sens, appelant le cuisinier à grands cris à travers les arbres : « Reviens, ça va aller, il ne pensait pas ce qu'il a dit ; il est tellement triste qu'il en devient fou, il ne sait plus où il en est… »

Le juge buvait sur la véranda, en se disant qu'il n'éprouvait aucun remords, que ce qu'il avait dit au cuisinier était parfaitement justifié… Aucun doute là-dessus ! Je te tuerai !

« Où es-tu ? » appelait Sai, tout en marchant sous la Voie lactée, que les Lepchas, comme elle l'avait lu dans *My Vanishing Tribe*, appelaient *Zo-lungming*, « un monde de riz ».

« Tu as retrouvé la chienne ? lança l'oncle Potty.

– Non, et maintenant c'est le cuisinier qui a disparu.

– Il reviendra. Tu prends un petit verre avec moi ? »

Mais elle poursuivit son chemin.

Le cuisinier ne l'entendit pas, pour la bonne raison qu'il avait fini par échouer à la cantine de Thapa, pleine d'hommes en train de s'enivrer et de dépenser leurs derniers sous. Il leur raconta ce qui s'était passé, et cela les fit rire, enfin un peu d'humour dans ce cauchemar. Un chien mort ! L'hilarité fut bientôt générale. Ils étaient tous pliés en deux. S'inquiéter d'une bête dans un endroit où des *gens* mouraient tous les jours sans même qu'on y prête attention ! Mouraient de tuberculose, d'hépatite, de lèpre, des bonnes vieilles fièvres... Et pas d'emploi, pas de travail, rien à manger... Toute cette histoire pour un chien ! Impayable, vraiment !

« Ça n'a rien de drôle », dit le cuisinier, qui pourtant se mit à rire un peu, soulagé de constater que l'incident était manifestement drôle, avant d'être pris de remords, de se sentir doublement coupable et de retomber dans ses pleurnicheries. Il avait failli à son devoir... Pourquoi n'avait-il pas surveillé cette *kutti* de plus près...

Dans un coin de la salle se trouvait Gyan, désormais libre de sortir à sa guise. Lui ne riait pas. Il repensait à cet horrible jour où il avait parlé aux autres des fusils du juge. Après tout, que lui avait fait Sai ? La culpabilité le submergea à nouveau, et il se sentit pris de vertige et de nausée. Quand le cuisinier sortit, il le suivit.

« Je ne suis pas venu donner mes leçons à cause de tous ces troubles… Comment va Sai ? marmonna-t-il.

– Elle est très inquiète pour la chienne. Elle pleure tout le temps.

– Dis-lui que je vais me mettre à la recherche de Mutt.

– Comment tu vas faire ?

– Dis-lui simplement que je te l'ai promis. Je retrouverai la chienne. Ne te fais pas de souci. Mais pense bien à le lui dire. Je retrouverai Mutt et je la ramènerai à la maison. »

Il avait prononcé cette phrase avec une conviction qui n'avait rien à voir avec Mutt ni avec sa capacité à la retrouver.

Le cuisinier le regarda d'un œil soupçonneux. Il n'avait jamais été impressionné par les compétences du garçon. Sai elle-même ne lui avait-elle pas dit que son précepteur n'était pas une flèche ?

Mais Gyan lui renouvela ses assurances. Quand il reverrait Sai, il aurait un cadeau pour elle.

Cinquante-deux

Biju n'avait pas vu d'aussi vastes horizons depuis longtemps – un immense panorama de montagne à couper le souffle, balafré d'énormes coulées d'éboulis. Par endroits, des pans entiers de la montagne s'étaient carrément écroulés et présentaient l'aspect d'un glacier semé de blocs de rocher et d'arbres déracinés. Les effondrements avaient effacé la piste de fourmis précaire de la route. Un sentiment d'euphorie l'avait envahi au spectacle de cette infinitude sauvage, de ces plantes démentes qui grimpaient, rampaient partout, de la folle exubérance de cette verdure, de la vulgarité braillarde des grenouilles, qui était comme le cri même de la terre et de l'air. Mais son plaisir était gâché par les problèmes liés à l'état de la route. Partagé entre cette patience que l'on éprouve devant la grandeur de la nature et l'impatience que l'on ressent à être arrêté par les détails de la vie quotidienne, il attendait le moment de revoir son père. La tâche consistant à rouvrir un passage à travers ces ruines faisait d'ordinaire l'objet d'un marché avec des équipes d'hommes et de femmes minuscules et bossus, qui reconstruisaient la route pierre à pierre, réparant les dégâts chaque fois que leur travail était mis à mal, transportant les blocs de pierre et la boue dans des paniers d'osier attachés par des sangles qui leur ceinturaient le front, titubant sous le poids, abattant pendant des heures leurs marteaux et leurs burins sur les gros galets de la rivière jusqu'à ce que saute un éclat, puis un autre. Ils posaient ensuite les pierres les unes à côté des autres, puis la surface était à nouveau goudronnée – Biju se souvenait que, quand il était enfant, son père le faisait toujours marcher sur l'asphalte fraîchement répandu quand ils en trouvaient, de façon à renforcer, disait-il, les minces semelles de ses chaussures. Mais le gouvernement avait désormais suspendu tous les travaux, et les hommes du FNLG étaient obligés de descendre du véhicule et de rouler eux-mêmes les blocs sur le côté, d'écarter les troncs d'arbres et de pelleter la terre et la boue... Ils franchirent ainsi sept barrages. Au huitième, ils se retrouvèrent enlisés ; la Jeep refusait d'avancer.

Ils reculèrent, ayant besoin d'une certaine distance pour emballer le moteur et prendre suffisamment d'élan pour franchir la cuvette pleine d'ornières et de boue, et se lancèrent à nouveau vers l'obstacle à grande vitesse. Ils répétèrent l'opération dix fois, mais toujours le moteur calait, et ils retombaient dans le cratère. Marche arrière pour en ressortir, bruit assourdissant du moteur, vroum, vroum, vroum…

Ils finirent par tous redescendre, à l'exception du chauffeur, détachèrent les bagages et les empilèrent dans la boue. Enfin, à la onzième tentative, après un long élan et un démarrage en trombe dans un grand rugissement de moteur, la Jeep franchit l'obstacle en vibrant de toute sa carcasse, et ils applaudirent, soulagés, empilèrent à nouveau les bagages sur le toit, avant de remonter et de repartir. Il leur fallut pratiquement une journée pour faire un trajet qui normalement n'aurait dû prendre que deux heures. À coup sûr, ils n'allaient pas tarder à arriver.

C'est alors qu'ils s'engagèrent sur une route secondaire, encore plus difficile à négocier.

« C'est la route de Kalimpong ? s'étonna Biju.

– Il faut d'abord qu'on dépose quelques hommes… Déviation obligatoire. »

Plusieurs heures passèrent… Un neuvième, puis un dixième arrêt, ponctués de nouveaux déblaiements.

*

« Mais quand est-ce qu'on va arriver à Kalimpong ? demanda Biju. On y sera ce soir ?

– Du calme, *bhai.* » Ils ne semblaient pas inquiets, en dépit du soleil qui sombrait rapidement et de l'obscurité froide et humide qui commençait à suinter de la jungle.

Il était tard dans la soirée quand ils atteignirent enfin un petit groupe de cahutes au bord d'un chemin de terre plein de boue remuée et de grandes flaques d'eau. Les hommes sortirent de la Jeep et descendirent toutes leurs possessions, y compris les cartons et valises de Biju.

« On reste longtemps ?

– Nous, on s'arrête ici. Tu peux rejoindre Kalimpong à pied tout seul, dirent-ils en lui montrant un sentier qui se perdait dans les arbres. Tu prends ce raccourci. »

La panique s'empara de lui. « Mais comment je vais transporter mes affaires ?

– T'as qu'à les laisser ici. On te les garde. (Rires.) On te les enverra plus tard.

– Non, non, dit Biju, terrifié à l'idée qu'il était en train de se faire dépouiller.

– Allez, dégage ! » lui crièrent-ils, joignant le geste à la parole.

Il resta sur place. Le feuillage ne formait qu'une seule masse épaisse et menaçante ; le chant des grenouilles s'enfla, pour atteindre cette même note qui avait envahi ses oreilles à travers le combiné le jour où il avait appelé son père depuis New York.

Tout là-haut, les montagnes étiraient leurs crêtes…

En bas, elles tombaient à pic, comme dans un cauchemar, jusqu'à la Teesta.

« Tire-toi, t'as compris ? *Bhago* », dit un homme, indiquant le chemin cette fois du canon de son fusil.

Biju pivota sur ses talons.

« Mais donne-nous d'abord ton portefeuille, et enlève tes chaussures. »

Il se retourna.

« J'aime bien sa ceinture aussi, dit un autre, louchant sur le cuir. Il ont de chouettes vêtements en Amérique. De la bonne camelote. »

Biju tendit son portefeuille. Ôta sa ceinture.

« Tu oublies les chaussures. »

Il les enleva également. Sous les fausses semelles se trouvaient toutes ses économies.

« Ta veste. » Et quand il se fut dépouillé de sa veste en jean, ils décidèrent que son jean et son tee-shirt n'étaient pas mal non plus.

Biju se mit à trembler, et, trébuchant, tâtonnant, il enleva ses derniers vêtements, ne gardant que son slip blanc.

Des chiens étaient arrivés en courant de tous les coins du village. Meurtris et pelés par les combats et les maladies, ils avaient néanmoins, comme leurs maîtres, des allures de hors-la-loi. Ils entouraient Biju avec des airs bravaches, la queue recourbée comme un drapeau, grondant et aboyant.

Des enfants et des femmes observaient la scène dans l'ombre.

« Laissez-moi partir », supplia Biju.

L'un des hommes, riant comme un fou, alla s'emparer d'une chemise de nuit qui séchait sur une haie. « Non, non, ne lui donne pas ça », piailla une vieille mégère tout édentée, la propriétaire du vêtement. « Laisse-la-lui donc, on t'en achètera une autre. Il revient d'Amérique. On va pas le laisser rentrer chez lui tout nu ? »

Nouveaux rires.

Et Biju se mit à courir...

Il disparut dans la jungle, poursuivi par les chiens, qui semblaient eux aussi apprécier la plaisanterie, découvrant leurs crocs et claquant des mâchoires.

Pour finir, quand il eut franchi ce que les chiens semblaient considérer comme la limite de leur territoire, ils mirent fin à leur jeu et rebroussèrent chemin.

Biju se retrouva dans les ténèbres et s'assit au beau milieu du sentier – dépouillé de ses bagages, de ses économies et, bien pire, de sa dignité. Il rentrait d'Amérique plus démuni qu'il ne l'avait jamais été.

Il enfila la chemise de nuit. Grandes fleurs roses passées, manches jaunes bouffantes, dentelles autour du cou et le long de l'ourlet : elle avait dû faire l'objet d'un choix minutieux au bazar.

*

Mais pourquoi était-il parti ? Pourquoi ? Quel idiot il faisait ! Il songea à Harish-Harry, qui lui avait dit : « Rentre te reposer, et puis reviens. » À Mr Kakkar, de l'agence de voyages, qui l'avait prévenu : « Mon ami, je te le dis, tu fais une grosse erreur. »

Il repensa à Saeed Saeed.

Biju l'avait rencontré par hasard, une dernière fois.

« Biju, mon vieux, je vois cette fille, la sœur de Lufti ; elle est venue de Zanzibar pour quelque temps, et à la minute où je la vois, qu'est-ce que je dis à Lufti ? "Cette fois-ci, mec, c'est la bonne."

– Mais t'es déjà marié.

– Oui, mais dans quatre ans j'ai ma carte verte et... pfuit... je me tire de là... Je divorce et je me marie pour de bon. Là, pour le moment, on va se contenter d'une cérémonie à la mosquée... Ah, cette fille... elle est... »

Biju attendit.

Saeed explosa de stupéfaction : « SI... »

Biju attendait toujours.

« PROPRE ! Elle sent... si BON ! Et tiens-toi, taille 44, la MEILLEURE ! »

Saeed écarta les mains pour lui montrer quelle belle brassée représentait sa seconde épouse.

« Mais quand on se voit, je la touche même pas. Même pas comme ça... » Il dressa un doigt, qui évoquait un escargot timide sortant de sa coquille. « Je me tiens. On achètera une maison dans le New Jersey. En ce moment, je suis une formation de mécanicien avion. »

*

Biju restait assis là, terrorisé à l'idée de ce qu'il avait fait, de se retrouver seul dans la forêt, redoutant que ses voleurs se mettent à sa poursuite. Il ne pouvait s'empêcher de penser à tout ce qu'il avait acheté et perdu. À l'argent qu'il avait caché sous ses fausses semelles. Tout à coup, il sentit que la douleur se réveillait dans le genou qu'il s'était abîmé le jour où il avait glissé dans la cuisine d'Harish-Harry.

CINQUANTE-TROIS

À Cho Oyu, les grenouilles coassaient dans le *jhora*, le carré d'épinards, et, là-haut, dans le réservoir au-dessus des arbres. Tard dans la nuit, le cuisinier émergea du buisson de belladone et alla frapper à la porte du juge.

« Qu'est-ce que c'est ? » demanda celui-ci.

Le cuisinier ouvrit la porte, tellement enveloppé de vapeurs d'alcool qu'il en avait les yeux larmoyants, comme s'il avait été en train d'éplucher un oignon. Après son passage à la cantine de Thapa où il avait déjà beaucoup bu, il était rentré pour retrouver sa propre réserve de *chhang*, dont il s'était également imbibé.

« Si j'ai désobéi, dit-il d'une voix pâteuse en s'approchant du pied du lit, le regard vague, bats-moi.

– Quoi ? » fit le juge en se redressant et en allumant. Lui aussi était ivre, mais de whisky.

« Quoi ?

– Je suis un misérable, pleurnicha le cuisinier. Je suis mauvais, bats-moi, *sahib*, punis-moi. »

Comment osait-il…

Comment osait-il perdre Mutt comment osait-il ne pas la retrouver comment osait-il le déranger…

« MAIS QU'EST-CE QUE TU RACONTES ???!!! hurla le juge.

– *Sahib*, bats-moi…

– Si ça doit te permettre de te sentir mieux, dit le juge, pourquoi pas !

– Je suis un misérable, un faible. Je serais mieux mort que vivant. »

Le juge sortit de son lit. Allongé, il était lourd ; une fois debout, il se sentit léger. Il fallait qu'il bouge… S'il ne s'activait pas un peu, il allait tomber. Il frappa le cuisinier sur la tête avec sa pantoufle. « Si c'est ce que tu veux ! »

Le cuisinier se jeta alors à ses pieds, lui encerclant les chevilles de ses bras, et se mit à pleurnicher en réclamant son pardon : « Je suis méchant, pardonne-moi, pardonne-moi…

– Fiche le camp, dit le juge, dégoûté, essayant de se libérer. *Fiche le camp.* »

Le cuisinier s'entêta. S'accrocha de plus belle. Pleura et postillonna. La morve coulait de son nez, les larmes de ses yeux.

Le juge se mit à le frapper plus fort, toujours plus fort, essayant de lui faire lâcher prise.

« *Sahib*, je bois. Je suis mauvais. Bats-moi, bats-moi. »

Et l'autre le frappait, à coups redoublés...

« J'ai été mauvais, dit le cuisinier. J'ai bu j'ai mangé ton riz pas celui réservé aux domestiques mais le riz de Dehradun et j'ai mangé la viande et menti et j'ai mangé dans la casserole où je faisais cuire ta nourriture et j'ai volé de l'alcool à l'armée j'ai fait du *chhang* et j'ai truqué les comptes pendant des années je t'ai trompé sur les comptes jour après jour mon argent était sale il était malhonnête et des fois je donnais des coups de pied à Mutt je ne l'emmenais pas se promener mais je restais assis au bord de la route à fumer un *bidi* avant de rentrer j'ai été mauvais je ne me suis occupé de rien ni de personne en dehors de moi... *Bats-moi !* »

Le juge connaissait bien la vague de colère qui était en train de l'emporter.

« Espèce de salaud, espèce d'hypocrite, dit-il. Si tu veux une punition, je vais te la donner, moi !

– Oui, geignait le cuisinier, vas-y. C'est ton devoir de me châtier. C'est dans l'ordre des choses. »

*

Sai entendit les coups et sortit précipitamment de sa chambre. « Que se passe-t-il ??? Arrête. Arrête immédiatement. Arrête ! hurla-t-elle. Tu m'entends ?

– Laisse-le faire, dit le cuisinier. Laisse-le. Il veut

me *tuer*. Qu'il le fasse. À quoi sert ma vie ? À rien. Elle ne sert à personne. Autant en être débarrassé. Elle est sans utilité ni pour toi ni pour moi. Tue-moi ! Peut-être que ça te soulagera. Moi, en tout cas, j'en serai heureux. Vas-y !

– Je vais te tuer ! Te tuer !

– *Tue-moi.*

– *Oui, je vais te tuer.* »

*

Le cuisinier ne fit aucune allusion à son fils... il n'en avait pas, de fils... n'en avait jamais eu... c'était uniquement son espoir qui lui écrivait... Biju n'avait pas d'existence réelle...

*

Le juge frappait de toute la force de sa chair flasque et flétrie ; sa bouche ramollie postillonnait de fureur, et il ne contrôlait plus les tremblements de son menton. Et pourtant ce bras, d'où pendait la chair déjà morte, s'activait toujours, abattant la pantoufle sur la tête du cuisinier.

*

« C'est immonde, ce qui est en train de se passer, pleurait Sai, tout en se couvrant les oreilles et les yeux. Vous ne le savez pas ? Vous ne le voyez pas ? C'est vraiment immonde. »

Ils ne cessèrent pas pour autant.

*

Elle s'enfuit dehors. Se retrouva en pyjama de coton blanc dans une obscurité riche de l'odeur de l'humus, et prit pleine conscience du vide qui avait pesé sur elle toute la journée, de l'insignifiance de ses émotions, de son dégoût face au cuisinier et à ses supplications, de sa haine du juge, de sa tristesse égoïste et pitoyable, de la vanité de son amour, tout aussi égoïste et pitoyable…

Les bruits l'avaient poursuivie jusque-là, et elle percevait encore les coups et les cris étouffés des deux hommes à l'intérieur ; le juge était toujours occupé à battre le cuisinier. Se pouvait-il que ce soit encore à cause de Mutt ?…

Mutt, justement… Où était-elle donc, celle-là ?

Vendue à une famille incapable de l'aimer, dans un village au-delà de Kurseong, une famille ordinaire, payant cher le prix de la modernité et constatant ensuite qu'on l'avait trompée sur la marchandise. Ils ne se soucieraient pas le moins du monde de Mutt. Elle n'était pour eux qu'un concept abstrait, la représentation d'un vague idéal de respectabilité, la possession d'un chien d'appartement. Elle les décevrait au moins autant que la vie moderne, et ils l'attacheraient à un arbre, lui donneraient des coups de pied…

Sai songea un moment à traverser le *jhora* pour trouver refuge chez l'oncle Potty...

Qui serait sans doute en train de penser au père Booty...

Passant le pont, puis s'enfonçant dans les bambous, en équilibre instable sur sa bicyclette, une grosse roue de fromage attachée sur son porte-bagages.

Les hommes du FNLG n'allaient pas tarder à revenir...

Ne te fais pas de souci pour moi, petite... Referme simplement la porte derrière toi quand tu pars, il ne faudrait pas que ces voyous t'attrapent...

Ce n'est qu'à son réveil que l'oncle Potty se rendrait compte qu'il avait cédé son bien, ainsi que celui du père Booty, à de nouveaux propriétaires...

*

Et Mrs Sen... elle tricoterait le pull que Rajiv Gandhi ne porterait jamais, et dont Lola et Noni disaient que de toute façon il ne serait pas allé avec son teint de pêche de *pandit cachemiri*. Son destin serait lié à celui d'une combattante des Tigres tamouls d'une manière autrement plus intime que tout ce dont Mrs Sen, avec son pull jaune, aurait jamais pu rêver.

Lola et Noni, quant à elles, continueraient leurs massacres à cette époque de l'année à coups de Baygon, de tapettes et de tortillons fumigènes. Tous les deux ans, Lola se rendrait à Londres et reviendrait avec une provision de soupes Knorr et de culottes de chez Marks & Spencer. Pixie finirait par épouser un Anglais, et Lola en mourrait presque de plaisir. « En Angleterre, ils veulent tous une Indienne aujourd'hui ! »

Et Gyan ? Où était-il, celui-là ? Sai ignorait qu'elle lui manquait…

*

Elle était là, dans le noir, quand il se mit à pleuvoir, comme souvent la nuit en août. Comme d'habitude, le courant fut coupé, les écrans de télévision se brouillèrent et la BBC fut hachée par l'orage. Les lampes à pétrole s'allumèrent dans les maisons. Plic plic, ploc ploc, les gouttes tombèrent dans les gamelles et les casseroles placées sous les fuites…

Sai restait sous la pluie, qui fouettait les feuilles, s'écrasait dans le *jhora* avec un floc jubilatoire de bouse de vache, giflait tout sur son passage. Les grenouilles chantaient leur hymne à la pluie par millions, de la Teesta à Cho Oyu, et jusque sur les monts Deolo et Singalila, noyant le bruit des coups qui s'abattaient sur le cuisinier.

*

« Qu'est-ce qui se passe ? » demanda Sai, mais sa bouche, dans le vacarme ambiant, ne pouvait se faire entendre de son oreille ; son cœur en miettes ne semblait pas non plus pouvoir se faire entendre de son esprit, ni son esprit de son cœur. « Honte à moi… », dit-elle… Pour qui se prenait-elle… pour être ainsi imbue de son importance, elle et ses exigences de félicité, qu'elle jetait à la face du destin, à la face des cieux muets, hurlant pour que son bonheur s'accomplisse ?…

Comment oses-tu… Comment oses-tu ne pas ?…

Pourquoi n'aurais-je pas droit ?… Comment oses-tu… Je mérite bien… Sa petite âme avide… Ses caprices et ses colères… Ses larmes égoïstes… Ses pleurs, si abondants qu'ils auraient suffi pour toute la douleur du monde, elle ne les versait que sur son propre sort. La vie ne tendait pas vers un seul but, n'allait même pas dans une seule direction… Tout n'était pas aussi simple qu'on avait bien voulu le lui dire. Elle ne pourrait plus jamais croire qu'il n'existait qu'une seule histoire, une histoire qui n'aurait appartenu qu'à elle et qui lui aurait permis de construire son petit bonheur, à l'abri duquel vivre en toute sécurité.

*

Mais que se passerait-il à Cho Oyu ?

Le cuisinier retournerait en claudiquant à sa cahute…

Le juge regagnerait son lit…

Et, toute la nuit, il pleuvrait. La pluie continuerait,

s'arrêterait, reprendrait, avec une violence qui n'avait d'égale que la férocité avec laquelle la terre réagissait à cet assaut. On assisterait au déchaînement d'une verdure sauvage, voluptueuse ; la ville glisserait le long de la pente. Lentement, péniblement, comme des fourmis, les hommes referaient leurs chemins, leur civilisation et leurs guerres, pour voir leur travail à nouveau balayé…

*

Puis naîtrait une jeune aurore, sombre ou bleutée, claire ou couverte. Petit déjeuner, déjeuner. Le juge s'assiérait devant son échiquier et à 16 h 30, machinalement, par habitude, ouvrirait la bouche pour dire, comme il le faisait toujours : « *Panna Lal*, apporte le thé. »

Et il faudrait toujours qu'il y ait du sucré et du salé…

Sai n'avait pas bougé…

Elle songeait à son père et au programme spatial. À tous les *National Geographic* et à tous les livres qu'elle avait lus. Au voyage du juge, à celui du cuisinier et à celui de Biju. Au globe terrestre qui tournait sur son axe.

Elle se sentit parcourue d'un frisson de vigueur. De résolution. Il fallait qu'elle parte d'ici.

*

Le chœur des grenouilles continua son chant d'espoir, tandis qu'une faible lumière fauve se levait à l'est et que faiblissait la pluie.

Derrière Sai, Cho Oyu était encore plongée dans l'obscurité. Elle n'entendait plus les hommes à l'intérieur. Le juge était couché, épuisé. Le cuisinier tassé sur une chaise dans la cuisine, les marques de son récent cauchemar imprimées sur le visage.

Sai, au bord du vertige, faute de sommeil, se retourna pour entrer dans la maison. C'est alors qu'elle aperçut un point minuscule, une silhouette à flanc de colline, émergeant des nuages qui enveloppaient encore la vallée. Elle s'arrêta pour l'observer. Le point disparut au milieu des arbres, réapparut, fut à nouveau caché, se montra au détour du chemin qui contournait la montagne. Petite tache de couleur rose et jaune qui grossissait lentement… progressant non sans mal au milieu des explosions des buissons de cardamome sauvage…

Gyan ? se dit-elle, soudain pleine d'espoir. Un message : je t'aimerai quand même.

Quelqu'un qui avait retrouvé Mutt ? Ici même… En vie et bien portante ! Plus dodue que jamais !

*

La silhouette se précisait. Non, c'était quelqu'un d'autre. Une femme cassée en deux, traînant lourdement la jambe. Elle devait aller ailleurs.

Une fois rentrée, Sai se rendit dans la cuisine. « Je vais te faire du thé », dit-elle au cuisinier, couvert de marques de pantoufle.

Elle posa la bouilloire sur la cuisinière, s'escrima un instant sur une allumette détrempée. Qui finit par s'enflammer. Elle mit le feu au journal roulé en boule sous les brindilles.

*

Puis ils entendirent qu'on secouait la grille. Mon Dieu, se dit Sai, redoutant le pire, encore cette femme, celle dont le mari a perdu la vue.

Nouveau cliquetis.

« Bon, je vais voir », dit le cuisinier, qui se leva lentement et s'épousseta.

Il traversa les herbes trempées pour aller jusqu'au portail.

Là, entre les dentelles noires du fer forgé et les deux boulets de canon moussus, se tenait la créature en chemise de nuit.

« Pitaji ? » dit celle-ci, toute de dentelles et de fanfreluches colorées.

Le Kanchenjunga surgit au-dessus des nuages qui se déchiraient, comme il ne le faisait que très tôt le matin en cette saison.

« Biju ? » murmura le cuisinier…

Puis, hurlant comme un fou : *« Biju ! »*…

Sai regarda par la fenêtre et vit deux silhouettes se

précipiter l'une vers l'autre tandis que la grille s'ouvrait toute grande.

Les cinq pics du Kanchenjunga se teintèrent d'or : une lumière à vous faire croire, si brièvement que ce fût, que la vérité était là, devant vous.

Il n'y avait plus alors qu'à tendre la main et à s'en saisir.

85271 6;

W0296453

Schneekluth
Münchner Edition

Münchner Edition
Herausgegeben von Heinz Piontek

Über den Autor

Georg von der Vring, geboren 1889 in Brake/Oldenburg, gestorben 1968 in München, begründete mit dem Roman ›Soldat Suhren‹, der 1927 erschien, seinen Ruf als Erzähler von dichterischer Kraft und Eigenständigkeit. Weitere Romane, Erzählungen und Erinnerungsbücher folgten. Sein großes Ansehen als Lyriker errang von der Vring mit liedhaften Gedichten von hoher Musikalität. Er ist auch als Übersetzer hervorgetreten (Maupassant, Jammes, Verlaine und zahlreiche englische Lyriker).

Georg von der Vring

Soldat Suhren

Roman Schneekluth

CIP-Kurztitelaufnahme der Deutschen Bibliothek

Vring, Georg von der
Soldat Suhren: Roman/Georg von der Vring
München: Münchner Edition · Schneekluth, 1980
ISBN 3-7951-0621-4

ISBN 3-7951-0621-4

© 1927 by Spaeth Verlag, Berlin
Alle Rechte bei Franz Schneekluth Verlag, München
Gesamtherstellung Mohndruck Graphische Betriebe GmbH, Gütersloh
Printed in Germany 1980

Des Kasernenhofes winterlicher Blumenstrauß

Von Westen nach Osten erstreckt sich die breite, rote Front der Kaserne, davor liegt, ein schwarzes Quadrat, der Exerzierplatz. Ebenfalls genau westöstlich wie die Kasernenfront, die Gesichter ihr zugewandt, stehen acht Rekruten in Linie angetreten, das Gewehr bei Fuß.

Es erklingt das Kommando: »Tuchfühlung!«

Sieben dieser Rekruten beginnen sofort hastig mit den Stiefeln zu scharren und mit dem rechten Ellbogen vor und rückwärts zu flattern, sie möchten das Tuch des rechten Nachbarn streifen; der achte aber, jener Mann am rechten Flügel, Musketier Lurtjebam, bewegt sich nicht, weil er keinen rechten Nachbarn hat, außer dem Winterwind, der von rechts über den Kasernenplatz bläst, und seinem Gewehr, dessen eisiger Lauf ihm den Daumen beißt.

Der Gefreite geht hinter die Front, um die Tuchfühlung zu prüfen.

Pfeiffer hatte natürlich nicht die richtige Tuchfühlung, Pfeiffer war auch nicht vorschriftsmäßig angezogen,

denn sein Koppel saß nicht im Haken; Pfeiffer war auch nicht abgebürstet – Pfeiffer ist nie etwas.
Endlich ist Tuchfühlung da. Der Unteroffizier kommandiert: »Richt – euch!«
Die Köpfe von sieben Rekruten fliegen wie am Seil gezogen nach rechts.
Pfeiffer klappt nach, die Mechanik ist nicht in Ordnung, und es wird wiederholt. Indessen: Pfeiffer klappt abermals nach.
Der Unteroffizier ist auf ihn nicht böse, er tut nur so; auch kann er nicht alles bis ins unendliche wiederholen lassen, denn der Krieg wartet nicht. Auch der Vizefeldwebel wartet nicht – alle fühlen ihn in dem roten Tor des Kasernenhofes stehen, noch fern und klein, aber schon ungeduldig. Der Unteroffizier und der Gefreite machen verzweifelt hastige Schritte.
Der erstere übersieht also Pfeiffers Nachklappen, eilt an den rechten Flügel und späht unter Lurtjebams Brille hindurch die Front hinunter. Vierzehn Stiefel scharren, sieben Gewehrkolben pendeln vor und zurück; die Augen aber suchen einzig Lurtjebams obersten Rockknopf zu erfassen. Der Gefreite stopft Pfeiffers Halsbinde in den Kragen und knotet, leise zischend, die Bänder von Alberings Brustschoner zu einer Schleife.
Der Unteroffizier am rechten Flügel schreit:
»Klees zurück! – Noch mehr! – Noch mehr! – Meyer folgen! – Suhren zurück! – Der ganze linke Flügel raus! – Hahn raus! – Folgen! – Folgen! –«
Der Feldwebel, fühlen wir, setzt sich in Bewegung. – Der Gefreite berichtigt, indem er mit der Stiefelspitze gegen einige Hacken klopft. – Der Unteroffizier schreit, klagt beinahe:
»Raus! – Raus doch! –«
In diesem Tumult steht nur einer bewegungslos, steil

wie ein Mast, an dem die Korporalschaft als Flagge rauscht – Lurtjebam, der Flügelmann; er beobachtet durch seine vorzügliche Brille die Fensterreihen der roten Kaserne: hinter einer Scheibe steht ein Weib mit einer Schnapsflasche... Lurtjebam ist trotz seiner Länge kein schöner Flügelmann, denn er hat den Rücken eines Magistratsbeamten; über seinem Herzen wölbt sich keine Soldatenbrust, aber – über seinem Herzen wölbt sich ein zauberhafter Himmel mit Sternen aus Niespulver und einer Mondsichel wie das leidenschaftliche Fragezeichen.

»Augen gerade –«, die sieben mucksen nicht mehr, »– aus! Die Augen – links!«

Alle acht schmeißen ihre Augen nach links ins Ziel, in den kleinen, runden Feldwebel. Der Gefreite ist vor den rechten Flügel gesprungen und hat ebenfalls die Augen »links« genommen. Der Unteroffizier meldet dem Feldwebel die 10. Korporalschaft.

Der Feldwebel ist jetzt Trumpf. Er kommt langsam vor der Front her und ermahnt uns, ihn mit den Augen zu verfolgen. Er ermahnt jedesmal – es scheint, daß es uns immer noch nicht lückenlos gelingt. Musketier Meyer gibt sich so gefesselte Mühe, daß ihm seine Kinnmuskeln zu zittern beginnen. Der Feldwebel ist zufrieden, er befiehlt dem Unteroffizier:

»Lassen Sie rühren!«

Sodann macht er den Dienst bekannt, und wir hören ihn sagen:

»Lassen Sie die Leute Handschuhe anziehen!« – Ein angenehmes Wort, wenn es durch die eisige Januarluft erklingt.

Der Feldwebel war Knecht bei einem Bauern, hat Finger wie mittelgroße rote Rüben und verschmäht Handschuhe – wenn der Feldwebelleutnant es nicht sieht. Seine langen, blonden Schnurrbartenden und sein langes nachschleppendes Schwert stechen ins Weite, doch sein Körper ist geschlossen und rund wie eine übergroße blaue Rübe. Lurtjebam hat für ihn den Namen Rosenhold erdacht, mit welchem Recht, ist mir nicht klar – ich habe nicht die Fähigkeit, aus Steckrüben Rosen zu ziehen!

Rosenhold! – Oh, Rosenhold ist der Mittelpunkt des Kasernenplatzes, auf dem eben außer der unsrigen noch neun Korporalschaften mit Ladeübungen beginnen. Die Messingpatronen klirren zu Boden, die Gewehrschlösser klappern... Rosenhold ist der Mittelpunkt eines Kreises, wir aber sind der Umfang; und wie der Umfang nie zum Mittelpunkt gelangen kann, so können wir nie zu Rosenhold gelangen, um seine Rübenhände zu tätscheln. Und die Unteroffiziere und Gefreiten sind – – da erweist sich schon die Fehlerhaftigkeit meines Vergleichs, und ich lasse gern die Finger davon, zumal gerufen wird:

»Musketier Suhren zu Herrn Feldwebelleutnant!«

Denn Suhren – das bin ich.

Es gab eine Zeit, wo ich mir auf meinen Namen etwas einbildete, obwohl er säuerlich klingt. Das ist vorbei, denn jetzt klingt er wie Essig mit Pfeffer, weil ich doch ein Rekrut geworden bin. Es geschah ohne mein Zutun, ohne meinen Wunsch – ich wurde eingezogen.

Wenn es nur nicht überall so stark riechen würde in dieser Kaserne! Es riecht, es stinkt nach Schweiß, Karbol, Urin und Gemüsesuppen, die im Keller in Riesentöpfen gurgeln; sodann nach diesen uralten verbeulten Blechkannen, in denen Kaffee geholt wird; nach Menschen, die ewig Kommißbrot mit Kunsthonig essen; nach Leberfett; und – Montagmorgens besonders – nach dem, was die Bezechten in die Papierkörbe gekotzt haben. Alles zusammen ergibt einen Geruch, den Gott nicht geschaffen hat. Überall ist er, dieser Gestank, und du kannst ihm nicht entfliehen. Er bläst durch die zugigen Gänge, über die Treppen, steht in den Sälen und strömt aus dem Spind.

In der Kaserne stinkt der Teufel. –

Mein Name ist Suhren, und der Herr Feldwebelleutnant hat mich zu sich befohlen. Er steht in einer Ecke des Platzes neben einem Papierkorb. Auch hier ist der Gestank, trotz des sausenden Windes.

Fünf Schritte vom Leibe des Feldwebelleutnants halte ich an, baue mich auf, mache Männchen und melde: »Musketier Suhren zur Stelle!«

Er heißt mich rühren und näher treten, öffnet ein kleines, blaues Buch und versichert mir nochmals, daß ich rühren kann. Also rühre ich freudig erregt und habe ein warmes Gefühl für ihn, als möchte ich seine fondantrote Nasenspitze zwicken. Sieht er nicht aus, als habe er Heimweh? Vielleicht weiß er irgendwo an einem fernen Ort einen kleinen Jungen, der in diesem Augenblick des Vaters rote Nasenspitze – ach so gerne! – kneifen dürfte.

Es weht. Der Feldwebelleutnant hält die Ohren der Buchseiten zwischen seinen Glacéfingern und liest mir die Kriegsartikel vor. Diese sind mir noch nicht bekannt, weil ich ein paar Tage später eingezogen wurde als die Kameraden.

Beim Zuhören sehe ich mir den Lesenden an. Er hat ein mäßig elegantes Äußere, was auf einen sanften Charakter hinzudeuten scheint. Seine Augen sind ausdruckslos und so schwarz wie Bickbeeren, der Schnurrbart aufgespreizt durch fleißiges Bürsten, die Backenknochen

stark und die Backen eingeschnürt von der häufig benutzten Bartbinde. Mich dünkt, daß auch die Röte der Nasenspitze von der Bartbinde herrührt. Es wird eben alles Blut in die Nase gepreßt. –
Der Feldwebelleutnant liest, daß ich mit Arrest bestraft werden soll, wenn ich dies oder das tue. Ich will es aber gewiß nicht tun. Ich bin nicht vorbestraft und lege Wert darauf. Das mag in Erstaunen setzen bei solch einer Schießbudenfigur. Als Kind auf dem Schützenfest schoß ich oft und gern auf eine solche Figur, der ich ähnlich sehen muß. Sie bleckte die Zähne, klapperte mit den Augendeckeln, brachte überhaupt ihren ganzen Klapperatismus in Gang, wenn sie ins Herz getroffen wurde. Das Kind Suhren traf mir, ach mir ins Herz! –
Der blaue Rekrut Suhren: viel zu große Stiefel, auf der Brust einen Brustschoner, der hinten durch den Gefreiten zusammengeknüpft ist und auf dessen Mitte der gedruckte Name in einem kleinen Zeugviereck steht. Diese Visitenkarten muß man sich in der Kantine drukken lassen und in alle Kleidungsstücke hineinnähen. Ich aber kann nicht nähen. –
Der Feldwebelleutnant liest, daß ich mit Zuchthaus bestraft werden soll, wenn ich dies oder das tue. Ich hoffe im Augenblick nur, daß meine Mütze geradesitzt, ihr unterer Rand einen Finger breit über den Augenbrauen verläuft und die Kokarden sich senkrecht über dem Nasenrücken befinden. Manchmal hat der Mensch recht kleinliche Hoffnungen.
Der untere Rand meiner Mütze ist rot, er umsaust mein ganzes Gehirn und ist innen fettig vor Alter. Der rote Streifen sagt mir, daß sie mich gänzlich in der Gewalt haben. Der Garnisonspfarrer nennt es: die Entselbstung.
Für diesen Gedanken müßte mich der Feldwebelleut-

nant zum Tode verurteilen – aber er entläßt mich, das Buch zuklappend, zu meiner Korporalschaft.

Sie ist in rechter Fahrt, es wird Augen gerollt, Kopf gerollt, Beine geschwungen. Viele Zuschauer umsäumen den Platz – Augen- und Kopfrollen sowie Beinschwingen haben auch nach einem Jahr Krieg noch ihren Reiz. Einem Knaben erscheinen sie geradezu geheimnisvoll – es wurde nämlich nicht dabei gelacht! Allerdings gab es auch keinen unter den Rekruten, der weinte. Und auch keiner von den Zuschauern hätte Grund gehabt, über Menschen zu weinen, die so entzückt die Blicke im Kreise schweifen, so begeistert die Augen auskugeln ließen und die Winterluft mit Fußtritten beehrten. Nein, eher hätten sie sich zum Lachen angekitzelt fühlen müssen, wie es mir bei einem alten Herrn zu sein schien, der immerfort etwas wie »unsere Helden« in seinen grauen Bart hineinkicherte.
Der Gefreite heißt Siemer. Ich habe ihn in Verdacht, daß er manchmal Gedichte anfertigt; oh – ich habe nicht die Absicht, zu verschweigen, daß ich es sogar bestimmt weiß. Siemer ist ein Bär mit dicker, fleischiger Nase und mir freundlich gesinnt. Augenblicklich versammelt er sein ganzes Wesen im Kehlkopf. Lurtjebam nennt ihn: die Trompete – er ist eine und bläst ein hitziges »lebhaft, lebhaft« heraus.
Sofort schwingen unsere Beine so hoch, daß sie uns die Zuschauer flüchtig verdecken. Unsere Köpfe beugen und reiben sich am Uniformkragen, als ob wir Liebeserklärungen aufsagten. Die Halsmuskeln jauchzen. Die Augen rollen, die Pupillen treten aus den Ufern.
Solches geschah, als der Feldwebelleutnant unsere Gruppe beobachtete. Vielleicht tat er nur so und sah heimlich nach der Kasernenuhr. Jetzt indessen zeigt er

seinen Rücken – – die Trompete setzt einen Augenblick aus und gibt dann vorübergehend müde Falsettöne von sich – »lebhaft, lebhaft«.
Unsere Beine pendeln dementsprechend sofort aus, die Köpfe bleiben auf einer Achselklappe liegen, die Augen beobachten den Himmel, oder wo sonst sie durch das Abschwellen der Trompete steckengeblieben sind – – bis der Blick des Feldwebelleutnants, zurückkehrend, erneut die Trompete, die Beine, die Köpfe, die Augen entfesselt.

Es schlägt vier, und da nimmt es ein Ende.
Die Korporalschaften ringeln sich wie blaue Insektenlarven in die rote Kaserne. – Der weißbärtige Herr begibt sich ins Geschäft, erfüllt von der rührenden Kleinarbeit unserer Helden. – Dem Knaben erscheinen im Traum sämtliche Feldherren von Hannibal bis Hindenburg, und sie rollen die Augen, rollen die Köpfe und schwingen das Bein.

Unser Unteroffizier Klaßen

Unteroffizier Klaßen, mein Korporal, wo ist dein kleines Grab? Deckt dich die Sommewüste oder der Schlamm von Flandern? Knarren die eisigen Wipfel russischer Wälder über deinem einsamen Kreuz?
Unteroffizier Klaßen, dein gutes Herz ist hin! –
Unteroffizier Klaßen, du wußtest, wie der Rekrut seinen Helm zu behandeln hat, wie ein Soldatenspind ausschauen soll und wie Stiefel bearbeitet werden müssen. Aber du brachtest mich nicht in Arrest. Deine blauen Augen machten mir Mut. Deine blauen Augen umfaßten die 10. Korporalschaft so eigen. Ohne dich wäre die Welt nicht die Welt. –
In der Winterfrühe, wenn es draußen noch nachtet, hat die 10. Korporalschaft Unterricht bei Unteroffizier Klaßen. Die acht sitzen auf ihren geseiften Schemeln. Albering finster und krumm; Lurtjebam mit langen Unterschenkeln, die Knie dicht unter der Brille; Pfeiffer, ohne zu wissen, wie gut es ist, daß sein Hinterteil das Schemelviereck den Augen des neben ihm stehenden Gefreiten verdeckt. Doch Meyer und Pabst

steil wie Könige auf Bronze- oder Sandsteinhengsten.

Klaßen behandelt die Rangabzeichen der Unteroffiziere, Sergeanten, Vizefeldwebel, Feldwebel. Doch nur Meyer, der stets die Felddienstordnung in der Tasche hat und brennend gern ins Feld will, um Leutnant zu werden, begreift das alles. Den übrigen sind diese Unterschiede äußerst schwierig. Auch denken sie alle an etwas anderes.

Klaßen bemerkt es nicht, er ist kein gewiegter Pädagoge, er stellt keine Frage, fordert keine Antwort. Unermüdlich fängt er wieder von vorn an, und seine Worte singen uns eine liebliche Schlummermusik. Wir sind überanstrengt, haben bereits unendlich viel Brot mit Kunsthonig vertilgt und möchten den Nachtschlaf fortsetzen. Pfeiffer nickt ein, und ein Tropfen hängt an seiner krummen Nase. Der Gefreite weckt ihn auf mit einem Puff, und der Tropfen fällt ab.

Unteroffiziere, Sergeanten, Vizefeldwebel, Feldwebel – blitzende Orgelpfeifen!

Was sage ich? – Sie erscheinen uns als die Vorgesetzten von Göttern, Helden, Madonnen und Heiligen. Wir sind nicht wert, bei ihnen zu leben. Wir müßten ihre Schmutzeimer in Museen tragen, ohne einen Tropfen überzuschwappen. Sie verschleiern das Licht der Generale. Ihre goldenen Tressen – sie nehmen uns den Atem und sind direkt aus dem Himmel bezogen und geliefert.

Unteroffizier – das klingt wie Überoffizier. Sergeant – das klingt wie: ganz draußen, und es gibt deren auch wenige. Vizefeldwebel – Vizekönig, aber mit langem Säbel und Säbelkorb und einem Portepee, ganz aus Zucker und Silber und so achtlos in der Welt baumelnd wie alles Bedeutungsvolle. Feldwebel – hallo Rekrut: Mut! oder du bist am Ende. Feldwebel – das ist eine schwarze Kiste, in die du fortdauernd gesteckt wirst, und die sich nie schließen will. Träume fort! Die Stimme des Feldwebels schwebt über dir wie eine Säge. Sie sägt dir die Seele aus dem Busen. Schaudervoll und göttlich. –

Doch seht ihn an, unseren Korporal. Lächelnd steht er vor uns und stockt, um wieder in sein Buch zu sehen. Er fängt einen Satz an und bricht in der Mitte ab, da er glaubt, daß er bereits zu Ende ist. Er beginnt einen Nebensatz, wie »Indem wir einem Feldwebel auf der Straße begegnen...« und fällt einen Augenblick in Grübelei.

Es ist schön, diesen jungen, blonden Menschen seine Stirn in Falten legen zu sehen. Sätze bilden ist schwer.

Plötzlich aber wird sein Gesicht wieder ganz hell und schön, und er sagt:

»Pfeiffer, was tun Sie, wenn Ihnen ein Latrinenaufseher begegnet?«

Pfeiffer erwacht und schießt empor, von einem Puff des Gefreiten Siemer unterstützt. Er legt seine Hände wie umgekippte fünfzackige Kronen auf die Hosentaschen und schreit begeistert:

»Ich mache Front, Herr Unteroffizier!«

Der Bär Siemer lacht, als habe er sein eigenes Fett gesoffen. Auch wir stimmen ein, Lurtjebam so höchst eigentümlich, als fielen zwei bis drei Knallbonbons zur Erde; Albering meckernd wie eine Ziege; Pfeiffer selber mit breitem Mund und schmalen Augen, zu Tränen gerührt und immerfort von dem Bär Siemer von hinten gepufft, welcher zischt:

»Son Unhold, son Unhold.«

Und Klaßen? – Er geht hin und her vor uns, die Hände auf dem Rücken, den Zeigefinger im Buch und am kleinen Finger einen Mädchenring mit blauem Stein, nickt

immerfort mit dem Kopfe und wirft schalkhafte Seitenblicke auf den verzückten Pfeiffer.
Plötzlich steht er still und horcht. Ein kurzer fester Schritt erklingt im Gang, und ein Säbel schlurrt. Es ist Rosenhold, wir nehmen Haltung an. Klaßen meldet die 10. Korporalschaft beim Unterricht. Rosenhold streicht den Schnurrbart ins Weite und spricht über sein Lieblingsthema: »Die Pflege der Fußlappen.«
Ich konnte den kleinen Hahn nicht leiden. Er war zänkisch und unfreundlich gegen alle, besonders gegen mich, und zwar deshalb, weil ich mein Bett über dem des Gefreiten hatte. Er glaubte wohl, ich gäbe dem Siemer Geld oder Zigarren, und konnte freilich nicht ahnen, daß mich der Bär zum Anhören seiner Gedichte brauchte. Unsere beiden Betten waren nämlich durch einen Schrank von dem übrigen Teil des kleinen Saales getrennt, sie standen an den beiden Fenstern. Abends, nach neun Uhr, wenn das Licht ausgelöscht war und der kalte Mond durch die Scheiben schien, deklamierte der Gefreite leise Strophen. Es war nichts zwischen uns ausgemacht, aber ich hörte doch sorgfältig hin, und Siemer wußte es. Er half mir dafür bisweilen beim Nähen und Putzen, dagegen mußte ich jeden Mittag sein Eßgeschirr ausspülen. Dies über den Gefreiten Siemer, um dessen Nachbarschaft mich der kleine Hahn beneidete. Hahn war ein Schuster aus dem Norden Ostfrieslands, wo die langen Deiche schnurgerade hinter den Häusern hinlaufen. Er war von kleiner Gestalt, schlank und zäh, seine Augen hellblau und eng zusammenstehend. Vom ersten Tage an stieß mich an ihm seine infam näselnde Stimme ab. Er war aber ein sauberer Soldat im Gegensatz zu dem Schwein Pfeiffer.
Es geschah an einem Tag im Februar, daß wir Hahn nähertraten. Es gab an diesem Tage eine Stunde, wo wir

ganz in seinem Schmerze mitlebten, mit Ausnahme vielleicht von dem Offiziersaspiranten Meyer, der nur an den Dienst dachte, und von Pfeiffer, der im Gehen und Stehen schlief.

An dem genannten Tage marschieren wir mit der 9. Korporalschaft zusammen zum Schießstand hinaus. Wir sollen bei 300 Meter Entfernung »liegend, aufgelegt« schießen. Das Wetter ist denkbar ungünstig, nämlich dunstig und kalt, dazu schneit es alle halbe Stunde in dicken Flocken. Wir haben bald die letzten Häuser der Stadt hinter uns und stapfen durch den Schnee des ausgefahrenen Weges, der gefroren ist. Links und rechts sind die kahlen Hecken, geradeaus zeigt sich ein dunstiger Wald.

Die Kolonne zieht schweigend hin, die Gewehre nach Belieben über die linke oder rechte Schulter gelegt. Der Unteroffizier der 9. Korporalschaft hat das Kommando. Es ist ein dicker, hakennasiger Teufel mit kleinem zweiteiligen Schnurrbart, Zutschky mit Namen, und wir beneiden die Neunte nicht um diese Knackwurst. Augenblicklich ist Zutschky in Wut, weil unser Gesang trotz seiner mehrfachen Drohungen recht spärlich klang. Klaßen geht neben ihm, dem ist es egal, ob wir singen, er selber singt und pfeift immer etwas von den lieben Mädchen.

Kurz vor dem Walde, da wir uns dem Schießstande nähern, befiehlt der Zutschky nach der Vorschrift:

»Gruppenkolonne!«

Wir gehorchen sofort, nehmen Abstand, legen die Gewehre auf die linke Schulter und ziehen die Kolben an. Der Tritt wird aufgenommen, und alle schweigen.

Plötzlich höre ich dicht neben mir einen harten Schlag und sehe Hahn vornüber in die hartgefrorene Wagenspur stürzen. Sein Gewehr fliegt den Vordermännern zwi-

schen die Beine. Im Augenblick ist es mir klar: Der Zutschky ist in die Kolonne hineingefahren und hat Hahn einen derben Stoß in den Rücken versetzt. Weshalb? Der Schuster hat sich irgendwie vernachlässigt.
Wir marschieren weiter; nach einer Weile kommt der Gefallene nachgerannt und nimmt wieder den Tritt auf. Zur Seite schielend sehe ich, daß aus seiner Nase Blut in den weißblonden Schnurrbart rinnt. Ich höre ihn schlucken und schnaufen, und dann biegen wir in den Schießstand ein.
Auf dem Schießstand hat der Soldat Freiheit, sich zu bewegen. Es sollen gute Erfolge erzielt werden, deshalb wird keiner zur Eile angetrieben. Da die 10. Korporalschaft noch nicht so bald an die Reihe kommt, gehen wir in eine kleine Bude, die für uns geheizt ist. Wer Geld ausgeben will, kann dort Glühwein kaufen.
Lurtjebam hat seinen Landsmann Hahn auf ein Glas Glühwein mitgenommen. Ich schließe mich ihnen an, und wir setzen uns an ein Fenster, rauchen und trinken. Dicke Flocken wirbeln gegen die beschlagenen Scheiben, drinnen der kleine Ofen ist rund herum rot vor Glut.
Lurtjebam und ich schimpfen auf die Knackwurst Zutschky. Wir sind ganz erschöpft von dieser Roheit und schmähen ihn. Immer bin ich in Versuchung, den rotglühenden Ofen anzufassen.
»Aber was kannst du machen!« achselzuckt der lange Lurtjebam, »wenn du es dem Alten meldest, hast du sie alle auf dem Hals. Sie machen es wie die Wanzen, die den Himmel verdunkeln.«
Weshalb die Wanzen den Himmel verdunkeln sollten, wußte ich nun nicht. Hahn aber, der bisher sein heißes Glas mit beiden Händen umfaßt gehalten und geschwiegen hatte, schüttelte den Kopf und sagte traurig:

»Das ist doch ganz egal. Mag er doch tun, was er will, ich hänge mich nicht darum auf. Werde ihn schon im Felde einmal wieder treffen. Werde ihn kalt machen. Ich schneide ihm die Hacksehnen durch und spalte ihm den Schädel. Aber das ist doch ganz egal und ist noch längst das Schlimmste nicht.«
Damit zieht er ein Telegramm aus der Tasche und gibt es uns. Wir lesen, daß sein Kind sterben wird; der Arzt hat es abgesandt, Hahn soll sofort kommen. Es ist sein ältestes Kind, ein Mädchen von vier Jahren; er hat noch zwei kleinere. Sie hieß Theda Hahn und war sicher so weißblond wie ihr Vater, der Schuster. Mir ist, als ob ich dies Kind sehe. Es hat im Fieber tagelang »Vater« gerufen und will nicht sterben, das kleine zähe Mädchen. Sie ist unter dem Pochen des Hammers aufgewachsen, und nun fehlt ihr das Pochen des Hammers im Sterben. Es pocht ihr zwar immerfort ein Hammer im Kopf, aber wer ist es, der ihn schwingt? – Der Vater nicht, sein Schemel ist leer.
Lurtjebam hat Unteroffizier Klaßen das Telegramm gegeben. Er ging vorbei, las es kurz und versprach zu tun, was möglich sei.
Hahn hockt teilnahmslos hinter dem leeren Glase, in seinem Bart sitzt noch geronnenes Blut. Der Ofen erkaltet. Endlich sind wir dran zu schießen.

Draußen in dem langgestreckten Stande liegt der Flügelmann Musketier Lurtjebam auf der Pritsche, bekommt das geladene Gewehr von Klaßen hingeschoben und zielt sehr ruhig und lange durch seine runden Brillengläser. Ich entsinne mich noch, daß er beim ersten Schießen wie eine Soldatenspinne das Sonnensegel erkletterte, offenbar im Glauben, daß von dort oben geschossen werden müsse. Heute aber liegt er richtig auf

dem hölzernen Gestell, verschießt in Ruhe seine fünf Patronen und erzielt trotz Dunst und Flockenfall 7, 9, 9, 9, 10. Zusammen 44 Ringe, eine gute Leistung.
Nach ihm kommt Pfeiffer an die Reihe und erzielt 0,3, 5, 2, 0. Bei dem letzten Fehlschuß betritt der Hauptmann den Stand. Es ist ein großer Herr mit goldener Brille und kaltem Gesicht, im Zivil ein Oberlehrer. In der Rechten hat er eine Reitpeitsche, und er hält sie wie einen Federhalter.
Der Hauptmann spricht kurz und scharf seinen Tadel über das schlechte Schießen dieser Korporalschaft aus.
»Nehmen Sie die Leute besser heran«, befiehlt er Unteroffizier Klaßen, »jeden Morgen Zielübungen, und im übrigen: unerbittlich in allen Anforderungen!«
Danach wendet er sich, steif wie eine Holzfigur, zum nächsten Stand. Noch einmal stehenbleibend, fragt er:
»Ist hier der Mann, der wegen seines kranken Kindes um Urlaub nachgesucht hat?«
Klaßen bejaht es, und Hahn tritt vor.
Der Hauptmann bekommt täglich Telegramme über Krankheiten von Angehörigen der Rekruten; er steht ihnen sehr mißtrauisch gegenüber – zumal bei schlechten Schießresultaten, die der Major auf Befehl des Generals aufs ernsteste rügen wird.
Er fragt Hahn:
»Wie haben Sie heute geschossen?«
»Ich habe noch nicht geschossen, Herr Hauptmann.«
»Sie wollen sagen, Sie haben *heute* noch nicht geschossen!«
»Jawohl, Herr Hauptmann.«
»Schießen Sie heute nicht weniger als 30 Ringe, den letzten Schuß nicht unter 8, so können Sie fahren. Ich werde

mir Ihr Schießergebnis geben lassen. – Haben Sie Nasenbluten?«
»Nein, Herr Hauptmann.«
»So säubern Sie sich den Bart.«
Darauf begibt sich der Hauptmann in den nächsten Stand, wo eben jemand einen aussichtslosen Schuß ins Schneegestöber hineinjagt.
Auch bei uns geht das Schießen weiter, endlich ist der kleine Hahn dran. Wir können sein Gesicht nicht sehen, denn wir stehen weiter zurück hinter einer Schranke. Klaßen reicht ihm das Gewehr hin, und ich bemerke, daß er Hahn gespannt beobachtet. Dieser zielt sehr lange – allzulange, wie es mir scheint. Endlich gibt er einen Schuß ab – es wird 6 gemeldet. Klaßen nickt.
Hahn schießt nach der 6 in langen Abständen 4, 7, 3. Klaßen hantiert mit dem Gewehr länger als nötig herum. Hahn hat gerechnet und den Kopf auf die Arme geworfen. Seine Schultern krümmen sich. Klaßen tut den schärfsten Blick, den ich je von ihm sah. Dieser Blick schießt an den Wällen entlang und scheint dann in ihm selbst zu versinken. Alles geschieht in einem Augenblick: ich sehe Hahn sich von der Pritsche wälzen, sehe Klaßen darauf liegen, der kurz zielt und schießt. Falkenauge, du hast es geschafft! Wir wissen es, bevor es angezeigt wird. Wir spähen durch das Schneetreiben nach dem Anzeiger, er bewegt sich und meldet 10.
Und noch einmal sehe ich Klaßens Augen scharf werden, als er tiefatmend die Hülse aus dem Lauf wirft. Diesmal hat sein Blick uns umfaßt. Auf uns kann er zählen.

Hahn ist auf Urlaub gefahren. Die kleine Theda hat den Vater mit einem langen, schwachen Lächeln begrüßt. Sie starb am Tage nach seiner Ankunft, vierjährig und klein, abseits von den Straßen der Welt. Doch führt ein Weg zu ihrem Grabe.

Dein Grab, mein Korporal Klaßen – wo ist der Weg, der mich hinführt?

Der Simulant

Der rote Streifen an meiner Mütze sagt mir, daß sie mich gänzlich in der Gewalt haben. Aber ich bin nicht zahm. Ich bin ein Adler. Ich sterbe im Käfig oder breche aus! Der Divisionspfarrer betet auch nicht um meine arme Seele, wenn er sein deutsches Beefsteak verzehrt. Ich erniedrige mich zum Simulanten, so daß ich vor mir selber Ekel empfinde, gewöhne mir einen schlappen Gang an, lasse die Augenlider hängen und bringe mein Herz mit Antipyrin in ein überheiztes Tempo. Sodann eines Morgens: Krankmeldung. Während alles mit Hast zum Außendienst antritt, bleibe ich auf der Stube zurück. Mit heißer Scham sehe ich den Krummsten der Krummen, Max Pfeiffer, zum Dienst gehen, getrost und mutig, als sei er der strammste Soldat der Welt. Nach dem Abrücken der Korporalschaft muß ich die Stube fegen, Wasser holen und die Spucknäpfe säubern. Wenn ich heute in derselben Lage wäre, so würde ich wohl genau dasselbe noch einmal tun. Ich bin ein Adler und kann nicht in einem Käfige sein.

Gemach, Suhren, du – ein Adler? Du hockst im Käfig

und stellst dich krank, um deinem Herrn und Peiniger den Glauben beizubringen, er habe sich in dir geirrt, und du seist gar kein vollwertiges Exemplar. Daneben hoffst du, er werde dich in seinen Hühnerhof stecken! Du hast, wenn diese Täuschung dir gelungen ist, die Absicht, dich für Jahre mit dem zahmen Federvieh auf du und du zu stellen und mit ihm um das Körnerfutter der Herrn zu zanken. – Suhren, du bist kein Adler.
So sage ich zu mir und beschließe, kein Adler, sondern eine Henne zu sein. Als ob sich ein Adler kurzerhand in eine Henne verwandeln könnte!
Also wärest du dennoch ein Adler? – Ein Adler, Suhren, verleugnet sich nicht. Er bricht aus oder – stirbt.
Nein, kein Adler, fort mit dieser Überhebung! Ich denke mir: ich bin vielleicht ein Rebhuhn, das einst in den grasigen Wiesen lebte. Da ich im Käfig nicht sterben will, werde ich freiwillig zum Haushuhn.
Das sind meine Gedanken beim Stubefegen.
Um neun Uhr kommt der Unteroffizier vom Dienst und führt die Kranken ins Revier. Da gibt es vielleicht ein Dutzend solcher Gesellen wie ich. Sie sehen klapprig aus oder bemühen sich so auszusehen. Es sind aber auch wirkliche Kranke da, diesen geschieht durch uns großes Unrecht, denn sie werden vom Arzt mit den Simulanten über einen Kamm geschoren. Die Behandlung ist kurz und unsentimental. Der Arzt, ein kleiner lächelnder Jude, gibt jedem einen oder ein paar Tage Schonung oder Innendienst. Diejenigen, welche Schonung bekommen haben, bleiben im Revier und bringen die langen Tage mit Kartenspielen und Quasselei hin; wenn der Arzt erscheint, liegen sie auf ihren Betten ausgestreckt und scheinen dem Tode nahe. Der kleine Jude hat volles Verständnis für sie und kennt seine Pappenheimer. Er hat sich im Laufe der Zeit ein kleines spötti-

sches Lächeln angewöhnt und eine Handbewegung, das Ausgeben von Brom, Jod und Rizinus zu veranlassen, als verschenke er gekaute Papierkugeln.
Ich bekomme Brom zu schlucken und einen Tag Innendienst. Am Nachmittag schickt man uns zur Wäscherei. In der Stadt treffe ich meinen Freund Peter in einem Bierlokal und setze mich niedergeschlagen zu ihm. In diesem Augenblick bin ich wirklich krank, lehne eine Zigarre ab. Peter hat nach seiner Gewohnheit viel getrunken. Nachdem er auch für mich Bier bestellt hat, fragt er:
»Und was macht der Herzfehler?«
»Er macht sich.«
»Hat das Herz schon Fahrt bekommen?«
»Heute morgen ging es hart, man hat mir Brom gegeben.«
»Du wirst nicht mehr ins Feld kommen, sie nehmen eben Verdun, das Hauptfort ist gestern gestürmt worden.«
Er zeigt mir die Zeitung, aber mir wird nicht besser davon. Wir sprechen noch dies und das. Mir ist, als sehe mich der Kellner mißbilligend an wegen meiner etwas fettigen Uniform – aber ich bilde es mir möglicherweise nur ein. Nach einer halben Stunde empfange ich von Peter ein Dutzend Pulver, jedes säuberlich in weißes Papier gewickelt, und gehe, die Handtücher abzuholen.
Unterwegs denke ich:
Dieser Mensch ist ein Rätsel, er ist immer heiter. Besonders aber, wenn er zu Hause hinter seinem Lesepult steht. Manchmal blickt er zu einer Steinzeichnung auf, sie ist von Liebermann und ein Porträt des Philosophen Cohen, und wiederum ist sein Gesicht heiter. Er liest Cohens wundervolle Bücher und wendet Blatt um Blatt mit zittrigen Fingern um, während seine lange Pfeife

zischt. Morgens geht er Portwein trinken, nachmittags Bier, abends Grog. In der Frühe beim Barbier scheint es ihm, als hämmere sein Herz gegen die Spiegelfläche, in der sein Gesicht verschwimmt.
Ich beneide Peter um sein krankes Herz. Er hat es nicht nötig, Pülverchen zu nehmen. Er kann nie Soldat sein.
Aber auch für ihn ist es gut, ein krankes Herz zu haben. Nicht daß er Furcht hätte, vorm Feinde zu stehen. Im Gegenteil, er spricht vom Kriege als von etwas Interessantem. Das ist nicht Großtuerei. Für Peter gibt es keine Großtuerei, denn er kennt weder groß noch klein.
Zweifellos ist es gut für ihn, ein krankes Herz zu haben; denn er würde »Tuchfühlung« und »Richtung« und »Sergeant« allzu heiter auffassen. Und das, was darauf folgt, wünsche ich ihm nicht. Ich wünsche ihm gar nichts, denn er braucht nichts – außer Portwein, Bier und Grog, und das kann er meistens bezahlen.

Ich will mich kurz fassen, es ist zu widerlich. Nachdem ich mehrmals Innendienst und einmal Schonung gehabt hatte, beschloß ich, den Hauptschlag zu tun. Es schien mir, daß gleich Verdun die kleine jüdische Festung ins Wanken gekommen sei.
An dem mit Peter verabredeten Tage hatte ich Abendurlaub genommen und traf meinen Freund im Café Logemann. Ich hatte mich fein gemacht, Feldgrau angezogen und meine Extramütze aufgesetzt. Bei Logemann war Großbetrieb. Die Wirtsfrau strickte im Hintergrunde an einem Strumpf, nahm aber eifrig an dem Gespräch teil, das Peter mit zwei Feldwebeln führte, die prächtig und gutgelaunt mit ihm am Tische saßen. Sonst war das Café leer.
Man schien bereits tüchtig geladen zu haben, die beiden

Vorgesetzten nahmen mich wie ihresgleichen auf, und Peter sagte kichernd:
»Ein Soldat, wie er im Buche steht, meine Herren.« Der eine Feldwebel warf die ganze Zeit einen Aschenbecher, der einen halbierten und ausgehöhlten Apfel darstellte, sehr geschickt von der einen Hand in die andere. Der zweite versuchte Peter zu überzeugen, daß die älteren Damen ihre Töchter sehr sorgfältig hüten müßten. Wenn er sagte: »Wie einen Augapfel –«, sah er immer seitwärts auf Frau Logemann, worauf diese entgegnete:
»Die Herren Feldwebels sind wie die Kinder heute.«
Peter tat mir Pulver in den Weißwein und sagte:
»Damit er noch weißer wird.«
Er tat mir auch welches in den Rotwein, den wir später tranken, und sagte:
»Damit er noch roter wird.«
Der erste Feldwebel (ich sah es nur noch undeutlich) hielt mit seinem Fangspiel inne und fragte besorgt:
»Nu brat mir einern Storch – ist das logisch, was Sie sagen?«
Peter erwiderte:
»Relativ – ja. Absolut – nein.«
»Da haben Sie recht, wenn Sie sagen, daß er seine Farbe nicht verändert. Er ist und bleibt eben Rotwein. War das nicht Ihre Meinung?«
»Nun, eben nicht ganz«, antwortete Peter sehr höflich.
Aber des zweiten Feldwebels weinerliche Stimme sang:
»Erst rot wie Blut, dann weiß wie Ebenholz – so sind die meisten Mütter der meisten Töchter!«
Danach goß Peter mir Bohnenkaffee, den Frau Logemann für den »Patienten« hereinbringen mußte, ins Bier, welches Gebräu ich bis zur Neige austrank. Dann aber weiß ich nicht mehr viel, was geschehen ist.

Es war mitten in der Nacht, der Mond schien in den Saal, ich saß aufrecht und kotzte auf meine Decke. Dann lief ich, nur mit der Hose bekleidet, die drei Treppen hinunter und erbrach Galle in den Schnee. Der Posten ging vorbei und sagte etwas.
So stand ich dreimal in dieser Nacht in Pantoffeln im Schnee und büßte. Und ebensooft schlich ich mich zurück in den Saal zu den schnarchenden Kameraden, erstieg mein Bett und kroch unter die versaute Decke.
Gegen Morgen wurde mir etwas besser. Ich lag wach und sah durch die Scheiben, und als der Weckruf ertönte, wußte ich, daß ich kein Simulant sein könnte, und war froh, dies zu wissen. Ich sprang schnell in meine Kleider, zum erstenmal vor dem Gefreiten, fest entschlossen, von diesem Tage an ein brauchbarer Soldat zu werden.
Ich war kein Adler – ich war kein Haushuhn.
Ich war ein Rebhuhn und wollte es bleiben.

Die Knopfgabel

Es ist abends halb neun.
Die 10. Korporalschaft sitzt auf ihren Schemeln und putzt für den nächsten Tag. Lurtjebam, Pabst und Hahn sind noch auf ein Glas Bier ins Café Leib gegangen. Café Leib liegt ganz in der Nähe, hinter dem Exerzierplatz. Angeblich gibt es dort gutes Bier. Fräulein Leib – na, was man so redet.
Wir andern von der Zehnten haben unser Drillichzeug angezogen und sitzen schweigsam in der Nähe des Ofens, den Uniformrock quer über die Knie gelegt. Wir putzen die Knöpfe; die Knopfgabeln klirren und sirren, die Schemel wackeln vom starken Reiben, die Pfeifen sind in Brand.
Ein Schriftsteller beschrieb einst die Augen seines Helden, als er ihn sehr glücklich hatte werden lassen, folgendermaßen: »Arturs Augen waren so blank, als wären sie auf der Knopfgabel geputzt.« – Das ist ein starkes Stück. Ich teile es meinen Kameraden mit; einige schütteln mißbilligend die Köpfe und finden ebenfalls, daß es ein starkes Stück ist. Als ich jenen Roman vor Jahren

las, ahnte ich nicht, was eine Knopfgabel sei. Heute weiß ich es, denn ich habe sie diesen Augenblick in der Hand. Neulich, nachts, träumte ich einen Traum, in dem ich Freund Artur erblickte, dessen treue blaue Augen auf der Knopfgabel geputzt wurden, und erwachte mit dem schmerzvollen Seufzer: armer Artur!

Wie sie aussieht? –

Erstens: sie ist ein längliches Blech. Zweitens: mitten in diesem läuft ein schnurgerader Spalt, der sich an seinem Ende zu einer kreisrunden Öffnung erweitert. Durch diese Öffnung läßt man die Messingknöpfe des blauen Uniformrockes hindurchschlüpfen (wobei man, wie ich, an Freund Arturs herausgezogene Augäpfel denken kann), einen nach dem andern, um sie sodann mit einigem Glück auf dem Spalt zusammenzuschieben, wo sie sich wie Goldstücke übereinanderlegen. Jetzt gilt es, sie mit Putzpomade zu bestreichen und sodann mit dem trockenen Tuch nachzureiben. Du reibst und reibst, Rekrut, und je stärker du reibst, um so heller erstrahlen die Knöpfe.

Die Rekruten Meyer und Pabst sind bei uns die Meister im Putzen. Sie haben eine wahre Leidenschaft, den Glanz aus den Knöpfen an die Oberfläche zu zaubern. Sie reiben begeistert, und der Schweiß steht ihnen auf der Oberlippe.

Ich denke mir, der Erfinder der Knopfgabel heißt Jarotschau. Ich sehe ihn vor mir, wie er an seiner Erfindung arbeitet, mit nadelspitzem Blick, und im Bart hängen ihm dreißig vor Alter gestorbene Fliegen.

In diesem Augenblick brachte der Gefreite Siemer einen neuen Rekruten, der eben eingekleidet worden war, und den er Nowak nannte. Nowak war ein stämmiger älterer Mann mit einer kurzen und dichten Bürste von schwarzem Haar. Er trug in einem Säckchen eine

Trompete bei sich, die er auspackte und allen zeigte und auf deren Tasten er herumzufingern begann. Pfeiffer ließ vom Putzen ab, sperrte Mund und Augen auf und setzte sich zu ihm. Wir anderen beachteten ihn nicht sonderlich und fuhren in der Arbeit fort. Ich kam jetzt zu den Ärmelknöpfen und holte mir die Knopfschere aus dem Spind. Die Knopfschere ist die Schwester der Knopfgabel. Ihr Erfinder ist ein feinerer Kopf gewesen, sozusagen feinnerviger, und hatte vielleicht den Namen von Sirr. Sie läßt sich wie ein Maul auf- und zuklappen und ist für die drei Ärmelknöpfe erdacht. Diese sitzen auf den roten Aufschlägen, an die um keinen Preis Putzpomade kommen darf. Meinen Rock zum Beispiel haben vielleicht schon tausend Mann vor mir getragen, aber die Aufschläge sind tadellos sauber. Der Rekrut ist dumm, aber – er besitzt die Knopfschere!
Es ist so einfach: man setzt sie an, klappt zu, und die drei Knöpfe sind in der Gewalt des Rekruten. Das Zuschnappen aber von Blech auf Blech klingt wie ein Kompliment an Herrn von Sirr.
Das Putzen wiederum ist eine Sache für sich. Rosenhold findet immer irgendwo einen Hauch auf irgendeinem meiner Knöpfe. Das tut mir leid, sein Leben ist dornenvoll. Wenn er mit seinen Rübenfingern auf einen diesbetreffenden Knopf zielt, so umweht mich der Duft einer Rose, der Reuerose. Möge er Geduld mit mir haben, ich will mir Mühe geben. Wie bald bin ich im Schützengraben und kann ihn nicht mehr mit hauchlosen Sonnen an der Uniform erfreuen!
Plötzlich ertönt ein wildes Geblase. Der Neuling Nowak hat die Trompete angesetzt und bläst. Wir fahren auf und lassen das Putzen sein. Pfeiffers Augen sind rund wie Glaskugeln, seine Nase rot vor Erregung. Seht, wie der Nowak die dicken Lippen ans Mundstück

preßt, wie seine stoppligen Backen sich wölben und seine Augen stieren. Der sanfte Klees, der Lehrer, der so schön Geige spielen soll, macht ein schmerzliches Gesicht, die anderen scheinen befriedigt, Albering schneidet Fratzen. Und welche Fingerfertigkeit! Und welch langes Stück! – Es endet mit einem Geschmetter, das die Spindtüren erzittern läßt. Albering stößt einen Juchzer aus, und dann ist Schluß.
Pfeiffer starrt versunken auf das blanke Instrument. Der Nowak aber hält die Trompete in die Höhe und läßt den Speichel auf Pfeiffers Kopf rinnen. Man sieht, der Grünling hat sich bereits eingelebt.
Seine Unbefangenheit mißfällt uns, er hat erst gestern seine Familie verlassen und ist ein ganz grüner. Er wird, als er von neuem losblasen will, zur Ruhe verwiesen. Der Gefreite schmeißt das Instrument rückwärts auf ein Bett. Darauf entwickelt sich ein Gespräch. Der Offiziersaspirant Meyer und der dunkeläugige Klees unterhalten sich über den Firnis auf den Stradivarigeigen, allerdings ohne sich zu einigen. Albering, der auch Lehrer ist wie Klees (aber nach Hahns Behauptung nur ein Unterlehrer), sagt gemütlich:
»Er wird schon keine Putzpomade genommen haben, Rekruten.«
Meyer macht sein Gesicht noch unnahbarer und fragt Klees: »Finden Sie nicht auch, Kamerad, daß es ganz unverständlich erscheint, daß die Politur einer Geige die Schwingungen der Luft, oder sagen wir ganz einfach: die Töne verwandeln können soll?«
Klees hingegen macht seine großen braunen Rehaugen noch größer und entgegnet:
»Daran müssen wir glauben. Haben Sie schon einmal das Ohr auf eine Geige gelegt? – Es raunt darin wie in einer Muschel.«

Nun behauptet Nowak, daß es auch in seiner Trompete oft seltsam knistere. Da ihn aber niemand beachtet, gähnt er und benimmt sich unaussprechlich schweinisch. Worauf Albering die Spitze seiner Nase wütend herumdreht und sagt:
»Du Sautrompete!«
Dann werden Schemel gerückt (es wird gleich Zapfenstreich geblasen werden), und man sieht Lurtjebam und Genossen von Café Leib zurückkehren. Pabst hat zwei Würstchen in der Hand, die er schwingt. Albering aber schreit in den allgemeinen Lärm:
»Herr Gefreiter!«
Der Siemer kommt zurück.
»Herr Gefreiter, sagen Sie mal, sind die Weiber auch so wild auf Sie? Eine offene Frage!«
Es liegt eine gewisse Macht in Alberings Stimme, und man horcht hin, was der Siemer antworten wird. Aber, sieh' da, er ist verlegen, der Bär, und er lächelt verschmitzt, wobei seine rote fleischige Nase von lauter fröhlichen Falten bedeckt ist. Albering läßt seine forschenden Augen zu Pfeiffer gehen, der neben dem Gefreiten steht. Dieser aber wendet sich plötzlich um und legt mir seinen Arm um den Hals. Er sagt, ganz nahe an meinem Gesicht, und seine Stimme ist treuherzig wie eines Hundes sanftes Knurren:
»Der Apfel ist sauer, ich mag ihn nicht. Das Mädel ist falsch, ich trau ihr nicht.«
Unter seiner krummen Nase ist nicht alles sauber, und in seinen Mundwinkeln sitzt dreckiger Tabak. Die Bewegung seines Armes ist jedoch so berauschend, so echt, daß sie mein Herz erzittern macht. Wie konnte ich dies erwarten? Das Kind Pfeiffer kam und bot seine Kameradschaft an. Und mehr! Es war ganz das, was ich brauchte, und es ward mir gewährt.

Leider war ich dem Augenblick nicht gewachsen. Ich lebe wenig mit Menschen, und mein verhärtetes Herz fand keine Erwiderung. Wortlos steckte ich Pfeiffer eine Zigarette in den Mund, doch vielleicht war gerade dies richtig.

Er sagte: »Danke, Kamerad«, nahm Feuer und schnaufte durch seine Nase wie ein Pferd, das sein großes Haupt herneigt, in großer göttlicher Ruhe.

Die Hecke

Ein Februarabend.
Die große schwarze Uhr im Wartesaal zeigt halb neun. Unter dieser Uhr, die zwei große goldglänzende Zeiger hat, sitzen zu der angegebenen Zeit drei Menschen: eine Dame im besten Alter, ein junges Mädchen von kaum zwanzig Jahren und ein Soldat in Feldgrau, dem Range nach ein Gemeiner. Sie sitzen genau unter der schwarzen Uhr, in der Mitte das junge Mädchen, das in der Hand ein Taschentuch hält und vor sich hinstarrt. Weint sie? Nein, aber ihr Herz ist zerrissen. Und mir ist, jeder müßte es sehen, sehen und erzittern in dem großen Wartesaal.
Die Dame, die ich als im besten Alter stehend bezeichnet habe, ist die Frau Oberst, das junge Mädchen ihre Tochter Lisa, der gemeine Mann Musketier Suhren. Ich bin es selbst, ein Mensch, der Aufruhr in einem Blumenbeet anrichtet.
Lisa ist – ich schreibe das kühne Wort – meine Braut. Die Frau Oberst ist – blaß, gehalten, zielbewußt – mein Schicksal. Sie müßte so groß sein wie die ganze Warte-

saalwand, um die zahllosen Pfeile meines Hasses empfangen zu können. Doch die gleiten von ihr ab wie von einem Krokodil.
Ich kenne Lisa schon lange. In einer Gartenwirtschaft haben wir uns verlobt, ein Strauß Maiglöckchen stand auf dem Tisch, und wir waren zwei Menschen, die sich zusammentaten. Wir standen auf, beklommen, und gingen zu der Frau Oberst, es ihr zu sagen. Ich küßte ihre Hand – hatte noch nie einer Dame in den besten Jahren die Hand geküßt. Doch das war nicht so arg, es war eine weiße und kühle Hand. Ihr Mund aber sagte nichts dazu. –
Heute sitzen wir unter der großen Uhr. Was ist geschehen? Ich habe Lisa gebeten, verzweifelt gebeten, zu mir zu kommen, denn ich fühlte mich sinken und verlorengehen. Sie kam. Heimlich ging sie fort und hatte sich einen kleinen Koffer aus unechtem Leder für diese Reise gekauft.
Wenn ich an diesen Koffer denke, so bin ich ein kleiner schwacher Mensch. Und ich bin es beständig, denn dieser Koffer steht unterm Tisch, und wenn meine Füße vorwärtszucken, berühren sie ihn. Die Frau Oberst ist Lisa, die einen Brief hinterließ, mit dem nächsten Zuge nachgereist, um sie wieder zu erjagen.
Draußen auf dem Bahnhofsplatz liegt tiefer Schnee. Es gibt dort eine Hecke, die ich kenne, eine gewöhnliche Hecke mit Dornen. Im scharfen Gaslicht sieht man auf jedem kleinsten Zweig dieser Hecke ein Streifchen Schnee liegen, als führten dort weiße Raupen ein stumpfsinniges Dasein. An diesem Orte habe ich mit der Frau Oberst um Lisa gekämpft. Es kann kein Zweifel bestehen, daß ich unterlegen bin. Wir standen Hand in Hand im Schnee, Lisa in der Mitte. Wir kämpften erbittert, und Lisas Herz ward zerrissen. Nun war sie

schon entwurzelt und hing an meiner törichten Hand. Nun malte ihr die Frau Oberst das Bild des Vaters, der ob der entflohenen Tochter den Tod suche, also, daß er die Arme hebend, einem wilden Hagel von Geschossen entgegenschritt.
Lisa tat einen leisen, wunden Schrei, der machte mich sanft. Ich umfaßte ihre Hand, die in meine Rechte gekrallt war, mit beiden Händen behutsam und küßte die kleine Hand, bis sie sich löste. Ich trocknete ihre Tränen – meine Blume war es doch! – und sie schlug wieder die Augen auf zu mir. Es war traurig und süß, was ich darin las, es war Winter und Frühling. Dann verließen wir die Hecke und gingen in den Wartesaal, um den Berliner Zug zu erwarten.
Die großen goldenen Zeiger stehen auf halb neun, um neun Uhr muß ich in der Kaserne sein. Das sind nur wenige Minuten. Wir schweigen. Ich denke an eine Ecke des Kasernengebäudes, um die der Wind fegt, und die wie der Bug eines Schiffes in die Straße hineinstößt. Ich sehe mein Spind vor mir, in dem die Klopfpeitsche hängt, und aus dem es nach Wäsche, Brot und Putzpomade riecht. Ich sehe mich auf meine Bettdecke erbrechen. Ich weiß nicht mehr, wozu mich Gott geschaffen hat – ich Tor!
Die Frau Oberst sitzt mit unbeteiligtem Gesicht da. Starr ist es, ihr Gesicht, aber wohl schön. Sie trägt einen kostbaren Pelz. Das ist und bleibt und ändert sich nicht – nur die Minuten rennen, die Frau Oberst treibt sie an, sie zählt sie, zählt, ohne die Lippen zu bewegen und auf die Uhr zu blicken.
Lisas Augen sind wieder blau und mit einem Schimmer von Hoffnung zu mir aufgeschlagen. Ihre Tränen fließen noch ein wenig, aber sie weint nicht mehr. Immer wieder sage ich ihr, daß ich sie lieb habe, denke aber da-

bei an Kasernenecke und Spind, Zapfenstreich und Klopfpeitsche. Immer und immer will sie es hören, daß ich sie lieb habe. Sie selber aber ist es, welche liebt, und sie liebt mich, den Musketier Suhren, strömt in mich, will mich erfüllen, durchbluten, panzern.
Die großen goldenen Zeiger springen auf dreiviertel neun, ich muß aufbrechen, verbeuge mich vor der Frau Oberst und sage leise: »Ich hoffe, daß Ihr Herzkrampf vorüber ist«, worauf sie nickt. Lisa darf mich zur Kaserne begleiten.
Wir stehen vor dem Bahnhof und halten uns umfaßt; wir gehen mit geschlossenen Augen an der Hecke vorüber und sprechen kein Wort. Es hat begonnen, sehr stark zu schneien. Wir hinterlassen die einsame Spur zweier Menschen im Schnee.
Kurz vor dem Exerzierplatz nehme ich Abschied, renne fort, ohne zurückzusehen, renne unter Bäumen, verlasse die Allee und überquere atemlos den Platz. Von der Kaserne her tönt durch den Flockenfall das letzte Trompetensignal. Ich renne verzweifelt, mit geschlossenen Augen und Schnee im Gesicht, auf das Signal los. Hier ist der Hoboist, der die Trompete absetzt und das Tor zuschlagen will. Mit einem letzten Sprung schiebe ich mich seitwärts durch den Spalt und höre das Lachen des Soldaten. Ich stürze die Treppe hinauf und stehe schnaufend vor meinem Spind stramm, denn der Gefreite hat bereits das Kommando gegeben. Der Unteroffizier vom Dienst betritt den Saal. Es ist Zutschky, sein Helm funkelt. Er bleibt unter der elektrischen Flamme stehen und befiehlt: »Fingernägel vorzeigen!« Alle springen vor, der Lampe zu, umringen den Unteroffizier und halten die Oberseite der Hände ins Licht, dicht unter seine Augen. Meine sind sauber.
Gnade mir Gott.

Glocken

Klingen Glocken?

Trauervolles Getön umfließt uns weich wie von der Hitze geschmolzene Eisdornen, die aber in der Kälte sofort wieder hart und scharf werden können.
Wir sitzen in der Kirche, im grauen Mantel, in der Hand den tadellos geputzten Helm, dessen schwarzes Lackleder ein bleiches Fensterviereck abspiegelt.
Wir sind zum Gottesdienst geführt worden. Draußen ist die kalte Märzfrühe. Wir sind Streiter Gottes, sagt der Pfarrer. Aber die Streiter Gottes sind verschlafen und dösen. Pfeiffer, der vor mir saß, sehe ich nicht mehr. Vielleicht liegt er unter der Bank.
Immer noch Glocken...
Klingen die Glocken meiner Heimatstadt?
Ich bin ein Junge und sitze ganz still am Fenster hinter Tante Maries großen Geranien. Draußen liegt eine heiße Sonne auf dem Pflaster. Mich schläfert. Wir haben einen Braten gegessen mit roten Rüben, ich bin davon müde. Auch die Glocken machen mich müde. Die

Glocken klingen immer und ewig, sie fassen nach meinem Kopf, schaukeln ihn hin und her. Der herbe Duft der Geranien scheint auch von den Glocken herzukommen.
Es singt auch eine kleine helle Glocke dazwischen. Sie gellt durch die leere Straße draußen, die wie ausgestorben ist. Wenn man doch eine Katze sehen möchte!
Aber nun schwankt mit den Glocken ein Leichenzug um die Ecke, zwei Pferde mit schwarzen Decken, dann der Wagen mit dem Sarg. Oben auf dem Wagendach kniet ein Engel aus Silber und hat die Hände zum Gebet gefaltet. Er schwankt mit den Glocken. Und dem Sarge folgen zwei alte bestaubte Männer, der eine trägt einen hohen Hut, der umzufallen droht.
So zieht es dahin durch die bange Mittagsstunde meiner Kindheit.
Bin ich nun wach? Es rasseln die Seitengewehre an den Kirchenbänken. Man steht auf, es wird gebetet. Der Pfarrer betet für Heer und Flotte, für den Kaiser und die Fürsten. Da ist auch der Pfeiffer sichtbar.

Sonntagmittags gibt es in der Kaserne Fleischklöße. Wir hauen ein wie die Teufel. Ist die Schüssel leer, so säubern wir sie unter der Pumpe und wälzen uns auf die Betten.
Pabst sagt zu mir:
»Es geht nichts über das Leben des Soldaten. Man hat keine Sorgen, und es gibt oft doch gutes Essen –«
Er hat gut lachen, er ist ein ausgezeichneter Soldat und erntet keinen Tadel. Sein Koppelschloß glänzt immer wie im Märchen.
»– und dann der Sonntag! Du kannst dich ausruhen, soviel du magst, du wirst der reine Lotterbube auf deiner Falle. Später gehst du aus, begegnest einem Offizier und

machst einen zackigen Gruß. Da lacht sein Gesicht so freundlich, und du bist zufrieden wie ein tolles Kalb. Ein Bierchen hinter die Binde, und Mädchen fuderweise. Mancher hat's auch schon zum Gefreiten gebracht!«
»Bleib mir mit deinem Gefreiten vom Leibe!« entgegne ich.
»Du hast Launen, mein Lieber. Ein Soldat und Launen – das gibt's einfach nicht. Weißt du, die andern, ich mag sie gern, aber im Vertrauen gesagt, sie quasseln zuviel. Ich sage links: halt' die Schnauze!, sage rechts: halts Maul, Kamerad! Sie tun's nicht, quasseln weiter.«
Ich werfe ein:
»Und jetzt quasselst du selber.«
»Ich, mein Gott, ich bin fröhlich, als ob das Quasselei wäre! Auch meinte ich nicht dich, Suhren, du bist der einzige, der nicht quasselt, ich lobe das an dir –«
Ich mache »hm« und stelle mich schlafend.
»Aber – paß gut auf! – du hast auch deine Fehler, du hast Launen. Manchmal hast du auch gute Launen, gewiß. Aber oft ist dein Gesicht nicht zum Ansehen! Gelb wie eine Zitrone und sauer wie dein Name. Dabei bist du durchaus kein so schlechter Soldat. Sieh Albering an mit seinen X-Beinen, er ist schlapp. Sieh Klees an, er umfaßt den Kolben, als wären die Saiten einer Geige darauf, und er könnte – zupf, zupf – darauf klimpern, auch schlapp. Lurtjebam, na, der schießt wenigstens wie Gift, sonst das reine Handtuch. Meyer kann man gelten lassen, aber er ist ein Affe, der wird noch Leutnant, so affenmäßig ist er und gibt keinem die Hand. Hahn geht an, Pfeiffer nullkommanull. Ich meine es wirklich so, wenn ich sage, du hast das Zeug zu einem guten Soldaten. Du hast einen guten Schritt. Du kannst dich immer und ewig auf deinen Parademarsch verlassen, mein Lieber.«

»Mensch, quassel nicht!« lache ich.
»Aber es ist wahr, ich wollte es dir nur sagen. Denke aber auch manchmal daran, was ich über die Launen sagte, ein guter Kamerad ist nie launisch. – Doch nun will ich wirklich ein Schläfchen machen. Du schläfst ja schon, du Hund.«
Und so legt sich der Pabst zurecht, und bald darauf höre ich seine regelmäßigen Atemzüge neben mir. Seine dunklen krausen Haare liegen auf dem blaukarierten Kissen, mir zugewandt. Das Gesicht ist hübsch, ich liebe dies junge bartlose Gesicht. Es schwingt sich eine gesunde, etwas plumpe Linie um Schläfen und Backen. Es sind die Züge eines unverbrauchten jungen Arbeiters.

Nach dem Kaffee gehen alle Rekruten aus. Die Märzsonne scheint draußen blaß auf den Exerzierplatz, den Hunderte von Soldaten kreuzen. Hinter den Wirtschaften, Militäreffektengeschäften und Photographenateliers hört man das besessene Gekrähe vieler Hähne.
Pabst geht mit Lurtjebam und Hahn ins Café Leib. Meyer hat eine Verabredung mit einem Leutnant, der mit ihm befreundet ist. Auch die andern gehen aus, und ich bin allein im Saal. Ich sitze auf meinem geschrubbten Schemel und habe mich fertig gemacht zum Fortgehen. Wieder höre ich Glocken, wieder sehe ich den Leichenwagen um die Ecke schwanken und den Engel knien und beten. Was mag er beten? – Daß mich die Langeweile nicht mürbe mache! Der Engel meiner Kindheit, fort geht er, um die Ecke. Die Glocken aber klingen weiter.
Ich fliehe vor ihnen, gehe ins Freie und komme durch Straßen, wo Menschen mit vielen Kinderwagen dahinziehen. Die Hecken sind ein wenig grün. Jemand spielt

hinter einem offenen Fenster Klavier. Geranien stehen davor und duften. Ich beschließe, zu Peter zu gehen, treffe ihn aber nicht zu Hause. Ich lege mich auf sein Sofa und schließe die Augen. Später wache ich wieder auf und sehe am Ofen mein Koppel mit dem Seitengewehr hängen. Es ist sehr still. Durch das offene Fenster klingt das Aufsetzen eines Spazierstockes auf das Pflaster. Vor mir an der Wand hängt ein Bild. Es ist ein Stillleben, eine Negermaske mit dicken roten Lippen. Ich erinnere mich, daß ich sie einst gemalt habe. Aber ich verstehe dies Bild nicht mehr. Das Leiden hat uns alle gefaßt, und alles müßte jetzt anders gemalt werden: Gesichter von Menschen und Gesichter von Tieren.
Die Tür geht auf, und Peter tritt ins Zimmer. Er sagt: »Bist du wach? Wir wollen jetzt gehen, wenn es dir recht ist.« (Ich erinnere mich sehr deutlich, daß er sagte: wenn es dir recht ist.)
Wir besuchen eine Pension, wo Lisa hätte wohnen sollen, wenn sie zu mir gekommen wäre. Es stehen dort noch Kuchen, Apfelsinen, Trauben und Wein auf dem Tisch, die Peter damals hingeschickt hatte.
Peter und ich, wir sitzen am Tisch, essen und trinken. Ich höre ferne Glocken, und eine helle dazwischen.
Peter sagt lächelnd:
»Das Glück bleibt aus, weil alles nicht praktisch genug vorbereitet worden ist. Das gibt deiner Sache etwas Tragikomisches.«
Aber ich kann es nicht finden, kaue auf gedörrten Trauben, und wir gehen fort.
Wir kehren bei einem Bildhauer ein. Er ist in Artilleristenuniform und knetet an einem David herum. Der David soll Deutschland bedeuten, zuckt mir durch den Sinn. Der Bildhauer bestätigt es und zeigt uns seine beschädigten Zähne.

Draußen dämmert es. Wir gehen an verlassenen Bauplätzen hin.
Überall liegt Schutt. Die Straße ist gesäubert, der Himmel leer, die Dämmerung scheint kein Ende zu nehmen.
Wir essen zu Abend in irgendeiner Wirtschaft und trinken Bier dazu. An jeder Tür hängt ein Plakat: Gott strafe England. Ich reiche Peter die Hand, der lächelt und sie fest drückt. Keiner kann keinem helfen.
Draußen schwanke ich mit den Glocken in die Kaserne.

Glücklich ist, wer das vergißt

Und nun ist alles ganz anders!
Ich sehe einen Wald, dessen Bäume sich begrünen. Mitten durch diesen Wald läuft ein schnurgerader Weg. Wir ziehen in Marschkolonne durch den lustigen Wald, und es duftet nach verfaulendem Laub, das unsere Stiefel streifen. Rote Kaserne und blauer Waffenrock sind versunken, Gestank des Teufels und Geschwirr der Knopfgabeln fort. Einen Dank dem lieblichen Wald, den steilen Bäumen über uns und der Sonne, die an die Stämme scheint. Ei, die zehnte Korporalschaft ist auch dabei! Wir haben uns verbessert, wir alten Klagetiere. Wir tragen Feldgrau und schreiten leicht. Es ist kein Zutschky da – wer denkt noch an Zutschky! Sein schwarzer Bart gleicht einem Specht, der auffliegt, so weit er will, zum Teufel. Es ist aber auch kein Klaßen da, und das ist hart.
Am Ende des Waldweges ist ein Saal, in dem wir wohnen. Dort gibt es keine stinkigen Spinde, denn es ist ein richtiger Tanzsaal. »Odeon« heißt er, das klingt wie Musik. Ein Klavier steht in der Ecke, aber bestaubt und

zugeschlossen. Und die Unteroffiziere liegen auf der Bühne hinter dem Vorhang, auf dem ein rosenfarbener Himmel sich bauscht, mit Engeln, die Kobolz schießen und den Popo zeigen. Da lebt der Soldat mehr als gerne.

Gewiß, eben erst sind wir wieder in der Kaserne gewesen, aber nur, um unsere Privatsachen zu holen. Wir haben dort Grünlinge beobachtet, von denen ein ganzes Sortiment angekommen ist, und es war ein Mordsspaß, sie Beinschwingen zu sehen, als wollten sie die Welt halbieren. Besonders Lurtjebam konnte sich nicht genugtun in Ausrufen, er schrie eins ums andere: »Guck mal diesen roten Krebs an, den der Zutschky an der Angel hat, und was für Stielaugen der macht! – Und der – Bindebaum hier! Die Hosen sind ihm viel zu kurz, die Beine werden ihm schon noch länger gezogen werden. Ein Hauptkerl, der Zutschky!«

Hahn antwortete:

»Seine Hacksehnen soll er in die Versicherung geben.«

Alle lachten, aber Albering rief:

»Ihr Idioten, faßt euch an eure höchsteigenen Beine, und ob ihr sie noch dran habt! Ich sah die euren vor nicht langer Zeit wie Mühlenflügel schweben, ihr blöden Saukerle!«

Einige riefen: »Selber Saukerl!« und wir gingen die Sachen holen.

Wir schreiten durch den keimenden Wald und tragen unsere Pakete. Pfeiffer bildet den Schluß und eine Reihe für sich. Er trägt seine Habseligkeiten, einen Pappkasten von der Größe einer Zigarettenschachtel, vielleicht sind zwei Taschentücher drin. Das Paketchen baumelt an seiner Hand, er schreitet hinter der Kolonne

her, seine Kolbennase durchschneidet die Luft, als wandere er geraden Weges ins Paradies.
Ein Lied wird angestimmt, alle fallen ein:

»In dem Wasser schwimmen Fischlein,
Die sind glücklicher als ich!
Glücklich ist, wer das vergißt,
Was nun einmal nicht zu ändern ist.«

Wir empfinden halb schmerzlich, halb süß, daß es nötig ist, dies zu vergessen. Wir möchten ewig in der Kolonne marschieren und machtvoll singen. Unser Tritt hallt zwischen den Stämmen. Wir sind ein Viereck, welches marschiert, angefüllt mit demselben Schicksal, und fühlen nur Gemeinsames. Hundert Soldaten singen die gleichen Worte und die gleichen Töne.

»Willst du mich noch einmal sehn,
Mußt du nach dem Bahnhof gehn.
In dem großen Wartesaal
Sehn wir, sehn wir uns zum allerletztenmal.«

Ich denke an Lisa, aber immerfort schallt mir Max Pfeiffers Stimme um die Ohren. Er singt total falsch und bald laut, bald leise. Bei den hohen Tönen setzt ein Knirschen ein, als ob ihm ein Weisheitszahn gezogen würde. Auch er gehört zu dem marschierenden Viereck und ebensosehr wie irgendeiner. Er ist ein Offizier der Einfalt, und macht er nicht den Anfang, so macht er den Schluß.

Am nächsten Tage sagte der Hauptmann zu uns, wer bei Verwandten wohnen könne, der solle vortreten.
Es war starker Platzmangel, trotzdem alle Wirtschaften

belegt waren. Ich trat mit mehreren vor und gab irgendeine Adresse an. Da ich noch keine Übung im Lügen hatte, fiel es mir schwer. Es mußte aber sein, denn es war nun einmal nichts zu erreichen, außer hintenherum. Es konnte leicht herauskommen, daß meine Angaben nicht stimmten, und so war mir keineswegs wohl zumute, als ich vor der Front stand und dem Feldwebel meine Erklärung machte.

Die Erlaubnis, außerhalb zu wohnen, wurde mir gewährt. Wie aber, wenn man bei Alarm nach mir an die angegebene Adresse schickte, und kein Musketier Suhren war da?

Ich mietete, um sicher zu sein, keinen Alarm zu versäumen, ein Zimmer gegenüber vom »Odeon«. Einige Tage später ging ich auf die Schreibstube, um zu melden, mein Onkel habe mich nun doch nicht unterbringen können, und meine Adresse sei daher soundso. Man nahm Notiz davon, und so war alles im reinen. Niemand hatte Zeit, das naive Spiel des Musketier Suhren zu bemerken.

Ich wohnte bei Frau Pott, einer Handarbeitslehrerin, und hatte ein hübsches Zimmer, das nun mit meinen Ausrüstungsgegenständen angefüllt war. Auf dem Klavier stand der Helm, der nicht mehr geputzt zu werden brauchte, sondern im grauen Tuchüberzug steckte. Am Ofen hing das Koppel mit Seitengewehr und Patronentaschen. In der Ecke aber lehnte das Gewehr, funkelnagelneu, eine kostbare Erfindung. Es hatte eine sechsstellige Nummer, ihre Quersumme ergab die Zahl 17. Das Gewehr ist die Braut des Soldaten. Ich bin abergläubisch wie Frau Pott, stehe vor dem Spiegel und mache Griffe mit dem Gewehr, dessen Quersumme 17 beträgt. Das Gewehr – über! Gewehr – ab. Es wird ein Präsentiergriff vor dem Landesherrn gemacht, aber der Spiegel

zeigt, daß er mäßig ausfällt. Sodann folgen Zielübungen durchs Fenster auf Schneeglöckchen.
Es ist eine Kammer da und ein richtiges Bett, ein Waschgeschirr aus Steingut und ein Wassereimer im Empirestil. Man lehnt sich aus dem Kammerfenster und begrüßt eine dicke grüne Glaskugel, die die kahlen Obstbäume abspiegelt.
Der Dienst ist angenehm. Kein Weckruf erklingt, sondern eine höchst zivile Weckuhr von dem Aussehen einer Runkelrübe. Kein Unteroffizier ruft: zum Dienst! – sondern Frau Pott öffnet mit Segenswünschen die Haustür, worauf ich langsam wie ein alter Soldat über die Straße gehe und mich vor all den verstopften oder leeren Bonbonautomaten in die 10. Korporalschaft hineindrücke.
Es wechselt Exerzieren mit Ausmärschen und Scharfschießen. Der Gewehrkolben liegt mir in der Hand wie der Ellbogen einer wirklichen Braut. Und wenn nach einem Ausmarsch die benagelten Stiefel meine Fußsohle drücken, so ist es nur, als spiele ein unterirdischer Jemand ein bißchen Klavier darauf.
Freund Peter kommt und findet mich verändert. Er nimmt eine Hauslehrerstelle an irgendwo im Süden und reist ab.

Wir sind in Alarmbereitschaft, können jeden Augenblick an die Front befördert werden. Inzwischen wird exerziert, und ein Tag verstreicht, und eine Nacht kommt, und ein neuer Tag keimt am Himmel, wo tausend Sterne verblassen.
Musketier Suhren klirrt in die Knie, der Kolben seines Gewehres dröhnt auf dem Waldboden. Musketier Suhren zielt, setzt ab, wirft die Messinghülse heraus. Anstatt sie aufzuheben, horcht er.

Ein Knacken ertönt im Wald. Ist es ein Reh, das über die Anemonen dahinhuscht?
Musketier Suhren hebt die blanke Hülse auf und steckt sie statt in die Patronentasche – in den Mund. Ein Feldwebel schlendert auf dem weichen Boden daher, sieht es und lacht. Musketier Suhren lacht mit der Hülse zwischen den Zähnen.
Musketier Klees senkt das Gewehr und blickt still vorwärts nach einer Hecke. Ein Mädchen mit blassem Gesicht steht dort. Sie trägt eine blaue Jacke und geht langsam hin und her: seine liebe Braut. Jetzt trinkst du ihn, Klees, den Kelch, von dem du wünschtest, er möge an dir vorübergehen. Alle trinken ihn, auch wir setzen ihn an den Mund. Wir setzen ihn feierlich an die Lippen mitten im frühen Frühling, und Anemonen schwimmen auf dem bitteren Trank.
Wieder ein Knacken im Unterholz! Musketier Suhren wirft seine Hülse aus dem Gewehr. Er steht auf und streift einen dürren Ast. Jemand ist in der Nähe, jemand ist gegenwärtig, der Himmel steht geöffnet. Jemand umhuscht mich leise singend, rastlos und getreu.
Ich gehe heim vom Dienst. Lisa steht an der Tür in roten Schuhen. Sie lacht, und wir gehen ins Zimmer. Ich hebe sie auf den Tisch, und der Tisch ist alt und zerbricht. Der Soldat Ferdinand, mit Haaren wie Hobelspäne, kommt und leimt den Tisch. Und Frau Pott hält den Topf.
Die Kolonne marschiert zur Kaserne, um neue Sachen zu empfangen. Sie kehrt singend heim und durchquert den Wald. Ich gehe in der linken Rotte. Lisa springt neben mir her, strauchelt im Unterholz und fällt ins Laub. Alle wollen ihr helfen, ich aber bin schon bei ihr, das ist natürlich. Es hat ihr nichts getan, sie springt wieder auf und lacht. So geht es weiter, und wenn es heißt: abtre-

ten, legt sich – husch! – ihre Hand in meinen Arm. Die Frau Oberst sehen wir ferne wie ein Bildnis. Und ich denke an den betrunkenen Feldwebel, welcher weinend sagte: So sind die meisten Mütter der meisten Töchter!
Es werden Steckrüben geholt, und wir essen aus dem Kochgeschirr. Die dumme grüne Glaskugel hat das vollkommene Glück, zwei rote Schuhe zu spiegeln. Mitten in den Rübenstücken steht steil ein Gerät, halb Löffel, halb Gabel. »Du bist der Löffel, ich die Gabel.« Und wir essen.
Stiefel müssen geschwärzt werden sowie Tornisterriemen, Patronentaschen und Koppel. Lisa sitzt am Boden, hat schwarze Fingerspitzen, schwärzt meine Sachen. Ich fette derweil das Gewehr ein und gebe den Veilchen frisches Wasser.

»In dem Wasser schwimmen Fischlein,
Die sind glücklicher als ich.«

Lisa hebt die Augen von den schwarzen Dingen: »Glücklicher?« Nimmermehr! –

Es ist eine tolle und herrliche Zeit, wir sind wie im Fieber und ohne Nachdenken und tanzen einen Tanz in roten Schuhen. Stunden gehen hin – sie sind unendlich. Weitläufig sind sie und wollen sich kaum zu Tagen runden. Schwer sind sie wie Granit, aber sie schweben heran wie süße Luft und mit dem sanften Geräusch von wehenden Haselsträuchern, welche blühen. Sie legen sich wie schwere Schutzwälle vor alles Leiden, das mich irgend getroffen hat.
Ich liege in einem tiefen Schlaf neben dem Wascheimer im Empirestil. Mein Atem geht, wie er in der Kindheit

gegangen ist, ruhig in Gott. Ich, der gute Europäer, liege ohne Bewegung und ohne Traum. Ich, der gute Deutsche, wende im Schlaf den Kopf, ein weiches Kissen an der Schläfe. Das Dunkel umrauscht mich; der Tod umrauscht mich.

In einer Nacht erwache ich, und Lisa steht vor meinem Bette. Ich sehe die Sterne in die Kammer scheinen und fühle das zitternde Geflüster an meinem Ohr:

»Hörst du die Trommel?«

Nachtfahrt

»Wie spät, Suhren?« fragt eine Stimme.
Es ist Albering, mein Kamerad, welcher ruft. Er liegt unter der Bank auf dem Boden des Abteils, und ich sehe sein Gesicht. Ganz dicht unter mir ruht es in der Dunkelheit wie eine matte Kugel, aus der eine Spitze heraussticht, Alberings einzigartige Nase. Meine Radiumuhr glimmert, und ich antworte laut über das Geräusch des fahrenden Zuges hinweg:
»Halb drei, schlaf weiter.«
Schweigen, und mein Gedankenfaden spinnt sich weiter. Es ist ein langes Garn, das ich drehe. Manchmal verfolge ich es auch rückwärts, verweile bei den Knotenstellen, springe wieder vor, drehe weiter – genau wie es mir Spaß macht. Und was für Gedanken spinnt der Soldat bei Nacht? – Gedanken an die Heimat – ein langes Garn.
Mein Gesicht liegt auf dem zusammengerollten Mantel, und ein Knopf drückt mir die Backe. So muß ich diese Lage ein wenig verändern, zum erstenmal seit 10 Uhr, wo wir uns hingelegt haben. Das erfordert Zeit. Nun ist

es gelungen. Fest in die Decke gedreht, fühle ich erneut eine angenehme Wärme mich umkriechen.

Ich schlafe nicht. Ringsumher erklingt ein vieltöniges Schnarchen und Atmen. Über 30 Mann liegen als graue Klumpen im Zwielicht des Raumes. Manche sind dicht aneinander auf dem Boden hingestreckt; andere schlafen wie ich auf den Bänken und werden für die Glücklicheren gehalten; einige aber sind in die Gepäcknetze geklettert, in denen sie über den baumelnden Seitengewehren wie große Fische hin und her schlottern, von der Bewegung des Zuges gewiegt – sie dünken sich die Erfinderischsten.

Meine eigenen Erfahrungen haben mich später gelehrt, daß der Soldat doch am besten direkt auf dem Fußboden liegt. Es ist dort allerdings immer schmutzig – trotzdem wir kleine Reisigbesen mitführen und mehrmals am Tage ausfegen – und auch zugig, aber man schläft doch ruhiger in dem Bewußtsein, nicht fallen zu können. Wenn nicht jemand beim Aufstehen auf einen tritt, ist es eine wirklich angenehme Lage.

Nun möchte ich gern ein Fenster öffnen, denn im Abteil herrscht eine dicke Schlafluft. Die Kameraden aber wünschen, daß in der Nacht sämtliche Fenster geschlossen sind.

Durch das Fensterviereck über mir ist ein matter Himmel ohne Sterne sichtbar. Ich richte meine Augen dorthin und denke an den Himmel meiner Heimat, und wie er in Frühlingsnächten über den Dächern lag, wenn die Hähne im Schlaf krähten. In diesem Augenblick wird dort vollkommene Ruhe sein. Mögen sie einen sanften Schlaf haben! Unser Kirchturm steht wie ein dunkler Riese und Wächter neben dem Bette meiner Mutter. Dort war ich ein Knabe, pausbäckig bei meinem kleinen Schaukelpferd, oder saß auf der Treppe im Schatten,

wenn Besuch in der Stube war und mußte ein Lied singen, was ich wohl gern tat.
Vor Jahren machte ich mir ein eigenes Lied. Es war auf einer Reise, ich hatte wohl Heimweh und stand mitten in der Nacht auf, um es hinzuschreiben. Man kann es nicht singen, das kleine Lied, aber man kann es sagen. Und so sage ich es auch jetzt in das eintönige Rollen der Eisenbahn hinein, die mich forträgt, ohne zu verweilen:

»Horch, ans Fenster biegen
Erlen sich zur Nacht.
Ich hab' im Schlaflosliegen
Wieder an meine alte
Heimatstadt gedacht.

Über die Dächer von Schiefer
Floß der Mondenschein.
Das Tuten eines Dampfers
Klang vom Strom, als rief er
In meine Kammer herein.

Stand ich nicht auf? Als träume
Ich, so war's mir zu Sinn.
Unten schwieg die Straße
Weiß, die Häuser und Bäume
Legten Schatten hin.

Uhren schlagen und gehen.
O meine Heimatstadt!
Immer muß ich dich sehen,
Dunkel den Turm und das bleiche
Zifferblatt.«

Mehrmals sage ich es, mein kleines Lied, und werde sehr ruhig. Ich habe keineswegs Heimweh, bin vielmehr froh, so schnell auf diese Reise nach Frankreich geschickt worden zu sein. Es folgt ein Ereignis dem andern, ohne mich zu überraschen, und doch hat jeder kleine Bahnhof, dem wir begegnen, ein anderes Rot, und über jeden braunen Hügel steigt ein anders geschnörkelter Weg. Mein kleines Lied, ich liebe dich, du bist mein eigenes Gut! Auch ein blindes Huhn findet manchmal ein Korn.

Wieder springe ich ans Ende meines Fadens: Der Klang des kleinen Liedes wird mich begleiten – aber in was für Stunden und Tage, Soldat? Nie soll er mich verlassen, obwohl es längst ein Ende hat mit Gedichten. Es heißt nun, sich bewähren; es heißt, etwas tun, was gut ist und stark. Der Traum ist aus, und dies ist das Leben, welches fordert, daß immer und ewig gute Gefühle tätig sind. Ganz und gar bin ich von ihm umringt. Lisa ist nun fern, aber neben mir schlafen die Kameraden, und wie ich sie reglos ausgestreckt sehe, ihren Atem und ihre kleinen Traumworte höre, liebe ich sie alle. Sie sind fröhlich und entschlossen, haben alles verlassen wie ich und fahren mit mir ins fremde Land. Und ich komme an einen Knoten in meinem Gespinst, der heißt: die Front. Das ist ein militärischer Ausdruck, mit dem die Zeitungen und der Heeresbericht herumspringen, als sei es ein leicht begreiflicher Gegenstand. Doch ist er es nicht. Denn in jener Front, die der Heeresbericht erwähnt, kämpft Gutes gegen Gutes, Böses gegen Böses, Gutes gegen Böses, Böses gegen Gutes. Und so ist es eine verworrene, eine tausendfach verdrehte Front, deren Gestalt niemand kennt.

Eine Front aber gibt es, die ist klar, eindeutig und gerade, und ich finde sie an heimlichem Orte – in meinem

Gewissen finde ich sie. Und es ist die Front der guten Gedanken und der menschenwürdigen Taten, der Händedrücke und des treuen Glaubens.
Wer goß das Gift der Sprachen in die Welt? – Wer hat das Gewehr erdacht und stand hinter all den geneigten Stirnen, die über seiner Verbesserung sannen? –
Ich weiß es, kenne ihn genau.
Wer aber war es, der den Menschen Suhren stieß, jenes kleine Lied zu singen, mitten in einer Nacht von Schwärze und Heimweh? –
Ich weiß es, kenne ihn genau.

Der Himmel im Fensterviereck steht unverändert über mir. Die Bank ist hart, und ich überlege eine Weile, ob ich aufstehen soll. Die Bank drückt erbärmlich meinen in der Empirekammer von Frau Pott verweichlichten Rücken, und so richte ich mich auf.
»Suhren!«
Es ist wieder Alberings Stimme.
» – ich stehe auch auf.«
Der Kamerad kriecht mühsam unter der Bank hervor. Er läßt sich Zeit dabei, um keinen zu stoßen und nicht außer Atem zu kommen. Endlich sitzt er neben mir, streckt sich und sagt:
»Mir träumte von zu Hause, lauter Emswasser sah ich unter mir.«
Wir setzen unsere Pfeifen in Brand. Draußen wird ein helles Land sichtbar, an dem wir entlangfahren. Doch nein, es ist ein Wasser, und zwar der Rhein.
»Es ist bestimmt der Rhein«, sagt Albering nahe an meinem Gesicht, »du kannst dich darauf verlassen, daß es noch deutscher Boden ist, über den wir fahren. Ich fühle es.«
»Was du sagst!«

»Genau so. Aber sag', schreibst du ein Tagebuch?«
»Nein.«
»Im Ernst, du solltest eins führen, denn so etwas wie dies wirst du nie wieder erleben.«
Ich antworte, daß ich kein Tagebuch führe, dafür aber jeden Tag nach Hause schreiben werde. Albering stößt eine Wolke Rauch gegen die Scheibe und meint:
»Schreib ein Tagebuch, Suhren. Denke daran, was du später daraus deinen Enkeln vorlesen kannst, wenn sie sich um deine Veteranenbeine versammeln. Lauter Bildnisse kannst du ihnen vorführen: Rosenhold, Klaßen, Zutschky sowie alle, die noch kommen werden. Und immer sagst du, indem dir die Tränen oder die Spucke in deinen grünen Bart hineinlaufen: Ja, ja, Kinder, euer alter Großvater war auch dabei als es Anno 14 gegen die Franzosen ging –. Und ›Franzosen‹ schnurrst du mit drei r heraus: Frrranzosen –, so daß dein Püppchen Rosina flüstert: Ist das giftig, Opa, daß du so weinst? – Schreib ein Tagebuch, Suhren.«
»Und vergiß den Zutschky nicht«, knurrt jetzt der Kriegsmann, der uns gegenüber auf der Bank liegt. Er stöhnt, räkelt sich, wickelt sich aus. Sodann kommt er hoch, gähnt uns grade ins Gesicht und fragt:
»Na, Rekruten, wie schläft sich's?«
»Wie in Butter und Scheiße«, antwortet Albering.
Es ist der Eisenbolz, unser Gegenüber. Er ist kein Rekrut mehr, hat die Champagneschlacht mitgemacht, war verschüttet und hat ein bißchen Stottern zurückbehalten. Heute geht er als geheilt wieder an die Front. Eigentlich heißt er Bolz, da er aber in einem Eisenwarengeschäft gearbeitet hat, nennen sie ihn den Eisenbolz, abgekürzt Eisen. Er war Kriegsfreiwilliger.
Nachdem der Eisenbolz noch einige Male laut und soldatisch gegähnt hat, fragt er:

»Und den Zutschky kennt ihr?«
»Und ob! Du denn auch?«
»Ich? Das ist allerhand von euch. Und ob ich den kenne! Er ist mein Freund!« Eisenholz spuckt aus, und zwar gegen die Wand, um keinen der Schlafenden zu treffen. »– mein Freund von der verkehrten Seite, das ist er. Allerhand ist das von euch, ich habe ihn schätzen gelernt. Eine Nulpe, das ist er. Wollte Kriegsfreiwillige ausbilden, der Zutschky. Machte den freiwilligen Versuch, Kriegsmutwillige auszubilden – kam aber an die Verkehrten. Wollte er euch auch schinden?«
»Er versuchte es«, sagen wir vorsichtig.
»Wollte Kriegsfreiwillige ausbilden, der Zutschky. Dachte bei sich: Na, wie wir gebaut sind, bilden wir mal Kriegsfreiwillige aus. Armer irrsinniger Freund! – Abends: Zahnbürste vorzeigen, marsch, marsch! – Wir mit dem Ding ihm ins Gesicht, daß die Augen ausliefen. Er in Wut: Ganze Korporalschaft, marsch, marsch an die Bahn! – Wir, in der Unterhose, schöner Sommerabend, raus, die Treppen hinunter. Mit Gegröle zum Tor hinaus. Lauter Kerls von 18 Jahren, Kaufleute, Schüler, Studenten. Mit Hallo, wie ein Rudel Indianer, über den Platz an die Bahn. Weiter durch die Stadt, vorbei am Theater, wo gerade die Leute herauskamen. Rin ins Gedränge wie die Indianer und mit Hallo. – Um 3 Uhr nachts kamen wir wieder ans Tor. Zutschky machte selber auf. Da hättet ihr ein Gesicht sehen können! Hatte schon jahrelang vorm Krieg Leute geschunden, war bekannt als dicke Nulpe. Aber Kriegsfreiwillige ausbilden – nee! Wurde einen Fuß kleiner in einer Woche, der gute Zutschky. Grüßt ihn mal von mir, Eisenbolz genannt.«
Seine Erzählung hatte Eindruck auf uns gemacht. Albering sagte dann: »Es ist zu verschieden, nicht wahr, Suh-

ren? Der eine, der macht's wie der Eisenbolz und johlt. Und der andere, der macht's wie der Klees und überhaupt die meisten von uns. Wer aber hat recht? Der Eisenbolz, denn es ist alles nicht der Rede wert.«
Ich fühlte mich getroffen und fand auch, daß es alles nicht der Rede wert sei. Wir schwiegen. Der Tag graute, und ich dachte: In wieviel Zügen wohl zu dieser Stunde Soldaten über alle Länder Europas dahinrollen, in einem Riesennetz aus Strichen und Kreuzungspunkten? Es wird überall das gleiche sein: Die meisten liegen wie graue Klumpen ausgestreckt, reden im Schlaf, lachen oder weinen im Traum oder ruhen wie Kinder und atmen in Saus und Braus. Einige aber sitzen still in der Finsternis und warten auf den Morgen.

Beleidigung von Rekruten

Wir fahren nach Westen, wir fahren nach Süden, rollen durch Laôn und halten gegen Abend auf einer kleinen Station, wo an vielen Schienensträngen ein niedriges geschwärztes Bahnhofsgebäude steht. Dort steigen wir aus, setzen die Gewehre an einer Böschung zusammen und legen uns neben unsern Tornistern in den Sand.

Einige sind gespannt, wohin es weitergehen wird; der Eisenbolz ist unter ihnen. Er hat das Stationsgebäude umschlichen und kehrt geladen mit Neuigkeiten zurück.

»Erstens«, sagt er, »riecht es nach Erbsensuppe, welche der Soldat ›Kügelchen‹ nennt.«

»Bravo, Eisen!« schreit man und schnallt die Kochgeschirre los. Hahn entreißt seinen Zähnen ein großes Stück Wurst und wickelt es wieder ein. Pfeiffer liegt auf dem Bauch und schaut begeistert auf den Freiwilligen. Der aber hat seinen Helm abgenommen, fährt sich mit den gespreizten Fingern durch sein unsäglich rotes Haar – reichlich geziert für einen alten Krieger – und fährt geheimnisvoll fort:

»Und dann habe ich noch eine Neuigkeit.«
»Ist eine Schlacht gewonnen worden?« fragt Klees aus trüben Gedanken heraus.
Eisenbolz verneint es.
»Du hast wohl schon einen Vertrag mit der Küche abgeschlossen, du Hyäne«, meint Albering, »dreh' deine Taschen um!«
»Auch das, Rekruten, auch das«, nickt der Rothaarige, »aber das andere – ratet weiter.«
Das »Rekruten« wurmt uns, wir sitzen in dem trockenen gelben Sand und haben die Absicht, ihm eine Handvoll ins Gesicht zu werfen. Langsam zieht sich der Eisenbolz auf einen Prellbock zurück und verkündet, in der erhobenen Hand den Löffel:
»An die Front werdet ihr heute noch kommen, Rekruten! Ich rate euch gut, bindet euch die Hosen zu. Das ist das Allerneueste, soeben verlautbart.«
Welch unflätiger Mensch! Er schleudert von weitem Schmähungen auf uns. Pabst will ihn herschleppen, aber Albering sagt:
»Laßt ihn doch! Er ist ein alter Krieger und kann uns manches sagen. Komm her, Eisen, rote Hyäne, kriegst Kuß!«
Plötzlich heißt es: Essenholen! Eisenbolz rennt in der Richtung auf den Bahnhof davon, und es erschallt allgemeines Gerassel mit den Kochgeschirren.

Später, als wir wieder an der Böschung sitzen und in unsere Erbsensuppe vertieft sind, geht in der Nähe ein Offizier vorbei. Wir recken hinter ihm die Hälse. Es ist ein junger Leutnant mit einem federnden Gang und langen Beinen, die in bestechend schönen Ledergamaschen stecken.
Nach dem Essen wird angetreten. Der langbeinige

Leutnant ist wieder da und teilt uns mit, daß er unser Kompanieführer ist. Ferner sagt er, daß die Kompanie in einer halben Stunde aufbrechen wird, um noch einen kurzen Marsch zu machen. Nicht so übel, denken wir.

Es beginnt bereits zu dämmern, als wir uns in Bewegung setzen. Der Leutnant hockt auf einem Bauernwagen, der vorausfährt und den Weg zeigt. Es wird nicht viel gesprochen, denn die Tornister sind schwer. Wir haben allzuviel scheinbar notwenige Sachen aus der Heimat mitgenommen, zuviel Wäsche, zuviel Wollzeug, auch Bücher. Es war unter den Rekruten Mode, an Büchern entweder den Faust oder Zarathustra auf dem Rücken zu tragen. Ich hatte mich für Zarathustra entschieden. Auch er beschwert mich jetzt. Es ist ein warmer Aprilabend, eine feuchte Luft steht still über der Straße. Aus den dicken regenvollen Wolken sickert das Dunkel, schwarze Waldstücke sitzen verschwommen auf den Hügeln.

Die Straße hebt und senkt sich. Ich, der ich im dritten Zuge marschiere, sehe den Wagen an der Spitze nur noch selten. Merkwürdig, daß man nicht schießen hört! Doch ist es immerhin ein aufregendes Gefühl, zu wissen, daß wir die Dämmerung erwartet haben, um nicht von feindlichen Fliegern gesehen zu werden. Hört man nicht droben über der dicken fischförmigen Wolke das singende Geräusch von Propellern? – Rekrut, es ist der Frühling, welcher in allen Weiten summt.

Wir geraten sehr in Schweiß, sind aber guten Muts. Pfeiffer neben mir schnauft durch die Nase und geht gekrümmt unter seinem Tornister, ein kaltes Stück Zigarette an der Unterlippe. Wir ziehen durch Dörfer, wo in der Dunkelheit vor den Scheunen Soldaten lehnen. Einige von uns treffen Bekannte unter ihnen, diese gehen

eine Strecke mit uns, und es werden Worte gewechselt.
Ich beachte sie nicht, meine ganze Aufmerksamkeit ist auf den schweren Tornister gerichtet. Dazu habe ich viel zu dicke Unterwäsche an und bin entsetzlich naß vom Schweiß.
Einige murren; das erfreut mein Herz, denn es sagt mir, daß ich nicht der einzige bin, der unter dem schweren Gepäck stöhnt. Nein, ich bin gewiß nicht der schwächste Soldat, das will ich beweisen. Der Leutnant wird in dieser Nacht zum erstenmal von uns mit Schmähworten bedacht, denn er läßt uns drei Stunden fortlaufen, ohne einen Halt einzulegen. »Je eher ihr da seid, desto eher kommt ihr ins Quartier«, nickt er von seinem Wagen herunter gegen die Spitze der Kompanie. Hier geht Lurtjebam, seine Brille ist beschlagen von Nässe, aber er schreitet unbekümmert drauflos. Auch seine Gedanken drehen sich um den Tornister, der ihm auf dem runden Magistratsbeamtenrücken hockt. Nur ganz nebenbei denkt er einmal entzückt: Ein Quartier werden wir haben mit einem Lustgarten und einem Zwinger für die Hyänen – er kommt einige Zeit später, wieder vom Tornister abschweifend, erneut auf das Quartier mit den Hyänen, erinnert sich sodann an den roten Eisenbolz und – freut sich, feststellen zu können, daß dieser die neusten Nachrichten an hochdieselben Hyänen zu übermitteln angewiesen werden würde! – So sind Lurtjebams Tornisterabschweifträume.
Die dritte Marschstunde endigt; es ist pechfinster geworden, und die Kolonne hat sich plötzlich aufgelöst. Ich sehe mich mitten in einer andern Kompanie, die uns folgte, und komme zum Entschluß, nicht weiter zu gehen. Eigentlich ist kein Entschluß dazu nötig, denn die Beine bleiben mir stehen, und mein Hinterteil wünscht,

die Erde zu berühren, was süß und warm sein muß. Als aber jemand ruft, daß wir da sind, und ich links an der Straße eine hohe Parkmauer erkennen kann, gehe ich langsam weiter und gelange fast als letzter in ein Dorf, wo Lichter sich hin und her bewegen. Mein Mut ist mächtig gewachsen, aber ich habe nicht mehr die Kraft, nach den Kameraden zu suchen, und biege aufs Geratewohl in eine Tür, wo Licht flackert. Es ist ein leerer Pferdestall, sechs oder acht fremde Soldaten sind schon drin und machen sich für die Nacht fertig. Gleich an der Tür breite ich meine Zeltbahn auf dem Ziegelsteinboden aus und lege mich im Mantel darauf. Im Einschlafen scheint mir noch, daß die andern aus einer Luke an der Decke Stroh herunterwerfen. Es sind alte Soldaten, ich bewundere ihren Spürsinn. Bei diesem Gedanken übermannt mich ein traumloser Schlaf.
In der kalten Frühe werde ich wach, mein Rücken ist steif, und ich gehe hinaus in die helle Straße. Unter einer großen Kastanie, der unter der fischförmigen Wolke gestern nacht sehr schöne Blätter entsprossen sind, läuft ein Brunnen in einen runden Trog. Dort waschen sich schon Soldaten von meiner Kompanie. Einige haben die Oberkörper entblößt und seifen sich lange und mit Genuß. Die Ströme von Wasser, die rings auf den Boden spritzen, sind unermeßlich. Es ist, als ob die Enten ihr Bad nehmen.
Ich finde Pfeiffer, wir rauchen eine Zigarette und sehen zu. Es weht eine herrliche Luft, und wir haben die Hände in den Manteltaschen, Pfeiffer hängt ein Strohhalm an der Mütze. Keiner spricht ein Wort, und nur das Geplansche unter der Kastanie ertönt. Nach einer Weile kommt der Eisenbolz, das Handtuch unterm Arm und kopiert einen Offizier:
»Morjen, Rekruten!«

Da umfaßt ihn einer der Halbnackten, Pabst, der Ringellockige, und stülpt ihm den roten Kopf, ob er will oder nicht, in den Brunnentrog. Es gibt einen erstklassigen Spaß. Die Augen blitzen in dem hübschen seifigen Gesicht des Pabst, der den Zappelnden immer noch ein wenig prusten läßt.
Danach ging auch ich mich waschen. Max Pfeiffer nicht.

Der zauberische Wind

Pabst hat die Beleidigung, die der Eisenbolz uns an jener Sandböschung zuschleuderte, gerächt, und diesem ist seitdem nichts Verletzendes mehr über die Lippen gesprudelt. Er wurde vielmehr ein guter Kamerad, stand überall seinen Mann und wußte insbesondere die Herren Gefreiten auf eine bewunderswürdige Art sich und uns vom Leibe zu halten. Diese Fähigkeit eroberte ihm mit einem Schlag unsere volle Achtung, um so mehr, als jene Herren jetzt für uns zu wahren Fürsten heranschwollen. Es ging uns schwer ein, daß wir auch in diesem Dorf – Rekruten blieben. Ohne Vorgesetzte hatte man uns aus Oldenburg hergeschickt. Jetzt aber waren plötzlich Gefreite, Unteroffiziere, Feldwebel da, sowie der Leutnant, welcher Brause hieß. Wir alle zusammen bildeten flugs die 4. Kompanie eines Feld-Rekruten-Depots.
Es wird festgestellt, daß wir noch gar nichts können. Wir können nicht stillstehen, nicht grüßen, nicht exerzieren, nicht schießen, überhaupt nichts. Wir sind und bleiben Rekruten. Auch der alte Soldat Eisenbolz wird

zum Rekruten zurückbefördert, aber man muß es ihm lassen, er schlendert so überlegen über die Dorfstraße von Chérèt, wie es nie einem Rekruten gelingen könnte.

Sind wir auch Rekruten, so ist doch Chérèt keine Kaserne. Chérèt ist ein französisches Dorf am Nordrand des Chemin de Dames. Durch Chérèt weht französische Frühlingsluft, und wenn der Soldat sich dort bei den kleinen Blumen auf einen Schutthaufen niedersetzt und die Sonnenstrahlen von der rosaweißen Wand zurückprallen und seinen Nacken erwärmen, ist nichts ferner als die Kaserne. In der Kaserne wohnt der Teufel, aber auf den verschütteten Höfen von Chérèt weht Gottes Atem.

Natürlich ist auch ein »aber« dabei. Der Leutnant sagt, die 4. Kompanie hat Schwein gehabt, sie wird ins Schloß gelegt. Doch nun kommt das »aber«: wir schlafen unterm Dach auf dem Bodenraum, der keine Fenster hat. Man liegt im Dunkeln, Schulter an Schulter gepreßt, und aus all den Strohsäcken wirbelt ein toller Staub. Der Boden des Schlosses ist eine Hölle. Die Soldaten machen vorm Einschlafen sinnlose Witze, um sich abzulenken. Im Schlaf schreien manche laut und greifen mit hastigen Händen um sich. Um 10 Uhr abends werden wir gezählt, sonst würde ich mich für die Nacht in den Park unter die Tannen legen, anstatt Lurtjebams Witze anzuhören, die allmählich in scheußliche Schweinereien ausarten. Neuerdings singt er sogar, oder quäkt, mit einer tingeltangelhaften Stimme. Ein langes unflätiges Lied ist es, das er unter erheblichem Beifall Abend für Abend herausleiert. Die Verse nehmen kein Ende, und es werden immer neue Kerzen auf die herabgebrannten Stümpfe gesetzt. Aber ich schlafe darüber ein, und morgens, hopp! die Treppe hinunter, an den Wasser-

trog. Dies ist das »aber« in Chérèt, sonst aber ist eigentlich alles gut.
Eigentlich alles gut? – Du bist mir ein lauer Rekrut, Suhren! Herrlich ist es, mein Lieber.
Aber was? Was ist herrlich? –
Das ist herrlich, daß es ein solches Schloß gibt mit seinem steilen Schieferdach, auf dem die Sonne glitzert, daß eine solche Luft weht, die dich verwirrt, als habe ein guter Geist deine Soldatenfaust gefaßt.
Guter Geist, wer bist du, daß du in Chérèt wohnst? – Und wenn du namenlos bist – liebst du die Soldaten, die da so einsame Gedanken unter ihren törichten Schießbudenmützen tragen, wenn sie durch die grelle Dorfstraße gehen? –
Wunden werden geschlagen, und Wunden werden verbunden. Überall in der Welt ist die Gnade ausgegossen, und jede Brust wird von ihr durchdrungen. Möchte ein Soldat verzweifelt niedersinken und sein zerfurchtes Gesicht in Grasbüschel pressen, so wäre doch immer und immer der gnädige Geist nahe über seinem Haupt.
Wer bist du, lieber Geist? – so frugen meine Gedanken oft. Es erscholl keine Antwort, nur der zauberische Wind kam und ging und kam.
Er überwehte den langen Hügel, zu dem das Schloß hinaufblickte, und der sich mit verstreuten Pappeln weit bis an die Craonner Straße hinaufzog. Er überwehte das Schloß, die helle Fassade, die in der Sonne lag, die Rückwand mit ihrem Efeu über dem Garten, wo sich dunkle Tannen bewegten. Er überwehte den Obstgarten und traf auf den steilen Abhang hinterm Schloß, zu dem er Düfte von Veilchen hinauftrug. Und da oben kämmte er die Gräser des Exerzierplatzes. Einst bewegte er dort vielleicht ein Kornfeld, aber das war vor-

bei. Langsamer Schritt erklang und das Klappern von Gewehrschlössern. Gruppen von grauen Soldaten standen auf der langsam fortschwingenden Hochebene wie gebundene Garben von Früchten.
Musketier Suhren ist nicht unter ihnen? Musketier Suhren ist Handwerker.
Die Morgensonne scheint gegen die Fassade von Schloß Chérèt, und das Schieferdach glitzert. Auf der breiten Steintreppe davor steht Leutnant Brause. Seine Ledergamaschen glänzen wie glasierte Milchkrüge, und vor ihm ist die Kompanie angetreten. Der Leutnant läßt ein paar Griffe machen. Kommandos fallen wie Peitschenhiebe gegen unsere Rekrutenohren. Seine Kartoffelnase ist kreisrund, sein Reitstock durchfährt die Luft. Manchmal ist er zufrieden – manchmal ist er nicht zufrieden. Das eine ist uns lieb – das andere ist uns leid. Wir sehen durch zusammengedrückte Lider und richten die ganz klein gewordenen Pupillen auf die helle Wandfläche. Die Augen aller Soldaten haben ein schönes weiches Licht.
Dann ist der Leutnant fort, und Feldwebel Bloiboom verliest die Tagesbefehle:

Ihr dürft nicht den Bereich des Dorfes verlassen!

Ihr müßt auf der Straße tadellose Haltung zeigen!

Ihr sollt grüßen wie Soldaten, die was gelernt haben!

Man sieht, der Leutnant sorgt für den Ruf der 4. Kompanie. Der Feldwebel Bloiboom ist ein dicker Mann mit schweinsfarbenem Gesicht und Augen, die dauernd ein Lächeln verjagen müssen. Seine Stimme klingt warm und wirkt beruhigend auf uns. Wir stehen begeistert da, drücken die Knie durch und hören auf die gut durchdachten Tagesbefehle. Es gibt immer und überall jemand, der für uns denkt, und wir machen es hernach, wie es befohlen ist – nach Maßgabe unserer Fähigkeiten.

Wer ist der schüchterne Vizefeldwebel, der hinter Bloiboom steht und ihm über die Schulter sieht? – Engelke heißt er, und ist ein gewesener Primaner. Vor uns aber, dicht an der 10. Korporalschaft, sehen wir den breiten Rücken des Unteroffiziers Hermann Tielbürger. Er ist unser Korporal, ein Schreinergeselle, und sein Gesicht ist wie aus edlem Holz geschnitzt. Er schimpft und blinzelt dabei – er blinzelt und schimpft. Selbst Klaßen konnte beides nicht zärtlicher miteinander verbinden. Hast du ihn gern, Rekrut? – Zum Beispiel, er gibt dir abends bei der Austeilung ein Stück Käse: Du hältst dein Gefäß hin, ziehst es mit dem Käse beschwert zurück, und nun kommt es dir vor, als sei noch etwas außer dem Käse hineingetan, du weißt nicht was.

Oben im Schloß ist ein Zimmer mit einem großen grünen Billard. Dies Zimmer ist meine Werkstatt, ich bin doch Handwerker.
Ich lasse Albering allein, der hinter einer Tanne liegt, um in meine Werkstatt zu gehen.
»Verdammter Drückeberger«, sagt mein Kamerad und wälzt sich behaglich im jungen Gras.
»Nach meinen schwachen Kräften«, antworte ich und gehe fort. Nun ich das Gartentor hinter mir schließen will, ruft er mich zurück. Ich frage nur:
»Los, was willst du?«
Er schreit:
»Denk an den Salat, Suhren, er wächst wie toll. Aber wird er geklaut, so ist es kein anderer als Max Pfeiffer gewesen. Habe ein Auge auf den Salat, Suhren!«
»Ja, ja!«
»Salat und Pfannkuchen, mehr kann der Mensch nicht hoffen, du verdammter Drückeberger!«
Ich gehe ins Schloß, hier ist die schwarze Wendeltreppe.

Gerade steigt der Eisenbolz vor mir die ersten Stufen hinauf. Die Treppe ist schmal und dunkel. Der Eisen faßt beide Holzgeländer und klettert bedächtig nach oben, sein roter Haarschopf wackelt. Nun kommt jemand von oben getrappelt, das ist der Gefreite Hoyer, zufällig auch ein Rothaariger, »der strammste Mann meiner Kompanie«, wie Leutnant Brause gesagt hat. Kernig ist er mit seinen klobigen Infanteristenbeinen. Ich kenne auch seine vergißmeinnichtblauen Knabenaugen, die unter hellen Brauen herumhuschen, denn erst gestern mußte ich eine Postkarte für ihn zeichnen mit Vergißmeinnicht drauf, sie war für seine Braut. Ein anderer Gefreiter hätte diese Karte gern gehabt. Aber Hoyer sagte kurz: »Nehmen Sie die Hand von das Mädchen – das Mädchen ist meine Braut!« Und zu mir: »Sie können sich eine Zigarre von mir holen.«
Es trappelt also über uns, und der Hoyer kommt die Wendeltreppe herunter. Er stößt mit Eisen zusammen und schreit, indem er seine Jungensaugen auf den alten Krieger heftet: »Wissen Sie nicht, was Sie zu tun haben, wenn Ihnen ein Gefreiter auf der Treppe begegnet?«
Bedenke es, Eisen: ein Gefreiter! – Aber Eisen bedenkt es nicht, er sagt kurzweg:
»Nein.«
Der Hoyer schnarrt:
»Sie haben zur Seite zu spritzen! Verstanden?«
Worauf Eisen sehr kühl erklärt:
»Sie sind mir ja zum Scheißen zu dumm.«
Schweigen, oben auf der Treppe aber erhebt sich ein Gekicher, und der Gefreite verschwindet fluchend. Worauf vernünftige Leute sagen werden, daß der Eisenbolz nicht mehr in ein Rekrutendepot paßte.
Oho, ein vernünftiger Mann ist der Kamerad, der eben in meiner Werkstatt auf dem grünen Billard sitzt. Er ist

Malergeselle daheim, ein Soldat, wie aus dem Ei gepellt, wie aus einer Schreibstube ausgewickelt. Ich bin sicher, er wird in einer solchen endigen. Hübsch ist er, von dunkler Gesichtsfarbe und mit kleinem schwarzen Bärtchen. Er schiebt seine Oberlippe hinauf, drückt das Bärtchen gegen die Nasenspitze, bürstet sie damit und sagt verächtlich:

»Eisen – der bringt es zu nichts, und wenn der Krieg fünfzig Jahre dauerte. Er fällt überall auf. Der Soldat darf nicht auffallen, weder nach der guten noch nach der schlechten Seite.«

In diesem Augenblick geht die Tür auf. Der Leutnant erscheint, gefolgt von Feldwebel Bloiboom. Mein vernünftiger Kamerad schreit: »Achtung!« – wir springen vom Billard und nehmen Haltung an.

»Das also ist die Werkstatt«, sagt der Leutnant und läuft an den Wänden entlang. »Verdammt noble Bude! Na«, er bleibt vor uns stehen, »und wer ist der Kunstmaler?«

»Musketier Suhren, Herr Leutnant!«

»So, dann malen Sie mal was Schönes, erst meine Wohnung, dann die Schreibstube. – Und Sie sind der Maler, der die Sache ausführt?«

»Jawohl, Herr Leutnant«, macht mein Kamerad.

»Aber ihr habt noch keine Farben und Pinsel.«

Der Feldwebel antwortet für uns von der Tür her. Er spricht schüchtern, das Notizbuch in der Hand:

»Die Leute bekommen Papier aus der Schreibstube. Sie werden zunächst Entwürfe machen und diese dem Herrn Leutnant vorlegen.«

»Schön«, sagt dieser, klatscht mit seinem Reitstock gegen einen Türpfosten und ist hinaus. Der Feldwebel schließt die Tür. Wir rühren.

Im offenen Fenster liegend, erwarten wir die Nacht.

Morgen wollen wir auf die Schreibstube gehen und uns Papier aushändigen lassen. Vielleicht ist auch morgen die erste Post aus Deutschland da. Es dämmert bereits, aber immer noch schauen drunten im Garten hinter einer Tanne Alberings Stiefel hervor.

Am Abend singt eine Nachtigall im Park. Aus der Schreibstube klingt das Rasseln von Bierflaschen. In der süßen Luft auf der Schloßtreppe hockend, sehen wir aus dem Dunkel einen Mann zu uns treten, welcher sagt:
»Es sind Briefe aus Deutschland da.«
Er sagt es leise, eine mächtige Vogelkehle jubiliert aus dem Park. Unsere Herzen schlagen in Ungewißheit.
Am nächsten Morgen wird vor der sonnigen Fassade Post verteilt. Es ist ein Sonntag und dienstfrei.
Ich habe keine Eile, es zu sagen, aber die Tatsache besteht, daß ich einen Brief von Lisa in der Tasche trage. Nicht alle haben Post heute, nicht alle sind glücklich. Aber Klees ist es auch, und wir zwei gehen nach dem Essen in den Obstgarten und sitzen einen Augenblick rauchend im Gras. Weiterhin unter den krummen Bäumen ist ein Gang in die Erde gegraben. An diesem Gang sitzen Soldaten und verrichten in der Kniebeuge ihr Bedürfnis. Klees und ich beginnen, den Abhang hinterm Garten in die Höhe zu klettern. Wir versichern einander, daß wir mit unserer Post zufrieden sind. Weiter wird nichts gesprochen. Endlich gelangen wir auf die Höhe, wo ein Wind weht, und setzen uns nieder. Unter uns liegt das Schloß mit seinem schwarzen Kegelturm, der emporsticht. Die Tannen im Garten stehen regungslos. Eine Lerche singt. Geradeaus, jenseits der Mulde schnauft ein Auto die Craonner Straße hinauf.
»Möchtest du jetzt zu Hause sein?« fragt Klees und hält die Hand über seine Augen, um sich umzusehen.

»Doch wohl«, gebe ich zurück.
»Ich nicht, in den Briefen steht nur das Allerschönste. Das aber, was nicht für dich taugt, verschweigen sie dir. Briefe machen restlos glücklich.«
Er zieht eine Photographie aus seinem Brief und reicht sie mir. Seine Braut ist darauf, ein junges schmalwangiges Mädchen. Sie steht ein wenig traurig und hölzern an einem geschmacklosen Tischchen, die Finger in einem Buche. Es sind vielleicht Gedichte, die sie gelesen hat, so erschlagen ist der Ausdruck ihrer Augen. Auch ich würde dieses Bild unsagbar lieben. Der Photograph hat ihr ein Eisengerüst hinter den Kopf gebaut, und es war für ihn, Walter Klees, daß sie stillstand, ein Gedichtbuch in der Hand. Und nun sitzt der hier am Abhang von Chérèt, das Bild vor sich auf den Knien, und lächelt.
Der zärtliche Wind streicht aus der Mulde herauf. Links zwischen den Häusern des Dorfes gehen die kleinen Soldaten hin und her, bei der Kantine wimmeln sie herum, eine Ziehharmonika wird gehört. Auch rechts über den Wipfeln des Parkes sehen wir neben einem Gehöft Bewegung. Zwischen Bäumen marschieren einzelne Soldaten im Paradeschritt, ihre Gewehre blitzen in der Sonne. Sie marschieren von links nach rechts, immer mit einem Abstand von einigen Metern, um einer nach dem andern hinter einem stallartigen Gebäude zu verschwinden. Es sind ältere Soldaten, sie werden besichtigt, um an die Front zu gehen. Sie schreiten unentwegt, wie Zinnsoldaten, die aus einer Spanschachtel in eine andre zu kommen streben.
Klees hat die Mütze abgenommen, und seine dunklen Haarsträhnen bewegen sich im Wind. Wir beobachten Ameisen. Ich sage:
»Alles ist glücklich, nur der Mensch nicht.«

»Bist du nicht glücklich, Suhren?«
»Heute wohl.«
»So rede nicht das Gegenteil. Laß uns gehen.«
Wir tun es, gehen den Abhang entlang, und die Sonne folgt uns am Himmel und unten auf den blanken Dachbreiten. Wir überschreiten im Norden des Dorfes eine Straße und strolchen hinter Schuppen und vernachlässigten Gartenanlagen hin. Ein alter Franzose begrüßt uns wie hohe Herren. Dann geht es eine lange Weile über weichen Moorboden. Da steht die erste Primel. Später erreichen wir einen Dornwald und arbeiten uns hindurch. Wir schlagen uns eine Bresche mit Knütteln, jeder einen Liebesbrief in der Tasche, welcher knistert. Nach nicht allzulanger Zeit wird es licht, und wir stehen hart an der Craonner Straße, die schnurgerade auf der Höhe hinläuft. In der Nähe steht ein einzelnes Haus mit der Aufschrift Café. Da aber zwei Soldaten, die wir für Offiziere halten, sich auf der Straße herbewegen, schlüpfen wir in den Dornbusch zurück. An einer freien Stelle, die gelb von Primeln ist, liegen wir eine Stunde. Klees sagt:
»Ich will mir meine Geige herschicken lassen.«
»Meinst du nicht, daß dir einmal ein Gefreiter mit seinen Stiefeln hineintreten wird, Klees?«
»Ich werde es doch tun.«
»Würdest du auch einmal für die Kameraden zum Tanz aufspielen? Manche tanzen gern.«
»Nie, Suhren!«
»Dann laß sie lieber zu Hause.«
Ich merkte, daß ich ihn geärgert hatte. Wir gingen langsam zum Schlosse zurück. Es tat mir leid, aber wir sprachen nichts mehr.

Die Kathedrale

Am folgenden Tage rief man mich auf die Schreibstube. Da der Feldwebel eben hinausgegangen war, mußte ich warten.

»Herr Feldwebel will was von dir«, sagte der eine der beiden Schreiber, die am Tisch saßen und sich die Fingernägel reinigten. Zu Hause waren sie beide Volksschullehrer und schrieben eine zauberhafte Handschrift. Augenblicklich aber machten sie sich mit ihren Messern zu schaffen; war der eine Finger zur Zufriedenheit glattgefeilt, so kam der nächste dran.

»Der Herr Feldwebel ist ein Mensch von Gemüt«, belehrte mich der zweite, ohne von seiner Arbeit aufzusehen, »du kannst von ihm haben, was du nur willst. Sei nur nicht bange vor ihm. Geradezu wie ein Vater ist er zu den Soldaten, ihr kennt ihn nur noch nicht genug. Ist es nicht so, Philipp?«

»Ganz so, wie du es ausdrückst, Oskar, ein Vater seiner Kompanie, das ist nicht zuviel gesagt. Neulich versicherte er mir: Wegen euch habe ich schon manche

schlaflose Nacht gehabt – womit er die Kompanie meinte.«
Ich fragte, ob er denn nicht bald zurückkäme. Oskar aber, der seine Nägel nun schön hatte, hob das Messer und sagte unwillig:
»Das ist es ja eben, er muß hinter jedem von euch herlaufen! Es ist geradezu unwürdig, wie wenig Rücksicht man auf ihn nimmt.«
»Und dann der Herr Leutnant!« lächelte Philipp durch seine Brille. (Es war ein »feines« Lächeln, wie die Schriftsteller sich ausdrücken.) »Der Herr Leutnant, mein lieber Suhren, das ist ein Mensch mit einem seltenen Kern. Er ist aus einer sehr guten Familie. Ich habe nämlich die Ehre, mit ihm aus derselben Stadt zu sein, die Familie Brause ist bei uns sehr angesehen, und es sind aus ihr Offiziere und Juristen hervorgegangen. Mein Bruder ist auch Jurist, er hatte mehrmals das Vergnügen, bei Konsul Brause eingeladen zu werden. Mein lieber Bruder ist doch mit Herrn Leutnant gleichzeitig befördert worden – erzählte ich es dir schon, Oskar?«
Dem Oskar ist diese Tatsache offenbar bereits bekannt, er schüttet seine abgeschnittenen Nagelsicheln aus dem Fenster und ruft:
»Seht doch, da ist unser Bubi!«
»Bubi« ist der Verpflegungsunteroffizier, ein richtiger Junge, der immer irgendeinen Firlefanz vorhat. Augenblicklich steigt er in Filzpantoffeln auf dem Schloßhofe herum, mitten durch den Regen, der in großen Tropfen fällt.
»Ist er nicht ein Herzensjunge, Philipp?« flüstert Oskar entzückt.
»Ein goldiges Gemüt und ohne allen Hochmut«, antwortet Philipp. In diesem Augenblick hören wir Feldwebel Bloiboom kommen. Er tritt herein, öffnet einen

Schrank, in dem Bierflaschen aufmarschiert stehen, und trinkt ein Glas Bier. Er schmatzt mit seinen dicken Lippen und murmelt mißmutig:
»Das ist keine hannoversche Blume.« Schluck. »Elendes Gesöff.« Schluck. »Geh mal heute abend einer nach Bruyère hinein zur Bayernkantine. Aber dabei sagen: Feldwebel Bloiboom schickt euch! Kann auch sofort einer gehen.«
Der Philipp mit der Brille erhebt sich eilfertig und verschwindet. Als er weg ist, sagt der Feldwebel zum zweiten Schreiber:
»Lauf ihm schnell nach, los, lauf, und frage, ob er den Passierschein bei sich hat. Eil dich!«
Der Oskar saust hinter ihm drein. Bloiboom füllt sich zum zweiten Male das Glas, hebt es und dreht sich von seinem Schrank zu mir her:
»Und Sie?«
Ich habe fortwährend stramm gestanden und melde:
»Musketier Suhren zur Stelle!«
»Der Kunstmaler, nicht wahr?«
Er befiehlt, daß ich rühren soll und blinzelt durch sein Bierglas. Offenbar sucht er die hannoversche Blume. Und jetzt hat er sie entdeckt, wie es scheint, denn sein Gesicht beginnt zu lächeln, und er sagt leise:
»Die Kunst ist etwas Wunderschönes, da werden Sie mir beipflichten müssen. Sie erheitert uns das Dasein, auch im Kriege. Wo wären wir ohne die Kunst! Kennen Sie das Lied des alten Claudius: Bekränzt mit Laub den lieben vollen Becher – ?«
Plötzlich singt er, der Kompaniefeldwebel – ich habe bisher noch nie einen Kompaniefeldwebel singen gehört – mir ist, als fiele der sanfte Regen, der an die Scheiben klopft, auf mein Herz. Der Singende macht ganz große Augen, die blauen Kreise sind rings vom

Weiß umgeben, seine Lippen wölben sich, am Bart sitzt Bierschaum.

»So trinkt, so trinkt, und laßt uns allerwegen
Uns freun'n und fröhlich sein.
Und wüßten wir, wo jemand traurig läge –
Wir gäben ihm den Wein!«

Er läßt den letzten Ton lange schwingen und blickt mich einen Augenblick versunken an. Ich denke mir: vielleicht läßt er mich jetzt aus seinem Glase trinken – ich werde nur einen kleinen Mund voll nehmen. Doch er kehrt sich zu seinem Schrank und leert mit einem schnellen Schluck das Glas, das er fortstellt.

Mein Auftrag ging dahin, eine Liste zu entwerfen, auf der alles Material verzeichnet sein sollte, das wir zum Ausmalen der Schloßwände benötigen würden. Dieses sollte dann sogleich angefordert werden.
Das war schnell gemacht. Ich hatte mit dem vernünftigen Kameraden auf unserm Billard eine Konferenz, in der die Liste fertiggestellt wurde. Sie ward sauber abgeschrieben und umfaßte einige 40 Punkte, als da sind Farben, Pinsel, Öle, Teer, Fensterscheiben, Kitt u. a. m. Noch an demselben Abend gab man sie uns unterzeichnet und mit den Urlaubsscheinen zusammen zurück. Außer dem Vernünftigen sollte noch ein Maurer mitgehen und schleppen helfen.
In der Frühe des nächsten Tages sind wir drei auf dem Wege nach Bruyère. Die Sonne scheint warm auf unsere Rücken, als wir in einer Linie auf der Straße dahinschreiten, unbeschwert, die Brotbeutel am Koppel. Wir sind noch nie fortgewesen aus dem Dorfbereich und sozusagen losgelassen von der Leine. Wir gehen auf eigene

Faust, ich habe eine Karte in der Tasche, und wir greifen mächtig aus. Bruyère wird in einer halben Stunde erreicht. Es liegt noch ganz verschlafen da, nur die Schornsteine rauchen. Aus einem Gebäude, an dem »Kantine« steht, tritt ein Soldat in der Unterhose, gähnt sich blind und schlürft in eine Nische. Wir staunen, wie mächtig schön und lang die Straße ist. An ihrem Ende hält ein Auto. Als wir vorbeigehen, alle drei im gleichen Schritt, erscheinen aus einem hübschen Landhause Offiziere in Jagdanzügen. Sie besteigen das Auto, wir grüßen, und sie fahren ab.
Eine Stunde zu früh kommen wir zum Bahnhof, der von allen Seiten betrachtet wird. Danach setzen wir uns auf die Stufen des Eingangs neben einen Soldaten, der dort bei seinem Gepäck liegt. Es ist ein älterer Mann mit gelbem Gesicht und traurigen Augen. Er erzählt, daß er auf Urlaub fährt. Da beneiden wir ihn; aber als wir hören, daß dies sein erster Urlaub nach zwanzig Monaten Frontzeit ist, werden wir sehr aufgeregt. Der Maurer versichert, daß jeder Soldat das Recht habe, jährlich einmal auf Urlaub zu kommen.
Aber der Urlauber sagt gleichgültig:
»Nach zwanzig Monaten zum erstenmal.«
»Du wirst nicht aufgepaßt haben«, sagt der Vernünftige.
»Sie haben dich bemogelt, Mann«, schilt ihn der Maurer, aber der Urlauber schüttelt müde den Kopf:
»Hat alles seine Richtigkeit. Bin heute schon seit zwei Uhr auf den Beinen – ob die Saubahn überhaupt fahren wird?«
»Gewiß fährt sie«, sagt der Vernünftige unwillig, »die wird schon fahren, wenn du nur aufpaßt. Sieh nur zu, daß das Ding nicht entgleist oder dir über die Beine gondelt nach deinen zwanzig Monaten.«

Der Urlauber murmelt mit derselben Ergebenheit: »Meinetwegen.«
Er hat den harten Helm als Kopfunterlage und blickt mit seinem stillen gelben Gesicht in die große Sonne, die über einem Schuppen schwebt.
»Meinetwegen«, wiederholt er und lächelt ein wenig. Seine tiefliegenden Augen lächeln wie zwei Pfützen bei Tauwetter. Vielleicht denkt er daran, ob seine kleinen Kinder ihn wohl wiedererkennen werden.
Die Feldbahn kommt an, sie ist zwar gestopft voll Soldaten, aber wenn die Beine noch unterkommen, so ist für den Oberkörper Platz in der Luft. Es gelingt, auch der Urlauber wird heraufgezogen und der Tornister außen an den Wagen gehängt. Sein Gesicht ist eine Stunde lang sehr nahe vor dem meinen. Es schwankt mit der Bewegung des Zuges. Den verwahrlosten Bart durchquert eine breite Bahn von Kautabakspeichel wie ein gelber Weg, der durch Unterholz führt. Wir fahren durch Wiesen an Pappeln entlang, Zweige schlagen gegen unsere Helme und dicke Käfer. Einmal aber wage ich es, nach oben in die Augen des Urlaubers zu sehen. Und ich sehe die Augen eines Menschen, der lebendig begraben gewesen ist, Augen – verwüstet von Entsetzen, unendlichem Wachen und Schmutz, gelbgrün mit trüben, braunen Sternen, die verschwommen in die Wiesenlandschaft gerichtet sind. Ich möchte seine Hand nehmen. Sie liegt am Riemen des Tornisters. Fährt er auf Urlaub nach zwanzig Monaten Verwilderung? – Oh, er begreift es noch nicht.
Dort liegt eine fremde Stadt auf einem Hügel, es ist Laôn. Wir sehen durch den kohlschwarzen Rauch zwei Türme und nähern uns. Der Urlauber wird dort in einen andern Zug steigen. Seine trüben Augen blicken auf die Doppeltürme da oben, er findet sich nicht in der Welt

zurecht. Der Zug aber wird schon den richtigen Weg nehmen, der ihn in seine kleine, vor Freude aufgeregte Familie führt.

Wir müssen mit unserm Auftrag zu einem Pionierpark, der in einem Dorfe hinter Laôn sein soll. Aber das hat Zeit.
Ich schlage vor, zunächst die Stadt zu besehen. Den beiden ist es recht, doch der Vernünftige trennt sich bald von uns, um sich photographieren zu lassen.
Ich trete mit dem Maurer in eine Wirtschaft, wir haben beide Durst. Aber es sitzen da lauter Franzosen, die bei unserm Eintritt verstummen. Die dicke Wirtin bringt Apfelwein, sie riecht nach irgend etwas schrecklich schön. Ein paar Minuten verstreichen. Die große Hand meines Kameraden schiebt das halbleere Glas fort. Wir gehen hinaus und werden von einem Major angesprochen, der einen roten Vollbart hat. Er fragt uns, wohin wir gehen, und ist sehr freundlich.
»Wir wollen uns das Bauwerk anschauen, Herr Major«, sagt der Maurer und sieht unaussprechlich blank aus den Augen.
»Gut, mein Sohn, seht es euch mal an – und grüßt mir eure Kompanie, ihr Sandhasen.«
So gehen wir weiter und ersteigen die obere Stadt. Es gehen dort so wundervolle Damen spazieren, mit Hälsen, die wie gedrechselt aussehen und gelb wie frischgeschnittenes Erlenholz. Der Maurer reckt seinen braunen Hals, der mit einem blitzblonden Haarflaum bedeckt ist, nach ihnen, denkt wie ich, ballt die Faust und murmelt:
»Verdammt!«

Wir sitzen auf den heißen Steinen, und die Front der

Kathedrale hebt sich vor uns empor. Der Platz, der uns von ihr trennt, ist leer. Das grünliche Paar der Doppeltürme steht gegen einen dunkelblauen Himmel, keine Wolke weht vorüber, und nur das Geräusch von Tauben ertönt, welche kreisen.
Wir nehmen den Brotbeutel vor. Unsere Kiefer mahlen das Kommißbrot, und unser Blick klettert an der Kathedrale auf und ab. »Schon alt«, sagt der Maurer, »aber schön! Sieh mal die Tiere da oben. Steinerne Tiere stehen zwischen den Pfeilern, sehen in die Luft hinein. Eine Kuh – mein Gott! Ein Pferd! Auch ein Hirsch! Und alles aus Stein! Kunstvoll ist das. Warum hat man es wohl gebaut?«
»Es ist eben eine Kirche«, sage ich.
»Gut. Aber die Tiere – warum?«
»Sie gehören dahin, wo sie stehen.«
»Du erklärst es gut«, meint der Maurer und sieht sich nach einem Platz um, wo er sein Papier hinwerfen kann. Da er keinen findet, steckt er es in den Brotbeutel. Sodann zieht er einen Bleistift heraus und zeichnet mit dem hinteren Ende den Grundriß eines Hauses zwischen die Pflastersteine hinein. Es sieht aus wie ein System von Schützengräben. Er erklärt mir, daß er sich später ein Haus nach diesem Plan bauen will. »Da ist eine Treppe«, sagt er, »hier die Küche und gleich neben der Küche die Werkstatt mit Stall. Der Stall ist notwendig, wir treiben Landwirtschaft.«
So zeichnet er, und ich kann mir sein sauberes, etwas langweiliges Haus so gut vorstellen. Es werden ganz blonde Kinder dort an Sandhaufen und Kalkkuhlen herumklettern. Vorausgesetzt, daß er im Kriege davonkommt. Ich denke an den Urlauber. Mir wird unaussprechlich traurig zumute. Wo wird mein Haus einmal stehen? – Wer wird es mir bauen?

Kamerad Maurer, höre! Aber der hat sich lang gemacht, schläft, seine blonden Borsten sehen widerspenstig unter der Mütze hervor, der Mund steht offen.
Lieber Himmel, du bist so traurig blau! denke ich. Lieber Platz, du bist so ermattend einsam und heiß in der Sonne! Wo werden wir jemals Ruhe haben auf der Welt? – Ich spreche leise mein kleines Lied, aber es ist nichtig wie ein Blumenblatt auf den Steinen, furchtbar fremd reckt sich die Kirche über ihm empor.
Apostel stehen über den Türen – oder sind es Engel? Ihre Gewänder haben gedrehte Falten, als ob sie schwebten.
Und der Platz ist so hell wie Wolken, die unter uns ziehen, und die unruhvollen Tauben kreisen durch alle Stunden hindurch wie durch weiße Luft.
Lieber Engel über der linken Tür, so sprich – du streckst den Arm so entsetzt von dir, du stehst schon so lange. Einst bist du ein Mensch gewesen und lebtest bei Menschen. Sprich deine Klage in den traurig blauen Himmel!
Musik ertönt. So flattern auch die Engel, und der entsetzte Arm aufschwingt mit dem Wort: »Suhren!« Aus Musik und Flügelschlag aber sagt eine eherne Stimme gegen meine Stirn:

»Weh! Die Erde wurde alt,
Rissig ist die Außenborke,
Zuckend gleich dem Angelkorke
Leidet sie Gewalt!«

Ein Auge zwinkert in die eherne Stimme, ein Lächeln in Tränen – Suhren, welch ein überirdischer Schein ist plötzlich hergehuscht?

»Weh! Sie gleicht dem Marstrabanten,
Den die Bösen übermannten,
Den der Teufel tätowiert
Und mit Schnitten ausgeziert.

Lange Gräben sind gezogen,
Menschen morden sich darin.
Gott, du Herr von Anbeginn,
Deine Erde ist betrogen!«

Und da sagst du kleines Kind, du Kind des Urlaubers, Kind des toten Urlaubers, totes kleines Kind, Theda mit Namen:

»Gott, du Herr von Anbeginn,
Vater liegt gestorben drin!«

Kleine Kinderstimme, so schweige doch, ich will dir etwas schenken, Spielzeug vielleicht. Du klagende Stimme, nein, einen neuen Vater habe ich nicht für dich. – Doch die eherne Stimme wächst, wächst, verliert alle Lieblichkeit:

»Betet! Betet! Unsere Bitten
Sollen diese Risse kitten,
Unser Flehen sie verdämmen,
Unsre Tränen sie verschwemmen.

Menschensinn ist ganz verwirrt.
Wunden brennen ohne Süße.
Alle stehen ohne Füße,
Alle wandern ohne Hirt!«

Und die Kinderstimme will nicht schweigen und lallt:

»Alle sind sie ohne Vater.
Mutter weiß nicht, wo wir sind,
Nicht wo Vater, nicht wo Kind!«

So sind sie fort? – Und der Kamerad, schnarcht er mit offenem Mund? – Der Himmel ist so hell! Man hört die Schatten an den Häusern hinschleichen, es rauschen Flügel. Könnt ihr denn nicht eine Stunde mit mir wachen?!
Dort gehen zwei Soldaten über den Platz, Himmelssoldaten, mit Flügeln, die schwingen. Und ein Glanz geht von ihnen aus – wer möchte da schlafen! Der eine ist ein Deutscher, und was macht es auch, daß der andere ein Franzose ist, er hat keine Waffen.
Sie sprechen leise, ihre Stimmen sind gütig, und gern will ich lauschen.

»Kämpfte für mein Vaterland,
War ein gar zu schönes Land!«
»Ging in Krieg und schoß und fiel,
Denn der Tod war mit im Spiel!«
»Weiß nicht mehr, wie es genannt.
War ein gar zu schönes Land!«
»Name mit zur Erde fiel,
Denn der Tod war mit im Spiel!«
»Erdenwärts auf blut'gen Sand
Schrie ich: Heiliges Vaterland!«
»Himmelwärts bei Trommelspiel
Schwebt ich auf, der niederfiel!«
»Vatererde – Mutterland!«
»Bittrer Tod ist mit im Spiel!«

Sie rauchen nicht Pfeife, sie blasen einen guten Atem aus ihrem Munde und gehen immer diesem Atem nach. So schweben sie hin über den Platz und lieben sich.
Da fiel die Sonne in die Fensterrose, und der Erzengel erwachte. Er hat ein steineres Schwert, das ist schärfer als Stahl, denn er ist der Wächter des Himmels. Meine

Augen haben ihn gesehen, und wer sollte denken, daß seine Stimme so sanft sein konnte – als sei er ein Mensch, der Blumen sucht an Gewässern, wenn die Erde anfängt zu riechen. Der schwarze März erwacht, schüttelt die Locken und neigt das blasse Gesicht. Durch den Wolkenspalt sieht er sie niederschweben, den Engel mit der ehernen Stimme, das Kindchen und die brüderlichen Soldaten. Da lächelt der Erzengel und singt:

»Mögen sie hinunterfliegen.
Sind noch jung an diesem Ort,
Leben noch an Himmelsstiegen
Wie verlarvte Falter fort.

Werden später auch erkennen,
Daß der Mensch nur dies erfüllt:
Aus der Sünde zu entbrennen
In die Gnade, die erquillt.

Erdenrinde mag zerknittern,
Menschenblut wie Aas verwittern –
Aus dem Erdreich Herzeleid
Keimt die Blume Mildigkeit!«

Die Stimme schweigt. Erzengel hält das steinerne Schwert, aber sein Glanz wird blind und matt, und es glänzt nur noch wie Stein. Und die Farben von Himmel und Kirche sind grau, wie ich die Augen öffne... Dann war auch der Maurer erwacht. Wir gingen unter eine Pumpe, ließen uns Wasser über Kopf und Hände laufen und kehrten darauf in die untere Stadt zurück.
Wir trafen den Vernünftigen, der auf einem Bretterstapel saß und Ansichtskarten schrieb. Als ein Auto daher-

jagte, schwangen wir uns auf und fuhren zum Pionierdepot hinaus. Ich erwachte erst gänzlich, als man von unseren dreiundvierzig Wünschen nicht einen erfüllen zu können vorgab. Mit Mühe brachten wir ein Pfund Kitt an uns, als Beweis, daß wir da waren, und machten uns mit der leichten Last auf den Rückweg nach Laôn. Unterwegs tauschten meine beiden Begleiter ihre Erlebnisse aus. Der Maurer, der gutwillig den Kittklumpen unterm Arm trug, sagte:

»Ein Glück hatten wir – trafen da auf der Hauptstraße Barbarossa!«

»Major von der Heyde?«

»Ja, und er redete uns an. Das nennt man Glück. Das ist doch der, der in Galizien immer voran war. Wenn sie vorgingen, und seine Offiziere sprangen von Baum zu Baum von wegen der Kugeln, so ging er immer mitten auf der Chaussee und fragte: ›Meine Herren, Sie verdrücken sich doch nicht?‹ – Und im Graben war er nicht zu halten. Immer rauf auf die Böschung, da mochte die Luft so dick sein, wie sie wollte.

Nein, daß er uns heute begegnen mußte!«

Wir näherten uns Laôn und erreichten den Flugplatz, wo wir uns ins Gras setzten. Die Sonne stand schon tief. Nach Süden zu bildete sich eine Kette von Schrapnellwölkchen, die sich in der hohen Luft langsam verzogen.

Der Vernünftige erzählte, daß er sich als Flieger habe photographieren lassen.

»Du sitzt in einem Gestell, fast so groß wie ein richtiges Flugzeug, und auf den Flügeldecken steht gemalt: ›Es geht nichts über einen gemütlichen Sturzflug.‹ Montag sind die Bilder fertig.«

Er fuhr fort:

»Ich will doch sehen, daß ich auch zu den Fliegern

komme. Mein Freund fordert mich immer dazu auf, er ist auch bei der edlen Fliegerei. Es werden immer noch Maler gesucht, schreibt er.«
»Fliegt dein Freund selber als Pilot?«
»Was du denkst! Er ist im Offizierskasino, mein Lieber, einen besseren Posten gibt es auf Gottes Erdboden nicht.«
Der Maurer spuckte aus:
»Lieber an der Front als ein Etappenschwein.«
Aber der Vernünftige entgegnete:
»Jeder ist sich selber der nächste, so laß mir mein Vergnügen, Kamerad. Auch wird es noch so weit kommen, daß nur noch die Dummen vorne sind.«
Darauf fand der Maurer keine Antwort, er schwieg ingrimmig, und wir erreichten die ersten Häuser von Laôn, die von der gelben Abendsonne überflutet waren.
Wir fuhren auf der Feldbahn heim. Ich saß auf einem Schlackenhaufen und ward von der Bewegung des Zuges gerüttelt. Im Norden, mitten im roten Himmel, stand die Kathedrale wie eine Ruine.

Pfeiffer

Ich exerziere wieder mit den Kameraden, das macht mich zufriedener. Der Vernünftige hat sich Farbe verschafft und streicht des Leutnants Zimmer auf Oldenburger Manier an. Er nennt mich dumm und rät mir, Entwürfe zu machen, anstatt mit den anderen morgens auszurücken. Er meint, ich soll Hindenburg bei Tannenberg zeichnen oder Immelmanns letzten Luftsieg, und bietet mir von seiner Farbe an, Schwarz und Rot.
»Es wird dir Freunde machen«, versichert er.
Aber ich habe es satt und übe lieber Griffe und langsamen Schritt. Ich bin dankbar, daß ich nicht mehr auf dem Boden schlafen muß, sondern mich abends um zehn Uhr auf das grüne Billard strecken kann. Schon dadurch, fühle ich, bildet sich eine schmerzliche Kluft zwischen den Kameraden und mir. Doch ich kann nicht auf dem Boden schlafen und bin traurig darüber. Ein Flüchtling, entweiche ich aus der Staubwüste und raste auf der grünen Oase des Billards. Mitten durch die Wüste aber, wo sie am furchtbarsten ist, geht Max Pfeiffer, wie ein heiteres, sanftes Tier. Heute sah ich ihn auf sei-

nem Wege, von allen verlassen, aber an Gottes Seite. Ich liege gegen Abend nach dem Dienst allein im Fenster der Werkstatt, der Vernünftige ist beim Leutnant. Unter mir breitet sich der Hof in der Sonne. Von der Straße ist er durch eine hohe Mauer abgeschlossen. Durchs Tor sieht man sie liegen, manchmal gehen Soldaten draußen vorbei, oder ein Wagen fährt.

Mitten im Tor steht ein Posten, das Gewehr über der Schulter. Er hat die Aufgabe, den Leutnant anzukündigen. Sobald dieser dem Tore naht, schreit der Posten in den Hof hinein: »Achtung!« – Wer die Möglichkeit hat, entweicht schleunigst in den Garten. Es gibt aber auch leidenschaftliche Soldaten, wie Meyer, die umgekehrt aus dem Garten in den Hof rennen, um das Vergnügen zu haben, stramm zu stehen. Auf den Ruf »Achtung« muß nämlich alles, was auf dem Hofe sich befindet, stramm stehen. Wer auf der Treppe hockt und einen Brief liest, erhebt sich – steht stramm. Wer sein Kochgeschirr am Trog ausspült, läßt es schwimmen, dreht sich um – steht stramm. Wer Brot vom Wagen abladen muß, springt vor – steht stramm. Jede Bewegung erstirbt, der Posten präsentiert, wie eben ein Rekrut zu präsentieren versteht, und Leutnant Brause schreitet, den Reitstock in der Hand, bei jeder Gruppe grüßend, zur Treppe und begibt sich ins Schloß. Wenn er das Schloß verläßt, schreit zuerst der, welcher auf der Treppe seinen Brief liest.

Heute, da ich aus dem Fenster liegend auf den sonnbeschienenen Platz niedersehe, bildet sich in der Nähe des Waschtroges plötzlich eine johlende Gruppe. Sie bringen Max Pfeiffer aus dem Garten zum Wasser geschleppt, fünf oder sechs Leute, ich erkenne Pabst und Hahn unter ihnen. Dann kommen viele gelaufen und wollen den Spaß mit ansehen, wie Max gewaschen wird.

Dieser hat sich in den letzten Tagen beständig ums Waschen herumgedrückt. Schon am Morgen hörte ich jemand sagen, daß man »die Sache mal in die Hand nehmen müsse«. Sie haben die Sache also in die Hand genommen, ziehen sie halb aus und stülpen ihr verschiedene Eimer Wasser über. Pfeiffer hebt seine nackten Arme und versucht, mit geschlossenen Augen und total naß zu entfliehen. Er geht wie ein Schlafwandler im Kreis und gibt gurgelnde Laute von sich. Es klingt wie »Kamrad – Kamrad«.

In diesem Augenblick ertönt der Ruf des Postens. Man hört Eimer zu Boden klirren und sieht die belustigte Gruppe im Nu sich zum Tor drehen und Wurzel fassen, die Hände an der Hosennaht. Leutnant Brause betritt den Hof und schreitet grüßend zur Treppe. Plötzlich bleibt er wie versteinert stehen, denn er hat Pfeiffer erblickt, der immer noch um den Brunnentrog herumgetappt, nun jedoch über einen Eimer gefallen ist und sich auf allen vieren am Boden bewegt. Der Leutnant nähert sich ruckartig und schreit:

»Wer ist das? Wer ist das?«

Schweigen. Pfeiffer hat noch immer nichts gehört und murmelt:

»Kamrad – Kamrad.«

Der Leutnant brüllt wie ein Stier:

»Mensch, sind Sie besoffen? Wer ist das? Wie heißen Sie, Mensch?«

»Pfeiffer, Herr Leutnant«, sagt jemand.

»Der Pfeiffer! Natürlich! Ist er verrückt oder besoffen? Steh auf, Mensch, sage ich!«

Seine Stimme überschlägt sich, er kreischt wie ein Tobsüchtiger.

Pfeiffer steht auf und versucht stramm zu stehen, Gesicht und Hände voll Schmutz.

Da unten scheint es endlich in einigen Gehirnen zu dämmern. Pabst springt vor, knallt die Hacken zusammen und meldet exakt:
»Musketier Pfeiffer wurde von uns gewaschen, weil er es Tag für Tag unterlassen hatte. Er hat Herrn Leutnant nicht kommen sehen.«
(Tüchtig, Pabst!)
Der Leutnant mustert Pabst vom Kopf zum Fuß und findet nichts an ihm auszusetzen. Er schreit ihn an:
»Das ist egal! Mögt ihr mit ihm machen, was ihr wollt! Ich verlange, daß im Hof stramme Haltung herrscht, wenn ich vorbeigehe. Ich werde den Menschen einsperren lassen!«
Er verläßt die Gruppe und geht ins Haus, worauf diese sich verlegen auflöst, und Pfeiffer mit seinem Hemd Gesicht und Hände vom Schmutz säubert.

Abends, als es dämmert, treffe ich ihn im Obstgarten unter den Tannen. Man hat dort aus dürrem Holz ein Feuer angemacht, und Pfeiffer ist auch dabei, neue Zweige herzubringen. Er tut dies langsam, aber mit sichtlichem Vergnügen. Jedesmal, wenn er seinen Armvoll ins Feuer wirft, leuchtet seine Kolbennase wie Kupfer.
»Sie haben dich heute gewaschen, Max«, sage ich leise.
»Komm in Kahn«, antwortet er und sieht mich an. »Gar nicht so übel ist das, gar nicht so übel, Kamrad. Da bleibt man vom Exerzieren fein zu Haus. Das kannst du mir glauben, daß ich da schon gern bin. Hast du 'ne Zigarette für mich im Kahn, Kamrad?«
Aber ich habe keine Zigarette.
»Auch gut«, nickt er, »ein andermal vielleicht, denk' an Max Pfeiffer. Doch komm jetzt, wir wollen noch ein

bißchen fürs Feuer holen. Es liegen da nasse Zweige, das knackt dann so schön. Komm mit, du sollst sie tragen. Ich kann sie nicht anfassen mit meinen Pfoten, bin doch heute gewaschen, wie du sagst.«

Wir holen das Holz. Aber es ist gut trocken, und das Feuer flammt hell auf.

Bastion IV

Der Leutnant trägt grüne Wadenstrümpfe und geht in Begleitung anderer Offiziere in die Landschaft, die Kamera in der Hand. Da ist der Schloßhof sicher; wir schlendern herum und warten auf die Post. Manchmal bringt sie etwas – manchmal nicht. Bin ich der Glücklichste? – Ich habe schon zwölf Briefe von Lisa. Auch meine Mutter schreibt einen Brief mit kleinen, unruhigen Buchstaben: »Wir freuen uns, daß es Dir gut geht, und daß Du noch nicht an der Front bist. Hoffentlich ist der Krieg bald zu Ende.«
Eines Tages aber blänkern wieder die ledernen Gefäße an den Beinen des Leutnants vor uns. Wir sind angetreten, Regen fällt rings in die Pfützen, und seine Stimme wirft die Worte über uns hin:
»Meine Kompanie hat wieder mal Schwein gehabt!«
Das Wort geht in Erfüllung. Wir verlassen Chérèt und beziehen die Batterie de Bruyère, die eine Wegstunde nördlich auf dem Plateau liegt. Es ist ein kleines unmodernes Werk, das zum Fortkreis von Laôn gehört, einsam und total leer. Die ganze Kompanie verwandelt sich

in Handwerker, denn alle Hände sind nötig, um das neue Nest wohnlich zu machen. Wie die eifrigen Holzfäller zur Arbeit hinausziehen! Wie die Stimmen und die Hammerschläge in den kühlen Kasematten hallen!
Von Osten und Süden drängt sich Wald bis nahe an den Batteriegraben, er liefert das Holz für unsere Betten. In ein paar Tagen sind sie fertig, dann geht es an weitere Aufgaben. Ich schlafe in einem Gestell aus frisch geschnittenem Birkenholz, das in meine Träume duftet. Und ich träume einen Traum, in dem ich leise ein unendlich zärtliches Wort sage, in dem ich einen Namen erfinde für Lisa, die bei mir ist, einen feierlichen Namen, einen Namen wie Silber und unaussprechbar. In mein Erwachen sinkt der Duft von Birke, das Drahtnetz unter mir klirrt, ich springe froh ins Freie.
Auch ich bin Handwerker, das versteht sich, und ich habe meine Werkstatt. Aber wo?
Sie liegt auf Bastion IV. Ihre bewachsene Plattform ist nur durch eine eiserne Leiter zu ersteigen. Dichtes Dorngestrüpp versteckt sie, und niemand in der Kompanie weiß von ihr. Albering habe ich versprochen, daß er einmal meine Werkstatt sehen soll – später, nicht heute. Außer ihm wird, wie ich hoffe, nie jemand mich da oben besuchen. Ich brauche es, ein Asyl zu haben, ein Luftschiff, das ganz nahe unter den großen, glitzrigen Wolken dahinschwebt. Man stellt mir nach, ich weiß es, und ich bin vorsichtig wie ein Indianer, der seine Fährte verwischt. Oho, da ist einer, der mir an den Wänden folgt, schleichend, unermüdlich. Er hat einmal von jenseits des Grabens aus dem Walde heraus beobachtet, daß ich auf Bastion IV stand. Und Bastion IV gilt als unbesteigbar. Dieser Schatten, der sich an meine Fersen heftet, ist ein roter Schatten, ein Schatten mit roten Haaren, von Entdeckerehrgeiz besessen, Eisenbolz ge-

nannt. Eisenbolz, du bist erkannt, und ich bin auf der Hut!

Ich lasse mir Zeit, in meine Werkstatt zu kommen, lieber Eisen, seltene Hyäne. Man schlendert durch das Fort und verliert sich in den kreuz und quer laufenden Kasemattenfluchten irgendwo in ein beliebiges Dikkicht. Man springt links oder rechts hinter eine Hecke, gelangt in ein Tannengeviert, zu drei Birken. Es dauert eine halbe Stunde und mehr. Der zähe Verfolger ist abgeschüttelt, und man erklettert schnell wie ein Wiesel die geheime Leiter.

Bin frei, bin reich, bin kühn. Den weißen, glänzenden Wolken nahe, ein Flüchtling auf sicherem Berggrat. Robinson auf seiner Felsenfestung. Frei, reich, kühn.

Ich liege auf dem Bauch, lehne mein kleines Zeichenbrett gegen die Einfassung des Luftschachtes, der tief aus den Kasematten heraufsteigt und mitten auf der Bastion endigt. Seine Öffnung verschließt ein starker Gitterhut, das Gerippe einer winzigen Glaskuppel, deren kleine Scheiben zerschlagen sind. In dem Eisengerippe sitzen noch Reste von Glas.

Ich habe zu tun. In meinem Himmel liegend, in dem Birkenjünglinge junges Laub bewegen, versuche ich – einen Himmel zu zeichnen. Aber – der Himmel weiß es – ich bringe nur Wolken zustande als schwacher Soldat, der ich bin. Wolken, und auf ihnen steht Bismarck, die lange Pfeife in seinem Kanzlermunde, aus dem weitere Wolken hervorquellen. Der Eiserne blickt durch einen Wolkenspalt auf den Weltkrieg, der da unten stattfindet. Es ist ein Gedanke von Leutnant Brause, er soll und muß al fresco an der Kantinenwand verwirklicht werden. Daß eine solche noch nicht existiert, ist nicht meine Sache.

Der zweite Entwurf (ebenfalls Brauses Gedanke) heißt:

Lord Grey im Fegefeuer. Er sitzt in den höllischen Flammen, der famose Lord mit dem Zitronengesicht, und allerhand Ungeheuer zeigen ihm ihre Zähne. Der Fratze in der Ecke links gebe ich die Kartoffelnase des Leutnants, wie er sie schnitt, als er Max Pfeiffer einzusperren befahl. Die zur Rechten gleicht dem Gefreiten Hoyer, wie er damals aussah, als er auf der Wendeltreppe den Eisen anschrie – sie ist lustig und violett angestrichen, mit roten Borsten. Die böseste aber bekommt Zutschkys Gesicht, der den Hahn zu Boden stieß, als er an seine kleine sterbende Tochter dachte. Sie ist greulich, bleckt auf eine hämische Art die Zunge, hat purpurrote Gesäßschwielen und einen gelben Zylinder auf.

All diese Ungeheuer hetze ich auf Lord Grey, unter dessen Hosenboden die Flammen züngeln. Dabei habe ich gar nichts gegen ihn. Er soll sogar ein hervorragender Sportsmann sein. Wie man hört, hat er ein sehr wertvolles Buch über das Angeln von Weißfischen geschrieben. Fürchte dich nicht, Lord, es ist nur ein Bild und sicher kein Zukunftsbild. Oder solltest du mitschuldig sein an diesem Kriege? Ach, du mit deinem Angelbuch! Welche Idee!

Zuviel Eifer beim Zeichnen, Suhren; klappe dein Heft zu, sonst gibt es zu bald einen neuen Auftrag. Leutnant Brause ist wild auf die Kunst, er will alles bemalt haben, und du bist das Opfer. Glücklicherweise sind nirgends Farben zu bekommen.

Der sonnenvolle Himmel umstrahlt mich, Wolken ziehen wie lichtstrotzende Säcke über die Welt. Aus jedem Grashalm, aus jedem Birkenblatt springt ein Widerschein, und alles vereinigt sich zu einem großen Glanz. Die Erde ist warm. Käfer ziehen rüstig ihres Weges. Ich baue meine Briefe von Lisa vor mir auf und lehne sie ge-

gen den kleinen Lichtschacht, lauter helle Vierecke, dreizehn an der Zahl. Ich lese sie nicht, sondern fühle, was aus ihnen strömt. Es haben Blumen drin gelegen, sie duften unverwelkt, wie eben mit einer Ballonpost eingetroffen auf Bastion IV, an den Rekruten Suhren von einer jungen, jungen Frau.
Hebe deine Augen nach Nordosten, dort liegt Deutschland. Du siehst Lisa eben in eine Hochbahn steigen, Bahnhof Nollendorfplatz; sie trägt eine dunkelrote Jakke, weich, aber nicht Samt. Ihre Fahrkarte steckt im wildledernen Handschuh.
Aber nein! Es ist doch Sommer, und sie wird einen Strohhut tragen mit einem schwarzen Bande, das sie selber draufgenäht hat. Einen Hut zu drei Mark hat die Frau Oberst ihr gekauft, mehr legt sie nicht an für ein Mädchen, das sein Herz an einen Rekruten gehängt hat. Ich nehme mir vor, an die Frau Oberst einen liebenswürdigen Brief zu schreiben. Ich kann zuzeiten äußerst liebenswürdig sein. Was aber soll ich ihr schreiben? – Daß ich Lisa heiraten will? – Ganz unmöglich. Ich werde ihr schreiben, daß meine Ausbildung nun bald beendigt ist und nur das Bajonettieren noch nicht sitzt, wie es müßte, wenn ich einen kräftigen Franzosen blitzartig durchstoßen wollte. Ich denke mir, das wird sie interessieren. Im übrigen, daß der Himmel hier blau ist, und die Wolken wie Hobelspäne – hol' mich der Henker!
Sieh nicht nach Nordosten, Suhren, denn dort versperrt die Ferne der Wald, in dem dein Bett gewachsen ist. Sieh nach Norden – da würde sich schon ein Weg finden, der nach Hause führte. Hinüber über die Zugbrücke, die ihren Schatten in den trocknen Graben wirft, und quer durch den alten Exerzierplatz der französischen Besatzung. Dein Fuß streift das saftige Gras, und zweimal sinkt er in Sand ein, wo er die ovale Reitbahn der Franzo-

sengäule schneidet. Sodann links oder rechts an jenem langen Unkrautacker entlang, auf dem sich ein paar Kornhalme bewegen. Bist du erst in dem Waldstreifen dahinter verschwunden, so steigst du die Mulde hinunter, über dir schwingt sich der Hügel von Laôn mit den Doppeltürmen, und dahinter ist es offen – Ebene und Dunst.
In dieser Ebene aber bist du verloren, Rekrut! Dort steigen an den Kreuzwegen Feldgendarmen von ihren Pferden, und sie tragen Lanzen, du Kamel! –

Das Starren über die erloschene Pfeife macht mich müde, ich sammle die dreizehn Dokumente meines Daseins wieder ein, lege das Gesicht ins Kraut und falle in guten Schlaf.
Plötzlich aber weckt mich ein Geräusch. Über den Rand des Lichtschachtes wird ein Kopf sichtbar sowie zwei Hände, die sich an den Eisenstäben des Gitterhutes festhalten. Der eine Finger blutet, hat ins Glas gefaßt. Doch das Gesicht, das mich anstarrt, wild, gierig, hyänenhaft, das rote verzerrte Gesicht und die borstigen roten Haare gehören Eisenbolz! Er ist den Luftschacht hinaufgeklettert, an den glatten Wänden empor, wie eine Eichkatzenhyäne. Zitternd hängt er an den Stäben. Ich stehe auf und sage:
»Laß die eine Hand los, Eisen, ich will sie dir verbinden – du blutest.«
Sein Blick ist ganz fürchterlich, sein Mund sagt zähneknirschend:
»Also da bist du, verdammter Kittengel!«
Und läßt sich, da er sich nicht mehr halten kann, wie einen brennenden Fahrstuhl wieder hinabsausen.
Ich horche hinunter – alles bleibt still.
Fahr zur Hölle!

Kennen Sie Böcklin?

Regentage kommen.

Wir liegen auf unseren Drahtbetten. Birke duftet, und kühle Regenluft streicht in die Kasematte. Die Graupensuppe ist gegessen, und die meisten schlafen. Hahn verzehrt ein großes Stück ostfriesischen Schinken als Nachtisch, er bekommt fast täglich Lebensmittelpakete, deren Kartons durchgefettet sind – wohl ihm! Leider gibt er nicht das geringste her.

»Ich interessiere mich brennend für Kunst«, versichert eine leise Stimme von links. Es ist Meyer, der Soldat, wie er im Buche steht. Solche Soldaten haben – schwups! – die Gefreitenknöpfe weg und verdienen es. Aber, mein Gott – jetzt interessiert er sich für Kunst! Da kann man nichts machen.

Er will Leutnant werden, wünscht sich einen größeren Aktionsradius. Er ist es sozusagen seiner Behörde schuldig, Leutnant zu werden, als höherer Zollbeamter. Ich denke dabei an Tabakpakete, die er verzollen muß, oder an Frauen, die unter ihren Röcken Seidenstoffe über die Grenze schmuggeln und in ihren Achselhöhlen Goldfili-

gran. Da muß er freilich ein Leutnant sein, auf daß die Damen auch mit ihm verkehren können. Auch die Damen interessieren sich oft für Kunst, ich weiß es.
»Kennen Sie Böcklin?« – so sagen die Damen zu einem, lächeln, als hätten sie Pfefferminzplätzchen auf der Zunge, und denken – na, was Damen bei dieser Frage denken.
»Kennen Sie Böcklin?« – –
Aber es ist keine Dame, die dies fragt, es ist der Meyer. Er wartet nicht auf meine Antwort, sondern verbreitet sich über die enorme Konzentrationskraft Böcklinscher Träume. Ich weiß nicht, ob die Damen es ebenso machen. Ich will auch nicht darüber reden. Hol' mich dieser und jener – ich weiß von nichts. Nur, daß ich immer höflich sitzenblieb, wenn sie sprachen, und ihnen warm und mitfühlend in die flackernden Augen sah. Dem Meyer aber will ich entgehen. Höflich bin ich nur gegen Kameraden, aber dieser Zolljüngling mit den zukünftigen Ackselstücken unter seinen Ohrmuscheln, der ist mir Luft.
Ich schließe die Augen und atme ruhig die süße Regenluft. Es ist dunkel, von der Tür her scheint ein wenig Tageslicht, das frösteln macht.
Der Meyer denkt wohl, ich höre zu. Er flüstert, daß er auch malt. Er hat ein Ölbild angefertigt: unten ist eine Landschaft, sozusagen eine ideale Landschaft, über diese und durch das ganze Bild spannt sich ein Regenbogen, mitten auf dem Regenbogen aber steht eine Frauengestalt in violettem fliegenden Gewande. Das Bild heißt: »Die Welt«.
Bei solchen Visionen kann niemand schlafen. Hahn kann es allerdings, ich höre seine ruhigen Atemzüge. Sein heller Schnurrbart glänzt im Halbdunkel wie ein ostfriesischer Komet.

Aber wie kommt es nur? Hat er nicht über Kunst gesprochen? ›Die Kunst ist etwas Wunderschönes‹, sagt Feldwebel Bloiboom.
Aber er spricht ja gar nicht mehr von Kunst! Er spricht von einer Schülerverbindung, der er angehörte; seine vordem salbungsvolle Stimme wird plötzlich abgehackt und klingt wie das Klirren von Rapieren. Ich stöhne. Plötzlich zischt eine wütende Stimme aus dem Dunkel:
»Halt die Schnauze – sonst fliegt was!«
So schweigt Meyer, und Ruhe tritt ein. Da er aber nicht schlafen mag, steigt er vom Bett und setzt sich in die helle Türöffnung. Dort sehe ich seinen geschorenen Sträflingskopf in ein Buch geneigt.
Sein Bild »Die Welt« wird sicher gut in jenes Zollstübchen passen, wo er den Damen die goldenen Korsettstangen aus dem Busen ziehen muß. Der Regenbogen darauf ist der Weg über die Grenze – und so flattern die violetten Damen ohne Korsettstangen eilig in die ideale Landschaft hinunter, höchstens noch den Ausruf zurücklassend: »Kennen Sie Böcklin, Herr Zollinspektor?«

Unteroffizier Tielbürger läßt zum Dienst antreten. Wir marschieren, da immer noch Regen fällt, in die leere Kasematte unter Bastion IV. Meine Augen sind in den Luftschacht gerichtet, den der Eisenbolz hinaufgeklettert ist. Er geht dicht über mir in die Höhe, aber keine Blutbahn ist darin zu entdecken. Vor mir, in der anderen Reihe, sehe ich den Kunstfreund Meyer. Jene Reihe hat ihre Front zu der unsrigen gekehrt, und zwischen beiden steht Tielbürger und gibt mit starker Stimme Kommandos ab. Sie hallen greulich von den leeren Wänden zurück, sind kaum zu verstehen, denn der Widerhall durchstößt sich hundertmal. Wir machen me-

chanisch die befohlenen Griffe, hauptsächlich Gewehr – über, Gewehr – ab, und starren dabei steif geradeaus auf das Gewehrschloß des Gegenüberstehenden, ich auf Meyers.
»Gewehr – über!«
Das geht zackig. Der Meyer ist ein Vorbild. Er faßt den Kolben mit eiserner Hand, macht eine tadellose Pause und schnellt auf »über« die Hand blitzartig an die Hosennaht. Seine kernigen Beine bilden eine sanfte Schwingung nach außen, ähnlich wie die Seitenlinien seines geschorenen Kopfes. Die Zähne liegen aufeinander. Die Augen blicken stier wie beim Kain, dem das Bewußtsein dämmert, daß er seinen Bruder erschlagen hat. Wenigstens hat ihn Corinth so gemalt.
»Gewehr – über!« Ein Klirren:
»Eins, zwei, drei und – vier!«
Kennen Sie Corinth, Fräulein?
»Eins, zwei, drei und – vier!«
Kennen Sie Meyer, Corinth?
»Eins, zwei, drei und – vier!«
Kennen Sie Corinth, Böcklin?
»Eins, zwei, drei und – vier!«
Kennen Sie die Dame, Meyer?
»Eins, zwei, drei und – vier!«
Kennen Sie Meyer, Hindenburg?
»Eins, zwei, drei und – vier!«
Kennen Sie Hindenburg, Rembrandt?
»Eins, zwei, drei und – vier!«
Kennen Sie Dürer, Deutschland?
»Eins, zwei, drei und – vier!«
Kennen Sie Deutschland, Frankreich?
»Eins, zwei, drei und – vier!«
Kennen Sie Frankreich, Deutschland?
»Eins, zwei drei und – vier!«

Meyer kennt das Gewehr. Das Gewehr ist seine Braut. Und wie er mit ihr umgeht! Schneidig! Meyer ist der Mann, der alles kennt. Er kennt Corinth und Böcklin, Hindenburg und Rembrandt, Frankreich und Deutschland. Meyer ist im Bilde, die Dame ist entzückt. Die Dame ist seine Braut, er faßt sie mit eisernen Händen und macht mit ihr Gewehr – über.
»Eins, zwei, drei und – vier!«
Darauf findet die Trauung statt, obgleich die Dame in dieser Stellung, mit den Händen auf Meyers Kopf, die Füßchen in seiner Linken, Widerspruch erhebt. Der Divisionspfarrer aber legt sich väterlich lächelnd ins Mittel:
»Halten Sie sich ruhig, meine Dame – «
Und mit einer edlen Handbewegung auf Meyer fügt er hinzu:
»An diesem Wesen
Wird noch mal die Welt genesen.«

Für den nächsten Morgen sind wieder Übungen mit dem Gewehr angesetzt. Da aber beim Antreten der Regen nachgelassen hat und die Sonne sich über der Batterie ausfaltet, wird zum Exerzieren durch Tor und Zugbrücke auf den Reitplatz hinausmarschiert. Der Leutnant übernimmt die Leitung. Er befiehlt dem Gefreiten Hoyer, mit dem Notizbuch in der Hand hinter den Gruppen herzurennen und alle aufzuschreiben, die sich vernachlässigen. Hoyer macht reichlich Gebrauch davon. Eisenbolz ist der erste, der im Buch steht, dann folgen Pfeiffer, Lurtjebam und fünf oder sechs andere Soldaten. Gegen Ende des Vormittags gibt es Aufmärsche zur Kompaniefront sowie Abbrechen zur Gruppenkolonne. Alles geht im Marsch, marsch. Besonders bei den Aufmärschen heißt es flink sein. Wenn zum Beispiel der Befehl ertönt:

»Ganze Kompanie links marschiert auf – «, so geht die Kolonne noch in ruhigen Schritten vorwärts, aber doch zuckt es schon in allen Beinen, der Gewehrkolben wird fester gefaßt und mit schielenden Augen die Stelle gesucht, nach der man kommen muß – bis man auf »marsch, marsch!« wie ein scheu gewordener Gaul in Richtung halblinks auf irgendwelche schön ausgeschlagenen Lärchenbäumchen losrennt. Die Seitengewehre hauen gegen die Beine, und die Soldaten stoßen sich, wenn sie zu eng aufgelaufen sind.
Dem Rekruten Suhren geht es heute beim Aufmarsch schlecht. Er läuft am Ende des zweiten Zuges ganz richtig an seine Stelle, bekommt aber von rechts, wo man zu eng zusammengeraten ist und nach links auseinanderprallt, einen Stoß, den er prompt an seinen linken Nebenmann weitergibt, welcher stürzt und über sein Gewehr weg ins Gras rollt. Im Nu steht der Name Suhren im Buche des Gefreiten.

Am Nachmittag, da die Kompanie sich erneut in Handwerker verwandelt hat, ziehen ein Dutzend Mann zum Strafexerzieren vor das Tor. Die Oberaufsicht hat der Feldwebel Engelke, die spezielle Leitung liegt in den Händen des Gefreiten Hoyer. Der gewesene Primaner ist eine Null, denn der Hoyer macht mit uns, was er will. Der Feldwebel steht regungslos mitten im Reitoval, und der Hoyer bringt uns Schliff bei. Die Sonne kocht am Himmel, die Steckrüben liegen uns wie Blei im Magen, und selbst die Siedehitze des Platzes kann sie nicht garkochen. Wir müssen hin und her rennen, uns ins Gras werfen, links laufen, rechts marschieren, knien und wieder rennen. Der Hoyer hat begriffen, Leutnant Brause kann mit ihm zufrieden sein.
Unsere Gesichtshaut ist hart von verkrustetem Schweiß;

die Augen brennen, und die Schläfen schlagen angstvollen Takt zu des Teufels Kasernenhofgesängen. Ein Vogel ist in unseren Gehirnen lebendig, ein Flattervogel, der davonmöchte aus dem Käfig. Unsere Beine schnellen vorwärts, und der Vogel flattert. Wir sind blind und unfähig, das kleinste Gebet zu sprechen oder zu singen, wenn wir an den fröhlichen Lärchenbäumchen vorbeistürzen.
Zur Kaffeezeit erlöst uns Feldwebel Bloiboom. Er steht auf der Zugbrücke, hebt die Mütze von der Glatze und wischt sich den Schweiß fort. Wir marschieren an ihm vorbei in die Batterie, wo die Handwerker schon mit den Kochgeschirren zur Küche gehen. Ich sehe nur Gestalten sich bewegen, erkenne kein Gesicht und denke mir, jeder muß mir ansehen, daß ich blind bin vor Schweiß. Keiner aber kümmert sich um die Strafexerzierer, man meidet den gemißhandelten Kameraden, der sich im Winkel verkriecht.
Ich, der ich auf meinem schmachbesudelten Birkenbette ausgestreckt liege und noch immer nicht fähig bin, mein Gesicht vom Schweiß zu säubern, höre die anderen mit den Kochgeschirren zurückkommen. Albering hat für Pfeiffer und mich den Kaffee mitgebracht. Er stellt mir das Geschirr wortlos neben die Füße, und alle beginnen zu vespern.
Als letzter kommt Meyer mit seinem Kaffee. Er sieht mich neben meinem Gewehr liegen. Aber ich nehme an, daß seine Augen noch von der Sonne geblendet sind, denn er sagt schmachtend:
»Ja, ja – Böcklin!«
Meinetwegen mögen seine Augen auch nicht von der Sonne geblendet sein. Bestimmt ist, daß er vom Teufel geblendet ist. Und es ist durchaus nicht unwahrscheinlich, daß der Teufel sehr viel erreicht mit dem sanften Ausruf: Ja, ja – Böcklin!

Ringkampf

»Hallo! Komm mit, Albering!«
Wir suchen das Weite, der Lehrer aus Westrhauderfehn und ich. Wir erklettern die heimliche Leiter und stehen auf Bastion IV.
»Da bist du! Sei willkommen, alter borstiger Strohkopf!«
»Danke, Kittengel im Glasscherbenparadies!«
»Und du siehst nichts anderes, du spitznasiger Luchs? – Schau dich um, alles, was du siehst, ist dein.«
»Gehst du zur Rechten, geh' ich zur Linken.«
»Ringkampf?«
»Fertig?«
»Los. . . !«
Wir machen Ringkämpfe, mein Kamerad und ich. Das Skizzenbuch liegt neben dem Luftschacht und feiert. Wir wälzen uns auf den gelben Blumen des Pfennigkrauts, die Sonne legt Goldstücke auf jeden Pfennig, und wir stecken sie nicht einmal zu uns. Nicht Blumen, nicht Gedichte – nein, der Ringkampf ist der Ausdruck unserer Freundschaft, und ich schmeiße ihn auf beide

Schultern, daß er juchzt. Seine blonden Haare sehen wie Strahlen aus, und die Nasenspitze ist ein wenig schief, weil er jeden, der sich neben ihm mißliebig macht, anschnauzt. Ich liebe ihn, denn er ist gerecht und furchtlos.
»Heran, du schlapper Bruder, auf einen neuen Gang!«
Wir umfassen uns grimmig, aber horch! – es ruft jemand. Jenseits des tiefen Batteriegrabens, etwa einen Steinwurf entfernt, sehen wir zwei Soldaten, welche rufen und winken. Weiß der Teufel, es sind Offiziere – sogar vom Generalstab, und ihre himbeerfarbenen Streifen flammen an den Beinen und vor dem grünen Wald.
»Heda! Was machen Sie da?« schreit der kleinere mit einer hohen Fistelstimme.
Wir haben stramme Haltung angenommen, Albering brüllt:
»Ringkampf, ein deutscher Sport!«
Der Kleine legt seine Hand ans Ohr, um besser zu hören. Ich springe zum Luftschacht, schwinge das Zeichenbuch empor und rufe:
»Entwürfe!«
Die beiden sehen sich einen Augenblick an, und der größere schüttelt den Kopf. Der Kleine erneuert seine Frage gebieterisch.
Albering sagt:
»Laß sie doch rüberjumpen.«
Ich versichere ihnen zum zweiten Male und so laut ich kann:
»Entwürfe für ein Bild in der Kantine!«
Aber den Generalstabsoffizieren wird es scheinbar nicht klar, was wir machen. Sie zucken die Achseln und verschwinden im Wald.

»Wenn sie nun über die Zugbrücke kommen?« befürchte ich.
»Bastion IV ist unbesteigbar. Achtung! Auf zum dritten Gang!«
Der Kampf entbrennt aufs neue. Wir rollen am Boden und stemmen uns dagegen, auf den Rücken geworfen zu werden. Wir machen atmend Pause. Über uns schwebt ein Sperber, welcher wie eine Katze schreit und abstreicht.
Weiter! Ich knie, und Albering drückt mich mächtig nach hinten. Ich kann den Fuß nicht nachziehen, welcher schmerzt, lasse vom Widerstand ab, worauf mich mein Gegner hart auf den festgeklemmten Fuß drückt. Ich schreie und werde geworfen.
»Da liegst du«, sagt Albering und steht auf.
»Ich bin kaputt«, sage ich, bleibe liegen und untersuche meinen Fuß. Er schmerzt erbärmlich. Ich kann wohl aufstehen, aber hinke auf einem Bein herum. Es ist eine Sehnenzerrung auf dem Fußrücken. Albering massiert den Fuß, aber es wird nicht besser. Später hinke ich die Leiter hinunter und krieche aufs Birkenbett. Albering hat einen nassen Lappen und macht Umschläge.
Am andern Morgen ist es das gleiche, und ich bin gezwungen, mich krank zu melden. Steinberg, der Sanitätsunteroffizier, kommt hereingerannt wie auf eine Bühne und schreit:
»Was machten Sie, Suhren?«
Er ist Schauspieler am Schillertheater und übt sich überall in seinem Berufe.
»Ringkampf machen diese Menschen! Soldaten vor dem Feind machen Ringkampf! Es geht euch zu gut, übermütiges Gelichter! Vor Kraft nicht wisset ihr euch zu raten!«
Der kleine Jude ist mir dankbar, ich habe ihm eine

Zeichnung von der Batterie gemacht. Es muß auch wohl so sein, und ich höre seine Ausrufe gern an, weil es eine Übung für ihn ist.

»Trinke da ein Glas Bier vom bayrischen. Geht da ein Mann her, sagt: ›Suhren ist hin, er fleht Ihre Hilfe!‹ Ich eile zu kommen! Was finde ich, ihr Elenden? – Zeige den Fuß. Eine Zerrung der Sehne, hm. Verstaucht – und was nun?«

Sein schwarzer Blick rollt vorwurfsvoll über mein Gesicht.

»Ich kann vor Schmerz nicht auftreten«, sage ich leise.

»Vor Schmerz nicht auftreten, gewiß, so seid ihr, Buben! Fort ins Revier – «

Er rennt in die Tür mit großen Schritten und schreit ins Freie:

»Bulei und Rulei hierher! Die Bahre gebracht! Eilt euch, ihr Trägen!«

Alsbald treten Bulei und Rulei mit der Bahre auf, und ich lasse mich nieder. Es ist spaßig; man schnallt mich fest und trägt mich fort. Über die Hochfläche geht es wie nichts. Dann aber erfolgt der Abstieg ins Dorf Chérèt. Bulei und Rulei rauchen Zigaretten und gleiten aus. Sie lassen die Bahre los, und ich überschlage mich mit ihr. Mein Gesicht liegt in einem Schafgarbenbusch, der duftet und kitzelt. Zehn Meter flog ich hinunter, blieb aber heil. Es scheint im Augenblick sogar, daß der verstauchte Fuß besser ist. Bulei und Rulei finden mich wieder und zünden sich neue Zigaretten an. Dann drehen sie mich auf den Rücken, packen die Bahre und liefern mich in Chérèt ab.

Vor dem Hause, in dem das Revier ist, lehnt ein Sanitätssergeant im offenen Uniformrock. Er sagt faul:

»Hat?«

»Suhren, Herr Sergeant«, melden Bulei und Rulei und setzen mich nieder.
»Hat?« wiederholt der Sergeant und zielt mit seinem Stiefel auf meinen verbundenen Fuß.
»Sehnenzerrung, Herr Sergeant«, melden Bulei und Rulei und lächeln vor Freude, daß sie verstanden haben.
»Rein!« befiehlt der Dicke und macht eine Kopfbewegung. Die Sanitäter schnallen mich ab, und ich lege mich auf eins der acht leeren Betten. Es ist nett, einmal im Revier zu sein, alles voll Fliegen.
»Kommen Sie! Kommen Sie!« beschwört mich eine Stimme. Es ist also noch jemand da, und zwar ein älterer Soldat mit einem Spitzbart, und er winkt mich ans Fenster. Ich springe auf mein gesundes Bein und hinke durch die Stube. Gerade erscheint ein Flieger in geringer Höhe über der Mulde, ein großer dunkler Vogel mit bunten Ringen, von Schrapnellwolken umplatzt, die wie dicke Hagelkörner hersausen, in der Luft stehenbleiben und sich mehren und mehren. Das Pfauenauge knickt seine Flügel und sinkt rechts hinter der Cradnner Straße in einen Wald.
»Den haben wir – was?« wendet sich der Spitzbärtige an mich, und wir setzen uns auf unsere Betten. Ich frage ihn nach seiner Krankheit. Er erzählt, daß er sich bei den französischen Weibern etwas geholt hat. Ich sehe auf seinen Ring. Gewiß, er ist verheiratet und hat daheim drei kleine Kinder. Sein Gesicht ist mir ekelhaft, er verzieht es in tiefe Sorgenfalten, und zwei Fliegen sitzen auf seiner Stirn. Die eine fliegt ab, schwebt auf meine Hand. Ich haue darauf, daß es weh tut. Wir schweigen.
»Schieße ich da neulich mir nichts, dir nichts 51 Ringe«, lächelt der andere und sieht mich an. Doch die Tür geht

auf, und der Sergeant tritt herein. Er bleibt stehen, die Klinke in der Hand und macht über irgend etwas große Augen.

»So, so, Freundchen«, brummt er, nimmt ein Plakat von der Wand und wirft es auf meine Beine.

»Wollen Herr Sergeant belieben – « flüstert der Spitzbärtige demütig.

»Halts Maul!« antwortet jener und geht in den Nebenraum, offenbar sein Zimmer.

Das Plakat soll ich lesen, wie mir scheint, er setzt einfach voraus, daß ich lesen kann. Die Überschrift lautet: Verhalten im Revier. Dann kommen 14 Abschnitte, und alle sind voll Fliegendreck. Wenn die Fliegen bloß wüßten, wie sie sich im Revier zu benehmen haben. Es ist heiß, und immer neue Fliegen suchen sich einen Aufenthalt auf dem Plakat. Ich haue nach ihnen, doch der Mitkranke rät mir, nach einem Blick auf das Sergeantenzimmer:

»Mach keinen Lärm im Revier, Kamerad!«

In einer halben Stunde kann man manche Fliege töten, besonders mit einem solchen Plakat. Man läßt sie sich niedersetzen, und wenn sie nichts ahnend sich die Hände reiben, trifft sie der Schlag. Manche kommen auch davon und sind gewarnt. Doch immer neue schweben her, sie fallen von der Decke, die ganz schwarz ist, und sie feiern dort ein Liebesfest, bei dem eine fortwährende Schwirrmusik ertönt.

Die Tür des Sergeanten geht auf, und ich schaue aufs Plakat. Der Sergeant schreit:

»Hosen runter!« – seine Backen zittern wie zwei Luftkissen.

Jetzt erst begreife ich – ich soll mich ausziehen als Patient. So beginne ich damit, worauf der Sergeant sich ingrimmig zurückzieht.

»Er möchte mich gern im Bett sehen«, sage ich zum anderen.
»Mich nicht«, antwortet der, »er sagt, ich verdrecke sie ihm mit meiner Krankheit, und dazu ist die Wäsche heute zu teuer.«
»Recht hat er.«
»Wohl, kann auch in der Hose schlafen, bin's gewöhnt vom Graben her.«
»Hast du denn nicht an deine Kinder gedacht? Was soll denn nun mit dir werden?«
»Wohl, habe daran gedacht, manches liebe Mal.«
Er schweigt und zwirbelt die Spitze seines Bartes. Sein Gesicht ist von Falten zerschnitten. Dann schlägt er vor:
»Doch laß uns nochmal von meinem Schießergebnis sprechen, 51 Ringe hatte ich.«
So sprechen wir lange und ausführlich von seinem Schießergebnis, welches wirklich erstaunlich gewesen sein muß, bei einer so unvollkommenen Scheibe.

Der Sergeant tritt wieder ein, geschwollen von Bosheit, und mit ihm ein Gefreiter, welcher lacht. Der Dicke sagt, mit dem Finger auf dem Plakat, das immer noch auf meinem Bette liegt:
»Sie! Lernen Sie das auswendig, heute nachmittag wird abgefragt, der Gefreite ist Zeuge.«
Der Gefreite bestätigt es und zeigt goldene Zahnplomben in Masse. Sie gehen hinaus.
»Kannst du gut behalten?« fragt der Spitzbärtige leise.
»Ich werde mich beherrschen, das zu lernen.«
»Dann kommt die Wut über ihn. Er beherrscht sich nicht, gibt Fuß-trit-te.«
»Kann eben schlecht behalten«, sage ich und fange an, das Benehmen im Revier zu entziffern.

Ich werde gerettet aus den Klauen dieses Sergeanten. Albering kommt am Nachmittag und kurz darauf Bulei und Rulei, mich zurückzuholen. Es ist plötzlich ein Abmarschbefehl gekommen, wohin – weiß niemand. Der Sergeant ist bereits beim Packen und vergißt meine Aufgabe. Es fehlt ihm ein Spucknapf, und er beschuldigt den Spitzbärtigen, denselben auf die Seite gebracht zu haben. Der aber flüstert: »Wozu sollte ich ihn brauchen, Herr Sergeant!«
»Mir egal.«
»Ich habe keine Krankheit, wo man ihn brauchen kann.«
»Halts Maul!«
Das ist das letzte Wort, was ich von ihm höre. Schon tragen sie mich den Weg hinauf, den wir am Morgen heruntergestiegen und -gefallen sind. Diesmal geht es glatt, denn Albering sieht ihnen mächtig auf die Finger und löst erst Bulei und dann Rulei ab.
Wir erreichen die Batterie. Vor dem Tor wird ein großer Haufen Stroh aus unseren Strohsäcken aufgeschichtet. Als ich von der Bahre geschnallt bin, bemerke ich eine leichte Besserung an meinem Fuß. Ich humple herum voll Fröhlichkeit und packe gleich den andern meine Sachen. Danach schleppe ich selber meinen Strohsack vors Tor und schütte ihn aus. Es dämmert, und sie zünden den Haufen an. Ein großes Feuer wirft seine Glut gegen unsere Gesichter. Ein neuer Weg hat sich vor uns geöffnet – wohin wird er führen? –
Als das Feuer niederbrennt, ist rings die Nacht.
Spät, da wir uns ohne Strohsack auf den Draht legen und unsere Kerzenstümpfe zum letztenmal auf den birkenen Bettpfeilern brennen, kommt Steinberg, um nach mir zu sehen:
»Wie geht es, Sie Unhold?«

Ich antworte, daß es mir etwas besser geht.
»Beschimpfen Sie mich, Herr Unteroffizier, ich bin der Unhold!« ruft Albering.
»Ihr alle, ihr alle!« schilt Steinberg.

»Verkennt eure Lage,
Vergesset des Vaterlands
Traurige Notwehr.
Verbissen im Ringkampf
Nicht schont ihr der Glieder
So nötige Bereitschaft! –
Und was soll nun werden?
Herhalten muß immer
Der große Sanitätswagen,
Der sowieso voll ist.
Es bleibt mir nichts übrig,
Als dich zu verstauen,
Du kriechend Gewürm!«

Ich erkläre ihm, daß ich versuchen will, zu gehen, wenn nur der Tornister gefahren wird. Steinberg ist einverstanden und nickt:

»Das ließe sich hören.
So bleibe es denn.«

Am anderen Morgen verlassen wir die schöne Batterie und marschieren in strömendem Regen zwei Stunden weit zu einer Station. Mein Tornister liegt auf dem Sanitätswagen. Trotz übler Schmerzen halte ich den Marsch durch – zumal Steinbergs Stimme einmal von hinten ertönt:

»Nun seht mir den Suhren!
Das nenn ich Soldat!«

Talette

Wir sind in Montcornet.
Es ist eine Stadt mit vielen Schieferdächern. Draußen stehen Pappeln auf, und nach Süden entfernt sich die schnurgerade Reimser Straße. Rings in den Dörfern liegt das ganze Korps, wir aber, das Rekrutendepot, sind im Zentrum. Wir sind die Verjüngungsquelle des Korps, das, aus der Front gezogen, hier in der Nordchampagne der Ruhe pflegt.
Mitten aus all den blitzenden Schieferdächern von Montcornet erheben sich größere Dachflächen, über denen zwei Türme blaß und fremd sich den ziehenden Sommerwolken anfreunden. An den Bächen angeln wir, und durch die tiefen Graswiesen wälzen wir den herrlichen Fußball. Zumeist aber gibt es den Dienst, und zwar harten, der jedoch im Augenblick noch nicht schwer wiegt, weil wir erst drei Tage hier sind und voll der neuen Dinge, die wir sehen. Der General soll gemeint haben, daß wir über kurz oder lang nach Verdun hineingeworfen werden. Wie wird das sein, Rekrut? – Ich sehe mich manchmal mitten auf dem Vauxberg lie-

gen, über mir trampelt die Hölle, und das kitzelt nicht schlecht.
Nicht daran denken! Denn vorläufig sind wir in einer schönen Stadt, wo Löwenzahnräder an Böschungen zerstäuben, und Katzen in Fenstern sitzen und Pfötchen lecken.
Wir wohnen in einer Müllerei, oben im Lagerraum, und wir erleben das »Scherenfernrohr«. So benennt Lurtjebam ein Weib, das stündlich beobachtet wird. Wenn wir aus dem Hof der Müllerei heraustreten, sehen wir sie prächtig und dick gegenüber im Fenster liegen. Unter ihre wulstigen Arme hat sie ein rotes Kissen geschoben; ihr gepudertes Gesicht und ihr verwahrlostes schwarzes Haar aber sind das Ziel unserer Blicke. Diese Haarwelle springt von der Stirn empor und im Bogen zurück ins Dunkel des Zimmers. Unter ihrem speckigen Kinn zittert ein schwarzes Kreuzchen. Abends ist sie fort, und es erklingt Klavierspiel. Am Morgen aber hat sie wieder ihren Posten am Fenster inne, das sie ausfüllt. Das Klavier schweigt, wobei ich denke, daß auf den Tasten Kartoffelschalen verstreut liegen.
Feldwebel Bloiboom verläßt abends die Schreibstube und macht dem Scherenfernrohr seinen Besuch. Die Schreiber Philipp und Oskar sehen ihm nach und bedauern seinen schlechten Geschmack. Oskar meint:
»Glaubst du nicht auch, Philipp, daß Herr Leutnant hier nur in den ersten Kreisen verkehren wird?«
Und der bebrillte Philipp antwortet:
»Das versteht sich von selbst, Oskar. Sei nur nicht so naiv, zu glauben, daß der Feldwebel bei jenem Weibe den Herrn Leutnant antreffen wird. Sie soll auch nur Bier bei sich haben. Ein Leutnant – Wein! Ein Feldwebel – Bier!«
Welches Getränk nun dem Soldaten gemäß ist, sagt der Philipp nicht.

Doch still! jetzt ist Bloiboom da oben in ihre Stube getreten. Er spricht eine Begrüßung auf französisch, wir hören es durchs Fenster. Des Weibes Stimme erhebt sich zu ungeahnter Stärke, als schütte sie aus einem Füllhorn von Blech Stuckrosen auf die Glatze des Etatsmäßigen. Später, und nachdem die Kartoffelschalen entfernt sind, perlen die Töne des Klaviers in den Abend hinaus.

Die Soldaten bleiben im Tor der Müllerei stehen, rauchen und hören zu. Albering sagt zu Lurtjebam:

»Jag' sie ihm ab – los, Kerl!«

»Sie ist mir zu hoch mit ihrem Haarbusch«, antwortet dieser und putzt seine Brille. »Sie ist zu schön, um treu zu sein. Ich gehe lieber mal hinauf nach der Placette.«

»Zu den Mädchen von Lille wolltest du?«

»Zu denselben. Sind noch nicht abgekitzelt und noch die richtigen Englein.«

»Werden sich was rechtes aus dir machen, die Mädchen von Lille!«

»Der Ferdinand von der Fünften hat auch sein Glück gemacht«, versichert Lurtjebam. »Von Cupidos Pfeil durchbohrt, hat ihn die Rothaarige geküßt. So wahr ich lebe, Albering.«

»Rausgeschmissen hat sie den Ferdinand, den Schilfkopf!«

Ich mische mich ein und frage:

»Ist das der Tischler, der immer alles leimen mußte in Oldenburg?« (Gab es nicht einen Tisch, auf dem jemand saß, und der zerbrach und geleimt wurde?)

Gewiß – Albering belehrt mich:

»Alles leimt der Ferdinand, Suhren, bloß diesen Rausschmiß nicht. Gegen den Bauch hat sie ihn getreten, einen ganzen Tag hat er nichts gegessen, aus Bauchweh und Eifersucht.«

Aber Lurtjebam träumt weiter:
»In einem Rosengarten ist er gewandelt, der Kies klang unter seinen Sohlen. Er hörte sie ganz deutlich flüstern: Lieber Ferdinand! und dann einmal übers andere: Ferdi-nand-chen! Er aber antwortete: Du hast rote Haare, sie sind wie Golddraht anzufühlen. Löse dein Mieder und laß uns über Rosen in den Tempel der Lustbarkeit wandeln!«

Der Abend ist lang, und es wird nicht dunkel. Wir gehen fort, Albering und ich. Schweigsam schlendern wir zwischen den Obstgärten hin, durch die schwachen Schatten von Blüten. Irgendwo ist ein Stück Mond, das durch die Äste springt und uns verfolgt.
Albering murmelt:
»Für uns ist dieser Braten nicht. Ich meine das Scherenfernrohr. Das Kreuzchen zittert über ihrem Busen, als hätte es Angst. Sie ist nur für die Chargierten da. Du bist und bleibst ein dummer Esel, als Rekrut. Sieh dir den Bloiboom an, diesen Bacchus. Er geht hin, und sie steht wie ein schwerwandelndes Rind an der Treppe und schnattert: *Avez-vous la volonté, à entrer, mon officier* – na und so weiter. So wahr hier in diesem Jahr Kirschen hängen werden, muß ich Leutnant werden!«
Aber ich bin anderer Meinung. Er fühlt es und brummt:
»Habe heute einen Koller, Kamerad, von wegen – na, du weißt schon. Denke nicht mehr daran, morgen werden wir darüber lachen.«
»Und Ringkampf machen!«
»Der süße Duft – bleib stehen! – er hängt hier fingerdick in der Luft. Riechst du ihn?«

Die Frauen mit den weichen Hälsen,
Die sich auf heißem Lager wälzen...

Das ist von mir, ich dichte es im Augenblick, du Affe! Ich könnte auch ›Faust‹ zitieren, wenn es dir Spaß macht, aber es paßt sich nicht für einen solchen wie ich bin. – Das sind doch Pfirsiche? Das sind doch Pfirsiche?«
Er bleibt stehen, und seine spitze Nase bescheint der Mond.
Plötzlich legt er die Hand auf meine Schulter:
»Suhren, geh schlafen, leg' dich nieder.

Tief ist die Nacht,
Und tiefer, als der Tag gedacht.

Da haben wir Nietzsche, gleich kommt Bierbaum, und dann kommt schon nichts als Heinrich Heine. Geh schlafen, los, geh!«
Ich sage:
»Jetzt rieche ich auch die Pfirsiche, gleich hier vor uns müssen sie stehen.«
Er aber drängt:
»Gar nichts von Pfirsichen, gedüngt wird da sein. Irgend etwas Gutes ist ausgegossen, Jauche genannt. Los, Suhren, es ist spät.«
»Nun gerade nicht! Ich gehe mit.«
Er brummt, und wir gelangen zur Placette. Die Straße rundet sich hinauf, kleine schwarze Kastanien stehen an den Häusergiebeln. Über den ganzen Platz wimmeln graue Soldaten, und auch die Sterne drängen sich eben in Massen hervor.
Horch! Über die Placette klingt ein Lied, klingt das Lied der Mädchen aus Lille. Sie ziehen dahin wie eine

schwarze Girlande, in der lauter Singvögel zwitschern. Die Hände in den Hosentaschen, gehen wir an ihnen vorbei. Pfirsichdüfte steigen auf. Albering ruft ein Wort, das ich nicht verstehe.
Hallo! Ist das nicht der Ferdinand? Jener Soldat mit Haaren wie Hobelspäne, die der Mütze entquellen? – Er ist es wirklich, es schießt mir heiß ins Herz. Aber mir fällt nichts Besseres ein, als ihn zu fragen, ob er nach Frankreich einige Platten Leim mitgebracht hat, so manches Mädchen setzt sich lieber auf den Tisch als auf Sofa oder Stühle. Aber er zeigt nicht das geringste Interesse für mich, sagt nur: Halts Maul, Kamerad – und geht der Girlande nach. Bleibt die Girlande stehen, bleibt auch der Ferdinand am Fleck. Schwingt sie sich weiter, schiebt sich auch der Ferdinand vor. So kommt man nicht ans Ziel, denke ich, und vermisse Albering. Die Girlande ist ins Haus gezogen, auch sie hat ihren Zapfenstreich, und der unsrige ist nicht ferne. Überall suche ich nach meinem Kameraden und finde ihn endlich im Schatten einer Kastanie. Wir müssen zurück ins Quartier, er aber sagt:
»Sieh durch die Scheiben, Bubi ist drin.«
Wir drücken das Gesicht gegen die Scheiben und erblikken eine rothaarige Person, die mit den Händen ins Haar greift. Bubi, der Verpflegungsunteroffizier, geputzt wie ein uniformierter Affe, sitzt am Tisch und stemmt den einen Stiefel gegen die Platte, wobei er einen gelben Rohrstock ans Auge setzt und gegen die Rothaarige richtet, als blicke er durch ein Fernglas. Sein Auge blinzelt, und seine kindliche Oberlippe ist ganz schief gezogen. Das Mädchen aber wiegt sich hin und her, um seinem Späherblick zu entgehen, wobei ihre Augen schmachtend an ihm hängen. Albering berührt mich und flüstert:

»Komm jetzt mit zu Jeanette.«
Wir treten in einen finsteren Gang. Mir fällt etwas ein, und ich sage hinter ihm her:
»Sprachst du eben von Talette, Albering?«
Das ist eine Anrede, welche bewirkt, daß er stehenbleibt, und ich gegen ihn renne. Sein wütendes Geflüster trifft meine Backe:
»Talette – wohnt hier nicht, wohnt im Norden bei den Birken, wo es keine schweinischen Rekruten gibt und ebenso keine hündischen, die sich einem an die Fersen heften. Schweig bloß von – sprich diesen Namen nicht aus, ich gestatte es nicht. Komm.«
Wir tasten uns über Kehrichthaufen. Auch hier müssen Kartoffelschalen liegen, sie ringeln sich wie Schlangen um meine Füße.
»Ist hier Jeanette?«
»Denkst du, ich will zu der?«
»Was willst du sonst hier? Man sieht ja nichts. Vielleicht ist eine Dreckgrube in der Nähe, in die man fallen kann.«
Albering flüstert:
»So ein Kalb bin ich! Ich wollte durchs Fenster sehen bei Jeanette. Sehen, wie Tielbürger einen rechteckig geleimten Kniefall herstellt, so saudumm. – Aber jetzt! Suhren, achte auf mich, wir rennen die Birken entlang. Los!«
Er überspringt mit wenigen Schritten ein Hofviereck und setzt über eine Mauer. Ich folge, sehe ihn unter Obstbäumen fortrennen und laufe mit äußerster Kraft hinterher. Er schreit vor mir, brüllt ein Wort, und ich renne diesem Wort nach. Es duftet süß nach Baumblüten, ein Wind schlägt mir gegen den Hals, das Seitengewehr gegen die Beine, und das Wort, das mein Kamerad schreit, jauchzt,

»Talette. . . Talette. . . Talette. . . «

ich will es erreichen.

»Talette. . . Talette. . . Talette. . . «

Es ist wie die Stimme dieses ungeheuren Gartens unterm Mond, eine Stimme, die wandert, ein Geschrei weißer Blüten über Bienen, die sich verkrochen haben die lange Nacht.
Und ich laufe, und plötzlich schreie ich auch. Und auch ich schreie, brülle, jauchze einen Namen, so weiß wie Apfelblüten, über einsamen Grasboden rasend, im unendlichen Garten. Die Antwort ist

»Talette. . . Talette. . . Talette. . . «

von links, von rechts, von vorn,

»Talette. . . Talette. . . «

Wir treffen uns wieder, verschnaufen und gelangen rechtzeitig zur Müllerei. Auf der Straße davor steht der Schreiber Philipp, der, einen Zettel in der Hand, zum Zimmer der Französin hinaufruft. Bloiboom erscheint am Fenster und sagt wie ein Fürst:
»Halten Sie den Dienstweg über die Treppe inne.«
Worauf sich der arme Volksschullehrer in diese Höhle begeben muß. Gesenkten Hauptes verschwindet er im Haus.
Wie sagte er noch? –
»Für den Leutnant – Wein!
Für den Feldwebel – Bier!«
Was aber ist für den Soldaten? –
Für den Soldaten – die Erinnerungen, die wundervollen.

Sternblume

Die Kolonne marschiert. Auf der Rue de Calvaire, auf der weißen Reimser Steinstraße hallt der Marschtritt. Die Gewehre der Soldaten, die zu einer Rotte gehören, decken sich zu einem Strich. Das braune Pferd des Leutnants trabt entlang.

Die Kolonne läßt die letzten Häuser hinter sich, und die Straße steigt weiter. Droben, wo sie die Höhe überschreitet, steht eine Lindengruppe wie ein dunkler Klecks, darüber, wie ein Ausreißer aus Tinte, das Türmchen einer Kapelle.

»Marschordnung!«

Auf dies Kommando verwirrt sich die gleichmäßige Schräge der Gewehre. Die Soldaten legen sie, wie es am bequemsten ist. Gespräche beginnen und verstummen.

Wir wissen, was unser harrt. Heute ist Sonnabend, und eine ganze Woche lang sind wir vernichtet worden, haben wir die Fußtritte des Teufels gespürt. Und wissen somit, was auch heute unser harrt.

Wir schreiben Mai und acht Uhr morgens. Die Sonne,

die feldwärts die weichen Samen der Mohnblüten umglüht, nimmt auch die Kolonne in Kauf. Die Kolonne, die, ohne zu wissen warum, den Calvarienberg ersteigt, muß auch die Sonne in Kauf nehmen.
Die Kolonne hat einen zwiespältigen Geist. Etwa ein Dutzend ist unter uns, das glaubt fest daran, daß wir der Welt den deutschen Geist bringen müssen. Die anderen gingen lieber heute als morgen nach Hause. Jenem Dutzend der Aufrechten wenden sich oft meine Gedanken zu. Jene Zwölf haben einen hohen Glauben vom Deutschtum; sie sagen stolz: Wir Deutschen sind das wertvollste Volk, und so ist es ein heiliger Krieg. – Albering jedoch erklärt es einfacher, er sagt:
»Sie haben zuviel in Flottenkalendern gelesen.«
»Höre jetzt einen Vergleich, Albering.«
»Los, Suhren.«
»Ein Maler will eine rote Sternblume malen. Er empfindet sie so: gleichlange, gerade, aus der Mitte in die ganze Runde schießende Strahlen. Er malt das und hält so ihr Wesen fest.«
»Ich kenne dich, Alter.«
»Der gelbe Kreis in der Mitte ist Gott.«
»Oder das Geld.«
»Er ist Gott. Die purpurroten Blätter sind die Völker. Sie strahlen rund um Gott in einer schönen Farbe.«
»In der Farbe des fließenden Blutes«, höhnt Albering und schüttelt Schweißtropfen in den Straßensand. Blitzschnell wendet sich das Gesicht eines Vordermannes her, welcher schreit:
»Blut sollt ihr saufen!«
Wir schreiten hin, und ich bin hartnäckig und fahre fort:
»Gleichheit ist das Wesen der Blumenblätter wie der Völker. Also sind sie von Gott geschaffen. Kleine Ab-

weichungen kommen vor, doch die Gleichheit ist es, welche die wundervolle Blume, welche Menschheit heißt, schafft. Jedes Blättchen hat eine andere Lage zur Mitte, ist aber genau dorthin gerichtet. Jedes Volk hat seinen ›Platz an der Sonne‹, und eines jeden Platz – das heißt Bestimmung – ist von dem der anderen Völker verschieden.«

»Dein Vergleich humpelt verdammt. Gerade bei Margueriten gibt es oft größere Blumenblätter, die den anderen Licht und Raum wegnehmen. Und so hast du Unsinn geredet, kleiner Suhren.«

Der Schweiß kitzelt mich vor den Ohren, und mir fällt ein: »Solche Blumen entarten, sind den anderen unterlegen und gehen unter.«

»Richtig, die Welt entartet und verdirbt. Und nun Schluß, wir sind da.«

Die Kolonne ist in die Nähe der Kapelle gelangt. Im Schatten der Linden steht ein Kruzifix. Das große Holzkreuz lehnt schief im Grasboden, und Lindenblüten hängen über Jesu Angesicht. Der Schnitzer aber ist ein Pfuscher gewesen. Er stellte einen Gott her, der nicht einmal ein Halbgott ist. Er hat sich sein Modell aus einem Barbierladen geholt und die Figur rosa anstreichen lassen. Ein echt französischer Christus ist es, das erschwert die Sache, doch wird unser Divisionspfarrer auch hier seine Instruktionen zu beachten wissen.

»Halt« wird befohlen und »Wegtreten«.

Man wischt den Schweiß vom Gesicht oder läßt ihn laufen, je nach Geschmack, und steckt Gras in den Mund. Der Exerzierplatz wartet vor uns. Es sind Unkrautäcker, die sich von der Straße im langsamen Schwung in ein Tal hinunterziehen, wo zwischen irgendwelchen Bäumen ein Bach oder eine Pfütze aufblitzt. Dahinter eines Waldes Wölbung.

Das Exerzieren beginnt. Zu breiten Schwarmlinien auseinandergezogen, trampeln, rennen wir über den Akkerboden und werfen uns nieder. Wir liegen sehr gern diese kurze Weile auf den Disteln, die uns durch die Hose in die Oberschenkel stechen. Eine Spinne klettert aufs Visier. Gefreite laufen heiß und schwitzend von Mann zu Mann und prüfen den Anschlag. Der Leutnant sprengt vor der Front hin wie ein General auf einem Schlachtbild von Gravelotte. Wir haben keinen Feind vor uns. Oder bist du es, du Sonnenherd, der unsere Rücken sengt und uns Wasser aus den Poren jagt? –
Laufen – hinlegen, laufen – hinlegen. Das heißt: hinanarbeiten an den Feind. Die Sonne nimmt es in Kauf. Es ist eine internationale Sonne, ein glühender Weltenschlund, er sengt französische Äcker und deutsche Soldaten.

Wir zählen die Minuten. Die Sonne steht steil über der Helmspitze und scheint dennoch ewig zu steigen. Pausenlos geht die erste Stunde hin. Hinunter den Acker bewegt sich die Schwarmlinie. Kehrt marsch! Hinauf zur Höhe – Marschrichtung: die Kapelle – steigt, klimmt, rennt sie, gefolgt von Leutnant Brause, dessen Pferd naß und voll Schaum ist. Der Leutnant steigt ab, ein Gefreiter führt den Gaul zu den Linden hinauf.

Ich denke mir, der Gefreite klopft da oben dem Pferd die nassen Schenkel, reißt einen Zweig ab und verscheucht damit die Stechfliegen. Der Gefreite ist zugleich ein Befreiter. Der Gaul und er bewegen sich gemütlich ums Kruzifix. Der rosa angestrichene Christus scheint sich halb zum Spaß dort oben aufgehängt zu haben. Er hängt doch so graziös, und die Lockenhaare und das Tuch um seine Lenden sind wohlgeordnet. Sein Kreuz hat er aus Jux etwas schiefgeschüttelt.

Hingegen macht er ein ernsthaftes Gesicht. Was für

Gedanken mag er nachhängen? – Überhaupt keinen, denn er ist ja aus Holz.
Woran denkt der Pferdehalter? – Er denkt: da sind wir fein entronnen, du alter Kompaniegaul, nun friß, ich wehre dir die Fliegen. Ich würde dies Geschmeiß ganz anders noch zerquetschen, aber ich fürchte, dir weh zu tun.
Woran denkt der Gaul? – Er denkt: das Gras ist hier so saftig wie nur irgendwo. Nur fröstelt mich.
Bis ihn der Gefreite wieder in die Sonne führt, wo das Gras ebenso saftig ist wie nur irgendwo.
Dort unten schwärmt die 4. Kompanie weiter; sie bildet eine lange Linie mit zwei Schritten Abstand von Mann zu Mann. Am rechten Flügel, naß wie eine durchweichte Windel – der Schreiber Lurtjebam. Am linken Flügel, das Gesicht rot wie ein Zwerghahnkamm, der nasse Bart wie die gelben Federn des Hähnchens – der Schuster Hahn. Zwischen Schreiber und Schuster die übrigen hundert, unter ihnen Suhren.
Man muß es zugeben, der Kompanieführer schont sich nicht, er rennt mit. Aber er hat kein Gepäck, keine Patronentaschen, kein Gewehr. Wenn ich »Grasaffe« zu ihm sage, so ist das wenig. Ich bin drauf und dran, ihm zu wünschen, daß er verrecke. Von meiner Oberlippe lecke ich Salz, Salz und Salz.
»Hinlegen!«
Die Sonne kreist um meinen Schädel, die Ellbogen bohren sich in die Erde. Ein hungriges Blümchen fresse ich ab. Der Helm und der Schweiß verdecken mir die Sicht. Wenn ich nun liegen bliebe?
»Auf!«
Alle reißen sich hoch, keiner bleibt liegen, alle stürzen vorwärts. Was denken sie im Vorwärtsstürzen? – Sie denken dasselbe wie ich, sie denken: Qual. Was denkt

Albering, mein Kamerad? – Was Klees, was Lurtjebam, was Pfeiffer? – Alle dasselbe: Qual! Dort ist ein Platz ohne Disteln und Steine, da donnere dich hin! – denkt zum Beispiel einer.
Jetzt sind des Leutnants Beine ganz nahe, wuchtig aufgestanden und Kopf hoch! – denkt ein anderer.
Pfeiffer, der Hund, bleibt zurück, wir fallen wieder mal auf! – denkt der dritte.
Ach Gott, laufen wir los! Komme ich mit, Schwarmlinie? – denkt der vierte.
Die Hetze im Käfig ist zu Ende, und die Kompanie tritt neben der Kapelle aus. Daß vier Stunden vergangen sind, erscheint als ein Wunder. Böse Gedanken umgrollen noch die Kapelle – aber welch ein freundlicher Sonnenstrahl, Schattenstrahl, daß es zwölf Uhr ist!
Der Abmarsch erfolgt und die Aufforderung zum Singen. Nach Singen steht uns nicht der Sinn. Brause vernichtet den letzten Widerstand, indem er umkehren läßt und uns eine halbe Stunde lang erneut in die Qual stößt. Wir sind ein arm kleines Brettchen im Strudel des Sonnentaifuns. Wir singen – singen unserer Würde das Grablied. Wie Kinder, die ein schlechtgelerntes Gedicht aufsagen, singen wir und kehren singend heim vom Calvarienberge.

Man sitzt auf dem Boden im Stroh, und es wird schweigend gegessen. Albering aber, der die Kleider ausgeworfen hat und im Mantel dasitzt, aus dem sein nackter Bauch hervorscheint, gibt die allgemeine Stimmung wieder mit dem Wort:
»Wer holt Bier?«
Am Nachmittag werden Kantinen besucht, vorzüglich die Bayernkantine. Ich gehe am Soldatenheim vorbei und trete ein. Es ist fast leer, scheint aber über den Mit-

tag sehr voll gewesen zu sein, denn auf all den zahlreichen Tischen stehen ungereinigte Biergläser. Ich spüle eins aus, lasse es füllen und setze mich damit ans Fenster.

Draußen liegt die hübsche, rosafarbene Mairie mit ihrem blauen Schieferdach. Auf der Steintreppe sehe ich den Stadtkommandanten, einen alten, grauhaarigen Offizier. Er bewegt sich am Stock auf der obersten Stufe hin und her und stößt im Scherz nach seinem Hund, einem kleinen weißen Pudel, der wie eine zusammengeknüllte Zeitung die Stufen auf und ab rutscht.

Das Bier ist gut, denke ich und fange an, einen Brief an Lisa zu schreiben. Ich schildere ihr die Stadt, den Kommandanten am Stock und seinen kleinen drolligen Hund. Plötzlich kommt Pabst von der Straße herein, heiter und jung, eine weiße Marguerite in der Hand. Er stellt sich vor meinen Tisch und fragt:

»Lurtjebam und Hahn gesehen, Suhren?«

»Nein, komme auch eben erst hierher. Wo hast du die Marguerite gefunden?«

»Die Blume da? Ich nahm sie mit, am Flusse unten gibt es eine Menge. – Hast du die beiden nicht in der Bayernkantine gesehen?«

»War nicht dort.«

»Warst nicht dort? Hast was versäumt. Sie geben da ein Konzert, haben eine Teufelsgeige gebaut heute nachmittag. Da war Betrieb. Vor einer Stunde ging ich weg, die beiden zu suchen, denn das muß man gesehen haben. Eisenbolz streicht die Teufelsgeige; auch eine Ziehharmonika haben sie. Geh hin, ich will indessen Lurtjebam suchen, er bläst so gut auf dem Kamm. Wiedersehen!«

Nachdem meine vier Seiten voll sind, gehe ich fort, finde am Fluß eine Sternblume und lege sie in den Brief, den ich auf die Poststube trage. Aus deren Fenster lehnt ein Soldat. Aha, es ist der vernünftige Kamerad von Chérèt. Er ruft mich herein.

»Habe mich verbessert«, erzählt er, »bin jetzt hier. Gib deinen Brief nur her, werde ihn sogleich besorgen. Es geht zwar eigentlich heute keine Post mehr ab, aber der Leutnant will noch ein Telegramm forthaben, da kann ich ihn mitgeben. Verlaß dich darauf.«

Wir zwei liegen im Fenster, und mein Ellbogen berührt den seinen. Sein Ärmel sieht viel sauberer aus als meiner. Plötzlich fällt mir der heutige Morgen ein, und ich gehe fort.

»Bleibe doch«, sagt er, »ich mache uns sogleich ein Spiegelei, habe einen Spirituskocher. Habe mir auch eine Extramütze gekauft, du sollst sie sehen.«

Auf der Treppe, die wie geleckt aussieht, drehe ich mich um und frage:

»Dichtest du auch da oben in deinem Salon?«

»Freut mich, wenn es dir gefallen hat.«

Mit einem Fluch verlasse ich das Haus, bleibe aber auf der Straße erneut stehen. Wenn der Vernünftige mir grollt, gibt er meinen Brief vielleicht heute nicht mehr mit. Ich rufe:

»Auf Wiedersehen! und laß dir dein Spiegelei gut schmecken! Denk auch an den Brief.«

»Wird alles in Ordnung gebracht«, antwortet er vom Fenster aus und macht eine Verbeugung über die andere.

Ist er verrückt? denke ich. Nein, er ist nicht verrückt, denn gegenüber zeigt sich soeben eine Französin am Fenster, welche lächelt und einen Vogelkäfig hin und her schwingt. Wenn der Vernünftige verrückt wäre, würde er sich doch nicht verbeugen.

Es handelte sich nur noch um die Geige. Klees sträubte sich bis zum äußersten, als er aber sah, daß einige bereits die Zähne zeigten, gab er sie her. Danach war alles in Ordnung, und es konnte begonnen werden.
Heute findet ein Tanz statt auf dem Boden der Müllerei. Dieser Boden ist recht geeignet für Tanzlustbarkeiten. Er besteht aus zwei Teilen, einem ganz großen, in den man über die Treppe zuerst gelangt, und einem kleineren nebenan. An den Wänden der beiden Räume ist Stroh aufgehäuft, auf dem unsere Tornister liegen, und wo wir schlafen.
Meine Korporalschaft hat im kleineren Raum ihr Quartier. Ich trete zu Klees, der trübsinnig an der Wand liegt, die Finger in seinen Musikantenhaaren und die zweite Hand in der Tasche, wo sie wahrscheinlich einen Packen Briefe umfaßt.
»Fidel, Klees, es gibt ein Tänzchen!«
»Laß mich zufrieden.«
»Du wirst benötigt. Wirst doch deine Geige nicht von einem anderen spielen lassen?«
»Doch er hat sie hergegeben«, sagt Lurtjebam und benetzt seinen Blasekamm mit Speichel, »da gibt's keine Reklamationen. Los, Kameraden, das Fest der Liebe beginnt.«
»Ohne Weiber«, höhnt Albering.
Jetzt kommt Eisenbolz mit einem Sack voll Zeug – Röcke, Blusen, Schürzen, Hüte. Er sagt:
»Haben die Weiber gelacht! Ich habe jeder ein Paket Kunsthonig als Leihgebühr ausgehändigt. – Recht so, Kameraden?«
Zustimmung. Hauptkerl, der Eisen!
»Und, wohlverstanden, jeder einen Süßen«, fügt er stolz hinzu.
»Ei jarses«, machen einige Neider.

»Bitte«, beteuert Eisen, »es waren lauter nette, runde Mädchen.«
»Aber daß sie dich küßten, Hyäne!« ekelt sich Albering, »ei jarses!«
»Schiefnasiger Eisbär!«
»Ei jarses – « Albering kann sich nicht beruhigen über das Pech der armen Mädchen.
Aber hallo! Sind das nicht auch wirkliche Mädchen, die hier stehen? – Allgemeines Staunen hebt an. Die Kleider der Französinnen stehen uns gut. Auch Suhren ist ein Mädchen, in dunkelblauem Rock, roter Bluse und schwarzem Strohhut, an dem eine Rose baumelt, und Albering bittet mich um den ersten Tanz.
Wir gehen in den großen Raum hinüber. In einer Ecke baut sich die Kapelle auf. Es ist einer da mit einem schwarzen Schnauzbart, der Klees' Geige stimmt und dabei einen riesigen Brösel raucht. Eisen faßt hinter ihm mit seiner Teufelsgeige Posto. Er hat sie an diesem Nachmittag hergestellt. Man könnte sie am ersten mit einem Kontrabaß vergleichen, trotz der Margarinekiste, die, auf ein langes Brett genagelt, den Schallkörper darstellt. Ein paar Drähte sind über sie gespannt, und am oberen Ende des Brettes klirren Blechplatten aufeinander, wenn das Ding auf den Boden gestampft wird. Als Bogen dient ein schmales Brettchen, dessen Kante gezähnt ist. Lurtjebam setzt den Kamm unter die Brille. Ein vierter hockt am Boden, die Ziehharmonika voll Wind.
Alles fertig. Die Paare sind angetreten. Eisenbolz klopft »Achtung«. Mit den ›Donauwellen‹ setzt es ein. Der Walzer erklingt. Zuerst sind es nur zehn Paare, dann erheben sich immer mehr aus dem Stroh und drehen sich im Tanz. Die Musik ist toll, stark und süß. Die Geige brodelt und schluchzt. Die Teufelsgeige zirpt, dröhnt

und klirrt. Sehnsüchtig bläht sich der Haarkamm. Die Harmonika flutet wie ein Meer.

Der erste Tanz ist aus, die Damen werden auf die Plätze geführt, es geht sehr steif zu. Dann kommt ein Schieber, und Pabst ist mein Tänzer.

»Jetzt gehn wir mal bei Hagenbeck – Hagenbeck – Hagenbeck.«

Rhythmus der Beine! Auch diejenigen, welche den ganzen Nachmittag schachmatt auf ihrem Strohlager gelegen haben, eilen in Paaren zum Tanz. Es wird unglaublich eng, zuletzt tritt man nur noch auf derselben Stelle herum. Manche Paare prallen aneinander. Es ist just wie zu Hause: das gepuffte Paar schimpft:

»Können Sie Ihre Dame nicht besser führen, Sie Elefant?«

Das puffende Paar antwortet singend:

»Geht aus dem Weg, geht aus dem Weg – aus dem Weg – aus dem Weg,
Sonst haun wir euch die Nase weg, Ni-na-nase weg!«

Alle singen, gröhlen das Lied mit, ein Rausch hat uns ergriffen. Zigarettenenden fliegen herum, irgendwo brennt Stroh, man tritt tanzend das Feuer nieder. Am schönsten ist es ganz nahe vor der Musik. Man tanzt eingehüllt in ein Tönebrausen und sieht sich die Musikanten an. Mit mehr Hingabe wurde keineswegs zu irgendeiner Zeit gespielt. Der Geiger mit dem großen Brösel schmiegt den Kopf ans Instrument, seine Augen tränen vom Tabakrauch – er kneift sie zu, wiegt sich in den Hüften und wirft seinen Arm gerade und wieder krumm. Wenn ihm allzuviel Rauch die Augen umwölkt, sitzen zwischen seinen Brauen drei Falten wie ein Vogelfuß. Und Lurtjebam! Seine Brille glänzt, er steht auf den Zehen, seine Backen sind sanft gebläht und zittern bei den zarten Stellen, um sich beim Forte stoß-

weise auszubeulen. Eisens roter Haarschopf wackelt: »Hagenbeck – Hagenbeck – Hagenbeck... «
Aus der Margarinekiste schaut ein Känguruh heraus, das seinen Beutel öffnet und voll Frohsinn seine Kinder in die Luft schmeißt.
Zum wievielten Male schwitzen wir eigentlich heute? – Diesmal aber freiwillig, und darum: drauf und dran!
»Was macht ihr mit dem Känguruh – Känguruh – Känguruh?
Mit Hagenbeck sein Känguruh... «
Damenwahl! Ich schlüpfe in den Nebenraum zu Klees, um ihn aufzufordern. Der gute Junge schläft; er ist trotz dem grimmigen Lärm eingeschlafen, immer noch die eine Hand in der Tasche. Mit dem Gesicht liegt er auf dem Arm, und sein roter Mund ist ganz schief gedrückt.
Diesen Augenblick fühle ich, daß ich vollkommen erschöpft bin, und daß meine Beine zittern. Ich will an nichts denken, laufe wieder in den Saal zurück.
Wir tanzen bis zehn Uhr. Zum Zapfenstreich erscheint der Gefreite Hoyer im Helm. Doch die Musik läßt sich nicht halten, die Tänzer noch weniger. Eisen verkündigt erneut Damenwahl. Der Gefreite Hoyer wird aufgefordert und muß, ob er auch noch so sehr widerstrebt.
»Aber Herr Gefreiter sind doch sonst so stramm«, flötet seine Dame. »Sie werden doch nicht, Herr Gefreiter, das wäre ja Leichenschändung.«
Der Gefreite tanzt, denkt an seine Braut in Wolfenbüttel und murmelt im Takt des Schiebers:
»Känguruh – Känguruh – Känguruh... «
Zuletzt bläst er auf dem Kamm des verdutzten Lurtjebam: das Ganze h-a-l-t, wobei das Seidenpapier platzt. Erst nach einer ganzen Weile gelingt es ihm, Ordnung

zu schaffen. Aber auch wir fühlen, daß es genug ist, und werfen uns ins Stroh. Das Licht loscht aus.

Albering neben mir sagt leise:

»Komm mir bloß nicht wieder mit deinen Vergleichen. So eine Sternblume kreist seit heute morgen wie irrsinnig vor meiner spitzen Nase herum. Noch jetzt bin ich schwindlig davon, denn sie kreist, als ob sie an meiner Nase festsäße.«

Ich sage:

»Oder es kommt vom Tänzchen. Wenn es vom Tänzchen kommt, so ist es eine fröhliche, purpurrote Blume mit gelber Mitte. Ist sie so?«

»Weiß nicht«, murmelt der Kamerad, schon halb im Schlaf, »mag sein, weiß aber nicht, bin farbenblind. Denk', was du willst, aber schweige hinfort mit Vergleichen. Gute Nacht.«

Schweres Atmen und Schnarchen erklingt im ganzen Raum.

»Gute Nacht, Kamerad.«

Der Besuch

Heute abend bin ich fest entschlossen, zu Raimond zu gehen. Er wohnt in der Straße der lauten Winde, dieser Straße der traurigen schmutzigen Häuser. Sein Haus aber ist schön, sein Haus ist das schönste in Montcornet, schmal, aus rosa Ziegelsteinen erbaut, mit einer sauberen Treppe davor und an den Kanten mit leiterartig bis ans Schieferdach aufsteigenden Felssteinen geschmückt. Diese abwechselnd handbreiten und fußbreiten Steine gleichen zwei Reihen weißer Fahnen, die den lustigen Fenstern zuwehen, dreißig von links, dreißig von rechts – in einer eigens für dieses Haus erdachten wechselvollen und freudigen Brise.

Ich will ihn in seinem Hause besuchen, heute, diesen Abend. Keinen anderen Gedanken habe ich als diesen, nun ich den Forellenbach hinuntergehe. Habe mir die Strohschnitzel von der Hose gesucht, um meinen Besuch zu machen.

Ich gehe und gehe, die Sonne breitet sich über mir ruhig in allen Wipfeln aus, und auch der Bach zur Rechten setzt seinen Weg fort. Mein Raimond ist ein elfjähriger

Knabe, schmal und straff wie jenes rosafarbene Haus; mit einem Hals, einem Kinderhals, schmal – doch nicht zu zart, solch einen handlichen Rundkopf einen ganzen Tag lang zu tragen; mit einer reinen und geraden Nase unter einer blanken Stirn, an der die sandfarbenen Haare säuberlich sich scheiteln. So sehe ich ihn – und über alles den winzigen roten Mund, den sprachlosen und ein wenig geöffneten, wenn er lauscht auf das pin-ke-di-pank von Klees' Violine, welche ›le canari‹ spielt, lauscht in der bunten Schar der Franzosenkinder, die Beine im tiefen Grase verwühlt, und neben sich die Nase Max Pfeiffers, eine große rote Glockenblume.

Pfeiffer ist der Freund der Kinder, insbesondere der Raimonds: er hat ihm eine weiße Maus gekauft, und es war ein Wunder, zu sehen, wie seine ungefügen Hände einen Drahtkäfig flochten für diese kleine vornehme Maus, einen Käfig mit zwei Räumen, einem Eßzimmer und einer Kammer.

Auch ich habe Geld zugelegt für die Maus – warum also sollte ich nicht Raimond besuchen dürfen? – Von *dürfen* ist keine Rede, denke ich, der Soldat in Feindesland geht, wohin er will.

Ich gehe und erreiche eine kleine Brücke, die mit ihrem zierlichen schwarzen Eisengestäbe den Bach überschwebt, trete mit meinen Nagelschuhen hinauf, bleibe eine Weile am Geländer stehen und schaue ins Wasser, welches lautlos dahinstrudelt. So wahr, wie dies kleine Wasser dahinstrudelt, werde ich gehen – so wahr, wie diese kleinen Wellchen unter mir die grämlichen grünen Steine überhüpfen und jene dummen blaublühenden Schwertlilien, die sich aus der Uferbucht zu weit ins Fließende gestellt haben, erzittern machen!

Bestimmt werde ich Pfeiffer bei ihm antreffen. Rai-

monds Ansicht ist, daß Max ihm die Maus verwöhnt. Oho, Raimond duldet es nicht, daß in der Kammer gevespert wird – macht Mäuschen etwas falsch, flugs wird die lange Dressierstange gezückt.
Von *dürfen* ist keine Rede, denke ich und gehe aus dem Schatten in die Sonne und weiter die paar Schritte bis zum Bahndamm, der den Bachgrund begleitet, unabsehbar weit, einsam, kahl und blumenüberglänzt. Plötzlich erblicke ich droben auf der Höhe im Grase der Böschung etwas Helles, einen Kopf, den blanken Schädel Meyers und nahe darüber wie einen Heiligenschein die knallrote Signalscheibe des Bahnkörpers...
Ich habe ein übles Gefühl im Halse, möchte umkehren. Der Meyer aber, der mich erkannt hat, winkt:
»Einen Augenblick, bitte!«
Ich rupfe einen Halm und steige verdrießlich hinauf.
»Wie finden Sie dies Motiv?« fragt Meyer und schaut mich so verkniffen an, als sei ich eine Sonne. Er hat den Bach gezeichnet, die Baumgruppen daneben und die kleine Brücke. Natürlich recht nett. Zollbudenhaft nett. Er meint:
»Ich drücke zu sehr – nicht wahr? Aber mit diesem Blei ist die Stimmung nicht anders herauszuschälen.«
»Also mit viel Druck«, sage ich wie ein Fachmann und nicke.
»Ohne Scherz!« sagt Meyer und macht noch schnell drei- bis viertausend Blätter, »der Blei ist zu hart – fertig! Und nun Ihr Urteil.«
Ich fahre mit dem Halm über sein Blatt und gebe einige Ratschläge. Er hört nicht darauf, hält das Blatt von sich, als sähe er in einen Spiegel, und sagt:
»Und wie finden Sie es im ganzen? – Den Stil meine ich. Expressionismus ist es nicht – oder denken Sie?«
Was soll man darauf sagen?

»Na, wie ist es?« wiederholt er mit dem Blick auf sein Bild, bald das eine, bald das andere Ohr geneigt.
»Schön«, sage ich und spucke nach innen aus, vor mir und vor seinem Kohl. Und hurtig springe ich über die unendlichen Schienen und an der roten Signalstange vorbei die andere Böschung hinunter. Ich denke, dieser Mensch hat Gewalt über mich, er besitzt keine Bedenklichkeiten und keine Zweifel, er würde sich ohne Zaudern zum König krönen lassen.
Drüben überschachteln sich die Dächer der Stadt, und ich steige die Obstgasse zu ihr hinauf. Auf der Obstgasse aber gibt es für mich ebenso viele Bedenken, wie Apfelknollen in den Bäumen sitzen. Was soll ich bei Raimond, ich mit meinem bißchen Französisch! – Wenn ich z. B. erklären will, weshalb ich gekommen bin? –
Max wird sagen: Frage ihn, ob es ein Männchen oder ein Weibchen ist! –
Allenfalls bringe ich es heraus – so daß der Junge seine Maus am Schwanz in die Höhe heben und mit Sachkenntnis antworten wird: Ein Weibchen!
Vielleicht aber gelingt es mir auch nicht!
Aber ich kann ja doch schweigen – auf einem Stuhle sitzen oder an einer Kommode stehen und schweigen!
Gut, ich werde gehen und schweigen.
Und ich biege in die Straße der lauten Winde und schiele das hübsche rosa Haus an wie ein Dieb, der sich gerade dieses ausgewählt hat und Gelegenheiten ausspionieren will. Niemand ist an den Fenstern zu sehen, nicht einmal Max. Max würde sofort winken –
Oh, ich blicke fort und renne, meinem langen Schatten auf den Fersen – mir ist, als ob die Augen sämtlicher Franzosenweiber durch die schwarzen Risse ihrer erbärmlichen Gardinen spähten, ob ich irgendwo eintreten werde oder nicht. Und da ich weder sie noch mich

länger foltern will, mach' ich rechtsum und öffne die Tür – des übernächsten Hauses.
Hier wohnt die kleine rothaarige Katerine, ihre Mutter wäscht für die Soldaten.
Ich betrete die Stube und frage ingrimmig nach meiner Wäsche, obwohl ich keine hingegeben habe. In Feindesland geht man, wohin man will; von *dürfen* ist nicht die Rede.
Die Familie sitzt neben der Tür am Tisch und nimmt ihr Abendbrot ein, Brot mit Speck. Die kleinen Mädchen machen einen entsetzlichen Lärm, am stärksten schreit Katerine, die Älteste.
Ich wiederhole meine Frage und bekomme einen Stuhl angeboten. Die Frau ist schwerfällig aufgestanden und stößt gegen einen Tisch mit Nippfiguren, die zu tanzen beginnen. Das kleinste Mädchen hat ein Stück Speck aufgespießt, zeigt es mir und lacht:
»Aus Amerika, Soldat!«
Katerine schüttelt wütend den roten Haarschopf, welcher aussieht wie ein brennender Ballon, und sie schreit:
»Mais non! Mais non!«
Aber alle kleinen Mädchen spießen ihren Speck auf und singen, indem sie die fettigen Gabeln im Takt gegen den Tisch stoßen:
»Amerika! Amerika!«
Sämtlich haben sie rote Haare, doch Katerines Haar ist wie Feuer – sie schreit mir zu:
»Papa ist nicht in Amerika, glauben Sie mir! Das ist bestimmt!«
Die taktfesten Schwestern erwidern:
»Amerika! Amerika!« und beißen von ihren Speckstükken ab. Ich habe meine Mütze abgenommen, die innen von Schweiß durchlaugt ist, und blicke in den Spiegel.

Es stecken Postkarten drin, von Fliegenschmutz besudelt. Über den Postkarten sehe ich das Gesicht eines Menschen, der aus der Ferne hierhergekommen ist und nicht weiß, wozu. Braun wie Kupfer ist das Gesicht, die Augen schwarz und mutlos. Über jenem Gesicht aber hängen zahlreiche kleine Speckseiten an der Decke, wohl zwölf Stück. Ich sage:
»Er wird aus Amerika gekommen sein, Katerine – woher sollte er sonst wohl gekommen sein?«
Sie aber antwortet, indem ihre Stimme sich überschlägt:
»Das ist nicht wahr, Soldat! Ich bin die einzige, die es weiß, wo Vater ist! Die andern sind kleine Küken...«
Die andern vier goldrot umringelten holden Gesichter, die Zungen an der Gabel, sehen nachdenklich auf die Schwester. Die Kleinste murmelt:
»Rotkopf, dein Küken – bin ich's noch? Rotkopf, sag'.«
Jetzt kommt die Frau zurück, sie wallt die Diele her, schweratmend, ihr fettes Gesicht ist ganz kummervoll, nun sie mir ein rötliches, vollständig zerfetzes Hemd herzeigt, das noch nicht einmal gewaschen ist und dessen Schweißgeruch sich mit dem des Specks vermischt.
Es ist nicht das meine.
Aber ich kenne es, es ist Max Pfeiffers.

Das Briefmarkenalbum

Im gelben Stroh liegend, den Kopf auf dem Mantel, den Blick zu den Dachbalken hinaufgerichtet, fällt mir das Briefmarkenalbum ein, das ich als Junge besaß. Eben erst, als ich mein Essen holte, sah ich den, der es vor vielen Jahren von mir zum Geschenk bekam. Er heißt Bernhard Raupe, Küchensoldat unserer Kompanie. Es ist mir jetzt unangenehm, zu denken, daß der Küchensoldat Raupe mein Briefmarkenalbum besitzt. Ein Küchensoldat ist notwendig, aber er ist doch ein wenig Soldat zweiten Ranges. Nicht, als ob er es leichter hätte als der Infanterist, im Gegenteil, er ist in der Frühe der Erste und abends der Letzte. Auch vom heißen Mai bekommt er sein Teil. Jeden Tag sehe ich meinen früheren Schulkameraden halbnackt und schweißübergossen vor seinem Kübel stehen und darin ein langes Brett im Kreise bewegen. Das Essen ist ein glühender Brei, ob es nun Steckrüben, Graupen oder Dörrgemüse heißt.
Er seinerseits, Bernhard Raupe, fühlt sich ein wenig höher als die Kameraden, er fühlt sich, sagen wir, als Halbgefreiter, er steht auch auf einem hölzernen Fußge-

stell, wenn er an die Soldaten das Essen austeilt. Wenn sie die Kochgeschirre nicht schrag genug halten oder saumselig sind beim Hinantreten an den Kübel, so ruft er: Schiefer den Pott und schlaf nicht! – oder: Her mit dem Ding, Mensch, glaubst wohl, ich habe meine Zeit gestohlen!
Die Soldaten sind doch nicht für ihn da, im Gegenteil, und so antworten sie: Reg dich ab, alter Küchenbulle, wirst deinen Schlampampen noch früh genug los!
Das steht fest, Raupe hat sich an Feldwebel Bloiboom herangemacht, und es ist ihm gelungen, Koch zu werden, obwohl er zu Hause kein Koch, sondern Schreiber an einer Amtskasse ist, dazu ledig – und genug Familienväter da sind, die eine Küchenstelle eher verdient hätten. Alle wissen: Der Raupe ist ein feiger Kerl. Und daß gerade er mein Briefmarkenalbum hat! Bei Raimond hätte es mir nützlich sein können, denn es war ein schönes Ding mit über 1000 verschiedenen Marken.
Ich hatte es in jahrelangem Sammeln zusammengebracht, denn es gab Zeiten, wo alle meine Gedanken sich um Tauschen, Säubern und Einkleben von Briefmarken bewegten. Wenn die gelbe Mauritius auch nur als schwarzes Bildchen drin zu sehen war, so besaß ich doch eine Mecklenburger Marke mit den vier Ochsenköpfen. Beim Umblättern des Buches von Land zu Land, von Insel zu Insel, von Erdteil zu Erdteil, den Atlas zur Seite und die summende Petroleumlampe überm Kopf, war mir so wohl! Meine Ellbogen bohrten sich in die Tischdecke und die Fäuste sich in die Schläfen ein. Meinem Großvater aber mißfiel dieser Pyramidenbau meines Oberkörpers stets, und er sagte zu den anderen: Unser Junge macht wieder das Mecklenburger Wappen. Worauf ich meine Hände sinken ließ, aber nie zu sagen vergaß: Sieh dir mal das Mecklenburger Wappen

hier an, Opa, es ist anders. Denn ich war ebenso stolz, diese Marke zu besitzen, als sie zu zeigen.
Mein Großvater sah dann über den Tisch und meinte: Du hast recht, Georg, die Ochsenköpfe auf dem Papier sind kleiner als die wirklichen. Der kleine Suhren aber, der auch mit dem Vornamen ebenso hieß wie der weißhaarige Suhren, war nicht auf den Mund gefallen und sagte: Soviel ich weiß, sind die Mecklenburger Ochsen in Deutschland immer die größten gewesen. Dies Wort, das ich in meiner Unschuld hervorbrachte, gefiel meinem freiheitlich denkenden Großvater nicht wenig, er nickte fröhlich und dichtete den schönen Vers:

Dieser Junge
Hat eine böse Zunge.

Stolz – denn wer ist nicht stolz, wenn er wegen seiner Zunge gelobt wird – kehrte ich zu meiner geliebten Marke zurück. Nie berührte ich sie, doch kam es vor, daß ich sie heimlich beroch. Sie hatte einen alten Geruch, denn dreißig oder vierzig Jahre war das Kabinett von Tante Marie ihr Aufenthalt gewesen. Dort lag sie in einer Schublade, vor der eine Flasche mit Riga-Balsam und eine Dose mit Familienpflaster standen. Der Riga-Balsam duftete nach geteerten Schiffen, die in der Sonne trocknen, das Pflaster nach Rosenöl und Kampfer.
Es kam eine Zeit, wo ich die Briefmarken plötzlich satt hatte. Tante Marie war gestorben, aber ich dachte nicht an die Marke, die sie mir einst schenkte, und die den Duft ihres Kabinetts, das nun ausgeräumt war, bewahrt hatte. Nein, mit keinem Gedanken, denn das Feldgeschrei des Sechzehnjährigen hieß: Blonde Zöpfe über alles!

Und mein Schulkamerad Bernhard, der so schwer in der Klasse mitkam, der sich vor meinen Marken wie eine verzückte Schlange wand und – na, es gab noch mehr Gründe! Kurz, ich stieß es ab, das Album, es hatte seinen Zweck bei mir erfüllt, und ich brauchte es nun nicht mehr. Bernhard ging selig mit seinem Geschenk fort. – Eben habe ich ihn mir angesehen, er hat sich sehr verändert. Er ist nicht mehr schlank wie damals, als er sich vor meinen Marken zu winden vermochte, er ist vielmehr fett und hat mit seinen fünfundzwanzig Jahren eine kreisrunde Glatze von der Größe eines Bieruntersatzes. Dazu sitzt unter seiner Nase ein großer, braunblonder Schnurrbart aus so dichten Haaren, daß er aussieht wie eine Kupferdrahtspirale, deren Enden links und rechts vor den Backenknochen sind. »Die Jünglinge entarten«, schreibt der Dichter und drückt das Löschblatt auf diesen Satz. Denn es kommt hinzu, daß auch das Wesen Bernhard Raupes sich entsprechend entwickelt hat. War er als Jüngling liebenswürdig und höflich, so ist er jetzt geradezu moluskenhaft freundlich und gegen Vorgesetzte süß wie Fliederduft. Übrigens kann er auch grob sein, nämlich wenn der Unteroffizier hinter ihm steht und er in der königlichen Haltung des Glockengießers sein Essen austeilt. Grob – nicht gegen den Unteroffizier, das versteht sich. Gegen mich ist er stets wie ein Duft von Haaröl. Er braucht mich nur um eine Ecke biegen sehen – schon ruft er: »Hä, Schorsch, was macht's Geschäft?!«
Er spricht mit mir über die Schulzeit, erwähnt aber nie das Briefmarkenalbum. Ich bringe es nicht über mich, ihn danach zu fragen, ob ich auch noch so gern wüßte, wie es jetzt ausschaut. Ich sehe dem Rauch meiner schwarzen Pfeife nach und denke plötzlich: Sollte er es verkauft haben? –

Oh, ich würde viel darum geben, mein Album wieder zu haben, ich wüßte es gern wieder in Mutters Kommode liegen neben der Schachtel mit den Siegestalern. Zu spät, Suhren! Schon ist es in Fetzen gerissen, und die Ochsenköpfe sitzen in einem anderen Buche oder kleben als verkäuflich an der Fensterscheibe des Händlers, mit ihrem feinen Duft von Riga-Balsam und Rosenöl und Kampfer, der ewig ist. Tante Marie ist tot, weil der Duft ihres Kabinetts für mich dahin ist.
Laß ihn dahin sein! zischt meine schwarze, verstopfte Pfeife. Suhren ist selber hin – was blieb denn von Suhren? – Er liegt im Stroh in einem Kleide, das er nicht erwählt; trägt ein Gewehr, um Menschen damit totzuschießen, die er nicht kennt; marschiert über Hügel, die nicht seine Heimat sind, und weiß nicht, wozu.
Doch – was kümmern mich die Spottöne einer kleinen Pfeife! Sie wird ausgeklopft und gereinigt, das ist einfach. Im Nu ist sie wieder bereit, mir Wölkchen von Tabak darzubieten, die meinem Munde entquellen und meine Nase umziehen.
Aber der Duft der Ochsenköpfe ist hin. Hin wie die reine und süße Zeit.

Es liegt etwas in der Luft.
Plötzlich werden keine Schwarmübungen, kein Handgranatenwerfen, keine Pionierarbeiten mehr gemacht. Jeder Tag bringt einen weiten Ausmarsch mit ganzem Gepäck. Manchmal müssen auch die Burschen, Schreiber und Küchenleute teilnehmen, dann ist die Schadenfreude groß, denn den bebrillten Philipp seinen Affen schleppen sehen, das grenzt an eine gelungene Theateraufführung. An einem solchen Tage machen wir einen besonders weiten Ausmarsch mit Gefechtsübung in kochender Sonne. Erst spät am Mittag wird zum Sammeln

geblasen und der Rückmarsch angetreten. Die Sonne steht steil und speit Feuer, die Tornisterriemen schneiden ins Fleisch. Alle halbe Stunden befiehlt Leutnant Brause: Helm abnehmen! Und nach ein paar Minuten: Helm auf! Albering, der sich vernachlässigt, indem er einmal auf eigene Faust den Helm abnimmt, wird zum Nachexerzieren aufgeschrieben. Wenn nicht genau auf Vordermann marschiert wird, gestattet sich der Leutnant, in die Kolonne hineinzureiten und uns mit Schmähworten zu peitschen.

Kurz vor Montcornet steigt die Chaussee einen letzten, steilen Hügel hinan. Da wird es zuviel, und einige Soldaten fallen um. Sofort ist der Leutnant da und ermuntert seinen Gaul, sie wieder auf die Beine zu bringen. Er ist maßlos aufgeregt und wählt seine Worte nicht mehr. Die Kolonne schreitet ergeben hin.

Es ist alles blendend weiß auf der Straße, dazu der Himmel grell und die Hügel flimmernd. Da lasse ich meine Augen eine ganze Weile auf dem kleinen Grasstreifen ruhen, der die Chaussee mit seinen regungslosen Löwenzahnrädern begleitet. Doch plötzlich liegt in diesem Streifen neben mir ein Mensch. Ich erkenne das rote Gesicht Bernhard Raupes. Seine Augen blicken stier, als habe er in der Schule eine schlechte Note bekommen. Sie sind von feuerroten Rändern umgeben, und der dicke Schnurrbart bewegt sich. Zugleich hebt der Liegende beide Arme wie bei einer Freiübung über den Kopf, welcher zurücksinkt wie abgebrochen. Der Helm rollt hin. Hier am Chausseestein liegt das Gewehr.

Dann bin ich vorbei und höre wie im Traum den Gaul des Brause herschnaufen.

Wie sie ihn in der Schule quälten! Aber nun ist er wenigstens bewußtlos, denke ich, er weiß nichts mehr.

Die Kompanie erreicht die Straße vor der Müllerei einigermaßen vollzählig, aber mit dem letzten Rest ihrer Kraft. Vorm Quartier gibt es ein schönes Schauspiel für das Scherenfernrohr und die anderen Franzosen, die an ihre Fenster geeilt sind. Der Leutnant läßt nämlich nicht wegtreten, wie es üblich ist, sondern will aus Wut sofort einige Belehrungen über Verhalten auf dem Marsche geben. In der Straße aber kocht die Sonne wie in einem Topf und scheint zu zischen. Einen Augenblick steht die Kompaniefront fest, dann bricht hier und dort einer zusammen, die Gewehre schlagen aufs Pflaster. Man will die Leute aufheben und wird angeschnauzt. Der Leutnant hat jedoch bereits das Spiel verloren, denn nun liegen schon zehn, schon fünfzehn am Boden. Klees neben mir knickt mit einem kleinen Laut um, Albering fängt sein Gewehr auf. »Wegtreten«, befiehlt Brause, aber keiner achtet mehr auf ihn. Die sich noch fest auf den Beinen fühlen, schleppen die am Boden Liegenden, die zum Teil Galle erbrechen, die Treppe hinauf auf den Boden. Das dauert eine ganze Weile, aber endlich ruhen wir alle im guten, gelben Stroh.
Ich bin erstaunt, daß ich es durchgehalten habe, und fast etwas fröhlich darüber. Viele sind fröhlich und plaudern leise im Liegen. Der Meyer aber steht im Gang und näht sich im Stehen einen Knopf fest. Einer sagt zu ihm:
»Bist wohl nicht müde, du Affe?«
Sieh, da hebt der Meyer langsam das eine Bein waagerecht hoch und macht mit dem anderen eine tadellose Kniebeuge, die Nähnadel in der Hand.
Das Plaudern erstirbt – allgemeines Staunen.
Klees liegt neben mir mit geschlossenen Augen und sehr blaß, seine weißen Zähne sind sichtbar.
Ich sage:

»Wenn man einen Antwerpener Lastgaul vor einen vollen Lastwagen spannt, geht er gemächlich mit ihm los. Wenn man dazu ein Rennpferd nimmt, so klappt es zusammen. Spielen Sie sich also bloß nicht auf.«
Ein erstauntes Lächeln sitzt in Meyers Gesicht, er witzelt:
»Höre einer den Suhren an! Er vergleicht sich mit einem Rennpferd. Suhren ist ein Rennpferd.«
Er will wirken und fragt in die Runde:
»Hat man gehört? Suhren behauptet, ein Rennpferd zu sein!«
Niemand lacht, aber Albering sagt:
»Sie Affe sollten etwas mehr Logik im Leibe haben. Suhren hat Klees mit Ihnen verglichen, ebenso, wie er ein Rennpferd mit einem Lastpferd verglichen hat – «
Ich höre es noch, aber plötzlich wird mir übel zumute, ein Mantel bedeckt mich, und ich falle in unruhigen Schlaf. Im Traum sehe ich, daß irgend jemand Meyer in einen Sarg hebt, höre eine Stimme sprechen: Von Brauses Pferd getötet nach einem Marsch von Paris bis Bordeaux. Die Welt ist genesen, Amen! – Ist es der Divisionspfarrer? – Nein, Raupe, der Küchensoldat, ist es, der ihn umrührt, sein Mund ist mit einer goldenen Briefmarke zugeklebt. Auch er ist tot, obwohl er fortwährend rührt und rührt.
Ein jähes würgendes Mitleid mit meinem Schulkameraden erfaßt mich, und ich erwache wieder. Albering spricht noch immer, aber ich verstehe nicht, was er sagt.
Abends gehe ich in die Küche zu Bernhard Raupe. Ich finde ihn auf seinem Lager. Es geht ihm schlecht, er hat Fieber und klappert mit den Zähnen.
»Na Schorsch«, flüstert er, »wie geht's, wie steht's?«
»Ich wollte nach dir sehen«, sage ich.

»Nett von dir. Setz' dich irgendwo, da ist eine Kiste.«
Er blickt ängstlich zur Seite und haucht:
»Übel hat er uns zugerichtet heute, aber – Herz, vergiß.«
»Sag', Bernhard, wie ist es mit dem Markenalbum?«
»Markenalbum? Wieso?«
»Ich schenkte dir doch einmal ein Markenalbum, es ist lange her. Du erinnerst dich vielleicht noch daran.«
»Gewiß erinnere ich mich noch daran, es war nett von dir, Schorsch.«
»Ich meine, ob du es noch hast?«
»Hast? Nein. Weißt du nicht, daß es mit verbrannte, als unser Haus hochging?!«
»Verbrannt?«
»Gewiß, und aller Schnaps in der Gaststube wurde gerettet, wir soffen ihn am Morgen aus. Alles wurde überhaupt gerettet, bloß das Album nicht. Es lag oben auf meinem Bücherschrank, und der Schrank war das letzte, was im Haus drin war. Wir bekamen auch ihn noch heraus, doch beim Schiefhalten muß das Album heruntergerutscht sein. So habe ich es nun nicht mehr, Schorsch. Es war ein Schatz – «
»Gewiß, Bernhard, ein Schatz«, muß ich ihm beipflichten. »Aber höre, alter Knabe, du sagtest mir noch nicht, ob es wieder aufgebaut wurde, euer Haus.«
»Gewiß, es ist wieder aufgebaut, mit einem Grammophon versehen und überhaupt neu und schön. Nur die alte Mutter kann sich nicht darin finden, sie seufzt: Dat ole Hus wär doch bäter, dat ole Hus wär so kommod! Aber ich«, lacht mein Schulkamerad, »sage ihr dann: Mudder, sei still, die neue Zeit ist angebrochen, man schreitet mit fort. Das deutsche Zeitalter ist angebrochen, man schreitet mit fort, nicht wahr, Schorsch? Herz, vergiß!«
Er ist ganz heiß an den Schläfen, und sein Atem zieht

tönend durch die Schnurrbartspirale. Er soll schlafen, und ich gehe fort.

»Böse, Schorsch?« ruft er mir nach.

»Nicht auf dich, Bernhard!«

Mein altes Album, du bist hin. Ihr Ochsenköpfe seid hin. Du Duft von Tante Maries Kabinett – hin, gewesen.

Doch verbrannt ist besser als verkauft.

Das gotische Fenster

Da ziehen sie hin, fort zum Kalvarienberg, ein Feldwebel, ein Gefreiter und vier Mann. Die vier Mann sind Strafexerzierer, Albering ist unter ihnen. Was die anderen drei auf dem Kerbholz haben, ist mir nicht bekannt. Albering hat sich vergangen, indem er seinen Helm ohne Erlaubnis lüftete, um den Schweiß passieren zu lassen.

Da ziehen sie hin, ich möchte schreien darüber, daß sie hinziehen. Sie verschwinden über die Placette. Ich will zum Feldwebel gehen und eine Rede halten, es ist unmöglich, daß sie ausmarschieren, sie sind ja alle krank. Die ganze Kompanie ist krank, es wird kein Dienst abgehalten. Die ganze Kompanie hat Ruhr, aus dem Wasser angetrunken oder sonstwoher. Was weiß ich?

Auch ich bin krank, schleppe mich hin. Will zur Latrine gehen, ziemlich rasch, und mich neben den Kameraden auf den langen Balken setzen. Es ist heiß, ich gehe zum vierzehntenmal heute. Wir sitzen da nebeneinander, und einige plaudern leise von der Seeschlacht am Skagerrak, deren Ergebnis eben bekanntgegeben ist. An-

dere saugen ergeben an erloschenen Pfeifen und lesen Zeitung. Auf den Zeitungen krabbeln hundert Fliegen, sie spazieren sogar auf der Pfeifenasche umher. Im Eingang aber stehen wieder andere Soldaten und wollen auch zum Sitzen kommen. Sie fluchen und verbieten den Plaudernden, lange Romane vom Stapel zu lassen. Manche gehen ingrimmig wieder fort; doch von den Sitzenden beeilt sich jeder, so sehr er kann.
Oben liegen die Kameraden im Stroh, und manchmal eilen sie die Treppe hinunter. Ich gehe nicht hinauf, sondern werfe mich unter einen der Wagen, die auf dem Hofe stehen, in den Schatten. So habe ich die Latrine im Auge.
Vergesse ich immer wieder, daß Albering abmarschiert ist? Ich will mich immer wieder daran erinnern, auch er ist krank. Ich kann mir so gut das Strafexerzieren vorstellen. Feldwebel Engelke macht es gnädig und läßt es neben der Kapelle unter den Lindenbäumen abhalten, wo Schatten ist. Der fade Christus reckt über ihnen seine rosanen Arme. Sie müssen Kriechübungen machen, die beim Gefreiten Hoyer sehr beliebt sind.
Christus litt aus freiem Willen und nach Gottes Ratschluß, Albering, der auf dem Bauche kriecht, leidet, weil eben die Welt ein Narrenhaus ist. Er kann so komische Fratzen schneiden, es belustigt ihn, wenn es recht toll hergeht. Er wird so tun, als ob er eine Klapperschlange sei, während er den Lindengang hinunterkriecht auf allen vieren, den Gewehrlauf unterm Kinn. An der Kapelle steckt er dem frisierten Christus die Zunge raus.
Doch weil er krank ist, faßt ihn heute die Verzweiflung. Der Hoyer faltet seine kindlichen, weißblonden Brauen und tut seine Pflicht in Nagelschuhen, ohne jeden Gedanken an seine Braut in Wolfenbüttel. Sonst könnte es

geschehen, daß er Albering mit »Vergißmeinnicht« anredete. Und Dienst ist Dienst und keine Gefälligkeit. Werde ich mich aufraffen, zum Feldwebel zu gehen? Er ist schlecht gelaunt und wird sagen: Was geht Sie das an! Ein richtiger Feldwebel würde mich sofort den Strafexerzierern nachschicken. Aber er ist eben kein richtiger Feldwebel. Ich krieche aus meinem Wagenschatten und mache mich auf den Weg zur Schreibstube. Aber unterwegs fällt mir ein, daß ich wieder zur Latrine muß, und hernach bin ich zu kleinmütig und lege mich wieder unter den Wagen.
Von hier aus kann ich einen anderen Wagen sehen, mitten in der Sonnenglut des Platzes, er hat einen Überbau über dem Lenkersitz. Ich ziehe das Skizzenbuch hervor und zeichne ihn. Es soll eine qualvolle Sonne auf der Zeichnung sein, und so ist der Wagen ganz weiß, und der Überbau des Wagens sieht aus wie ein gotisches Fenster. Da ich nicht imstande bin, einen Brief zu schreiben, will ich Lisa heute nur diese Zeichnung schicken. Sie wird denken: Sieh da, ein gotisches Fenster; er lebt bei einer alten Kirche, das ist gut; und es war ein sonniger Tag. Er zeichnet wieder, da wird ihm froh zumute sein. Nur wenn er fröhlich ist, zeichnet er.
Es gehen böse Gedanken durch meinen Kopf, und ich habe das deutliche Gefühl, daß ich ein Tier geworden bin. Aber nicht ein Tier der freien Wälder, sondern rundweg ein Haustier. Nicht ein Schwein, denn das ruht im Stroh und frißt sich rund und voll, sondern ein Pferd. Eins mit Wunden an Brust und Beinen, welches den Steinkarren ziehen muß! Aber auch das trifft meinen Zustand nicht.
Horch! Jemand geht an meinem Wagen vorbei. Ich höre Feldwebel Bloibooms Stimme sagen: »Geh in den Stall und melde, daß der Herr Leutnant heute nicht ausreitet;

das Pferd soll sofort auf die Weide. – Und dann höre! Kein Bier für heute abend holen, ich lege mich jetzt nieder. Wenn eine Meldung kommt, bin ich nicht da. Ich sei – meinetwegen sag, ich sei im Zirkus.«

»Zu Befehl«, antwortete die Stimme des bebrillten Philipp.

»Und noch was: daß sich keiner von euch beiden zum Leutnant getraut. Er ist unpäßlich. Sage es auch den Unteroffizieren.«

Ich höre und sehe das Zusammenklappen zweier Stiefel, die sich entfernen. Also unpäßlich, denke ich. Nennt man das so! Oho, der alte Gaul hat den meisten Nutzen davon, er wird das süße, grüne Gras raufen und mahlen. Er wiehert den anderen Pferden, die schon bald satt sind, zu: Sieh da, Berta, sieh da!... Sieh da, Mohr, sieh da!... Schön saftig ist das Gras unter Bäumen ... rupf, rupf, rupf... sieh da, sie rauschen, sieh da... rupf, rupf, rupf... sieh da, wir lauschen, sieh da... rupf, rupf, rupf... Es ist immer genügend Futter für uns alte Pferde vorhanden, rupf... rupf...

Die Pferde vergessen schnell die schlimme Zeit, ihre Nüstern bewegen sich vertrauensvoll, sie wiehern in ihre kleine Freiheit hinaus, doch die große Freiheit haben sie nicht gekannt. Das gotische Fenster genügt mir nicht mehr. Ich schreibe einen Brief, der so lautet:

Liebe Lisa! Hat der Mensch jemals die Freiheit gekannt? War ich nicht immer und immer irgendwo polizeilich angemeldet, und lautete mein Examen auf der Kunstschule nicht auf genügend? Verzeih diesen Brief, ich bin so krank –

Ich habe sie doch gekannt, die Freiheit, wenn ich mitten in einer Ebene lag zwischen plustrigen Disteln und Brennesselfrüchten. Da sah ich den kleinen eifrigen Wolken nach, die der Sandzug hinterließ, wenn er fortrollte in den Abend, und ein Stück Mond plötzlich da war und mich anschielte, daß ich dachte: Guten Tag, alter Bekannter, da bist du schon! Eigentlich ist noch Tag, aber ich werde jetzt in einen Apfelbaum klettern und einige Stunden darin verweilen. Ein Apfel fällt unters Hühnervolk, sie fahren flügelschlagend auseinander. Auch ich kann mich aus dem Baum fallen lassen, wenn ich es will. Das Gras ist weich.

Wann aber, Lisa, begann meine große Freiheit? Als ich erkannte: es ist nur ganz wenig auf der Welt, das kostbar ist, man muß es suchen. Du solltest mich jetzt küssen, Liebste! Eigentlich aber denke ich jetzt so wenig an Dich. Immer nur an mich denke ich. Ich bin Hiob und hadre mit Gott. Er hat mich in ein schlimmes Kleid gesteckt und meinen Füßen Gewichte angehängt. Meine Peiniger eilen sich nicht, sie sind gewiß, daß sie mich mit der Zeit mürbe bekommen. Sie lassen mich ruhig allein liegen, denn ich entrinne ihnen nicht. Ich muß Zeit haben, mich zu quälen, meinen sie, hernach werden sie mich williger finden.

Meine Peiniger? Ach, es gibt nur einen Peiniger – er quält alle! Er schickt allen alles, er verpestet die Welt mit seinem Gestank. Er schlägt uns mit Krankheit, daß wir die kleinen Fliegen um ihren beweglichen Latrinenbalkenspaziergang beneiden.

Mein Freund – daß ich ihn nicht vergesse! – ist krank, und nun –

Ich kann nicht weiter schreiben, es ist unmöglich, Lisa, meine Gedanken besudeln Dich. Ich bin ein Leichnam, der im Flusse gelegen hat.

Und doch! Mußte ich vielleicht in Erniedrigung und Selbstqual kommen, um zu lernen, wie viel Kostbares es aufzufinden gibt? Und blieb mir noch übrig, so vieles zu finden?

Ach, dieser Gedanke ist richtig und gut, ich fühle es tief. Oder nein: ich würde ihn tief fühlen, wenn es nicht diesen gewaltigen Nebel gäbe, der über mir und um mich seine Wand schließt. Wie Lichtlein sehe ich die Augen meiner Kameraden und kann nicht zu ihnen gehen, will es auch nicht, denn mein eigenes kleines Licht zittert und vermindert sich, es kämpft um sein Leben.

Kastanienblüten sind mir vergällt, Zitronenfalter achte ich für nichts, Gottes Atem regt mir Ekel, seit ich ein Soldat sein muß. –

Solche Gedanken wühle ich hin aufs Papier, zwischen den Rädern des Wagens liegend. Danach wird zur Latrine gerannt. Wie ich nun sitze, stößt einer neben mir ein fröhliches Bellen hervor. Es ist eine Folge von ganz hohen lustigen Lauten, so, als ob ein kleiner, weißer Hund den Himmel eines Pfingstmorgens anbellt, um diesem seine Achtung zu bezeigen, wobei das Stummelschwänzchen hin und her schwirrt.

Ich weiß es sogleich: es ist Albering, der bellt. Da ist keiner in der Reihe, der ihn tadelt. Sie finden es ganz natürlich, daß er bellt, man trifft unter den Soldaten die sonderbarsten Geschöpfe. Mir ist das Bellen furchtbar, und ich sage:

»Laß doch das Bellen, Kerl, machst ja den Fliegen bange!«

Er unterbricht sich und meint:

»Da ich unsern Herrn Jesus Christus eine Stunde lang angebellt habe, sollte ich doch auch Suhren mit einer kleinen Salve beehren dürfen!« Und zu allen gewandt, fügt er hinzu: »Kinder, auf dieser Stange, das kann ich euch versichern, da fühlt man sich beinahe im Himmel!«

Ich gehe hinaus und zerreiße im Hof meinen Brief in tausend kleine Fetzen; die Zeichnung aber mit dem Wagen, dessen Überbau aussieht wie ein gotisches Fenster, kommt in einen Briefumschlag, und so geht der Brief fort.

Ich habe sogar noch etwas von einem schön verlebten Nachmittag hinaufgeschrieben. Ich sträubte mich dagegen, aber meine Hand schrieb es von selbst.

Kunsthonig

Endlich kommt ein Festtag – im Stroh der Müllerei. Nicht etwa ein Sonntag, nein, ein richtiger simpler Donnerstag, welcher dienstfrei ist. Der Himmel, der durch die Bodenluke scheint, ist vom Wind gekämmt, Wolkensträhnen ordnen sich überm Blau.

Morgen verlassen wir die Stadt. Da kann es keine Trauer geben. Die Soldaten knien fröhlich vor ihren Tornistern und verpacken zum zwanzigstenmal ihre Sachen. Sehr wohl möglich, daß es eine weite Reise geben wird – je weiter, desto besser! Im Tornister fügt sich alles immer noch praktischer zusammen. Ist er fertig, so rollt man den Mantel, wie es gelernt worden ist, und legt darüber, sauber und wie am Lineal geknickt, die Zeltbahn.

»Hast du Zeltstöcke zuviel, Suhren?« fragt Albering, der seinen Leinenbeutel untersucht hat, »mir fehlen zwei.«

Ich habe keine Zeltstöcke zuviel.

»Dann müssen sie ins Stroh gekrochen sein, werde noch mal genau nachsuchen. Die Dinger werden sich nütz-

lich erweisen, wenn wir erst unsere Hütten auf dem Berge Tibor aufrichten müssen.«
»Tibor?«
»Na ja – glaubst du vielleicht, daß es dort überhaupt einen einzigen kleinen Stock zu finden gibt? – Mit dem Mikroskop kannst du losgehen! Tibor ist nämlich kahl, lernten wir in der Religionsstunde im Seminar.«
Er brummt noch anderes vor sich hin, immerfort das Stroh durchwühlend. Klees schilt:
»Was willst du mit dem Berge Tibor? Mußt du immer neue Parolen aufbringen? – Erst Vogesen, dann Karpathen, dann Dolomiten – und nun bist du schon in der Religionsstunde angelangt!« Und er fügt leise hinzu: »Übrigens heißt es nicht Tibor, sondern Tabor.«
»Klees ist guter Laune«, stichelt Albering, »hat ein Briefchen vom Mädchen, da können ihn die Preußen ruhig bis auf den lausigen Tibor laufen lassen – er leckt sich alle Finger danach, einen Liebesbrief zwischen Herz und Nabel im Futter... da ist ja auch der zweite Knüppel, nun sind sie vollzählig. Rein in den Beutel! Wenn der Tibor bestiegen ist, kommst du wieder heraus!«
Nun ist aber doch ein Soldat wütend, das ist der kleine Hahn. Er streicht sich seinen weißblonden Sichelbart, um wirkungsvoller sprechen zu können, dreht im Knien den Kopf her, und –
»Halt bloß das Maul!« näselt er, »mach uns bloß nicht weis, daß du mehr in dir hast als andere Leute! Mach dich bloß nicht lächerlich, du –«
Albering antwortet leise:
»Sprach ich vielleicht mit dir, Hahn? Ich wüßte nicht.«
»Hört mal den!« kräht jetzt der Kleine. »Hört bloß mal den! Er will uns vormachen, daß er weiß, wohin es ge-

hen wird! Als Lehrer muß er es wissen! meint er. Als Unterlehrer bestimmt! meint er.«
Nun mischt sich Lurtjebam ein, der unterm Dachfenster seine großen mageren Füße mit Salbe bearbeitet:
»Tiber? – Unsinn! Wo ist überhaupt der Berg Tiber? Ist meines Wissens ein Fluß, wo Romulus und Remus ihre Patschhände um die Euter der Natur wölbten ...« er ahmt nach, wie die Kinder unter der Wölfin sitzen, legt den Kopf schief in den Nacken und hebt seine beschmierten Hände über sich, »so – oder kreisten, na und so weiter – ich bin kein Lehrer.«
»Ein Dichter bist du«, sagt Albering, »das ist viel schlimmer.«
»Also nicht Tiber. Nein – Mazedonien ist das Ziel unserer Träume, wo der Ölbaum wächst ...«
»Schreib mit, Suhren, unvergeßliche Worte sind das!« ruft Albering. »Oder tritt ihm wenigstens vor den Bauch!«
»... wo der Ölbaum grünt, da strecken wir unsere Glieder. Moskitos werden im Kunsthonig kleben ...«
»Bravo!« nickt Hahn, der Moskitos vielleicht für ein Land hält.
»... sag Eisen, roter Liebling, werden nicht heute abend noch Moskitonetze empfangen werden? – Sprachst du nicht soeben von scharlachroten Moskitonetzen? – Sprich dich aus, Holder!«
Der Holde aber, dessen Sprechmotor schon mehrmals vergebens angesprungen ist, schnurrt los:
»Halt den Babbel, mit deinem Mist! Habe nur das eine gehört, weiß es sogar bestimmt, weil ich es selber in eigenen Händen hatte – Hahn, lang mir mal mein Kochgeschirr her – danke.«
»Na, sag's!« rufen mehrere Stimmen.

»Danke, lieber Hahn – ohne das Kochgeschirr ist doch ein alter Soldat einfach – einfach –«
»Aufgeschmissen«, ergänzt Klees, »aber sag uns rasch, was du weißt. Du warst soeben auf der Poststube – nicht wahr? Ich sah dich zurückkommen.«
»Auch das, Kameraden«, lächelt Eisen so geschmeichelt, daß man es sogar gegen das Licht des Bodenfensters sieht, »unter anderem auch das – nehmen Sie gefälligst Ihre Quanten von meinem Mantel, Herr Pfeiffer – danke – also –«
Er sieht sich schweigend im Kreise um. Man hört das Stroh rascheln. Dann flüstert er:
»Es gibt in der Kantine Kunsthonig.«
Gewiß – als Bestätigung zeigt er vier würfelförmige Pakkungen, die er bereits seinem Tornister eingefügt hat. Sofort endigt unsere Unterhaltung, denn alle, die noch Geld haben, brechen fluchtartig zur Kantine auf.

Der Bodenraum ist im Nu fast leer. Klees deckelt seufzend seine Mütze auf und geht. Hahn bleibt sitzen, weil er es nicht nötig hat, Kunsthonig zu essen. Albering macht sich fertig, und ich sage:
»Zwei Pakete will ich mir auch kaufen.«
»Sechs«, entgegnet mein Freund, »nicht unter sechs. Hast du Kunsthonig, so bist du fein raus. Du verzukkerst dir dein Leben – komm!«
Pabst, der, seine Hosenträger zuknöpfend, uns auf der Straße überholt, ruft fröhlich:
»Lauft, Kinder, lauft! Wenn ich von Kunsthonig höre, nehme ich die Beine in die Hand!«
So gelangen wir mit beschleunigten Schritten zur Kantine – leider zu spät, der Kunsthonig ist ausverkauft.
»Verdammt!« flucht mein Kamerad, »verdammt noch einmal! Bis Tibor ohne Kunsthonig – verdammt!«

Ich sage:
»Siehst du die Leute in den weißen Litewken! Sie tragen ganze Stapel von Kunsthonig über den Platz – vielleicht wenden wir uns an einen von ihnen?«
»Trockenes Brot bis zum Tibor, das ist so gut wie sicher, verdammt! Du blinder Laie, nein, laß bloß die Kerle laufen, sind Etappenschweine, geben uns bestimmt nichts. Sieh bloß den einen, der hat das reine Kriegerdenkmal auf dem Arm, der wird den süßen Honig fingerdick schmieren. Wie er wackelt! Vielleicht ist er etwas besoffen. Komm, wir wollen ihn in den Hintern treten.«
Er macht ein paar Schritte hinter dem sauberen Litewkensoldaten drein – er ist toll. Jetzt dreht sich jener balancierend um, zeigt ein grämliches Bedientengesicht, welches mit Mehl und Schweißfäden bedeckt ist, und meint:
»Ihr kommt bald an die Front, Kameraden, da werdet ihr es gut haben. Wir von der Feldbäckerei sind sämtlich Familienväter, und ihr jungen Leute habt dann alle Tage Frontverpflegung, vergeßt das nicht!« Er nickt wie ein studierter Gorilla und setzt sich vorsichtig wieder in Bewegung. Albering spuckt böse aus. Wir gehen im Schatten an den Häusern entlang.

Schweigend erreichen wir die Obstgassen und treten auf kleine Äpfel, die der Wind heruntergeworfen hat. Das gibt knacksende Geräusche. Da ist das Haus von Raimond. Ich spähe im Gehen durch den Zaun, und wirklich steht dort der Knabe, wie ich es gehofft habe. Ich rufe durch die vom Wind bewegten Sträucher:
»Leb wohl, Raimond!«
Der Knabe schweigt und zeigt seinen Rücken. Doch plötzlich wendet er sich wieder her und macht gegen mich eine Bewegung, die sagt: Geh ab! Schmerzerfüllt

folge ich meinem Kameraden, der immer noch grollend in sich hineinredet.
Hier ist die freie Ebene den Hügel hinan und droben die Lindengruppe, zu der wir hinaufstreben. Es ist selbstverständlich, daß wir noch einmal den Calvarienberg ersteigen müssen. Winzige Samen von Unkraut an der Uniform, gelangen wir zur Kapelle, wo ein starker Luftzug weht, der die Linden aufrauschen macht und die Gräser in Wellen überläuft, daß sie wie grünes Silber den Hügel hinunterspringen, bald links, bald rechts, immer im lustigen Zickzack, und auch die Unkrautäkker schlagen auf und nieder.
Wir setzen uns ins Gras unter den Gekreuzigten und sehen den Aufruhr des beglänzten Tales – in der Ferne Nußbäume, deren dunkle Laubmassen ineinander verwühlt sind, dahinter, nach der Bahnstrecke zu, viele Pappeln, die die Zwischenräume ihrer steilen Äste lüften. Der Wind macht uns wieder fröhlich, und wir vergessen den Kunsthonig.
»Wie komisch«, sagt mein Kamerad, »daß wir nun so schnell über alle Berge gehen! Ich dachte schon, daß wir uns für immer mit dem da oben anfreunden müßten.«
Er blickt, den Kopf im Gras, hinauf nach dem Gekreuzigten, um dessen Holzleib die langen Zweige sich bewegen, und fügt hinzu:
»Es ist ganz lustig, hier zu strafexerzieren, man wird sich über so vieles klar – wie schön es hier ist!«
Von der Straße ertönt der scharfe Trab zweier Pferde.
Dann verklingen die Hufschläge, sie gehen uns nichts an. Sie tanzen noch in den Wipfeln, aber nun ist es schon der Wind, der Blätter zum Schwirren bringt.
Ich sage: »Auf, Kamerad!« und wir gehen durch die Felder heim. Unterwegs pflücken wir roten Klatschmohn, Zyanen und lange Margueriten – Sternblumen

vom Calvarienberg. Es ist doch ein schwerer Abschied. Vorwärts!

Die Blumen geben wir dem Schreiber Oskar, der die Nase hineinsteckt. Er soll sie dem Feldbwebel ins Zimmer stellen. Der Bloiboom ist krank, er hat seine Abendbesuche beim Scherenfernrohr zu lange ausgedehnt. Aber wir lieben ihn, und seinen blauen Augen muß allezeit ein Grund gegeben werden, fidel zu blinzeln.

Das ist der Schluß vom Calvarienberg.

Danach beginnt das Gewehrreinigen.

Die Korporalschaft Tielbürger sitzt wie immer mitten auf dem Hof der Müllerei im Schatten eines kleinen Daches auf einer Dreschmaschine. Einige kauern oben auf dem alten Gerät, andere auf den Balken des Holzgestells.

Eine halbe Stunde lang wird schweigend auseinandergenommen, gewischt, wieder zusammengesetzt. Alle wünschen, daß Tielbürger den Mund auftun soll. Dieser aber scheint es nicht zu bemerken, sein wie aus Holz geschnitztes Schreinergesellengesicht ist gespannt aufs Gewehr gerichtet, das er dreht und wendet, als drehe und wende er daheim ein Stück edles Holz in seinen riesigen Händen. Das Gewehr wirkt in diesen Händen wie ein Spielzeug. Jetzt nimmt er den Wischstrick zur Hand, taucht seinen Mittelfinger in die Fettdose und bestreicht den Wergpfropfen.

Laß ihn nur machen. Seine Stunde ist noch nicht gekommen.

Die meisten Soldaten sind nun fertig mit dem Reinigen. Sie zischen mit den Visieren. Es ist ein schönes Spielzeug – wenn man nichts mehr zu tun hat, wird mit dem Visier gezischt.

Einige blicken still geradeaus. Dort liegt hinter der Ein-

fahrt der Marktplatz heiß und steinig in der Sonne und jenseits des Platzes die Kirche. Sie ist ganz grau, ausgedörrt, und mit vielen Höhlen und Winkeln im Bau. Die sieht aus wie eine angejahrte Lehrerin, mit dem weißen Scheitel im Licht eines Kinderspielplatzes.
Und horch! Da lärmen auch die Kinder wieder herunter, Katerine, die feurige, und hinter ihr das ganze Rudel der rotblonden Schwestern. Mit Tumult heraus aus der Straße der lauten Winde und mit Geschrei ins Versteck hinter die bergenden Falten der Kirche. Fort sind sie und verstummt. Und nach einer Weile trippelt ein kleines Mädchen, die jüngste der Schwestern, im blauen Kleidchen übers weite Steinpflaster, immerfort den kleinen klagenden Ruf ausstoßend: »Helft suchen mir! Helft suchen mir!«
Ich sehe auf Pfeiffer, seine Augen sind ruhig und ein wenig blöde auf Tielbürger gerichtet. Er trauert, weil er seinen Freund verlassen muß. Er ist vielleicht der einzige unter uns, der vieles zurückläßt; sein Gewehr aber ist am unvollkommensten gereinigt. Albering sagt zu ihm:
»Schlaf nicht ein, deine Zigarette fällt ja weg.«
Und wirklich faßt sich Max an den Mund, wo natürlich nichts hängt. Dann antwortet er grinsend:
»Nachher, Kamerad, hole ich mir eine, eine zum Abschied – du gibst mir eine?«
Albering wirft eine von oben herunter, die Max aber verfehlt, so daß sie Tielbürger übers Gewehr springt. Dieser zieht den Strick aus dem Lauf und sagt dann heiter, ohne uns anzusehen:
»Macht euch heute fertig, es geht nach Luzk.«
Eine Stille tritt ein – das war das Wort.
Jemand fragt:
»Wo liegt Luzk?«

Der Meyer antwortet:
»In Rußland, Provinz Wolhynien.«
Tielbürger befiehlt:
»Alle jetzt den Lauf vorzeigen!«
Der Meyer ist der erste, der vor ihn tritt und sein Gewehr hinreicht, das Schloß in der Hand. Wir anderen halten noch einmal den Lauf ans Auge und blicken hindurch.
»Rußland«, sagt jemand. Es ist ein Alb von uns genommen – wir wissen es: Rußland. Alle sind erregt, sie reden irre, als sei ein Geist über sie gekommen. Sie spähen durch den schillernden Gewehrlauf und glauben die Zukunft zu erblicken.
Lurtjebam kneift die Lider über dem einen Auge zu einem Faltenstern zusammen und ruft begeistert:
»Land der Kirschen und der mandelförmigen Frauen!«
Eisenbolz faucht wie ein roter Kater und sagt ingrimmig, sein Gewehr senkend:
»Da gibt es keine Kantinen.«
Albering erklärt:
»Ich sehe – nichts.«
Meyer sagt in militärischer Haltung zu Tielbürger:
»Glauben Herr Unteroffizier, daß dort ein frischfröhlicher Krieg losgehen wird? Brussilow ist ein harter Gegner, aber wir werden ihn werfen, über Luzk hinaus, so weit er will.«
Worauf Tielbürger schlicht antwortet:
»Werden unsere Pflicht tun.«
Klees, der noch gestern, als er seine Geige fortschickte, sehr niedergeschlagen war, ist am stärksten vom Rausch ergriffen. Er hält sein großes braunes Auge an den Gewehrhals, späht unentwegt durch den Lauf, der in seinen Händen erzittert, ins Licht und spricht die Worte:

»Mitten in der Mündung sehe ich Luzk, die Stadt – sie liegt an einem Flusse, der trübes Wasser führt – ein Platz ist dort, wo auch Soldaten Waffen reinigen – es sind Russen, weiße Mützen, und einer setzt sich eine schwarze Pelzmütze auf – sie bringen eine geraubte Kuh durch die Straße – von einer Galerie winkt ein Mensch, ein Knabe, er läuft hin und her, unruhig, und winkt mit einem Tuche – der Knabe wird verderben, wenn wir nicht kommen –«

Die roten Kirschen

Der lange Transportzug rollt durch die Nacht. Die sieben Soldaten in meinem Abteil, das heiße Essen von Sedan im Leibe, liegen wie gefällte Bäume. Immer noch Angst vor Verdun? – Der Radiumkompaß glimmert vor meinem Gesicht auf dem Fußboden, manchmal sehe ich darauf, wir fahren im allgemeinen nach Südosten. Scharf im Südosten liegt Verdun. Geht es nach Verdun, so werde ich fallen, zuckt es in meinen Fingerspitzen.
Ohne Aufenthalt rollt der Zug. Vielleicht sind wir dafür aufgespart, die Nase von Souville zu nehmen. Sieben Handgranaten am Koppel, so werde ich losgehen mitten in der Angriffswelle, mitten durch das Sperrfeuer von Tavannes. Schon habe ich etwas in der Faust, da fällt links Klees, rechts Pfeiffer. Die Nase von Souville fahren lassend, wünsche ich sehnlichst, auch zu fallen, damit der Ungewißheit ein Ende gemacht werde. Ich grüße dich, letztes Grasbüschel von Souville, das ich beiße und mit einem kleinen Bächlein Blut bespucke. Lebe wohl, Lisa, ich kann nicht mehr an dich denken, es vergeht mir der Atem.

Mein Kopf liegt auf dem dröhnenden Holz, und die Gedanken hüpfen auf allen Ästen meines kleinen Lebensbaumes herum wie frierende Vögel. Am Kompaß verfolge ich die unentwegte Fahrtrichtung nach Südosten. Man hat uns getäuscht mit Luzk, man hat uns die Freude gemacht, zu verkünden, daß wir durch Deutschland fahren werden. Und wir dachten: Eine Fahrt von Stunden, von Tagen über den Boden des Vaterlandes! Eine Fahrt mit Hurrageschrei und geschwenkten Fahnen! Und danach Friedensschluß! –

Gegen zwei Uhr aber fahren wir östlichen Kurs, kurz darauf nordöstlichen, lange Zeit. Eine plötzliche Müdigkeit erfaßt mich. Die Grenze ist nicht fern, ich will schlafen und beim Erwachen sehen, daß wir in Deutschland sind. Gute Nacht, und der Zug rollt.

Nach einer Stunde erwache ich sehr erfrischt, werde munter und sehe die Kameraden im Zwielicht liegen. Die meisten haben Tücher über ihre Gesichter gedeckt. Neben mir, den Kopf im Mantel verwühlt, schnauft Pfeiffer, das Gesicht dunkelrot, auf der Unterlippe die breite Zunge, über die der Atem aus- und einfährt.

Ich wage nicht aufzustehen, aus Furcht, die Hügel von Verdun zu erblicken. Max Pfeiffers rotes Ohr hat ein so kleines niedliches Läppchen. Plötzlich sagt er im Traum:

»Ick gah nich na School, o –«

Er winselt und bewegt die Zunge. Danach brummt er, die Kolbennase in einer Mantelfalte, beruhigt:

»School is all ut.«

Nach einer Weile sind seine Augen offen, aber noch weit fort.

Ich erhebe mich vorsichtig und sehe hinaus. Ist das mein Vaterland? Der Zug eilt durch ein Tal, und rings heben sich Berge aus dem Dunst des Morgens. Aus den Bergen aber kommt eine lange Folge von steinernen Bogen ins Tal geschritten, kommt eine rötlich schimmernde Wasserleitung zu uns hergeschritten, kalt befeuchtet vom Zwielicht, aber frei von allen Schatten und rein in fliegender Röte. Sie kommt her – zu spät, die Kameraden zu wecken – wird ganz groß, bricht plötzlich ab, und zwar so, als wäre es das Erhabenste, einfach und sorglos zu endigen. Da sind auch Häuser, weiß und feucht im Zwielicht, eine ganze Stadt aus weißen Häusern, die lustig ausgestreut liegen. Im Tale ballen sich Dämpfe, welche Farben ausstrahlen. Ein Strauch weht ans Fenster. Ein Vogel schreit einen Augenblick laut und feurig.

Ist das Deutschland? – Ist das Frankreich? –

Es ist Luxemburg, ein Bahnhofsschild sagt es.

Ich bin traurig, weil es den Namen Luxemburg führt, ein solcher Name ekelt mich an. Das kann niemand verstehen. Ich ärgere mich immer, wenn ich lustig sein sollte, immer kommt dies Versehen vor. Wenn ich Bahnhofsschilder bemalen dürfte, würde ich sie weiß lassen. Und wenn ich die Länder mit neuen Namen versehen müßte, würde ich sie überhaupt nicht nennen. Ich will meinen Kindern dereinst keinen Namen geben, damit sie sich besser vertragen.

Da ist z.B. Pfeiffer. Er hat die Augen wieder geschlossen und träumt seinen Schultraum zu Ende. Sein Name ist so irreführend, wie nur einer. Musik erfreut zwar sein Herz, aber sein Singen verrät, daß er nie Flöte spielen lernen kann. Er ist kein Pfeiffer. Und horch! im Schlaf stimmt er zu, denn er grunzt und schnurrt wie eine Teufelsgeige.

Eine Stunde lang rollen wir durch eine Hügellandschaft. Die Kameraden erwachen und hören von mir, daß wir durch Deutschland fahren werden, sind aber keineswegs erstaunt darüber. Einige beginnen zu essen. Später wird das Abteil ausgefegt. Man sieht durchs Fenster den ewigen Dampf der Maschine über den Kornfeldern hintreiben und wechselt einen Gruß mit Bekannten, die sich aus den nächsten Abteilen lehnen. Alle haben gut geschlafen, die Stimmung ist vorzüglich. An den immer hübscher und sauberer werdenden Häusern und Gärten fühlt man die Nähe Deutschlands. Es ist der zweite Pfingsttag, auf die einsamen Feldwege trifft schräg die Morgensonne.

Pabst erzählt:

»Wenn es über Erfurt geht, werde ich dicht an unserem Hause vorbeikommen. Hoffentlich ist dann nicht Nacht.«

Alle denken still an das Haus des Pabst. Wenn wir vorbeifahren, wird seine hübsche Schwester vielleicht mitten im Bohnenfeld stehen und winken. Zufällig aber blickt sie gerade einen anderen Soldaten an, der die Mütze schief auf dem Kopfe hat, an ihren Bruder denkt sie im Augenblick nicht einmal. Dieser sieht ihr Kleid hinter Bäumen verschwinden, hinter seinen Apfelbäumen, die sich verkleinern und fort sind. Besser bei Nacht, Pabst!

Jetzt stehen die Kameraden an den Fenstern, sie springen vor Freude und schreien hurra.

»Trier, Porta Nigra, Mosel«, berichtet Meyer.

Albering und ich, wir haben keinen Platz mehr an den Fenstern und sitzen uns still gegenüber. Mein Herz klopft erbärmlich, wir fahren durch mein Vaterland.

»Die hohen Berge!« schreit einer.

»Der Fluß, sieh, der Fluß!« ein anderer.

»Boote sind da, sie wollen eine Pfingstfahrt machen!«

»Sie fahren zur Kirche.«
»Hört ihr die Glocken? Es läutet.«
»Still, hört doch!«
»Die kleinen Mädchen rennen zur Brücke, sie tragen Gesangbücher, es sind wohl zwanzig Stück.«
»Sie sind der Nonne fortgelaufen, auch sie macht Beine, die schwarze Kugel!«
»Da ist eine Burg!«
»O schön! Die mag alt sein.«
»Zum Teufel, das ist doch eine Ruine!«
»Burg oder Ruine, das ist einerlei.«
»Wie ein alter Backenzahn schaut sie aus.«
»Muß mal heilgemacht werden.«
»Jetzt kommt wieder ein Dorf. Achtung! wir wollen schreien.«
»Ho – – !«
Albering, der seine Fingernägel beschneidet, sagt:
»Wären wir nur erst in Rußland. Man versteht sein eigenes Wort nicht mehr.«
Ich sage:
»Alter Besen, freue dich, daß du einmal wieder durch deutsches Land fährst.«
»Unsinn«, entgegnet er, »habe nichts davon. Laß sie nur schreien, werden schon genug davon kriegen. Ich sah da eben einen Kerl über die Straße gehen, der trug seinen Bauch so unverschämt vor sich her, als wäre das alles in Ordnung, daß wir hier im Dampfzug sitzen und um die Welt kutschieren. Pfui Teufel!«
»Aber der hat vielleicht seinen Sohn schon in Frankreich liegen.«
»So mag sein Bauch platzen, wenn der nicht von selber eingeht.«
»Vielleicht war sein Bauch früher doppelt so dick, und er hat aus Gram schon die Hälfte davon eingebüßt.«

Albering stellt sich den Herrn mit einem noch doppelt so großen Bauch vor und kneift die Augen über der spitzen Nase lustig zusammen. Dann sagt er heiter:
»Aber die Kirschbäume, das ist schon etwas anderes. Sahst du die Kirschbäume? Nein? Sieh sie dir an, ich rate dir gut.«
»Was ist denn an den Kirschbäumen?«
»Sieh nur hin, du wirst dich wundern.«
In diesem Augenblick wird ein Platz am Fenster frei, und ich zwänge meinen Kopf in die Lücke. Es ist ein unendlich fröhliches Strudeln auf dem Spiegel der grünen Mosel. Und darüber am Abhang – Kirschen. Sie blühen – nein, sie sind rot, es sind rote Kirschen. Reif sind sie, Soldaten, die Kirschen im Moseltal sind reif! In Deutschland reiften die Kirschen, und wir wußten es nicht. Wir lagen auf Bastionen und Kalvarienbergen, und unsere Schritte knirschten durch Straßensand! Wie aus rotem Glas geblasen sehen die Kirschen aus. Es sind wohl tausend rote Glitzerbäume, sie nehmen kein Ende. Ist es Deutschland, dessen Nähe mich verwirrt? – Ist es mein Vaterland? – Sind es die Kirschen meines Vaterlandes? –
Aber die Wasserleitung von Luxemburg? Aber der süße Duft des Tales von Chérèt? Aber die Bastion mit den goldenen Blüten im Kraut? Aber die Unkrautäcker von Montcornet, die sich im Wind bewegten, grün und feurig, von Mohn durchsprüht?
Ach, wo ist mein Vaterland? – Wie kann ich es fassen? – Wir wollen uns die Hände geben und sagen: O du wundervolles Land Gottes, du Land ohne Namen, großes Land rund um unsere Wiege, in deinem reifenden Sommer liegend, von Sonne überschüttet, von Meer zu Meer, von Gebirge durchzogen und Wald!
Spanien fällt mir ein, und als ich nach tagelanger See-

fahrt mitten in einer Sommernacht bei niedertauchendem Schiffsanker den Duft der Pyrenäenberge roch. Da trat Gott durch meine Nase in mein Herz. (Ein ganz gewöhnlicher Heugeruch – sagte der Kapitän.) Gott trat vom Gebirge und lagerte über dem Wasser. Wie groß ist meine Heimat, Gott, und wie herrlich, denn du erfüllst sie mit deiner Größe übermächtig, und nirgend ist Raum genug, dich zu fassen! – Die Kameraden am Fenster sind ruhiger geworden. Albering läßt plötzlich sein Taschenmesser senkrecht in den Holzboden fallen, wo es zitternd stecken bleibt, und sagt düster, ohne den Blick zu erheben:

»Es ist etwas am Werke, was wir nicht verstehen. Wie könnte es Gott anders zulassen, daß wir weniger sind als dies Messer, neunmal weniger – erschrickst du?«

»Sprich weiter.«

»Nur dies noch: Kommt jemand mir vors Gewehr – ich schieße in die Beine.«

Danach schwieg er den ganzen Tag. Wir fuhren über Erfurt, aber es war Nacht. Wir fuhren die südliche Strecke, da war ich froh, denn nie und nimmer konnte ich Lisa hier begegnen. Am dritten Tag waren wir schon in Polen.

In Polen gibt es einen Bahnhof, wo wir für einige Stunden anhalten und den Zug verlassen dürfen. Neben der Station steht ein Kramladen, eine Jüdin mit billigen Ohrringen an den gepuderten Backen verkauft dort Butter an die Soldaten. Eisenbolz nimmt den Trinkbecher mit und schöpft heimlich aus dem Zuckersack. Andere folgen seinem Beispiel, holen auch billigen Zucker. Eine Viertelstunde später sehe ich die Hyäne gegenüber auf einer Holzveranda sitzen und mit Damen Kaffee trinken, eine Zigarre in der Hand, die über die

Brüstung hängt. Sein Stottern fällt den Damen nicht auf, seine Taschen sind voll Zucker.
In dem mageren Getreide vorm Haus sitzen dreißig Soldaten und verrichten ihr Bedürfnis, den Blick auf kleine Mohnblüten oder auf die Hyäne gerichtet. Hinterm Kornfeld steigt ein Mann vom Kirschbaum. Es ist Albering. Er kehrt mit mir zum Zuge zurück und sagt: »Hier sind die Kirschen wie Essig sauer, man muß sie in Kunsthonig beerdigen.«
Ich dachte: Auch die Krambude des Juden mit der blassen und fetten Tochter, auch das verdreckte Getreide am Bahnkörper, auch der Kirschbaum mit seinen armseligen paar Früchten, auch das Land, und wie es sich flach und baumlos hinausstreckt bis an den Horizont – es ist *mein* Land.
Es könnte nicht ärmer sein. Es könnte nicht mehr geliebt werden als durch mich.

Fieber

Am vierten Tag waren wir schon in Wolhynien und sahen links und rechts vom Bahnkörper die flachen Wiesen der Bugniederung sich ausbreiten, wo hier und da der Wind in Roggenvierecke schlug. Am Abend dieses Tages rollte der Zug über die rote Bugbrücke, und nun umgab uns wieder die ungeheure grüne Ebene, die sich in Nacht vergrub. Ein Käfer verflog sich ins Abteil, die Pfeife der Maschine schrie auf – und ich saß und dachte an meinen lieben Freund, der irgendwo in dieser grünen Ebene, durch die der Bug sich hintrollt, sein Grab hat. Ich dachte an seine leichtsinnigen Patrouillen gegen den Feind, von denen man mir erzählt hatte, und hätte sein mögen wie er. Sein Tod war eine klare Sache: er ging mit der brennenden Zigarette am Stacheldraht spazieren, schlank wie ein Gott, ein erhabenes, sich selbst total vergessendes Wesen der Erde. Eine Kugel zerschlug seinen Kopf, dessen Schläfen und Stirn ich in manchen Stunden angesehen hatte. Wie war es nur möglich, das Leben so unwichtig zu nehmen? – Es ist mir rätselhaft, aber ich bewundere diesen Tod beim Spaziergang vor den Linien. In diesen Gedanken schlief ich ein. Nachts rangierte unser Zug stundenlang auf einem großen Bahnhofe. Es mußte Kowel sein, wir standen nicht auf, denn wir fühlten, daß wir bald das Abteil würden verlassen müssen und bedauerten es. Sahen wir doch wieder die beunruhigenden Gestalten unserer Vorgesetzten vor uns aufwachsen und den ewigen Befehl ausstoßen: Marsch! Rußland war groß, und wir würden wohl nie an sein Ende gelangen. Wieder fielen wir in Schlaf, und der Zug rollte. Es war schon Morgen, als er auf einer kleinen Station hielt. Der Himmel war trübe, und ein feiner kalter Regen stob. Überall erklang der Ruf der Unteroffiziere:

Aussteigen!

Wir waren bereit, kletterten mit unseren Sachen aus den Türen und sammelten uns unweit des Stationsgebäudes neben einem nassen Kornfelde, wo schnell Zelte gebaut und weitere Befehle abgewartet wurden. Leutnant Brause ging zur Station, die Feldküche gab Reis aus, und wir zogen uns mit den dampfenden Geschirren in die langen Zelte zurück, die nach der regenabgewandten Seite offen gelassen waren, so daß wir den Verkehr am Bahnhof beobachten konnten. Zur Rechten lagen die Zeltreihen der andern Kompanien wie lange gelbe Sanddünen. Dort standen andere Feldküchen, die ebenfalls Reis ausgaben und einen kleinen schwarzen Rauch auf die entfernten Felder wehen ließen. Geradeaus am Bahnhof lud man Pferde aus, Mohr, Berta und alle die andern, Gruppen von Offizieren standen herum. Näher zu uns her unter einer windzerfurchten Birke bewegten sich geflüchtete Bauern um ein abgetriebenes Gespann. Bei ihnen war eine schwangere Frau, die stundenlang die Birke nicht verließ, und der der Wind das offene schwarze Haar über die Schultern zerrte und durchnäßte. Einige von uns erkannten unter den Offizieren einen Prinzen. Es war ein sehr junger Mensch, kaum sechzehn Jahre, von überschlanker Gestalt, die dünnen Beine in Zeuggamaschen gewickelt. Er bewegte sich schlendernd über einen Laufrost zu den Flüchtlingen hin, wo wir ihn einen Augenblick genau sehen konnten. Ein österreichischer Soldat, der, eine durchnäßte Decke überm Kopf, vor unserm Zelte stand und mit Lurtjebam und Hahn plauderte, lächelte eins übers anderemal, indem er über die Schulter zum Prinzen hinzwinkerte:

»Mir ham a vo dera Sortn.«

Es war alles so, als hätte ich es schon einmal erlebt – der durchnäßte Österreicher, seine im Lächeln entblößten schönen Zähne, der Wind, der das Zelt durchfuhr und aufblies, der Prinz, der vor der schwangeren Frau auf dem Absatz kehrtmachte –

Dieser Gedanke quälte mich, und ich blickte nach links auf die leeren Felder. Es gab dort ganze Zonen von düsterrotem Sauerampfer, der mit rosa Lichtnelken vermischt war. Am andern Ort war Klappertopf gelb bei gelb in Heeren aufmarschiert. Wind fuhr in langen Streifen drüber her und begrub sich darin, ein paar blaue Skabiosen hämmerten mit den Köpfen ins olivfarbene Grün des Grases, das hier mächtig dunkel, dort heller werdend alles Blumengetümmel unterlief, beherrschte und mit dem Wind im Bunde für Sekunden zu Fall brachte.

Es war mir plötzlich, als müsse ich diesem Zelt entgehen, wo eisenbeschlagene Stiefel das Stroh verwühlten, und der Geruch kaltgewordenen Essens herumwehte – entfliehen, um mich einem Wind hinzugeben, der mich besser bediente.

Ich ging. Im Rock, in der Mütze, wie ich war, ohne Waffen schritt ich vorwärts durch das nasse Gras, im-

mer den bunten durchstürmten Wiesen zu, die beschäftigt schienen, eine Sonatine von Mozart ins ungewöhnlich Lebendige zu übertragen.
Ich gelangte an einen Graben und sah zurück. Das Zeltlager war versunken, vorwärts aber, dicht vor meinen Füßen, ließ sich das Gras des Grabenrandes, hoch und buschig, zu Silbermassen niederdrücken und zerren. Da war auch mein Freund, der auf dem jenseitigen höheren Ufer stand, aber nicht Miene machte, zu mir zu kommen. Es war mein gefallener Freund, der Tote der Bugebene. Ich sah ihn sehr deutlich, seine krause Stirn, seine ein wenig nachlässige Haltung. Er schien beschäftigt, etwas Verlorenes zu finden, was doch in dieser Graswildnis schier unmöglich war. Im geheimen hielt ich ihn für eine einsame Weide und kniete nieder, um mich zu besinnen. Wie sollte ich aber zu mir selber kommen – nun ich durch den Wind seine Sprache hörte, Worte verstand, in denen er mich aufforderte, nicht ihm zu helfen, da er ja selber im Begriff sei, das Gesuchte zu finden! Ihm nicht, aber wem sonst? – das wollte ich wissen. Ich ahnte, was er meinte, aber wollte es gern von ihm hören, und würde er auch nur sagen: Geh zu den Zelten zurück! Doch das Gras zischelte vor seinen Füßen und er sprach nicht. Eine lange Zeit verstrich, meine nassen Knie schmerzten. Die Ebene schien ihn zurückzuverlangen, sie sang ihr buntestes Locklied, lief davon im Wind und kam hüpfend zurück, kam von links und lief wieder ins Weite.
Endlich sprang er zu mir herüber, aber es war nun ein anderer mit einer übergroßen Nase in einem Knabengesicht, und er sagte leise und ein wenig erschrokken:
»Sind Sie krank?«
Es war der Prinz.

Er wandte sich sofort wieder auf dem Absatz und suchte die Grabenniederung zu durchschreiten, die aber moorig und halb von Wasser überflutet war.
»Sie können dort nicht gehen, man sinkt ein!«, rief ich ihm nach und erhob mich.
Unter einer schwarzen Wolke, die eben regensprühend heraufwehte, kehrte er um.
»Sind Sie krank?« wiederholte er. »Ich wollte hier nach Rebhühnern sehen. Warum gehen Sie nicht ins Zelt? Gehen Sie doch sofort.«
»Nicht sofort«, anwortete ich fröhlich, denn er war so liebenswürdig anzuschauen. »Sie ähneln ein wenig einem Freunde von mir – ich dachte eben, Sie wären es.«
Er lachte belustigt. Dann fragte er:
»Ist es eigentlich richtig, daß Sie mich so anreden? Verzeihen Sie meine vielleicht törichte Frage. Ich beeile mich, Ihnen zu versichern, daß ich keinerlei Wert auf eine bestimmte Anrede lege. Sie gehören wohl zu dem Bataillon da oben?«
»Ja – Kompanie Brause.«
»So, Brause, ich kenne Ihren Führer. Was Sie für komische Augen haben, einfach unwiderstehlich. Wissen Sie, sie lassen mich immer gewinnen beim Schach, der Brause nicht zuletzt. Ich hatte es satt, ging fort. Hier in der Gegend müssen bestimmt Rebhühner sein, dachte ich. Doch ich fand hier kein Rebhuhn, sondern einen Soldaten. – Sagen Sie, sind Sie nicht doch krank?«
»Sie haben sogar ein Rebhuhn gefunden!« rief ich. »Ich selber bin eins, wollte eben auffliegen als Sie kamen.«
»Aber ich habe doch keine Flinte. – Doch noch etwas anderes fand ich – sehen Sie!«
Er öffnete eine große weiße Hand, in der ein winziges Pflänzchen lag.

»Kennen Sie es? – Es ist Andromeda, die kleine fleischige Königin der Moore – Rosmarin. Nun wissen Sie, nicht wahr? Um die Wahrheit zu sagen, ich suchte etwas Ähnliches hier, da fand ich sie im Grase, *andromeda polifolium*, gerade hier jenseits des Grabens.«
Er schloß die Hand und ging auf seinen langen Beinen im Grase hin und her, um der Nässe zu entgehen. In der Ferne, wo ein Dorf liegen mochte, erhob sich jetzt eine geballte Rauchwolke über dem Strich von Bäumen. Ein Haus brannte, aber die nasse Luft warf den Rauch nieder. Durch die Unvorsichtigkeit der Soldaten war es vielleicht in Brand geraten. Nach einem Augenblick sah man nichts mehr.
»Eigentlich gewöhnt man sich an die Nässe, man muß nur erst ganz durchnäßt sein«, sagte der Prinz mit gerunzelter Stirn –
»So sind Sie ganz mein Freund mit dieser Stirn!« entfuhr es mir.
»– auch wird es mir allmählich zum Greuel, ewig Schachpartien zu gewinnen. Sie spielen Schach? Nun bin ich wieder lustig, und wir wollen eine Partie beginnen. Sind Sie so gut, mein Partner zu sein? Es ist mein Ernst – hier auf der Stelle, setzen wir uns!«
Ich entgegnete:
»Blumenschach. König ist Sauerampfer, Königin ist Andromeda, Springer – Skabiose, Läufer – Lichtnelke, Turm – Klappertopf, die Bauern – das Gras.«
Er lachte voll Spott, aber ich zwang ihn, mein Gegner zu sein. Der Wind zog für uns, und der Sieger blieb – ich. Ich sage es nun so nüchtern hin, aber es war ein unbeschreiblicher Zauber, ihn zu besiegen und in Wallung zu bringen. Er runzelte zu meiner Freude wieder die Stirn. Er verlor alles – das Gras, die Klappertöpfe, die Skabiosen, die Lichtnelken. Der Wind nahm nicht ei-

nen Zug zurück. Die Partie war aus, die Luft begann ein wenig brandig zu riechen, was uns beunruhigte, so daß er fortging. Gleich darauf kehrte er auf dem Absatz um, trat vor mich und sagte:
»Nehmen Sie bitte Ihre Mütze ab. – Sie haben Fieber, aber nehmen Sie dies scheußliche Ding trotzdem für einen Augenblick ab.«
Ich tat es, er nickte und ging davon. Ich sah ihn über der Wiese kleiner werden und hatte nun die Vermutung, daß er mein Freund sei und mich endlich erkannt habe. Ich rannte ihm nach, und da ich sah, daß er es war, legte ich meinen Arm um ihn. Er hatte die Stirn nachdenklich gesenkt und sagte sehr freundlich, so daß mein Herz einen süßen Drang spürte und stark schlug –:
»Wir wollen zu den Zelten gehen. Es schläft sich besser mit vielen als allein in dieser verworrenen Zeit.«
Wir gelangten zum Zelt, und ich legte mich ins Stroh. Albering gab mir heißen Kaffee und sagte:
»Schlaf jetzt. Du hattest wohl eine Windsbraut im Arm?«

Ich schlief bis zum Abend, wo die Kompanie aufbrach und einen kurzen Marsch machte. Wir kamen in der Dunkelheit in ein Dorf, rochen den Qualm, der aus einer Brandstätte kam, und schliefen in einer Hütte auf Stroh. Vor die Öffnung der Tür stellten wir Bretter gegen Regen, Wind und Rauch.

Pferdebegräbnis

In der Nacht fiel Regen. Ich erwachte, vom Ungeziefer gequält, ging ans Fenster und stand einem verbogenen Mond gegenüber, der die weißen Rauchwolken der Brandstätte zerteilte, wie das Messer eines Schlächters Därme zertrennt.

Morgens aber beim Antreten vor verregneten Blumenzäunen wärmt die Sonne unsere Rücken. Noch mehr! – wir haben »wieder mal Schwein gehabt«: die 4. Kompanie ist zum Wegebau kommandiert. Während im Osten dumpfer Geschützdonner rumort, werden wir mit Spaten ausgerüstet und sodann neben der Turisker Landstraße in langen Abständen aufgestellt. Die Straße führt von der Station über eine baumlose Ebene ostwärts zur Front und weiter über Kiesilin nach Luzk. Durch die starken Regengüsse ist sie zu Schlamm aufgeweicht, von den fahrenden Kolonnen zerschnitten und nach Bedarf verbreitert worden. Sie ist eine Schlammbahn von 100 Meter Breite, die wir mit unseren Stiefeln durchwaten, und über deren schadhafteste Stellen wir uns veruneinigen, bis die Unteroffiziere

uns an dem Ort, wo wir gerade stehen, zur Arbeit antreiben.
Unweit der Station liegt mitten in der Straße ein totes Pferd. Albering, Hahn und ich erhalten den Auftrag, den Kadaver zu beseitigen.
Es ist ein Rappe mit einer weißen Bläß, wir umstehen ihn und merken, daß er bereits stinkt. Er mag schon tagelang hier liegen, tiefe Kolonnenspuren laufen links und rechts an ihm vorbei, so daß er auf einer länglichen Insel ausgestreckt zu sein scheint, die die Form einer Spindel hat. Die Haltung, in der er verendet ist, drückt eine starke Unruhe aus – man hat das Gefühl, daß er demnächst wieder zu empörtem Leben erwachen wird. Die Beine sind krampfartig ausgestreckt, nur der Fuß des einen Vorderbeines macht einen Knick und kreuzt das andere. Der Leib ist geschwollen und auch die Zunge, die grünlich aus dem Maul heraushängt, und auf deren Spitze sich blutige Flecken befinden.
Nach kurzem Überlegen beschließen wir, das tote Pferd hier auf seiner Straßeninsel einzugraben, fassen die Spaten und umzeichnen dicht hinter seinem Rücken eine zwei Meter lange Grube. Eine Weile arbeiten wir schweigend und kommen gut vorwärts. Danach entdeckt Hahn, daß Albering bestimmt *seinen* Spaten hat, und es gibt einen Zank.
»Ich sehe sehr gut, daß der Griff auf deinem Spaten fest ist«, sagt der Schuster feindselig und hält in der Arbeit inne. Er schlägt mit der Hand auf den Griff seines Spatens, um zu zeigen, daß der wackelt, und da Albering schweigend weitergräbt, gerät er in Wut:
»Dieser ist kaputt – du weißt es ganz gut, du Hund! Gib mir meinen wieder, los!«
Nun richtet sich auch mein Kamerad auf, sieht Hahn scharf an und sagt:

»Bin ich dein Hund, Hahn? – Dein Teckel? Dein Schäferhund? Dein Bernhardiner? – Das kann nur durch Zweikampf geschlichtet werden. Fechterstellung!«
Dem Hahn schwillt die Zornader. Den gegen ihn erhobenen Spaten aber wehrt er leicht mit seiner Schusterhand ab und näselt verächtlich:
»Die schönen Worte der Schulmeister, die alles wissen. In dieser stolzen Kompanie muß man sich verschiedenes gefallen lassen, die Spaten werden geklaut –«

»Ihr alle, ihr alle!«

deklamiert Albering, indem er gegen Hahn vorrückt,

»Vergesset des Vaterlands
Traurige Notwehr.
Verbissen im Zweikampf,
Nicht schont ihr der Glieder
So nötige Bereitschaft.«

Dies heitere Zitat des Mimen Steinberg bringt eine einzigartige Wirkung hervor: Hahn wird plötzlich blaurot im Gesicht, er trampelt mit den Füßen, seine Schellfischaugen drücken alles und nichts aus. Dazu fällt ihm noch die Mütze vom Schopf, der sich borstig hebt. Er ist ein wirklicher Hahn, gibt aber keinen Laut von sich. Er brauchte auf niemand Rücksicht zu nehmen, aber er *kann* einfach nicht krähen.
»Halt die Mütze fest, er platzt«, murmelt mein Kamerad, und wir machen uns wieder an die Arbeit. Aber er platzt nicht und kräht nicht, sondern beruhigt sich sehr rasch, als er sieht, daß wir ihn nicht weiter beachten. Daß er sich beim Graben sehr anstrengt, kann nicht behauptet werden. Es liegt am wackeligen Spaten.

Nach einer Weile beugt sich der Schuster über den Kopf des Pferdes und zieht aus dem einen schwarzen Ohr einen Zettel.
»Da haben wir etwas gefunden, Suhren«, sagt er freundlich und gibt ihn mir.
Auf dem Zettel stehen die mit Bleistift gekritzelten Worte: Dies ist der Musch aus Rohrau, ein getreues Pferd, grabet ihn ein. – Hahn fordert den Zettel zurück, er will ihn sich aufheben. Auch er sammelt Andenken an den Krieg. Der Musch aus Rohrau hat freilich davon nichts, aber sein Fahrer mag beruhigt sein, das gewünschte Grab vertieft sich. Alle drei arbeiten wir emsig bis mittag, auch Hahn, trotz seines wackelnden Spatengriffs.

Schreibstube und Feldküche haben sich unfern in einem Birkenwäldchen niedergelassen; wir gehen zum Essen hinüber. Da wir wieder zur Straßeninsel zurückwaten, fällt mir ein Buch ein, das von Franz Hoffmann ist. Wenn ich als Junge meine Vokabeln gelernt hatte, las Tante Marie mir aus diesem Buche vor. Auf ihrem Tisch lag eine Decke, die aus lauter Holzstäbchen bestand und aufgerollt werden konnte. Immer sah ich beim Zuhören auf die abwechselnd gelb und braun belegten Holzstäbe, und sie schienen mir einen herbstlichen Rohrwald nachzumalen. Denn immer war in diesem Buche von Rohrau die Rede. Rohrau war ein Dorf, wo ein Knabe aufwuchs, der gern Pferde in die Schwemme ritt. Der Kleine hieß Joseph Haydn. Noch lieber freilich machte er Musik; sie hatten eine Zither, und er spielte darauf, wenn die Pferde in den abendkühlen Graswiesen von Rohrau wieherten.
Wir graben und graben. Aus der Richtung des Geschützdonners, der von Stunde zu Stunde anschwillt,

kommt auf der Schlammstraße daher ein einzelner Mann, dessen unsicherer Gang uns auffällt. Da er bei uns stehen bleibt, erkenne ich ihn als den Maurer, mit dem ich im Mai in Laôn gewesen bin. Er ist lustig, und in einem seiner Knopflöcher hängt der begehrte Zettel mit dem roten Strich (verwundet und transportfähig).
»Seid ihr auch von der stolzen Vierten, Kameraden?« ruft er. »Sagt mal, wann geht die nächste Bahn von hier weg?«
»Wissen wir nicht«, antwortete man, »bist du verwundet?«
»Das soll wohl so sein!« lacht er. »Und zwar eine, die bis nach Deutschland reicht. Ich gehe jetzt heim.«
Unsere Straßeninsel hat sich im Laufe des Tages abgetrocknet, und so setzt sich der Maurer auf ein Weilchen bei uns nieder.
»Stinkt er nicht, der Gaul?« fragt er, nachdem er sich eine bequeme Lage ausgesucht hat. »Von dem Gestank habe ich nämlich genug, da vorn stinkt es wie die Pest.«
»Liegen da auch so viele Pferde?« fragt Hahn.
»Pferde? Nee, Pferde nicht, aber Menschen.«
Er holt eine kleine angebissene Steckrübe aus seinem Brotbeutel und beginnt zu knabbern. Albering, der ihn von allen Seiten betrachtet hat, sagt:
»Du hast wohl einen Schuß ins Maul gekriegt – sonst sehe ich kein Loch an dir.«
»Nicht?« bläst der Maurer und spuckt einen Mund voll Zerkautes ins Pferdegrab. »Dann guck dir mal meine Stiefel an.«
Wirklich, jeder Stiefelschaft hat zwei winzige Schußlöcher, die Kugel ist also rein-raus-rein-raus gegangen. Damit ist der Maurer 10 Kilometer gelaufen. Er meint aber:

»Da laufe ich noch weiter mit, wenn's nach Hause geht.«
Wir sind ganz seiner Meinung und fahren eine Weile mit der Arbeit fort. Hahn verstreut die aufgeworfene Erde in die nächsten Wasserlöcher. Albering fragt:
»Und wieviel Russen hast du kalt gemacht, seit du von unserer Kompanie fort bist?«
»Weiß nicht, habe keinen gesehen, hatte auf einmal die Geschichte da weg und ging ab. – Aber sagt mal, wird nicht bald so eine Bahn ankommen?«
Da ich mich umsehe, wird im Norden über den Wälderrücken ein weißer Qualm sichtbar, der sich verstärkt. Es ist ein Zug. Der Verwundete stellt sich vorsichtig auf die Beine und läuft in Richtung zur Station davon, die Steckrübe in der Hand. Wir machen keine Pause, würden aber gern mitrennen, mitspringen, mithüpfen, mitschweben ins Loch des großen Feiertages.
Trübselig und mit neidischen Gedanken an den Maurer sehen wir den Zug herankommen und halten. Es stehen Geschütze darauf, die mit Tuchbahnen überzogen sind. Wieder gibt's nahezu einen Zank, denn Hahn will schon auf diese Entfernung von mehreren hundert Metern erkennen können, daß es die Oldenburger Artillerie ist. Niemand widerstreitet ihm, trotzdem es offenbarer Unsinn ist, denn die Oldenburger Artillerie ist längst vorn. Hahn kann wohl Gedanken lesen, er fragt argwöhnisch:
»Denkt ihr, daß die Oldenburger schon vorn sind? – Das ist falsch, sie sind nicht vorn. Meinst du es, Albering?«
Albering meint es, er läßt sich verleiten, zu sagen:
»Ich höre es am Knall.«
Ich denke, daß er jetzt bestimmt platzen wird. Aber nein – er horcht und sagt wichtig:

»Diesmal magst du vielleicht recht haben. Aber die da auf dem Zug ist dann die Reservebatterie, ich kenne sie genau.«
Es wird geschwiegen. Der Wind hat blaue Streifen in die Wolkenfelder gefegt, die Sonne sticht wie ein Insekt. Da dünkt uns das Grab tief genug, und wir beschließen, eine Pause einzulegen. Noch einmal indessen wird die Gefahr eines Streites heraufbeschworen, diesmal leider durch mich. Ich sage:
»Warum hast du die Erde in die Löcher geschmissen, Hahn? Das war doch verrückt.«
Albering aber, der, die Feldflasche an den Lippen, im Grabe des Musch sitzt, befiehlt:
»Halt den Mund, Suhren, jetzt wird gegessen. Hahn weiß schon, was er tut.«
Nun wird eine Minute lang schweigend gevespert.

Sodann tritt etwas ein, was den Frieden unseres Pferdebegräbnisses restlos zu vernichten droht. Über uns dreien, die wir eben versunken und jeder für sich dem Brot und dem Kaffee zusprechen – die letzte Packung Zwieback aus Montcornet, die Albering mit mir teilt, nicht gerechnet – über dem einen, der drunten in der Grube hockt, über den zweien, die ihre Beine hineinbaumeln lassen, über dem armen, verreckten, stinkenden Muschkameraden – erscheint der Schatten eines mittelgroßen Teufels.
Unsere ersten Gedanken gehen einen unendlich klebrigen Weg und kommen nicht vom Fleck. Indessen sehen wir den Riesenumriß dieses Geschöpfes von der schrägen Sonne dingfest gemacht werden, worauf kein Zweifel mehr bestehen kann: es ist Zutschky, der Ausbildungsunteroffizier aus Oldenburg. Er ist es – ich zerdrücke meine Brotscheibe zwischen den Fingern –, ich

sehe deutlich den kleinen zweiteiligen schwarzen Bart unter der gräßlichen Geiernase. Seine Backen sind rauchgeschwärzt, doch das mag auch ein wochenalter Bart sein. Aber wie kommt es nur, daß ihm der Schweiß wie Quecksilber unter den Augen herausrinnt?
Das ist doch klar, Suhren, er ist so schwer bepackt! Er kommt eben von der Station, geradewegs von der Heimat, aus der roten Kaserne von Oldenburg, wo er so schön hinpaßte. Man hat ihn zur Front geschickt.
Nun hören wir aus der getürmten, geballten Zutschkywolke über uns die wohlbekannte Zutschkystimme und verharren in der Erstarrung. Ich suche meine Brotscheibe wieder und wische den Schmutz herunter. Der Musch liegt regungslos erhaben im Tode, die Mähne in der aufgetrockneten Erde verstrickt. Da sagt Albering kurz und störrisch:
»Vierte Kompanie.«
Ich sehe meinen Kameraden an, er blickt finster geradeaus, die Augen halb zugekniffen, und seine spitze Nase ist ganz weiß. Ich sehe zur Seite auf Hahn, der stiert mit einem Ausdruck von Grübelei zu dem Unteroffizier empor, erhebt sich dann und nimmt eine dienstliche Haltung an. Zutschky, der sich breitbeinig jenseits des Musch aufbaut, das Gewehr hinter sich stellt und den Tornister auf dessen Mündung ruhen läßt, wendet sich mit seiner nächsten Frage an Hahn. Albering aber gibt sofort die Antwort. Er sagt aus seiner Grube:
»Geradeaus im Birkenwald.«
»Welcher Birkenwald?« fragt der Zutschky in strengem Ton weiter, unentwegt Hahn anblickend, der vergeblich nach Worten sucht. Albering meint nachlässig:
»Na, das werden Sie schon finden, so wie Sie gebaut sind.«
Dies Unten-in-der-Grube-Hocken und dies merkwür-

dige Antwortgeben ärgert den langjährigen Ausbildungsunteroffizier. Er äußert sich aber nicht darüber, denkt vielleicht, daß es Frontgebräuche sind. Sein drohender Blick trifft den Rekruten Hahn. Albering aber fährt im Plauderton fort:
»Sagen Sie mal, sind Sie nicht Unteroffizier Zutschky? – Ich meine doch, wir sollten uns kennen, wir zwei! – In Oldenburg nannten wir Sie den Vater der Rekruten oder so ähnlich. Die Zeit geht hin, jaja. . . aber ich meine doch, Sie haben sich seitdem nicht um ein Haar verändert, sind sozusagen der alte geblieben. Na, das ist edel von Ihnen, und so helfen Sie mir doch bitte mal aus der Kuhle heraus.«
Er streckt wirklich seine Hand nach oben, und zwar ziemlich geziert wie eine Dame, seine Augen blinzeln den Zutschky lustig an. Der aber findet, daß das Maß nun voll ist. Er befiehlt dem Hahn mit Nachdruck:
»Sie führen mich jetzt hin, vorwärts!« Hängt sein Gewehr um und geht fort.
Hahn – ob er wohl in diesem Augenblick von neuem den Stoß fühlt, der ihn von der Faust dieses Mannes in den Rücken traf, als er an seine kleine sterbende Tochter dachte? – Ob er das rinnende Blut fühlt, das aus der Nase in den Bart lief, als er sich aus der verschneiten Wagenspur erhob? – Ob er sich daran erinnert, daß er sich vorgenommen hat, diesem, der vor ihm steht, die Hacksehnen durchzuschneiden? –
Hahn – tut in diesem Augenblick etwas sehr einfaches, etwas, was weiter kein Nachdenken erfordert, tut etwas, das zu tun sein gutes Recht ist – er klappt die Hakken zusammen und sagt kurz:
»Zu Befehl!«
Albering aber ist auf dem Plan. Ich Schwachkopf sitze da, die Brotscheibe in der Hand, und bewege Brot und

Sand zwischen den Zähnen, während mein Kamerad im Nu dasteht und in dienstlichem Tone meldet:
»Musketier Hahn ist ebenso wie Musketier Suhren mir unterstellt. Ich heiße Albering. Ich habe den Befehl von der Kompanie, diesen Pferdekadaver bis heute abend zu beseitigen. Ein Entfernen des Hahn von der Arbeitsstelle lasse ich nicht zu!«
Zu Hahn sagt er:
»Gehen Sie an Ihre Arbeit, Hahn!«
Zutschky hat sich zurückgewendet, und sein pulvergeschwärztes Kasernenhofgesicht drückt Bestürzung aus. Ganz unnötig, denn in Hahn hat er sich nicht geirrt, auf ihn kann er zählen. Der Schuster sagt wütend:
»Du bist kein Gefreiter, du hast mir hier nichts zu befehlen!«
Albering entgegnet:
»Schwimm ab, du kastrierter Schellfisch!«
»Übergeschnappter Hund von Schulmeister!« gibt jener giftig zurück und stapft hinter dem Zutschky her über die Schlammstraße, den wackligen Spaten auf der Schulter. Wir sehen ihnen nach, und wie sie vorsichtig den Wasserlöchern ausweichen, die den schönen Himmel spiegeln.
Später holen wir uns ein paar Kameraden zusammen. Mit sieben Mann schleifen wir den sich sperrenden Musch in sein Straßengrab und werfen sodann Erde über ihn. Diese springt von dem geschwollenen Leib des Gauls ab und bedeckt die Füße, so daß er sofort den Ausdruck der Wildheit verliert. Als letztes verschwindet das kleine kecke schwarze Ohr, in dem der Zettel des Fahrers steckte, und das unzählige Male die Abendgeräusche der Donauwiesen aus den Lüften aufgefangen hat, mit Drehen vor und Drehen zurück.
Danach ebnen wir die Stelle, so daß nichts als das aufge-

trocknete, von Stiefelnagelspuren übersäte Inselchen bleibt; das Inselchen, das wie ein schwarzes trauriges Erdenauge in den nun entwölkten Himmel sieht; ein Auge, das einen Stern in der Mitte trägt, der unsichtbar, zugedeckt, tot, verwest, stinkend, verloren ist; einen Stern, der Musch hieß, was soviel ist wie ein Kuß auf ein keckes borstiges schwarzes Pferdeohr.
Mit geschultertem Spaten gehen wir schräg in die Sonne hinein, die sich klein wie der Stern eines Brennglases und wie erschöpft vom Auftrocknen der Turisker Landstraße auf eine tiefe Wolkenbank gesetzt hat – schreiten wir hin, quer durch die tausend Wagenspuren, quer durch die Gedankenströme dieser Weltstunde, zwei Pferdebeerdiger mit roten Fäusten, zwei Kameraden mit lebenden Augen, blau und braun. Im gleichen Schritt, im gleichen Tritt.

Das Linsengericht

Die Soldaten stehen zwischen zwei Dörfern an dem großen Straßenfelde, das die Sonne knochentrocken brennt. Sie stehen in kleinen Gruppen und stützen sich auf ihre Spaten. Hungrig sind sie, denn seit gestern hat die Feldküche kein Essen ausgegeben. Die Arbeit läuft ihnen nicht davon, denn was zu tun ist, besorgen die Kolonnen, die den Boden plattwalzen. Verzieht sich der Staub, so sieht man mitten auf der weiten Straße einen kleinen dicken Unteroffizier stehen, welcher unbeweglich die Felddienstordnung studiert. Das ist *sein* Mittel gegen den Hunger – *wir* haben andere.

Ich stiere über die unendlichen roten Mohnfelder, die sich bis an den Horizont ausdehnen wie ein feuriges Meer, das die Sonne in der Nähe aufsieden läßt und in der Ferne zu einer geraden Fläche beruhigt. Eine Fliege sitzt auf meiner Nase, ich schlage sie ab. Alles ist wie zum Hohn. Ein paar Kartoffeln helfen dem Magen nicht auf, noch dazu, wenn man sie mit schlechtem Gewissen nimmt. Gestern abend kam ich auf der Streife an eine Hütte, die verlassen schien. Hinterm Schweinestall im Dünger lag ein Haufen Kartoffeln, die meinem Brotbeutel willkommen waren. Als ich aufstand und fort wollte, erschien am Fenster das unsäglich verschmierte Gesicht eines Greises, der sich mühsam am leeren Fensterrahmen emporzog, die Stirn über den Augen verzerrte und den zahnlosen Mund mit einem Knall wie eine faulige Frucht auseinanderplatzen ließ. Eilig entfernte ich mich. Er hatte wohl seine Kartoffeln wie Gold gehütet.

Wir kochten sie und wurden leidlich satt. Indessen – eine Kompanie hat zu viele Mäuler, und am Ende hilft das schönste Organisieren von Streifkommandos nichts. Heute sind wir vor Hunger ganz verzweifelt und unfähig zur Arbeit.

Von Zeit zu Zeit erscheinen unter dem Brand der steilen Sonne die ewigen Staubwolken, die langsam näherkriechen und deren Kern eine Wagenkolonne ist. Die Wagen sind mit je zwei kleinen Pferden bespannt. Die Fahrer schlenkern stumpfsinnig die Peitsche in der Hand oder schlafen, die erloschene Pfeife in der Linken, den Mützenschirm auf die Nase gerückt. Ihr Kinn aber, von der Sonne verbrannt, gleicht einer gebräunten Kartoffel. Überall sieht man Kartoffeln vor sich, ob als Nase, ob als Kinn, ob als Adamsapfel. Man spricht die Fahrer an, manchen weißhaarigen, auch manchen Knaben, der aufmerksam dem unablässig murrenden Kanonendonner nachfährt. Alle schütteln die Köpfe – sie haben nichts, weder Kartoffeln noch Brot, nur Adamsäpfel, nur Knollennasen. Eine Kolonne nach der anderen wälzt sich vorbei, und sie gleichen einander aufs Haar. Weiße Greise und schwarze Knaben. Das einzige, was sie unterscheidet, sind ihre Pfeifen. Jeder Fahrer – Greis wie Knabe – hat eine besondere Pfeife, um die er leicht zu beneiden ist. Lurtjebam, der vor Hunger seine lan-

gen Beine nicht stehen lassen kann, fragt im Vorbeigehen nach der schönsten Pfeife, die wir gesehen haben. Ich muß gestehen, die schönste, die ich sah – ein noch junger Bengel rauchte sie –, hatte als Kopf eine geschnitzte Rose. Lurtjebam aber, der bebrillte, hat eine bemerkt, die Leda mit dem Schwan darstellte und die in ganz Europa nicht ihresgleichen haben mag. Eine Schweinerei für sich, meint er, und kreuzt wie ein leckes Segelschiff durch die Sonnenflut dem jenseitigen Mohnufer zu, den vertieften Korporal als Insel vermeidend.
Daß weidlich geschimpft wird, versteht sich. Aber es macht nicht satt und unterbleibt bald. Nach einigen Stunden verfalle ich aufs Zählen. Hinterm Spaten sitzend, zähle ich die Wagenspuren, die Kolonnen, die Wagen in den Kolonnen, die einzelnen Reiter, Husaren, Offiziere. Geschütze nehme ich getrost doppelt, ebenso ein Lastauto. Sodann kommen Radfahrer. Ein Fesselballon zählt fünf.
Ein Telephonistentrupp geht vorbei und verschwindet einige hundert Meter von uns in einer verlassenen Hütte, der einzigen weit und breit. Als sie nach geraumer Zeit wieder erscheinen und ihren Weg fortsetzen, berührt mich Albering und flüstert:
»Komm, Suhren, wollen sehen, ob die Strippenflicker den Tisch abgescheuert haben oder nicht.«
Wir erreichen die Hütte. Sie ist unglaublich klein. An einem Webstuhl, der nahezu den ganzen Raum ausfüllt, sitzt Eisenbolz und versucht, »die Sache in Gang zu bringen«. Wir werfen uns auf Brotrinden, die auf der Fensterbank liegen, und die Eisen verschmäht hat. Sodann entdecken wir an der Erde die leergegessenen Konservendosen der Telephonisten.
»Vornehm gefrühstückt haben die Herren vom Stabe«, sagt Albering, »aber Fett ist noch drin – los, Alter.«

So nehmen wir die Brotrinden und wischen mit ihnen das Fett aus den Dosen, während Eisen außerordentlich geschickt die Klaviatur des Webstuhls bedient. Nachher sind wir schon ziemlich begeistert, loben ihn und gehen fort.

Es ist nicht verlockend, zur Arbeitsstelle zurückzugehen, und so schlagen wir uns durch die Mohnfelder südwärts einer fernen Baumgruppe zu. Ein mächtiges gelbes Rapsfeld wird durchstreift.

»Wie lauter Kinderscheiße«, sagt mein Kamerad düster. »Und die Rebhühner! Sieh! Da sind sie eingefallen! Wie gebratene Tauben, möchte man sagen.«

Jetzt erkennen wir mitten in der Laubmasse vor uns einen roten Strich, der auf einem weißen Steinhaufen steht. Es ist der Schornstein eines vom Feuer zerstörten Gutshauses, und er steigt wie ein überschlanker Turm aus einem Haufen geschwärzter Balken auf. Auf seiner Spitze befindet sich ein Storchennest. Eben, da wir die Brandstätte erreichen, gleitet ein Storch über den Wipfeln heran, faßt auf dem Nest Fuß, schüttelt den Schnabel und wirft eine Anzahl Frösche in die komischen Spundlöcher seiner Kinder.

»Es ist ein See in der Nähe – vielleicht mit Fischen«, vermute ich. Und Albering entgegnet:

»Ich rieche es schon seit einer Weile. Wollen aber erst den Garten visitieren.«

Im Garten, den wir mit fieberhafter Eile durchstreifen, gibt es Stiefmütterchen, die sich wie Unkraut über alle Wege ausgebreitet haben, sowie eine Allee mit alten schattigen Linden, wo die Dichter in den Romanen spazierengehen, um mit ihren Handstöcken Pilze zu köpfen und sich dabei Romane auszudenken, in denen wieder Dichter spazierengehen und so weiter. Sodann stoßen wir auf Johannisbeerbüsche. Leider sind die

Früchte sämtlich noch grün. Wir essen davon, wenden uns aber bald kopfschüttelnd weiter. Albering macht seine Nase noch spitzer, wittert und schreitet rasch voran. Zwischen lichten Bäumen zeigt sich die beglänzte Fläche eines Teiches. Wir sehen drei Leute, die ihre Kleider abgeworfen haben, durch das Wasser waten und hinter sich her ein Netz ziehen. Der eine von ihnen hat einen roten Schopf, ein Rot, das wir kennen. Unerklärlicherweise ist es Eisen.

Wir rennen an die Stelle, wo sie sich zum Landen anschicken. Eisen steigt wie ein Gott zu uns herauf, vor seiner Brust lodert eine Haarflamme, und er schreit aufgeregt:

»Jetzt kommt die Gribbelgrabbel! Jetzt kommt die Gribbelgrabbel!« Die anderen zwei Soldaten, ältere bärtige Landwehrleute, ziehen das Netz mit sorgenvollen Gesichtern ans Land. Es erweist sich, daß zwei Karpfen drin sind, mäßig große. Der eine der Landwehrmänner, dessen faltiger Bauch bessere Zeiten gesehen haben mag, grollt:

»Die gehören Hoppe und mir, wir haben das Netz gefunden.«

Und Hoppe, der einen schwarzen Haarstern wie einen riesigen Pour le mérite auf der ausgemergelten Brust trägt, bedeutet dem Eisen, während er die Hand über seinem Orden krümmt:

»Du kamst ja erst eben und ganz zuletzt, Kamerad, du mußt verzichten.«

»Was heißt hier Michel!« ruft Eisen, den einen Karpfen bereits in der Hand. »Ehrlich geteilt, das ist Soldatenart. Den einen Hoppla und du – den anderen ich. Und da ich schon gefressen habe, so sollen ihn diese beiden Kameraden bekommen – recht so, ihr Alten?«

Er gibt den Fisch Albering, der ihn, ohne sich zu besin-

nen, mit dem Taschenmesser auszunehmen beginnt. Die beiden Alten gehen knurrend mit dem anderen Karpfen und ihrem Netz fort, offenbar zu einem neuen Fischzug. Man hört ihre scheltenden Stimmen, abwechselnd den Baß des Bauchlosen und das gebildete Hochdeutsch des dürren Hoppe, bis sie hinterm beglänzten Schilf verschwinden. Wo ist Eisen? – Er ist fort wie ein feuriger Engel. Albering hat seine Arbeit beendigt, läßt das Messer zuschnappen, steckt den Karpfen in die Rocktasche, und wir gehen zur Straße zurück. Fett zum Braten haben wir nicht, werden es aber vielleicht bekommen. Als wir an der Arbeitsstelle eintreffen, sind die Kameraden fort. Wir beschließen, auf alle Fälle zu unserm Dorf Tuliszoff zurückzukehren, um nur ja kein Essen zu versäumen. Ein Radfahrer aber weist uns nach Westen zum Nachbardorfe und ruft:
»Befehl: Alle zur Brücke! Die dicke Berta ist eingebrochen.«
So gehen wir eilig zur Brücke. Aus Alberings Tasche schaut eine dunkle Schwanzflosse heraus. Es ist eine Wegstunde, ich kann nicht mehr, der Hunger macht meine Beine schlapp.
An der Brücke aber gibt es ein Schauspiel. Es ist ein 21er-Geschütz von einer Ulmer Batterie durch die Holzbrücke gebrochen, die zur Hälfte zerstört ist. Das Geschütz steckt bis an die Achsen im Sumpf, eine Aufschrift mit rosa Buchstaben besagt, daß es den Namen Rosa führt. Anna und Gerda stehen zwischen einer Menge Pferde bereits hüben, sie haben es geschafft.
Sodann sind mehrere hundert Soldaten da, die umherliegen oder sich nützlich machen wollen, sowie Offiziere, die geschäftig Anordnungen treffen. Auf der heilen Hälfte der Brücke stehen zwei korpulente Leutnants vom Train und halten ihre Kamera bereit. Der Batterie-

führer von den 21ern, ein kleiner schwarzhaariger Hauptmann, ein Rohrstöckchen in der Rechten, gibt in süddeutscher Mundart laute Befehle und rennt auf die Brücke und wieder zurück. Man hat den Eindruck, daß er sich erst besinnen sollte. Vielleicht eine Zigarette rauchen.

Währenddessen hat man sechs Pferde ans Geschütz gespannt, auch ein langes Tau befestigt, an dem eine Menge Soldaten aufgestellt sind. Los! – Aber die Rosa rückt und rührt sich nicht. Nach mehrmaligem Versuch ordnet der Hauptmann an, daß schwere Bretter aus dem Dorf geholt werden sollen. Albering und ich gesellen uns diesem Trägertrupp bei und erreichen die Häuser. Man beginnt bereits, eine Scheune abzubrechen – oben auf dem Dach sitzt Pabst, barhaupt und leitet die Arbeit. Er ist immer dort, wo etwas Vernünftiges gemacht wird. Aber ich habe heute kein Gefallen an ihm. Auf meinen Wunsch geht Albering erneut mit mir auf die Suche. Die Hand auf der Fischtasche sagte er:

»Und wenn es sonst nicht klappt, so haben wir wenigstens den.« Wir pochen an eine Haustür, die geöffnet wird. Ein kleiner schmutziger Jude erscheint und teilt mit, daß die Brote eben in den Ofen getan sind und vor zwei Stunden nicht fertig sein werden. Er ist aufgeregt, an seinem Rock ist nur noch der oberste Knopf, der ihn zusammenhält, jedoch jeden Augenblick abreißen kann, denn er hängt an zwei langen Fäden. Da der Kleine einen Bauch hat, wäre es ganz unnötig für ihn, die übrigen Knöpfe wieder anzunähen, denn sie gingen doch nicht zu. Neben dem einzigen Knopf aber, der nur das nächste Mittagessen abzuwarten scheint, um fortzuspringen, glänzt eine lange Bahn von Fett und Schmutz, die sich erst am unteren Rockende verliert.

»Gib sie so, wie sie sind, Abraham, wir haben Geld!«

schreit mein Kamerad. Mein Herz klopft. Aber der Jude weicht furchtsam hinter die Tür zurück. Albering stemmt seinen Stiefel in die Türlücke und schnaubt:
»Gib wenigstens Fett, Abraham, gib Fett, du verfressener Baalsdiener!«
Der kleine Mann schlägt plötzlich mit unerwarteter Kraft den eingeklemmten Fuß zurück und riegelt im Nu ab.
»Du Aas!« grollt mein Kamerad. »Wenigstens deinen Überzieher hätte man auskochen können!«
Wir entschließen uns zum Weitergehen. Jetzt kommt die Wendung. Ein Trainsoldat tritt an uns heran, ein älterer Mann von mächtiger Gestalt und mit einem schönen Vollbart. Er sieht aus wie ein Bild. Ruhig und gepflegt steht er in seiner hellen Drillichjacke vor uns. Seine Augen, die tief liegen, haben einen sanften Glanz. (Bernstein oder Kupfer oder Honig, dachte ich später. Sie wechselten übrigens von Minute zu Minute.) Seine Stimme fragt leise und gütig:
»Ihr wollt wohl Brot kaufen? – Habt Hunger? – Nein, der Jude hat nichts fertig, kommt nur mit mir.«
Er geht voran, und wir folgen ihm beklommen wie einem Arzt ins Sprechzimmer. Es geht über Höfe und an einem Zelt vorbei, aus dem elegante Ledergamaschen herausschauen wie unbehagliche Instrumente. Jetzt sind wir in einer Stube und dürfen uns setzen. Der Trainsoldat sagt noch:
»Ihr müßt wissen, Brot haben auch wir nicht übrig, aber ich werde schauen, ob noch Linsensuppe da ist. Ihr eßt doch Linsensuppe?«
O gewiß, wir aßen Linsensuppe.
Vor uns auf der Tischplatte steht eine irdene Schüssel, die mit warmer und guter Linsensuppe gefüllt ist, dazu zwei weiße Teller und zwei saubere Löffel. Wir essen,

Ellbogen an Ellbogen, ohne die kleinen Linsen zu zählen und machen uns weiter keine Gedanken. Es ist auch ein Schöpflöffel da, und wenn man den Teller geleert hat, füllt man sich wieder ein. Beim Einfüllen blinzelt Albering mich an, wie wenn er sagen will: Na, du Heuschrecke?!

Es ist ein Herd im Zimmer, an dem der Trainsoldat auf seine ruhige Art herumhantiert, ohne uns zu beachten. Nur einmal redet er kniend sein Feuerloch an mit den Worten:

»Ihr braucht aber nichts übrigzulassen, ihr zwei.«

Dieser Mahnung bedarf es nicht, denn wir lächeln uns an und füllen zum dritten- und zum viertenmal die Teller. Danach bin ich satt. Albering nimmt noch einen fünften, den er mit dem Geflüster beendigt:

»So, Suhren, das wäre getan – nun laß sie nur kommen.«

»Jetzt wollen wir uns schön bedanken«, sage ich leise. Wir stehen auf, und Albering fragt:

»Wir wissen nicht, wie man Sie anredet, welchen Rang Sie bekleiden.«

Der Trainsoldat dreht sich her und lächelt:

»Soldat wie ihr, Kameraden.«

Ich sage:

»Wir hatten sehr Hunger – da haben Sie uns im rechten Augenblick gespeist.«

Albering drängt:

»Gehen wir, der Herr hat zu tun, es warten noch andere Mäuler. Wir sind außerordentlich satt, können nicht mehr, allerbesten Dank.«

Der Trainsoldat sagt zögernd und ernst:

»Wollt ihr gehen? Und habt noch etwas in der Schüssel gelassen? Nehmt den Rest doch mit, ich werde ihn euch in eine Dose füllen.«

Er tut es, und wir ziehen still mit der gefüllten Dose ab, die ich im Arm trage. Albering, dem der helle Fisch mit der trübselig geneigten Schwanzflosse aus der Tasche sieht, voran. Je weiter wir uns von dem Hause entfernen, desto mehr beschleunigt er die Schritte. Bei der Scheune angelangt, sehen wir, daß sie nur noch aus den vier klobigen Eckbalken besteht, zwischen denen ein Stück Dach liegt. Die Soldaten sind fort, so schlagen wir den Rückweg zur Brücke ein. Albering versucht zu laufen, fällt wieder in Schritt, aber drängt zur Eile. Beide sind wir in der herrlichsten Stimmung.

»Daß uns das passieren mußte!« schreit der Kamerad, »und das Schönste ist, daß es uns nicht mal zusteht. Hat einer schon jemals gehört: Linsensuppe, das sogenannte rote Gericht, schon in der Bibel gepriesen – und Teller auf Teller, soviel du lassen kannst!«

»Man könnte mich totschlagen«, schnaufe ich, »ich brächte nicht mehr hinunter – so satt bin ich.«

»Satt wie ein Walroß, kann nicht mal mehr laufen. Laß uns ein wenig stehenbleiben, kannst mir den Pott geben.«

Er nimmt ihn wie ein kleines Kind an seine Brust, und hinter ihm leuchtet das ungeheure Rot der Mohnfelder zwischen den Bäumen auf. Mir ist, als möchte ich in diesem Lande ewig wohnen. Ein Wind bewegt die Wipfel. Neben uns am Strauch hat sich ein kleiner Zaunkönig wie eine kugelige Frucht aufgehängt und schnellt sich auf und nieder. »Im Ernst«, grübelt mein Kamerad, »kannst du nicht mehr? – Ich auch nicht. Was machen wir mit dem Pott?«

»Wir können ihn nicht mit zur Brücke nehmen«, meine ich.

»Sie schlagen einen tot. Wir wollen ihn hier unter den Busch stellen, da findet ihn niemand. Wenn wir da unten fertig sind, holen wir ihn. Das rote Gericht schmeckt einem auch aufgewärmt. Werden alles allein aufessen, he?«

Ich finde es vernünftig. Wir bedecken die Dose mit Zweigen und laufen zur Brücke hinunter. Gerade kommen wir noch zurecht, um mit anzupacken, als die Rosa mit Hurra aus dem Sumpf gezogen wird. Die Pferde stehen zitternd da. Die Soldaten zerstreuen sich. Albering geht zurück, die Dose zu holen. Ich bleibe neben der Brücke im Gras liegen – das ist ein schöner Tag.

Nach einer Weile kehrt mein Kamerad mit verstörtem Gesicht zurück. Er erzählt, daß die Dose umgekippt ist; er hat sie dort gelassen.

»Von selber?« entfährt es mir, und ich stehe auf.

»Von selber, du Affe!« höhnt Albering. »Los, wir gehen. Von selber – sagt der Mensch. Der Teufel war es oder vielleicht ein anderer. Oder meinst du, ich habe sie ausgesoffen? He?«

»Unsinn!«

»Dann werde ich nämlich grob, Kollege, denn ich bin so satt wie ein Walroß. Außerdem – na und so weiter.«

Wir schreiten hastig aus, um nach Tuliszoff ins Quartier zu kommen. Mein Kamerad macht ein bissiges Gesicht und schweigt sich aus. Bei der Webstuhlhütte holen wir Pfeiffer ein, der seine torkeligen Beine unseren gestreckten anzupassen sucht. Der Himmel ist nun rot wie die Erde. Max, redselig vor Hunger, predigt:

»Een elennig Land is dat. Elennig as een Karkhoff. Narns waßt wat. Wenn en denkt, en hett wat, un kickt to, so hett en nix. Een elennig Land, Kamrod.

Und wor kümmt dat van? – Ursak? will ick seggen. – Wat is de Ursak? – Dat will ick di seggen, Kamrod, dat is de Kohldamp van all de Lüe. Dar kann sick nümms nich mehr tosamenfaten. Se gaht all densülben Patt.

Un de Patt? Wat is mit den Patt? – De is to lang – dat segg ick. Wi sünn to wiet. Up den Patt künn männigeen sien dusend Zigaretts roken. Un denn is noch nien Enn.
Un wor sünn wi? – In Rußland. Dat es een wietluftig Land, dar geiht männigeen sien Patt nich retur. De Patt is to lang, und dat Äten kummt nich achternah. Se seggt Geduld un meent Kohldamp. Dat segg ick.
Un denn denk ick jümmer an dat gode Äten to hus. Elk een Dag grote Bohnen in Melk. Dar kunn ick wiet um lopen un brukt doch man blot in Moders Kök to gahn. Na Moder, wat gifft denn vandag? segg ick. Bohnen, min Jung – seggt se und häd een gleunig Gesich. So – segg ick. Un ick targ ehr un segg: Mit Water? – Nö, dat was nich mit Water, Kamrod, dat was mit Melk.«
So fließt seine Rede, und wir nähern uns Tuliszoff. Am Eingang des Dorfes stehen große schiefe Holzkreuze und lehnen sich aneinander wie Brüder. Pfeiffer sagt gerade lächelnd:
»Harr ick hier Peerbohnen in Melk, Kamrod, wi wullen us nicht umkieken, all dree, ok Albring, de dulle Kierl, Zigarettenunkel nöm ick em –«
Als Albering plötzlich in seine Tasche faßt, den Fisch ergreift und ihn gegen Pfeiffer schleudert, den er verfehlt. Max – ein Fischadler – hat den Karpfen vom Boden aufgerafft und stolpert mit ihm davon, an Gartenzäunen hin. Um besser rennen zu können, steckte er ihn wahrhaftig in den Mund. Im Nu ist er verschwunden.
Über uns zwei ist der Lachteufel gekommen, und wir wiehern ins Abendrot. Plötzlich verstummt mein Kamerad, sein Gesicht verzieht sich schmerzlich, und er sieht mich scharf an.
»Ist dir auch elend zumute?«
»Nein«, antworte ich und lache noch.

»So«, macht er. Und nach einer Pause: »Vielleicht erinnerst du dich, daß es auch ein Linsengericht war, das Esau verführte, sein Erstgeburtsrecht zu verschachern. Ich finde, daß wir heute Esäue waren, weil wir alles allein auffressen wollten.«
Er hat recht, und mir wird unbehaglich zumute. Schweigend erreichen wir unsere Scheune.
Ich hegte die leise Hoffnung, daß die Kameraden Essen empfangen hatten und lustig seien. Aber es hatte nur Kaffee gegeben.

Tierlein-Tierlein

Immer noch sind wir Wegebaukompanie und rücken von Dorf zu Dorf den Truppen nach, die in erbitterten Gefechten um Tverdin und Kiesilin die russischen Divisionen auf Luzk zurückdrängen. Es muß da vorn schwere Verluste geben, denn heute begegnen uns lange Reihen von Wagen, auf denen die kleinen Fähnchen mit dem roten Kreuz in der windlosen Luft schwanken.
Es geht gegen Mittag, und frontwärts herrscht Ruhe. Im Augenblick aber, wo sich die Kompanie mit dem Essen neben der großen Straße niedersetzt, lebt der Geschützdonner wieder auf und steigert sich rasch zu einem langen unruhigen Rollen, in das die lauten Abschüsse nahestehender Batterien hineindröhnen. Wir hocken auf einem kleinen Erdhügel – Albering, Lurtjebam, Klees, Eisenbolz und ich, und es geht still bei uns zu. Man horcht auf das immer noch wachsende Schüttern der Luft und schluckt das überheiße Essen hinunter, wobei das übliche Löffelgekratze nach Möglichkeit gedämpft wird.
Nach einer Weile sagt Eisen, der rote:

»Mit dem Leutnant gesprochen, Tierlein-Tierlein?«
»Gewiß«, macht Klees.
Tierlein-Tierlein ist nämlich Klees; es ist sein Spitzname. Seine Ohren konnten es nicht ertragen, daß wir das Lied sangen: Ein Tiroler wollte jagen. Es war allerdings zum Übelwerden, daß die Kompanie nur noch Tirolerlieder sang. Die Kameraden waren sich selber, ihrer Heimat, ihrer inneren Bestimmung so sehr entfremdet, daß sie es mal mit Tirol versuchten. Sie sangen aber ohne Freude, bloß um Brause nicht wütend zu machen. Wenn ich die Zeile hörte:

»Dä–änn das Tierlein, Tierlein war zu schlau...«

ging es mir nicht besser als Klees. Wie stumpfsinnig ich schon geworden war – wurde mir doch jedesmal so öde im Magen, daß ich dachte: Die Verzweiflung des Soldaten heißt Tierlein-Tierlein und bedeutet soviel wie Gähnkrampf mit Angstschweiß. Klees erregte sich einmal offen über dies Lied, seither hieß er Tierlein-Tierlein. –
Eisen aber will mehr wissen, er vermutet:
»Wegen Urlaub nachgefragt?«
Klees, in bester Stimmung, leckt die Unterseite seines Löffels ab mit einer hübschen Neigung des Kopfes und sagt:
»Hört mal zu – ich habe mich heute beschwert.«
»Beschwert«, nickt Eisen, »und zwar über Panje Zutschky.«
»Keine Frage«, stimmt Lurtjebam bei, »über Zutschky, den mit zweiunddreißig Punkten angekörten Küchenbullen, das grandiose Fingernagelphänomen! In der ganzen russischen Armee findet ihr nicht solche Finger; sie sind ruhmgeschwärzt und zum Herstellen gehaltvoller Suppen wie geschaffen.«
»Eine Sau«, murmelt Albering.

Eisen aber drängt, stotternd vor Erwartung:
»Weiter von deiner Beschwerde, Tierlein!«
»Unterbrecht mich nicht«, sagt Klees erzählfreudig und wischt seinen Geschirrdeckel mit versengtem Gras aus, »unterbrecht mich nicht, Kameraden. Ihr seht hier mein Kochgeschirr, das erbärmlichste Ding von der Welt, innen rot von Rost, durch und durch zerfressen, unmöglich sauber zu halten, blank schon gar nicht.«
»Kennen wir, weiter.«
»In Oldenburg auf der Kammer hat mich der Kerl damit angeschissen« (ich registriere »angeschissen« – sogar Klees spricht jetzt soldatisch), »ich war der letzte, der drankam, nahm das Ding ganz lustig unter den Arm und ging damit fort, zur Küche. Es gab Backpflaumen. Wie ich den Deckel abnehme, sehe ich drin eine rote Höhle, und sie mufft. Der Eingang ist von einem Spinnennetz versperrt, in dem eine dicke Kreuzspinne hin und her bürstet.«
»Wie ein Cerberus«, ergänzt Lurtjebam brilleglänzend. Doch Eisen meint angewidert:
»War das ein Anschiß!« und sucht unter seinen Stiefelschäften machtvoll nach Ungeziefer.
Albering, der wohl weiß, daß unserm Tierlein ein Kochgeschirr damals sehr gleichgültig war, weil das kleine Mädchen im blauen Jackett draußen wartete, einen Regenschirm am Arm – Albering unterdrückt seinen Spott, weil er satt ist. Die Pfeife ins Gezähne geklemmt, summt er behaglich das Lied von Kaiser Wilhelm. Aber er verhunzt es, denn er kann überhaupt nicht singen, hört aber dennoch nicht auf. Klees scheint es heute nichts auszumachen, er fährt fort:
»Mit diesem Ding von Kochgeschirr habe ich überall meine liebe Not gehabt. Ganz sauber war es nie, auch nicht in guten Zeiten in Frankreich, wo Wasser und

Sandpapier zur Hand waren. Hier in Rußland ist es mir immer mehr verrostet. Oft ging ich zur Küche und wollte etwas Wasser haben, aber – Hand vom Sack! sagte der Bulle und badete sich die Hörner drin. Einmal bin ich im Dunkeln zu ihrem Wasserloch geschlichen, da wollten sie ihren Hund auf mich hetzen, wenn sie einen hätten. Ich nahm dann einfach Gras und hernach ein bißchen Sand zum Scheuern. Jetzt komme ich auch dazu nicht mehr, wische bloß noch mit Gras aus.«

»Laß doch das Fett einfach drin«, rät Lurtjebam, »es glasiert dir die Innenseite, und der Rost kriegt das Asthma.«

»Was sagte nun Panje Zutschky?« forscht Eisen weiter.

»Er? Er sagt nichts als – Schwein sagte er, wenn ich den Kessel hinhielt, und es fehlte nicht viel, daß der hineingespuckt hätte. Gestern morgen nach dem Kaffeeholen hatte ich es endlich satt. Hatte mich nämlich geärgert tagein, tagaus. Was man ja wohl nicht soll.«

Wir schütteln die Köpfe, man soll es nicht.

»Ging also zu Brause, der gerade zum Frühstück mit dem dicken Juristen drüben unterm Holunderbusch lag. Sie waren ausgelassen und lachten, und ich dachte deshalb, daß es jetzt Zeit wäre. Nun machte ich es schlau, Kameraden. Ich beschwerte mich nämlich nicht.«

»Richtig«, lobt Eisen, »denn dann hättest du drin gelegen, Tierlein.«

»Ein Soldat, der sich beschwert, ist ein Maulwurf«, behauptet Lurtjebam. »Es gibt zwar das Beschwerderecht, aber das besagt soviel, daß du, falls du ein Maulwurf bist, eine Beschwerde über den Vollmond einreichen kannst.«

Klees lächelt:

»Also – das war ja gerade das Schlaue, daß ich sagte: Herr Leutnant, ich bitte um ein neues Kochgeschirr. – Er fragte: ›Warum?‹ – Ich wies meins vor und sagte: Es ist nicht möglich, daraus zu essen, und reinigen kann man es auch nicht. – Er: ›Leckt es?‹ – Nein. – ›Dann ist es doch tadellos, was wollen Sie?‹ – Es trägt mir täglich Schimpfworte ein vom Herrn Küchenunteroffizier. – ›Was sagt er denn?‹ – Schwein, sagt er, immerzu, bei jeder Mahlzeit, auch beim Kaffeeholen. – Darauf fallen sie beide, der Brause und der Jurist, in ein Gelächter, und der Dicke erzählt ein Stück aus seiner Rekrutenzeit, wie er einmal wegen eines verlorenen Deckels wochenlang gezwickt wurde. Worauf sie sich vor Lustigkeit nicht zu helfen wissen. Ich stehe indessen und warte, und Brause ermuntert sich und sagt: ›Solche Ausdrücke müssen Sie ins eine Ohr rein, aus dem anderen rausgehen lassen. Das ist Kommiß und wird immer so bleiben. Auch kann ich Ihnen kein neues geben. Woher soll ich es nehmen? Klauen Sie sich eins, rate ich Ihnen, bloß – nicht in meiner Kompanie!‹ – Darauf kommt einer gelaufen und meldet: ›Die Herren Leutnants werden zum Herrn Major gebeten!‹ – Sie springen auf und gehen an die Straße. Da liegt, wie ihr gesehen habt, Major von der Heyde auf dem Karren –«
»Barbarossa«, nickt Eisen.
»– mit seinem roten Bart. Aber sein Gesicht ist grün, weil ihm ein Bein abgeschossen ist. Er fordert sich ein bißchen Wasser – da hättet ihr den Brause spritzen sehen können!«
»Haben wir gesehen«, bestätigt Lurtjebam, »wie ein Akrobat kam er über den Zaun an die Gulaschkanone gesprungen, wo ich gerade stand.«
»Um Barbarossa konnte er ruhig ein wenig hüpfen«, sagt Albering, »um den schon.«

»Tapfer war er und einfach«, erzählt Eisen, »besonders einfach. Künnemann hat ihn einmal für einen Autochauffeur gehalten. Er steht im Graben auf Posten, da kommt so einer hinter ihn, welcher sagt: ›Warum melden Sie mir nicht?‹ – Künnemann wird wütend und schreit: ›Vor jedem Autokutscher werde ich wohl nicht melden!‹ – Es war aber kein anderer als Barbarossa, so einfach war er. – Aber, was tatst du nun, Tierlein?«

»Ich? Ich war natürlich entlassen. Schien mir auch Blödsinn, an meine Schweineangelegenheit zu denken angesichts dieses verwundeten Mannes.«

Nach einer Weile spuckt Eisen in einen Brennesselbusch und sagt:

»Also war doch alles umsonst, Tierlein? War vorauszusehen.«

»Nicht so ganz«, lächelt Klees und fährt sich mit den gespreizten Fingern durchs Haar. (Mir fällt auf, wie dick und steif diese Finger geworden sind, sicher ganz unbrauchbar zum Geigespielen.) »Nicht so ganz, Kameraden. Hört weiter: Heute morgen beim Arbeiten stehe ich mit Pfeiffer zusammen ganz unten an der Straße, wo sie sich wendet und das kaputte Auto liegt. Weil nichts zu sehen war, krochen wir hinters Gebüsch, um einen Nicker zu machen. Mit dem höre ich Hufschläge und schaue nach, was für ein böser Feind das ist. Hinter meinem Strauch sehe ich Brause und den Dicken vorbeireiten, und Brause sagt gerade so recht laut zu dem anderen: ›Wenn in meiner Kompanie die Unteroffiziere die Leute beschimpfen, dann steige ich ihnen gewaltig aufs Dach, Herr Kamerad!‹ – Ich rollte mich zu Max zurück, der schlief, und lag und guckte den Himmel an und hielt die Grashüpfer für Raketen, die in Trillern aufstiegen und in Trillern wieder herab.«

Wir hätten das dem Brause nicht zugetraut und sind zufrieden mit ihm. Plötzlich aber richtet man seine Aufmerksamkeit auf die Straße. Ein Regiment zieht, in eine Staubwolke gehüllt, vorbei, der Front zu. Zugleich rollt in entgegengesetzter Richtung langsam ein Karren mit Verwundeten heran, vor dem das Regiment ausbiegt. Als die Karrenwand dicht vor uns ist, reckt sich über den Rand das fiebergerötete Gesicht eines jungen Soldaten, welcher begeistert verkündigt:

»Hüftschuß und Fußschuß!«

Sodann sehen wir das Regiment. Es marschiert, in Staub gehüllt, fast lautlos vorüber, nur das Klirren der Seitengewehre und Spaten ist hörbar. An der Spitze sehen wir die goldig umstäubten Schatten zweier Reiter. Ihnen folgt, dicht aufgeschlossen, das Gewimmel der Beine, der hängenden Köpfe, der Helme, der Gewehre, der Tornister, der Brotbeutel. Die Gesichter sind von weißem Staub überzogen und haben dieselbe Farbe wie die Stiefel. Spukhaft still ziehen sie durch den Sand vorbei, Kompanie auf Kompanie, wie ein langes Tier mit zwölf Körperringen und einer ungeheuren beweglichen Kriechplatte, das durch die Welt rutscht, langsam und sicher, irgendeinem Ziel zu.

Klees' Augen aber haben ein Ziel gehabt, er sagt:

»In der letzten Kompanie war ein Mann, der sah so lustig aus, das war der reinste Lustmensch. Seine Backen schienen pechrot durch die Dreckschicht. Etwas sagt mir, daß es ein Imker war. Er schleppt im Tornister gewiß eine Menge Honig mit sich, den er in einem Dorfe erbeutet hat.«

Eisen teilt mit:

»Ich sah einen, der macht keinen einzigen Kilometer mehr, er war am Umklappen.«

Jemand sagt leichthin:

»Solche haben wir alle gesehen, bloß daß sie nicht umklappen werden.«
Es vergeht eine Viertelstunde mit dem Gespräch übers Umklappen. Plötzlich flüstert Lurtjebam erregt:
»Sieh einer den kleinen Muffel! Geschäftsreisender für die Firma Sand und Staub!«
Er deutet mit dem Finger auf einen einzelnen Soldaten, einen Nachzügler des Regiments, der sich langsam auf der Straße vorbeischleppt.
»Die kleine Kommode hätten sie nur zu Hause stehenlassen sollen«, meint Eisen gutmütig, »da hat Brussilow keine Angst vor.«
Der kleine Soldat kommt mühsam heran, seine kurzen Beine wühlen den Staub auf, und sein langer dürrer Hals ruckt bei jedem Schritt aus dem Kragen. Es scheint, als zöge der verbeulte Kopf an den Strängen der Halsmuskeln den beschwerten Körper hinter sich her.
»Das Rennpferd Orchidee war mit dreißig Kilo zu schwer bepackt«, teilt Lurtjebam mit, als läse er in einer Sportzeitung. Klees aber ist aufgestanden, geht zu dem Kleinen hinüber, läßt sich seinen Tornister aufhängen und begleitet ihn die Straße hinunter zum Wald. Lurtjebam, der den fremden Soldaten nicht aus den Augen gelassen hat, nickt:
»Das Rennpferd Orchidee stutzt, springt an und biegt an der Spitze des Feldes in die Gerade.«
Und wirklich, gleich nach der Orchidee kommen noch drei Nachzügler mit je zehn Schritten Abstand voneinander in ihren Staubwolken daher. Albering, Eisen und ich nehmen ihre Tornister und gehn mit. Lurtjebam bleibt allein zurück. Da er auf der Straße keinen Hilfsbedürftigen mehr erblickt, ist er verdrießlich, gähnt und ruft uns nach:
»Grüßt Gott, wenn ihr'n seht!«

Dort ist das Regiment, das wir suchen, es rastet an einem Waldrande. Nachdem die Nachzügler, durch Buschwerk gegen die Augen ihrer Kameraden gedeckt, das Gepäck wieder aufgehockt haben, gehen wir in bester Laune zurück. Die Sonne sinkt. Eisen weiß ein Kartoffellager, Albering und er streben einen Sandhügel hinauf. Tierlein und ich bleiben auf der Straße zurück, und wir beschließen, zum Milchjuden zu gehen. Zwischen bestaubten Hecken sagt Tierlein leise:
»Ich glaube, daß es heute oder morgen wieder Post geben wird, denn wir sind bereits neunzehn Tage hier, und die Sperre ist aufgehoben. Sicher werde ich der erste sein, der Post bekommt, und dann gleich ein Dutzend Briefe.«
Ich widerspreche:
»Warum solltest du der erste sein? Das denkst du dir, weil du verliebt bist.«
Worauf Tierlein mich mit einem unendlich nachsichtigen Blick trifft:
»Ja, das bin ich – aber das sind wir doch alle.«
Er weiß von Lisa, der Klees, er hat sie auf roten Schuhen über die Anemonen des Odeonwäldchens huschen sehen. Wir alle wissen mehr voneinander als wir ahnen.
Ich sage:
»Hast recht, Tierlein.«
»Ein Gedanke ist mir der liebste«, lächelt er. »Wenn ich heimkomme, werde ich sofort mein Organistenexamen machen und mich um eine Hauptlehrerstelle bewerben. Ich denke alle Tage daran, und an ein kleines Schulhaus, an dessen Wänden eine Menge Kletterrosen blühen. Oft scheint es zum Greifen nahe zu sein, so heute. Es verzaubert mich ganz.«
Ich kann nicht anders und sage:
»Du wirst froh sein, wenn dein Haus eine Wand ohne

Kletterrosen haben wird. Wirst sogar hochspringen und in deine Hände klatschen, wenn du nur überhaupt erst so weit bist. Die häßlichste Wand mit Spuren von Verfall und mit Regenrissen wird dich entzücken, wenn du ihr mit deiner Frau zum erstenmal entgegengehst. Glaubst du, Klees?«

In diesem Augenblick sehen wir hinter der Hecke im Gras zwei junge Soldaten, die uns durch Zeichen auffordern, weiterzugehen. Wir wissen nicht, was sie wollen und gelangen gleich darauf an die Behausung des Juden. Vor der offenen Tür liegen zwei winzige schwarzhaarige Knaben. Sie haben sich bis zu den Schultern mit Sand bedeckt und beachten weder uns noch den Kanonendonner. Wir warten eine Weile und horchen über die Wiesen nach Osten, wo eine schwere lilafarbene Wolke aufzusteigen beginnt, vor der die Sonnenrosen in Schwärze getaucht sind.

Dann erscheint ein fremder Soldat auf der Schwelle, in Hemdärmeln, und brummt unwillig:

»Es ist keine Bedienung da, geht nur wieder. Der Alte wartet im Garten auf die Sterne, und Mirjam hat ihre schlechten Tage.«

Plötzlich aber ist auch der alte Jude da, lang, dürr und mit einem sehr bedeutenden Gesicht, in das die Nase lang und senkrecht eingesetzt ist, einem wirklichen Menschengesicht gegen das Schießbudenornament des Hemdärmeligen. Er wirft seine Arme empor und überschüttet uns mit einem Schwall von Worten. Klees und ich stehen wie Mauern. Ist er mehr Jesus? Oder ist er mehr Judas? Der Hemdärmelige beantwortet die unausgesprochene Frage und murmelt:

»Milch wollen Sie, Judas.«

Er ist vielleicht seit zwei Tagen hier, aber er lehnt in der Tür dieser Hütte, wie einer, der drinnen in der Stube ei-

nen langen Winter versessen und dabei das Budenfieber bekommen hat. Er gähnt, blickt gelangweilt zu Boden auf die kleinen wackelnden Knabenköpfe und spuckt aus. Wir legen unseren Groschen in des Juden große edelgeformte Hand, die sich geierkrallig schließt.
Nachdem wir die Milch getrunken haben, gehen wir, an der Hecke vorbei, zurück, wo noch immer die beiden Soldaten ihre Gesichter übers Gras erheben. Klees macht eine gedankenvolle Miene. Darauf kommt er wieder auf sein Beschwerdethema und lächelt vergnügt:
»Das Schönste ist, daß ich es nun genau weiß, daß Zutschky einen aufs Dach bekommen hat. Ich weiß es seit heute mittag beim Essenholen, wo die Sache anfing brenzlig zu werden, weil Zutschky mich suchte. Allerdings waren es ganz unnütze Befürchtungen, denn er kennt doch niemand von uns. Er kennt von mir bloß mein Kochgeschirr, aber darauf kam der Esel nicht. Ich hatte mich ganz am Ende der Reihe aufgestellt. Tielbürger war Unteroffizier vom Dienst, der sollte ihm zeigen, wer Kleist wäre. Kleist – hatte er sich in den Kopf gesetzt, zu finden. Als ich nun dran und die Reihe zu Ende war, sah der Zutschky unseren Korporal an, der aber schüttelte den Kopf und sagte, indem er gerade an meiner Nasenspitze vorbeischaute: ›Nein, Kleist ist nicht dabei.‹ Da wußte ich es, daß der Panje eine Abreibung bekommen hatte, und daß eine Beschwerde bei den Preußen doch noch etwas hilft. Vorausgesetzt – daß man es schlau einfädelt.«
Wir lachen und loben Tielbürger. Als wir aber vor unsere Scheune gelangen, wird Tierlein zur Schreibstube befohlen.

Die Schreibstube ist die Stube eines russischen Kleinbauern. Als Klees eintritt und die Hacken zusammen-

bringt, sitzen die Feldwebel Bloiboom und Engelke hinterm Tisch, heben zwei Gläser zum Mund, die mit rotem Wein gefüllt sind, und lassen die Liebe leben. Sie spitzen die Oberlippen – Bloiboom seine bürstige, Engelke seine unbehaarte. Eine Flasche ist nicht zu erblikken, vielleicht unterm Tisch.
Bloiboom lächelt über sein Glas weg:
»– und als mein erster Junge geboren wurde, sagte ich mir: jetzt wird der Getreidehandel aufgegeben, jetzt werden Rosen gepflanzt, aber edle Sorten, nur edle, lieber Engelke – mein Engel, sagte ich zu meiner Frau. Aber glauben Sie, daß sie wollte? – Von Rosen wird dein Maxi nicht satt, alter Lümmel – sagte sie, und: keine Rose ohne Dornen – sagte sie. Aber, lieber Engelke – sagte ich zu ihr – das ist wohl wahr, lieber Engelke, nur der Duft bleibt. Wie singt doch der Dichter?«
»Da ist jemand, Herr Bloiboom«, sagt nun der Primaner. Auch Bloiboom hat Klees wahrgenommen und fragt ihn besorgt:
»Haben Sie Durst, Soldat?«
»Musketier Klees, zum Herrn Feldwebel befohlen!« meldet Tierlein.
»Wegen Unteroffizier Zutschky«, erklärt Engelke und setzt sein Glas nieder. Jetzt senkt auch Bloiboom das seine, und er fragt streng:
»Wie lange sind Sie Soldat, Klees, Sie Geigenkünstler?«
»Sechs Monate, Herr Feldwebel.«
»Sechs Monate, so! Da staune ich. Da läßt sich manche Flasche einen Kopf kürzer machen – wie, Engelke?«
»Gewiß, sogar mehrere Flaschen«, bestätigt der Primaner.
»Aber –«
»Mehrere Flaschen, ganz recht, liebes Engelchen, ich

bin dein kleiner Lümmel. – Und Sie, Klees, wissen bei so viel Flaschen noch nicht, daß Sie erst Ihre Flasche – Ihren Feldwebel fragen müssen, wenn Sie sich beim Leutnant über jemand beschweren wollen? He?«
»Ich habe mich über niemand beschwert«, verwahrt sich Klees mit klopfendem Herzen.
»Was sagt er, Engelchen?«
»Er wollte bloß ein neues Kochgeschirr haben, sagt er, wenn ich recht verstehe – aber auch das verstößt gegen die Schulordnung«, erklärt der Primaner.
»Was machen wir darauf, Engelchen?«
»In diesem Falle pflege ich immer eine Strafarbeit zu applizieren«, rülpst das Engelchen.
»Ganz recht, denn es gibt keine Rose ohne Dornen und ohne Duft. Also, Klees und Geigenkünstler, schreiben Sie mir fünfzigmal zu morgen den Satz auf: Wenn ich – wie weiter, Engelchen?«
»– ein neues Kochgeschirr«, rät Engelke.
»Mit dem Leutnant fängt es immer an – also schreiben Sie, Klees: Wenn ich mit dem Herrn Leutnant sprechen will, muß ich erst meinen Feldwebel fragen. – So schreiben Sie, und fünfzigmal, bis morgen. Verstanden?«
»Zu Befehl, Herr Feldwebel.«
»Wollen Sie einen Schluck zur Stärkung, lieber Klees?«
»Ich bin Antialkoholiker, Herr Feldwebel«, entgegnet Tierlein mit wutzitternder Stimme.
»Was ist er, Engelchen?«
»Er«, stottert der Primaner, »– er nimmt nichts zu sich, Herr Bloiboom, total nichts.«
»Was nicht, Engelchen?«
Doch nun verwirrt sich der Gedankengang des anderen. Er sagt rundweg:
»Er hat sich die Beine gebrochen.«

Worauf eine allgemeine Ratlosigkeit eintritt. Tierlein sich entlassen fühlt und geht. Ganz zerschlagen kehrt er zur Scheune zurück und setzt sich still auf einen Bretterstapel. Daß er als Lehrer eine Strafarbeit bekommen hat, vernichtet ihn. Endlich nimmt er Briefpapier und Bleistift und beginnt in schöner Schrift seinen Satz zu schreiben. Die Sonne fällt wie ein roter Pfirsich in einen Wolkenkorb.

Eisen legt seine Ziehharmonika in Lurtjebams Hände, steht vom Kartoffelfeuer auf und blickt über Klees' Schulter. Im Augenblick ist ihm die Lage klar.

»Du hast eine Strafarbeit auf, Tierlein? – Hört mal, Tierlein hat wegen Zutschky eine Strafarbeit auf.« Er erklärt es uns näher, er weiß bereits Bescheid.

»Das wäre des Teufels!« rufen einige.

»Dä–nn das Tierlein-Tierlein war zu schlau«, höhnt eine Stimme, von der Harmonika begleitet.

Klees blickt ratlos auf Albering, welcher sagt:

»Ich würde es nicht machen. Wenigstens würde ich zur Schreibstube gehen und mir Kerze, Papier und Bleistift liefern lassen. Es ist ja gleich dunkel, und Kerzen sind in der ganzen Kompanie keine da. Auch der Mond streikt heute nacht.«

Klees erscheint das wohl zu kühn, die anderen aber ermuntern ihn dazu mit »Los!« und »Du kennst doch den Alten!« Klees verrät nicht, was er tun wird, er kaut auf seinem Bleistift und blickt traurig in den Abendhimmel. Der Triumph dieses Tages ist für ihn dahin. Alle wenden sich wieder dem Feuer zu, essen heiße Kartoffeln und rauchen. Dann sagt Eisen nach einem Besinnen:

»Das ist ja Quatsch mit dem Satz. Das hat er ja gar nicht nötig. Als alter Soldat sage ich ihm: Er braucht gar nicht den Alten zu fragen, wenn er mit Brause sprechen will.«

»Wieso nicht? Steht doch im Exerzierreglement!«
»Wieso nicht? Weil jetzt eben Krieg ist, du lausiger Rekrut!«
Der alte Soldat fühlt sich groß, alle horchen auf seine Worte, er dehnt sie und stottert nicht:
»Das müßte ja der helle Blödsinn sein, wenn man da erst den Feldwebel fragen müßte, der zehn Kilometer hinten in seiner Schreibstube sitzt, ob man mit dem Leutnant sprechen darf, der neben einem im Granatloch liegt! Leuchtet Ihnen das ein, mein Herr?«
»Eisen hat recht.« – »So sicher wie was« – wird gerufen.
Meyer näselt:
»Aber Befehl ist Befehl, vergessen Sie das nicht, Eisenbolz.«
Niemand beachtet den Offiziersaspiranten, außer Klees der sich trotz der wachsenden Dunkelheit von neuem an seine Arbeit macht.
Eisen knurrt:
»Und da sitzt er nun und schreibt wahrhaftig seinen Senf aufs eigene teure Briefpapier, und noch dazu in lateinischer Schrift. Ja, lebt man denn hier unter Kindern? Oder lebt man unter Soldaten? – Das ist doch um junge Hunde –«
»Befehl ist Befehl«, hört man noch einmal die Stimme des Meyer, »wie sollte sonst der Krieg geführt werden können! Da kann es keine Spezialfälle geben.«
»Nehmen Sie Rizinus, Sie Zollbock!« flucht Eisen.
»Je gelehrter – je verkehrter«, sagt jemand.
»Man muß den Brüdern mal endlich in die Fresse lachen«, prahlt ein anderer mit Bezug auf die Unteroffiziere. Man ist verstimmt, einige entschließen sich, in die Scheune zu gehen und sich hinzuhauen.
Dann tauchen aus der Dunkelheit zwei Gestalten auf,

die sich dem Feuer nähern. Das Gespräch verstummt, denn es sind die Feldwebel Bloiboom und Engelke. Sie bleiben stehen, und Bloiboom fragt mit Wohlwollen:
»Noch Kartoffeln gefunden?«
»Jawohl«, wird gemurmelt.
»Na, wir gehen demnächst an die Front, da wird es mit der Verpflegung besser werden.«
»Da gibt's blaue Bohnen«, sagt ein Witzbold.
»Und auch dann und wann einen Viertelliter Schnaps – sogar Wein«, verkündet der Feldwebel mit einem etwas müden Kopfnicken. Er starrt ins Feuer. Dann fragt er:
»Wo ist Klees?«
Tierlein tritt ins Helle und meldet sich.
»Was machen Sie denn, Klees?« fragt Bloiboom freundlich. Beim Schein des Feuers sieht man ihn lächeln, etwas abwesend und fast verlegen. Vielleicht hat ihm der Engelke gesagt, daß es mit dem Satz, den er Klees aufgegeben hat, nicht stimmt, und so sind sie gekommen. Vielleicht auch hat ihn sein gutes Herz hergetrieben.
»Also die Strafarbeit machen Sie? Aha!«
»Jawohl«, bestätigt Klees dienstlich und kalt.
Bloiboom stutzt über dies kalte »Jawohl«, er sagt unsicher:
»Aber es ist schon etwas dunkel dazu, nicht wahr?«
»Jawohl.« Derselbe dienstliche Ton.
Bloiboom bietet alles auf, Klees zum Lachen zu reizen, er sagt schalkhaft:
»Die schönen Sommernächte sind doch wohl zu besseren Dingen da?«
Die Umstehenden lachen übermäßig und bestätigen es. Klees bleibt bei seinem:
»Jawohl.«
Da sagt der Bloiboom ganz bescheiden und fast bittend:

»So lassen Sie es nur sein. Sie brauchen die Arbeit nicht zu machen – nicht wahr?«
Albering stößt Tierlein in den Rücken, aber dieser wiederholt wie ein Automat:
»Jawohl.«
Der Feldwebel wünscht gute Nacht, seufzt und geht mit dem anderen fort.

So endet Tierleins fröhlicher Tag.

Brief im Traum

Mein Stern ist versunken. Die Abende, wo das Kleid der Mutter das Klavier streifte, eine Kirchenglocke schlug, und unterm Fenster die nassen Birnen in den Bäumen hingen – ich nahm den Schlüssel, und meine Schritte hallten durch die nächtlichen Straßen. An einer bestimmten Stelle trat ich auf eine Eisenplatte, die ein Abflußrohr überdeckte. Das gab einen grellen Laut, nicht mehr und nicht weniger hatte ich erwartet.
Hier der Kai – und ich sah von der Brücke in die schwarze Flut, welche ruhelos gurgelte und gegen Balken und Bootwände schlug. Niemand war in der Nähe. Im Norden, wo Lichter sich spiegelten, schnauften eintönig und einträchtig drei Elevatoren; im Süden aber, hinter mir, war alles Schwärze.
Ich saß auf dem eisernen Geländer und dachte hin und her. Man kann mich in Stücke zerschlagen, wenn ich damals kein Gedicht machte. Die Stille durchstrudelte mich, und ich machte eins. Und machte viele, und Nacht auf Nacht, die zitternden Hände am Geländer. Vor Glück spie ich aus ins Wasser, welches zog.

Leider verbrannte ich sie später, und nur eins blieb am Leben. Eins lebt und ist mein Soldatengebet: das Lied von dem bleichen Zifferblatt, das Lied ohne Sang, das Rauschen eines Nachtvogels, das Beben einer Stimme mitten unter dem verwölkten Himmel.
Was ist von Suhren geblieben? – Nichts.
In der Holzwand dieser Bauernstube, dicht über meinem Kopf, steckt das Seitengewehr. Am Seitengewehr hängt der Brotbeutel, und drin ist ein Stück Brot. Nicht übel, denn sobald man Hunger hat, beißt man davon ab. Die Kerze blakt, das Stroh raschelt. Albering kratzt sich, Klees schreibt einen Brief auf seinem Tornister. Die Nacht ist da, und der Regen fällt schallend in die Bäume.
Dies ist eine steintote Stunde. Ich krame weiter in meiner Gedächtnistruhe und finde ein anderes Bild. Ich bin in einer großen Stadt und umschleiche ein Haus. Ich umschleiche es, solange ich Lust habe. An Zeit ist nie Mangel, und Lust ist genug da. Oben im dritten Stock, in dessen Fenstern sich der Mond spiegelt, wohnt Lisa. Sie kann nicht zu mir hinuntergehen, denn die Frau Oberst hat den Schlüssel. Indessen schiebt sie den Vorhang ihrer Stube zur Seite und hebt die Hand. Dann ist Krieg, und sie muß abends die Kriegszeitung holen, das Neueste vom Kriegsschauplatz. Sie gleitet über den Asphalt zu mir her und küßt diesen Menschen. Ihr Kuß schmerzt wie Feuer, denn sie geht wieder fort, über die krausen und beweglichen Blättermuster, die der Mond unter den Bäumen duldet. Spät gehe ich heim, durch leere Straßen, an einer Backsteinkirche hin und begegne einem Manne und einer hinkenden Frau, die einen Kinderwagen führen. Plötzlich ist heller Tag, eine rote Wolke bedeckt die ganze Stadt, und ein Mensch rennt an mir vorbei, deutet empor und schreit:

»Die Anilinwerke brennen!«
Und noch schmerzte ihr Kuß wie Feuer. –
Das Wachs der Kerze tropft ins Stroh, aber der Brief des Klees wächst sich aus. Draußen rennen Leute im Regen. Albering hebt sich von seinem Mantel und sagt leise:
»Licht aus, Tierlein.«
»Gleich fertig«, antwortet der Schreibende.
Mein Stern ist versunken. Die Läuse fressen mich auf, und was übrigbleibt, ist für die Katz. Demnächst an der Front wird es interessanter werden. Da heißt es: du kommst durch – oder du bleibst liegen. Das Ende weiß keiner, auch der Obergeneral weiß es nicht. Im übrigen bin ich weder ängstlich noch mutig, bloß neugierig. Ich gehöre zur Kompanie Brause (wenn gebraust wird, muß ich mitbrausen), trage eisenbeschlagene Stiefel und habe ein Gewehr, mit dem sich gut umgehen läßt, wenn man es schicklich behandelt – augenblicklich ist es gut im Fett. –
Horch! Eine Stimme lärmt vor der Tür. Klees eilt hinaus, ohne Mantel, den Blaustift in der Hand.
Post ist also da, und mein Stern zwinkert zwischen den Wolken, als wolle er sagen: Suhren, besinne dich!
Darauf besinne ich mich und denke an die runden Buchstaben Lisas, die ich vor Wochen täglich in meinen Soldatentatzen hielt, die aber in der letzten Zeit ausgeblieben sind. Eine Zeile von ihr ist ein Graswald mit gerollten Blättern, und wert, darin auszuruhen.
Oh, ich werde munter, denn Klees hält Briefe in der Hand. Nichts für Albering, aber der schläft; zwölf für Klees; sieben für Suhren. Ich zögere sie zu öffnen, lege sie auf meine Brust. Ich habe Angst vor jeder kleinen Klage, die aus dem Graswalde herhaucht. Die Klagen dreier Wochen aber – wie könnte ich sie ertragen!
Da ertönen Stimmen, ein Wagen hält unterm Fenster,

die Tür wird aufgestoßen. Sanitäter bringen zwei Verwundete und fordern Stroh. Wir scharren eilig einiges zusammen. Albering ist wach, wir zwei gehen auf den Hof und tappen zwischen nassen Gewächsen hin an eine Scheune, aus deren Strohdach wir Stücke herausziehen und hinter uns her in die Stube schleifen. Klees kommt von der Feldküche und bringt Kakao, der unbegreiflicherweise ausgegeben wird.
Wir reichen den Verwundeten davon. Der erste, ein gedrungener Mann, der einen Kopfverband trägt, und dessen Backen mit Blut beschmiert sind, scheint wohlauf zu sein. Er gießt einen Becher Kakao hinunter, steht auf und sagt vergnügt:
»Ich habe da vorhin etwas Weibliches bei der Kapelle gesehen, gehe noch eine Weile fort.«
Damit ist er hinaus.
Der zweite, ein Unteroffizier, liegt still und sehr bleich da. Seine Brust hebt und senkt sich mühsam, und die rot umschatteten Augen sind auf das Kerzenlicht geheftet, dessen Flämmchen schwankt und in die großen schwarzen Pupillen des Verwundeten überspringt, wo es sich unruhig gebärdet.
Er hat einen Brustschuß. Den Kakao verschmäht er kopfschüttelnd. Ich habe aber Kaffee gespart und lasse ihn trinken. Danach fragen wir ihn, ob er gut liegt. Er flüstert durch seinen pechschwarzen Bart:
»Seht nach, ob ich hinten blute.«
Wir heben ihn vorsichtig und erblicken zwischen seinen Schulterblättern ein schwarzes Loch in der Uniform von der Größe eines Pfeifenkopfes. Das Zeug rundherum ist von Blut durchweicht, und auch die Decke, auf der er liegt, hat einen tellergroßen Fleck.
Wir sagen es ihm. Er nickt und blickt ins Licht. Keiner spricht, man hört den Regen fallen.

Nach einer Weile kehrt der zweite zurück, ganz durchnäßt, und legt sich erschöpft nieder. Er sagt leise:
»Ich wollte bloß meinen Freund noch mal sehen, den Rudolf von der vierten Kompanie. Sie hatten ihn in die Kapelle gelegt.«
»Fandst du ihn?« fragt Albering von der anderen Wand her.
»Er war schon gen Himmel gefahren, der Junge, mit ausgestreckten Armen, sage ich euch, quer durch die Decke. Sein Rock sah aus wie ein siebenfach durchschossenes Kochgeschirr, und so hat's ihn gefaßt. Der beste Mann seiner Kompanie. Sie kamen von rechts übers Moor, als wir Studianka, den Gutshof, nehmen wollten und nicht konnten. Sie schlugen uns heraus, die Braven. An den Beinen hatte er keinen einzigen Schuß, weil die im Dreck steckten. Als ich ihn herholte, gaben sie mir den.«
Er faßt an seinen Kopfverband, zieht einen Spiegel aus der Tasche und blickt lange hinein. Dann stellt er fest:
»Wenn man sich nicht kämmen kann, ist man nur ein halber Mensch.«
Es herrscht Stille. Die Kerze brennt herab, und wir setzen eine neue darauf. Der Unteroffizier sagt etwas. Ich gehe zu ihm hin, und er flüstert:
»Könntest für mich einen Brief schreiben.«
Die anderen legen sich nieder, ich hole Papier und Bleistift und warte. Er sagt atmend:
»Schreibe zuerst: Meine liebe Anna.«
Ich schreibe es, und er fährt fort:
»Habe dein letztes Schreiben gestern richtig erhalten, wohl und munter. Heute aber bin ich verwundet worden, sechs Uhr nachmittags. Es tut mir leid, daß wir auf dem letzten Urlaub nicht heiraten konnten, nun kann ich es nicht mehr, komme nicht so schnell fort.«

Pause.
»Schreibe nach den Papieren sofort. Wenn ich doch noch kommen sollte, wären sie dann da.«
Seine Kraft scheint schnell abzunehmen. Sein Atem kommt stoßweise über die weißen Lippen und bringt die schwarzen Barthaare zum Wehen. Sein Blick aber ist ruhig. Nach einer Weile verklärt sich sein Gesicht, wird ganz kindlich unter dem unsinnigen Bart, und so sagt er verzückt:
»Klein-Anna soll Lebertran bekommen von dem letzten Geld, das ich schickte, auch dazu einen Ball, und Pfefferminz. Kaufe dir selber nichts, und vergiß nicht –«
Er bricht ab und schließt die Augen. Auf seiner Stirn stehen glänzende Schweißtropfen, welche abrollen wie Tau von einem grünen Blatt. Kaum hörbar flüstert er:
»Kaufe dir den schwarzen Hut mit Federn... Adresse im Notizbuch in der linken Rocktasche... Und ein wenig Wasser, bitte.«
Ich gebe ihm Kaffee, danach sagt er sehr ruhig:
»Das Licht soll aus.«
Ich verlösche es und lege mich nieder. Der andere Verwundete wirft sich hin und her. Albering und Klees flüstern und scheinen dann in Schlaf zu fallen. Nach einer langen Zeit fragt der mit dem Kopfschuß:
»Was macht ihr denn?«
»Es ist der Regen, der durchtropft«, sagte ich.
»Wird noch geschossen?« fragt er wieder. »Sie sollen abstoppen, die blöden Esel, man sieht ja nichts!« Er murmelt unwillig: »Immer diese Verschwendung, und Doppelstrich und Dauerfeuer...«, er lacht herzlich, »als ob der Heimat damit gedient wäre...«
Ich höre ihn noch lange in sich hineinkichern, schlafe darüber ein und habe einen Traum: Lisa gibt mir einen

Brief, der in einem roten Umschlag steckt. Aber ich vergesse immer wieder, ihn zu öffnen, denn es sind Kinder dort unten am Flusse, welche baden. Die Kinder lenken mich ab. Gewiß, der Brief! Ungesäumt will ich ihn öffnen, sage ich. Die Kinder jedoch werfen einen so entzückenden Sprühregen empor, daß ich wie gebannt hinunterstarre, wo ja auch die Weidenbäume übergossen werden.

Sieh nach! bedeutet mir Lisa zornig, und nun öffne ich den roten Brief mit einem Ruck. Es ist Blut darin – er ist ganz durchblutet. Lisa nickt traurig und sagt: Wende das Papier, ob hinten ein Loch ist. – Ja, hinten ist ein Loch, ein rundes Loch von der Größe eines Pfeifenkopfes. Ich komme mir wie ein Verbrecher vor, daß ich immer noch den fröhlichen Kindern da unten meine Aufmerksamkeit schenke. Oh, wie ein Teufel schiele ich hinunter!...

Dann bin ich wach. Es ist hell und kalt in der Stube. Ich steige über Klees' Beine zu dem Unteroffizier. Er ist tot. Seine Hand hält ein kleines schmutziges Notizbuch und scheint es herzureichen. Ich nehme es und lege mich wieder hin.

Eine Stunde vergeht.

Jetzt ist es ganz hell, und am Fenster eilt ein bläuliches Wölkchen vorbei. Albering und Klees erwachen, wir umstehen den Toten und legen eine Decke über ihn.

Die Sanitäter kommen und nehmen ihn mit. Der mit dem Kopfschuß hockt neben dem Toten auf dem Karren. Er hat Spiegel und Kamm zur Hand und will sich kämmen. Weil es aber unmöglich ist, gähnt er, blickt mit einem Auge auf den stummen Kameraden und fragt:

»Hast du's Retourbillett, Korporal?«

»Hüh«, macht der Fahrer, und der Karren setzt sich in Bewegung.
Klees' blasses Gesicht blickt in den Morgen.
»Wir werden folgen.«
»Radschlagen werden wir«, entgegnet Albering, »wenn wir Glück haben nämlich, beim Beinschuß. Beim Kopfschuß macht man Hochsprung und beim Bauchschuß Salto mortale.«
»Nichts als Großtuerei ist das von dir«, versetzt Klees.
Sieben Briefe trage ich in meiner Brusttasche bis zum Abend. Am Abend öffne ich sie. Sie hauchen keine Klage her – sie hauchen alles, was ich brauche.

200 Gramm Zarathustra

Die grauen Soldaten liegen an der Straße, die nach Tverdini führt, neben den Gewehrpyramiden, die Koppel umgeschnallt. Es ist Alarm befohlen.
Hohe Bäume überdecken den Lagerplatz mit ihrem grünen Schatten, an dessen Rande und von der strengen Sonne halbwegs verjagt, Schwärme von Fliegen in der Luft schwirren, die dabei linksum, rechtsum oder wohl gar linksum-kehrt machen.
Die Soldaten liegen umher im Gras, schwatzen, gähnen – einige schlafen. Einige schlafen immer und überlassen es der Zeit, sich selber in Gang zu halten. Eisenbolz ist der einzige, der Posten steht, obwohl er keinen Befehl dazu hat. Eine Zigarre im Munde, steht er da und blickt aus seinen besessenen Augen um sich. Ihm entgeht nichts. Er sieht drüben den Küchensoldaten Bernhard Raupe, halbnackt und glatzköpfig in der Sonne, den Brunnen mit zwei Eimern Wasser verlassen, sieht Zutschky ihm einen langen Befehl übermitteln und weiß im Nu, daß die Kompanie geteilt werden wird. Der Raupe wird den einen Zug bekochen müssen, der

Zutschky die beiden anderen. Der betreffende Zug aber, der abgeteilt wird – welcher wird das sein? – Natürlich der dritte, der unsrige.
Eisen frißt seine Zigarre auf, solcherart wird sie schnell kürzer, hingegen hat man auch doppelten Genuß. Er zieht die Aufgeweichte aus dem Munde, spuckt reichlich aus und rechnet so: Es wird *deshalb* gerade der dritte Zug sein, weil er als einziger keinen Offizier zum Führer hat, sondern einen Feldwebel. Die Offiziere bleiben lieber beisammen, deshalb muß der Engelke mit seinem Zuge dran. Klar wie Spucke –
Lurtjebam, der sich im Hintergrunde am Stamm einer Linde räkelt und so recht bequem sitzt, gefällt sich darin, sich »ein schiefes Bild über seine Lage« zu machen, er denkt:

Die Hälfte seines Lebens
Steht der Soldat vergebens.

Und das befriedigt ihn so, daß er dann und wann ein kurzes ernsthaftes »Hummel, Hummel« ertönen läßt – worauf Eisen, ohne sich umzuwenden und ohne seinen Zigarrennachtisch zu unterbrechen, ihm durch die Nase, jedoch freundlich antwortet:
»Mors, Mors.«
So erklingt es schelmisch »Hummel, Hummel« her, »Mors, Mors« zurück, während draußen die Hügel in der Sonne strahlen und dorren, und die Zeit geht und geht.
Ich hole mein Buch aus dem Brotbeutel. Es ist der Zarathustra, neben der Bibel und dem Faust das am meisten gelesene Buch der Frontsoldaten, wie die Zeitungen schreiben. Ich las sogar einmal eine Statistik darüber. Die Bibel wird sicherlich das schwerste von diesen

drei Büchern sein – nämlich an Gewicht. Darum – alle Achtung vor den bibellesenden Kameraden! Alle Achtung auch vor mir, daß ich meinen Zarathustra noch nicht wegschmiß. Es würde aber wohl die Statistik um ein kleines verschieben, und wenn alle es tun würden, sogar um ein Vielfaches.

Mit so spitzigen Gedanken schlage ich mein Buch auf, so spitzige Gedanken habe ich immer, wenn ein großer Marsch bevorsteht. Also – folgere ich – wird es heute einen heißen Tag geben. Auf meine Art komme ich zu ähnlichen Denkergebnissen wie Eisen, der Rote, der sich nicht mit Büchern belastet. Da er in einem Eisengeschäft arbeitete, trägt er vielleicht einige Pakete Nägel als Erinnerung mit sich. Wenn er verrückt wäre!

Ruhig Blut, Suhren! denke ich. Und ich lasse die großen goldenen Fliegen ihre Exerzierübungen vollführen und lese, um ein paar gute Gedanken zu finden. Ich lese halblaut, ohne es selber zu merken. »Von den Fliegen des Marktes« lese ich, womit Nietzsche die Menschen meint, die einen belästigen.

Alles schön und gut – sie belästigen einen eben! Nun kommt ein Dichter und vollführt ein Gedicht darüber mit federnden Satzkurven und einer fragenden Schlußspirale. Schau' an, Suhren, die Satzkurven, wie sie um eine Ecke zu drehen scheinen! Wie sie sich auf den Flügeln des Geistes in den Spiralen totfliegen wie Brummer in einem Trompetenschalloch! Etwas für Kenner ist das. Albering aber, dessen Strohkopf dicht vor meinen Knien glänzt, sagt leise:

»Das ist wohl nicht schön, was du da liest? Ich sehe es nämlich an den dreizehn Falten, die du über deinen Skalp ziehst. Das sieht zwar ganz schön aus – ich mag es aber doch nicht gern leiden. Es steht dir ganz gut – und es steht dir doch wieder nicht.«

»Bist du heute so aufgelegt«, sage ich, »so nimm Zarathustra. Und viel Glück!«
Pferdegetrappel erklingt.
»Hummel, Hummel?« fragt Lurtjebam.
»Mors, Mors«, antwortet Eisen und beobachtet eine vorbeitrabende Gruppe österreichischer Offiziere.
Albering studiert Zarathustra. Auf seiner Kopfhaut, die unterm Helm, gegen den Sonnenbrand geschützt, weiß geblieben ist, glänzen die goldfarbenen Haarsträhnen. Seine Augenbrauen sind kleine gelbe Dächer an der Wand der glatten löschpapierroten Stirn.
Ich könnte es mit Gewißheit voraussagen: Es wird ihn packen, den Albering. Und sieh – er springt auf und liest laut vor:
»Also sprach Zarathustra, ihr Leute!
– aber auch die Überflüssigen tun noch wichtig mit ihrem Sterben, und auch die hohlste Nuß will noch geknackt sein.« Er läßt das Buch sinken und blickt wild in die Runde. Die Kameraden horchen neugierig her, nur Hahn sagt erbost:
»Das ist zu hoch für uns, Herr Schulmeister.«
Alberings Gesicht hat einen zornigen Ausdruck, seine schmalen Lippen bewegen sich ruckartig über den Zähnen, als er fragt:
»Wer ist hier die hohlste Nuß, die noch geknackt sein will?«
Schweigen.
»Ist es Tierlein mit seinem schwankenden Herzbeutel? –
Ist es Pfeiffer, der Mäusedresseur? –
Ist es Eisen, der Kartoffel- und Fischverteiler? –
Ist es Lurtjebam, der Husarenwimpel in Essig und Öl? –
Ist es Suhren mit seinen dreizehn Falten? –
Ist es Albering, dieser – Leichnam? –«

Jemand sagt leise:
»Albering heißt die Laus, die wir knacken wollen.«
Lurtjebam äfft einen General nach und kräht:
»Wollt ihr denn *ewig* leben?!«
»Meine Leute dürsten nach Blut!« schreit jemand beim zweiten Zuge.
»Meine nach Kaffee«, antwortet es vom ersten zurück.
»Weiß Gott!« murrt Eisen und spuckt den Zigarrensalat von seinen nikotinbeschmierten Lippen.
Albering aber schlägt auf eine exerzierende Fliege und schreit mit funkelnden Augen:
»Ist es der Unteroffizier, der letzte Nacht seiner Braut einen neuen Hut kaufen wollte?«
Gelächter.
»Ist es der Rudolf von der vierten Kompanie, der wie ein siebenfach durchlöchertes Kochgeschirr durch die Kapellendecke fuhr? – Wer?! Sagt mir, wer?!«
Er hat einen Arm ausgestreckt, läßt seine Augen über den ganzen grünen Schattenkreis wandern und lächelt abwesend.
»Du selber!« schreit man, und »Meschugge!« und »Sonnenstich!«
»Schade um den Alten«, meint einer gutmütig, »er hat die Läuse schon im Hirnkasten, wo er nicht kratzen kann.«
»Da, Suhren«, sagt Albering bissig, »da hast du dein Buch. Ein schönes Buch, das muß man mitnehmen, da kann man draus lernen.«
Er setzt sich an seinen Platz und legt den Kopf auf den Arm.
Ich sage:
»So lies bitte einmal das Kapitel übers Kriegsvolk. Es preist den Soldatenstand.«

»Laß nur«, wehrt mein Kamerad ab. »Lies du lieber mal das Kapitel über die neuen Götzen. Damit sind die Staaten gemeint. Doch nun laß mich in Frieden mit deinem Schmarren.«
Da ich das Buch wieder in den Brotbeutel verstauen will, kriecht Pabst heran, hebt sein hübsches Gesicht zu mir und bittet um den Zarathustra.
»Nur einen Moment«, sagt er, »ich lese sonst nicht. Ich will nur sehen, ob es ein Buch ist, wo etwas zum Nachdenken drin steht.«
Er hockt sich auf die Knie und lächelt:
»Ich werde aufs Geratewohl aufschlagen, irgendeine Stelle, paß auf.«
Dann blinzelt er nach oben in die Bäume und öffnet das Buch. Darauf liest er, schüttelt den Kopf, liest wieder und wieder und reicht mir endlich das Buch zurück.
»Nichts für mich«, erklärt er, worauf er sich wie ein Turner rückwärts ins Gras wirft, und Zarathustra endgültig an seinen Ort wandert.

Gegen Abend kommt in der Tat der Befehl, daß der dritte Zug unter Feldwebel Engelke nach Tverdini vorrücken soll. Der Primaner erscheint, sein Gepäck auf dem Rücken, und befiehlt »Fertigmachen« und »Antreten«.
Der dritte Zug marschiert aus dem Schatten in die stechende Sonne der Straße. Die Fliegen ergreifen die Flucht, Seitengewehre und Spaten klappern, der Sand stäubt auf.
Eine halbe Stunde wird schweigend und in guter Laune drauflosgeschritten. Sodann erscheinen zwei Hütten links an der Straße, die rasch eine auffallend tiefrote Färbung annehmen. Über uns sind plötzlich geballte Wolken wie zu einer Schlacht aufmarschiert; riesige

Massen von rötlicher Infanterie und Artillerie in zündendem Blau, die von leichten, aschegrauen Kavalleriestreifen überjagt werden. Ein starker Wind wirbelt den Staub in den Rotten empor und in unsere Gesichter. Der Donner rollt.

Jetzt fällt Regen; jetzt schlagen Blitze rings in die verdunkelte Ebene; jetzt gießt es wie aus Kübeln; jetzt sind wir blind vor Nässe; jetzt hat sich der Boden in eine Rutschbahn verwandelt; jetzt hält man sich am Nebenmann fest, der es sich fluchend verbittet.

So rückt der Zug nur langsam weiter, immer im endlos strömenden Regen. Der Schweiß bricht uns fürchterlich aus, und die Lungen tönen wie Blasebälge. Endlich, neben einer einsamen schwarzen Scheune, bleibt einer stehen und schreit mit gequälter Stimme:

»Ich will nicht mehr!«

Sofort stehen mehrere in der Kolonne und antworten:

»Recht so!« – »Der kann allein weitergehen!« – »Mag er doch!« –

Andere setzen den Weg fort, mühsam, durchnäßt und in sich versunken. Es entsteht ein Wirrwarr, doch kommt alsbald der ganze Zug zum Halten, wobei man sich mustert und leidenschaftliche Verwünschungen ausstößt. Einer setzt sich auf den Boden. Sofort verstummt das Geschrei – die meisten setzen sich in den glitschigen Weg, den das Regenwasser überströmt. Feldwebel Engelke spielt eine klägliche Rolle, denn er versucht uns mit Entrüstung zum Aufstehen zu bewegen, wobei ihm seine nasse Mütze recht kläglich übers eine Ohr hängt. Es fehlte nur, daß sie rot wäre, so hätte man den Primaner von einst vor sich. Pabst sagt gutmütig zu ihm:

»Lassen Sie nur, nachher gehen wir wieder weiter.«

Er watet mit einigen starken Leuten hinüber zur Scheune, in der sie verschwinden. Die Mehrzahl aber vermag sich nicht mehr aufzuraffen – ist man auch bis auf die Haut durchnäßt, so sitzt man doch wenigstens. Lurtjebam vor mir scheint mit seinem spitzen Hinterteil im Schlamm zu versinken, er stemmt den Gewehrkolben zwischen seine Knie und betrachtet die Regentropfen, die auf seinen knochigen Schreiberfingern zerklatschen. Ich fühle die Nässe meinen Körper rings umfassen und langsam unterm Helm ins Haar vordringen. Es ist höllisch schön, zu sitzen und sich auszuruhen, besonders, weil einem diese Ruhe nicht zusteht.

Und sie währt lang, diese teure Ruhe.

Als der Regen aufhört und die Scheune Spuren von blauem Anstrich zu verraten beginnt, kehrt Pabst mit seinen Begleitern von dort zurück, sagt: »Auf, Leute!« und wir erheben uns wieder.

Engelke marschiert still neben uns her. Die Dunkelheit weicht nicht, es ist der Abend, der hereinbricht. Schwärme von Krähen werden kaum am überdunsteten Himmel sichtbar.

Der Feldwebel führt uns falsch. Wir gelangen nicht nach Tverdini, sondern nähern uns hügelan einer Ansammlung von strohgedeckten Hütten, wo das kleine nasse Fähnchen eines Brigadestabes zu erkennen ist. Dies Fähnchen überm Dach gibt uns neuen Mut. Wir haben keinen trockenen Faden am Leibe, aber wir werden dort schlafen, das steht fest – auch Eisen sagt es.

Wirklich weist uns Engelke einen Pferdestall an, der noch drei Wände besitzt, und in dem es nach warmem Mist riecht. Dicht über mir, auf einem Balken der Wand, bewegt der Wind das Lichtlein einer Kerze. Aber nun schlafe ich schon.

Mitten in der Nacht weckt mich ein starker Druck auf

den Unterleib. Ich muß mich erkältet haben, klappre mit den Zähnen und stehe auf. Das Licht über mir hat die Wand ergriffen, welche in einer langen schwelenden Flamme brennt. Das wachsende Feuer wirft seinen Schein über die Gesichter der Kameraden. Es wird sofort das Strohdach erreichen, zuckt mir durch den Sinn, und ich verlösche es mit meinem Wasser.

So stehe ich da und schlottre, während sich meine Kopfhaut unter den nassen Haaren zusammenzieht – kann solch schwere Märsche nicht ewig aushalten, werde meine Kraft ein wenig schonen müssen. Und ich ziehe den Zarathustra aus dem Brotbeutel und halte ihn in der Hand. Das Buch ist trocken geblieben, aber es soll fort, und wenn es auch nur zweihundert Gramm wiegt. Nach einigem Zaudern entschließe ich mich, auch meine Schnürstiefel dranzugeben. Zarathustra und Schnürstiefel werfe ich hinter der Scheune in ein Gebüsch, vielleicht Brennesseln.

Der Himmel ist nun klar und voll von Sternen. Das ist der Schritt des Postens, der sich leise nähert.

»Na?« sagt er. Es ist Pabst; er tritt heran, berührt mich und flüstert:

»Bist du es, Suhren?«

»Ja«, sage ich, »wie spät?«

»Zwei über«, antwortet er, »bin eben aufgezogen.«

Wir schweigen eine Weile, vorn fällt ein Artillerieschuß.

»Werde mich wieder hinhauen«, sage ich endlich.

Pabst aber möchte gern noch etwas Unterhaltung haben. Er flüstert erregt:

»Sag' – verstehst du das Buch, das ich heute mittag von dir hatte? Ich habe mir dies überlegt: entweder du verstehst es – so bist du ein anderer Kopf wie ich, oder aber du verstehst es nicht – so hat es gar keinen Wert für dich, und du hättest es besser zu Hause gelassen. Sprich die Wahrheit, offen und frei.«

»Nein«, sage ich müde.

»Nein? Nun, das ist kein Schade für dich, denn es ist ein verzwicktes Buch. Aber, warte noch, da muß ich dir erzählen von gestern. Ich war doch dabei, als wir die Verwundeten holten. Wir legten sie in die Kapelle. Sie machten sich alle recht gut, lagen mäuschenstill, obwohl mancher nur noch dreiviertel war. Bloß ein Russe war dabei, der wühlte herum und schlug um sich. Sie hatten ihm einen Streckverband gemacht, und er hatte wohl tolle Schmerzen. Er allein schrie, er schrie, daß man sich hätte die Ohren zuhalten mögen. Wie ein Schwein, das geschlachtet wird, damit du es dir denken kannst – höllisch, Suhren! Wir ja verstanden nicht, was er schrie, denn er schrie es russisch. Aber man merkte doch, daß es Worte waren, und immer dieselben Worte – immerzu und höllisch. Sogar die Ärzte liefen wie Hunde herum und knurrten darüber.

Wie ich noch so stehe, sagt auf einmal ein anderer Russe auf deutsch zu mir:

›Verstehst du, was er schreit, Kamerad?‹

Es war ein todblasser Mensch, vielleicht ein Offizier, und lächelte. Dann sagte er: ›Er schreit ‚Menschheit, hilf mir'.‹ – Ich sagte es niemandem, konnte auch keinen Sinn darin finden. Es fiel mir aber wieder ein, als Albering seinen Koller bekam, heute mittag – du weißt. Genau so wie Albering hatte er sich, dieselben Augen, dieselbe Schreierei. Und nun gebe ich mir Mühe, beides zusammenzubringen. Kannst du es?«

»Nein«, sage ich, halb von Sinnen vor Müdigkeit.

Geschenke

Am Sonntagmorgen ist der dritte Zug in Tverdini. Feldwebel Engelke hat offenbar den Befehl mit auf den Weg bekommen, täglich Appelle abzuhalten, denn für heute, Sonntag, ist ein Gewehrappell angesetzt, für morgen ein solcher in Stiefeln und Schnürschuhen. Ich aber habe meine Schnürschuhe fortgeworfen!

Ein Gewehrappell ist an sich nichts Besonderes. Man reinigt die Knarre, tritt zur festgesetzten Stunde in zwei Gliedern an und zeigt sie mit einigen eingeübten Griffen vor, blitzsauber und silberschillernd im Laufinneren. Beim heutigen Sonntagsappell indessen gehöre ich zu den vier Leuten, die vortreten mußten, weil sie mit ihrem Gewehr »aufgefallen« sind. Der neue Unteroffizier, Sergeant Sökel, nimmt die Sache ernst, und er hat ganz recht, wenn er behauptet, daß in meinem Lauf noch etliche Staubteilchen sitzen, und daß auch das Schloß nicht einwandfrei gereinigt ist. Auf seinen Befehl müssen wir vier heute abend um sechs Uhr noch einmal mit dem Gewehr antreten, und zwar nicht bei ihm, sondern beim Unteroffizier vom Dienst. Er selber

will natürlich seinen Ausgang haben. Das Schlachtfeld vom vorigen Mittwoch liegt nahe am Dorf, und die ganze Kompanie brennt darauf, es nach dem Appell in Augenschein zu nehmen.
Klees gehört gleich mir zu den »Aufgefallenen«. Wir zwei sitzen hernach vor der Scheune und machen uns von neuem und in schlechter Laune an das Gewehr. Es ist 4 Uhr über, und alle Kameraden sind fortgegangen bis auf den Posten, der drüben an der Straße auf und ab schlendert und jedesmal, wenn er an einer Brandstätte vorbeikommt, mit den Stiefeln in der Asche wühlt.
Klees spitzt sich ein Streichholz an, um damit die feinen Ritzen am Schloß zu säubern. Er sagt böse:
»Was in diesem neuen Sergeanten steckt, das hätte ich dir sogleich sagen können.«
»Was denn?«
»Gift steckt drin – Gift gegen alle Leute, die nicht wie er mit dem Spaten gearbeitet haben, besonders gegen die Lehrer. Von den vier Aufgefallenen sind drei Lehrer, merkst du nun was?«
»Vielleicht«, sage ich und lasse mich nicht stören.
»Ich gebe zu«, beruhigt sich Klees nach einer Weile, »daß gerade wir Lehrer sicher viel ungeschickter im Reinigen sind als die anderen, auch Albering, aber der imponiert ihnen durch sein freches Gesicht. Alle reinigen sie besser als wir. Pabst gar, der mit Maschinen umgegangen ist, braucht kaum eine halbe Stunde, wenn ich zwei brauche, und hernach ist sein Gewehr sauberer als meins. Ich habe mich selbst überzeugt.«
»Vollkommen richtig«, sage ich aus Gewohnheit.
»Wohl wahr«, macht Klees, »aber ich bleibe dabei, daß der Sökel einen Pik auf die Lehrer hat, als Psychologe sieht man das. Er hat eben in der Schule verschiedentlich Prügel erhalten, die er nicht verschmerzen kann.«

Nun kommt Pabst quer über die Straße und trägt etwas Violettes unterm Arm. Er tritt zu uns und breitet es fröhlich auf der Erde aus. Es ist ein Priestergewand, er hat es in der Kirche auf dem Fußboden gefunden und will sich daraus ein Hemd nähen.

»Du hast doch deine zwei Hemden«, wende ich ein.

»Hemden kann man in diesem Lauseland nie genug haben!« sagt er. »Außerdem ist noch was Besonderes dran.«

»Recht was Besonderes, ein Priestergewand als Hemd zu haben!« spottet Klees.

»Fühlt den Stoff«, entgegnet Pabst und hat eine krause Stirn. Wir fühlen und sagen:

»Der Stoff ist gut und leicht.«

Pabst schüttelt den Kopf:

»Das ist Nebensache. Hauptsache ist: Er ist glatt und dicht gewebt, hat also keine Löcher, wo Läuse sich drin halten können. Sollten mal welche hineinkommen, so kann man sie herunterbürsten. Hieraus soll ein Hemd werden, das ich mir lange schon wünsche. Ich habe das Kratzen satt.«

Wir sehen ihn mit Staunen ans Schneidern gehen. Er holt sein Reservehemd, breitet es auf der Erde aus, deckt das Priestergewand darüber und schneidet mit einer winzigen Schere zu. Schon hat er zwei gleichgroße Stücke Stoff, die er sofort zusammennähen wird.

»Soll ich es nun zum Knöpfen machen oder nicht?« fragt er, »es hat seine Vorteile, wenn man es aufknöpfen kann, besonders an heißen Tagen und auf dem Marsche. Es hat aber auch seine Vorteile, wenn es geschlossen ist, natürlich mit weitem Halsloch, auf daß der Schädel durch kann; denn so ist es dauerhafter.«

Er ist bereits beim Nähen und entschließt sich lächelnd:

»Ich mache es zum Zuknöpfen, es sieht schöner aus.«
Während Klees und ich fortfahren, am Gewehr nach Schmutzrestchen zu suchen, erzählt uns Pabst von seinem Spaziergang.
»Stellt euch ein Stück Scheibenhonig vor«, sagt er, »quer zu den Zellen durchgeschnitten, und seht euch die Schnittfläche an, so habt ihr das Schlachtfeld. Es ist nämlich ganz dicht mit Löchern bedeckt, mit mannstiefen. Unsere Leute und ebenso die Russen haben sie während des Gefechts ausgeworfen. Sie haben sich einfach in die Erde verkrochen, die unseren viereckig, die Russen – wie es gerade traf. Wäre die Schlacht stehen geblieben, so hätte ein jeder nach links und rechts weitergebuddelt und seinem Nebenmann ›guten Tag‹ gesagt. So entsteht dann der Graben. Hier aber ist nichts von Schützengräben zu bemerken, nicht ein Stück, denn wir brachten sie zum Davonlaufen.«
»Es gab sogar Honig in diesen Zellen, ihr lieben Leute! Ich habe zwar keinen gefunden. Eisen aber fand zwei Büchsen mit Fleisch, unangebrochen, und Lurtjebam pickte hinterm Kirchhof ein Paket österreichischer Kaffee-Essenz auf. Schmeckt beinahe wie Schokolade, sehr, sehr lecker. Habe mir ein Stückchen für den nächsten Marsch aufgehoben.«
»Lagen noch Leichen da?« fragt Klees.
»Leichen? Nein – bis auf einen Russen. Der saß in seinem Loch drunten, und in seiner Mütze stak ein Granatsplitter von ekliger Länge. Eisen wollte ihn herausziehen, aber unmöglich. Er stank schon, der Russe, und wir schmissen Erde über ihn. Da sitzt er nun und hat sich selber sein Grab gegraben.«
»Seht mal dies«, sagt jetzt der Posten, ein junger sommersprossiger Soldat, der herzugetreten ist. In der Hand hat er eine geplatzte Infanteriepatrone, die er her-

zeigt. »Ich fand sie drüben vor dem abgebrannten Hause. So also sieht es aus, wenn Patronen ins Feuer kommen.«
»Ist nichts dabei und ganz natürlich«, entgegnet Pabst und zielt mit seiner Nadel auf das kleine Loch, welches das explodierende Pulver in die Patronenwandung gerissen hat. »Oder glaubtest du, daß der Piepvogel herausflitzen sollte?«
»Das just nicht«, lacht der andere, »aber es sieht doch ulkig aus.«
»Da hat bloß der Gewehrlauf gefehlt«, sage ich.
»Und sonst nichts«, nickt der Sommersprossige, »ich werde sie mitnehmen als Andenken, sie ist so gut wie geschenkt.«
Damit geht er. Pabst nadelt weiter und fährt fort:
»Sehenswert ist der Friedhof drüben, er liegt an der Straße nach Kiesilin. Der ganze Lattenzaun ist von den Maschinengewehren durchgesägt, die Birken dahinter sehen aus, als ob sie Zahnweh hätten. Übrigens hat man dort zweihundert Mann vom 74er Regiment begraben. Dann gingen wir zu einem Gehöft. Dort liegt unter den Bäumen ein Doppelgrab, auch sehenswert. Es ruhen darin die Brüder Kohlhoff, zwei Leutnants von den 74ern. Sind an demselben Tage gefallen, und keiner wußte es vom anderen. Der Alte zu Hause wird gucken, wenn er es hört.«

Um sechs Uhr melden wir uns beim Unteroffizier vom Dienst. Auch die anderen zwei finden sich ein, es sind Soldaten mit Brillen. Klees und ich können gehen, jene beiden aber erhalten nochmals eine Stunde Zeit zum weiteren Reinigen.
»Weil sie Brillen tragen«, brummt Tierlein, als wir uns aufmachen, um die Kirche zu besuchen.

Wir gelangen an eine Wegkreuzung und sehen sie liegen, ganz aus braunem Holz, mit einem Rundgang um den Turm und einem glatten hellgrünen Blechdach. An der Straßenkreuzung neben einem Ziehbrunnen stehen russische Bauern, die sofort nach der Einnahme des Dorfes zurückgekehrt sind. Sie reden leise miteinander. Tierlein sieht nicht hinüber, denn es sind Frauen dabei, und mein Kamerad ist doch verlobt.
»Sie tragen Kopftücher«, sage ich leise.
Nun riecht es nach Weihrauch, und wir betreten die Kirche. Auf dem Holzfußboden häuft sich blutbeschmiertes Stroh. Während Klees überall nach einem Musikinstrument herumstöbert, suche ich nach – ich weiß nicht was. Ich öffne eine Nebentür. Dies ist vielleicht der Raum, wo sich der Pfarrer vorm Gottesdienst umgezogen hat, es liegen dort eine Menge Kerzen von der Dicke eines Bleistifts umher. Eine Handvoll nehme ich mit – vielleicht suchte ich so etwas – steige eine Wendeltreppe empor und betrete die Plattform. Von hier aus sieht man rings die wenigen Dächer des Dorfes, dahinter eine einsame, grüne, manchmal von Wald unterbrochene Ebene. Neben der Kirche befinden sich viele riesige Granattrichter, die bis zum Rande mit Wasser angefüllt sind, und in denen sich der rostfarbene Himmel spiegelt. An einer Stelle liegen die Trichter so nahe beieinander, daß sie einen kleinen Teich bilden. Von dort her klingt übermütiges Geschrei, einige Kameraden nehmen eben ein Bad. Das Wasser ist so tief, daß sie schwimmen können. Pabst ist auch unter ihnen, ich erkenne ihn an seinem neuen violetten Hemd, das er rasch abstreift.
Einer ruft von unten meinen Namen. Es ist Albering, er meint:
»Du willst nachprüfen, ob der Oberst seine Sache am

Mittwoch gut gemacht hat? Recht so. Man sagt, er habe dort gestanden. – Ich gehe jetzt mit deinen Schnürschuhen ins Quartier.«
»Welchen?« frage ich.
»Diesen«, sagt er und zeigt sie. Er hat sie für mich gesucht wegen des morgigen Stiefelappells.
»Der Linke ist ein Russe – der Rechte ein Österreicher«, verkündet er. »Der eine hat Nägel – der andere hat Lederpflöcke. Der eine hat Schnürsenkel – der andere hat Draht. Der eine ist von Silber – der andere ist von Gold. Mahlzeit!«
»Mahlzeit«, sage ich, obwohl keine ist. Dort geht er hin.
Ich steige wieder hinunter ins Zwielicht des Raumes, und es hängt dort ein Muttergottesbild, ein altes Ölbild in braunen und schwarzen Farben. Unter dem Bilde im Stroh aber sitzt Klees, hält etwas im Arm und flüstert:
»Ich habe ein Kochgeschirr.«
Atemlos tastet er mit den Fingern darin herum, um sich zu überzeugen, daß es wirklich innen glatt und ganz heil ist. Ich denke beim Hin- und Herstreifen seines Fingers: er hat ein Kochgeschirr – stehe und blicke auf das Bild. Ich kann nun schon nicht mehr die Augen davon fortlassen. Es ist die Muttergottes mit dem Kind im Arm; sie hat lange und zärtliche Hände; sie hat große schwarze Augen, und ihr Kind ist ein wenig mager.
Alles in der Kirche war neumodisch und aus Gips und Goldpapier – doch dies Bild ist uralt. Ich sehe der Mutter ins Auge und meine in viele Menschengesichter zu sehen. Die Augen aller Menschen, die jemals dort gehangen haben, strahlen daraus in mein Herz zurück. Es ist zu alt, um ihm auszuweichen – so schwarz und so vielgeliebt! Klees flüstert:
»Ich habe ein Kochgeschirr, Suhren.«

Er ist jetzt frei, denke ich, niemand kann ihn mehr schänden. Am Sonntag kamen uns viele Geschenke. Ich habe Schnürstiefel, der Pabst ein gutes Hemd erhalten, der Posten eine Patrone. Lurtjebam, Eisen – alle sind beschenkt.
Ich stehe und will mich diesen langen schmalen Händen beugen. Und mir ist, als fände ich neben dem kleinen mageren Knaben meinen Platz auf dem Schoß der Mutter und säße dort, berührt von den Händen, die auch mich streichelten, gehalten von den Armen, die auch mich in ihre Obhut nähmen. Und ich flüsterte furchtsam:
»Frage mich, was du willst.«
Und die Stimme des Bildes fragte:
»Bist du noch am Leben?«
»Ich bin am Leben«, antwortete ich leise, »ich danke dir.«
»Wirst du am Leben bleiben hinfort?« fragte die Stimme weiter.
»Ich will es bleiben«, antwortete ich, »ich danke dir.«
»So wirst du am Leben bleiben – ewig«, sagte die Stimme.
»Ich danke dir«, antwortete ich.

Darauf schwieg die Stimme, und die Kirche war finster.

Nachtmarsch

Im weichen Stroh fühle ich, wie meine Glieder leicht werden, fast schlafe ich schon. Noch aber ist dort das kleine Bild hinter dem eiförmigen Fenster. Von der Höhe meiner Kinderaugen blicke ich auf unseren Tisch, wo Bleisoldaten stehen. Buren sind es, und der General dort reckt anfeuernd den Arm nach vorn und hat sein Gesicht den ihm folgenden Soldaten zugewendet. Er heißt Dewet, der berühmteste Soldat, und steht wie ein Fels. Seine Feinde aber sind auf der Hut. Sie halten den Ankersteinbaukasten in Reserve, haben nun einen ausgehöhlten Stein als Lafette vorgeschoben und in die Höhlung eine gelbe Säule gelegt. Das ist ein wüstes Geschütz und wird Feuer speien. Indessen steht Dewet wie ein Fels, bis ihn eine Kinderhand vier Zentimeter vorrückt. Weichen – gibt es nicht für ihn. Schlafe ich nun? –
Horch! Es ertönt die Stimme des Feindes, der zur Schlacht ruft, eine unsäglich laute, grausame Stimme. Man will doch schlafen – alle wollen es! Der Posten soll dem Schreier da draußen einen Kolbenschlag unter die Kinnlade versetzen. Völlig wach macht es einen!

Was nun? Jemand springt vom Baum oder vom Pferd und schreit:
»Alarm!«
Schon richten sich einige Soldaten neben den wehenden Flammen der Kerzen auf und fluchen. Es ist der Leutnant, der in der offenen Tür erscheint und befiehlt:
»Alarm! – In fünf Minuten antreten!«
Alles erhebt sich sofort, es ist zehn Uhr nachts. Im wimmelnden Durcheinander werden Decken verschnürt, Mäntel gerollt, Stiefel angezogen. Abgerissene Sätze fliegen hin und her:
»Mein Koppel!« – »Die Patronen liegen im Stroh, gottverdammt!« – »Aus dem Licht!« – »Bin ich im Licht, du Ungeziefer?« – »Aber dein Riechkolben!« – »Meine eiserne Ration ist weg!« – »Und immer bei Nacht!«
Ich raffe mit zitternden Händen meine Sachen zusammen. Nur schnell, und nichts darf vergessen werden. Wo ist der Helm? – Da! Jetzt den Tornister im Schwung auf den Rücken. Manche sind schon fertig und verschwinden nach draußen. Sergeant Sökel rennt umher und ruft:
»Eilig, eilig! – Die Uniform knöpfst du draußen zu, verstanden! – Wem gehört der Spaten? In die Hand nehmen, los!«
»Was geht denn vor, Herr Sergeant«, knurrt Eisen.
»Raus, raus«, antwortet der.
Wir sind die Letzten und treten draußen in die Kolonne.
Feldwebel Engelke befiehlt mit gedämpfter Stimme:
»Laden und sichern!«
Es geschieht. Ich habe ein unbehagliches Gefühl, wie ich die fünf Patronen aus dem Rahmen niederdrücke. Müssen sie hinein ins Gewehr, so wird es wohl nicht zum Spaß sein. Außerdem wollen sie gern vorn wieder heraus.

»Umhängen! Ohne Tritt marsch!«
Es ist eine schwarze Nacht, wir nehmen den Weg zur Front. Tausend Sterne über uns zeigen ihre Macht.
Nach einem kurzen Marsch erscheinen hohe Holzkreuze vor dem Sternenhimmel. Es ist der Friedhof, und wir halten. Sofort bemerkt man neben sich eine Kolonne, die beiden anderen Züge der Kompanie, zu denen wir gestoßen sind. Sie rufen halblaut »Hummel, Hummel« und zünden sich Zigaretten an. Eben haben wir den Kameraden »Mors, Mors« geantwortet, da klingt eine Stimme:
»Dritter Zug – ohne Tritt marsch!«
Wir kehren um nach Tverdini. Manche vermuten bereits, daß es wieder ins Stroh geht, und in der Tat stehen wir nach einer Weile wieder vor unserer Scheune. Drinnen in Engelkes Zimmer flackert ein Licht. Es geht von Mund zu Mund, daß Engelke und Sökel ihr Gepäck zurückgelassen haben, weil sie annahmen, es sei nur ein Probealarm. Man schimpft auf sie, tritt von einem Fuß auf den anderen, blickt in die Sterne, weil sonst nichts zu sehen ist, und wartet. Es ist bitterkalt.
Endlich marschieren wir zum zweiten Male zum Friedhof, werden wiederum mit »Hummel, Hummel« begrüßt und setzen mit der ganzen Kompanie den Weg auf Kiesilin fort. Es wird nicht gesprochen, aber man ist angenehm warm; auch richtet man sich ein wenig zum Dösen ein. Der Vordermann verschwindet im Dunkel, doch das Marschtempo ist so gleichmäßig, daß man ohne Bedenken die Augendeckel dreiviertel zuklappen kann.
Wieder blicke ich durch das eiförmige Fenster und sehe den General Dewet gegen das steinerne Geschütz der Feinde vorrücken. Er rückt Schritt vor Schritt, seine Getreuen aber folgen nur zögernd, denn mancher von

ihnen fällt. Dewet rückt und rückt, er fällt nicht; der ist zu kostbar zum Fallen und Sieger in allen Schlachten. Zuletzt springt er auf die rote Steinlafette der Feinde, welche entfliehen, nimmt die Kanone in Besitz und macht noch Gefangene in Massen. Seine Getreuen, nach denen er immer noch zurücksieht, und die sein erhobener Arm immer noch anzufeuern scheint, sind sämtlich gefallen. Er aber kann es nicht glauben, steht auf der Kanone und will sie alle teilhaben lassen an seinem Siege. Und so mußten sie alle wieder zum Leben erweckt werden. Das war leicht. Diese Schlacht währte eine kleine Stunde.
Und nun erklimmen wir einen mäßigen Hügel zur Linken. Wir gehen Mann hinter Mann und müssen achtgeben, denn hier sind die Bienenzellen des Schlachtfeldes sehr zahlreich. Oben auf dem Hügel wird gehalten, man setzt die Gewehre zusammen, und die Posten ziehen auf. Die übrigen sichern sich ein bequemes Erdloch und machen sich zum Schlaf fertig. Meins ist bestimmt ein russisches, es hat runde Wände, die unebenmäßig abgestochen sind; doch ist es angenehm darin zu hocken. Ich habe den Mantel angezogen, die Decke umgewickelt und erwarte so den Schlaf. Kaum sehe ich noch einmal durch mein Erdfenster die Geschwader der Sterne und schlafe schon; eine Biene, die Honig machen soll und nicht kann. Dewet kam nicht in meinen Schlaf.

Beim Morgengrauen erwache ich, steif vor Kälte und krieche aus meinem Loch. Über dem Hügel liegt ein dichter, eisiger Nebel, in dem einige Soldaten hin und her laufen und springen. Hier sind Eisen und Pabst, die sich anschicken, ein Holzfeuer in Brand zu bringen. Die Sorge um das Feuer hat sie warm und lustig gemacht, und sie reden mit ihm.

»Nun los, Kleiner«, ermuntern sie das Flämmchen. Es ist klein und mit Liebesbriefen leicht zu sättigen, leckt auch an den taunassen Zweigen – verzichtet aber gern und lischt mit einer zierlichen Bewegung aus.
»Wollt ihr noch mehr Briefe?« fragt Lurtjebam, der herzugetreten ist, ganz in seinen Mantel verkrochen, so daß seine Brillengläser von innen beschlagen sind. »Von mir bekommt ihr keine, denn ich habe sie leider in der Lausetasche und will die Haustiere nicht erkälten. Wenn ihr Briefe haben wollt, nehmt sie von anderen.«
Ich werde aufgefordert, welche herzugeben, will es aber nicht, gehe fort und stampfe zwischen den Schützenlöchern herum. Sie sind fast alle von den grauen Klumpen der schlafenden Soldaten ausgefüllt. Man sieht das rote P auf den Achselklappen der Mäntel, von den Gesichtern aber nichts. Einer der Schlafenden hat sogar ein braunes Etwas, vielleicht einen Brotbeutel, über seinen Kopf gezogen, der vornüber gegen die Erdwand lehnt.
Der Morgen friert allmählich herauf. Drüben wirft das Feuer Eisens einen schwarzen Rauch empor, und ich kehre im Kreis dahin zurück. Vier Soldaten lassen sich schweigend von der roten Flammentatze anfächeln. Eisen sagt:
»Heute nacht wurde ein Angriff erwartet, wir waren Reserve. Aber nicht *ein* Schuß fiel.«
»Du schliefst doch«, meint einer, und ein zweiter gähnt:
»Diese Nacht ist herum – jetzt kommen sie nicht mehr.«
Der Nebel weicht, und der Himmel färbt sich rot.
Um acht Uhr, in der schönen Sonne, marschiert der dritte Zug hinunter in den Flecken Kiesilin. Den beiden anderen Zügen, die gestern abend von weither gekom-

men sind, wird erlaubt, in den warmen Morgen hineinzuschlafen. Der dritte Zug soll im Pionierpark arbeiten und betritt den Flecken, der seit Mittwoch eine einzige Brandstätte ist. Sämtliche Holzhäuser sind herunter, es gibt nur noch schwelende Balken und kleine Flammen an stehengebliebenen Wänden. Die Pioniere teilen uns zum Bäumetragen ein. Albering und ich schleppen einen Stamm her, beschließen aber, da wir starken Hunger verspüren, uns zu drücken.
Wir gehen an Gärten hin und jagen eine Kuh. Sie rennt ein Gewehr um, das am Zaun vor der Kirche lehnt. Es ist ein österreichisches, wir nehmen es auf, versuchen die Mechanik zu verstehen und finden es verteufelt, daß die Patronen schräg im Rahmen sitzen. Dann hebt mein Kamerad die Hand, und wir sehen die Kirchenfassade. In einer blaugestrichenen Nische steht eine Madonna im roten Gewande und blickt den kleinen kugelrunden Knaben an. Ein Schrapnell mag durch die Kastanienzweige gekommen und in der Luft zerplatzt sein, denn die weiße Mauer rings um die Nische herum ist von Kugeln durchsiebt. Die Madonna aber blieb unverletzt.
Wir umstreichen die Kirche, heben uns an ein Fenster und erblicken Verwundete, die unbeweglich liegen. Sodann plündern wir ein kleines Stück Kartoffelacker, kochen die Kartoffeln über der Brandstätte eines Töpferladens, essen und fühlen uns gesättigt.
»Da fehlt nur Kompott«, sagt mein Kamerad, indem er sich von seinem Scherbenhaufen erhebt, »komm!«
Wir durchstreifen Gärten, in denen wir wassergefüllte Schützenlöcher sehen, lassen zur Rechten ein Gebäude liegen, wo ein Jäger Posten steht, und finden endlich ganz am Ende des Pfarrgartens zwei Bäume mit reifen Kirschen.

» Ich habe Vorliebe für die roten«, sage ich und klettere herauf.
»Und ich für die schwarzen, das paßt gut«, entgegnet Albering und besteigt den anderen.
Die Kirschen sind süß und saftig, essend klimme ich weiter empor. Plötzlich ist ein Nagelschuh vor meinem Gesicht, und ich erblicke einen Jäger, der über mir in der Spitze des Baumes schwankt.
»Gut – was?« sage ich, um in ein Gespräch zu kommen.
»Allerdings«, antwortet er.
»Was macht ihr hier? Posten beim Regimentsstab?«
»Nein«, brummt der Jäger.
»Wie weit ist es zur Front?« frage ich pflückend weiter.
»Hier«, macht der andere.
»Ich meine die vorderste Linie.«
»Hier«, wiederholt er und spuckt einen Kirschkern nach Osten zu ins Laub.
Nun sehe ich dort den Graben, er verläuft diesseits eines Gartenzaunes, und es steht dort ein Tisch, an dem jemand sitzt und in einer Zeitung blättert.
»Und wo sind die Russen?«
»Drüben am Wald.«
»Schießen sie nicht?«
»Nein.«
»Nie?«
»Nein – bloß mittags, wenn wir zur Straße gehen und das Essen holen. Wir gehen dann über Deckung. Dann knallen sie wohl mal.«
»Treffen sie was?« fragte ich unentwegt.
»Kirschen«, sagt der Jäger und will herunter.
Auch ich habe genug, Albering steht schon und ißt aus seiner Mütze. Wir gehen durch den Garten zurück, es begegnet uns ein Artillerieoffizier, und wir grüßen. Ich

habe Doppelkirschen über meine beiden Ohren gehängt, und er blickt mich scharf an.
Albering sagt:
»Wie ein reiner Kirschenengel siehst du aus, und nun bist du auch noch rot geworden vor dem da.«
»Ich bin nicht rot geworden«, sage ich, »ich lasse sie ruhig hängen.«
»Du läßt sie hängen«, nickt mein Freund, »und tust die dreizehn Falten weg, denn das hat sich heute wahrhaftig gelohnt!«

Es wird Mittag, und wir verlassen den Hügel vor Kiesilin, um nach Tverdini zurückzukehren. Aus einem Waldstück feuert eine unserer Batterien. Es klingt wie Schläge auf Blechplatten, wie unsichtbare Fische gurgeln die Geschosse durch ein Meer von Sonnenstrahlen. Rings aus den regungslosen Kornfeldern verbreitet sich ein scharfer Verwesungsgeruch.
»Da liegen noch Russen drin«, sagt jemand leise.
»Ja – dieweil nur der Russe so schweinisch stinkt, wenn er hinüber ist«, antwortet ihm Albering.
Klees stöhnt:
»Wann wirst du uns einmal nicht mit solchen Witzen belästigen?«
Albering weiß es und sagt:
»Am Schustersonntag.«
»Hörst du, Hahn?« ruft der Meyer wichtig, »er prophezeit, daß du einmal einen Sonntag haben wirst.«
»Der ist verrückt«, knurrt der Schuster.
Wir gelangen nach Tverdini, wo Bernhard Raupe Essen ausgibt, und Zutschky unter einer neuen Extramütze eine dienstliche Miene zur Schau trägt. Das Essen ist gut und fett, aber wahnwitzig heiß. Unter den kühlen Bäumen läßt man sich Zeit damit.

Ich beobachte Zutschkys schwarzbärtiges Gesicht, auch er tut seine Pflicht im Kampf um das Leben des Vaterlandes, er läßt Essen anfertigen, weil es ihm befohlen wird. Die edle Blüte des Kasernenhofes ist keineswegs ein Witz, sie duftet geradezu – nämlich vor Überzeugung, daß sie ins Loch kommt, wenn sie uns verhungern läßt. Daher die Extramütze.
Um 5 Uhr am Nachmittag marschieren wir auf der nördlichen Straße von Tverdini ab. Es geht an Waldrändern hin, und die Sonne sticht. Einmal brummt es irgendwo in der Luft, Brause schreit: »Feindlicher Flieger!«, und wir vollführen ein Deckungsmanöver in eine Waldlücke hinein. Es klappt nicht, und der Leutnant kommandiert zwischen den Gruppen herum. Das Fliegergeräusch ist längst verstummt, und immer noch läßt er die einzelnen Züge hin und her ziehen.
Endlich erfolgt der Weitermarsch über die Ebene. Wir kommen durch ein Dorf, wo Soldaten uns wassergefüllte Kochgeschirre reichen wollen. Brause aber verbietet es. Nach einer Stunde erscheint abermals ein Dorf, in dem sich dasselbe Spiel wiederholen wird. Ich habe mich daran gewöhnt, Durst zu ertragen. Es gibt aber Leute, die der Durst verwirrt macht, so daß sie hemmungslos Verwünschungen herausschreien. Worauf der Leutnant seinem Gaul die Sporen gibt und wir Wasser erhalten.
Es ist im Nu wieder herausgeschwitzt, denn der Marsch geht ohne Halt weiter. Einmal sehe ich ein Haus, wo im Fenster Geranien stehen, kann mir aber nichts dabei denken, denn ich habe nur Gedanken an meine Schultern, in die der Tornisterriemen einschneidet. Das Plätschern des Schweißes rechne ich nicht, denn es gehört zum täglichen Tribut, und der Salzgeschmack auf der Zunge wird einem mit der Zeit fast lieb.

Dann ist die Sonne untergegangen. Wir überschreiten ergeben, von rumpelnden Munitionswagen begleitet, eine Bohlenbrücke und betreten einen lichten Wald, über dem die Abendwolken ein zweckloses Gold zeigen. Hier wird gerastet. In der rasch einfallenden Dunkelheit teilt sich jede Gruppe in die fröhliche Arbeit des Kaffeekochens. Vier Mann holen Holz, zwei schöpfen braunes Wasser an der Brücke, zwei bauen eine Feuerstelle und entfachen die Flamme. Der Kaffee, aus österreichischer Essenz hergestellt, ist vortrefflich. Einer versteigt sich dazu, ihn als Grog zu bezeichnen.
Die Nacht ist da, wieder wird angetreten, und wieder trappeln unsere Schritte dahin. Wir verlassen das Waldstück, müssen mehrmals über leere Schützengräben hüpfen und sehen dann aus den abgeblendeten Fenstern einer Hütte schmale Lichtstreifen auf den Weg fallen. Unter dem Himmel, der wie gestern von Sternen strotzt, wird Halt befohlen. Der Leutnant bekommt einen Befehl und verteilt sodann die Züge auf die Scheunen. Dem dritten Zug wird ein Schober angewiesen, ein Gebäude ohne Wände, aber mit gutem, trockenen Stroh. Wir legen uns nieder, wickeln Decke und Mantel aus und sind zufrieden. Da ich noch Hunger habe, ziehe ich eine längliche Dose mit Ölheringen heraus, die man an der Seite aufdrehen kann. Albering und ich verspeisen einen Fisch und kauen, trotzdem es verboten ist, von den kleinen Zwiebacks der eisernen Ration dazu. Es ist ganz windstill über dem weiten Land, manche schnarchen schon. Es muß aber ein Mißverständnis gewesen sein mit dem Hinlegen, denn plötzlich wird wieder Antreten befohlen. Die Zwiebacks fallen mir ins Stroh, ich muß sie im Stich lassen, aber die Heringsbüchse ist nur an der Seite geöffnet, so daß sie in der Rocktasche verstaut werden kann. Im Augenblick steht

die Kompanie von neuem zum Abmarsch bereit, 11 Uhr nachts.
Marsch! Lange Zeit streifen die Stiefel gegen Schilfhalme, die einen Wasserlauf umsäumen mögen. Plötzlich kniet alles – eine Leuchtkugel ist emporgeschossen. Sie schwebt einen Augenblick großäugig in der halben Höhe des Himmels und blendet die Ebene mit ihrem scharfen Licht. Alle Helme sind geneigt, niemand blickt in den feindlichen schönen Stern, der sich langsam senkt und dann niederfällt. Noch sind die Helmspitzen scharf umrissen – dann schlägt über alles die schwarzflammende Finsternis zusammen. Die Soldaten stehen auf. Dies ist ein falscher Weg, der Rückmarsch wird befohlen.
Nachdem wir zum zweitenmal von den Scheunen abmarschiert sind, überschreiten wir eine mächtige Brükke, deren dröhnende Bohlen uns das Vertrauen geben, auf dem rechten Wege zu sein.
Hinter der Brücke erheben sich schwarze Baummassen. Die Kolonne verfolgt eine Schneise, die den ganzen Wald bis zur Erde zu spalten scheint, und in der die sieben Sterne des großen Wagens funkeln. Das ist ein guter Weg, um zu seinen Gedanken zurückzukehren. Ich will den Tornister und seine Riemen vergessen, meine Beine bewegen sich im Takt, ich erinnere mich kaum, sie zu kennen. Meine Sohlen haben jetzt vielleicht schon Blasen. Die Beine laufen wie zwei Esel.
. . .ach, aber die Schiffskanone, die plötzlich auf den Zinnen einer Holzburg auftauchte, und die mit kleinen grünen Erbsen geladen war! Konnte Dewet damit rechnen? –
Sie schoß und richtete wahre Verheerungen unter den eben erst auferstandenen Buren an. Der Trommler fällt. Die Fahne fällt. Zur Abwechslung fällt auch der Gene-

ral, aber er ist nur verwundet und läßt die Schlacht abbrechen. Der Knabe Suhren greift zu seinem Butterbrot, es ist Zucker darauf, und er beißt davon ab. . .
Ach trinken! Die Feldflasche ist leer, in der ausgedörrten Mundhöhle liegt die Zunge wie ein Lederstück. Da streift mich ein Blatt und mit ihm ein Gedanke. Und so rennt mein Gesicht geschlossenen Auges gegen den nächsten Zweig, der es gütig mit Tautropfen übersprengt. Dem Hintermann aber schnellt er ins Gesicht, ich höre ein wüstes Schimpfen und suche die nächsten Zweige zu umgehen. Eine Stunde zerrinnt. Immer noch verharrt in der Waldlücke das Sternbild in seiner Glorie.
. . .der Knabe ißt sein zuckerbestreutes Brot, und was er nun macht, ist ein Gedicht. Er schreibt es mit einem Griffel auf die Tafel, die in dieser Schlacht eigentlich den Orange River darstellte. Dies Gedicht lautet:

> Da kam der Herr Dewet,
> Das war von ihm ganz nett.
> Er schlug den Englischmann auf den Schnabel,
> Das war von ihm ganz –

Da fehlt der Reim. Auf Schnabel ist nicht gut reimen.
Auf Schnabel ist kein Reim möglich.
Doch:

> Das war von ihm (wie die Engländer sagen)
> sehr miserabel.

Schön ist es nicht, doch mag es so bleiben. Die Tür geht auf, und der Großvater tritt ins Zimmer. Er rät:

> Das war von ihm ganz respektabel.

Ja natürlich, das war gut, schon weil es der Großvater vorschlug. Es galt unbedingt, zerstörte allerdings das Gedicht. Weshalb – das war damals nicht klar...
Ob sie wohl bluten, die Schultern? – Und die Blasen, sitzen sie an den Zehen oder an der Ferse? – Ich bin ein Sklave, mein Leib ist gepeinigt und wird dazu erniedrigt, die Gedanken aus sich hinauszuquetschen. Sie entweichen, die Gedanken, sie schlafen ein und wiegen sich droben in der endlosen Waldlücke, sie reiten auf dem dritten Stern des Wagens, auf der Deichsel als Reiterlein. Und die Lederzunge spielt mit dem Wort Reiterlein und läßt es hüpfen – Reiterlein, läßt es rollen – Reiterlein, im Takt der Stiefel, im Takt der Nachtstille, im Takt des Blutes.
Oh, es gibt etwas Neues: man rennt auf den Vordermann, und der Hintermann tritt einem auf die Hacken. Es setzt Flüche. Man biegt rechts in den Wald und folgt laufend den anderen, die die Dunkelheit verschluckt hat. Das Licht einer Taschenlaterne blitzt auf, man sieht ein Kochgeschirr blinken und rennt vor. Das Licht ist aus, man stolpert gegen einen Baum, rafft sich auf und gewinnt den Anschluß.
Viel Zeit mag vergangen sein. Ein Licht glänzt zur Seite, Pferde schnaufen dort, und eine Ziehharmonika klingt so spät in der Nacht. Die Töne ersterben. Ich sehe jetzt den Umriß des Vordermannes. Der Wald wird dünner, der Wald endigt. Der Weg schimmert grau, und nun ist der volle Himmel vor meinem Gesicht, ohne Sterne, neblig und ebenfalls grau wie die Erde. Die Kolonne hält und wirft sich auf den grauen Weg.
Der Vordermann entpuppt sich als Albering. Sein wachsbleiches Gesicht ruht auf dem Tornister. Unter seiner Nase ist jetzt eine Zigarre, dann fällt sein Kopf zurück, und er schläft. Ich nehme ihm die Zigarre be-

hutsam aus dem Munde und rauche weiter, und der Rauch zieht in Wölkchen über den stummen grauen Weg.
Neben mir lacht jemand ganz leise. Das ist Lurtjebam, der kopfschüttelnd die Spitze seines Helmes betrachtet.
»Wie ein Säuger«, flüstert er.
Ich will nicht wissen, was er meint, muß auch die Zigarre hüten.
»Wie Baby sein Säuger«, flüstert der Kamerad vor sich hin, schweigt, neigt sein Gesicht und sinkt mit der Brille ins nasse Gras.

Brennende Mühlen

Uferloses Dunkel umgibt mein Gesicht. Jede leise Stimme, die aufklingt, ist mir fremd.

Wo ist Albering? Wo Klees? Wo Pfeiffer? – Sie müssen nahe bei mir stehen. Doch ich höre sie nicht, oder ihre Stimmen sind verändert in dieser Nacht nahe der Front.

Ein schlaffer Wind bläst aus dem schwarzen Himmel her gegen meine Stoppelbacken und sprengt Tropfen auf meine Hände. Die Nacht ist vollkommen und ist unverrückbar wie ein Fels. Auch ich stehe wie ein solcher, mit dem Fuß am Kolben meines Gewehrs, das in der Pyramide lehnt.

In einer Stunde werden wir im Schützengraben sein. Noch eine Stunde Marsch durch die Wolkenlandschaft über das schwarze Land, dann erfüllen sich viele Träume. Schon klopft das Blut in meinen Adern schneller und kitzelt. Wer auf dem Wege ist, der muß ans Ziel.

Die Zeit geht hin, wir warten wohl auf einen Befehl – es herrscht immer Mangel an Befehlen.

Neben mir wird ein Gespräch laut, eine klagende Stimme sagt:
»Immer wieder muß ich von neuem damit loslatschen!«
»Auf deinen Elbkähnen?« summt eine freundliche Baßstimme.
»Ja – jeden Tag laufe ich zu ihm und bettle: mach' sie mir fertig! – Du mußt sie mal genau ansehen: vorn rennt es raus – hinten rennt es rein, nämlich wenn es regnet.«
»Das gibt's«, summt der Kessel.
»Aber – kann ich hexen, schnauzt mich der Kerl an, komm morgen wieder! – So tagein, tagaus. Das ist doch zu widerlich!«
»Mußt ihm Geld geben.«
»Geld geben?! – Woher soll ich das nehmen, Lohgerber? – Sag doch selbst, wenn ich nun mal ein starker Zigarettenraucher bin!«
Lohgerber aber spuckt aus und meint:
»Er ist – was er ist, und bleibt – was er bleibt.«
Ich denke: Lohgerber und sein Freund haben sich gefunden, der eine faßt vielleicht des anderen Koppelschloß, damit sie zusammenbleiben in dieser Finsternis, die sogar den Klang der Stimmen verändert. In bezug auf den Schuster aber sind sie uneinig und verstummen. Ein schweres Schweigen bannt all die unsichtbaren Soldaten, die in Fühlung mit ihrem Gewehr stehen.
Ich höre Tropfen auf einen Zweig schlagen, nahe hinter meiner Schulter. Die klagende Stimme vor mir fährt fort: »Es wird regnen, und dann schwappt es mir bis an die Knie.«
»Es näßt ja schon«, brodelt der Baß, fällt wieder in Summen und singt:

»Dies ist eine ruhige Front. Aber das günstigste Ablösungswetter ist Nässe.«
»Sieh mal den vielen Draht über uns – hier muß irgend etwas in der Nähe sein«, flüstert der erste mit veränderter Stimme, die stoßweise und erregt, fast lustig klingt – vielleicht ist es auch ein dritter, der spricht – »meinst du nicht, daß etwas in der Nähe sein muß?«
Der Kessel tutet:
»Mühle.«
»Wo ist die Mühle, du?«
»Hier, bei den Bäumen.«
»Wo sind denn Bäume, Mensch?«
»Maulwurf!«
»Ich sehe sie wirklich nicht!«
»An meiner Hand entlang sehen.«
»Ich sehe deine Hand nicht, laß mich deinen Arm fühlen –« die Stimme wird wieder leidvoll und jammert: »Das ist doch gar nicht dein Arm! – Wessen Arm ist denn das?! – So sag' doch etwas, Lohgerber!!«
Doch Lohgerber lacht:
»Setz dir 'ne pfundlederne Brille auf, Karlchen.«
In bezug auf die Mühle sind sich die beiden nicht einig. Sie schweigen. Ich höre den Wind in Bäume fallen, die über unseren Helmen sind.
Dem zweiten Zug da vorn mag die Zeit zu lang geworden sein. Sie zünden sich Zigaretten an, und man sieht einen Augenblick mehrere beleuchtete Gesichter. Weil die Front nicht fern ist, halten sie die Zigaretten in der hohlen Hand. »Rauchen tun sie wie Asphalteimer, die vom zweiten«, beginnt wieder die Baßstimme. Karlchen erklärt:
»Wenn sie das Geld dazu haben, verdenke ich es ihnen durchaus nicht. Es sind manche Kapitalisten darunter.«

»Bis der Panje aufmuckt, und wir was Hartes in die Fresse kriegen«, surrt Lohgerber, der volle Kessel.
Darauf herrscht wieder Schweigen. Über das Rauchen besteht größte Uneinigkeit, denn Lohgerber priemt, das leuchtet nicht. Er zischt, als habe er seinen Baß verschluckt:
»Arschlöcher sind die vom zweiten, das sieht man im Dunkeln.«
Bei nächtlichen Märschen sollte nicht gesprochen werden, es kommt nichts als Zank dabei heraus.

Endlich ist ein Befehl da. Es heißt: »Gewehr in die Hand!« und weiter geht es, Mann hinter Mann. Wir durchqueren einen Obstgarten, überschreiten einen schmalen Gartensteg und erreichen aufatmend eine Straße, die das letzte Tageslicht aufgesogen zu haben scheint, und die mitten hineinführt in das schwarze Land. Nach rechts hinüber steigen in Abständen von Minuten Leuchtkugeln auf. Sie schweben lautlos und sanft empor, beleuchten ein Stück Ebene grell und ein Stück Wolke matt und sinken wieder. Es ist, als spiele dort eine unsichtbare Hand ein geruhsames Spiel mit Lichtern, abwechselnd mit weißblauen und weißgelben, die anmutig auffliegen, einen Augenblick großleuchtend stehen, um dann ins Land wie in Samt zu versinken.
Nach einer Weile steht die Kompanie. Dicht neben mir sehe ich einen erhellten Unterstand, von dem ein paar Stufen zur Straße hinaufführen. Drinnen spricht eine Stimme ins Telephon, ruhig, überlegt und höflich. Plötzlich kommt etwas von fernher durch die Luft gereist, singend, wie eine Schar mächtiger Vögel, die unvermittelt aus der Ferne hergleiten und niederstoßen auf ein Land, wo sie Nahrung verstreut wissen. Oh, sie pfeifen

und sind nicht Vögel, sondern Granaten und schlagen mit Getöse irgendwo hinter uns ein. Wieder ein singender Bogen von drei oder vier wilden Stahlkegeln, und wieder hallende Einschläge – dann Stille. Wir recken die Hälse, es ist offenbar unser Anmarschweg gemeint. Wir gelten so viel, daß man unsertwegen acht Granaten losläßt. Das ist allerlei und erregt keinen geringen Stolz.

»Die Luder!« ruft jemand begeistert.

»Das sollte der zweite Zug haben wegen seinem verrückten Zigarettenrauchen«, näselt Sergeant Sökel vor der Tür des Unterstandes – wahrscheinlich soll es jemand hören, der drin ist.

Doch seht! Dort blitzt ein Feuer her. Über den Bäumen züngelt es auf und leckt an einer braunroten Wand. Es ist die Mühle, welche in Brand geschossen ist, die Mühle, hinter der wir eben noch gestanden haben. Nach kurzer Zeit ist sie ganz von den Flammen umfaßt, die nun auch die Flügel ergreifen und an ihnen entlangklimmen. Jetzt brennen alle vier Flügel; jetzt beginnen sie sich zu drehen; jetzt kreisen sie langsam wie ein goldenes Kreuz über dem Flammenmeer, welches das Gebäude umflutet. Die Soldaten berauschen sich an diesem Bild, Ausrufe ertönen. Einer sagt:

»Ich habe einmal als Kind eine Mühle brennen sehen, da weinten wir alle. Und die war sogar fast ganz aus Stein.«

»Die brannte wohl schön lange?« fragt ein zweiter andächtig.

»Viel länger als diese. Und zuletzt kamen die Flügel geflogen und schlugen den Müller tot. Ein ganzes Jahr wurde von nichts anderem gesprochen. Das vergißt man nie.«

»Hier ist wenigstens kein Müller drin gewesen«, sagt der zweite, »– wie schön!«

Ein Offizier kommt gebückt aus dem Unterstand, tritt sporenklirrend auf die Stufen und fragt:
»Wo brennt's denn, vierte Kompanie?«
»Die Mühle.«
»Sapperment!« zischt der Offizier, dessen überhohe gelbe Reitstiefel das Feuer bescheint. Er wendet sich zurück und ruft:
»Scholz, die Mühle brennt! Schwertfeger brennt ab! Kommen Sie!«
»Sofort, Herr Rittmeister«, antwortet jemand von unten. Dann tritt der mit Scholz Angerufene neben den Rittmeister, beobachtet mit ihm das Feuer und lacht:
»Das ist sein zweiter Brand in dieser Woche –«
»Nun ja – brennt eben ab, der Schwertfeger.«
»– und nun kommt er wieder nicht dazu, die Malerei an der Haustür zu photographieren, was er ja auch an dem anderen Hause schon wollte – der Pechvogel!«
»Pinselt er denn?« fragt der Rittmeister abwesend. Dann sagt er rasch:
»Haben wir Reserve an Schnaps?«
»Wohl, Herr Rittmeister, wenn Sie das Goldwasser –«
»Keinen Zweifel«, befiehlt der Rittmeister, und zu uns gewandt sagt er scharf:
»Da habt ihr was Tolles gemacht, ihr Donnerwetterzigarettenschmöker!«
Sodann steigt er langsam dem Adjutanten nach und ruft ihm zu:
»Funken Sie sofort an, daß er nicht zum Artilleriestab abschwimmt. Sagen Sie ihm, daß wir mehrere Strich Goldwasser haben sowie ein lausefreies Bett, das wird genügen. – Wie?«
Er ist auf der untersten Stufe stehengeblieben, und man hört den Adjutanten antworten:

»Leitung ist anscheinend kaputt. Habe schon Münchmeyer auf den Weg gebracht.«
»Vortrefflich«, murmelt der Rittmeister und tritt mit seinen hellen Stiefeln vollends ins Licht des Raumes.

Hier aber umschlingt uns die einsame Nacht, und wieder schreiten wir fürbaß, den lautlosen Leuchtkugeln entgegen, die immer größer und höher auffahren. Wir fühlen die sichere Stimme des Rittmeisters aus unserem Ohr entweichen, streifen mit angespannten Sinnen durch weißlich schimmernde Blumenhaufen und sind gewärtig, jeden Augenblick den Graben zu sehen. Es dauert lange. Dann kommt ein Laufgraben, den man mit großer Anstrengung überspringt, um im Laufschritt den Vordermann wieder zu erreichen.
»Gleich sind wir da«, sagt jemand leise. Es wird angehalten, aber kein Graben zeigt sich. Dann saust ganz nahe eine feuerweiße Kugel auf und an die Wolken. Man kniet nieder, senkt den Kopf und sieht am schwarzen Boden jeden Grashalm von Licht versilbert, indessen die stark atmende Brust den Kopf wie ein Schiff wiegt. Weiter. Man stolpert über Draht. »Achtung, du Klotz«, zischt eine Stimme.
Ein Gewehrschuß geht hoch hinüber wie ein Nachtfalter, der seinen Hochzeitsflug macht und singt. Dann tritt wieder Totenstille ein. Man hält. Hier ist der Graben, lang, pechschwarz, seit vierzehn Tagen geschaufelt. Man sieht hinunter und hört die Schritte laufender Männer. Einer von ihnen fragt leise herauf:
»Kommt ihr Affen doch noch?«
»Keine Bange, du Braunschweiger Wurst«, murmelt jemand neben mir. Während wir hinunterspringen, und das Hin- und Herziehen der Gruppen beginnt, verschwinden die Braunschweiger im Nu. Einzig der Ober-

körper eines dicken Menschen bewegt sich hastig auf der Böschung entlang, und man hört seine verstörte Frage:
»Hier noch jemand von der Zweiten?«
Er ist fort, und da glänzt Lurtjebams wiedergewonnene Fröhlichkeit auf – er fragt, mit noch ein wenig benommener Stimme:
»War's ein Wildschwein? War's ein Igel? War's ein Floh am Hosenriegel?«
»Leutnant Knolle war das und weiter niemand«, belehrt ihn der Sergeant, der die Einteilung gründlich und wichtig vornimmt. Endlich haben wir unseren Abschnitt bekommen, und zwar vier Brustwehren, in der zweiten von links ist der Postenstand, den Albering bezogen hat. Wir werfen unsere Tornister in die Unterstände, ziehen Mäntel an und stellen uns auf die Schießbänke, um zu sehen. Pabst meldet sich freiwillig zur Patrouille, hängt sein Gewehr um und folgt vergnügt einem Gefreiten.
Hier also ist die vorderste Linie. Ob wohl Stacheldraht davor ist? Wir warten auf die nächste Leuchtkugel und sehen mit Befriedigung das Drahtgewirr zwischen den kurzen Pfählen scharf aufglänzen. Nach dieser Wahrnehmung trippeln wir vergnügt auf den Schießbänken herum, scheuern mit den Ellbogen um die massigen Schulterwehren, besuchen die anderen drei Grabenteile, finden, daß es ein sicherer Graben ist und fühlen uns frisch und unternehmend.
Es geht ans Plaudern. Karmesinvergnügt sind wir. Hallo, alter Papa, die Sterne kommen durch, nun hat's ausgenäßt!
Eisen sagt:
»Bist du es, Suhren? – Feine Unterstände sind das, trokken, nicht zu klein und mit gutem Stroh.«
»Eben lief da ein Strohhalm aus der Tür«, sagt Albering

vom Postenstand, die Backe neben dem Gewehrlauf. Aber Eisen entgegnet:

»Paß lieber nach vorn auf, Professor! Also – und der Graben, ebenfalls trocken. Vor allen Dingen: außerordentlich egal abgestochen, wie am Lineal, sage ich. Das haben Fachmänner gebaut, ganz Frankreich hat keinen solchen Graben.«

»Dann kennen Sie die Schampachne nicht«, widerspricht ihm Sökel, der vorbeigeht. Lurtjebam äfft ihn nach und näselt:

»Das sind ja ganz – gewöhnliche – Scheißhaufen! – Aber im Ernst, Kameraden: Die Latrine ist erster Klasse, ganz nahe, gleich hinterm linken Flügel und mit allem Komfort – ich habe sie soeben benutzt. Wasserspülung, wenn's ein Gewitter gibt.«

So wird die neue Wohnung von allen gelobt.

»Wir werden ein Herrenleben führen«, sagt Eisen voraus.

»Hier gibt's kein Exerzieren«, flüstert Klees.

»Hier gibt's nur den Wachtdienst«, versichert Lurtjebam, »dabei läßt man die Gedanken reisen, bisweilen sogar an moralischen Abgründen entlang, wie einst im Mai.«

»Ihr vergeßt die Patrouillen«, werfe ich ein.

»Schon gut, die Patrouillen«, brummt jemand.

»Sodann kann ich Ihnen mitteilen, daß der Graben durch einen Kartoffelacker geht«, verkündet Eisen wie aus der Pistole.

»Lögst du nich?« fragt Max aus einer Ecke, wo er trotz Verbot Schlafstellung bezogen hat.

»Kartoffeln?« haucht Lurtjebam. »Wir wollen –«

Horch! – Granaten, sie singen über uns. Diesmal sind es die Unsrigen, die einen Feuerüberfall machen. Sie gleiten hin und verstummen. Gleich darauf hört man sie mit leisem Knallen weit drüben im Gelände platzen. Es klingt wie das ferne Gebell eines Dorfköters. Wieder eine Salve! Sie singen hin, irgendwo unter den Sternen entlang, sehr hoch. Stille, dann wieder die blaffenden Töne des Dorfköters weit in der Nacht. Danach machen sich noch zwei Salven auf die Reise. Unsere Herzen schlagen vor Wollust. Hinter uns sind doch mächtige Münder, die auch mitreden.

»Seht ihr«, ruft Eisen, »der Schwertfeger hat bereits wieder seine Strippe geflickt, der gibt's ihnen!«

»Er fegt mit dem Schwert der Rache einher«, jongliert Lurtjebam.

»Habt euch nur nicht so«, spricht Sergeant Sökel herüber und zieht die Worte wie Gummibänder, »das war nichts als ein gewöhnlicher Feuerüberfall, der alte Soldat nennt es Vergeltungsfeuer.«

Albering meldet vom Postenstand:

»Eine Mühle brennt.«

Wo? Alle wollen es sehen, recken die Hälse und nehmen den Namen Schwertfeger wie Zucker zwischen die Lippen. Eine Leuchtkugel fährt auf und erhellt die Gesichter und die Hinterwand des Grabens. Eine irre Begeisterung ist in allen Augen. Lurtjebams Brille flammt, und er schreit:

»Meine Mühle – deine Mühle! Das ist *seine* Devise!«

Ich habe den wirren Gedanken, daß es geistreich ist von Schwertfeger. Ist er nicht ein Mann, der Bauernmalerei liebt? –

Halt, es ist jemand da, der die Hacken zusammenschlägt und mit Sökel spricht. Wir erkennen Meyer, den Böcklinverehrer, jetzt Ordonnanz bei Leutnant Brause. Er bringt die Parole.

»Sonst Neues?« fragt der Sergeant freundlich, denn eine Offiziersordonnanz ist beinahe ein rohes Ei.

Der Meyer meldet, daß der Leutnant Schwertfeger gefallen ist.
»Der das Goldwasser –?« vermutet Sökel.
Alle schweigen. Eisen berichtigt sich und sagt:
»Dann hat eben ein anderer das Feuer geleitet.«
»Ganz bestimmt«, pflichten wir bei.
»Denn getroffen war gut«, setzt er hinzu.
»War gut«, wiederholen wir.
Plötzlich fahren alle zusammen. Ein Schuß ist gefallen. Albering hat geschossen.
»Sind Sie verrückt!« schreit der Sergeant. »Zu schießen, wenn eine Patrouille im Vorgelände ist!«
Albering antwortet ruhig:
»Ich schoß nach oben, da schwebte was«, und lädt wieder. Die Patronenhülse klingelt zwischen unsere Füße.
Sökel sagt unsäglich verachtungsvoll:
»Das war doch ein ganz – gewöhnlicher – Baumast.«

Der Hummelesser

Heiter ist mir zumute, ich strecke meine Glieder, habe gut und traumlos geschlafen in diesem neuen Unterstand. Eine saubere Wohnung haben wir drei Kannibalen, und eigenhändig gebaut. Zwei Nächte wurde daran gearbeitet und soeben der Probeschlaf beendigt. Mit Hahn war es nämlich unmöglich zu hausen – einmal wollte er an der Wand liegen, weil er dort seine Sachen besser aufhängen könne, das andere Mal begehrt er wieder auf den Mittelplatz zurück, weil ihm Sand in sein Speckpaket gefallen sei, endlich schien ihm irgendein Gestirn ins Gesicht, so daß seine Füße neben unseren Nasen liegen mußten. So räumten wir das Feld.
Drei Mann faßt unser neuer Unterstand, Albering, Klees und mich; wir machten ihn absichtlich nicht größer, weil wir allein bleiben wollten. Ein schönes vierekkiges Kriechloch hat er, durch das man ein Stück der jenseitigen Grabenwand beobachten kann, ein Stück der russischen Erde, über die wir marschiert sind, eine Wunde, die man ihr gestochen hat, ein sauberer Querschnitt von ihr. Unten über den Boden läuft eine weißli-

che Schicht Kalk, über dieser ein Sandstreifen, gelblich glitzernd in der Sonne und mit Steinchen vermengt. Man versucht, in dieser hellen Fläche Figuren zu sehen – aber umsonst, sie dehnt sich gleichmäßig in der Sonne, von ihr überflimmert und in ihren Schichten fortwährend verwischt und verändert. Albering ist wach, er hat bereits gefrühstückt und räumt Brot und Marmeladentopf in die finstere Ecke. Ich frage:
»Hast du gut geschlafen?«
»Ja«, macht er kauend.
»Und geträumt?«
»Auch das.«
»So geht es in Erfüllung.«
»Das verhüte der Himmel!« lacht mein Kamerad. »Ich träumte von Talette. Das ist an sich nicht schlecht, ich kann mir sogar nichts Besseres wünschen. Aber – in Erfüllung kann das nicht gehen, Suhren. Sie war nämlich mit mir auf dem Kahn meines Vaters. Sie ist ja schlank, verstehst du, die Talette. Aber plötzlich träume ich, daß sie sich in den Mast verwandelt, schön rund wie ein einziges Weiberbein und hell wie Haut. Ich träume mitunter so, manchmal ist sie auch eine Tulpe, riesengroß, manchmal ein Fisch.«
Er schweigt und spielt mit seinem großen Taschenmesser. Nach einer Weile sage ich:
»Siehst du auch Figuren im Wachen? – Als Kinder sahen wir immer Figuren. Ich war einmal auf Besuch bei meinen beiden Freunden auf dem Lande, es war Sommer, und wir Kinder mußten um 9 Uhr in die Kammer. Da wir aber noch gar nicht müde waren, setzten wir uns auf die Fensterbänke und versuchten in den Baumwipfeln Figuren zu sehen. Ich erinnere mich an eine riesige Eiche, der Himmel dahinter war noch hell und schien an manchen Stellen durch ihre Zweige. Einmal bildeten

diese einen Hirsch, einmal eine Fledermaus, wir sahen es alle drei. Eines Abends aber erkannten wir Bismarck, und sogar mit Pfeife.«
Mein Kamerad entgegnet:
»Als ich ein Junge war und noch sehr klein, durfte ich manchmal mit meinem Vater auf den Kahn. Ich weiß nichts mehr aus dieser Zeit, nur daß wir immer hinter einem Walde von Schilf ankerten, und meines Vaters Pfeife senkrecht über meinem Kopfe hing. Es war Abend, die Sonne stand wohl tief, und ich sah, daß sich die Schilfhalme hin und her beugten. Es waren dann Schatten da, und diese Schatten ängstigten mich immer. Sie sprangen wie toll an den Halmen auf und ab wie kleine Mäuse oder Wasserflöhe. Ich erschrak und hob meine Augen nach der Pfeife meines Alten empor, die wie eine Glocke über mir hing, regungslos und ganz schwarz. Dann wird es dunkel, und plötzlich springt ein Fisch über die Wasserfläche, noch einer – und dann ist meine Furcht vorbei, trotz der Dunkelheit, die niedersinkt.«
Nach einer Weile fährt er fort:
»Mein Vater ist ein guter Mann, er gehört zu einer Sekte, die unter den Fischern verbreitet ist. Er ist so blond, daß man es nicht merken wird, wenn er einmal graues Haar bekommt. Als Junge war ich wild und jähzornig, und er ermahnte mich oft, mich zu bändigen. Wenn ich die Fische ausnahm, hackte ich mit meinem Messer wie ein Besessener zu und schleuderte in meiner Wut das Ausgeschnittene über Bord. Mein Vater aber wurde dann brummig, so sehr er konnte, und er konnte nicht sehr. Er sagte: Wir fangen nicht mehr Fische, als wir brauchen, um zu leben. Wir nehmen ihnen das Leben aus mit Schmerzen, schnell, und ohne zuviel zu schneiden. Das Ausgenommene aber kommt an Land, man

verbirgt es vor den Fischen, um sie nicht zu verwirren. – So sagte er auf Platt, und einen Augenblick lang schämte ich mich, aber nicht länger.«

Klees, der erwacht ist, erzählt:

»Als Knabe hatte ich einen Freund, der war grausam. Eines Tages spielen wir in den Anlagen bei der Kirche, da schlägt er eine Hummel tot und zerlegt sie. Sodann zieht er mit einer Nadel die Honigblase heraus, die er aufißt. Jeden Nachmittag tat er es, und immer zwang er mich mitzugehen und ihm zuzusehen.«

Und er fügt wie ein alter erfahrener Lehrer hinzu:

»Es gibt nichts Grausameres als Knaben.«

Albering hat seinen Gedanken weitergesponnen, er erzählt:

»Möglich, daß mein Vater schon grauhaarig ist, man kann es nicht feststellen. – Übrigens sagte er dies: ›Alles Leben ist heilig. Du lebst, und ich lebe, wir wollen tun, was recht ist, also ist unser Leben heilig. Die Fische tun auch, was recht ist, soweit sie es wissen, darum sind sie auch heilig. Wir aber wissen genau, was recht ist, darum müssen wir danach tun.‹ –

Ich war schon ein flügger Wasservogel und fragte: ›Wie ist es bekannt geworden, Albering?‹ –

Er sagte: ›Wir wissen es aus der Heiligen Schrift, der Herr Jesus hat es offenbar gemacht und seine Gebote gegeben, die für uns Gottvater ausgemünzt hat. Insbesondere die zehn, die du kennst.‹ –

›So darf ich keinen Fisch ausschneiden?‹ fragte ich.

›Man darf es‹ – sagte er – ›denn Jesus selbst hat mit Fischern gelebt und ihnen gute Fänge gegeben, auf daß sie nicht hungerten. Heilig ist das Leben, am meisten aber das der Menschen. Also darf man Fische ausschneiden, aber nicht mit Lust, sondern mit Besinnung.‹« –

Klees flüstert:

»Aber antworte auf diese Frage: Darf man Menschen töten?«
»Hast du es vor, Tierlein?« sagt Albering.
»Welch eine Redensart von dir«, zürnt mein Nachbar. Sodann macht er sich platt und kriecht durch die Eingangshöhle, um sich auf den Postenstand zu begeben. Kaum ist er fort, so sieht man sechs Beine von Offizieren vorbeigehen, die hellen Schäfte des Rittmeisters an der Spitze.
Albering hat sein Gesicht geneigt und zeichnet mit dem Messer neben sich auf die Erde. Nach einer Weile sagte er leise:
»Freilich sind das alles Redensarten.«
»Weshalb sind es nur Redensarten?«
Er sticht sein Messer bis ans Heft in den Boden und flüstert, indessen sich das Licht von draußen in seinen Augen zu schaffen macht –:
»Wir sind alle schwach und wimmeln in der erbärmlichsten Menschheit herum. Die meisten wissen es nicht und sind glücklich. Sie sind christlich getauft, und der Pfarrer nennt sie Christen. Sind aber keine. Wir aber, die erkannt haben und tun nicht danach, sind weniger als sie, nämlich Unchristen.«
»So darf man aller Dinge nicht töten, meintest du?«
»So meinte ich.«
»Um keinen Preis?«
»Um keinen Preis, denn Jesus hat kein Ausnahmegebot gegeben, das für den Krieg der Völker Geltung hat. Sie zaubern es einem vor. Es ist aber Lüge.
Als ich auf dem Seminar war, wohin mein Vater mich schickte, erzählte ich ihm einst von der herrlichen Schlacht bei Sedan. Ich baute ihm die ganze Lage auf – ein Kübel mit toten Fischen war Sedan, rund um den Eimer lagen die deutschen Armeekorps, genau nach der

Karte, auch von Fischen dargestellt, und ein Stör war darunter, das war Moltke. Da fragte mein Alter: ›Lernt man es euch so?‹ –
›Genau so, Albering‹ – sagte ich.
›So ist es eine schlechte Schule und keinen Pfennig wert. Du bist kein Christ mehr mit deinem Fischspiel, das du da machst – schmeiße sie in den Eimer!‹ –
Er war zornig und hätte mich von der Schule genommen, wenn ich ihm nicht über gewesen wäre, mit der Schnauze nämlich. Er gab auch wirklich keinen Pfennig mehr her, so daß ich Stunden geben und Almosen nehmen mußte, alles, weil ich den Ehrgeiz hatte, ein Lehrer zu werden.
Wurde es auch, ein richtiger Schulmeister, der das sagt, was sie alle sagen – daß der Himmel heiter ist, daß die Franzosen manchmal keine Hosen anhaben, und daß die Kinder in der Schule die Hände falten müssen, sonst kommt der Knüppel. Man nennt es: die Kinder fürs Leben erziehen. Und die Kinder machen dann Augen ... Augen wie kleine Hasen ... Schluß mit dem Gequassel, laß uns lieber schlafen!«
»Dann denkt man nicht«, pflichte ich bei, und wir machen uns noch einmal lang.

Ich werde wach davon, daß mir jemand die Zehen kneift. Es klingt der Ruf »Ablösung« – und ein Arm verschwindet nach draußen. Ich krieche sofort nach, schnalle um, schwanke um eine Schulterwehr und betrete einen Postenstand. Klees wünscht mir »viel Vergnügen«, aber ich sehe nichts. Es ist die volle Mittagshelle, man muß sich gegen die Grabenwand lehnen, um nicht zu taumeln.
Vor mir liegt das Gewehr, es ist geladen. Meine Hand zuckt vom Schloß zurück, denn es glüht. Doch nun

sehe ich in der Tiefe des Himmels gerade vor mir rote Flecken, das sind Mohnblüten.
Ich bin ein Fisch, der im warmen Wasser schwimmt. Aber da vor uns liegen Russen – fällt mir ein, und ich reiße die Augen auf. Es ist indessen nichts zu erblicken, als die breite grün bewachsene Erdwelle, auf der sich das Drahtverhau hinzieht. Über einem Pfahl scheint manchmal eine gelbe Russenmütze zu hängen, doch nein, es ist ein Fesselballon, den das Sonnenflimmern bewegt. Jetzt muß ich die Ohren spitzen, denn es kommt jemand. Die Augen starr nach vorn gerichtet, höre ich zwei Füße hinter mir vorbeischlurren, stehenbleiben, höre ein mächtiges Ausspucken und sodann das Weiterschlürfen der Stiefel. Hinter der Schulterwehr verschwindet der Rücken Max Pfeiffers. Er steckt in einem Hemd, das ein riesiges dreieckiges Loch hat, und seine Hose scheint herunterzugleiten.
Immer noch bin ich wie im Traum – keine Bewegung in der Luft, kein Vogel, keine Wolke – ein heißes Weiß spannt sich straff über den ganzen Himmel wie das Kalbfell eines Trommlerriesen. Darunter stehe ich Posten – Marke Liliput – und lebe in dem irrsinnigsten Reiche der Welt. Neben meinem Gewehr liegt ein Stein, er ist nicht rund und ist nicht eckig, hat eine lächerlich nichtssagende Form. Ich schleudere ihn vorwärts gegen den Stacheldraht, auch der war heiß. Ein kleiner grüner Käfer sucht einen Paß übers Gewehr zu finden, doch der Lauf glüht ihn an. Er stürzt zurück, um alsbald wieder von vorn zu beginnen. Es ist aussichtslos für ihn, und ich nehme einen Grashalm und setze ihn hinüber, den goldgepanzerten Liliputaner.
Es geht ein ungeheures Schlafen übers Land, das drückt meine Schultern und legt sich bleiern auf meine Augenlider. Man muß wach bleiben, denke ich, und

schaue an den Drähten entlang, von Pfahl zu Pfahl. Der Fesselballon liegt wie eine reife Gurke auf dem Grasstreifen.
Wieder geschieht etwas: Es erscheint ein kleiner Schmetterling, Aurorafalter genannt, weiß mit roten Flügelenden. Wenn ich als kleiner Junge beim Angeln saß, taumelte er über all das Entenkraut, das den Graben unter seiner schuppigen Decke verborgen hielt. Ich dachte: Ob etwas am Wurm angebissen hat? – Dabei verlor ich den Falter aus den Augen und wartete, daß ein anderer käme, hinzutaumeln. Manche rasteten ein wenig auf dem Kraut. Nie aber war ein Fisch am Wurm, so oft ich aufzog, einmal nur ein Blutegel.
Plötzlich denke ich an Albering, den borstigen Weißkopf. Nein, es ist noch nicht Zeit, ihn zu wecken. Aber auch er wird einen Menschen töten müssen. Auch ich werde es tun, obwohl ich einst mit den kleinen Aurorafaltern ein gutes Verhältnis unterhielt. Erscheint ein Russe und legt auf mich an, so komme ich ihm zuvor, ziele, lasse den Körper aufs Visier aufsitzen, nehme Druckpunkt und ziehe vorsichtig ab. Ich verfahre dabei genau so, wie ich es gelernt habe. Der Russe, der dort erscheint, ist nichts als eine bewegliche Schießscheibe. Ich sehe alles deutlich vor mir, auch wie er im Zusammenbrechen die Arme gen Himmel wirft, was keine Schießscheibe tut.
Horch!
Jetzt ertönen ein paar schnelle Schritte im Graben. Es ist der Leutnant. Er tritt neben mich auf den Postenstand. Ich mache ihm meine Meldung.
»Gut«, sagt er, setzt sein Glas an die Augen und blickt nach vorn. Meine Augen sind unentwegt auf das Drahtverhau gerichtet. Ich kenne Brause immer nur laut und losgelöst von der Kompanie. Diesen Augenblick, wo er

neben mir steht, fühle ich keinen Widerstand gegen ihn und bin sogar bereit, ihm einen Dienst zu leisten. Der Atem geht ihm forsch durch die Nase, dann setzt er das Glas ab, reicht es mir und befiehlt:
»Beobachten Sie die drei Pappeln geradeaus, besonders die mittlere.«
Ich tue es, sehe zwischen dem Drahtgewirr drei bläuliche Baumspitzen am Glase hinfließen und halte die mittlere fest.
»Sehen Sie etwas?« fragt Brause, der mein Gewehr in Anschlag gebracht hat.
Es ist aber nichts da, und ich antworte dementsprechend.
»In der mittleren nichts?« fragt er weiter und rückt das Gewehr hin und her. Plötzlich fährt er auf und sieht mich bestürzt an. Er hat offenbar losgedrückt, und es geht nicht.
»Es ist gesichert«, sage ich und lege den Sicherungsflügel herum. Nach der Vorschrift soll das Gewehr gesichert auf der Deckung liegen. Wortlos zielt er weiter und gibt sodann kurz hintereinander drei Schüsse ab. Dann späht er schnell durchs Glas und ruft:
»Da fiel er hin! Sehen Sie, er ist fort! Sehen Sie noch etwas?«
»Nichts, Herr Leutnant.«
»Er ist fort, fiel wie ein Stein.«
Damit entfernt er sich.

Die Schüsse des Leutnants haben den Graben lebendig gemacht. Pfeiffer im Hemd kommt von der einen Seite, Klees und Albering von der anderen. Max fragt, indem er die Hose an den Taschen festhält:
»Hädd he wat drapen, Suhren?«
Klees flüstert:

»Hat der Leutnant geschossen? Wir sahen soeben seine Beine.«
Ich bin verdrießlich über meinen verdreckten Lauf und sage ihnen, daß ich nichts gesehen habe – weder was sitzen noch was fallen.
»So war es eine optimistische Täuschung, Veteran«, meint Lurtjebam zu Eisen gewandt, der mit ihm herzutritt. Klees aber lächelt mich an und spottet verführerisch:
»Er sieht noch Figuren in den Bäumen wie manche Leute.«
Albering dawider:
»Er ist noch ein Hummelesser.«
»Irrtum«, widerspricht Eisen, der es wörtlich nimmt, »denn er ißt am liebsten Rouladen, soviel ich weiß.«
»Rouladen?!« nickt Lurtjebam, zieht an jeder Seite seines Mundes drei nachdenkliche Falten, spitzt die Lippen und stößt einen kleinen, unschuldigen Pfiff aus.

Photographien

»Es geht nicht«, seufzt Klees, »mein Spatenblech ist krumm.«
»Hören wir auf«, sage ich, und wir hocken uns in der Ecke nieder. Dieser Unterstand, der für den Leutnant bestimmt ist, wird nie fertig werden, mit dem Material nicht, es ist österreichisches und windelweich. Will er tief wohnen, so muß er festere Spaten hergeben, denn jetzt, in zwei Meter Tiefe, trifft man auf eine steinige Schicht, die sich mit diesen Kinderschaufeln nicht bearbeiten läßt.
»Sie rollen sich auf«, brummt mein Kamerad.
Wir rücken zusammen, decken die Mantelecken über die Knie und gähnen ebenso wie das Unterstandsviereck den gestirnten Himmel an. Nach einer Weile mault Tierlein:
»Der Sökel kann mich kratzen, mit dem Spaten!«
So beruhigt er sein Gewissen darüber, daß er die Arbeit eingestellt hat, meins auch. Danach zieht er die Photographie seiner Braut hervor und beschaut sie beim Schein der Taschenlaterne.

»Findest du sie hübsch?« flüstert er.
»Sehr.«
»Die Aufnahme?«
»Ja.«
»Sie ist mein Schutz, ich trage sie auf dem Herzen.«
»Trage sie nicht dort«, sage ich, »es zieht Kugeln an.«
Aber Klees entgegnet mißmutig:
»Die Kugeln fliegen, wie sie wollen.«

Jetzt steht jemand über uns am Rande des Unterstandes. Klees verlöscht die Laterne, und wir horchen. Die Stimme des Sergeanten fragt:
»Wird hier gearbeitet?«
Wir schweigen.
»Oder nicht?«
»Nein, nicht«, antworte ich, »es geht nicht.«
Sökel springt herunter, ergreift einen Spaten und schilt:
»Das soll nicht gehen? Mit diesem schönen Spaten? – Das ist doch ganz – gewöhnlicher – Kalkboden!«
Er packt mächtig an, doch das Blech verbiegt mit einem Knacken. Nach einem weiteren Versuch schleudert er den Spaten fort, setzt sich zu uns und meint:
»Was man hat, das hat man, nicht mehr und nicht weniger. Wir sind hier nicht in der Schampachne. – Hattet ihr eben eine Photographie?«
»Nein, keine«, murmelt Klees unfreundlich.
»Ich sehe gern Photographien«, vertraut uns der Sergeant an, »besonders solche mit Mädchen darauf. Ihr habt doch auch einen Schatz, ihr beiden?«
Wir antworten ihm nicht.
»Jeder Hans findet seine Grete, das ist so«, fährt er fort und nestelt etwas aus seinem Rock. Es ist die Aufnahme einer Frau mit vielen Kindern. Bei Klees' Laterne sehen

wir, daß es mindestens sechs Kinder sein müssen, und daß die Frau mager ist wie ein Stock.
»Sechs«, stelle ich fest.
»Da habt ihr's«, lacht der Sergeant entzückt, »ein halbes Dutzend! So weit bringt es nicht jeder. Ihr aber seid noch jung. Die Frau in der Mitte ist meine Alte, eine sehr fleißige Frau – die plagt sich. Solche sind selten.«
»Jeder denkt, seine ist die beste«, werfe ich ein, um zu vermitteln. Klees aber schweigt. Der Sergeant beleuchtet ihn und fragt mit seiner öligen Stimme:
»War das nicht eben eine Braut, die du da besehen hast? – Ich sah es von oben.«
»Es war keine«, sagt Klees laut, das Gesicht gegen die Wand.
Nachdem er uns zur Weiterarbeit ermuntert hat, klettert Sökel wieder hinauf. Seine Schritte entfernen sich.
»Der soll mich ungeschoren lassen«, brummt mein Kamerad. »Welche Idee!« und er stößt voll Spott die Luft durch die Nase.

Nach einer Weile taucht von drüben eine Gestalt auf. Es ist Pfeiffer, man sieht seinen krummen Rücken und den aufgeschlagenen Mantelkragen gegen den Nachthimmel. Er verdeckt eine Menge Sterne.
»Hallo! Ich laufe ein bißchen herum!« berichtet Max, setzt sich oben auf den Rand und läßt die Beine baumeln.
»Hier ist es schön.«
»Du bist verrückt, Max«, sage ich.
»Recht hast du, zu Hause ist es schon besser. Aber hier hat man wenig Arbeit und gutes Essen. Zu Hause freilich heißt es: Bei der Sonne ist es warm – bei der Mutter ist dem Sohne wohl. Recht hast du, Kamrad, gib eine Zigarett.«

Man wirft sie ihm hinauf. Er pafft und wiederholt:
»Hier ist es schön. – Bin dienstfrei, weil Sökel heute die gute Laune hat. Geh hin, wohin du willst, Max – sagt er – bloß lauf nicht zu den Russen über! – Ich liege doch mit ihm zusammen, und so sagte er es heute, der Sökel, Sergeant Sökel.«
»Aber warum hat er gute Laune?«
»I – warum? Weil sein Frauchen geschrieben hat, einen Brief, und darin war ein Bild. Warum sollte er nicht die gute Laune haben! Geh und tobe dich aus, Max – also sagte er, der Sergeant. Und so bin ich gegangen, zu euch, wo es schön ist.«
»Blödsinn«, macht Klees.
»Ist das Klees?« fragt Max.
Tierlein antwortet nicht, aber Max rät ihm:
»Du hast ein Bräutchen, Kamrad – so freue dich, tobe dich aus.«
Tierlein fühlt sich unverstanden und schweigt die Wand an. Eine Leuchtkugel erscheint und erhellt das Unterstandsviereck. Es ist, als säßen wir in einer Zauberhöhle, einen Schatz zu graben mit österreichischen Spaten – plötzlich aber sinkt ein silberner Stern herab.

Wieder ist es finster, und jetzt fallen Schüsse von der russischen Seite her. Max läßt sich hurtig heruntergleiten. Es ist ein Gespinst von Verderben, das uns für Minuten zudeckt. Da fühlt man sich in der Grube wohl.
Gegen 11 Uhr tritt Stille ein. Ich klettere empor und gehe zum Maschinengewehrstand. Dort erwartet mich schon Albering, der auf einer Erdschwelle sitzt. Er drückt mir den Arm, daß ich schweigen soll, und wir behorchen ein Gespräch, welches ganz in der Nähe im Nebengraben geführt wird.

Die Stimme des Leutnants schilt:
»Was wollte der Mensch denn da oben! Sie haben dort nichts verloren, merken Sie sich das! «
Darauf sagt Sanitätsunteroffizier Steinberg leise:
»Wozu bauen wir die Latrinen, die besten weit und breit? Sauber, bequem! – Nein, sie hören es nicht!«
»Sind Sie fertig?« fragt Brause.
»Sogleich, Herr Leutnant. Das Blut ist gestillt.«
»Man soll es nicht glauben!« klagt der Leutnant weiter. »Den Abzugsfinger – ausgerechnet den Abzugsfinger als bester Schütze, der Sie sind! Was haben Sie sich denn dabei gedacht?«
»Nichts! Weniger denn nichts!« brummt Steinberg abweisend.
»Antworten Sie mir! Was haben Sie denn gedacht?« begehrt der Leutnant auf.
»Er ist bewußtlos«, meldet Steinberg. »Bulei und Rulei, die Bahre!«
Man hört Bulei und Rulei in der Nähe hantieren. Der Graben ist schmal, und der eine flüstert:
»So geh doch rückwärts!«
»Wieso, alter Karbol?« fragt der andere betroffen.
»Anders herum!«
»Ist denn keiner da, der verwundet ist?«
»Natürlich – so dreh doch!«
»Also rückwärts, Karbol?«
»Vorwärts! Was der Kerl – –«
»Also doch einer verwundet?«
»Fingerschuß, du schläfst wohl noch, Kerl!«
»Na ja! Also doch einer verwundet, Karbol!!«
Wieder stößt und scheuert ihre Bahre gegen die Erdwand. Albering aber rührt mich an, wir treten die Stufen hinauf und verlassen den Graben.

Ich schreite hinter Albering drein, der den Durchlaß sucht. Wir finden den Strohwisch und tasten in der Dunkelheit im Zickzack durch das Drahtfeld. Drüben erwartet uns Sökel, gibt ein Zeichen und führt uns bis an einen breiten Feldweg, wo er uns zurückläßt. Wir entdecken zwei kleine Schützenlöcher, setzen uns hinein und legen die Gewehre auf den Weg.

Der ganze Himmel hat sich mit Wolken bedeckt, nichts ist zu erkennen als der Erdstreifen vor uns und das schwarze Gras dahinter. Nur wenn zur Linken von der österreichischen Feldwache eine Leuchtkugel abgeschickt wird, sehen wir geradeaus dunkle Baumflecken in der verzauberten Ebene. Die russischen Kugeln steigen matter und ferner auf.

Wir haben Verbindung nach rechts zu halten. Albering geht als erster, die Dunkelheit verschluckt ihn. Ich knie in meinem Schießloch, höre seine Schritte nicht mehr, horche auf jedes Geräusch. Einmal ertönt aus der Richtung unseres Grabens mehrmaliges Klopfen. Bei den Österreichern wird, wie es scheint, mit Ausdauer Flöte gespielt. Nach vorn aber ist alles still. Das schwarze Land summt in meinem Ohr: Suhren, ich bin still – Suhren, kein Schritt – Suhren, kein Knacken. – Mitten in das Summen meines Blutes aber springt jetzt das ferne Gebell eines Hundes, schweigt, beginnt von neuem. Das ist fabelhaft, diesem Hunde zu lauschen, denke ich – alles lauscht diesem Hunde, einem kleinen Köter.

Niemand tut einen Schritt, einen Schuß, jeder hat friedliche Gedanken. Möchte er weiterbellen, der Hund, ich werde ihn behorchen in meinem Erdloch. Kein Russe naht sich.

Horch, Schritte von links! Albering kann es nicht sein. Ich fasse das Gewehr mit drosselnden Händen und rufe

ihn an. Antwortet er nicht, so schieße ich. Nach meinem zweiten Anruf sagt jemand leise:
»Schwarz-gelb.«
Es ist der österreichische Verbindungsmann, der auf dem Feldwege daherkommt. Ich sichere das Gewehr wieder, und er hockt sich in Alberings Loch. Mein Herz schlägt wild, der Nebenmann atmet stark und sagt nichts.
Es vergehen Minuten, eine Leuchtkugel jagt auf und erlischt. Dann flüstert der Österreicher:
»Ein guter Weg ist das.«
»Der Feldweg?«
»Ebenderselbe, er geht ganz zu unserer Feldwache, und zwar schnurgerade wie eine Tischkante. Man verläuft sich nicht. – Wie alt bin ich wohl, Kamerad?«
»Ich kann es nicht sehen.«
»Du denkst 25, ich wette, denn alle denken es. Bin aber erst 17. Ein langer Mensch, wie unser Korporal mich nennt.«
»Habt ihr einen anständigen?« frage ich.
»Einen sehr guten, mein Lieber. Mir hat er tüchtig eingeheizt, aber dafür bin ich auch ein frischer Kuchen. Seit wir an die Front gekommen sind, merke ich, daß er ein Auge auf mich hält. Auf Feldwache sagt er: Geh du nach rechts, du Länglicher – damit meint er den Feldweg, den man nicht verfehlen kann. Allemal bekomme ich den Feldweg.«
»Du kannst froh sein«, sage ich und höre wieder die ferne Hundestimme.
»Eben haben sie Licht geschossen, werde mich aufmachen«, flüstert der junge Soldat und trollt sich mit einem »Servus« wieder fort. Gleich darauf kehrt Albering zurück, und wir schwatzen, mit dem Blick übers schwarze Land.

Jetzt trete ich meinen Patrouillengang an und verfolge einen schmalen Fußweg, der sich mehr und mehr verengt. Nun bin ich ganz auf mich gestellt, halte das Gewehr schußbereit und setze vorsichtig Fuß vor Fuß. Einmal schweift mein Gedanke ab, ich sehe Lisa, die unter einer Lampe einen weißen Namen in ein weißes Taschentuch stickt. Eine Strähne braunen Haares hängt von ihrer Stirn nieder... Ein wilder Schreck bannt mich an die Stelle – dort sind ganz hohe Blumen, hart am Weg, sie rauschen ein wenig. Sie sind hell, gelb oder weiß, bewegen sich.

Ich beruhige mich, es ist nur ein wenig Nachtwind, schleiche weiter, alle Sinne mit der Gewehrmündung verbunden. Im Kraut liegt kein Russe, so verwegene Leute sind selten.

Plötzlich erheben sich ganz nahe vier senkrechte dicke Schatten, das sind Reste eines Hauses, Eckbalken, und mächtig gegen eine pechschwarze Wolke gestemmt, die aber auch ein Dach sein kann. Diese Frage ist nicht wichtig – ich gehe am Hause vorbei, werde angerufen und bin beim Nachbarposten.

Auf dem Rückweg ist alles anders. Es ist ein ganz gewöhnlicher Feldweg bei Nacht, und man sieht ihn wie eine gemütliche Rinne durchs Kraut laufen, oder wie eine Kapsel, oder ein Futteral. Ich muß schon in der Nähe des Feldweges sein, als es dem Russen einfällt, Salven zu schießen. Ich verwandle mich in ein Reh, springe vor und werfe mich hin. Wütendes Gezisch, Gebrumm eines Querschlägers, ein Geschoßhindernisfliegen; wer an ein Hindernis stößt, ist Brummkönig. Mich kann keiner meinen, denke ich und mache mich platt. Es ist offenbar der Weg, auf dem ich liege, und den meine Stirn küßt. Das Schießen reißt ab. Albering erhebt neben mir sein Gesicht und fragt hastig: »Bist du heil?«

Lachend krieche ich in mein Schießloch – ich habe die gute Erde geküßt.

Um 1 Uhr ist die Ablösung da, und wir zwei schließen uns einer Patrouille an, die Sergeant Sökel führt. Außer Albering und mir sind noch zwei Leute dabei, Klees der eine, der andere hält sich hinten. Mann hinter Mann und sehr verwegen, laufen wir von Posten zu Posten. Wenn die Österreicher das Land beleuchten, sitzen wir wie beim Eierlegen, den Kolben aufgestemmt. Immer weiter nach rechts geht unser lautloser Marsch. Jetzt fühlt man einen harten Weg unter den Füßen. Es ist die Stunde, wo die Hähne mit dem Krähen beginnen würden, wenn man ihnen nicht die Kehlen durchgeschnitten hätte.
Wieder ein Posten, er kniet neben dem Weg wie ein Kerl, der sofort eine Drehorgel in Bewegung setzen wird.
»Bist du's?« sagt jemand von uns.
Der Angesprochene unterdrückt ein Gähnen und schaukelt mit dem Kopfe.
»Mund halten!« mahnt Sökel an der Spitze.
Wir verfolgen den Feldweg weiter. Der Hund bellt wütend auf, viel näher, wie es scheint. Man muß auf dem Grase gehen, alle tun es. Gleich darauf wird gehalten. Links am Wege erkennt man einen kleinen Graben, Sökel gibt ein Zeichen, und wir knien uns hinein. Weiterhin wird geflüstert, dort ist der Graben dicht besetzt – wir sind auf der Feldwache.
Vor uns scheint sich das Gelände zu senken. Im Hintergrunde sind schwarze Baumflecke, weiter rechts recken sich drei Wipfel gegen den matten Himmel, das sind wohl die Pappeln.
»Höre«, macht Albering, »sie zimmern eine Brükke.«

Man unterscheidet deutlich zwei Geräusche, lange Zeit das dumpfe Fallen von Brettern auf weichen Boden, dann Wagengerassel, danach wieder Fallen von Brettern.
Von links wird ein Befehl durchgegeben, er lautet: Gleich Schützenfest! – Einrichten von dem dicken Kugelbaum bis zu den Pappeln! – Achtung! – Fertig!
Feldwebel Engelke, der sich halb aus dem Graben erhoben hat, befiehlt:
»Feuer!«
Wir geben drei Salven ab, sie rollen wütend durch die Nacht. Stille tritt ein, nur der russische Hund gibt eine kleine eigensinnige Antwort. Denn steht jemand oben auf der Deckung. Es ist Bubi, der Verpflegungsunteroffizier, und er kräht:
»Jetzt schieße ich allein!«
Man sieht deutlich, wie er den Kolben an die Backe legt und sorgfältig ins Nichts zielt. Dann knallt der Schuß. Es ist wie im Theater – man ist begeistert und möchte Beifall spenden.
Dieser Gedanke aber endigt mit Bubis famosem Knall, denn nun schmettert eine wilde Salve vom russischen Graben herüber. Mit einem Schlage haben wir uns in unserm winzigen Erdspalt wie Igel zusammengerollt, während Salve auf Salve über uns hinpeitscht, minutenlang. Danach beginnen sie in eine ungeregelte Schießerei auseinanderzufallen – nicht weniger bösartig, weil man die Bienchen einzeln schwirren hört – das eine möchte den, das andre diesen besuchen. Wir drücken die Helme an die kleine Grabenwand und warten auf das Ende dieses Ausbruches. Der Österreicher beunruhigt sich und sendet unentwegt Leuchtkugeln empor. Der Russe feuert eine halbe Stunde ohne Pause. Ich frage mich: Wie werden wir zurückkommen, da um 2 Uhr die

Dämmerung einsetzt. – Albering lehnt seinen Kopf schweigend neben den meinen, auch er hat mitgeschossen.
Einen Augenblick flaut das Schießen ab. Ich höre meinen linken Nebenmann stöhnen, es ist Klees. Auch mir wird bang ums Herz. Wie ein Tierlein, das man quält, stöhnt er, trocken und den Tränen nahe. Wieder prasseln Schüsse, wieder stöhnt er, das Gesicht auf dem Arm. Der nächste in der Reihe beugt sich zu seinem Ohr und flüstert etwas. Es ist unser Sergeant, er zürnt:
»Beherrschen Sie sich doch! Seien Sie doch ein Mann!«
Ohne seine Stellung zu ändern, klagt Klees:
»Sie sind gleich da«, und wimmert. Es zerschneidet mir das Herz. Wie soll ich heimkommen? Es beginnt bereits zu tagen, meine Hände liegen wie zwei helle Steine unter mir an der Erde. Sökel aber sagt laut:
»Das ist ja Unsinn – solange sie schießen, kommen sie nicht. Ich werde nachschauen, wenn Sie es wissen wollen.«
Er erhebt sich trotz der tropfenweise herstreifenden Geschosse, späht in die Runde und bückt sich rasch wieder.
»Seien Sie doch still, Hasenherz!« mahnt er böse. »Es ist nichts zu sehen. Das ist nichts als eine ganz – gewöhnliche – Schießerei.«
Klees schluckt. Horch, wieder kläfft der Hund! Vielleicht kommt er sogleich zu uns gerannt, in der Morgendämmerung über die halbfertige Brücke, mit Atem wie Feuer.
Der Russe schweigt. Eine Viertelstunde verrinnt. Die Leuchtkugeln der Österreicher fallen in müden Bogen nieder. Hinter den drei Pappeln breitet sich ein grauer

Streif über den ganzen östlichen Himmel. Jetzt sind schon die Gesichter zu erkennen, wir müssen fort.
»Einzeln zurückkriechen!« befiehlt Sökel.
Man wartet, bis man an die Reihe kommt; es dauert lange. Eine gleichmäßige Helle steigt bis an den Scheitel des Himmels, von den Russen her kommt das feindliche Licht. Man kann nicht länger warten, kriecht los, fühlt etwas Drohendes im Rücken, das sich nähert, springt auf die Beine, geht, läuft eine Strecke, geht wieder. Kochgeschirre klappern gegen Seitengewehrscheiden.
Jetzt sehe ich die ganze Reihe der laufenden Soldaten, es sind vielleicht 20, in Mänteln. Sie haben die Köpfe in den Kragen, als erwarten sie von rückwärts einen Hagelschlag.
Werden die Russen schießen? – Lautlose Stille. Nur die hastigen Schritte der Soldaten und das verfluchte Rasseln der Kochgeschirre. Kein Hundegebell, kein Laut – heller Tag und zwanzig graue Menschen, die zurückstreben in den Graben, Soldaten mit aufgepflanzten Seitengewehren, unordentlich umgeschnallten Koppeln, und Kochgeschirren, die an ihren Oberschenkeln springen. Ich sehe sogar, daß einer einen Erdfleck auf dem Rücken hat. Er ist riesengroß und schwarz, dieser Fleck, wie ein Loch im Himmel – jeder Russe muß ihn sehen! Die Reihe teilt sich, man sucht die Strohwische zu erkennen. Hier ist das Drahtverhau, hier der Durchlaß.
»Sie waren hinter uns – geleimt!« lacht einer, der vor mir das Drahtfeld verläßt.
Wir erblicken den Graben, springen hinunter, berühren mit den Füßen die Sohle – da rast eine wütende Salve über uns hin. Tierlein erhebt sich aus der Kniebeuge, sein morgenblasses Gesicht überstrahlt ein Lächeln, er hebt die Hände – verzückt.

In demselben Augenblick prallt einer, der zuletzt gesprungen ist, neben mir auf den Boden, schlägt mit beiden Händen gegen die Rückwand des Grabens, kniet an ihr, sinkt langsam zur Seite, gefolgt von zwei schmalen Sandbächen, die seine Finger ausgewühlt haben. Es ist der Sergeant.
Er ist mitten durch den Kopf getroffen, tot.

Ordonnanz

Die Sterne verblassen, man sieht Wiesen rings, helle Birkenstämme, einzelne Gehöfte und endlich da vorn das langgestreckte Dorf zwischen den schwarzen Bäumen der Straße, Apollonia. Bei einem der Häuser flattert Wäsche.

Man schreitet durch die unendliche Stille an einem Wassergraben hin, der einen Trupp grauer Morgenwolken spiegelt, immer auf die Wäsche los, die da vor Apollonia flattert.

Man freut sich auf den Schlaf im Zelt. Kurz nach Mitternacht wurde die Kompanie von den Braunschweigern abgelöst. Das Wildschwein rannte wie vor einer Woche an seinem Posten entlang, und man selber ging los, immer geradeaus, Tornister und Gewehr umgehängt, in Richtung auf die Mühle, die vor acht Tagen, also vor recht langer Zeit, abgebrannt war. Man wandte sich nicht um. Der Russe verhielt sich still.

Die Kompanie marschiert seit einer Stunde in voller Auflösung. Nur die einzelnen Gruppen, die ihr Zelt gemeinsam bauen wollen, halten sich zusammen. Jetzt

hat die Spitze das erste Haus von Apollonia erreicht. Jetzt erkennt man eine Unterhose und zwei Hemden, sie blähen sich an einer Hecke im Wind. Neben seiner Wäsche steht ein mit Strohhalmen behangener Soldat, den unsere Ablösung geweckt haben mag, Posten. Man geht vorbei und foppt ihn ob seines Argwohns, worauf er stirnrunzelnd das Ende der Kompanie abwartet.
Jetzt werden Zelte gebaut, wird Tee mit Rum empfangen und getrunken und, während sich der Himmel zu einer feurigen Sturmhaube ausbeult, das Stroh der Braunschweiger unters Genick gezogen und geschlafen.

Gegen Mittag erwache ich und hole mir Waschwasser vom Brunnen. Der Wind haut ins Zelt und in mein nasses Gesicht. Jemand geht mit seinen Stiefeln zum Schuster. Leute einer anderen Gruppe ziehen zum Lausen auf die Wiese hinaus, der eine von ihnen sagt:
»Wenn du am Tag über 100 findest, so ist das zuviel, du magst sagen, was du willst.«
Ein zweiter, der sich im Gehen das Hemd über den Kopf gestreift hat und nachdenklich seinen Brustkasten anschaut, der einer roten Kommode ähnlich ist, antwortet:
»64, habe ich gesagt.«
Ein Nachzügler holt die andern laufend ein und ruft mit heller Stimme:
»Die Eier nicht gerechnet, Jubilar!«
Ihr Sinn ist auf eine fröhliche Jagd gerichtet, sie haben Sportfieber – denke ich und trockne mich ab. Jetzt gähnt jemand im Zeltwinkel, ein Paar Stiefel scheuern gegeneinander, und Max Pfeiffer kriecht ans Licht. Er kneift die Augen gegen Wind und Sonne zu und stellt sich ohne Überstürzung auf die Füße. Sodann gähnt er nochmals wie ein Nashorn und schließt hernach seinen Mund. Sein Gesicht sieht ganz abwesend aus, er ist

wohl noch bei seinen Tieren, von denen er immer träumt: Ein Pferd, das heißt Peter, und ein Rabe, dem man die Zunge gelöst hat, der heißt Lump. Er hätte ebensogut Schwein heißen können, so dreckig war er – und wenn sogar Max es behauptete, war es bestimmt so. Trotz allem Dreck jedoch mußte man ihn gern haben; er saß Max auf der Schulter und plierte mit seinen Augen, um die das Ungeziefer sich häufte, gegen die Kolbennase; wurde sie hergedreht, pickte er wohl gar daran. So verging manche Stunde.

Max verschwindet hinter einer Scheune. Der Wind umrauscht mich wie Wasser, und die Sonne ist seine Verfolgerin. Ich umrenne die Zelte mit nacktem Oberkörper. Dort kommt Lurtjebam vom Barbier, hat Seifenschaum an der Backe und eine lange Schmarre am Kinn. Er stößt auf Eisen, haut ihm auf die Schulter und schreit:

»Willkommen, edler Lord!«

Beide gehen zur Straße, vermutlich um nach einem Kantinenwagen zu spähen, von dem schon seit Wochen orakelt wird. Dort rollt ein Gefährt zwischen den Bäumen. Es sieht so aus, als brächte es eine ganze Ladung Schuhcreme. Eisen setzt sich in Trab.

»Hallo, Suhren!«

Das ist Klees. Er bringt ein Konzertprogramm auf einem Notizbuchblatt. Drüben im Wald wird heute nachmittag eine Wiener Kapelle spielen. Ich finde es weit zum Wald.

»Freischütz!« beschwört mich Tierlein und bringt seine braunen Augen zum Funkeln ob meiner Faulheit. Durch seine Ohren scheint die Sonne herrlich rot – natürlich werden wir gehen!

Hier ist auch Albering, der Frühaufsteher. Seine Augen sind hell wie feuchte Vergißmeinnicht, er hat im Sto-

chod gebadet und versichert, daß ihm eine Nixe begegnet ist.
Ob er mitgehen will zum Konzert, fragt ihn Klees.
»Nein«, entgegnet er, »dein Freischütz dreht mich aus wie ein nasses Handtuch.«
Klees bewegt seine roten Ohren verständnislos.

Diesen Augenblick werde ich zur Schreibstube gerufen und erhalte den Befehl, mich zwecks Augenuntersuchung sofort beim Stabsarzt zu melden, da ich zum Leuchtpistolenschießen ausgebildet werden soll. Dazu muß man wissen, ob ich nicht etwa farbenblind bin. Es ist ein schöner Posten, meine ich und nehme mir vor, recht acht zu geben bei der Untersuchung. Hernach soll ich beim Stabe bleiben als Ordonnanz, Essen wird geschickt. Ich schnalle um, springe den Fußweg zwischen den Hütten hin über bunte Falter, die sich im Windschutz sonnen und an Birken entlang, deren Zweige mir kameradschaftliche Streiche auf Mütze und Nacken versetzen. Vor dem bezeichneten Hause warte ich mit mehreren Leuchtpistolenanwärtern, auch sie sind guter Dinge. Die Untersuchung beginnt, die ersten treten ins Haus.
Aus der anderen Tür erscheint plötzlich der Prinz mit einem Feldstecher, eine Hornbrille auf der Nase, an die er sein Glas hebt. Ein Major von der Artillerie ist ihm gefolgt, er ist barhaupt, trägt viele Auszeichnungen, die wie eiserne Staketblumen den unteren Teil seines Uniformrockes bedecken, und hält eine Karte in der Hand. Der Prinz sagt freudig erregt:
»In der Tat – da sind sie! Geradeaus am Wasserlauf und zwar an der Stelle, wo er glitzert. Dort sehe ich sie wieder.«
»Da bin ich neugierig, Hoheit«, flüstert der Major,

»also rechts vom Stochodknie? Das ist ja ganz nahe.« Er lächelt. »Nun weiß ich, es sind ganz einfach unsere famosen Artilleristen, die ein Sonnenbad nehmen.«
»Wirklich?« macht der Prinz und will ihm das Glas reichen.
»Bestimmt, nichts anderes. Ich sehe sie mit bloßem Auge, sie nehmen Sonnenbäder . Doch nun wollten Sie wissen –«
»Trysten«, nickt der Prinz.
»Da können wir die hellen Punkte benutzen. Nehmen Sie den linken, Hoheit – haben Sie?«
»Den linken, ja.«
»Und gehen Sie noch ein wenig weiter links, und sodann aufwärts bis an den Horizont.«
»Ich sehe eine kleine grüne Spitze.«
»Ganz recht, das ist Trysten.«
»Das ist Trysten«, macht der Prinz gedankenvoll. »Trysten – wie verdeutschen Sie das?«
»Keine Ahnung, Hoheit«, achselzuckt der Major, und sie gehen wieder ins Haus.
Die Untersuchung läuft weiter, und auch ich werde aufgerufen. Der Stabsarzt gibt mir ein Blatt, das mit vielen Farbenproben bedruckt ist. Ich löse jede Frage – rot, grün, blau, gelb, orange. Es ist lustig. Der Stabsarzt, ein alter Herr, lächelt:
»Sie mogeln doch nicht irgendwie?«
Sodann richtet er seinen Bleistift auf lauter graue Punkte. Ich stelle fest – braungrau, grüngrau, blaugrau.
»Das sehe ich ja kaum«, brummt der Stabsarzt, und der Major mit den schwarzen Blumen am Rock fragt anerkennend:
»Was sind Sie?«
»Maler«, melde ich, zum erstenmal in meinem Leben mit begeisterter Betonung, die Hände an der Hosennaht.

»Kunstmaler oder Stubenmaler?« forscht der Major. Darauf kann ich keine Antwort geben, denn ich muß niesen, wegen der Sonnenstrahlen. Es mag aber nach etwas geklungen haben, denn der Major nickt:
»Aha«, und der Stabsarzt nickt: »Gut.«

Ich gehe fort auf die Straße. Gegenüber liegt ein langes Gebäude mit flachem Dach, an dem ein zerbrochener Stuhl lehnt, mit drei Beinen aufwärts, vielleicht die einzige Weise, ihn zum Stehen zu bringen. Ich gelange ins Haus, es ist die Unterkunft für die Ordonnanzen, ehemals der Schulraum des Dorfes. Im Hintergrunde erhebt sich als einziges Möbel ein mächtiges Pult, darauf eine schmale schwarze Tintenflasche mit zerbrochenem Hals. Neben dem Pult am Fenster aber sitzen drei Soldaten im Stroh, Kochgeschirre neben sich, offenbar Ordonnanzen.
Sie spielen Skat, und ich setze mich zu ihnen.
Der eine, ein junger Mensch mit breiten Kinnbacken und zurückspringendem Kinn, hält den Hals steif und bewegt nur die Augen von seinen Karten zu seinen beiden Gegnern und zurück, denn er hat ein Furunkel im Nacken. Ein viereckiges weißes Pflaster bedeckt es, ebenfalls wie eine Blume. Er ist ein Draufgänger und scheinbar im Vorteil.
Der zweite, ruhig, rotbäckig und mit dem Eisernen-Kreuz-Band im Knopfloch, rollt eine erloschene Zigarre zwischen den Lippen und spielt mit Bedacht.
»Los, Helsecke, halt keine Leichenreden«, ermuntert der Steifnackige den dritten.
Helsecke aber besinnt sich noch, murmelt unverständliche Worte und berührt abwechselnd zwei Karten. Er ist ein kleiner dürrer Mann, bartlos, mit einem Dutzendgesicht. Endlich entschließt er sich, wählt das Mittel und

wirft eine Dame aus. Der Dekorierte legt eine Neun bei, der mit dem Furunkel haut einen König drauf und schreit:
»So spielt man zu Kana!«
Alle Stiche streicht er ein, und jeden schmückt er mit einem Ausruf.
»Auf der Hochzeit ein Pärchen! – Da ging es hoch her! – Und nochmal hoch her! – Und nochmal hoch her! – 72, danke, du gibst.«
Der Dekorierte schiebt 8 Pfennige hin und gibt. Helsecke murmelt: »Wenn ich gewußt hätte, daß die Zehn noch saß!« und lächelt den Steifnackigen an. Dieser dreht den ganzen Oberkörper zu mir her und blinzelt verschmitzt, als ob er mir sagen wolle: Ich grinse die Gegend an ...
Worauf ich denke: Wo ist bloß dein Kinn, mein Lieber! – und er die neuen Karten ergreift.
Ein anderes Spiel beginnt. Der Steifnackige scheint einen Hauptschlag vorzubereiten, denn er schnippt mit den Fingern und redet drohend seine Karten an:
»Was tut da ein schneidiger MG-Schütze? Was tut da der Richtschütze vom 1. Gewehr?«
Ich denke mir: er wird es wagen – aber nein, er paßt. Der Dekorierte bekommt das Spiel und beginnt es sachlich und ohne Überhebung, wobei er den Zigarrenstummel zwischen seinen gespitzen Lippen emporrichtet. Helsecke bringt ein Sprüchlein bei und flüstert:
»Nur ein Scherflein der Witwe!« Er legt Pique-Dame hin.
»Nur ein Scherflein der Witwe!« und er legt Pique-König hin. Die Witwe ist nicht so ohne, aber sie wird ausgeplündert bis aufs Korsett. Der Steifnackige rafft ein paar saftige Stiche beiseite und entscheidet:

Einige unserer Autoren:

Rudolf Braunburg
Gwen Bristow
Ellen Bromfield-Geld
Michael Burk
Taylor Caldwell
Catherine Cookson
Alexandra Cordes
Utta Danella
Dorothy Eden
Victoria Holt
Michael Horbach
Arthur-Heinz Lehmann
Felix Lützkendorf
Hinrich Matthiesen
Joy Packer
Evelyn Peters
Heinz Piontek
Hermann Schreiber

Schneekluth

Bitte frankieren

Franz Schneekluth Verlag
Widenmayerstraße 34

8000 MÜNCHEN 22

Sehr verehrter Leser

Bei Einsendung
dieser Karte erhalten Sie
laufend unser
Gesamtverzeichnis
und auf Wunsch
Sonderprospekte.
Wir sind Ihnen
auch für Anregung
oder Kritik dankbar
und bitten um Adressen
von Bücherfreunden.
Vielen Dank!

Schneekluth

Name

Straße

Postleitzahl/Wohnort

Weitere Adressen:

Diese Karte entnahm ich dem Buch:

»Ist es nicht dieser – ist es doch jener!«
Das Spiel ist aus, es wird gezählt, der Dekorierte hat nur 59 Augen. Helsecke reibt sich die Hände wie ein Glückssohn und mischt begeistert. Er schäkert:
»Wenn ich gewußt hätte, daß –«
Der Dekorierte stiert unbeteiligt durchs Fenster, die Zigarre erdwärts gedreht. Aber der Steifnackige meint:
»Da soll sich mal einer totgemischt haben!«
Helsecke strahlt wie ein Schützenkönig, gibt die Karten und flüstert erregt:
»– gewußt hätte, daß er es nicht wußte, daß –«
In diesem Augenblick wird er abgerufen. Jemand ist in der Tür erschienen und schreit:
»3. Kompanie!«, worauf Helsecke seine Karten mit dem Gesicht auf den Boden legt, die Mütze gerade rückt und hinausläuft. Der mit dem Furunkel fordert mich auf, einzuspringen. Ich sage ihm, daß ich nicht spielen kann, worauf er schmerzvoll aufstöhnt und beide schweigen.
Es wird mir ungemütlich, denn ich fühle, wie es ihnen in den Fingern zuckt. Jetzt aber betritt ein langer Offizier die Schulstube, es ist der Prinz, wiederum mit der Hornbrille. Wir stehen auf. Er aber sagt:
»Lassen Sie sich nicht stören«, und mustert das Zimmer. Langsam nähert er sich der Hinterwand, an der eine schwarze Tafel hängt, und löst ein schwarzes Brettchen heraus, auf dem die weiße Zahl 19 steht. Nummer 19 war wohl das letzte Lied, das die Kinder sangen, bevor sie fliehen mußten. Der Prinz beschaut das Brettchen eine Weile von allen Seiten, beklopft es, schüttelt es. Da er bemerkt, daß er uns aufgescheucht hat, schiebt er es zurück in die schwarze Tafel und geht aus der Tür.
»Das war ein Prinz«, sagt der Dekorierte, der seinen Zi-

garrenrest anderswo untergebracht hat, mit einer erstaunlich schönen, klangvollen Stimme, und wir setzen uns wieder.

»Kenne ihn«, nickt der Kinnlose und gähnt zum Fenster hinaus, »ist mein Landsmann.«

Der Dekorierte teilt mit:

»Manchmal ist er bei uns im Graben und kommt auch immer mit auf die Feldwache. So jung er ist – Angst hat er nicht. Manche Nacht ist er zwei- bis dreimal da, denn er rennt gern herum. Dann holen sie ihn zurück, und er rennt wieder heim. Immer sieht man ihn rennen. – Gestern abend wollte er eben mit uns ausziehen, da kommt ein Adjutant und meldet: Hoheit werden von Exzellenz zum Rehrücken gebeten.«

»Ging mein Landsmann denn mit?« erkundigt sich der andre.

»Einmal«, fährt der Dekorierte fort, »fand er eine seltene Blume im Drahtverhau – es wurde gerade hell – eine blaue Glockenblume. Da war er ganz weg, stand und sah hin, bis die Russen ihn fortscheuchten. Eigentlich waren es wir, die ihn zurückriefen, denn es hätte ihm leicht etwas passieren können. Nein – er ist nicht bange.«

Nach einer Weile fragt der Steifnackige:

»Ging er denn hin? Ging er denn hin zum General?«

»Gewiß – weshalb?«

»Sieh an, jetzt rennt er da draußen.«

In der Tat sehen wir den Prinzen drüben den Acker überqueren, der mit Schalotten bepflanzt ist. Die rötlichen Fruchtköpfe schwanken um ihn im Wind, er trägt einen Spaten, und seine Seidenmütze flattert. Der Steifnackige behauptet:

»Sieh an! Er untersucht den Boden, eben hält er einen Spaten voll unter seine vier Augen. Er schaut sich um,

ob das Land hier gut ist, damit er sich frühzeitig darum bekümmern kann, wenn es verteilt wird.«
Es gibt Leute, die können das Gras wachsen hören!
»Du redest Blech«, sage ich, »offenbar tut er doch nichts als botanisieren!«
»Und wenn du sagst«, fährt der andre fort, zum Dekorierten gewandt, »daß er lieber herumrennt, als dem General seinem Rehrücken zuspricht, so heißt es soviel, daß er weiß, warum. Er sucht sich einfach Land. Denn – ich frage dich – was soll er machen, wenn sie ihm nach dem Kriege seine Güter abnehmen? – Soll er vielleicht nach Mazedonien auswandern und eine Schenke aufmachen mit neun Betten? – Ich frage dich! Denn er ist genau so gut wie du und ich.«
Der Dekorierte lächelt:
»Wer will ihm denn seine Güter abnehmen? Das wird er sich schön verbitten.«
»Da ist nichts zu verbitten, das wird ganz einfach gemacht! Perlicka-Perlacka!«
»Wer macht denn das?«
»Wer das macht? Perlicka-Perlacka? – Das macht unser Kaiser, genannt S.M., dieweil er in der Winterschlacht selber gesagt hat, daß jeder Soldat nach dem Kriege sein eigenes Land haben soll als Belohnung.«
»Seinen Pour le mérite, meinst du«, lächelt der Dekorierte.
»Danach mag dein Sinn stehen, meiner nicht«, versetzt der Steifnackige kühl, »ich halte mich lieber an Grund und Boden. Bin nämlich selber vor dem Auto gestanden, als S.M. es allen versprach. Es hielt am Rathaus in Lyck, als wir durchzogen. Gerade stürzte der Kasten zusammen, er brannte nämlich, und in diesem Augenblick sagte er es.«
»Wer von euch beiden hat denn Land? Ich frage euch. –

Sieh an, keiner! Alle Soldaten, die keinen Fetzen deutschen Boden haben – und das sind neunzig Prozent – sollen Land bekommen. Macht euch das klar!«
Ich denke: Stimmt das, was der sagt? Und wenn ja – ist es gut für mich? – Aber ich habe keinen Boden besessen und kann mir nicht vorstellen, was für ein Gefühl es sein mag, wenn man ihn besitzt. Immerhin möchte ich wohl einen Garten haben.
»Dafür kämpfe ich nicht«, sagt der Dekorierte, »sondern dafür, daß die Schweine nicht in unser Land kommen.«
Grimm funkelt in seinen ehrlichen Augen. Doch der andere fragt voll Spott:
»Und mit dem Ding im Knopfloch bist du zufrieden? – Perlicka-Perlacka? – Brav aber Schaf?«
»Ganz zufrieden«, versetzt der Dekorierte stolz und erregt. »Belohnen kann mich niemand dafür, wenn ich meine Knochen hingebe, denn das Vaterland verteidigt man umsonst.«
»Denn es ist eine Ehre, ohne Frage«, lenkt der andere ein.
»Dennoch ist es ein Kaiserwort, und ein Kaiserwort gilt. Wir müssen es schon nehmen, das Land. Es steht uns nun einmal zu.«
»Ich will nichts geschenkt!« widersteht der Dekorierte hartnäckig. »Du sagst Ehre, aber du verstehst nicht, was es ist.«
So streiten sie weiter über die Ehre, und der Prinz drüben hebt immer noch Erde aus. Dann kommt Eisenbolz, der aber kein Essen bringt, sondern mich ablösen soll. Er interessiert sich nicht für die Ehre, hockt sich im Nu zu den zweien, und der Skat beginnt wieder.

Jetzt mache ich mich auf den Weg ins Quartier. Weil ich Hunger spüre, wähle ich einen Richtweg, renne an einer Mühle vorbei und sodann quer durch Obstgärten. Hier ist der freie Wind, der in den Zweigen rauscht. Hier hängt noch ein Apfel, nur einer im ganzen Garten, und die Blätter umstrudeln ihn, und der Zweig schwankt. Im Trabe reiße ich ihn herunter, laufe und beiße hinein. Er ist sauer. All die anderen sauren Äpfel haben schon die Soldaten gegessen.
Und im Laufen überfällt mich der Gedanke, daß der Bauer, dem diese Apfelbäume gehören, fort ist – und der Gedanke tut mir so weh, daß ich am Zaun stehenbleibe und den grünen Apfel ins Gras werfe. Wohl – ich weiß, daß ich ganz unschuldig daran bin, daß dieser Bauer fort ist, und daß ich diesen letzten sauren Apfel vom Zweig riß – vielleicht der Unschuldigste von allen.
Nie will ich mich vermessen, Gott, Boden zu besitzen, denn er gehört nicht den Menschen, die wie Äpfel aus Blüten wachsen und sodann ins Gras geschüttelt werden nach kurzer Zeit. Doch wird es mir der Bauer nicht mißgönnen, daß ich an seinen Zaun mich lehne, mein graues Zeug ein wenig grün färbe, mich gar hinaufschwinge und verweile. Mir ist, als säße ich am Rande der Welt, von Brausen umhüllt. Ich kann nicht leicht scheiden vom Obstgarten.
Draußen aber, auf dem Wege, sehe ich den Soldaten Albering herankommen. Er hat die Hände auf dem Rükken, geht geneigt und beobachtet den sandigen Weg, auf dem die Baumschatten tanzen. Erst als er dicht unter mir ist, rufe ich ihn an.
In demselben Augenblick bereue ich es schon, denn man sieht doch an seinem zerfurchten Gesicht, daß er allein sein will. Er blickt mich an, als kenne er mich

nicht, bleibt aber stehen. Da fasse ich mir einen festen Mut und frage:

»Wofür kämpfen wir, Albering? Sage es um Gottes willen!«

Und nun erkennt mich der Kamerad, lächelt zu mir herauf, schüttelt seinen Strohkopf und sagt:

»Bist du es, Suhren? Springe herunter – aber zertritt nicht den Käfer da!«

Die Stangenträger

Man erblickt den undeutlichen Umriß eines Hauses, darüber den Brunnenarm, der schräg in eine lila Abendwolke zielt. Da ist sie, ein buntes Gespinst, schwebt hin in die Nachtbreiten und zerschmilzt langsam in Grau.
Die Leute kommen schon zurück. Es ist der erste Zug, Mann hinter Mann, sie streifen dicht an uns vorbei, und jeder von ihnen trägt einen Balken auf der Schulter. Das sind Balken fürs Drahtverhau, die wir mitnehmen sollen in die vorderste Linie. Diese Nacht wird dort geschanzt.
Der 3. Zug wartet noch, die Wolke zieht sich weit auseinander wie Rauch und zergeht alsbald. Dann höre ich jemand flüstern:
»Für den dritten Zug lassen sie die schwersten liegen – wenn wir doch einmal zuerst drankämen!«
»Das nächste Mal bestimmt«, neckt ein anderer.
Wir schreiten vor. Nun ziehe ich nach schneller Wahl einen Balken aus dem Stapel, hebe ihn auf die Schulter und renne dem Vordermann nach. Der aber ist schon in

der Dunkelheit verschwunden. Hinter mir flucht jemand. So ist es immer: wenn einer den Unfug macht, zu laufen, müssen alle es tun.
Frontwärts geht der Marsch. Vor uns im Norden lagert noch eine letzte Helligkeit und grenzt den Horizont scharf ab. Man sieht in der Ferne etwas wie Büsche, die beim Näherkommen sich auf Stämmen erheben und zu Bäumen werden. Hinter ihnen dehnt sich wieder die rätselvolle schwarze Ebene, über der jetzt ein Stern wie eine Krone funkelt.
Wir aber sind eine Schlange – unser Schlangenhaupt ein Feldwebelleutnant, dem wir lautlos und schattenlos, von der Erde angesogen, eilig folgen über die unbekannte Ebene. War das ein Laut von uns, Kamerad? – Ein Kornfeld war's, das ein Wind anblies.
Ich blicke auf und sehe nun die Spitze der Schlange nach rechts abbiegen. Klar heben sich die Soldaten vom matten Himmel ab, und ihre Balken bilden eine Kette von Strichen. Doch sieh, dort ist eine Unterbrechung in der Kette – zwei Soldaten, nicht weit vor mir, die eben den anderen nach rechts folgen, tragen keine Balken. Vielleicht haben sie ihre Last fortgeworfen. Sie marschieren weiter eine Anhöhe hinauf und nähern sich rasch dem Kern der Helligkeit. Es sind Lurtjebam und Pfeiffer, die zwei. Doch nun sehe ich deutlich, daß sie doch etwas tragen, nicht Balken fürs Drahtverhau, sondern dünne Stangen, vielleicht Bohnenstangen und sehr lang. Sie schreiten hin, tragen die Stangen sehr steil an ihren Schultern und reichen mit ihnen bis an den großen Stern.
Sie haben es sich ein wenig leichter gemacht, haben den Feldwebelleutnant getäuscht. Freude erfüllt sie darob, und es ist, als ob sie ihr Herz leuchten ließen, feierlich unter den langen Stangen, die sie wie irrende Ritter tra-

gen, damit eine funkelnde Narrenkrone vom Himmel zu stechen. So ziehen sie hin, die Knie gehoben. Die Schlange windet sich, und die Dunkelheit verschluckt sie.

Der Abendstern ist gesunken. Unter den langgestreckten Nachtwolken raufen wir die zähen Getreidehalme, um eine Gasse für den Laufgraben festzulegen. Der Schützengraben mag ganz in der Nähe sein. Schüsse knallen her, und wir liegen eine Weile im Kornfeld, Ähren zwischen den Zähnen. Einer wird vorbeigeführt. Wir blicken auf und flüstern erschrocken.

»Alles ist naß«, lacht einer der Vorübergehenden, »es läuft mir schon den Rücken entlang. Mir ist ganz schwindlig. Aber dran sitzt es noch.«

»Was du denkst!« brummt der Begleiter. »Ein Ohr blutet schon leicht. Du sollst mich einhaken.«

Sie sind vorbei. Wir erheben uns, greifen wieder zu den Spaten, und einer sagt:

»Der hat Dusel.«

Dann wird etwa zwei Stunden lang fast ohne Unterbrechung gegraben. Wir sind in gleichen Abständen aufgestellt, jeder hat seinen Abschnitt, und auch die Grabenbreite ist vorgeschrieben, nämlich: Spatengriff bis Spatenschneide. Da man mit seinem Nachbarn Schritt halten möchte, arbeitet man, ohne aufzusehen und gerät stark in Schweiß. Es geht wie beim Rennen: einer gräbt wie wild (vielleicht ist er ein gelernter Erdarbeiter), und die Nebenleute müssen folgen, um keinen Anschnauzer zu beziehen.

Gegen 2 Uhr, als die Nacht zu Ende geht, kontrolliert der Feldwebelleutnant die geleistete Arbeit und nähert sich in dem durchweg einen Meter tiefen Laufgraben. Lurtjebam und Pfeiffer haben nur einen halben Meter Tiefe erreicht.

Der Feldwebelleutnant schilt:
»Verdammt wenig! Das ist doch kein Meter, Kerls!«
Seine Zigarette glimmt näher auf, wieder schimpft er. Gleich neben Pfeiffer aber hat ein tüchtiger Erdarbeiter gegraben, nämlich Pabst. Der Feldwebelleutnant vergißt seine Taschenlaterne spielen zu lassen, stolpert in ein sauber abgestochenes vierkantiges Loch und schlägt sich die Zigarette aus dem Munde. Er sucht sie wieder und schnauzt Pabst an:
»Ihr sollt doch keine Löcher machen – haben Sie mich nicht verstanden?! – Man fällt sich tot!«
Ein Anschnauzer in der vordersten Linie ist nicht weiter schlimm, denn der Russe schießt Salven, und der Feldwebelleutnant betet die Erde an. Lurtjebam und Pfeiffer ducken sich hastig in ihr schönes flaches Grabenstück und stoßen dabei mit den Köpfen zusammen. Alle hokken wortlos in der dunklen Erdrinne und erwarten das Ende des Schießens.
Dann ist der Feldwebelleutnant fort, und wir kriechen wieder heraus. Pabst ist voll Wut und nennt seine beiden Nachbarn »Faultiere«. Lurtjebam sucht seine Bohnenstange, drückt sie neben seinem Abschnitt in den Ackerboden und flüstert:
»Hier arbeitete vorbildlich der Musketier Julius Lurtjebam –.«
Pfeiffer ergreift die seine, pflanzt sie daneben und ruft laut:
»He, Pabst, gib 'ne Zigarett, denn du hast ihn umgelegt!«
Pabst gibt keine Zigarette, sondern einen Stoß mit dem Spaten.
»Da«, grollt er, »für Bohnenstangen und für saumäßiges Arbeiten!«
Es folgt ein regelrechtes Handgemenge, halb im Spaß.

Ich bin so müde, daß mich diese Rauferei aufregt. Andere befehlen:
»Maul halten!«
Lurtjebam gähnt:
»Wer andern eine Grube gräbt, fällt Feldwebelleutnant selbst hinein.«
Dann heißt es: Rückmarsch und eilig! Der Tag graut.

Kurz nach 5 Uhr sind wir zurück in Apollonia, kriechen in die Zelte und schlafen. Um 7 Uhr erfolgt allgemeines Wecken, das ist hart. Wir sind auf 8 Uhr zum Gottesdienst befohlen, denn heute ist Sonntag. Der Teufel ist bestimmt anwesend, er hat den Einfall, uns zum Gottensdienst zu hetzen. Der Anzug ist nach Möglichkeit zu säubern. Es riecht nach Pech und Schwefel. Meine Stiefel sind vorn mit Segelband genäht und nehmen sich wie hölzerne Segelschiffe aus. Es gibt aber Kameraden, die Schuhcreme besitzen und sich zum Gottesdienst fein machen, so Pabst. Auch hat er ein Stück Spiegelglas auf einen Zaun gesteckt und kämmt seine hübschen braunen Ringellocken zurück – mit wenig Erfolg, denn sie bleiben, wo sie waren, aber sie liegen dort so, daß man gern hinsieht. Auch auf dem Wirbel stellt sich eine widerspenstige Strähne anders wie erwünscht. Es ist lächerlich, diese Bemühungen des Soldaten zu beobachten – man gähnt und beschließt, »wie man ist« vor seinen Gott zu treten, allerdings in aller Eile gewaschen. Um 8 Uhr führt uns der Unteroffizier vom Dienst zur Mühle. Es kommen noch mehrere Kompanien an, und ein Viereck wird gebildet. Auf all das gießt die Sonne Teufelswasser, nämlich Hitze, trotz der frühen Stunde. Oben auf dem Rundgang der Mühle öffnet sich eine Tür, alle Helme machen einen Ruck nach hinten und man erblickt den Pfarrer. Es ist ein großer Herr mit einem schwarzen Backenbart, dem die schmucke Predigeruniform nicht übel steht. Er tritt an die Brustung, stützt seine Arme auf und öffnet den Mund, so daß ein weißer Fleck von Zähnen sichtbar wird. Das blanke Kreuz liegt ruhig vor seiner Brust. Man denkt: Gut, daß wir die Sonne im Rücken haben, die Kerle von jener Kompanie sehen bestimmt nichts.

Horch! er spricht. Fortwährend vergrößert und verkleinert sich, verschwindet und erscheint der unterhaltsame Fleck seiner Zähne. Seine Stimme aber klingt spröde und splittert wie ein Bambusrohr auseinander. Man ist auch müde.

Ich vernehme ein paar Satzteile aus dem Text: »Jesus aber sprach: Ich bin alle Zeit unter euch gewesen ... ihr kommt zu mir mit Schwertern und Stangen ...« und denke einen Augenblick, daß diese Schwert- und Stangenträger die Entente ist, doch das ist ein Gedanke aus »dem Hausgebrauch des Christentums«. Nein, ich sehe vielmehr deutlich zwei jener Stangenträger zur nächtlichen Anhöhe von Gethsemane hinaufsteigen, sehe sie die Beine heben, Lurtjebam der eine, Pfeiffer der andere, sehe sie schreiten mit senkrecht gestellten dünnen Stangen, einen Stern zu stechen und einen Gott zu verraten.

Das Ohr wurde dem einen abgeschlagen, denke ich. Aber es sitzt doch noch dran?... Und Jesus heilte es. Ein Ohr blutet schon leicht. Mir ist schon ganz naß im Nacken, sagte der Verwundete, und der andere befahl ihm: Stecke dein Schwert in die Scheide und hake mich ein ...

So irrlichtern meine letzen Gedanken nicht übel – unangenehm ist nur, daß mir die Knie zittern. Gegen Ende der Predigt kippen ein paar Leute der Kompanie um, es gibt sodann Unterbrechungen und immer wacht man

auf – der Pfarrer läßt gerade den weißen Zahnfleck verschwinden.
Nach der Predigt tritt er zum Unteroffizier vom Dienst, nun plötzlich ein kleiner Mann mit blauer Offiziersmütze, und fragt, weshalb die Leute umgefallen sind. Jene haben sich inzwischen erholt und sagen ihm, daß wir diese Nacht vorn waren. Da runzelt er die Stirn und entläßt uns. Bald nach 9 Uhr beginnt endgültig der Schlaf. Einer von denen, die umgefallen sind, sitzt noch mit bleichem Gesicht und blöden Augen am Zaun. Brennesseln waren an seiner Backe, denke ich, und falle in Schlaf.
Weiß der Teufel! Um 10 Uhr erfolgt abermals allgemeines Wecken. Dazu rufen die Korporalschaftsführer den Befehl aus, daß mit vollem Gepäck und im Ordonnanzanzuge angetreten werden soll. Man weiß nicht, was es bedeutet. Ob der Russe angreift? – Nein, vorn ist alles still. Man macht sich eilig fertig, zieht Eisen zu Rate und findet selbst die Hyäne bestürzt. Sie kraust die Stirn, errötet vor Neugier, schleudert das Gepäck auf den Rükken und rennt zur Schreibstube.
»Bleib hier!« schreit der Gefreite Hoyer, »es ist Antreten befohlen. Die Kompanie wird sogleich eine Stunde strafexerzieren.«
»Weshalb?« glotzt Eisen.
»Lurtjebam und Pfeiffer fehlen«, sagt Pabst und sucht in der Runde.
»Wegen der Schweine«, nickt der Gefreite voll Wut.
»Wo sind sie? Daß wir sie verprügeln!«
»Vom Gottesdienst gedrückt – man hat sie im Kornfeld erwischt, unbesehen haben sie 3 Tage Mittelarrest – bloß euch nützt es nichts.«
»Verflucht!«
Wirklich sehen wir den diensttuenden Unteroffizier

Tielbürger soeben mit ihnen fortgehen. Lurtjebam putzt nachdenklich seine Brille, er stolpert und setzt sie auf; der Pfeiffer schlendert so krumm dahin, als weine er ein bißchen. Sie tragen keine Waffen. Mehrere Steinwürfe vom Dorf steht mitten in den Wiesen ein Birkenpaar, dorthin steuern sie.

Indessen heißt es: Antreten!

Der Jurist, Leutnant und Zugführer, gutmütig und fett, leitet das Exerzieren. Die Sonnenglut könnte einer Bratwurst gefallen. Brause hat sich drüben vor seiner Tür im Schatten niedergelassen und hält sich eine Zeitung vors Gesicht. Der dicke Jurist kocht vor Wut, obwohl er bei jedem Kommando übers ganze Gesicht lächelt. Er läßt uns in Schwarmlinien ein Kornfeld durchstreifen und befiehlt: Hinlegen! Ausgiebig läßt er uns dort liegen, denn er hat ein goldenes Herz. Einige schlafen mit der Nase am Gewehrkolben, der hitzige Sonne ausstrahlt. Andere machen tatsächlich die befohlene Anschlagübung, ihr Ziel ist die viereckige Zeitung von Brause, die er manchmal ein wenig senkt, um uns zu beobachten. Wieder folgen Schwarmübungen, wieder Zielen im Kornfeld.

Gegen Ende der Stunde erhebt sich Staub auf der Straße vor Apollonia, wo sie den Wald verläßt, und ein Reiter nähert sich. Im langsamen Trabe erreicht das kleine schwarze Pferd den Ziehbrunnen und das erste Haus, hinter dem es verschwindet. Der Reiter war ein Offizier.

Wir zielen weiter. Doch jetzt wird neben der Schreibstube derselbe Reiter sichtbar, er hält an, steigt vom Pferde und übergibt es dem Schreiber Philipp, der eben noch mit seinen langen Armen eine rote Matratze ausklopfte. Darauf kommt er vors Haus, und es ist der Pfarrer. Der Leutnant faltet die Zeitung zusammen,

steht eilig auf, und sie geben sich die Hand, der Leutnant mit einer tadellosen Verbeugung.
Unser Zugführer befiehlt wie von ungefähr:
»Auf!« und »Kehrt marsch!« und »Marschmarsch!«
Wir springen wie gebissen, gestochen von dem Verlangen, daß der Pfarrer hersehen soll. Der dicke Jurist ist ein Engel – prompt sieht der Pfarrer her und stutzt.
Wir schwärmen im Kornfeld hin und her, der Russe setzt zum Sonntagsvergnügen Schrapnells auf den Wald, der in endloser Breite daliegt und flimmert. Dann kommt der Philipp gelaufen, und wir rücken ein.
Man macht sich zum Essen fertig, sitzt im Grase und spielt mit dem Geschirr und der Löffelgabel. Drüben überquert der Pfarrer den Platz. Er ist allein, will vielleicht das Essen probieren – doch nein, jetzt eilt er mit kurzen entschlossenen Schritten der Wiese zu und nähert sich den beiden Birken. Zwei Soldaten neben mir sehen ihm nach, der eine sagt:
»Jetzt bekommen sie doch noch ihren Spruch nachgeliefert.«
Und der andere, der mit dem Taschenmesser Speisereste von seinem Löffel kratzt, nickt:
»Strafe muß sein, sage ich immer.«

Lurtjebam und Pfeiffer stehen seit einer Stunde an ihren Birken. Der Unteroffizier Tielbürger im Helm neben ihnen.
Drei Tage Mittelarrest ist soviel wie drei Stunden am Baum. Sie sind keineswegs festgebunden, geschweige denn gefesselt – nein, Tielbürger hat nach der Instruktion jedem ein Seil vor die Füße gelegt, dieses, ohne damit die Stiefel zu berühren, um den ganzen Baum geleitet und hinten zugebunden. Das soll soviel heißen: Du bist gefesselt. Sie stehen da, Tielbürger mit

dienstlicher Miene neben ihnen. Er darf ebenfalls nicht sitzen, hat sogar nicht einmal einen Baum, sich daranzulehnen.
Die Zeit wird lang. Zuerst haben die beiden symbolisch Gefesselten den Versuch gemacht, ein wenig zu plaudern, der Unteroffizier jedoch verbot es ihnen. So blikken sie still geradeaus über die Graswiesen, die abgeblüht haben und stellenweise verbrannt aussehen.
Pfeiffer schüttelt sich beim Gähnen und versucht im Stehen zu schlafen, was nicht verboten ist. Es gelingt ihm wirklich, einen zwar nicht tiefen, aber ihn sanft schaukelnden Schlaf zu finden. Speichel fließt über die ersten vier Kronenknöpfe seiner Uniform.
Lurtjebam ergeht es ähnlich wie Pfeiffer. Der unrechtmäßig angeeignete Schlaf im Kornfeld war kurz, die Müdigkeit macht ihm den Nacken schlaff, so daß von Zeit zu Zeit sein Adamsapfel in der Halsbinde verschwindet. Ihm, Lurtjebam, aber ist es nicht gegeben, stehend zu schlafen. Er ermahnt sich und beobachtet eine Weile drüben im dünnen Grase sechs oder sieben Rebhühner, die sich ducken, langsam weiterrücken und dann und wann Umschau halten, wobei sie wie kleine Likörflaschen ausehen. Sodann aber richtet er seine Gedanken nach innen und durchlebt die Vision: Das nackte Weib. In allen Stellungen erscheint ihm das Phantom, sogar mit den Beinen an den Schultern und den Armen an den Hüften, am Ende mit dem Kopf auf dem Nabel und dem Busen auf dem Gesäß. Der Mund Lurtjebams öffnet sich manchmal zu einem unhörbar gehauchten Lachen, und zwischen den wenigen Barthaaren seiner Oberlippe glänzen kleine Schweißtropfen wie Diamanten. Bei besonders gelungenen Bildern aber wackeln die großen Ohrmuscheln des Soldaten, und die kleine Birke bebt.

So trifft sie der Pfarrer.
Tielbürger hat ihn zuerst erblickt, er geht ihm ein paar Schritte entgegen und macht seine Meldung. Der Pfarrer nickt flüchtig und tritt zu den Soldaten. Seine schmalen Backen sind über dem schwarzen Bart gerötet, und er sagt rasch:
»Guten Tag, Kameraden! Ich bin gekommen, ein wenig nach Ihnen zu sehen.«
Die beiden erwachen fast zugleich, erblicken einen Offizier mit einem silbernen Kreuz vor der Brust und reißen die Augen auf. Das ist der Pfarrer, denkt Lurtjebam, und eine Weile darauf denkt es auch Pfeiffer.
Sie nehmen die Hacken zusammen. Der Pfarrer beeilt sich zu sagen:
»Stehen Sie doch bequem, bitte –«
Er reibt sich die Hände, um herauszubekommen, was er sagen soll. Er will in dieser Lage leidenschaftlich nur eins: trösten! Das Strafexerzieren nach der Predigt hat ihn empört, und er hat dem Leutnant gegenüber mit seiner Meinung nicht hinterm Berge gehalten. Mit diesen zweien allerdings ist die Sache eine andere, denn sie haben sich im Dienste vergangen. Wohl, er weiß, sie haben geschanzt die ganze Nacht, haben Balken geschleppt, unglaublich schwere Balken, wie man sie in den Dörfern an der Straße liegen sieht, und stundenweit. Er weiß das alles, weiß, daß sie müde waren und nur aus Müdigkeit den Gottesdienst versäumt haben. Oder aus anderen Gründen? – Er reibt die Hände, die so spiegelblank sind, mehr und mehr, unterläßt plötzlich das Reiben und fragt:
»Ist einer von Ihnen nicht Protestant? Vielleicht katholisch? Jude?«
»Nein, Herr Pastor«, entgegnet Lurtjebam, »wir sind Christen.«

»Um so besser«, lächelt der Geistliche. »Sie waren also beide recht müde vom Balkentragen und Schanzen?«
Bei dem Wort »Balkentragen« glänzt Lurtjebams Gesicht in unbezähmbarer Heiterkeit auf, und er schaut Pfeiffer an. Dieser lächelt zurück, erst etwas beschämt wie ein Ertappter, dann, als er Lurtjebams Unbefangenheit sieht, hemmungslos und mit nassen Augen, selig in der Erinnerung an den Stangenbetrug. Lurtjebam aber, welcher bemerkt, daß der Pfarrer ihn befremdet betrachtet, beeilt sich, seinem Gesicht einen tiefen Ernst zu verleihen, und antwortet sachlich:
»Das eben nicht, Herr Pastor. Wir hatten ziemlich leichte Balken.«
»Hatten Stangen«, nickt Pfeiffer eifrig, immer noch mit strahlendem Gesicht. »Bohnenstangen, von den dünnen.«
»Aha«, macht der Pfarrer, »da hatten Sie ja ein wenig Glück diese Nacht. Immerhin haben Sie am Laufgraben gebaut, wie ich höre.«
»Einen Meter tief«, nickt Lurtjebam, als ob er sich selber bemitleide.
»Aber mehr als einen halben Meter haben wir nicht gemacht«, berichtigt Max mit Bedauern. »Kaum einen halben Meter.«
Lurtjebam bestätigt es erschüttert und klagt:
»Fast weniger als nichts haben wir gemacht – es wurde nämlich viel geschossen.«
Wieder nickt der Pfarrer.
»Ja, ja«, sagt er, »ein harter Gegner.«
»Und einer hat ein Ohr abgeschossen bekommen!« erzählt Max. »Und es war kaum noch dran!« Er ist redselig geworden, findet das Gespräch unterhaltsam und kramt aus.

Der Pfarrer folgt seiner Erzählung mit großer Aufmerksamkeit und sagt dann:
»Das Ohr wird wieder anheilen, und Sie werden Ihren Kameraden wiederhaben. Der Krieg braucht jeden.« Er sieht nach der Uhr und teilt beiden mit: »Ich werde versuchen, Ihren Herrn Kompanieführer zu überzeugen, daß es besser ist, Sie jetzt loszulassen.«
Max, der eben eine aus seinem Nacken auslaufende Laus zerdrückt hat, meint bescheiden:
»Wenn er uns bloß sitzen ließe, so wäre das schon viel wert.«
Und er macht eine Bewegung, als ob er sich kurzerhand hinsetzen wird.
Tielbürger schreitet ein und meldet:
»Das Niedersetzen sowie Niederlegen ist verboten, Herr Pastor!«
»Schon gut«, antwortet der Pfarrer unwillig. Als er aber Pfeiffers Augenzwinkern bemerkt, das auf das sachliche Holzgesicht des Unteroffiziers hinspielt, fühlt er jäh, daß er hier nicht am Platze ist. Er verabschiedet sich kurz und entfernt sich ebenso schnell, wie er gekommen ist. Man sieht, wie der Philipp ihm das kleine schwarze Pferd bringt, wie er hinaufsteigt, sich zurechtsetzt und das Dorf verläßt. Hinterm Ziehbrunnen reitet er Galopp.

Eifersucht

Ich reinige mein Gewehr und denke an meine Briefe. Eine ganze Woche lang war die Post ausgeblieben, und ich hatte schon angefangen, ungeduldig zu werden. Der heutige Tag aber hat mir vier Briefe beschert, drei von Lisa, einen von der Mutter.

Lisas Briefe sind alle in derselben Woche geschrieben, der erste noch in Berlin, die beiden anderen in meiner Heimatstadt, und zwar in dem großen weißen Hause mit den Zinnen am Giebel. Dies ist das Haus, wo meine Mutter wohnt, und wo ich ein Kind gewesen bin. Hinterm Hause steht der Birnbaum mit seinen blanken Blättern, der einzige, den wir haben, alt, doch jedes Jahr noch voll von Früchten. Hinterm Hofplatz liegt die Werkstatt, über und über mit Efeu bedeckt, welcher das Dach zerstört, indem seine Ranken nach innen durchwachsen. Und hinter der Werkstatt erhebt sich schon die rote Backsteinkirche mit dem weißen Zifferblatt.

Dort ist Lisa jetzt; die Frau Oberst hat ihr die Erlaubnis gegeben, hinzureisen. Ich kann mir keinen lieberen Ge-

danken denken, als daß Lisa bei meiner Mutter ist. Bei ihr ist sie sozusagen im Hafen.
Ich sehe sie in unserem Sofa sitzen, eine Tasse mit Kriegskaffee vor sich. Sie trägt vielleicht ihr schwarzes Kleid mit den schwarzen Kugelknöpfen, die vom Hals hinunterlaufen bis auf den Gürtel. Wie ein Reitkleid sieht es aus.
Nun ich aber an ihre beiden Augen denke – mögen sie blau oder grau sein? – mit den schwarzen Wimpern und den schwarzen Brauen – an die Nase, von der ich nicht mehr weiß, wie sie aussieht – an den Mund, der so schön sagen kann: – indem ich mir dies alles vorstelle – und die kleinen Hände mit ihren Hexenkünsten –, wird mir weh. Ich lehne mich gegen die lehmbeworfene Wand des Pferdestalles, vergesse mein Gewehr und betrachte den goldbraunen Düngerhaufen zu meinen Füßen.
Dahinter erheben sich die Gesichter anderer Soldaten; sie reinigen, erzählen und lachen, und einer legt seinen Daumen an die Schneide des Seitengewehres, welches aufblitzt. Rund um den ganzen Misthaufen hat sich die Kompanie gelagert, und die meisten sind ausgelassen wegen der vielen langersehnten Briefe.
Rechts von mir, gleichfalls mit dem Rücken an der Wand des Stalles, sitzt Albering. Er gehört zu den wenigen, die heute keine Post bekommen haben, aber er blickt gleichmütig seinen Schlagbolzen an, sowie die langgedrehte Feder. Sein Vater schreibt ihm nie, das ist abgemacht zwischen ihnen. Und Talette? – Auch sie schreibt nicht, soviel ich weiß.
Ich kann es nicht lassen und frage nach ihr. Mein Kamerad entgegnet leise, ohne seinen gespannten Blick vom Schloßteil zu erheben:
»Ich habe nichts mit ihr, Suhren. Das ist alles.«
»Nichts?«

»So gut wie nichts.« Und nach einer Weile fügt er hinzu:
»Es ist nichts gesprochen und nichts gesagt.«
Nichts gesprochen und nichts gesagt? – Aber es liegt wohl doch etwas vor, er will es nur nicht wahrhaben, weil sie nicht schreibt. Vielleicht aber ist auch etwas Dummes geschehen, in Briefen gibt es leicht Mißverständnisse, und wenn solche Mißverständnisse erst tagelang herumreisen, werden sie nicht kleiner davon.
So ist zum Beispiel in Lisas letztem Brief auch etwas, was mir nicht ganz gefällt. Es steht da: Wir wollen morgen eine Segelpartie machen auf der Weser.
Was mir nicht gefällt, ist, daß ich nicht weiß, wer mitfährt. Es muß doch auch ein Mann dabei sein – und wer ist dieser, daß er die Gunst genießt, mit ihr im Boot zu fahren? Ich weiß, daß ich nun ein wenig eifersüchtig bin und finde es albern von mir. Mir scheint aber, daß ich es nicht ändern kann, denn da ist ganz deutlich zu lesen: Wir wollen morgen eine Segelpartie machen. – Dazu wird sie dann wohl ein helles Kleid tragen, etwa blau oder rot, gestreift oder mit Vierecken. Ich – aber bin nicht dabei.
Ich sehe sie jetzt in einem hellblauen Kleide und ohne Hut einen Landungssteg hinuntergehen, an dessen Ende sich ihr eine Männerhand entgegenstreckt. Sie ist widerlich hell behaart, diese Hand, und Lisa ergreift sie; lächelnd springt sie ins Boot, dessen großes Segel sich auf diese Seite herüberwirft. Der Mann? Was für ein Aussehen hat der Mann? – Er hat das starke Gebiß eines Nußknackers und entblößt allezeit seine weißen Zähne!. . .
In diesem Augenblick schlägt ein Sausen an mein Ohr, ertönt ein scharfer Knall, und umwirbelt mich Kalkstaub, so daß ich eine Sekunde meine Kameraden nicht

sehen kann. Ich weiß nicht, was geschehen ist, obwohl viele Soldaten aufgesprungen sind und laute Worte ausstoßen. Danach aber erblicke ich Albering, der scharf über den Misthaufen hinüberspäht.
»Was war das?« frage ich.
»Geschossen hat einer!« schreit jemand.
»Wer ist der Lump?«
»Dort in die Wand ist es gehauen – Herrgott!«
Ich drehe mich um und erblicke das Loch in der Stallwand.
Ganz nahe an meinem Ohr ist der Schuß vorbeigegangen, und nun kann ich mir erklären, weshalb es darin summt und brummt.
Da alle aufgesprungen sind, springe auch ich auf. Es gibt einen Tumult; der Leutnant kommt gerannt und schreit:
»Wer war es? – Wer hat geschossen? – Melden!!«
Er blickt in die Runde. Man weist auf die Gruppe jenseits vom Misthaufen.
»Lauf vorzeigen«, befiehlt Brause.
Jetzt kommt es heraus, denn beim vierten Gewehr, das er untersucht, nickt er und befiehlt dem Unteroffizier vom Dienst:
»Führen Sie den Mann ab.«
Der Leutnant lächelt entzückt und eilt davon. Der kleine Soldat, der dort dem Unteroffizier sehr widerwillig folgt, war der Scharfschütze. Er läßt seinen mächtig dicken Kopf hängen, sowie die eine Hand, mit der er beim Reinigen in den Abzugsbügel geraten ist. Diese Hand baumelt ihm schwer und schlaff gegen die Hose, und das rautenförmige Faltenmuster in seinem roten Nacken, dessentwegen er von seiner Gruppe Karo-König genannt wird, hat sich ganz aus der Halsbinde herausgezogen. Da zieht er hin, Karo-König, und ein

Schwall von Flüchen folgt ihm nach wie Eimer voll Jauche, dem Düngergraben entnommen.
»Verdammtes Kamel!«
»Klotz von einem Rekruten! Nicht mal entladen kann er vorm Reinigen!«
»Aber auf Kameraden losbrennen, der Dickkopf!«
»Haut ihm den Schinken voll, dem Karo-König!«
Es ist alles gut gegangen, denke ich und setze mich wieder auf meine Briefe. Es kommt mir gar nicht in den Sinn, daß Karo-König mich hätte treffen können, ich muß sogar lächeln über den Klatsch gegen die Lehmwand, drehe mich abermals um, das Schußloch zu betrachten, und stecke den Finger hinein. Schließlich lege ich mein Auge daran, um zu sehen, wohin sich die kleine Biene verkrochen hat und erkenne drinnen im Stall den Umriß eines Pferdekopfes. Albering, dem ich es mitteile, nickt zerstreut und murmelt:
»Ein Hottipferd.«
Dann knistern die Briefe Lisas unter meiner Hose, und sofort fällt mir wieder das große weiße Segel ein, welches schwankte, als sie ins Boot sprang. Doch seltsam, meine Eifersucht scheint mit dem Bienchen fortgeflogen zu sein. Dagegen steigt sogleich ein neues Bedenken in mir auf: Wird dieser Mann – ob er Nußknackerzähne hat oder nicht – wird er auch ein richtiger Seemann sein, dem man Vertrauen schenken kann? – Wird er das Fahrwasser kennen oder wenigstens verstehen, ein Segelboot zu lenken? – Ich traue es ihm nicht zu, obwohl ich ihn nie gesehen habe. Nein, Lisa, dein Leichtsinn ist ungeheuer! – Und nun erhebt sich eine starke Brise, und der Mann am Steuer ist unfähig oder bezecht – zwei soeben von ihm leergetrunkene Rumflaschen rollen auf dem Boden des Schiffes hin und her, in das die Wellen hineinzuschwappen beginnen – diese behaarte rauhe

Männerhand zittert sehr. Plötzlich aber läßt sie das Steuer fahren, die Mädchen kreischen auf, und der Steuermann stürzt sich, eine dritte Flasche schwingend, vorwärts ins Boot, völlig betrunken, und brummt wie ein von Gott Verlassener:
»Laß fahren dahin – laß fahren dahin.«
Dann sitzt der Kiel auf einer Schlenge fest, das Segel schwingt ins Leere, und die Wellen stürzen von beiden Seiten hämmernd ins Boot, wobei sie Bogen beschreiben, die sich unerhört wild krümmen und stehenbleiben, stehenbleiben und hämmern. Lisa aber – mein Gott! – verschwunden. Eben noch sah ich sie unter jener Wellenkrümmung, die kleinen Hände gegen die Knie gestemmt. Aber jetzt – »Wach' auf, Suhren«, sagt Albering.
Er ist zurückgekommen zu mir. Ich blicke mich um, der Platz um den Düngerhaufen ist leer. Der Kamerad drückt mir meine Briefe in die Hand, welche zuckt. Wir gehen. Obwohl er mich nicht ansieht, lächle ich seinen Rücken an – es ist doch zu verrückt, solche Gedanken zu haben.

Wir kommen zu den Zelten. Gefreiter Oelrichs, unser neuer Gruppenführer, erwartet uns mit sorgenvollem Gesicht. Er ist ein kleines Männchen, von dem die Soldaten behaupten, er sei aus Versehen Gefreiter geworden. Sie achten ihn nicht, weil er nicht durchgreift, sondern im Gegenteil alle möglichen Arbeiten, die seine Gruppe liegen läßt, selber in Ordnung bringt. Sein faltiges Gesicht blickt dann vorwurfsvoll, aber sein kleiner, zwirnsfadenschmaler Mund bleibt geschlossen.
Jetzt steht er also da, krummbeinig und mit der dicken Schützenschnur an der Schulter und flüstert:
»Beinahe totgeschossen hat er euch.«

»Du hättest um uns geweint, Alter«, sagt Albering und stellt sein Gewehr in die Pyramide. »Und um den alten ekligen Albering eine Träne zerdrückt – hättest du nicht?«
»Macht euch fertig«, sagt der Gefreite und setzt sein Gehwerkzeug in Bewegung, »wir sind schon die letzten.«
Wir ergreifen Tabaksbeutel und Pfeife und folgen ihm rasch auf dem Feldwege, der zum Walde führt und sich dreht und wendet. Nahe einer Hütte, die wie eine schiefe Mütze aus einem Obstgarten aufragt, erreichen wir das Ende der Kompanie, schließen uns an, lassen schleierhaft zarte Tabakswolken nach rechts wehen und nähern uns dem Rand des großen Waldes. Jetzt hören wir Musik, sobald der Pfeifenrauch sich emporhebt; fliegt er zur Seite, so ist es, als hätten wir uns getäuscht. Nein, wirklich, jetzt hört man sie deutlich, mit Gedröhne und wie ein Karusell. Ich suche Klees' Kopf in der Kolonne und sehe, daß er seinem Nebenmann etwas mitteilt. Bestimmt sagt er: Das ist die Wiener Kapelle!
Sie ist es; die Kompanie ruht am Waldrande hart neben kleinen, hellgrün ausgeschossenen Tannen, raucht und spitzt die Ohren. Ich suche Klees und gehe von Gruppe zu Gruppe, ohne ihn zu finden. Bei den Leuten, die sich um Eisen gelagert haben, bleibe ich stehen. Eisen weiß ein Mittel gegen den Mückenstich, und er teilt es umständlich mit. Dabei wendet er sich fast ausschließlich an Lurtjebam, der seinerseits das Hemd abgestreift hat, nach Läusen sucht und für das Mittel gegen den Mückenstich keine Spur von Interesse zeigt. Es ist auch ganz albern, dies Mittel, denn es besagt so viel, daß man jeden frischen – nur bei solchen ist es anwendbar – Mückenstich mit der Zigarette ausbrennen muß.
Das Ergebnis ist eine durchlöcherte Hand.

Hahn, der um Eisens Gunst buhlt, fragt:
»Kann man es auch mit dem Streichholz machen?«
Lurtjebam sagt, indem er aufsteht:
»Sie kriegen das Lausen von der Musik, die kleinen Tiere, und mir geht es nicht anders.«
Er legt den Rock wegen der Mücken um seine knochigen Schultern und strebt dem Dickicht zu.
Indessen treibt die fröhliche Musik irgendwo drinnen im Walde ihr Wesen. Der ganze Wald scheint aus seinem Herzen heraus zu singen und ein grünes Jägerlied zu jubeln. Manchmal fällt er wohl ein wenig in Grübelei, aber es ist eine solche, die unter Lächeln geschieht und von kurzer Dauer ist, denn sogleich stolziert wieder ein hoher Klang einher, der die regungslosen Wipfel zu beschwören scheint. Mitunter ist es, als krähten tausend Hähne im Takt.
Es geht wie ein Erwachen durch den Raum, viele der Soldaten fühlen es. Manche dehnen sich und gähnen, obwohl sie durchaus nicht müde sind; andere haben feurige Backen und schlagen sich gegenseitig mit Gelächter die Mücken tot. Dort aber sehe ich Albering, der sich abseits in hohes verdorrtes Gras gelegt hat, das ihn kaum verdeckt. Es sind auch jene jungen Tannen neben ihm, und ich fühle jetzt deutlich, daß ich nicht Klees sondern ihn suchte. Er scheint finster. Warum blieb ich nicht eben bei ihm? Wir kamen doch zusammen an! Es ist, als habe er mich fortgeschickt und nun zurückgerufen. Mitunter laufe ich herum, ohne es zu wissen. Und nun kann ich nicht mehr bei Albering bleiben, meine Beine wollen wieder vorwärts. Ich hebe den Fuß, um fortzugehen, da aber spuckt er seinen Grashalm zur Seite und fordert mich zum Bleiben auf.
»Wir gehen zugleich«, murmelt er mit zusammengezogenen Brauen.

»Zugleich«, antworte ich traurig.
Wir erheben uns, um den anderen zu folgen, und mein Kamerad flüstert, da die Musik plötzlich verstummt:
»Sie hälts Maul.«
Wir sind die letzten, die zu den gefällten Stämmen gelangen und lassen uns Zeit, einen passenden auszusuchen. Ich habe mich bereits für eine glatte Buche entschieden, Albering aber scheint nicht einverstanden, er schlendert umher und bückt sich. Ich sitze indessen und zerschlage Mücken auf meiner Hand.
Die Musik hat von neuem begonnen. Ich höre sie etwas ferner, weniger heiter, weniger klar und schließe die Augen. Das Gedröhne der Karussellorgeln fällt mir ein, das einst manchen Sommersonntag unsere ganze Stadt erfüllte – die Müdigkeit und Traurigkeit der Heimkehr vom Festplatz, der Abend mit Honigkuchenauflage, das Zubettliegen bei offenem Fenster – und immer noch klang fernes Orgelspiel, das die nächtliche Stadt rätselhaft wach und in Atem hielt. Da schlief ich lange nicht.
»Nehmen wir deine Buche«, sagt mein Kamerad, und wir laden sie auf die Schulter. Er geht vorn, und der Stamm legt sich an sein rotes Ohr. Dort sehen wir die Kompanie, mitten in der Ebene, und es ist, als bewege sie sich nicht.
Ich versuche, mit Albering gleichen Schritt zu halten. Dann fällt mir plötzlich wieder das große weiße Segel ein, der Mann mit der behaarten Hand und Lisa, die sie ergreift.
Ich empfinde Qual und denke: Wie kann sie es tun! Wie kann sie Gefallen daran finden! Wie kann sie sich so weit vergessen!
»Halte Takt!« sagt Albering und drückt sich den Stamm nahe ans Ohr, wie um daran zu lauschen. Ich gebe mir

Mühe, und wir kommen gut vorwärts. Immer noch im gleichen Abstand von uns sehe ich die Kompanie, scheinbar regungslos wie vorhin, nur etwas auseinandergezogen, weil sie in eine Wegschleife gelangt ist.
Mein rechtes Ohr wird von der Buche zugedrückt, mit dem linken höre ich die Musik, nun schon schwach und wie das Gesumm einer Mücke, die sich anschickt, sich aufs Ohrläppchen zu setzen. Hier ist das Boot, denke ich, dort das Ufer, und vom Ufer her dröhnt die Karussellorgel. Weit entfernt ist sie, hinter Bäumen, kaum zu hören – doch das leise Gleiten des weißen Segelbootes wird von ihr umhüllt wie von einer Sommerwolke, die auch im Wasserspiegel glitzert. Eine Hand hängt über Bord, die Flut rinnt mit leisem Surren durch ihre kleinen gelösten Finger, und eine Männerstimme tönt vom Steuer her:
»O schöne Fahrt!«
Weich wie Butter war das gesagt und das ö wie Likör. Die ferne Orgel erhob sich in diesem Augenblick wie Lob.
»Geh doch im Takt!« ruft Albering ärgerlich.
»Selber!« sage ich böse, »selber geh im Takt!«
»Halt!« befiehlt Albering, und wir stehen.
»Abwerfen!« befiehlt er, und wir werfen den Stamm ins Gras.
Sodann folge ich ihm in einen Garten. Drinnen liegt das Haus, welches einer schiefen Mütze ähnlich sieht. Daneben, unter den Obstbäumen, erblicken wir zwei Soldatengräber und bleiben nach Soldatenart eine gute Weile stehen.
Das linke Grab hat ein rohes Kreuz mit einer aufgenagelten Platte, auf welche mit Blaustift sehr sauber und in Druckbuchstaben geschrieben ist: Hier ruht ein tapferer russischer Soldat. Auf dem anderen erhebt sich ein

Stock mit einer Blechnummer. Beide Gräber sind ganz von wilden Stiefmütterchen überwuchert, die sogar den Zwischenraum verdeckt haben. Blau und gelb und ganz vergnüglich sieht dies Blumengedränge aus.
»Die faulen schon«, sagt Albering.
»Und keiner weiß die Namen«, entgegne ich und stelle mir vor, ob sie wohl ihre Mützen mit den hübschen ovalen Kokarden bei sich behalten haben.
Albering aber richtet seinen düsteren Blick auf mich, dreht sich ganz her, zieht die rechte Faust aus der Tasche und hakt sie mit dem Zeigefinger im Uniformkragen fest, genau unterm Kinn. Sein rotes Gesicht sieht verlegen aus, und ich habe jene Handbewegung noch nie an ihm beobachtet.
Wir stehen eine Weile und sehen an uns vorbei. Schwärme von Drosseln, die sich soeben aus den Obstbäumen erhoben haben, kehren zurück und schlagen mit den Flügeln ins Laub. Ich wende meinen Blick von Alberings scharfen Augen fort, lese wieder und wieder die saubere Grabschrift und denke: Ist also nichts gesprochen und nichts gesagt? Und nur einen kleinen Weg haben meine Gedanken von hier zu Lisa – so viel gesprochen, so viel gesagt habe ich ihr! So viel gesprochen, so viel gesagt hat sie mir! Und doch ist dort ein helles Musselinkleid und eine Männerstimme und sehr hübsche Halbschuhe, die immer auf dem Landungssteg hinschreiten, immer hinstreben nach dem großen weißen Segel und der behaarten Hand, als gäbe es kein anderes Ziel. Und so viel ist gesprochen und so viel gesagt! Und in roten Pantoffeln getanzt und ein Bund geschlossen! –
Die Flügel der Drosseln schlagen irgendwo ins Gezweig, mein Kamerad sagt leise:
»Hier ist eine Münze – ich zeige sie dir.«

Er hat seine obersten Brustknöpfe geöffnet und an einer Schnur eine Münze hervorgeholt. Es ist noch eine andere Schnur da, nämlich die mit der Erkennungsmarke dran, welche wir die Hundemarke nennen. Diese aber ist eine Münze, weiß wie Silber.

»Sieh sie dir an«, sagt Albering, »und lies, was drauf steht.« – »Es ist etwas hineingeritzt – wie heißt es?«

»Es heißt: Talette«, lächelt er, nun völlig vergnügt und unbefangen. »Es ist ihre Handschrift, die Schrift einer Wilden. Mit einer Nadel ist es hineingeritzt. Mit was für einer Nadel wohl?«

»Mit einer Hutnadel.«

»Nein, mit einer Haarnadel.«

»Aha – nahm sie sie aus dem Haar, um damit zu schreiben?«

»Sie lagen auf dem Tisch, ihr Haar war offen.«

»Und die Münze? Hat sie dir die Münze geschenkt?«

»Es ist eine Rettungsmedaille.«

Wieder hefte ich meine Augen auf die kleine Platte des Russenkreuzes. Und wieder sehe ich das Boot vor mir, das voll Wasser gelaufen ist, und aus dem sich ein Mädchen aufrichtet, die Hände vor Entsetzen gefaltet und erhoben – und tue mir Gewalt an und sage, weil ich es weiß:

»Du hast Talette aus dem Wasser gezogen!«

»Talette war es«, sagt er zärtlich, streift die Münze mit der Stoppelbacke und läuft aus dem Garten. Gleich darauf höre ich ihn rufen.

Die Drosseln tun einen Schlag und fliegen ab. Ich renne hin und sehe drüben auf dem Wege einen kleinen krummbeinigen Soldaten, der unsere Buche auf dem Nacken fortschleppt, schwankend und ganz langsam. Außer ihm ist auf dem Wege bis Apollonia niemand zu erblicken.

Der Soldat ist Gefreiter Oelrichs. Wir holen ihn ein, übernehmen den Stamm und schreiten fort. Oelrichs trottet neben uns her.
»Was dachtest du dir denn, Alter?« schwatzt mein Kamerad. »Ich meine doch, das wäre unsere eigenhändige Sache, den Knüppel nach Hause zu tragen. Was erlaubtest du dir, du alte Hängelampe?«
»Ich dachte, ihr wäret weg«, murmelt der Gefreite, »deshalb kam ich zurück. Aber nun seid ihr ja wieder auf dem Posten.«
»Und deine Alte, was sagt die dazu?«
Oelrichs hört nicht auf dem Ohr, er beeilt sich, rascher als wir, ins Lager zu kommen, um die Abgabe der anderen Stämme zu überwachen. Seine Beine aber wollen nicht so wie er, kaum vierzig Schritte vor uns erreicht er den Lagerplatz.
Ist etwas vorgefallen?
Um die Zelte herum sehe ich niemand, drüben aber bei der Schreibstube drängen sich die Soldaten, stehen Kopf an Kopf, als ob bereits neue Post eingetroffen sei. Einige kommen gerade in lebhaftem Gespräch zurück, und wir erfahren von ihnen, was vorgefallen ist. Das Regiment 91 hat zwanzig Mann bei uns angefordert, und da nun jeder zu den zwanzig gehören wollte, stürzten alle zur Schreibstube. Feldwebel Bloiboom hat sie hinausgeworfen und gesagt, daß der Leutnant es sich überlegt, wen er schicken will. Der Leutnant wiederum sitzt hinter verschlossener Tür und zergrübelt sein einjähriges Gehirn darüber, weshalb sie von ihm weglaufen. Das ist schwer zu erraten und nicht zu verstehen, wenn man die Leute sachlich behandelt hat. Sie sind eben undankbar und dumm, und der Teufel soll sie holen. Die am liebsten fort wollen – er kennt sie! – streicht er durch mit seinem Rotstift. Sie kommen nicht. Nur einen will er

unbedingt los sein, das ist dieser verfluchte Schützenkönig von heute. So erhält Karo-König ein rotes Glückskreuz, das so bedeutungsvoll hinter seinem Namen leuchtet, als sei er zum Eisernen Kreuz vorgeschlagen.
Am Abend werden die zwanzig Auserwählten zur Schreibstube gerufen, ihr Gepäck besichtigt und für morgen früh der Abmarsch befohlen. Der Leutnant zeigt sich nicht, Bloiboom aber lächelt sie an, die zwanzig, und diese grinsen wie Lebemänner.
Spät kommt einer von ihnen zu unseren Zelten gelaufen und bringt noch einen Stapel Post. Auch ich habe einen Brief dabei. Er ist von Lisa, und es steht darin, daß die Segelpartie nicht stattfinden wird, weil der Mann (sicher einer mit Nußknackerzähnen) das Boot um keinen Preis hergibt.
Ich denke wütend: Der Esel verdirbt ihr die Freude! Und ich denke es, trotzdem sie schreibt, daß es ihr ganz einerlei ist. Nein, ich denke es, weil sie es schreibt. Ich kenne dich, Suhren, ebensogut wie Albering dich kennt. Der aber kennt dich, ob auch nichts gesprochen ist und nichts gesagt, denn er fällt in den Schlußgesang der Soldaten ein, der in die Nacht hinausschallt:

»Ja, wenn man so eine Musik hört,
Dann ist alles,
Dann ist alles wieder gut!«

Und er singt es falscher als falsch und blinzelt wie eine Schlangenkönigin.

Wein

Die Radiumuhr zeigt Mitternacht.
Bin hungrig, habe mich müde gerackert und lasse die Beilpicke liegen. Auch die anderen kommen, schwarze Gestalten, die sich einen Weg suchen durchs Kraut. Der scharfe Ring des Mondes liegt in Wolken wie in Watte.
Der nächste Weg führt durch den Latrinengraben. Ich erreiche ihn und gehe vorsichtig hindurch.
»Gib Feuer, Kamerad«, sagt einer, der dort sitzt. Ich reiße ein Streichholz an und beleuchte einen Augenblick von unten Max Pfeiffers Nase, die ausschaut wie ein schwarzer Dolch. »Danke«, bläst er zwischen den Lippen heraus.
Vielleicht zum tausendstenmal geschieht es, daß ich Max Feuer gebe. Jede Nacht scheint seine Nase mein kleines Licht zu erdolchen, dessen Glanz unstet an den Grabenwänden herumwildert und auslischt. Ich bin Maxens Feuermann. Er kommt einfach, es sich zu holen. Vielleicht denkt er: der ist so dumm und gibt. Wahrscheinlicher aber ist, daß er überhaupt nicht denkt, sondern aus Gewohnheit kommt (genau, wie

man zur Latrine geht und nicht in den Wohngraben). Ich muß sagen, daß ich diese seine Gewohnheit nicht mehr entbehren kann, noch wie sich die schwarze Nase über meine beleuchtete Hand senkt, noch das mit Rauch hergeblasene »Danke«. Er, der Max, ist voll von einer unzerstörbaren Heiterkeit, er ist ein Hund, den man kraulen möchte, und auch die Läuse wissen es, denn in großen Scharen kraulen sie ihn.

Einst hatte Max einen Hund, der hieß Bootsmann. Bootsmanns ganzer Rücken war vom Ungeziefer zerbissen, sein Fell hatte dort Löcher und Wunden, und Max begoß sie mit Petroleum. Er, der Bootsmann, litt sehr; stundenlang stand er auf gespreizten vieren unter einem eisernen Staket und scheuerte sich den Rücken, und das machte ihm dann solch ein herzliches Vergnügen, daß er lustig aufbellte und sozusagen Freudentränen in den Augen hatte, wie es Max schien. Und Bootsmann war Maxens Ebenbild. –

Ich komme zum Unterstand, ziehe den Mantel an und sitze fröstelnd, die Hand in der Tasche und an der Löffelgabel. Der Posten auf seinem Stand hustet. In der schwachen Helligkeit der Nacht erkenne ich Eisen; er tritt von einem Bein aufs andere, um sich zu erwärmen. Eine Maus springt entsetzt über meine Knie.

»Heute geht etwas Besonderes vor«, sagt Eisen, »seit einer Stunde höre ich Wagen fahren, vielleicht sechs- bis achthundert Räder, macht einhundertfünfzig bis zweihundert Wagen. Sie fahren auf einer Chaussee.«

»– –?«

»Sodann riecht es nach verbranntem Holz und sodann – nach Blutballen. Als ob eine Menge Schweine geschlachtet würden, mehr als nötig für die normale Belegschaft eines Abschnitts – und dabei besonders nach Blutballen.«

»Was schließt du daraus?«
»Ich schließe daraus – übrigens, gib mir eben die Handgranate herauf, neben dir, ist vorhin abgerollt, das Ding – danke – also ich schließe daraus – der Reis ist doch noch nicht in Sicht, Suhren?«
»Nein, aber zwölf ist's vorbei, es kann nicht lange –.«
»Danke – also daß die Russen einen kleinen Schlag tun werden.«
Ich merke auf.
»Versteht sich: einen Angriff – nicht etwa eine Schlacht, wo es Berge von Leichen gibt, daß du drin stehenbleibst, wenn du umfällst, sondern – na, eben nur einen Schlag, so, als ob ich mit einem Hammer gegen eine Mauer klopfe und denke: Hält sie – oder hält sie nicht? – Das ist meine Meinung, aber – laß sie nur kommen.«
Eine Leuchtkugel schießt auf und bescheint Eisens Gesicht. Sein Haar sträubt sich wie Fuchsfell, und die Nasenflügel blähen sich unterm Helmrand, der die Augen verdunkelt. Die Kugel fällt nieder, und Eisen murmelt:
»Werde mal hinter die Gardinen gucken hernach, nämlich auf Patrouille. Ich gehe mit Bubi um ein Uhr.«
Mag er gehen, denke ich, ich gehe nicht mit.
»Du Hyäne!« sage ich laut, aber in lobendem Ton. Mein Herz klopft.
Jetzt kommt Pfeiffer mit dem Rest seiner Zigarette um die Schulterwehr. Von der anderen Seite nähern sich gleichzeitig Schritte. Das ist Pabst, und das ist Hahn. Pabst, der gelegentlich Witze pflückt, barmt:
»Mein Magen hängt bereits auf der anderen Seite!«
»Die halten sich wieder so lange beim Hotel auf, die beiden«, quäkt Hahn. »Immer, wenn Albering dabei ist und Klees, gibt es das Essen kalt.«

Der Schuster schiebt ab zu seinem Unterstand, wo er beim Licht einer Kerze einen Speckstreifen schneiden wird, als Einlage.
»Reis gibt es«, teilt Eisen leise mit, als ob er es dem Drahtverhau zuflüstern wolle. Als Quittung sausen wie der Wind zwei Gewehrkugeln über ihn hin.
»Das war eine Hornissenhochzeit«, meldet sich die Stimme Lurtjebams, der ebenfalls herzugetreten ist. »Wo aber bleibt der Schlamm? Mein Bauch ist so dünn, daß man ein Vaterunser durchblasen kann!«
Pabst, der seinen Löffel an der Kalkwand des Grabens blank putzt, meint:
»Auf der anderen Seite hängt meiner, aber bis zum Hotel Zutschky ist's immerhin eine kleine halbe Stunde. Sie können also noch nicht hier sein, die Schulmeister.« Und er putzt wie ein Besessener.
»Noch nicht hier sein? Daß ich nicht lache!« wundert sich der Schuster, der sein Speckstück in der hohlen Hand halten mag. »Ich sah auf meine Uhr, als sie abgingen, man hörte sie ja meilenweit mit den Geschirren klappern, und es war kaum elf, kaum.«
»Na, und jetzt ist es eben zwölf über – was willst du, Schuster!« entgegnet Pabst, der seinen Löffel mit dem Taschentuch vom Sand säubert. »Es läuft uns nicht weg, denn Beine hat es nicht, das Hotelessen.«
»Hotel Zutschky – erste Küche am Platz«, macht Lurtjebam, etwas Helles (einen Aluminiumteller) auf den Knien, »Polizeifinger, Gardelitzen, Kälberzähne und blauer Heinrich – alles in diskreter Verpackung.«
»Und Reis«, ergänzt Eisen.
Wieder jagen als Bestätigung oben zwei Kugeln vorbei.
Lurtjebam hebt die Gabel und befürchtet:
»Die gehen ins Hornissenhotel Zutschky, Albering hat sie hergeklappert.«

»Eberhard Zutschky verdient es nicht besser, ist feige«, sagt Pabst.
»Der ist ein Eber«, vermutet Eisen, dem Drahtverhau zugewandt.
»Sie schießen, weil mit den Geschirren geklappert worden ist«, brummt Hahn verdrießlich. Er hat das Speckstück auf eine seiner Patronentaschen gelegt und hält sich steif, damit es nicht abrutscht. »Albering und Klees haben bestimmt geklappert, ich hörte es!« fügt er giftig hinzu.
»Dir hat er den Verstand eingetreten, der Hotelier«, entgegnet Lurtjebam. »Weißt du noch den Glühwein, den ich für dich bezahlt habe, diese Kaneeltunke? Du drücktest das Glas ein, spieltest den Elefanten, und es ging in siebzehn Stücke, wie dein Verstand.«
»Damals wollte er ihm die Hacksehnen zerschneiden, wie man hört«, läßt sich Pabst vernehmen.
»Man muß ihm mal das Hotel anzünden, damit er sich nicht mehr dahinter verkriechen kann, der Eber«, stotterte Eisen.
»Laßt ihn doch zufrieden«, gähnt jemand.
»Wie bringt man es denn ins Brennen?« erkundigt sich Max und beugt sich zum tausendundeinten Male über meine beleuchtete Hand. »So'n Hotel – wie brennt es denn?«
»Wie es brennt, Soldaten?« ziert sich Eisen. »Man steckt – hört mal, jetzt rasselt es wieder –«
»Also doch kein Traum«, sagt Lurtjebam hastig und steht auf.
»– also ich sage: man steckt eine Zigarette – die brennt, versteht sich – ins Strohdach, am besten in einen Strohhalm, und zwar mit dem Mundstück voran. Und sodann – dann geht man weg. Das ist meine Meinung.«
»Das geht, Eisen, das geht gut«, stimmt Hahn bei.

»Das ist gemein!« sagt Pabst.
Doch Lurtjebam pfeift und flüstert:
»Still! Die Kundschafter mit der Traube.«
»Sie bringen auch Flaschen«, teilt Eisen mit. »Oelrichs nimmt sie schon ab.«
»Verhindern«, ruft Lurtjebam und trampelt um die Ecke.

Wir hocken in der kalten Nacht, doch der Reis hat uns wunderbar erwärmt. Da gibt es solide und kurze Gespräche.
Eisen, der von Hahn abgelöst wird, geht zum Maschinengewehrstand, dem Ausgangspunkt der Bubipatrouille. Man wünscht ihm viel Glück, und daß er die Gardinen ein wenig lüften werde. Er wird es auf jeden Fall, ist zappelig vor Ungeduld, vergißt die Handgranaten und kommt zurück, sie zu holen.
»Er geht zum Schweineschlachten – bring' mir eine Blutwurst mit!« ruft ihm Lurtjebam nach. Eisen versichert:
»Und wenn ich einen Hund kalt machen soll.«
»Nein, es geht doch nichts über einen Schützengraben«, sagt Pabst.
»Ich kenne besseres«, äußert sich Klees, »auf dem Sofa liegen, ein Kopfkissen im Nacken, eine Mandoline quer über dem Bauch. Dazu eine Zigarre.«
Oelrichs erscheint.
»Komme schon«, gähnt Pabst, erhebt sich und folgt ihm. Es soll noch eine Stunde gearbeitet werden, aber nur Pabst bringt die Lust dazu auf. Wir andern bleiben sitzen und horchen, was der Magen in der Nacht musiziert. Er spielt ein mildes Lied, und als Begleitung hört man nicht fern Oelrichs und Pabst arbeiten, Beilschläge und das Kratzen einer Schaufel. Man hat uns befohlen,

den Graben weiter zu vertiefen, »in unserem eigenen Interesse«. Aber das eigene Interesse ist uns nicht begreiflich.

Lurtjebam denkt an die Flaschen und brummt:

»Der Gefreite geht nicht von seinem Bau weg, er hat Angst. Jeder bekommt eine – aber warum nicht sofort?«

»Eisen hat gesagt, es sei Hochheimer«, flüstert Klees wie ein Knabe.

Aber Lurtjebam spottet:

»Schaum wird es sein – was gibt man uns sonst Wein!«

»Es ist kein Schaumwein, sondern Hochheimer«, wiederholt Klees.

»Hochheimer oder was – es ist Schaum, sage ich. Denn es ist für uns. Bin bloß neugierig, ob Alkohol drin sein wird oder bloß Ozon. Neun Flaschen, sagst du?«

»Neun Flaschen und Käse«, sagt Klees zufrieden.

»Sonst reden sie immer: Bloß keinen Alkohol, der macht den Soldaten schlapp, die Leistungen verringern sich! – Na, meinetwegen. Aber nun –?«

»Alles Blech, was du sagst«, erbost sich Hahn von seinem Stand herunter, denn so ist nun einmal seine Laune, wenn es gegen Morgen geht, zur Zeit der Hahnenfrühe.

Die Dämmerung keimt, und ich erkenne Albering, der gegenüber auf der Schießbank sitzt. Er schleudert das Aschenhütchen von seiner Zigarre und sagt:

»Warum es Alkohol gibt, Schreiber?«

»Sag's, wenn du es weißt.«

»Damit du Courage hast, morgen, wenn der Russe kommt.«

»Die hat man auch ohne Wein!« kikerikiet Hahn. »Aber vielleicht haben gewisse Leute ihn nötig!«

»Recht hast du, Segelband«, murmelt Albering, »ich werde bestimmt Wein nötig haben – verkauf' mir deine Flasche, Segelband.«
Hahn schweigt beleidigt, Segelband ist nämlich des Soldaten Ersatz für Pechdraht.
Lurtjebam erzählt:
»Da hast du nicht unrecht damit, was du über den Alkohol gesagt hast, Onkel. Ich kannte einen, der soff eine Flasche Schnaps, und als sie leer war, schmiß er mit ihr in ein Rudel Russen, welche dachten, das sei eine neue Art Handgranate – war's ja auch! – und ausrissen. Irgendein Fritze fragte ihn nachher: ›Willst du mein Frühstück oder das Eiserne Kreuz?‹ – Er sah sich den Stapel Brot an und sagte: ›Das Frühstück!‹ – Er war ein Schneider, doch wenn er besoffen war, hatte man es eilig, ihm nachzukommen – eine Furie! Hatte er aber nicht gesoffen, so war er so feige, daß er sich die Hosen vollmachte, gewaschen oder nicht.«
»Man sollte uns statt mit Handgranaten mit Schnapsflaschen ausrüsten«, meinte Albering.
»Ick sünd so döstig«, seufzt Max Pfeiffer.
»Mich dürstet auch«, gesteht Klees wie ein nichtsnutziger Engel. »Der Schaum soll her!« fordert Lurtjebam.
Man möchte jetzt saufen, denke ich. Mir ist angst, obwohl es nur ein Gerede ist, was sie von der Schlacht sagen.
»Wartet doch die Zeit ab!« schilt Hahn. Er befürchtet, daß er, wenn er nicht dabei ist, bei der Verteilung geschädigt werden könnte.
Albering aber steht auf und entfernt sich, entschlossen brummend:
»Ich hole sie. Mit Gewalt.«

Wir zwei wischen uns den Mund und kriechen aus dem Unterstand, Klees als Obhut für die Weinflaschen und die Pakete zurücklassend. Draußen ist nun helle Frühe, halb drei Uhr, und in dem leichten Wind, der sich erhoben hat, singt eine Lerche unbändig. Die taugefüllten Mohnblüten der Grabenböschung kommen ins Wiegen.

Wir zwei sammeln die Kochgeschirre der Korporalschaft, neun an der Zahl, und werden sofort damit an den Brunnen gehen, um sie auszuspülen. Der Brunnen befindet sich hinter dem linken Nachbarabschnitt, der von Österreichern besetzt ist. Wir springen auf die Deckung und verfolgen einen schmalen Pfad, der den Graben in etwa zehn Schritt Abstand begleitet. Wir schreiten fürbaß, Albering voran. Der Wein hat uns munter gemacht. Violettgefärbten Himmelsbreiten schreiten wir entgegen, unter denen sich, nicht fern und am Ende des kleinen Weges, ein paar Hütten zeigen. Das Unterstandssystem zur Rechten haben die Österreicher gebaut. Es sieht aus wie der Längsschnitt eines Ozeandampfers, so verzwickt und hübsch ist es. Drinnen blasen sie eben ihre Kerzen aus.

Unendliche Stille herrscht; die Lerche scheint uns zu folgen und spannt ihre Kehle voll Eifer an. Unter den sich lichtenden Wolkenstreifen fühle ich sie wie einen Funken unbändigsten Lebens flattern und rasen.

Jetzt aber hört man das Geräusch eines Menschen, der sich wäscht und dabei Wasser speit, und wir erblicken auf der Grabenkante einen kleinen vierschrötigen Soldaten. Er seift seinen entblößten Oberkörper, läßt die kräftigen, mit Fettpolstern bedeckten Armmuskeln spielen und bemerkt uns nicht einmal. Eben, als wir vorbeigehen, erscheint ein zweiter Soldat in deutscher Uniform hinter dem Waschenden, stellt sich stramm

und meldet, daß die Kompanieführer versammelt sind. »Herr Hauptmann«, sagt er zu ihm.
»Ich komme«, nickt der Hauptmann und reibt sich mit heftigen Bewegungen den Seifenschaum aus dem schwarzen Haar, das wirr in die Runde steht. »Ich komme – ist der Artilleriebeobachter auch da? – Gut!«
Ich denke: Wie ihm die dicken Falten am Nabel zittern! Merkwürdig ist auch, daß es Deutsche sind, denn gestern waren noch Österreicher hier. Sie müssen in dieser Nacht abgelöst haben. –
Weiter gehen wir, und die Lerche singt immer. Der Himmel beginnt sich zu röten, es erscheinen eingestreute waagrechte Striche, Stäbchen aus Karmin – sie werden zur Leiter, sie werden zur Treppe. Wortlos folge ich meinem Kameraden, der nicht links noch rechts schaut; wortlos erreichen wir die Hütten und den Brunnen, säubern die Geschirre und treten den Rückweg an. Treten den Rückweg an, immer den kleinen Weg entlang, Albering voran, Suhren folgend. Schritt und Tritt fügt sich zusammen.
Seinen Rücken, wie ich ihn kenne! Die beiden Stellen, wo die Schulterblätter den Rock ausbeulen; den einen etwas schief eingenähten Koppelhaken; den ausgefransten unteren Rand des Rockes. Und dies: die Mütze, die so hoch auf dem steilen Hinterkopf ruht, und die Unmasse der hellen Haare, die sich kurz über dem Kragen zu einem kleinen drolligen Schwanz zusammendrehen.
Wein ist in mir, und ich habe ihn noch nie so gern gehabt, diesen kleinen lustigen Haarschnörkel. Es fällt mir ein, daß Klees einmal sagte: »Du hast einen Violinschlüssel im Nacken« – denn so ist es wirklich.
Wir gelangen zu der Stelle, wo der Hauptmann sich ge-

waschen hat. Er ist nun sauber, vom Scheitel bis zum Nabel, nur das Waschgefäß steht noch da, und der Kreideboden der Böschung ist ringsum schwarz gesprenkelt. Sogar diese Sprenkelmuster, fühle ich, sind schön und vielsagend.
Wir schreiten fort, und die Lerche verläßt uns nicht, sondern schmettert in höchster Kraft. Der Violinschlüssel in Alberings Nacken öffnet auch meine Soldatenkehle, ich singe, und weil ich Wein getrunken habe, singe ich gut.

»Morgen marschieren wir
Zu dem Bauern ins Nachtquartier.
Eine Tasse Tee,
Zucker und Kaffee – und ein Gläschen Wein!«

Und da schwingt sich die Lerche herab aus dem feurigen Himmel, verstummt und fällt in den Kartoffelacker, dessen Blüten sich bewegen. Und da beugt sich der Kamerad, pflückt eine große Mohnblüte, deren Fahnen voll Schwärze sind und fortflattern, alle vier. Und wir springen in den Graben, und der Himmel ist mehr gelb als rot.
Wir wischen Tau und Rost von den Gewehren; sie sind so naß, als hätten sie im Wasser gelegen. Das dauert eine Weile. Alberings Augen sind gesenkt, auf seinen Lidern sitzt weißer Kalkschmutz, der getrocknet ist.
Keiner spricht etwas. Der Himmel ist bis zum Scheitel in Feuer, und die ganzen Seitengewehre spiegeln den Schein.
Nichts wird gesprochen und nichts gesagt . . .
Da erscheint Oelrichs, der Alte, schleppenden Schrittes, aber hastig, ein Arbeitsmann, die Beilpicke in der Rechten – ein Botschaftsbringer, Schrecken in den Au-

gen. Er steht, öffnet den Mund und murmelt. Die Falten auf seiner beschmierten Oberlippe zittern, zwei braune Zahnstumpen zeigen sich, und die Kinnlade klappert. Jetzt aber verzerrt sich sein Gesicht in einer ungeheuren Willensanstrengung, er läßt die Beilpicke in die Grabenecke gleiten und sagt langsam und deutlich, ruhigen Auges, aber unter krampfhaftem Zittern der Oberlippe:

»Alarm!!«

Damit hastet er fort.

Und während mein Blut in heißem Sturz zum Herzen drängt, schraubt sich droben ein russischer Aeroplan, schwarz und röchelnd, mitten durch den gelben Lichtsee des Himmels.

Gefecht bei Trysten

Die Sonne ist da. Wir stehen auf den Schießbänken, gefechtsbereit, und sehen, daß die Sonne da ist. Der Himmel steht nun in hellster Bläue, und drunten, knapp über den Pappeln, ist die große goldene Sonne erschienen. Sie kommt dahergefahren als eherner Schild und als eherner Schütze, wir schließen die Augen vor ihr. Sie schießt ihre Pfeile mitten durch die Welt in tausendfache Ziele – und nun löst sie sich von dem obersten Wipfel einer Pappel los und fährt empor. Rasch schwebt sie auf, vorbei an einem der sieben braunen Ballons, die in gleichen Abständen den Horizont beschmutzen.
Zu diesen blicken die bestrahlten Gesichter der Soldaten hinüber; man beobachtet Schulter an Schulter, plaudert und beobachtet. Einer der Ballons senkt sich und verschwindet hinter Drahtverhau und Erdwelle, ein anderer klettert der fliehenden Sonne nach in große Höhe.
»Der will am meisten herausbringen«, sagt jemand rechts von mir.
»Sieht uns gerade in die Fresse«, schilt jemand von links.

»Wie spät, Kameraden?«
Es geht nun auf vier Uhr, immer noch dauert der Alarm; indessen fällt kein Schuß; nur die dreckigen braunen Flecke überm Drahtverhau sind verdächtig, sie drehen sich, werden bald schwarz, bald gelb, sinken und heben sich erneut. Wir werden müde, gähnen, möchten schlafen. Die Sonne fährt fort zu steigen und scheint nun schon auf die Patronentaschen, welche glänzen. Es wird warm, wir werfen die Mäntel ab und beobachten weiter.
Ein Offizier eilt durch den Graben und fragt:
»Wo ist Leutnant Brause?«
Dann kommt Eisen von der Patrouille zurück, erst jetzt und mit geröteten Backen; wir hatten ihn nicht vermißt. Man fragt ihn, und es stellt sich heraus, daß er einen russischen Hund gefangen hat.
»Wieso einen russischen? – Wo hast du ihn? Geschlachtet für Blutballen?« fragt Lurtjebam entzückt.
Eisens Gesicht strahlt, er brennt eine Zigarre an, pafft wie ein Imker und schweigt. Meyer aber, der mit ihm gekommen ist, erzählt:
»Er hat einen wichtigen Fang gemacht, und der Leutnant überreichte ihm jene Zigarre aus seiner besten Kiste.«
Wir gaffen den Glücklichen an. Der Rauch der guten Zigarre hat sich verzogen, denn Eisen hat ein vernünftiges Rauchtempo eingeschlagen, und er brummt, während die gute Zigarre zwischen seinen feuchten Lippen zappelt:
»Er hat mich zum Leutnant der Landwehr vorgeschlagen.«
»Wenn auch nicht dies«, versetzt Meyer ernst, »so kannst du dir hiermit doch vielleicht die Gefreitenknöpfe geholt haben. Ich bestreite es nicht.«

Er macht sein Beamtengesicht, dazu entdecke ich, daß er ja schon die Gefreitenknöpfe trägt – seit wann? Sein Gesicht aber verrät es nicht, er hat die Augen vor den tausend herzielenden Sonnenstrahlen zugekniffen und lächelt über irgend etwas. Über was mag er so glücklich lächeln, so selbstvergessen dastehen, jede einzelne lange Borste seiner Brauen von der Sonne beschienen und mit einem eigenen winzigen Schatten an der Stirn? –
Plötzlich macht er unvermittelt eine rasche Kniebeuge, rascher als damals in Montcornet, als ich mich elend fühlte. Er beschaut die Erde, ein Krachen ertönt, mein Atem stockt mir im Halse – eine Granate ist eingeschlagen. Eine zweite, eine dritte, eine vierte folgen – dann Stille.
Wir erholen uns, spähen nach rechts die Erdwelle hinauf, die unser erster Zug besetzt hält, und erblicken dort eine weißliche Qualmwolke. Sie wirbelt soeben bis zur Sonnenhöhe empor und treibt dann langsam zur Sonne hin, immer silberner werdend. Es pfeift nun links hinüber und schlägt vor dem Nachbarabschnitt ein, der in der Mulde liegt und sich in leichtem Bogen zurückschwingt, begleitet von zwei schmalen Streifen Draht, in den wir ein wenig von oben hineinschauen, sozusagen hineinspucken können. Auch dort schießen weiße Rauchsäulen auf.
Das Spiel beginnt, unsere Müdigkeit ist verschwunden. Hinter dem Gewehr auf der Schießbank stehend, beobachten wir, wie Salve auf Salve in Abständen von Sekunden rechts hinüber auf den Abschnitt unseres ersten Zuges niederjagen, hören wir das Gejaule der Detonationen, sowie das Surren und Zwitschern der in unsere Nähe fliegenden Sprengstücke, sehen wir weißliche, graue, braune und feurige Rauchwolken aufprallen, aus denen sich Erdklumpen und Drahtverhaupfähle in noch

größere Höhe erheben, um wieder in ihnen zu verschwinden. Die Rauchmassen schieben sich, vom leisen Luftzug getrieben, ostwärts, dem feindlichen Graben zu.

Es heißt aufpassen, denn jeden Augenblick können auch wir beschossen werden. Verirrte Splitter übersummen uns und scheinen etwas anzukündigen. Dies ist der Tag der Rache. Gottes Finger rührt in unser Herz, welches pocht und wartet.

Was wollen die Salven? Sie kommen jetzt seit einer Stunde. Wir zählen die Abstände zwischen ihnen nach Sekunden – diesmal waren es sieben, diesmal waren es neun.

Ich sehe nicht die Gesichter der Kameraden an, ich denke nur an die schwärende und weiterfressende Wunde in unserem Abschnitt. Wo sind die Leute vom ersten Zug? – Liegen sie in den Unterständen? – Unmöglich, denn diese haben nur einen halben Meter Dekke. Aber wo sitzen sie? – Haben sie Verwundete, Tote? – Ist es möglich, daß dort ein Angriff gemacht wird? – Und ich verwirre mich und komme zu dem unsinnigen Schluß, daß dies unmöglich ist, weil unsere Leute nicht mehr kampffähig sein können – die Russen schießen doch nicht mit Schokolade!

Eben surrt wieder ein ausgerissener Splitter heran, ich habe mich geduckt. Er schwirrt wie eine Fledermaus, aber lauter – und jetzt ganz langsam wie die kleine Windmühle, die ich einst im Nachbargarten bewunderte. Klapp! da sitzt er in der Grabenwand, als hätte ein Junge zum Spaß ein Messer in die Erde geschleudert, in der Erwartung, daß es aufrecht stehen bleibe. Der Splitter hat die Form eines Taschenmessers und steckt dort wie ein solches. Sogleich stürzt sich Pabst darauf und will ihn sich aneignen. Doch er verbrennt sich, »hei«,

schreit er und schüttelt lachend seine Finger, bleibt aber neben dem Splitter stehen, denn er gehört ihm.
Jetzt ist auch der kleine Leutnant, der vordem nach Brause suchte, bei uns. Er setzt sich neben der Schulterwehr in die Ecke, legt eine geöffnete Schachtel mit Zigaretten neben sich und hält eine zwischen den Fingern. Ich habe ihn noch nie gesehen. Er ist sehr bleich und schlägt sich fortwährend die Asche von der Uniform.
Pabst hat indessen seinen Splitter erkalten lassen und herausgezogen. Der Offizier verzerrt sein Gesicht zu einem Lächeln und sagt zwischen zwei Salven:
»Setzen Sie sich alle auf die Schießbänke, nur der Posten soll stehenbleiben.«
Der Posten ist Eisen. Wir folgen dem Befehl und bemühen uns, ruhig zu sitzen. Pabst kann es am wenigsten, er springt auf und berechnet, wohin der Splitter, den er hört, sich wenden wird. Hat er soeben erst seinen Wein getrunken? Oder ist es das Spiel, was ihn reizt?
Es erregt uns alle, dies Spiel der Splitter, aber wir wenden nur die Köpfe hin und her, während Pabst mit blitzenden Augen durch den Graben tanzt. Jetzt hat er seine Feldmütze in den Händen, als wolle er Kirschen damit auffangen, und er läßt einen heißen Eisenstern hüpfen, der ihm das Mützenfutter ansengt. Wie ein Gaukler hebt er die Füße, seine Splittersammlung bereichert sich minütlich, und immer ist ein glühender dabei, durch den auch die erkalteten zum Hüpfen gebracht werden.
Indessen sagt der Leutnant und lächelt wieder:
»Während der Champagneschlacht haben wir drei Tage seitwärts auf den Schießbänken gesessen. Es ist das sicherste.« Er bemüht sich, gemütlich zu sprechen, aber sein Gesicht ist furchtbar blaß, und immer fingert er die

Asche von der Zigarette, an der er, sobald sie seinen Fingernagel sengt, eine neue anbrennt.
Wenn er es sagt, wird es wohl richtig sein! So sitzen wir wortlos. Keiner hat seine Pfeife in Brand. Man blickt auf Pabst – ich fühle, daß alle es tun, denn ich tue es ja. Nur Pabst sehe ich an, den Sammler, den Tänzer, dessen Gesicht Bäche von Schweiß überrinnen, indem es lächelt.
Plötzlich fällt Eisen rücklings vom Postenstand. Wir starren ihn an, wie er gegen die Hinterwand torkelt. Seine Augen hat er geschlossen, doch die Lider zittern. Er will sie nicht öffnen, denke ich. Er blutet nicht. Dann hebt er sich vorsichtig auf die Knie, öffnet die Augen, reißt die Uniform auseinander und betrachtet seine Brust. Bevor wir uns aufraffen, ihm beizuspringen, besteigt er kopfschüttelnd den Stand.
»Sind Sie schlapp geworden?« fragt der Leutnant zwischen zwei Salven.
Eisen brummt etwas und rückt seinen Helm wieder gerade. Und Pabst hat sogar den Splitter gefunden, den er in seine Mütze hineinklingeln läßt.

Es geht gegen Mittag, und fortwährend steht die Anhöhe rechts unter starkem Beschuß. Punkt zwölf Uhr beziehe ich den Postenstand und erblicke dort den Wald von Rauchbäumen, der in Bewegung ist, nach links ins Zwischengelände wandert, aber sich über dem Graben des zweiten Zuges fortwährend erneuert. Vor seiner sonnendurchstrahlten Wand fallen die Reste des zerstörten Drahtverhaues nieder wie spärliche schwarze Hagelstücke. Das Gewitter ist nahe – wie wird es fortgehen? Wie werde ich es überstehen?
Unter mir, an die vordere Grabenwand gedrückt, sitzen die Kameraden und harren wie ich. Doch ich kenne sie

nicht zu dieser Stunde, nicht Albering, nicht Pfeiffer, nicht Klees. Ihre Gewehre sind bereit wie meins. Aber niemand ist da, uns ein Wort zu sagen, niemand löst das trockene dumpfe Schweigen. Des kleinen Leutnants blasses Gesicht verschwimmt im Schatten, der Boden vor ihm ist mit Zigarettenstummeln übersät. Selbst Pabst ist still geworden, die bis zum Rand gefüllte Mütze liegt neben ihm. Aber immer noch sind glühende Splitter auf ihren verzwickten Flugbahnen unterwegs. Die Ballons drüben glühen wie geröstete Kastanien und scheinen fortwährend zu wachsen, zu schwellen; sie werden gelb, werden weiß und wieder gelb und scheinen geradewegs in mein Gesicht zu schweben.

Plötzlich überkommt mich ein starker Hunger, ich habe seit Mitternacht nichts gegessen. Einer tritt an meine Stelle, und ich krieche auf zitternden Armen in unseren Unterstand. Ich öffne Lisas Paket, nehme Marmelade heraus und bestreiche ein Brot. Da ertönen harte Schläge – ganz in der Nähe sind Granaten eingeschlagen. Im Graben gibt es ein Gerenne, durch das Kriechloch sehe ich, daß alle aufgesprungen sind und sich hinter die Schulterwehr geflüchtet haben. Feldwebel Engelke ist bei ihnen, er hat ein kirschrotes Gesicht und gestikuliert, eine Weinflasche in der Hand. Nur der Leutnant sitzt noch auf seinem Platz, unbeteiligt und wie ein Kranker.

Kauend und auf den Knien hockend, spähe ich wieder nach draußen, denn wieder saust ein Hagel von Splittern gegen Grabensohle und Wand. Engelke springt vor den Kameraden herum, die sich gegen die Böschung drücken, dann stößt er sich von der Schulterwehr zurück, wirft den Kopf in den Nacken und trinkt den Rest seiner Flasche, die sodann seiner Hand entgleitet. Jetzt kehrt er zurück, erscheint in der Öffnung meines Unterstandes und kriecht herein. Neben mir im Stroh bleibt er liegen, brummt zufrieden und scheint sodann in Schlaf zu fallen. An den Beinen hat er funkelneue Ledergamaschen, ich schiebe mich vorsichtig an ihnen entlang und ersteige wieder den Postenauftritt, wo ich Albering finde. Ich meine, daß er es ist, sage aber nichts, sehe ihn auch nicht an. Jetzt bin ich wieder allein.

Es wird 1 Uhr und nichts ändert sich, als daß sich das ganze Wetter wieder drüben auf die Erdwelle zu richten scheint. Der Leutnant hat gegen Engelkes neue Gamaschen getreten, und zwar ohne Erfolg, er lacht nervös. Ein Melder ist gekommen und teilt mit, daß der erste Zug mehrere Tote hat, daß das Maschinengewehr nicht mehr schußfähig ist –
»Voll Sand«, nickt der Leutnant.
– und die Gewehre ebenfalls –
»Voll Sand«, lächelt der Leutnant und bewegt das wesenlose Gesicht...
Da sehe ich drüben aus den Pappelspitzen eine silberhelle Leuchtkugel aufsteigen. Sie hinterläßt eine silberhelle Spur, die wie eine kerzengrade silberne Stange steht. Ich melde es. Nun steigen links und rechts weitere Leuchtpfeile in riesige Höhe. Ich zähle sie, melde.
Es ist ein Gitter von dreizehn silberhellen Stangen. Ich melde: »Dreizehn!«
Da verstummt das Schießen. Rechts auf der Anhöhe erscheint eine breite Reihe von Russen, die vor der sich verziehenden weißen Qualmwand auftauchen. Zuerst ein paar schwarze Köpfe, deren schwarze Körper sofort nachrücken, während gleichzeitig links und rechts von ihnen weitere schwarze Köpfe erscheinen. Jetzt sieht man die mittleren auf ihren schwarzen Beinen daherschreiten, sieht auch die äußeren hinter der Erdwelle

herauswachsen und an ihren Flanken wieder neue schwarze Köpfe sich heraufbewegen. Jetzt ist die volle Reihe auf die Höhe gelangt, scharf heben sich die Soldaten ab, ihre Mützen sitzen schief, die Gewehre tragen sie unterm Arm wie Jäger. Alle kommen sie in guter Ordnung und in ruhigem Schritt herüber, keiner stockt. Einer von ihnen aber springt, läßt den Arm kreisen und wirft eine winzige Handgranate, die auffliegt, niederfällt und, ohne zu explodieren, herrollt, herhüpft, sich verkriecht, verschwindet.
Sie kommen, unabwendbar, unheilvoll, tragen Gewehre und Handgranaten mit sich, schreiten geradewegs auf uns los und wollen an unser Leben. Wir fiebern, in den Händen die Gewehre, die leicht sind wie heiße Luft. Wir wollen sie niederschießen; es sind ihrer viele, man muß sofort damit beginnen. Wir heben die Gewehre, aber senken sie wieder, denn das Unheil kommt ja rittlings auf dem Graben daher, und zwischen ihm und uns stehen die Kameraden vom zweiten Zug auf den Schießbänken. Wir sehen ihre Köpfe, sie scheinen unbeweglich, versteint. Die Reihe der Russen kommt, ohne sich zu lichten, näher. Wieder wirft einer von ihnen eine Handgranate, die etwa vier Brustwehren vor uns mitten in die Grabenkerbe fällt und eine Qualmwolke aufstößt, deren helles Gelb sich ausbreitet und die Mitte der anrückenden Russen verdeckt.
Eine ungeheure Aufregung bemächtigt sich unser, wir bewegen die Gewehre, drehen uns auf den Schießbänken und wissen nicht, was zu tun ist. Ich sehe den Leutnant, der mit zwei Handgranaten fuchtelt und um die Schulterwehr rennt, den Russen entgegen. Seine Zigarettenschachtel läßt er liegen. Sogleich aber kehrt er zurück und schreit mich an: »Wo ist Leutnant Brause?«
Wie kann ich es wissen? Mag er ihn suchen gehen! Er

wartet auch auf keine Antwort, sondern eilt nach der entgegengesetzten Seite weiter, die Handgranaten wie Fackeln tragend. Nach ihm strömen die Soldaten vom zweiten Zuge, die ihren Abschnitt geräumt haben, zu uns herein, so daß wir Kopf an Kopf stehen. Auch wir wollen nicht auf den Schießbänken bleiben, springen herunter, und es gibt ein ratloses Gedränge. Unteroffizier Tielbürger betritt den verlassenen Postenstand und schreit:
»Weitergehen! Langsam weitergehen!«
Endlich ein brauchbarer Befehl, wir kommen ihm nach, gehen zurück, gelangen von einem Grabenteil in den anderen, sehen überall die bestürzten, schweißtriefenden Gesichter von den Schießbänken uns entgegenstarren und reißen auch diese Soldaten mit uns fort. Eine ganze Weile geht es so weiter, dann stehen dort Soldaten in Hemdärmeln, die sich nicht anschließen, sondern Schmähworte auf uns herabschleudern. Es sind die 111er, die in der letzten Nacht die Österreicher abgelöst haben.
Bei einer Grabenbiegung wendet sich der Strom links. Man folgt den Vorderen eine Treppe hinauf. Oben auf der Böschung steht der dicke Hauptmann ganz allein – vielleicht an derselben Stelle, wo er sich am Morgen gewaschen hat, zuckt mir durch den Kopf. Er hält eine klobige Pfeife zwischen den Zähnen, hebt das Gewehr an die Backe, zielt und schießt. Dann sind wir schon vorbei, und ich höre ihn noch zischen:
»Zwei Schritt Abstand!«
Es wird mir klar, daß wir einen nach rückwärts ausschwärmenden Flankenschutz bilden. Viele Soldaten sind schon voran, Mann hinter Mann schreiten wir durch hohes Getreide, dessen Halme sich um unsere Beine wickeln. Ich bin blind von der Sonne, und die

langen geneigten Ähren, die meine Hände kitzeln, scheinen gleichzeitig zu zischen und zu knallen – das sind Geschosse, denke ich, und da mein Vordermann kniet, folge ich seinem Beispiel. Wir heben die Gewehre und suchen ein Ziel. Aber die Ähren hängen über mein Visier, und ich sehe nichts als das starre Durcheinander der Halme. Mein Nebenmann, dem der Helm ganz sonderbar hoch auf dem Hinterkopf sitzt, steht auf und gibt einen Schuß ab. Ich tue dasselbe, habe aber nichts gesehen, denn das Licht überm Kornfeld verwischt alles. Ich lade im Knien erneut, die Russenkugeln wispern und zischen. Etwas schlägt gegen meinen Stiefel. Es ist der Nebenmann, der niedergesunken ist und mit seinem Turmbau von Helm meinen Fuß drückt. Ich ziehe ihn ein wenig fort, der Liegende stöhnt auf und spuckt Blut übers Gewehr.

Dann schreit mir von links eine Stimme ins Ohr, eine Stimme, die ich kenne. Ich blicke in Klees' Gesicht, es ist verzerrt, die weißen Zähne blitzen übergroß, und er ruft mich an, ist unzufrieden über etwas. Er bringt seinen Mund ganz nahe an mein Ohr und brüllt:

»Seitengewehr 'runter! Sie sehen es!«

Seine großen Augen rollen, ruckartig setzt er den Kolben in die Schulter, und die Backe überm Kolben ist mit dicken Schweißtropfen übersät. Richtig, sie sehen es beim Laden, es ist ein Ziel für sie – herunter damit! Wieder höre ich Klees' Stimme:

»Wir bleiben zusammen!«

Es zischt immer. Die ganze Luft ist durchlöchert, fühle ich und weiß plötzlich: es muß ein Ende gemacht werden! Aufspringend erblicke ich eine ganze Kette von Russenköpfen im Getreide, sie bewegen sich. Ich nehme den, der mir entgegenkommt, aufs Korn, lasse ihn aufsitzen und drücke ab. Er bewegt sich weiter. Ich bleibe stehen und lade, indem ich immer den einen Kopf verfolge. Die anderen sind mir gleichgültig. Es muß ein Ende gemacht werden! Womit? – Mit der Verwirrung.

Ich gebe einen zweiten Schuß ab, wieder ohne Erfolg – der Kopf bewegt sich genau auf mich zu. Ich fühle meine Zähne stahlhart aufeinanderliegen, lade wie unter Aufsicht eines Unteroffiziers, ziele zum drittenmal, lange, wobei ich den Kopf recht hoch aufsitzen lasse, und drücke los. Der Kopf verschwindet, zwei Hände sind einen Augenblick erschienen, dann aber ist dort eine Lücke. Es ist ein Ende gemacht – der Verwirrung ein Ende, und ich atme auf.

Wieder hebe ich mein Gewehr und sehe, daß die Köpfe im Kornfeld sich vergrößern. Die Russen sind nur mehr fünfzig Schritt von uns entfernt und kommen in Massen, die Gewehre unterm Arm, die sie, wie es scheint, in dieser Haltung, ohne zu zielen und ohne stehenzubleiben, abdrücken.

Ich gebe meinen Schuß ab, als der Befehl durchgeschrien wird: Zurück in den Graben! Indem ich sichere, eine Linkswendung mache und Klees' Rücken die paar Schritte zur Grabentreppe folge, schlägt etwas wie die große behaarte Hand meines Schreiblehrers gutmütig und riesenhaft gegen meinen Ellbogen. Das war eine Russenkugel. Mein Arm wird schwer, wird lahm; ich halte das Gewehr, gehe weiter. Lang werden mir die wenigen Schritte bis zur Grabentreppe, über der immer noch der Hauptmann dick und breitbeinig auf der Böschung steht, die Arme am Gewehr reckt und an der seitwärts starrenden Pfeife die Lippen fletscht. Es ist beschwerlich, bis zur Grabentreppe zu gelangen, man geht wohl aufwärts. Man geht auf und ab, der Boden schwankt. Max Pfeiffer scheint er schon aus dem

Gleichgewicht geworfen zu haben, der schlechte Boden mit den verwirrenden Halmnetzen, denn er liegt hier an der Böschung. Seine Uniform ist überm Bauch auseinandergerissen, das rote Hemd ist sichtbar, aber es ist Blut, das alles überspült hat. Indem ich meinen Fuß über seine ausgestreckte Hand hebe, scheint er ihn festzuhalten. Dazu schüttelt er die Kolbennase, als ob er mein Feuer verschmähe. Fort muß ich, beide Füße hält er mir fest, wackelt mit dem Kopf und blickt mich an wie ein Hund, ergeben und freundlich. Einer stößt mich von hinten, und nun bin ich die Grabentreppe hinunter.

In diesem Augenblick haut unmittelbar in der Nähe eine Granate ein. Ich falle nieder, werde mit Sand bedeckt. Dicht neben meinem Gesicht sagt jemand: »Hast – du – nicht – gesehen!« Es ist der Hauptmann, er steht auf und bläst die Erde von seiner Pfeife.

Eine Weile hocke ich auf einer Schießbank, das Gewehr zwischen den Knien. Aus meinem rechten Ärmel fließt Blut. Auf dem Boden bildet sich eine Blutlache und vergrößert sich rasch. Ich lasse den Arm hängen, lege die Finger wie beim Schreiben zusammen, und nun rinnt der rote Faden Blut mitten in die Lache hinein. Das ist ein Spiel, welches müde macht. Der Fleck auf dem weißen Kreideboden wird groß und hat die Form des Sonnenschildes.

Dann beginnt das Blut zu tröpfeln. Von der runden Blutlache aber zweigt sich jetzt ein Bach ab, rennt nach rechts, trifft auf kleine Steinhöcker und zerteilt sich in winzige Adern, die der Boden aufsaugt und trocknet – und nun ist es kein Sonnenschild mehr. Ich versuche, meine blutumflossene Hand zu heben. Sie ist schwer, aber ich bringe sie auf meine Knie, rot und klebrig liegt sie dort. Indessen tanzen neben mir die hemdärmligen

Soldaten. Sie wittern den Feind hinterm unverletzten Draht, wissen ihn dort liegen und auf seine Stunde warten. Sie wollen ihn vor sich haben, schmähen ihn, toben – schießen, sobald nur eine Russenmütze sichtbar wird. Eben hat einer von ihnen, barhaupt und halbnackt, die Deckung erklettert und gibt droben im Stehen Schüsse ab – als mich ein anderer vor der Brust packt und schüttelt. Ich sehe seinen nackten Arm, sein Gesicht, stoppelbärtig und wüst, sehe seine flackernden schwarzen Augen und Blutadern um die Pupillen herum, höre seinen wütenden Ruf: »Auf, Kerl!« – stöhne und wehre mich ein wenig – als er von mir abläßt, wieder die Schießbank hinaufspringt und wie ein Rasender brüllt:
»Ran – Ruß – ran!! Ran – ran!!«
Ein Anker war auf diesen unvergeßlichen Arm tätowiert, ein blauer Anker an einem roten Strick – das bedeutet die Hoffnung.

Und nun stehe ich auf, wie im Traum, hänge das Gewehr am Riemen über die Schulter und werde mir jetzt meinen Tornister holen, der im Unterstand zurückgeblieben ist, den alten guten Tornister mit den Paketen von Lisa. Ich habe ganz vergessen, was drin ist in diesen Paketen, aber etwas Schönes war es bestimmt. Ich muß es mir holen.
Im Gehen fällt mir ein, daß auch mein Reliquienbeutel sich im Tornister befindet, und ich gehe rascher – auch diesen ledernen Brustbeutel muß ich wiederhaben, denn der Ring ist doch drin, den Lisa mir mitgegeben hat, ein Ring mit zwei Steinen, von denen der eine herausgefallen ist. Dieser Ring ist so winzig, daß er nicht einmal auf meinen kleinen Finger hinaufging – kleiner als klein ist dieser Ring!

Alles muß ich wiederhaben, denke ich und eile. Oben rufen Stimmen »Hurra«, der Graben aber, den ich durchschreite, ist leer.
Plötzlich liegt vor mir auf dem Boden ein kleines Spielzeug aus Blech, ein Taubenhäuschen aus Blech, welches umgefallen ist. Es hat noch nie hier im Graben gelegen. Es ist hineingesprungen aus der Luft – und da fällt mir jener schwarze Russe ein, der den Arm schwang und warf – es ist eine russische Handgranate. Nun es mir einfällt, bin ich schon um eine weitere Schulterwehr gebogen und stehe jetzt auf einem braunen Mantel, der wie fortgeworfen daliegt. Auch dieser braune Mantel gehört nicht uns, denn wir tragen nicht braune Mäntel; hier in unserm Abschnitt hat es bestimmt keinen gegeben. . .
Hier der Schützenauftritt! Hier die hundert Zigarettenenden! Hier ist auch der Eingang zu meinem Unterstand. Feldwebel Engelke schläft noch darin auf dem Rücken – doch seine Beine bewegen sich mitten im Graben.
Nun höre ich ihn drinnen stöhnen. Man hat ihn vergessen, ich muß ihn wecken und zerre an seinen roten Ledergamaschen; er muß heraus, denn sonst kann ich nicht zu meinen Sachen gelangen. Ich ziehe verzweifelt, er wird nicht wach, hört aber auf zu stöhnen. Die Gamaschen fahren lassend, zergrüble ich mein Gehirn, weshalb er nicht aufsteht und mir den Weg freigibt. Ich stoße gegen seine Beine, ebenso wie der Leutnant es tat, noch gröber – aber ebenso wie er ohne Erfolg. Sodann spähe ich ins Dunkle nach seinem Gesicht, und jetzt ist mir klar, weshalb er nicht aufsteht: Hals und Gesicht sind ganz voll Blut. In diesem Augenblick höre ich ihn ganz deutlich sagen:
»Schnall sie doch ab, es sind Riemen dran.«

Er meint die Gamaschen, fällt in Wimmern:
»Schnall sie dir doch ab, aber gib Wasser ... abschnallen, und schnell Wasser!«
Ich sage:
»Lieber will ich zuerst Wasser suchen.« Worauf er verzweifelt aufheult: »Wasser ... gib Wasser... abschnallen, und schnell Wasser!!« Ich stehe starr, höre ihn jammern und denke: Ich habe ihn an den Beinen gezogen – ich Raubtier! Kann es sein, daß ich seine neuen Gamaschen stehlen wollte? – Es ist mir plötzlich vergällt, meinen Tornister zu bekommen. Ich will ihn nicht mehr, will Wasser suchen, schnell, weiß aber nicht wo, drehe mich um – und habe im Nu vergessen, weshalb ich mich drehte –
Auf der hinteren Grabendeckung liegt ein Mensch, und ich sehe nur seinen Kopf, der übers Geröll niederhängt, sehe dies Gesicht verdreht, mit den blonden Borsten erdwärts. Es ist Albering, neben seinem Gesicht glitzert die Silbermünze.

Ich will hingehen – bin bei meinem Freunde, meinem blondborstigen Freunde mit dem weißen Haarschnörkel im Nacken. Suhren, die dreizehn Falten! – lacht es in mir. So – mein Kopf ist dicht dem deinen. Und dein Kopf, alter Zigarettenonkel, ist kalt – kalt wie Stochodwasser. Ich kann nicht mehr sagen, nicht mehr wissen, was totsein heißt.
Du bist doch tot? – Ein Wimmern ertönt hinter mir. Es ist der Feldwebel, welcher wimmert. Der Feldwebel ist nicht tot, aber du, mein alter Bruder, du bist tot – mausetot. Deine Augen sind geschlossen, genau wie es geschieht, wenn einer tot ist. Keine Spur von Schlitz ist zu sehen zwischen deinen weißen Wimpern, fest sind deine Lider geschlossen, ein fester Tod ist es.

Wie schön und ruhig!
Oh, ich sehe in eine Landschaft, sie ist schön und ruhig und ganz angefüllt mit Waldwipfeln. Ein Wimmern ertönt hinter mir, es kommt von einer Birke. Sie ist angeschnitten mit einem Messer, mitten im Frühling, ihr Saft tropft aus der Wunde, und sie wimmert darüber. Komm! mein Freund Albering – sage ich – wir wollen über den Wald schauen. Steh neben mir und rühre dich nicht. Das ist ein Sperber, der schreit, er miaut wie eine Katze. Aber die Wipfel sind voll von einem ruhigen Brausen. Alle Birken des Waldes wimmern, aber zu uns her klingt es wie ein sanftes Brausen. Dein Kopf ist neben mir – öffne nun die Augen, zu schauen die tausend sanften Waldwipfel im frühen März! Kannst du es nicht? – Ist dein Mund mitten auf deiner Stirn und muß nun statt ihrer Gedanken denken? Trägst du nun lange Barthaare unterm Kinn, und sind sie dir im langen Tode gewachsen?
Sieh den Wald mit mir, Kamerad!
Welche Qual! du siehst ihn nicht mit mir. Ich streichle dich mit meiner Hand. Es ist eine rote Hand, das schmerzt – aber wir sind hier in einem Lande, wo die Haut sich leicht rötet.
Warum ist deine Haut nicht auch gerötet? – Laß nur, deine Haut ist weiß. Sehr sauber bist du – ich will dir damit schmeicheln, indem ich es sage. Auch deine Münze ist sauber, sie hängt an deinem Halse offen vor mir, sie ist kein Geheimnis.
Aber wer reißt an deiner Münze, Albering? – Ich muß mich umwenden, es feststellen. Es ist ein Mann bei uns, ein wilder Mann im braunen Leinenkittel, und er packt zu und zerrt an deiner Münze. Er fletscht die Zähne, mit dem Blick auf mich, zerbeißt die Schnur und hält sie in der Hand, die saubere Münze. Er wendet den Blick

nicht von mir. Ich weiß plötzlich: er will mich töten! Er ist ein Teufel, ein Russe – ich bin völlig wach, erhebe die Hand gegen ihn, die rote, unter Schmerzen. Er seinerseits hebt seine gelbe Hand, in der ein solches Spielzeug funkelt, ein Taubenhaus aus Blech, eine Handgranate. Er senkt sie, schätzt mit seitwärts geneigtem Kopf die Entfernung ab, wirft sie mir vor die Füße und springt hinter die Schulterwehr, die Münze in der geballten Faust.

Trotzdem ich mir nicht denken kann, was dies zierliche Türmchen aushecken wird, verhalte ich den Atem und starre auf die Handgranate.

Sekunden verstreichen. Eine gräßliche Angst brennt in mir auf – ich ergreife den Stiel der Handgranate, halte sie hinter mich und renne fort, den Weg zurück, den ich gekommen bin. Wirf sie weg! denke ich im Laufen – wirf sie weg!

Dort ist noch die Blutlache – ganz schwarz. Ich werfe die Handgranate hinter mich und renne aus aller Kraft.

Die Gräben dehnen sich, sind menschenleer. Ein schwarzer Hund stürzt mir entgegen, dessen rote Zunge wie ein Nasentuch flattert, und der sich vor mir aufheulend gegen die Grabenwand wirft. Eisens Hund – denke ich, und ich renne...

Flucht

Ich renne, als hätte ich Flügel, und der Graben ist leer. Zurückgelassene Mäntel auf den Schießbänken, verstreute Spielkarten, und hier ein Toter, der mir den Weg versperrt – doch ich springe. Springe, stürze gegen eine Schulterwehr, raffe mich auf, umrenne sie. Endlich läuft vor mir ein Mann – in derselben Richtung eilt er, scheint mich zu hören, verdoppelt seine Schritte, verschwindet im nächsten Grabenteil. Ich will wissen, wohin du rennst, du grauer Rücken – du weißt den Weg. Ich will zu dir, will wieder zu Menschen kommen, werde zum Pfeil, Verzweiflung als Widerhaken in der Kehle. Jetzt schaut er sich um, mäßigt seinen Lauf, und ich hole ihn ein. Wir biegen nach links in einen schmalen Laufgraben – plötzlich pralle ich gegen ihn. Er flucht nach vorn und nach hinten, gibt seinem Vordermann, dessen Tornister zwischen den Wänden eingeklemmt ist, einen harten Kolbenschlag, daß er niederstürzt, unterm Tornister an den Riemen hängt, sodann mit den Armen herausrutscht, aufspringt und weitereilt. Wir kriechen unter dem Hindernis durch und folgen ihm.

In diesem Laufgraben liegen viele Soldaten. Ob sie tot sind oder verwundet, weiß ich nicht. Manchmal trete ich auf einen Rücken, kann es nicht vermeiden – ganz leicht trete ich auf diese weichen Rücken, renne weiter, blindlings und angstvoll, wie verfolgt von ihnen, wie gejagt von etwas Unmenschlichem, das sich erheben und mich im Rücken berühren könnte.
Der Graben windet sich. Jetzt ertönt ein starkes Schießen vor uns. Der Vordermann ist in Schritt gefallen und lädt sein Gewehr. Vor uns haben sich etwa zwanzig Soldaten versammelt; alle stehen gebückt, denn die Böschung ist sehr niedrig, und über allen Köpfen pfeifen die russischen Kugeln; sie zucken wie elektrische Schläge aus der linken Halmwand in die rechte.
Einige Soldaten haben ihre ganz hellen Gesichter nach links gewendet, sie knien und geben ein heftiges Feuer ab; nun erst sehe ich, daß der Laufgraben hinter ihnen endigt. Dort suchen sich andere durch Handbewegungen zu verständigen, das dauert eine Weile, während der die hellen Gesichter an der Böschung ihr Feuer beharrlich fortsetzen.
Endlich erklettert ein großer Mensch die Grabendekkung, und ich folge ihm sofort. Wir zwei schreiten ohne allzu große Eile über einen Acker dahin, umschwirrt von den wilden Bienen, die manchmal zischen, als ob einer energisch ausspucke. Der Große vor mir, ein Feldwebel, steuert geradewegs auf ein Haus zu, das unfern unter Bäumen sichtbar wird. Er geht gebückt, sein Kopf ist kaum zu sehen, und der Rücken schaukelt wie ein Schiff in mäßigem Seegange. Auch ich halte den Kopf gesenkt, schaukle hinter ihm drein, immerfort denkend: Warum geht er gebückt? – Eine Kugel, die seinen Rücken träfe, flöge ihm bei der Nase wieder heraus. Es ist Unsinn, gebückt zu

gehen, denke ich erregt – wage aber nicht, meinen Kopf zu heben.
Wir gelangen hinters Haus, sind in einem Obstgarten und vorerst in Kugelschutz. Mitten im Garten erblicke ich einen ebenso großen Soldaten, ebenfalls einen Feldwebel, dessen linke Schulter von Blut überflossen ist, und der sich mit der rechten Hand an einem hohen Ast festklammert. Er hält sein junges und sehr trauriges Gesicht gesenkt und beachtet uns nicht. Der erste Feldwebel aber hat nun einen Kompaß in der Hand und gibt die Marschrichtung an; dann löst er, ohne ein Wort zu sagen, den Arm des anderen vom Ast, legt ihn sich um den Nacken und geht mit ihm weiter. Ich folge ihnen, und wir verlassen den Garten.
Dann bin ich allein, renne eine Erdwelle hinauf und höre hinter mir jemand schnaufen, der mit mir Schritt hält. Wir gelangen auf einen schmalen Feldweg, und im Kartoffelkraut daneben wispern die kleinen Kugeln. Der Kamerad nähert sich, scheint mich überholen zu wollen – schon höre ich seinen keuchenden Atem neben mir – als er mit einem Fluch stehen bleibt. Auch ich halte an, wende mich und erkenne voll Freude den Schuster Hahn. Er schreit:
»Nun hab' ich's weg!«, wühlt in seiner Hosentasche, bekommt ein Wurstende heraus, zeigt mir, daß es von einer Kugel durchlöchert ist, grinst und steckt es wie ein Schmuckstück wieder ein. Ich denke: Er hätte es teilen sollen! und spähe an ihm vorbei über die heiße Ebene, die wir durcheilt haben, und die sich völlig menschenleer austreckt bis an den waldblauen Horizont mit der kleinen grünen Turmspitze von Trysten. Nichts bewegt sich in ihr als die beiden Feldwebel, die uns langsam und eng aneinandergeschmiegt folgen, als brächten sie ein Geheimnis getragen. Und dann, ganz fern auf der näch-

sten Erdwelle und im Flimmern der Sonne kaum erkennbar, ein kleines Gefährt. Es wird sehr eilig vorwärts bewegt, seine winzigen Räder schwirren nur so – und nun erkenne ich einen Hund, der es zieht. Es ist ein russisches Maschinengewehr, dessen Bedienung wohl im Getreide nachkriecht.
Ich renne weiter, sehe Hahn nicht mehr, erreiche eine kleine Vertiefung hinter der Erdwelle, in der sich einige Versprengte gesammelt haben, die gleichgültig umherliegen und Gras kauen. Hier schöpfe ich Atem. Hahn ist unter ihnen, er schaut auf den Boden und streichelt mit dem linken Zeigefinger seinen Schnurrbart. Ich frage ihn etwas, doch er antwortet nicht. Da ich das Bedürfnis habe, zu sprechen, rede ich eine gute Weile. Vielleicht ist es Unsinn, was ich rede, aber es macht mir Spaß, und ich höre nicht auf. Währenddessen ertönt das langsame harte Hämmern des russischen Maschinengewehrs, und Hahn schimpft:
»Halt die Klappe!«
Ein anderer pflichtet ihm bei und mahnt:
»Halt die Klappe, du mit dem Heimatschuß!«
Ich mache meinen Mund zu, springe auf und schreite schnell den Feldweg weiter. Ein paar Leichtverwundete schließen sich an. Eine breite Pappelreihe ist vor uns, und wir beschließen, auf ihr linkes Ende zu halten. Wir kommen näher, sehen die Pappeln sich strecken, sehen darin die Sonne wie aus unzähligen kleinen Spiegeln blitzen ... Jetzt aber ist droben vor den glitzernden Wipfeln ein Fleck, grau, schmutzig – er bewegt sich, knallt – in das rötliche Buchweizenfeld, das uns von der Baumreihe trennt, sausen Schrapnellkugeln nieder. Einer schreit:
»Ausschwärmen!«
Alle setzen los, der Pappelwand zu, hinter der man

Schutz zu finden hofft. Links, rechts, links, rechts birst es über uns. Die Röte des Feldes gleitet unter mir fort, ich komme hindurch, atme die Kühle unter den Bäumen, renne noch dreißig Schritt und bleibe stehen.
Hier verläuft unsere zweite Linie, ein schmaler knietiefer Graben, in dessen Nähe sich eine Menge Soldaten angesammelt haben. Fortwährend langen neue an, während von links das rasende Schießen unserer Batterien die ganze Pappelzeile entlangdröhnt, an ihrem Ende eine Gruppe von Offizieren starr um ein Scherenfernrohr geschart ist, und die von Insekten gepeinigten Pferde der Protzen sich im Schatten drängen, aufbäumen und ausschlagen.
Ich finde einen Sanitätsunteroffizier, der meinen Arm verbindet, wobei er sich Zeit läßt.
»Zwei Hemden, zwei Unterhosen, zwei Paar Strümpfe«, erzählt er in komischer Wut, »gestern erst bekommen, alles von der Mutter gewaschen, ausgebessert, geplättet, und noch nicht einmal von mir ausgepackt – alles fort!«
»Das ist viel«, sage ich und muß doch lachen.
»Sie können lachen«, nickt er und macht einen künstlerischen Knoten. »Sie gehen nach Haus, zu Mutter – ich aber sitze hier ohne Wäsche! – Fertig. – Und Sie?«
Er wendet sich an einen Neuankommenden.
»Haben den Schreibefinger blessiert, oder gar die ganze Hand? Na, kommen Sie her, aber setzen wir uns.«
Sie hocken sich hinter den winzigen Graben auf einen Erdhaufen, und der Sanitäter beginnt seine Arbeit. Der Verwundete, der unserem Bataillonsstab angehört, erzählt:
»Unser Rittmeister ist tot, das steht fest. Als die Russen kamen, lief er ihnen entgegen, in der einen Hand die Pistole, in der anderen die Schnapsflasche. Er lief, daß

man sich rein dumm vorkam – bloß seine gelben Beine sah man noch zwischen den Bäumen!«
»Zu stramm?« fragt der Sanitäter und hat ihm einen Stock gegen den Mittelfinger gebunden – der Verwundete schüttelt den Kopf und fährt fort:
»Da kamen die Russen und schossen ihn um. Er liegt da, weißt du, und knallt ihnen mit der Pistole in die Fresse. Bevor ich schießen kann, springt so ein Kerl herzu. Der greift die Flasche auf und haut sie ihm ins Gesicht, daß sie in Stücke geht. Den machte ich so nüchtern, daß er keine Schnapsflasche mehr anfaßt. Der Rittmeister aber schrie und schoß noch in die Bäume, konnte wohl nicht recht mehr gucken. Und dann war es für uns Zeit, daß wir abgingen, denn sie kamen in dicken Haufen heran. Einer von ihnen schoß mir durch die Hand – der Mittelfinger lahmt, nicht wahr?« – »Nicht übel, der Schuß«, schätzt der Sanitäter und blickt auf. Die Pferde gehen mit den Protzen durch, die Offiziere entfernen sich vom Scherenfernrohr und eilen vorbei.
Dann kommt der Feldwebel mit seinem Kameraden heran und wird von einigen Soldaten gefragt, ob dieser Graben gehalten werden soll.
»Bestimmt«, antwortet er und ordnet die schleunige Besetzung an.
»Nimm mich mit, Suhren!« schreit von drüben ein Verwundeter, der sich hinkend vorwärts bewegt. Ich kenne ihn, es ist ein junger Soldat meiner Kompanie. Er hat einen Knochenschuß durch den linken Unterschenkel – sein Stiefel sieht aus, als stände er ausgezogen und eingeknickt vor einem Soldatenbette. Der Junge umfaßt mich, und wir gehen langsam aus dem Feldwege fort.
»Bin Bergmann«, jammert er, »aber nun bin ich's ein für allemal gewesen!«
Ein kleiner Soldat überholt uns, er ist barhaupt, und

seine Glatze leuchtet in der Sonne. Wir sehen ihn gesenkten Kopfes vor uns hinschwanken, sich von Zeit zu Zeit erbrechen und weiterschwanken. Er hat einen eisernen Willen, geht unter Qualen, aber geht und geht, um mit seinem Bauchschuß bald zu den Ärzten zu kommen.

Wieder erbricht er sich – und wenn er nicht wäre, würden wir zwei vielleicht lustig werden. Es fällt kein Schuß, mir ist, als ginge ich hier ein wenig spazieren, einen melancholischen Freund am Arm, den ich bestimmt aufzuheitern hoffte. Über den Feldern steht die ewige Mittagssonne, und Wolken von weißen Schmetterlingen achten unser ganzes Gefecht da vorn für nichts.

Jene zwei Soldaten aber, die ohne Gewehr auf den Feldern herumschlendern – was wollen die?

Sie wollen Schmetterlinge fangen, meine ich.

Nun kommen sie heran, ein langer und ein kleiner, und der lange ist der Bursche von Leutnant Brause, ein Friseur. Er war immer der schmuckste Mann der Kompanie und immer um Brause herum – kaum wagte man, ihn anzusprechen. Jetzt kommt er daher, trägt ein halb gelangweiltes, halb klägliches Gesicht zur Schau und erklärt auf meine Frage nach dem Leutnant:

»Er ist tot – wahrscheinlich tot.«

»Bauchschuß«, ergänzt der Kleine und schlägt wahrhaftig nach einem Zitronenfalter.

»Wo ist er?« fragen wir.

»Da, wo er liegt«, knurrt der Friseur und macht eine Kopfbewegung.

»War nicht mitzukriegen«, bedauert der Kleine und fragt hastig: »Dein Rasierzeug – hast du es gerettet?«

Der Friseur nickt.

Wir übergeben den beiden unsere Gewehre und bewe-

gen uns weiter. Ich denke: Kein Offizier des ganzen Bataillons war immer so tadellos rasiert wie Brause.
»Ein Schuft von Bursche!« knirscht unter Schmerzen mein Bergmann.

Eine lange Zeit verfolgen wir den Weg, der uns zur Stochodbrücke führen soll. Wortlos gehen wir, der Bergmann mit zusammengebissenen Zähnen, und setzen Schritt vor Schritt mit unseren drei Beinen. Weit vor uns sehen wir den Glatzköpfigen, der sich zwei Bauernhütten nähert, die links und rechts an der Straße liegen. Auch etwas wie ein Brunnenarm ist zu erkennen. Wir hoffen auf Wasser und Brot.
Schritt für Schritt und nach langer Zeit nähern wir uns den Hütten. Zwischen ihnen, mitten auf dem Feldwege, steht ein dicker österreichischer Feldgendarm, die Hände auf dem Rücken. Er dient zur Sicherung des Schlachtfeldes, darum – wohl den beiden Schlachtbummlern, daß sie drüben geblieben sind!
Wir biegen links zum Brunnen, und ich untersuche das Wasser: es ist weiß wie Milch.
Drüben an der Hinterwand der Hütte stehen fünf oder sechs ungarische Husaren in ihren bunten Uniformen. Sie sind sämtlich sehr blaß, als sollten sie wider Willen in einem Zirkus auftreten, oder als hätten sie zuviel von diesem milchigen Wasser genossen. In der Tat! Auf meine Frage, ob man es trinken kann, nicken sie – und nicken eifrig, so daß wir nicht länger mehr zögern. Es schmeckt nach Seife, aber wir stillen unseren Durst, saufen einen halben Eimer leer.
»Jetzt muß ich essen«, flüstert der Bergmann und schnauft von der Anstrengung, »stell' mich eben ans Staket und geh, Kamerad!«
Ich tue es, trete ins gegenüberliegende Haus, schlage an

eine Tür und öffne sie. Das erste, was ich erblicke, ist das Lämpchen vorm Heiligenbild sowie eine Wiege, die mitten im Zimmer von der Decke hängt und an vier Stricken hin- und herschwingt – bis an das Lämpchen schwingt und zurückkehrt an eine ausgestreckte Hand. Diese Hand hebt sich und gehört einer jungen Frau. Sie stößt einen gellenden Schrei aus, vereinigt beide Hände vor ihren Augen und weint über irgend etwas. Ein junger Bauer im blauen Hemd, der am Fenster gesessen hat, kommt auf seinen lautlosen Bastschuhen zur Tür.

Warum weint sie? bedeute ich ihm – doch er antwortet nicht, geht an einen Schrank und schneidet Brot ab.

Der Frau sind indessen die Hände vom Gesicht geglitten, sie steht ein wenig krumm da, wimmert, starrt mit großen entsetzten Augen auf meinen blutdurchtränkten Ärmel, meine zerrissene Uniform, auf mein Gesicht – und wimmert leise fort, indessen die Wiege langsam ausschwingt und das Kindchen zu schreien beginnt.

Schwing doch, Mutter! Schwing doch, Mutter! scheint sein eigensinniges Stimmchen zu fordern. Worauf die Frau ihre Hand hebt und den Strick ergreift.

Das Kind schweigt – die Hand schwingt. Aber die jungen verwirrten Augen weichen nicht von mir. Der Bauer gibt mir Brot, ein Stück weißes und ein Stück schwarzes und deutet furchtsam durchs Fenster auf den Feldgendarm. Die Mutter aber hält mich mit ihren Augen fest, schwingt die Wiege und wimmert. Langsam gehe ich hinaus.

Wir brechen das Brot, essen im Gehen und überholen dabei den Glatzköpfigen, der sich neben den Weg, und mit dem Gesicht abgewandt, niedergesetzt hat und erbricht. Bald danach sind wir an der hölzernen Stochodbrücke.

Eben rückt ein Regiment Infanterie erhitzt und laut herüber. Wir sehen es vorbeiziehen, Kompanie auf Kompanie, lauter beklommene und schwitzende Gesichter. Sodann setzen wir uns am Ufer nieder; der Bergmann stiert bekümmert auf sein geknicktes Bein – ich ziehe meine Patronen aus den Taschen, Rahmen nach Rahmen, und werfe sie ins Wasser.

Ich hatte gehofft, im Feldlazarett Kameraden aus meiner Korporalschaft anzutreffen, fand aber niemand. Erst spät am Abend kam einer, Julius Lurtjebam. Er war am Morgen zum ersten Zug kommandiert gewesen und dort während der Beschießung verschüttet worden. Die erste Russenwelle hatte die Überlebenden, die sich mit ihren versandeten Gewehren aus den Grabentrümmern erhoben, sofort umzingelt. Da man kein Entkommen für möglich hielt, warf man die Hände hoch. Bloß Lurtjebam durchlief die Russenkette wie ein Hirsch bei der Treibjagd. Er vertraute seiner verzwickten Figur und sprang langbeinig durchs Korn. Wirklich ließ ein Russe, der sein Gewehr auf ihn angeschlagen hatte, dasselbe wieder sinken und brachte statt eines Blattschusses nur ein heiseres Gelächter heraus, welches zu sagen schien: Lat em lopen!
Soweit schilderte es Lurtjebam. Die Verschüttung hatte ihm das Gehör zerschlagen, er war taub wie eine Grammophonplatte, was ihn aber nicht zu stören schien. Im Gegenteil – er machte sich ein Spiel daraus, jedes Wort falsch zu verstehen. Einmal fragte er einen finsteren ungarischen Graubart, der uns Deutsche beschuldigte, den Feind durchgelassen zu haben – ob er ein Findelkind sei?
Am folgenden Tage gingen wir bis zu einer Station, wo uns ein Lazarettzug erwartete, und sahen dort Feldwe-

bei Bloibooms rosige Glatze von einer Bahre herscheinen. Lurtjebam sagte zu mir:
»Der Alte hat sich wegen der französischen Krankheit operieren lassen und läßt nun alle von der Vierten zu sich rufen, weil er diverse Weine bei sich hat. Ich hab' einen Trinkbecher – komm mit!« Ich ließ ihn gehen, stieg in den Zug und kroch vor Heimweh ins Gepäcknetz.
Die ganzen folgenden Stunden rangierte der Zug und kam erst bei Dunkelheit ins Fahren. Bald nach Mitternacht wachte ich auf, wir hielten auf einer großen leeren Station, es mußte wohl Kowel sein. Man schlief weiter, wurde aber nach einer Weile durch den Ruf: Aussteigen! wieder geweckt. Wir glaubten, es sei ein Irrtum, stiegen aber nach einigem Zaudern doch aus. Die Nacht war kalt, und der Bahnhof durch zwei Lampen spärlich beleuchtet.
Das Aussteigen nahm eine geraume Zeit in Anspruch, denn die mit Beinschüssen mußten gestützt werden. Endlich, als wir nach vielem Gestöhne eine leidliche Marschkolonne gebildet hatten, ward losmarschiert, schweigend, verbissen, unter Anstrengung und Schmerzen. Die Kolonne bewegte sich sehr langsam durch den weitläufigen Bahnhof, stolperte über unbeleuchtete Schienen, bog um Ecken, gelangte neben dunkle Schuppen. Nirgends ein Mensch, ein Laut, außer den Verwundeten und ihren mühseligen Schritten.
Mitten in diesen Marsch aber erscholl des tauben Lurtjebam sieghafte Stimme, welche fragte:
»Ob die Stadt gezeigt werden soll?« –
Die Stadt wurde aber nicht gezeigt.
Zwei Tage später passierte unser Zug die deutsche Grenze.

Bitte lesen Sie weiter . . .

Münchner Edition

Das Programm für das literarisch bedeutende Buch, herausgegeben von Büchnerpreisträger Heinz Piontek: Deutsche Autoren mit Romanen und Erzählungen, Lyrik- und Essaybänden sowie Neuauflagen von Büchern, deren an ihre Zeit nicht gebundene Wirkung sich erwiesen hat. Wahrhaftigkeit in der Erfahrung, formales Gelingen und sprachliche Anziehungskraft sind der Maßstab für dieses Programm.

Roman

Martin Gregor-Dellin, Der Kandelaber
224 Seiten. Leinen. DM 28,–

Georg von der Vring, Soldat Suhren
384 Seiten. Leinen. DM 34,–

Prosa

Otto Heinrich Kühner
Dreierlei Wahrheiten über einen Volkshelden
Erzählungen. 200 Seiten. Leinen. DM 26,–

Hans Dieter Schmidt, Gesichter der Ferne
Reisebilder. 248 Seiten. Leinen. DM 26,–

Lyrik

Richard Exner, Fast ein Gespräch
Gedichte. 96 Seiten. Leinen. DM 18,–

Rudolf Riedler, Annäherung an Komombo
Gedichte. 72 Seiten. Leinen. DM 18,–

Anthologie/Werkauswahl

Horst Mönnich, Am Ende des Regenbogens
Hörspiele. 400 Seiten. Leinen. DM 32,–

Neue deutsche Erzählgedichte. Gesammelt von Heinz Piontek
352 Seiten. Leinen. DM 28,–

Preisänderungen vorbehalten

Schneekluth